스패니시 러브 디셉션

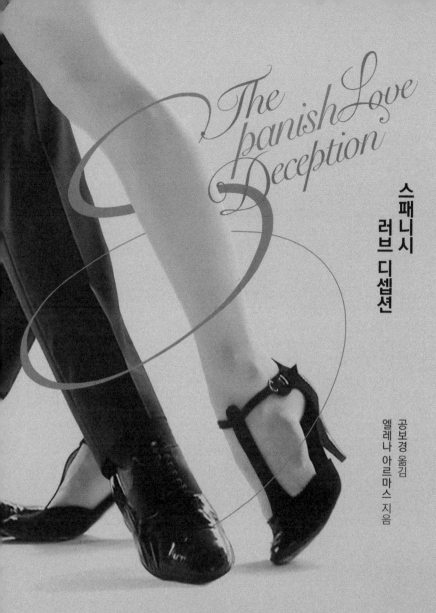

The Spanish Love Deception

스패니시
러브 디셉션

공보경 옮김
엘레나 아르마스 지음

문학수첩

꿈을 꾸고 있다면, 쉽게 포기하지 마라.
끝까지 가보지도 않았잖아?

"결혼식에 같이 가줄게요."

정신 사나운 개꿈에서조차 들어본 적 없는 말이었다. 내가 상상력이 꽤 좋은 편인데, 깊고 풍성한 동굴 목소리를 가진 남자 입에서 이런 말이 나오리라고는 상상도 못 했다.

나는 커피를 내려다보며 눈을 가늘게 떴다. 혹시 주변에 독성 물질이 떠다니는 건가. 그래야 지금 일어나는 일이 설명 가능할 텐데. 하지만 아무리 봐도 독성 물질 따위는 없었다. 내가 마시고 있는 아메리카노 커피가 앞에 있을 뿐이었다.

"파트너가 꼭 필요하다면 내가 해주겠다고요."

저음의 목소리가 다시 들려왔다. 눈이 휘둥그레진 나는 고개를 들었다. 입을 열고 말하려다가 말고 뭉그적거렸다. 그러다 내 입에서 겨우 속삭임 같은 말이 흘러나왔다.

"로지… 지금 그 남자가 내 근처에 있는 거 맞아? 너도 보여? 아니면 누가 나 모르게 내 커피에 약이라도 탄 거야?"

뉴욕시의 엔지니어링 컨설팅 회사 인테크에서 만나 함께 근무하게 된 동료이자 절친 로지는 내 말에 천천히 고개를 끄덕였다. 로지의 짙은 색 곱슬머리가 흔들거리고, 그녀의 부드러운 이목구비에 믿기지 않는다는 표정이 스치고 지나갔다. 로지는 목소리를 낮추고 대답했다.

"근처에 있는 거 맞아."

로지는 내 주변을 재빨리 둘러보며 그에게 인사를 건넸다.

"아. 좋은 아침이에요!"

그러고는 내 얼굴을 바라보았다.

"지금 바로 네 뒤에 있어."

나는 입을 벌리고 한참 동안 멍하니 로지를 바라보았다. 우리는 인테크 본사의 11층 복도 끝에 서서 얘기를 나누던 중이었다. 우리 둘이 근무하는 사무실이 가까이 있어서 나는 맨해튼 중심부의 센트럴 파크 근처에 있는 이 건물에 들어올 때마다 곧바로 로지의 사무실을 찾곤 했다.

원래 로지를 데려와 천을 씌운 나무 안락의자에 편안하게 앉아 얘기를 나눌 생각이었는데 의자까지 가지도 못했다. 참고로 이 의자는 방문 고객이 대기하는 자리로, 이렇게 이른 아침에는 거의 비어있었다. 어쨌든 의자에 가 앉기도 전에 내가 폭탄을 떨어뜨린 탓에 우린 그 자리까지 가지도 못했다. 로지에게 바로 얘기하지 않으면 안 됐을 만큼 내가 워낙 절박했다. 그리고 그때… 그가 난데없이 나타난 것이다.

"세 번째로 다시 얘기할까요?"

그의 물음이 형성한 새로운 의문의 파도가 내 온몸을 휩쓸면서 혈관 속 피를 죄다 얼게 했다. 그 남자일 리 없다. 절대 그럴 리 없다. 그가 한 말도 도대체가 말이 안 된다. 있을 수 없는 얘기다. 도무지…

"그러니까 내 말은…"

그는 한숨을 쉬며 말했다.

"나를 데려가라고요."

그가 말을 멈추자 내 온몸에 차가운 소름이 쫙 돌았다.

"당신 언니의 결혼식에요."

등이 경직되고 어깨까지 굳어버렸다. 그 바람에 담황갈색 바지 안

The Spanish Love Deception

쪽에 밀어 넣은 새틴 블라우스가 쫙 펴진 느낌이었다.

이 남자를 언니의 결혼식에 데려갈 수 있다고?

사귀는… 남자로?

눈을 깜박였다. 그의 말이 머릿속으로 메아리쳐 들어왔다.

내 안에서 무언가 스르르 풀려나왔다. 말도 안 되는 이 상황 때문에… 내가 알기로 원래 이런 괴상한 농담을 할 사람이 아닌 남자의 입에서 나온 말 때문에… 웃음 방울이 목구멍을 타고 올라와 입술을 거쳐 빠르고 요란하게 터져 나왔다. 말릴 새도 없이 밀고 나와버렸다. 내 뒤에서 볼멘소리가 들렸다. 착 가라앉은 싸늘한 목소리였다.

"뭐가 그렇게 웃겨요? 난 진지하게 말한 건데."

웃음이 또 터지려고 해서 입술을 꽉 깨물었다. 믿기질 않았다. 절대로. 나는 로지에게 말했다.

"이 남자가 진지하게 이런 말을 할 가능성은, 영화배우 크리스 에반스가 갑자기 튀어나와서 나한테 영원한 사랑을 고백할 가능성과 같아."

나는 좌우를 둘러보는 시늉을 했다.

"아무리 봐도 없네. 로지, 네가 아까 말한 건… 장난이지?"

그런데 장난 같지는 않았다. 로지는 무례하게 굴고 싶지 않을 때 짓는 억지스러운 가짜 미소를 지었다.

"리나, 저 남자 진지하게 말하는 것 같아."

로지는 괴상한 미소를 머금었다. 눈으로는 내 뒤에 서있는 남자를 살피고 있었다.

"그래. 아무리 봐도 진지해."

"아니, 그럴 리 없어."

나는 고개를 저었다. 당장 뒤를 돌아보면 친구 말이 맞는지 확인할 수 있지만 그러고 싶지 않았다. 왜냐하면 이게 현실일 리 없으니까. 사사건건 내 신경을 거스른 동료 에런 블랙퍼드가 그런 제안을 할 이유는 없었다. 도저히 있을 수 없는 일이었다. 뒤에서 답답해하는 한숨 소리가 들렸다.

"계속 같은 말을 하게 하는군요, 카탈리나."

긴 침묵이 흘렀다. 그리고 좀 더 길고 요란한 한숨 소리가 들렸다. 하지만 난 여전히 뒤를 돌아보지 않았다. 나도 고집이 있으니까.

"없는 척 무시한다고 해서 내가 사라지진 않아요. 알잖아요."

물론 알고 있었다. 나는 조그맣게 중얼거렸다.

"그래도 계속 못 들은 척할래요."

로지는 나를 빤히 쳐다보다가 다시 이를 쫙 드러내고 웃으며 내 뒤에 대고 말했다.

"미안해요, 에런. 우리가 당신을 무시하는 건 아니에요."

로지의 입가가 경직되고 있었다.

"의논을… 좀 하던 중이라."

"무시하는 거 맞아. 기분 맞춰주려고 애쓸 필요 없어. 실제로 내 뒤에 존재하지도 않을 테니까."

"고맙네요, 로지."

내 친구에게 말하는 에런의 말투에서 평소 같은 차가움이 묻어났다. 그는 원래 모두에게 다정한 편은 아니었다. 내가 알기로 다정함과는 거리가 멀었다. 남에게 다정하게 대할 줄은 알까 싶었다. 그래도 로지에게는… 덜 차가운 편이기는 했다. 물론 나한테는 한 번도 다정하게 대해준 적 없지만.

"카탈리나에게 뒤 좀 돌아보라고 말해줄래요? 뒤통수가 아니라 얼굴을 보면서 얘기할 수 있으면 고맙겠어요."

그의 목소리가 싸늘하다 못해 영하권으로 떨어졌다.

"이런 태도가 내가 이해 못 하는 장난 중 하나가 아니라면 말입니다. 지금도 재미는 별로 없네요."

몸에서 열이 확 올라 얼굴까지 뜨끈해졌다. 로지가 말했다.

"그러게요. 그렇게… 전할게요."

눈썹을 치켜뜬 로지의 시선이 내 뒤쪽과 내 얼굴을 오갔다.

"리나, 음, 에런이 너더러 뒤를 돌아보래. 이게 장난이 아니라면…"

"그래, 고마워, 로지."

나는 이를 뽀드득 갈았다. 두 뺨에서 열기가 느껴져 이대로는 뒤를 돌아볼 수가 없었다. 내 얼굴을 보면 에런은 의기양양해질 것이다. 게다가 그는 나더러 재미가 없다고도 했다. 지금 재미없게 구는 게 누군데.

"원래 유머 감각이 부족하면 누가 농담해도 웃지도 못하고 이해도 못 한다고 에런한테 전해주면 고맙겠다."

로지는 옆통수를 긁적이며 내 눈치를 보았다. 나한테 그런 거 시키지 마, 라고 말하는 듯한 눈빛이었다. 나는 못 알아들은 척 어서 말을 전하라고 재촉하면서 눈을 크게 떴다. 로지는 숨을 후우 내쉰 뒤 나를 한 번 더 돌아보고는 입을 좀 더 벌려 가짜 미소를 지었다.

"지금 리나는…"

"들었어요, 로지. 고마워요."

신경이 곤두서 있던 나는 그의 목소리가 미묘하게 바뀐 것을 알아챘다. 오직 나에게만 쓰는 목소리로 돌아간 것이다. 건조하고 차가우며 약간의 경멸과 거리감을 더한 목소리. 그러다 곧 인상을 찌푸리면서 노려볼 것 같은 목소리였다. 그의 표정을 확인하려 뒤를 돌아볼 필요도 없었다. 나에 관해서는 늘 그런 목소리를 냈던 사람이고 지금도… 마찬가지였다.

"바로 내 아래에 있으니 내 말이 카탈리나에게 잘 전달될 겁니다. 그래도 굳이 전달해 주면 고맙겠어요. 난 이제 일을 하러 가야 해서 더는 이 상황을 즐길 수 없다고 말이죠."

아래에 있다고? 키만 멀대처럼 커서는.

내 키는 평균이었다. 물론 스페인 사람의 평균 키지만, 어쨌든 평균이었다. 정확히 얘기하자면 160센티미터였다.

로지가 초록색 눈으로 나를 돌아보며 말했다.

"에런이 일하러 가야 한다고 하네. 그래서…"

"그렇게…"

내 입에서 지나치게 높고 째지는 목소리가 나와서 헛기침을 하고 다시 말했다.

"그렇게 바쁘면 얼른 가보라고 해. 사무실 들어가서 일 중독자답게 일하셔야지. 관심도 없는 남의 일에 코 박고 간섭하지 말고."

친구 로지의 입이 벌어졌는데 내 뒤에 있던 남자가 먼저 목소리를 냈다.

"내 말이 잘 들리나 보군요. 내가 한 제안도요."

그가 말을 멈추자 나는 조그맣게 욕을 했다.

"그럼 답을 해줄래요?"

로지는 다시 충격받은 얼굴이 됐다. 로지의 얼굴을 바라보면서, 지금 내 진갈색 눈이 분노로 붉게 충혈되고 있음을 느낄 수 있었다. 내 대답? 이 자식이 뭘 어쩌려는 거야? 새로운 방법으로 머릿속을 헝클어놓으려는 건가? 나를 아주 돌게 만들려고?

"이 남자가 무슨 얘길 하는지 모르겠어. 아무것도 들은 게 없거든."

거짓말이었다.

"네가 좀 전해줘."

귀 뒤로 머리카락을 쓸어 넘긴 로지는 에런을 힐끗 쳐다본 후 재빨리 내게로 시선을 옮겼다.

"너희 언니 결혼식에 파트너로 같이 가주겠다고 한 얘길 말하는 것 같아."

로지는 부드러운 목소리로 설명했다.

"네가 아까 나한테 말했잖아. 상황이 바뀌어서… 스페인에… 언니 결혼식에 같이 데려갈 사람이 필요하다고. 안 그러면 넌 천천히 고통스럽게 죽어갈 거라고…"

"그래, 알았어."

나는 얼른 로지의 말을 가로막았다. 에런이 그 얘기까지 들었을 거란 생각이 들자 얼굴이 확 달아올랐다.

"고마워, 로지. 설명 그만해도 돼."

로지의 입을 막지 않으면 지금 이 자리에서 천천히 고통스럽게 죽을 판이었다. 그런데 에런이 톡 끼어들었다.

"아까 절박하다는 말도 했으면서."

그 말에 귀까지 화끈거렸다. 방사선처럼 다섯 가지 농도로 붉어졌을 것이다.

"안 그랬거든요. 그런 표현 쓴 적 없어요."

"그런 식으로… 말하긴 했어."

내 절친… 아니 한때 절친이었던 로지가… 굳이 확인해 줬다. 나는 눈을 가늘게 뜨며 입 모양으로 로지에게 말했다.

배신자. 이러기야?

하지만 둘 다 맞는 말을 했다.

"알았어요. 그렇게 말하긴 했어요. 하지만 정말 절박한 건 아니고요."

"진짜 간절한 사람들이 절박하다는 표현을 쓰잖아요. 어쨌든 밤에 편안히 잘 수 있는 방향으로 해요, 카탈리나."

그날 아침에 수도 없이 한 욕을 다시 조용히 내뱉으며 나는 잠시 눈을 감았다.

"그쪽이 상관할 바 아니에요, 블랙퍼드. 게다가 난 간절한 것도 아니라고요. 알겠어요? 밤에 잠도 잘 자요. 더할 나위 없이 잘 잔다고요."

나는 한 번 더 거짓말을 보탰다. 아니라고 했지만, 실은 언니 결혼식에 데리고 갈 남자를 반드시 찾아야 한다는 절박함에 휩싸여 있었다. 하지만 아무리 그렇더라도…

"물론 그렇겠죠."

역설적이게도, 그날 아침 에런 블랙퍼드가 내 뒤에서 내뱉은 온갖 말 중에 이 말이 나를 유일하게 흔들었다. 겉으로는 아무렇지 않은 척 했지만 말이다. 잘난 척을 하면서 지루하다는 듯, 더 들을 필요 없다는 듯 내뱉은 '물론 그렇겠죠'라는 말은 역시 에런다웠다.

물론 그렇겠죠가 뭐야.

속에서 피가 부글부글 끓었다. 그 말에 나는 충동적으로 반응했다. 다른 사람이 한 말이었으면 아무 감흥도 없었을 텐데 그가 그 말을 하자 나도 모르게 뒤를 돌아본 것이다. 그러면 안 된다는 걸 깨달았을 때는 이미 늦었다.

키가 무척 큰 남자라 뒤돌아본 내 얼굴을 마주한 건 그의 널찍한 가슴팍이었다. 깔끔하게 다림질한 흰색 버튼다운 셔츠를 보자마자 그 셔츠를 꽉 붙잡아 구겨버리고 싶은 충동이 일었다. 지금까지 별 어려움 없이 무탈하게 살아온 증거처럼 느껴져서일까? 그런 삶을 살아온 사람이 있다면 바로 에런 블랙퍼드일 것이다.

내 눈이 그의 당당한 어깨와 튼실한 목을 거쳐 곧게 뻗은 턱선을 훑었다. 예상대로 입을 굳게 다문 모습이었다. 내 시선은 더 위로 올라가 마침내 그의 푸른 눈동자를 바라보았다. 깊고 깊은 바다, 차갑고 치명적인 바다를 떠올리게 하는 푸르름이었다. 그의 눈은 나를 내려다보고 있었다. 그가 한쪽 눈썹을 치켜떴다. 나는 나지막하게 물었다.

"물론 그렇겠죠, *라고요?*"

"그래요."

윤기 나는 검은 머리의 이 남자는 내게 시선을 고정한 채 고개를 한 번 끄덕였다.

"당신이 고집스럽게 인정 안 하려는 문제를 놓고 왈가왈부하면서 시간 낭비하고 싶지 않아요. 그래서 물론 그렇겠죠, 라고 말한 겁니다."

이 푸른 눈동자의 남자는 다른 인간들과 교류하기보다 자기 옷을 다려 입는 데 더 시간을 쓸 게 분명했다. 아침부터 이 남자 때문에 화를 내고 싶지 않았다.

몸이 멋대로 굴지 않게 힘껏 통제하면서 나는 길고 깊게 숨을 들이마셨다. 그리고 밤색 머리카락을 귀 뒤로 넘기며 말했다.

"이런 얘길 나누는 게 시간 낭비라면서 왜 계속 여기 그러고 있는지 진심으로 이해가 안 되네요. 나나 로지가 하는 얘길 굳이 신경 써서 들을 필요 없단 얘기예요."

그러자 배신자 로지의 입에서 애매하게 한탄하는 소리가 새어 나왔다. 에런은 차분하게 인정했다.

"그럴 겁니다. 그건 그렇고 아직 내 질문에 대답 안 했어요."

"질문을 언제 했다고."

내 혀끝에 빈정거림이 묻어났다.

"질문 같은 걸 한 적도 없잖아요. 어쨌든 난 당신이 필요 없으니까 더 따질 필요도 없어요. 고맙지만 됐다고요."

"그렇군요."

그의 이 말이 내 짜증을 한 단계 더 높였다.

"당신한테 파트너가 필요한 줄 알았어요."

"잘못 생각한 거예요."

그가 눈썹을 치켜떴다.

"당신이 나를 필요로 하는 것처럼 말하기는 했잖아요."

"당신 청력에 심각한 문제가 있나 봐요. 다시 말하지만 잘못 들은 거예요. 난 당신이 필요 없어요."

나는 애써 무미건조하게 말하며 숨을 삼켰다.

"원한다면 종이에 써줄 수도 있어요. 이메일로 보내줄 수도 있고요."

그는 잠시 생각에 잠기는 듯했는데 표정을 봐서는 별 타격 없어 보였다. 내가 알기로 그는 이렇게 간단히 물러설 사람이 아니었다. 예상대로 그는 다시 물었다.

"결혼식까지 한 달도 안 남았는데 사귀는 사람이 없다고 아까 말하지 않았어요?"

나는 입술에 힘을 주며 받아쳤다.

"글쎄요. 뭐라고 했는지 기억이 잘 안 나는데요."

물론 나는 아까 지금 그가 한 말을 내뱉기는 했다.

"뒷줄에 앉아서 관심 끌 짓만 안 하면 아무도 당신이 결혼식에 혼자 참석한 줄 모를 거라고 로지가 말했잖아요?"

로지의 머리가 내 시야 안에 확 들어왔다.

"맞아. 눈에 확 띄는 빨간 원피스 말고 칙칙한 색 옷을 입으라는 말도 했었잖아—"

나는 로지의 말을 잘랐다.

"로지. 그런 말은 도움 하나도 안 되거든."

기억을 더듬는 에런의 눈은 흔들림이 없었다.

"당신이 결혼식에서 *빌어먹을*—당신이 했던 말입니다—들러리를 맡게 되어서 모든 *하객과 어머니들의*—이 부분도 당신이 했던 말이에요— 주목을 받게 생겼다고 로지한테 말하지 않았어요?"

"맞아요."

배신자 로지가 군이 확인까지 해주었다. 내가 획 돌아보자 로지는 어깨를 으쓱하며 사형 선고를 내렸다.

"왜? 맞잖아."

이것도 친구라고. 조만간 새 친구로 갈아치워야겠다.

"그것 봐요."

에런의 말에 나는 다시 그에게 시선을 돌렸다.

"게다가 전 남친이 신랑 들러리라서 그 옆에 *외롭고 추레하고 처량한 싱글로*—이것도 당신이 한 말이에요—서있게 생겼다고, 그 생각만 하면 피부를 찢어버리고 싶다고도 했잖아요?"

맞다. 내가 그렇게 말했다. 하지만 에런이 듣고 있을 줄 몰랐다. 알았으면 그런 말을 굳이 소리 내서 하지 않았을 것이다.

에런은 다 듣고 있었고, 내가 어떤 상황인지도 알고 있었다. 내가 대놓고 한 푸념을 잘 듣고 있다가 지금 나에게 되쏜 것이다. 뭐, 아무래도 상관없다고—상관이 없어야겠지—속으로 투덜거려도 가슴이 쓰린 것은 어쩔 수 없었다. 생각할수록 외롭고 추레하고 처량해질 뿐이었다.

거북한 숨을 삼키며 눈을 돌려 에런의 목젖 근처에 시선을 고정했다. 지금 그의 표정이 어떨지 보고 싶지 않았다. 나를 비웃고 동정하겠지. 상관없었다. 하지만 나를 비웃고 동정하는 사람이 이 세상에 한 명 더 있다는 사실을 굳이 내 눈으로 확인하고 싶지는 않았다. 그의 목이 움직거렸다. 지금 내 눈이 쳐다볼 수 있는 유일한 부분이 그의 목이었다.

"그러니 *절박하겠네요.*"

내 입술에서 힘겹게 숨이 흘러 나갔다. 나는 고개를 한 번 끄덕였다. 그게 전부였다. 내가 왜 그랬는지 모르겠다. 전혀 나답지 않았다. 평소 같으면 싸우다 상대의 피를 먼저 볼 때까지 버티는 편이었다. 우리는 늘 그렇게 싸워왔다. 상대의 감정이 상하지 않도록 조심할 필요도 없었다. 지금도 새삼스럽지 않았다.

"그럼 나를 데려가요. 결혼식에 남자친구로 같이 가줄게요, 카탈리나."

나는 천천히 눈을 들었다. 경계심이 들면서도 당황스럽기도 한 묘한 기분이었다. 이 모든 상황을 그가 죄다 보고 들은 것만도 기분 나쁜데 그걸 자기에게 유리하게 끌고 가려는 걸까? 나를 이용해 먹으려고?

그럴 것이다. 그러니 이렇게까지 하겠지. 그렇다면 굳이 내 남친 노룻까지 해주겠다는 게 말이 된다. 나는 그의 얼굴을 찬찬히 살피면서 다양한 선택지와 가능한 동기를 두루 생각했다. 그래도 도무지 합리적인 결론이 나질 않았다. 이 남자가 왜 이러는지, 뭘 원해서 날 돕겠다는 건지 답이 나오질 않았다.

그렇다면 사실에 근거해 판단해야 했다. 현실을 따져봐야 했다. 우린 친구가 아니었다. 에런 블랙퍼드와 나는 서로를 편안하게 여기는 사이도 아니었다. 서로에게 악의적으로 굴었고 상대의 실수를 굳이 콕콕 집어냈으며, 우리가 일하고 생각하고 사는 방식이 얼마나 다른지를 따지고 들었다. 언젠가 내가 그의 얼굴이 담긴 포스터에 다트를 집어 던진 적도 있었던 것 같다. 내가 일방적으로 그를 미워하는 게 아니니 아마 에런도 똑같은 짓을 했을 것이다. 우리는 분명 서로 싫어했다. 처음부터 우리 사이를 이렇게 틀어지게 만든 건 바로 에런이었다. 내가 먼저 시작한 게 아니었다. 그런데 왜? 대체 왜 지금 나를 돕는 척하는 걸까? 나를 돕는 척한다고 해서 내가 이 남자 비위를 맞춰줄 이유가 있나?

"데이트 상대를 만드는 게 급하긴 하지만 그 정도로 절박하진 않아요. 표현만 그랬을 뿐이에요."

그는 지친 한숨을 내뱉었다. 짜증스럽고 화가 치미는 모양이었다.

"그럼 생각해 봐요. 다른 선택지가 없다는 거 알 겁니다."

"더 생각할 필요 없어요."

나는 우리 둘 사이의 공기를 손으로 자르는 시늉을 했다. 그리고 로지 특유의, 이빨을 드러내는 가짜 미소를 지으며 덧붙였다.

"당신이랑 같이 가느니 침팬지한테 턱시도를 입혀서 데려가는 편이 나아요."

그는 재미있다는 듯 눈썹을 치켜떴다.

"글쎄요. 당신이 그렇게 하지 않을 걸 우린 둘 다 알고 있잖아요. 턱시도 입고 갈 침팬지야 여럿 있겠지만 문제는 결혼식장에 당신 전 남친과 당신 가족이 있다는 거죠. 그 사람들 앞에서 멋지게 보여야 한다면서요. 그거라면 내가 해줄 수 있어요."

그는 고개를 옆으로 살짝 기울이며 덧붙였다.

"내가 최선의 선택지라고요."

나는 손뼉을 치며 콧방귀를 뀌었다. 푸른 눈의 이 의기양양한 남자가 내 신경을 확 긁었다.

"최선의 선택은 무슨. 나는 다른 선택지도 많아요."

나는 어깨를 으쓱하며 받아쳤다.

"틴더에서 데이트 상대를 찾아봐도 돼요. 뉴욕 타임스지에 광고를 내도 되고요."

"앞으로 겨우 몇 주일 남았는데요? 가능성은 없다고 봅니다."

"로지 친구들 중에서 골라잡아도 되거든요."

실은 그게 내 원래 계획이었다. 그래서 이날 아침 일찍부터 로지를 붙잡고 사정 얘기를 한 것이다. 그런데 초짜라 실수하고 말았다. 업무가 끝날 때까지 기다렸다가 에런이 없는 안전한 곳으로 로지를 데려가 얘기해야 했는데. 하지만 어제 엄마랑 통화를 하고 나서 급한 마음에 서두르다가… 이렇게 되고 말았다. 상황이 달라졌고 내 처지도 달라졌다. 누구든 결혼식장에 데려가야 했다. 누구라도 괜찮았다. 에런만 아니면 된다. 로지는 이 도시에서 나고 자랐으니 누구든 조달해 줄 수 있지 않을까.

"그렇지, 로지? 네 친구들 중에 있지 않겠어?"

로지가 다시 나와 에런 사이에 고개를 들이밀며 말했다.

"그럼 마티 어때? 걔가 결혼식을 좋아하잖아."

나는 로지를 힐끗 쏘아보았다.

"지난번에 네 사촌 결혼식 때 술에 잔뜩 취해서 밴드의 마이크를 훔처 'My Heart Will Go On'을 불러대다가 네 오빠 손에 무대에서 질질 끌려 내려간 그 마티?"

"맞아."

로지가 움찔하며 대답했다.

"그 사람은 됐어."

나는 언니의 결혼식을 그 꼴로 만들 수는 없었다. 그랬다간 언니가 마티의 가슴을 뜯고 심장을 꺼내 디저트로 만들 것이다.

"라이언은 어때?"

"약혼했어."

내 입에서 한숨이 새어 나왔다.

"놀랍지도 않네. 라이언이 꽤 괜찮잖아."

"그렇지. 그래서 너랑 맺어주려고 몇 번이나 시도했잖아. 그런데 네가…"

나는 요란하게 헛기침을 내뱉으며 로지의 입을 막았다.

"지금 내가 싱글인 이유를 논하자는 게 아니잖아."

나는 재빨리 에런을 돌아보았다. 그는 가늘게 뜬 눈으로 나를 쳐다보고 있었다.

"테리는…?"

"시카고로 이사 갔어."

"젠장."

나는 잠시 눈을 질끈 감으며 고개를 흔들었다. 소용없는 짓이었다.

"그럼 배우를 고용하지 뭐. 돈 주고 내 데이트 상대 노릇을 해달라고 하면 돼."

그러자 에런이 담담하게 반박했다.

"꽤 비쌀 텐데요. 배우들이 싱글인 누군가가 자기를 고용해서 데이트 상대 연기를 해달라는 요청이 들어올 때까지 빈둥거리고 있는 것도 아니고 말이죠."

나는 어쩌라는 거냐는 눈빛으로 그를 쏘아보았다.

"그럼 에스코트를 구하면 돼요."

그는 마치 밀폐라도 된 듯 입술을 꽉 다무는, 몹시 짜증이 날 때 짓는 표정을 지었다.

"언니 결혼식에 나보다 남창을 데려가는 게 낫겠다고요?"

"남창이 아니라 연인 대행 서비스예요, 블랙퍼드. *Por Dios*(맙소사)."

그의 눈썹이 잔뜩 찌푸려지는 것을 보면서 나는 나지막하게 중얼거렸다.

"성적인 서비스가 아니라 단순히 동행할 사람을 구하는 거예요. 에스코트가 하는 일이 그런 거예요. 행사에 동행하는 거."

"정확히 말하면 그런 일을 하지는 않아요, 카탈리나."

잔뜩 가라앉고 얼음장처럼 차가워진 그의 목소리가 나를 비난하듯 싸늘하게 감쌌다.

"로맨틱 코미디 영화도 안 봤어요?"

그의 표정이 점점 더 진하게 찌푸려지고 있었다.

"영화 〈웨딩 데이트(The Wedding Date)〉도 안 봤냐고요?"

그는 대답 대신 눈썹을 찡그리며 나를 쳐다볼 뿐이었다.

"영화를 보기는 해요? 그런 거 볼 시간에 그냥… 일만 하는 거예요?"

어쩌면 집에 텔레비전도 없을지도 몰랐다.

표정이 바뀔 줄 않네.

맙소사. 나 이럴 시간 없어. 내가 왜 이 남자한테 시간을 쓰고 앉았냐.

"저기, 그냥 됐어요. 더 얘기하고 싶지 않아요."

나는 두 손을 들어 올렸다가 모아 잡으며 덧붙였다.

"어쨌든… 뭐가 됐든 고마워요. 도움 많이 됐어요. 당신 도움이 딱히 필요하진 않아요."

"필요할 텐데요."

나는 눈을 깜박이며 그를 쳐다보았다.

"참 성가시게 구네요."

"카탈리나."

그가 내 이름을 부르자 나는 짜증이 확 올라왔다.

"데이트 상대 역할을 해줄 사람을 단기간에 구할 수 있다고 생각하는 건 망상이에요."

에런 블랙퍼드가 또 헛소리를 시전했다.

물론 내가 살짝 망상기가 있기는 했다. 게다가 그는 내 거짓말에 대해서는 모르고 있었다. 당연히 모를 것이다. 어쨌든 달라질 건 없었다. 나는 함께 스페인으로 날아가 이사벨(이사) 언니의 결혼식에 참석할 남자가 필요하지만 에런을 데려갈 일은 없을 것이다. 네 가지 이유가 있었다.

첫째, 나는 신부의 여동생이자 들러리였다. 둘째, 전 남친 다니엘은 신랑의 형이자 들러리였다. 나는 어제 다니엘이 약혼했다는 사실을 알게 됐다. 우리 가족은 그 사실을 내게 쭉 숨겨왔다. 셋째, 나는 몇 번 데이트를 해봤는데 결과가 똥망이라 거의 6년째 싱글이었다. 처음이자 마지막으로 사귄 남친 다니엘과의 관계가 끝장나자마자 나는 스페인을 떠나 미국으로 건너왔고 그 후로 쭉 싱글이었다. 우리 가족은 서로 비밀이 없는 편이고 내 고향 같은 작은 마을에서 비밀 따위는 없었다. 내 사정에 대해 알게 된 사람은 누구나 나를 불쌍하게 여겼다. 그러니 넷째, 나는 거짓말을 할 수밖에 없었다.

거짓말.

엄마한테 한 거짓말은 곧 마르틴 집안 전체로 퍼졌다. 우리 문제에 관해서는 프라이버시도 경계선도 존재하지 않는 집안이기 때문이었다. 지금쯤 내 거짓말은 지역 신문의 동네 소식란에 올라갔을지도 모를 일이었다.

'카탈리나 마르틴, 드디어 싱글 탈출. 카탈리나의 가족은 카탈리나가 미국인 남자친구를 결혼식에 데려오기로 했다고 말했다. 10년에 한 번 있을까 말까 한 이 경이로운 사건을 모든 초대객이 목격하게 될 듯하다.'

내가 벌인 짓이었다. 다니엘이 약혼했다는 얘기가 엄마의 입에서 흘러나와 수화기를 통해 내 귀에 때려 박힌 순간 나는 결혼식에 친구를 데려가겠다고 말하고 말았다. 아무나도 아니고… 무려 *남자친구*를 데리고 가겠다고… 거짓말을 하고 만 것이다. 있지도 않은 남자친구를 말이다.

더 말할 필요 있나. 에런 말이 맞았다. 시간이 얼마 남지 않은 상황에서 데이트 상대를 찾아내는 것도 쉽지 않은데, 내 남친인 척해줄 사람을 찾아낼 수 있다고 믿는 건 망상에 가까웠다. 그렇다고 에런이 내 유일한 선택지이니 그의 제안을 받아들여야 할까? 그건 완전히 미친 짓이었다.

"드디어 이해가 되나 보네요."

에런의 목소리에 나는 다시 현실로 돌아왔다. 그의 푸른 눈이 나를 똑바로 바라보고 있었다.

"혼자 차분히 생각해 볼 시간을 줄 테니, 결심이 서면 얘기해요."

나는 입술을 오므렸다. 두 뺨이 달아오르는 게 느껴졌다. 지금 내 모습이 얼마나 처량해 보일까. 나를 얼마나 불쌍하게 봤으면 좋아한 적도 없는 여자의 남친 노릇을 해주겠다고 자청했을까? 나는 팔짱을 끼었다. 나를 쳐다보는 얼음처럼 차갑고 무자비한 눈을 피해 시선을 돌렸다.

"아, 그리고 카탈리나?"

"예?"

내 입에서 조그맣게 대답이 튀어나왔다.

'아, 한심하네.'

"열 시 회의에 늦지 않도록 해요. 늦는 건 귀엽지 않아요."

나는 그를 쏘아보았다. 목구멍까지 욕이 올라왔다. 돌아이야 뭐야. 언젠가 높은 사다리를 찾으면 그 위에 올라가 딱딱한 물건을 저 짜증 나는 얼굴에 던져버리겠다고 바로 그 자리에서 결심했다.

나는 1년 하고도 8개월 동안 이 남자를 참아왔다. 이를 악물고 하루하루를 견뎠다. 에런은 고개를 한 번 끄덕하고는 그대로 돌아서서 가버렸다. 나는 멀어져 가는 그를 가만히 쳐다보았다. 그는 더 이상 어떤 말도 하지 않고 그렇게 가버렸다.

"흠, 이 분위기는…"

로지가 입을 열었다가 슬그머니 말끝을 흐렸다.

"미쳤다고? 모욕적이라고? 기괴하다고?"

나는 두 손을 얼굴로 들어 올렸다.

"예상 밖이라고나 할까. 흥미롭기도 하고."

로지의 얼굴이 손가락 사이로 보였다. 입꼬리가 슬쩍 올라가는 모습이었다.

"오늘부로 너랑 친구 안 해, 로절린 그레이엄."

로지는 키득거리며 받아쳤다.

"말 같은 소릴 해라."

물론 진심은 아니었다. 우린 쉽게 떼어질 사이가 아니었다.

"그래서 이제…"

로지는 내게 팔짱을 끼고 복도를 걸어가며 물었다.

"어쩔 생각이셔?"

나는 떨리는 숨을 내뱉었다. 온몸의 힘이 쭉 빠지는 듯했다.

"전혀… 모르겠어."

한 가지 분명한 건 있었다. 에런 블랙퍼드가 제안한 대로 할 생각은 눈곱만큼도 없다는 것. 그는 내 유일한 선택지도, 최고의 선택지도 아니었다. 젠장. 아무것도 아니었다. 언니의 결혼식에 남친으로 데려갈 사람은 절대 아니었다.

2

Chapter

나는 회의 시간에 늦지 않았다. 1년 8개월 전의 그날 이후로 회의 시간에 늦은 적이 없었다. 왜냐고? 에런 블랙퍼드 때문에.

딱 한 번 늦었던 그날. 하필 에런이 그 자리에 있었고, 그는 기회가 있을 때마다 내 앞에서 그 사실을 상기시켰다. 그는 내가 스페인 사람이라서 혹은 여자라서 시간 약속을 우습게 안다고 갈군 적은 없었다. 어쨌든 그건 근거 없는 편견이었다.

에런은 그런 헛소리를 지껄이지는 않았다. 그저 사실을 조목조목 말했을 뿐이었다. 그것도 확인된 사실만. 나를 포함해서 우리가 몸담은 이 컨설팅 회사의 모든 다른 엔지니어들과 마찬가지로 에런은 사실에 근거해서 말하게끔 훈련이 되어있었다. 엄밀히 말하면 내가 지각한 건 사실이었다. 몇 개월 전에 딱 한 번. 중요한 프레젠테이션이 있는 자리에 지각해서 처음 15분을 놓쳤다. 에런이 인테크에서 일하기 시작한 첫 주였고, 에런이 주최한 프레젠테이션이었다. 회의실에 들어가자마자 커피 주전자를 엎지른 바람에 지독하게 요란한 입장을 한 셈이 됐다.

프레젠테이션을 위해 에런이 준비해 온 서류에 커피가 쏟아지고 말았다. 그의 바지에도 커피가 묻었다. 그만하면 새로 온 동료에게 좋은 인상을 남기기 어려웠을 것이다. 아주 엿같았겠지. 하지만 그런 일은 언제든 일어날 수 있다. 고의가 아닌 사소한 사고는 흔히 일어난다. 그래도 다들 잘 극복하고 아무렇지 않게 잘 살아가지 않느냔 말이다.

그런데 에런은 아니었다. 그는 그 일을 잊기는커녕 매주, 매달 내게 '열 시 회의에는 늦지 말아요. 지각은 더 이상 귀엽지 않습니다'라고 말하곤 했다. 게다가 회의실에 들어온 그는 내가 별나게 일찌감치 들어와 앉아있는 모습을 볼 때마다 자기 손목시계를 확인하면서 놀랍다는 듯 눈썹을 치켜올렸다.

그러고는 경고하듯 내 쪽으로 살짝 고개를 끄덕이면서 내 손에 닿지 않는 곳으로 커피 주전자를 치워두었다. 몇 달 전 일을 잊지도 않고 그 후로 쭉 그렇게 하는 것이다. 문 쪽에서 헥터 디아스가 다정한 목소리로 인사를 건넸다.

"좋은 아침이야, 리나."

고개를 돌려 그의 얼굴을 보지 않아도 나는 헥터가 미소 짓고 있다는 걸 알 수 있었다. 나는 우리의 모국어인 스페인어로 인사했다.

"Buenos días(안녕하세요), 헥터."

헥터의 가족 모임에 초대받아 간 후로 나는 그를 삼촌처럼 따르고 있었다. 헥터는 내 어깨에 손을 얹고 살짝 잡아주었다.

"일은 잘되고 있어, mija(딸내미)?"

"그럭저럭요."

나도 미소로 화답했다.

"다음 바비큐 때 우리 집에 올 거지? 다음 달에 할 거야. 루르드가 자네한테 꼭 전해주라고 당부했어. 루르드가 세비체를 준비한다는데, 그걸 먹어줄 사람이 자네밖에 없거든."

헥터가 소리 내어 웃었다. 그 말은 사실이었다. 디아스 가족 중에 해산물이 들어간 페루 요리를 좋아하는 사람은 아무도 없었다. 어째서인지는 나도 알 수 없었다.

"뭘 물어보세요."

나는 웃으며 손을 흔들었다.

"당연히 가야죠."

헥터는 지정석인 내 오른쪽 자리로 와 앉았다. 나머지 동료 세 명이 회의실로 들어오면서 웅얼웅얼 아침 인사를 건넸다. 헥터의 사람 좋은 미소에서 시선을 뗀 나는 회의실 책상을 빙 돌아 열 시 방향에 자리한 남자 세 명을 바라보았다. 내 맞은편 자리로 향한 에런이 눈썹을 치켜올리더니 내 눈을 마주 보았다. 의자를 뒤로 빼는 그의 입술 양 끝이 내려가는 게 보였다.

나는 눈을 위로 굴리며 제럴드 쪽으로 시선을 돌렸다. 뚱뚱한 몸을 의자에 쑤셔 넣는 제럴드의 훌렁 까진 대머리가 형광등 불빛에 빛나고 있었다. 마지막은 카비어였다. 카비어는 최근에 승진해서, 지금 이 회의실에 들어와 있는 다른 사람들과 마찬가지로 솔루션 사업부의 팀장이 됐다. 이 사업부의 팀장은 토목 공학 문제를 제외한 온갖 회사 문제를 독자적으로 해결해야 하는 직급이었다.

"좋은 아침입니다, 여러분."

카비어는 팀장이 된 지 한 달 된 사람 특유의 열정을 내뿜었다.

"이번 주에는 제가 회의를 이끌고 의제를 발표할 차례네요. 지금부터 출석을 부르겠습니다."

짜증이 묻어나는 익숙한 투덜거림이 회의실 안을 채웠다. 책상 맞은편에 앉은 푸른 눈의 남자를 힐끗 보니 그는 그런 투덜거림이 거슬리는 표정이었다. 나 역시 속으로는 에런처럼 거슬렸지만 미소 띤 얼굴로 말했다.

"그래요, 카비어. 부르세요."

그러자 바다처럼 푸른 에런의 눈동자가 얼음처럼 싸늘해져서는 나를 쏘아보았다. 나는 에런의 눈을 쳐다보면서 카비어의 호명에 귀를 기울였다. 헥터와 제럴드가 출석 확인을 해준 뒤 내가 쓸데없이 쾌활한 목소리로 '왔어요'라고 대답했고 투덜이 에런이 마지막으로 구시렁대듯 출석 확인을 해주었다. 카비어가 말했다.

"좋습니다. 프로젝트 현황 업데이트를 진행하겠습니다. 누가 먼저 시작할래요?"

회의실 안에 정적이 감돌았다.

인테크는 자체적인 프로젝트 설계 제작 능력과 인력이 없는 사업체를 위해 엔지니어링 서비스를 제공하는 회사였다. 대여섯 명 정도로 팀을 구성해 외주를 받기도 했고, 한 명에게만 일이 배정될 때도 있었다. 우리 사업부에 소속된 다섯 명의 팀장은 현재 여러 고객을 위해 다양한 프로젝트를 진행 및 감독 중이라 늘 어떤 프로젝트든 손에 쥐고 있었다.

게다가 예정표에 맞춰 일을 진행하다 보면 온갖 쟁점과 문제점을 맞닥뜨리게 마련이었다. 매일 고객, 관계자들과 컨퍼런스 콜을 진행해야 했다. 현 프로젝트의 현황이 빠르게 바뀌고 업무 자체가 복잡해서 아무리 팀장이라고 해도 이런 회의에서 겨우 몇 분 만에 다른 팀의 업무까지 따라잡기란 불가능했다. 그러니 카비어의 질문에 다들 묵묵부답이었다. 이런 회의가 아무짝에도 쓸모없는 이유였다. 카비어는 앉은 자리에서 거북하게 자세를 바꾸며 입을 열었다.

"음… 좋습니다. 제가 먼저 해야겠네요. 그래요. 제가 시작하겠습니다."

그는 가져온 서류철을 펼치고 서류를 팔락팔락 넘겼다.

"이번 주에 우리는 텔레코어를 위한 새로운 예산안을 텔레코어 측에 프레젠테이션 해야 합니다. 다들 알다시피, 텔레코어는 클라우드 서비스를 기반으로 대중교통 체계에서 모바일 데이터 성능을 높이는 일을 하는 신생 업체죠. 음, 사용이 가능한 자원이 제한적이긴 하지만…"

나는 카비어의 말을 대충 흘려들으면서 눈만 굴려 회의실 안을 둘러보았다. 나만큼이나 카비어의 말을 건성으로 듣고 있는 듯한 헥터가 고개를 끄덕이며 듣는 시늉을 하고 있었다. 반면에 제럴드는 대놓고 핸드폰을 들여다보았다.

무례하네. 더럽게 무례해.

제럴드는 원래 그런 인간이었다. 그리고 그 남자가 눈에 들어왔다. 에런 블랙퍼드. 나는 그와 눈이 마주치기 전에 그가 쭉 나를 쳐다보고 있었다는 걸 알아챘다. 나와 눈이 마주치자 그는 내 쪽으로 팔을 뻗었다. 나는 그게 무슨 뜻인지 알아챘다.

안다고.

그는 커다란 손바닥에 붙은 기다란 손가락을 펼쳐 내 앞에 놓인 물건을 잡았다. 커피 주전자였다. 그의 손이 커피 주전자 손잡이를 감아쥐는 모습을 나는 가늘게 뜬 눈으로 쳐다보았다. 그는 커피 주전자를 오크나무 소재 책상의 표면에 쭉 끌어당겼다. 아주 천천히. 그러고는 고개를 끄덕였다.

뒤끝 쩔고 짜증 나는 파란 눈 새끼.

나는 입을 꾹 다문 채 그에게 미소를 지어 주었다. 속으로는 당장 이 방을 가로질러 달려가 저 망할 커피 주전자의 내용물을 그에게 쏟아붓고 싶었다. 다시 한번. 이번에는 실수가 아니라 고의로 말이다. 그 생각을 떨치려 애써 눈을 돌리고는 플래너에 해야 할 일 목록을 맹렬하게 휘갈겨 쓰기 시작했다.

'엄마를 위해 주문한 부케가 모란인지 백합인지 이사 언니한테 물어보기. 카르멘 숙모를 위해 모란이나 백합 부케 주문하기.'

이렇게 하지 않으면 카르멘 숙모는 나, 그날의 신부인 이사 언니 그리고 엄마를 잔뜩 속상한 눈으로 쏘아볼 것이다. 자기나 우리 중 누군가가 죽을 때까지 계속 그렇게 쏘아볼 사람이었다.

'아빠가 공항에서 나를 언제 픽업할지 알아야 하니까 아빠에게 내

비행편 시간표 알려드리기.'

'아빠한테 공항 픽업을 받아야 하니까 아빠가 내 비행편 시간표를 알고 있다고 이사 언니한테 말해주기.'

나는 펜을 입술로 가져갔다. 중요한 무언가를 잊은 것 같은 찜찜한 기분에 불안감이 밀려왔다. 펜을 잘근잘근 씹으면서 뭘 놓쳤는지 확인하려 머릿속을 뒤적거렸다. 그때 절대 잊을 수 없는 목소리가 내 머릿속에 천둥처럼 울렸다.

"시간도 얼마 없는데 그 일을 해낼 사람을 찾는 건 망상이죠."

나는 맞은편 자리에 앉은 에런을 힐끗 쳐다보았고 또 그와 눈이 마주쳤다. 나쁜 짓을 하다가 걸린 기분이었다. 이를테면 그 남자 생각을 하고 있다든가 하는 것 말이다. 뺨에 열이 확 올라 얼른 끼적거리던 목록으로 시선을 돌렸다.

'남자친구 찾기.'

이렇게 적어놓고는 줄로 쫙 긋고 새로 적었다.

'가짜 남자친구 찾기. 진짜 남자친구일 필요는 없음.'

"…알려드릴 내용은 이게 전부입니다."

카비어의 말이 내 뒷골 어딘가에 들어와 박혔다. 나는 목록 작성을 이어갔다.

'가짜 남자친구 찾기. 진짜 남자친구일 필요는 없음. 특히 저 남자일 필요는 없음.'

물론 굳이 에스코트를 고용하지 않더라도 다른 선택지는 있었다. 재빨리 구글 검색을 해보니 에런의 말대로였다. 에런의 말이 또 맞았다. 나는 할리우드 영화의 빤한 거짓말에 놀아난 셈이 됐다. 뉴욕에는 단순한 동행 서비스에 국한하지 않고 온갖 다양한 서비스를 제공하는 남녀가 잔뜩이었다. 얼굴을 찡그리면서 펜을 더 세게 씹어댔다. 에런에게 당신 말이 맞다고 인정해 주지 않을 것이다. 차라리 1년 동안 초콜릿을 끊고 말지.

하지만 절박한 건 사실이었고, 에런도 그 점을 분명히 짚어주었다. 내 가족 앞에서 나와 진지하게, 헌신적으로 사귀는 척을 해줄 남자가 필요했다. 결혼식 당일뿐만 아니라 결혼식 전 이틀에 걸친 축하 행사 때도 나와 함께 있어줄 남자를 구해야 하는 것이다. 이대로라면 난 망한 게 아닐까…

"…리나가 해주면 좋겠어요."

내 이름이 들린 순간 머릿속에 있던 생각이 죄다 날아갔다. 펜을 테이블에 내려놓고 헛기침했다.

"네."

나는 태연히 대화에 끼어들려 애썼다.

"듣고 있어요. 듣고 있다고요."

"지금까지 제대로 듣고 있지 않았나 봐요?"

시선을 돌려 맞은편 자리에 앉은 남자의 파란 눈을 마주 보았다. 그가 인간의 감정이라는 걸 가졌는지 모르겠지만 저 파란 눈에 재미있어하는 표정이 곧 담길 것 같았다. 등을 곧게 펴고 플래너 페이지를 팔락 넘겼다.

"이따가 고객과 통화할 내용을 적느라 대화 흐름을 잠시 놓쳤어요. 중요한 건이라서요."

물론 거짓말이었다.

에런은 고개를 끄덕거렸다. 다행히 더 물고 늘어질 것 같지 않았다. 카비어가 부드러운 목소리로 말했다.

"우리 모두 현 상황을 명확히 인식해야 하니 간추려서 말씀드리죠."

내일 카비어에게 행운이 따르길.

"고마워요, 카비어."

나는 그에게 환한 미소를 지어주었다. 그러자 카비어는 얼굴을 붉히더니 불안정한 미소로 화답했다. 맞은편 자리에서 참을성 없게 숨을 훅 내쉬는 소리가 들려왔다.

저 남자한테는 내일 행운이 따르지 않으면 좋겠어. 앞으로도 쭉.

카비어가 입을 열었다.

"제프 부서장님이 오늘 회의에 참석해서 당신한테 직접 설명해 주고 싶어 하셨는데, 워낙 스케줄이 빡빡하시잖아요. 약속이 줄줄이 있으시기도 하고. 부서장님이 필요한 정보를 전부 전달할 겁니다. 그래도 당신에게 미리 알려주는 게 좋을 것 같아서 말한 겁니다."

나는 눈을 껌벅거렸다. 대체 무슨 얘길 하는 거지?

"고마워요, 카비어."

"고맙긴요."

그는 고개를 끄덕거렸다.

"우리 다섯 명이 의사소통이 잘되어야 업무를 제대로 진행할 수 있으니까…"

그러자 에런의 목소리가 회의실에 울려 퍼졌다.

"카비어. 요점만 말하시죠."

카비어는 에런을 힐끗 쳐다보았다. 흠칫 놀란 것 같기도 했다.

"그래요, 에런."

카비어는 헛기침을 두 번 한 후 말을 이었다.

"몇 주 후에 인테크가 직장 공개일 행사를 치르잖아요. 많은 분이 참석할 텐데, 대부분이 우리가 제공하는 서비스라든지 우리가 작업 중인 최대 규모의 프로젝트에 관심 있는 잠재적 고객이죠. 제프 부서장님은 행사 참석자들이 높은 직급의 관리자들이라고 하셨어요. 즉, 잠재적 고객과 대면해 우리 회사의 네트워크를 확대 강화할 기회라는 말이죠. 부서장님은 그 자리에서 우리 회사의 역량을 보여주고 싶어 하세요. 우리가 현 시장을 완전히 꿰고 있는 것처럼 보이길 바라시는 겁니다. 그러면서도 우리가 일밖에 모르는 사람들은 아니라는 걸 현 고객과 잠재 고객에게 보여주고 싶으신 거죠."

그는 초조하게 웃었다.

"직장 공개일 행사를 아침 여덟 시에 시작해서 자정까지 진행하는 것도 그래서고요. 여기서 참석자들을 맞이할 겁니다."

"자정까지요?"

나는 놀라움을 감추지 못하고 내뱉고 말았다.

"맞아요."

카비어는 힘차게 고개를 끄덕거렸다.

"새롭죠? 제대로 된 행사로 진행될 겁니다. 새로운 기술에 관한 모든 종류의 워크숍, 지식 교류 회의, 고객의 특징과 요구를 파악하기 위한 다양한 활동이 이루어질 거예요. 물론 아침, 점심, 저녁 식사도 준비해야 하죠. 아, 일 끝나고 마시는 술도 있어야 하고요. 다 같이 으쌰으쌰 하자는 뜻으로요."

카비어의 설명을 들으면서 내 눈이 점점 커졌다. 헥터가 입을 뗐다.

"저기… 그럼 규모가 달라질 텐데."

그랬다. 몇 주일 만에 계획을 세워 진행하기에는 복잡한 행사 같았다. 제럴드가 수상쩍게 잘난 척을 하며 끼어들었다.

"그렇긴 해요. 그래도 그렇게 해야 우리 인테크가 게임에서 앞서 나가죠."

카비어는 내 눈을 바라보며 고개를 끄덕였다.

"맞습니다. 제프 부서장님은 리나 당신이 책임지고 행사를 준비하길 원하세요. 정말 멋지지 않아요?"

나는 의자 등받이에 등을 기대며 눈을 깜박였다.

"나더러 행사를 준비하라고 했다고요? 전부요?"

"네."

카비어는 좋은 소식이라도 전해준 것처럼 날 보며 미소 지었다.

"주최자 역할을 하라는 겁니다. 우리 다섯 명 중에 당신이 제일 적합하다고 보신 거죠."

나는 천천히 눈을 감았다 뜨면서 카비어의 표정을 살폈다. 내 표정을 본 그의 입술 양끝이 슬그머니 쳐졌다.

적합한 거 좋아하시네.

나는 곤두서는 신경을 가라앉히려 숨을 깊게 들이마셨다.

"제일 적합한 인재라고 봐주시니 기쁘네요."

거짓말이었다. 몸 안에서 피가 들끓기 시작했지만 정신을 딴 데로 돌리려 애썼다.

"그런데 저는 이런 행사를 준비할 시간도 없고 경험도 없어요."

"부서장님이 워낙 완강하세요. 인테크를 위해 당신 같은 인재가 나서주는 게 중요합니다."

'나 같은 인재'가 어떤 인재냐고 묻고 싶었지만 굳이 답을 듣고 싶지는 않았다. 목이 말라서 숨쉬기가 점점 힘들어졌다.

"우리 중 누가 해도 비슷하지 않을까요? 기왕이면 홍보 업무 경험이 있는 사람이 이런 중요한 행사 주최를 맡는 게 좋지 않아요?"

카비어는 내 질문에 답을 하지 않고 말을 돌렸다.

"부서장님은 당신에게 이번 행사 조직을 맡기고 싶다고 하셨어요. 따로 사람을 고용하느라 추가 자원을 들일 필요 없어요. 게다가 당신은…"

그는 당장 이 자리를 벗어나고 싶은 듯 우물쭈물하다가 말을 이어 붙였다.

"사교적이고, 활기찬 사람이니까요."

마구 휘몰아치는 속내를 감추느라 테이블 밑으로 주먹을 쥐었다.

"그렇죠."

이를 악물었다. 상사에게 활기차다는 평가를 받는 건 모든 사람의 꿈 아닌가.

"그런데 제가 지금 맡은 일이 있어서요. 시간 맞춰 끝내야 하는 프로젝트들이에요. 이런… 행사를 제 고객과 현재 진행 중인 업무보다 중요하게 생각하면 안 되잖아요?"

나는 동료들이 내 의견을 지지해 주길 기다리며 꽤 한참 침묵을 지켰다. 하지만 아무도 나서주지 않았다. 그저… 이런 상황에 으레 뒤따르는 침묵이 회의실 안에 감돌 뿐이었다. 나는 앉은 자리에서 뒤척였다. 좌절감 때문에 두 볼이 달아오르고 있었다. 최대한 차분하게 입을 열었다.

"카비어. 제프 부서장님이 나한테 이 일을 맡기고 싶다는 뜻을 내비쳤을 수는 있어요. 하지만 여러분은 이게 말이 안 되는 걸 알잖아요. 안 그래요? 나는… 어디서부터 준비해야 하는지도 몰라요."

나는 그런 행사 준비나 하려고 이 회사에 들어와 월급을 받는 게 아니었다. 옆에서 누가 거들어 주면 결과가 달라질 텐데 아무도 나서지 않았다. 이런 분위기이니 나한테 이따위 업무가 떨어졌겠지.

"우리 팀에서 일을 제일 잘하던 린다와 패트리샤를 대신해서 업무를 진행 중이라 주중에 아예 시간이 안 나요."

이 시점에 이런 식으로 투덜거리며 이해를 구하는 게 정말 싫지만, 달리 어떻게 할 수 있을까? 제럴드가 콧방귀를 뀌는 소리가 들려 나는 그리로 고개를 휙 돌렸다. 제럴드가 주절거렸다.

"이래서 30대 여자를 고용하면 안 된다니까."

나는 제대로 들은 게 맞는지 귀를 의심하며 콧방귀를 뀌었다. 설마 했는데 제럴드가 그 말을 한 건 사실이었다. 내가 입을 열려는데 헥터가 말을 막았다.

"그러지 말고 우리가 자네를 도와주면 어떨까?"

고개를 돌려 보니 헥터는 이미 체념한 표정이었다.

"우리가 조금씩 도와주면 될 것 같아서 말이야."

나는 헥터를 아끼지만 그의 물렁한 마음과 부족한 결기는 이럴 때 별로 도움이 되지 않았다. 헥터는 늘 이렇게 핵심을 건드리지 않고 피하는 스타일이었다.

"여긴 고등학교가 아닙니다, 헥터."

제럴드가 딱딱거렸다.

"우린 프로예요. 누가 누굴 조금씩 돕는 일 따윈 하지 않아요."

제럴드는 기름진 대머리를 좌우로 흔들며 콧방귀를 뀌어댔다. 헥터는 입을 닫았다. 카비어가 말했다.

"부서장님께 받은 참석자 목록을 전달해 줄게요, 리나."

나는 고개를 절레절레 흔들었다. 얼굴이 더 달아올랐다. 이대로는 동료에게 후회할 말을 내뱉을 것 같아 혀를 꽉 물었다. 카비어가 말을 이었다.

"부서장님께서 출장 연회 서비스 관련해서 몇 가지 아이디어를 내셨어요. 그것도 별도 이메일로 전달해 줄게요. 부서장님은 당신이 출장 연회 서비스 관련해서 따로 조사하길 바라세요. 연회 주제를 뭘로 할지 같은 것 말이죠. 부서장님은 당신이 알 거라고 하셨어요."

나는 입술만 달싹여 소리 없이 욕을 내뱉었다. 할머니가 들었으면 내 귀를 붙잡고 성당으로 끌고 갔을만한 욕이었다.

내가 뭘 알아? 내가 어떻게 아냐고?

손을 뻗어 펜을 두 손으로 꽉 쥐면서 속에서 올라오는 좌절감을 짓누르며 깊게 숨을 들이마셨다.

"내가 부서장님께 직접 말할게요."

나는 이를 악문 채 애써 미소를 지었다.

"다른 때 같으면 부서장님을 성가시게 하지 않겠지만…"

그러자 제럴드가 말했다.

"우리 시간 좀 그만 허비할래요?"

그의 말에 얼굴을 달구던 피가 발끝으로 확 떨어졌다.

"이런 일로 부서장님을 찾아갈 필요 없어요."

제럴드는 투실투실한 손가락으로 허공을 휘저었다.

"군소리 말고 그냥 해요. 그냥 웃으면서 종일 좀 오버해서 사근사근하게 굴면 되겠구먼. 안 그래요?"

'오버해서'와 '사근사근하게'라는 말이 머릿속에 울렸다. 나는 눈을 크게 뜨고 제럴드를 쏘아보았다. 우아한 남자한테나 어울릴 와이셔츠에 몸뚱이를 욱여넣은 저 땀투성이 남자는 기회만 있으면 남의 자존심을 밟으려 들었다. 상대가 여자면 더욱 악착같이 밟았다.

네가 그럴 줄 알았어.

"제럴드."

나는 온화한 목소리를 내려 애쓰면서 입을 열었다. 손에 쥔 펜이 누르는 힘을 못 이기고 부러져서 내가 지금 얼마나 빡친 상태인지를 드러내지 않길 바랐다.

"이 회의의 목적은 모두 한자리에 모여 이런 문제를 의논하기 위해서겠죠. 그러니 내 의견에도 귀를 기울이는 게 맞고…"

"자기야."

제럴드는 비웃음을 흘리며 내 말을 막았다.

"이 행사를 파티라고 생각해요. 여자들은 파티에 관해 빠삭하잖아? 몇 가지 놀이 좀 준비하고, 음식 좀 주문하고, 좋은 옷 입고 왔다 갔다 하면서 농담 좀 던지면 되는 걸 가지고. 당신은 젊고 귀엽잖아요. 머리를 심하게 쓸 필요도 없어. 어차피 손님들은 당신이 하라는 대로 할 테니까. 그 정도는 할 수 있잖아요, 안 그래?"

말문이 막혔다. 폐를 드나들어야 할 공기가 그사이 어딘가에 꽉 들어 막힌 듯했다. 급기야 내 몸을 제어할 수 없게 되고 말았다. 나도 모르게 다리가 쭉 펴지더니 몸을 일으켜 세웠다. 의자가 요란하고 급작스레 끼익 소리를 내며 밀려났다. 두 손으로 테이블 표면을 탁 내리치는데 일순간 머릿속이 하얘지면서 눈앞이 벌게졌다. 비유가 아니라 문자 그대로 그렇게 된 것이다. 사람이 분노하면 왜 얼굴부터 달아오르는지 그 이치를 깨달았다. 진홍색 렌즈로 된 안경을 쓴 것처럼 눈앞이 *시뻘게졌다.*

오른쪽에서 헥터의 무거운 한숨과 중얼거림이 들려왔다. 그러고는 아무 소리도 들리지 않았다. 들리는 건 오직 내 가슴속에서 망치질하듯 쿵쾅거리는 심장 소리뿐이었다. 그랬다. 진실을 깨달았다. 이 회의실에 앉아있는 네 명 중에 나를 콕 집어서 이 빌어먹을 일거리를 던져준 진짜 이유를 알았다. 내가 여자라서, 우리 사업부의 유일한 여성 팀장이라서였다. 몸매가 얼마나 잘 **빠졌냐**와 관계없이 내가 여성으로서의 특징을 가진 것은 사실이었다. 활기차고 귀엽고 여성스러운 나는 저들에게 꽤 매력적인 선택지였을 것이다. 저들은 인테크가 과거에 함몰된 꼰대 회사가 아니라는 걸 보여주는 잘난 상징으로 나를 고객들에게 보여주려는 것이다.

"리나예요."

나는 차분하고 단단한 목소리를 내려 애썼지만 마음대로 되지 않았다. 이대로 돌아서서 다리가 이끄는 대로 이 방에서 나가고 싶었다.

"내 이름은 자기야가 아니라 리나라고요."

나는 천천히 도로 의자에 앉았다. 헛기침으로 시간을 벌며 목소리를 제어했다.

해내야 해. 이겨내야 해.

"다음부터는 내 이름을 제대로 불러주세요. 다른 사람들을 대할 때처럼 정중하고 전문가답게요."

내 귀에 들리는 내 목소리가 마음에 들지 않았다. 그래도 회의실에서 도망쳐 나가는 대신 해야 할 말을 다 뱉어내기는 했다.

"부탁드려요."

지독한 분노와 좌절감으로 시야가 부옇게 흐려져서 눈을 몇 번 깜박거렸다. 이대로 모든 게 눈앞에서 사라지면 좋겠다. 속에서 울컥 올라와 목에 걸린 덩어리가 이 지독한 어색함과 무관하기를 바랐지만 실상은 그렇지 않았다. 직장 동료에게 날카롭게 쏘아붙인 후에 어떻게 어색함을 안 느낄까? 이미 벌어진 일이고… 이런 쓰레기 같은 일을 겪는 게 처음도 아니지만… 이럴 땐 어떻게 대처해야 하는지 여전히 알수 없었다. 제럴드는 어이없다는 듯 눈을 위로 굴렸다.

"뭘 그렇게 정색해요, *리나*."

제럴드는 나를 내리 깔보았다.

"그냥 농담 좀 한 것 같고. 안 그래요, 여러분?"

그는 지지를 구하듯 동료들을 쭉 둘러보았다. 하지만 아무도 그를 지지하지 않았다. 시야 한옆으로 잔뜩 풀 죽어 앉아있는 헥터가 보였다.

"제럴드… 아 좀."

나는 제럴드를 쳐다보면서 무력감으로 가슴이 들썩이지 않도록 애썼다. 침묵을 지키는 카비어와 에런 쪽으로는 눈길도 돌리지 않았다. 그 둘은 어느 편도 들지 않겠다는 생각이겠지만 침묵으로 이미 편을 들고 있었다.

"아, 좀 뭐요?"

제럴드가 콧방귀를 뀌었다.

"내가 사실이 아닌 말을 한 것도 아니고. 사실 여자로서 대단히 힘든 일을 하라는 것도 아니잖…"

내가 제럴드에게 맞서려 용기를 쥐어 짜내기도 전에, 나를 위해 나서줄 거라고 전혀 예상 못 한 인물이 목소리를 냈다.

"그만하시죠."

나는 곧장 그 목소리의 주인공 쪽으로 고개를 돌렸다. 그는 싸늘하게 굳은 눈빛으로 제럴드를 쳐다보고 있었다. 눈빛이 어찌나 차가운지 회의실 공기가 몇 도는 떨어진 것 같았다.

나는 고개를 흔들며 에런한테서 눈을 뗐다. 지난 10분 동안 그는 말할 기회가 있었는데도 입을 닫고 있었다. 끝까지 침묵할 수도 있었을 것이다. 물론 내가 알 바는 아니었다. 의자를 바닥에 쭉 끌며 일어선 제럴드는 주섬주섬 자기 물건을 챙기며 심드렁하게 말했다.

"그래요. 그만하죠. 나도 이럴 시간 없어요. 저 여자분도 자기가 해야 할 일을 잘 알고 있을 테고요."

작은 진주처럼 맨들맨들한 대머리 제럴드는 문 쪽으로 걸어가 회의실을 나갔다. 속에서 심장이 쾅쾅 뛰어 관자놀이까지 울려댔다. 덩달아 일어선 카비어는 미안해하는 눈빛으로 나를 슬쩍 쳐다보았다.

"난 제럴드 편 아닌 거 알죠?"

카비어는 에런을 휙 돌아본 후 재빨리 내 쪽으로 시선을 돌렸다.

"모든 게 제프 부서장님 생각이에요. 부서장님이 당신한테 이 일을 맡기고 싶어 하세요. 너무 과하게 생각하면서 오해하지 말고 그냥 칭찬으로 받아들여요."

대답하고 싶지도 않았다. 나는 카비어가 회의실을 나가는 모습을 조용히 바라보았다. 나를 거의 디아즈 가족의 일원인 것처럼 다정하게 대해준 헥터는 나를 보면서 고개를 절레절레 흔들더니 입 모양으로 'Qué pendejo(멍청이)'라고 말했다. 피식 웃음이 났다. 우리가 스페인어로 쓸 일은 별로 없는 욕이긴 하지만 나는 그가 어떤 의미로 그 말을 했는지 정확히 알았다.

헥터의 말대로였다. 제럴드는 더럽게 멍청한 놈이었다. 그리고 에런. 그는 내 쪽을 굳이 쳐다보려 하지도 않았다. 기다란 손가락을 이용해 자기 물건을 체계적으로 챙기더니 더 긴 다리로 의자를 뒤로 밀어

젖히며 몸을 일으켜 세웠다.

  조금 전의 일로 기분이 가라앉은 채 그를 힐끗 쳐다보았다. 그는 자기 손을 내려다보다가 내 얼굴로 시선을 들었다. 그의 눈빛이 차가워지면서 무관심으로 바뀌었다. 그의 시선은 잠시 내게 머물다가 빠르게 떠나갔다. 늘 그랬듯이.

  그의 키 크고 건장한 몸이 문 쪽으로 걸어가더니 이윽고 복도로 나섰다. 내 가슴속 심장 박동은 점점 빨라졌다가 확 내려앉았다.

  "가자, *mija*(딸내미)."

  의자에서 일어선 헥터가 나를 내려다보았다.

  "내 사무실에 치차론(양념한 돼지 껍데기를 튀겨 라임을 뿌려 먹는 요리.-옮긴이) 한 봉지가 있어. 요전 날에 시메나가 내 노트북 가방에 슬쩍 넣어뒀는데 조금씩 아껴 먹고 있어."

  헥터는 한쪽 눈을 찡긋했다. 나도 일어서며 가볍게 웃었다. 다음에 헥터의 딸 시메나를 만나면 꽉 안아줘야겠다. 나는 미소 짓는 헥터에게 마주 미소를 지으려 애쓰면서 그를 따라 복도로 나갔다.

  "시메나의 일주일 용돈을 좀 올려주셔야겠어요."

  몇 걸음 옮긴 후 나도 모르게 입술 양 끝이 흔들리면서, 웃고 있는 내 눈과는 달리 울상이 되고 말았다.

3

오늘 저녁을 이렇게 보내게 될 줄 몰랐다.

늦은 시간이라 사람들은 거의 다 퇴근하고 인테크 본부는 비어있다시피 했다. 앞으로 서너 시간은 더 일해야 퇴근할 수 있을 것 같은데, 뱃속이 어찌나 요란하게 꼬르륵대는지 이러다 제살이라도 뜯어먹으려 들 것 같았다.

"*Estoy jodida*(망했네)."

나지막하게 내뱉었다. 진짜 완전히 망한 기분이었다. 이유는 이러했다. 첫째, 마지막으로 먹은 게 고작 채소 샐러드였던 게 실수였다. 언니의 결혼식까지 4주밖에 안 남았으니 몸매 관리를 하려면 채소 샐러드를 먹는 게 제일 분별 있는 행동이긴 했다. 둘째, 지금 수중에 간식거리가 하나도 없는 데다가 아래층 자동판매기에 넣을 잔돈도 없었다. 셋째, 노트북 화면에 뜬 파워포인트 슬라이드가 절반도 채워지지 않은 상태로 나를 쳐다보며 커서를 깜박이고 있었다.

나는 키보드 위에 손을 얹은 채 어떤 키를 누를지를 놓고 1분 동안 고민했다. 그 와중에 핸드폰 문자음이 울리자 바로 그리로 관심이 쏠렸다. 화면에 로지의 이름이 보였다. 화면 잠금을 풀자 바로 사진이 떴다. 우유 거품으로 만든 아름다운 장미를 위에 올린 달콤한 플랫 화이트 사진이었다. 그 옆에는 트리플 초콜릿 브라우니가 조명 아래서 뻔

뻔하게 빛나고 있었다.

로지

올래?

뭘 하자는 건지 나한테 설명할 필요도, 심지어 주소를 찍어 보내줄 필요도 없었다. 이런 멋진 메뉴를 파는 곳은 우리가 이 도시에서 즐겨 찾는 카페인 '어라운드 더 코너'뿐이니까. 매디슨가에 있는 카페인 피난처에 가있을 생각만 해도 입에서 군침이 흘렀다. 나는 한탄의 신음을 꾹 누르며 답장했다.

리나

가고 싶은데 일 때문에 꼼짝 못 해.

화면에 점 세 개가 찍혔다.

로지

정말? 네 자리를 맡아놨는데.

답장을 쓰기도 전에 문자가 들어왔다.

로지

브라우니 딱 하나 남았는데 나눠줄게. 네가 여기로 재빨리 튀어온다는 조건으로. 이만하면 많이 봐줬다.

한숨이 나왔다. 로지를 만나러 가는 게 수요일 저녁에 추가 근무를 하는 것보다 훨씬 낫지만…

리나

못 가. 나 지금 직장 공개일 행사 준비를 하고 있어. 그건 그렇고 그 사진 지워야겠다. 너무 유혹적이야.

로지

아, 뭐야. 그 일을 떠맡게 됐다는 것 말고는 나한테 아무 얘기도 안 해줬잖아. 행사가 언제야?

리나

스페인에서 돌아오고 곧바로야. 🙇🙆

로지

네가 왜 그 일을 해야 하는지 난 아직도 이해가 안 돼. 지금 하는 일로도 버겁지 않아?

내 말이. 나는 급료를 받는 대가로 진행 중인 프로젝트가 있었다. 정장 입은 손님들을 먹이고 돌보면서 비위를 맞추는 게 전부인 직장 공개일 행사를 준비하는 게 내 정식 업무는 아니란 말이다. 행사 준비를 어떻게 해야 할지 감도 안 왔다. 하지만 불평해 봤자 도움 될 게 없었다.

리나

😔
그렇지 뭐.

로지

아, 진짜. 제프 부서장님 진짜 마음에 안 들어.

리나

전에는 매력적인 중년 남자라더니. 🙄

로지

그랬지. 쉰 살치고는 외모도 괜찮고, 살짝 바보 같은 면도 있잖아. 난 그런 거에 끌리더라고.

리나

어렵하시겠어, 로지. 테드가 참 별로인 놈
이었잖아. 너희 둘이 깨져서 다행이야.

로지

그 뒤로 한참 문자가 끊겨서 그대로 대화가 종료됐다고 생각했다.
잘됐다 싶었다. 망할 행사 준비 건으로 돌아가야지 하는데… 문자 알
림음이 다시 울렸다.

로지

미안. 방금 카페 주인 남편을 봐서
정신이 좀 흐트러졌어. 🌫️

로지

엄청 잘생겼어. 일주일에 한 번씩 아내
에게 꽃다발을 바치는 남자야. 😭

리나

로절린, 나 이제 일해야 해.
사진 찍어서 내일 보여줘.

로지

미안, 미안. 그건 그렇고 에런이랑 얘기해
봤어? 😐 에런이 아직 기다리고 있을까?

생각하지 않으려 애쓰고 있던 일을 로지가 갑자기 언급하자 가슴이
덜컥 내려앉았다. 쪽팔리지만 사실이었다. 거짓말쟁이. 지난 이틀 동
안 나는 언제 폭탄이 떨어질지 몰라 조마조마했다. 월요일 이후로 에

The Spanish Love Deception

런은 우리 언니 결혼식에 남친으로서 동행해 주겠다는 제안에 대해 한 마디도 하지 않았다. 로지도 마찬가지였는데, 우리 둘 다 일정이 바빠서 서로 얼굴 볼 새도 거의 없어서였다.

리나

> 무슨 소리인지 모르겠네.
> 기다리긴 뭘 기다려?

로지

> ...

리나

> 심장 이식을 말하는 거야? 듣기로는
> 심장도 없는 무정한 남자라던데.

로지

> 웃고 있네. 그런 농담은 나중에 에런이랑
> 얘기 나눌 때나 하셔.

리나

> 그럴 일 없어.

로지

> 그렇겠지. 너희 둘은 서로를 바라보느라
> 말할 틈도 없겠지. 🐺

달갑지 않게도 그 말에 내 볼이 확 달아올랐다.

리나

> 무슨 말이야?

로지

> 알면서 뭘 물어.

리나

> 마녀처럼 그 남자를 장작더미에 올리고 불
> 을 붙이고 싶냐고 묻는 거야? 그거 맞아.

로지

에런도 아마 야근하고 있을걸?

리나

어쩌라고?

로지

어쩌긴… 에런의 사무실로 슬슬 가서, 에런이 좋아하는
방식으로 그를 쓱 바라보란 말이야.

첫. 말도 안 되는 소리 하고 있네. 나는 경악한 눈으로 핸드폰 화면
을 들여다보면서 의자에 앉은 채로 불편하게 몸을 뒤척였다.

리나

뭔 헛소리야? 또 초콜릿을 너무 많이 먹었니? 초콜
릿을 과다복용하면 넌 늘 정신이 몽롱해지잖아. 🍫

로지

말 돌리기는.

리나

말 돌리는 게 아니라, 네 건강이
진심으로 염려돼서 그래.

로지

새롭긴 했다. 내 친구 로지는 영양가 없는 말을 잘하는 편이 아니었
다. 그런데 요즘은 한 번씩 이런 말을 툭툭 던지고 있었다. 한번은 이
렇게 말하기도 했다. '점점 긴장되네'. 로지의 그 말에 나는 콧방귀를
세게 뀌다가 하마터면 콧물이 찔끔 나올 뻔했다.

속으로는 나는 로지의 관찰력이 영 꽝이라고 생각했었다. 멜로드라
마를 하도 봐서 현실 감각이 떨어지기 시작하는 모양이었다. 젠장. 나

야말로 멜로드라마가 넘쳐나는 스페인 출신이었다. 할머니와 함께 멜로드라마를 시청하며 어린 시절을 보냈다고 해도 과언이 아니었다. 하지만 나는 드라마에 빠져 정신 못 차리는 사람이 아니었다. 에런 블랙퍼드와 나 사이에 긴장감이 고조될 일 따위는 없었다. 그러니 내가 에런이 좋아하는 방식으로 그를 바라볼 일도 없을 것이다. 에런이 무언가를 좋아할 것 같지도 않았다… 그는 찔러도 피 한 방울 안 나올 남자였다.

리나

> 됐다. 나 이제 일해야 해. 넌 커피 마저 마셔. 페이스트리 판매대 쪽에는 기웃거리지 말고. 건강 나빠져.

로지

> 알았어, 알았다고. 지금은… 여기까지만 할게. 🖤 행운을 빌어!

리나

핸드폰 화면을 잠그고 탁자에 엎어 놓은 뒤 기운을 내려고 심호흡을 했다.

얼른 일하자.

별안간 초콜릿 브라우니가 생각났다. 가차 없는 공격이었다.

이러지 마, 리나.

브라우니든 뭐든… 음식을 생각하는 건 지금 도움이 되지 않았다. 배가 고프지 않다고 나에게 암시를 걸어야 할 판이었다.

"배 안 고파."

밤색 머리카락을 모아 잡아 똥머리로 틀어 올리며 큰 소리로 말했다.

"내 배는 꽉 찼어. 온갖 맛있는 음식들로 꽉 차있다고. 타코랑 피자랑 브라우니랑 커피랑…"

시각화 훈련으로 배고픔을 틀어막으려는 내 노력을 무시하고 위장이 꼬르륵거렸다. '어라운드 더 코너' 카페의 기억이 머릿속으로 밀고 들어왔다. 볶은 커피콩의 고소한 향기. 세 가지 종류의 초콜릿으로 만든 브라우니를 한 입 베어 물 때의 달콤함. 커피 머신이 우유를 데우는 소리.

위장이 또다시 요란하게 불평을 쏟아냈다. 나는 머릿속에 떠오른 온갖 이미지들을 마지못해 몰아내며 한숨을 쉬었다. 여름이면 최대 강도로 틀어놓는 에어컨 때문에 필수로 입어야 하는 얇은 카디건 소매를 말아 올렸다.

"알았어, 위장아. 나 일 좀 하자."

나는 나지막하게 중얼거렸다. 이렇게 말이라도 하면 위장을 달랠 수 있을 것처럼.

"내일은 어라운드 더 코너로 데려가 줄게. 나 일해야 하니까 지금은 조용히 좀 있어. 응?"

"음."

내 위장이 대답이라도 한 것처럼 그 소리가 사무실 안에 울려 퍼졌다. 물론 위장이 대답했을 리 없었다.

"희한하네요."

방금 대답한 낮은 목소리가 말했다.

"당신 성격과 잘 맞는 행동인 것 같긴 해요."

나는 고개를 들지 않아도 그 낮고 굵은 목소리의 주인이 누구인지 알 수 있었다. 눈을 감았다.

미치겠다, 로절린 그레이엄. 네가 이 악마를 내 사무실로 소환했어. 초콜릿으로 대가를 치러야 할 거야.

나지막하게 욕을 내뱉었다. 내가 기운을 내려고 한 말을 저 남자가 다 들은 게 분명했다. 책상을 내려다보던 나는 표정에서 감정을 배제하고 고개를 들었다.

"희한하다고요? 사랑스러운 행동이겠죠."

"아뇨."

그는 잠시 머뭇거리지도 않고 곧바로 받아쳤다. 반응이 너무 빨랐다.

"혼잣말을 두 마디 이상 하는 사람을 보면 불안해지게 마련이에요. 지금 당신은 혼자서 아예 대화하고 있었잖아요."

나는 책상 위에 있던 물건을 아무거나 손에 쥐었다. 쥐고 보니 형광펜이었다. 숨을 들이쉬고 내쉬며 말했다.

"미안하게 됐네요, 블랙퍼드 씨. 지금 나는 특이한 습관을 따지고 분석할 시간이 없네요."

나는 형광펜을 들어 올리며 물었다.

"뭐 필요한 거 있어요?"

나는 내 사무실 문 앞에 서있는 그를 똑바로 바라보았다. 그는 노트북을 팔 아래에 끼워 든 채로 검은 눈썹 한쪽을 치켜올렸다.

"어라운드 더 코너는 뭡니까?"

그는 내 쪽으로 걸어오며 물었다. 나는 천천히 숨을 내쉬었다. 그의 대답에 대꾸도 하지 않았다. 내 책상 쪽으로 다가오는 그의 긴 다리에 시선이 꽂혔다. 그는 책상을 빙 돌아가더니 내 왼쪽 어딘가에 와 섰다. 나는 사무실 의자를 빙글 돌려 그를 마주 보았다.

"저기요. 내가 업무적으로 도와줄 일 있어요?"

그의 시선은 내 등 뒤에 가있었다. 내 노트북 화면이었다. 그는 내 노트북을 향해 큼직한 몸집을 기울였다. 내 얼굴 앞으로 바짝 다가온 그의 몸이 엄청 크게 느껴져 나는 의자에 앉은 채로 몸을 뒤로 기울였다. 마뜩잖게도 내 입에서 떨리는 목소리가 흘러나왔다.

"저기요? 뭐 하세요?"

그는 내 책상을 왼손으로 짚으며 나지막하게 콧노래를 불렀다. 그가 가까이 다가와 있어서 그의 부드러운 목소리가 내 얼굴 바로 앞에서 묘하게 울렸다.

"블랙퍼드."

나는 천천히 그를 불렀다. 그의 눈은 내 노트북 화면에 펼쳐진 파워포인트 슬라이드를 훑어보고 있었다. 화면에는 인테크사의 직장 공개일을 위해 내가 정리 중인 일정표의 초안이 떠있었다.

그가 무엇을 하는지는 알겠는데, 이유는 알 수 없었다. 이 남자가 왜 내 말을 무시하는지도 모를 일이었다. 그는 지금 내가 떠안은 최대의 골칫거리가 되고 싶은 모양이었다.

"블랙퍼드. 내가 말하고 있잖아요."

그는 생각에 잠긴 목소리로 다시 흥얼거렸다. 나지막하면서도 남성적인 꿀 같은 목소리였다.

게다가 짜증 나는 목소리이기도 해, 라고 나는 굳이 상기했다. 나는 목구멍 안에 갑자기 마법처럼 나타난 덩어리를 꿀꺽 삼켰다. 마침내 그가 입을 열었다.

"이게 다예요?"

그러고는 내 책상에 자기 노트북을 무심히 내려놓았다. 내 노트북 바로 옆이었다. 나는 눈살을 찌푸렸다.

"여덟 시. 만나서 인사."

내 노트북 화면을 향해 뻗은 그의 굵은 팔이 내 얼굴 앞을 지나갔다. 나는 의자 등받이에 몸을 붙이고 앉은 채, 민무늬 버튼다운 셔츠 안쪽에서 움직이는 그의 이두박근을 바라보았다. 에런은 항목 하나하나를 손가락으로 가리키면서 내 노트북 화면의 자료를 읽어 내려갔다.

"아홉 시. 인테크의 비즈니스 전략 소개."

내 시선은 그의 어깨로 쭉 올라갔다.

"열 시. 휴식… 열한 시까지네요. 휴식 시간이 길어서 커피를 엄청 마셔야겠군요. 열한 시. 점심 식사 전 활동. 세부 내용은 아직 없네요."

저 소매 안에 그의 팔이 완벽하게 꽉 들어차 있는 게 놀라웠다. 얇은 천을 터트릴 듯 들어찬 근육의 생김이 어떨지는 굳이 상상력을 발휘할 필요도 없었다.

"정오. 점심 식사… 두 시까지. 엄청난 연회를 할 건가 봐요. 아, 세 시에 또 휴식 시간이 있네요."

내 시선을 사로잡은 팔이 허공에서 우뚝 멈추더니 아래로 내려왔다. 멍하니 그를 바라보며 감상할 때가 아님을 자각한 나는 얼굴을 붉혔다. 그의 평범한 셔츠 아래 있을 근육에 집중할 때가 아니었다.

"생각보다 더 안 좋군요. 왜 아무 말 안 했어요?"

나는 무아지경에서 퍼뜩 깨어나 그를 올려다보았다.

"뭐라고요?"

에런은 고개를 옆으로 살짝 기울였다. 무언가가 그의 시선을 사로잡은 듯했다. 내 시선도 그의 손을 지나 내 책상으로 향했다.

"당신은 이런 행사를…"

그는 내가 아무렇게나 놓아둔 펜 하나를 집어 들며 말을 이었다.

"기획해 본 적이 없어서 노하우도 딱히 없는 것 같군요."

그는 선인장 모양 필통에 펜을 집어넣었다.

"워크숍 경험은 좀 있어요."

그의 손가락이 두 번째 펜을 집어 들어 선인장 모양 필통에 넣었다.

"잠재적인 고객들을 위한 워크숍이 아니라 그냥 동료들을 위한 워크숍이었지만요."

그는 세 번째 펜도 필통에 넣었다.

"저기요. 지금 뭐 하는 거예요?"

"알겠습니다."

그는 짧게 대답하더니 내가 아끼는 연필을 집어 들었다. 위쪽에 진한 분홍색 깃털이 달린 분홍색 연필이었다. 그는 특이한 물건을 보듯 그 연필을 쳐다보면서 눈썹을 치켜올렸다.

"이상적인 조건은 아니지만 시작해 볼 만은 하겠어요."

그는 연필로 나를 가리키며 물었다.

"진짜 이걸 써요?"

나는 그의 손에서 연필을 낚아챘다.

"기운 나게 해주는 연필이에요."

나는 연필을 컵에 꽂았다.

"그쪽 취향은 아닌가 봐요, 로봇 씨?"

그는 대답도 없이, 내가 쌓아둔 서류철 두 개로 손을 뻗었다. 엄밀히 말하면 내 오른쪽 어딘가에 대충 널브러져 있던 서류철이었다.

"이런 종류의 행사에 관해 내가 좀 알아요."

그는 서류철 두 개를 집어 들더니 내 책상 모서리에 각을 맞춰 놓아두었다.

"인테크에서 일하기 전에 이런 행사를 두 번 기획한 적이 있거든요."

그는 내가 어질러 놓은 난장판, 아니 내 작업 공간에 엎어져 있던 내 플래너로 손을 뻗었다. 그는 짐승의 앞발 같은 커다란 손으로 플래너를 집어 들며 말했다.

"우린 이런 작업을 빨리 해치워야 해요. 모든 요소를 다 고려할 시간이 없어요."

뭐야, 지금. 뭐 하자는 거야.

"우리요?"

나는 그의 손에서 내 플래너를 빼앗아 들었다.

"우리 같은 건 없어요."

나는 콧방귀를 뀌었다.

"그리고 부탁인데, 내 물건을 멋대로 만지지 말아줄래요? 뭘 어쩌려는 거예요?"

그의 수상쩍은 손이 다시 움직이더니 내 의자 뒤로 향했다. 덕분에 나는 책상과 의자 사이에 끼어있게 됐다. 그는 내 머리 너머로 책상 위의 물건들을 둘러보았다. 나는 대답을 기다리면서 그의 옆얼굴을 바라보았다. 그의 몸에서 뿜어 나오는 온기를 모른척하려고 안간힘을 썼다.

"책상이 어수선하면 집중이 잘 안 되잖아요."

그는 담담하게 말했다.

"대충 정리했어요."

나는 입을 열었다.

"당신이 여기 오기 전까지 나는 집중 잘하고 있었어요."

"부서장님이 초안을 잡은 참석자 목록 좀 볼게요."

내 노트북 키보드 위로 다가온 그의 손가락이 창을 열었다. 내 몸이 점점… 달아올랐다. 불편해지는 느낌이었다. 어쨌든 그는 더 이상 내 물건들을 건드리지는 않았다.

"아, 여기 있네요."

그가 문서를 훑어보는 동안 나는 그의 옆얼굴을 넋 놓고 바라보았다. 바짝 가까이 다가온 그에게 온 신경이 쏠리기 시작했다. 맙소사.

"참석자가 많지 않으니까, 음식 공급은 비교적 쉽겠어요. 그리고… 당신이 잡아놓은 개요로는 안 될 것 같네요."

두 손을 무릎에 내리는데 두려운 느낌이 생겨나 뱃속에 퍼져나갔다. 이 일을 어떻게 해쳐나갈지 알 수가 없었다.

"그쪽 의견 구한 적 없어요. 어쨌든 알려줘서 고마워요."

나는 조그맣게 말하고는 내 노트북으로 손을 뻗어 내 쪽으로 당겼다.

"그럼 나는 이만 일을 해야겠어요."

그를 힐끗 올려다봤는데 그는 나를 내려다보고 있었다. 그는 내 얼굴을 잠시 바라보았다. 그 순간이 쭉 늘어나면서… 불편하게도… 1분 가까이 지속된 듯 느껴졌다. 그는 내 뒤를 지나서 왼쪽으로 자리를 옮겼다. 그가 튼실한 팔뚝을 탁자에 내려놓고 몸을 기울이자 나는 또 한참 그리로 시선이 가고 말았다. 그는 자기 노트북을 켰다.

"에런."

오늘 밤엔 더 이상 그의 이름을 부를 일이 없기를 바랄 뿐이었다.

"굳이 그럴 필요 없어요. 도와주려는 건 알겠지만."

나는 말끝을 흐렸다. 나는 의자를 굴려 책상 쪽으로 다가앉으며 그가 노트북에 비밀번호를 입력하는 모습을 바라보았다. 나무 책상을 향해 기울인 그의 몸. 내 시야에 떡하니 들어와 있는, 약 오를 정도로 널찍한 그의 어깨를 뚫어져라 보지 않으려고 애썼다.

Por el amor de Dios(제발). 그의 몸을 이렇게 살펴보는 짓을… 멈춰야 하는데. 나의 굶주린 뇌는 정상적으로 작동하려고 무진 애를 쓰고 있었다. 그러니 이렇게 된 건 그의 탓이었다. 그가 꺼져주면 좋겠다. 가급적 빨리. 정상적인 거리를 두고 떨어져 있으면 그는 그냥 짜증 나는 인간일 뿐이었다. 그런데 젠장… 바로 앞에 있으니. 완전히 다른 사람 같았다.

"우리가 사용할 만한 자료가 나한테 있어요."

에런은 방금 말한 그 자료를 찾으려는지 노트북의 마우스 패드로 손가락을 뻗었다.

"예전 회사를 떠나기 전에 그쪽 업무 관련해서 목록을 취합하는 일을 맡은 적이 있어요. 일종의 업무 설명서죠. 여기 어디 있을 텐데. 잠깐만요."

에런이 타이핑을 하고 마우스로 클릭하는 동안 나는 점점 신경이 곤두섰다. 나 자신과 에런에게, 그냥… 모든 것에 다 곤두섰다. 마침내 그의 노트북 화면에 PDF 문서 하나가 열렸다.

"에런."

그를 잘 설득해 이 상황을 정리하기 위해 나는 부드럽게 말했다.

"시간이 늦었어요. 당신이 이 일을 도맡아 할 필요 없어요. 방향을 잡아준 거로 됐어요. 그만 가봐요."

나는 사무실 문을 가리켰다.

"고마워요."

내가 지켜보는 동안 그의 손가락은 한 번 더 키보드를 우아하게 두드렸다.

"이 문서에 모든 정보가 담겨있어요. 워크숍 사례들, 개별 활동 및 그룹 활동의 핵심 콘셉트, 유념해야 할 목적까지 전부. 우리 같이 살펴봅시다."

우리. 그는 또 이 단어를 사용했다.

"혼자서도 할 수 있어요, 블랙퍼드."

"도와줄게요."

"마음은 알겠는데, 그럴 필요 없어요. 왜 꺼벙한 클라크 켄트처럼 붉은 망토를 휘날리면서 날아와 다른 사람을 구해주려고 하는지 모르겠네요. 어쨌든 더는 안 도와줘도 돼요. 고마워요. 당신이 클라크 켄트를 좀 닮긴 했는데, 난 곤경에 처한 여자 캐릭터가 아니에요."

제일 견딜 수 없는 건, 말을 이렇게 했어도 난 도움이 필요하다는 점이었다. 그런데도 나는 에런이 도움을 주려고 나섰다는 사실을 받아들이기 힘들었다. 그는 허리를 펴고 일어섰다.

"꺼벙한 클라크 켄트?"

그는 이마를 찡그렸다.

"그거 칭찬이죠?"

나는 입을 닫고 내뱉었다.

"아니거든요."

그의 말대로 어느 정도 칭찬인 것은 맞지만 나는 전혀 아니라는 듯 눈을 위로 굴렸다. 에런은 슈퍼맨이라는 정체를 감추고 사는 클라크 켄트를 좀 닮기는 했다. 망토를 걸치고 다니는 쪽이 아니라, 정장 차림으로 정시 근무를 하는 월급쟁이 쪽. 사무직 남자치고는… *섹시하긴 했다.* 물론 나는 이 말을 입 밖에 낸 적이 없었다. 로지 앞에서도 마찬가지였다. 에런은 내 얼굴을 2초 정도 가만히 바라보았다.

"칭찬으로 받아들이면 될 것 같네요."

이 말을 하는 그의 입술 한쪽 끄트머리가 살짝 올라갔다.

잘난 척하는 클라크 켄트 그 자체네.

"아니라니까요."

나는 마우스로 손을 뻗어 클릭해 아무 폴더를 열었다.

"토르나 캡틴 아메리카라고 말했으면 칭찬일 수 있겠죠. 하지만 당신은 크리스 헴스워스가 아니잖아요. 게다가 요즘 사람들은 더 이상 슈퍼맨에 관심이 없어요, 켄트 씨."

에런은 잠시 내 말을 곱씹는 표정이었다.

"당신은 관심이 있는 것 같은데요."

나는 그 말을 씹었다. 그는 내 뒤를 지나 걸어갔다. 사무실을 가로지른 그는 나와 이 사무실 공간을 공유하는 직원 중 한 명의 책상 쪽으로 향했다. 그 책상의 주인은 몇 시간 전에 퇴근했다. 에런은 한 손으로 그 책상의 바퀴 달린 의자를 잡더니 내 쪽으로 굴려서 가져왔다.

내가 팔짱을 낀 채 지켜보는 동안 그는 내 옆에 그 의자를 놓고 털썩 앉았다. 그의 커다란 몸뚱이에 짓눌린 의자는 부서질 듯 끼이익 소리를 냈다.

"뭐 하는 거예요?"

"그 질문은 아까도 했잖아요."

그는 지루하다는 표정으로 나를 쳐다봤다.

"내가 뭘 하는 것 같아요?"

"도움 필요 없다니까요, 블랙퍼드."

그는 한숨을 쉬었다.

"또 데자뷔인가."

나는 말이 잘 나오지 않았다.

"그게 무슨… 어이없어."

"카탈리나."

그의 입에서 흘러나온 내 이름이 그 순간만큼은 상당히 듣기 싫었다.

"당신은 도움이 필요해요. 그래도 당신은 도와달라는 말을 끝까지 안 하려 들겠죠. 우리 그걸 둘 다 알고 있어요. 그러니 더 길게 말할 필요 없어요."

그의 추측은 틀리지 않았다. 나는 에런에게 어떤 부탁도 할 생각이 없었다. 그가 나를 어떻게 생각하는지 알고 있기에 더더욱 부탁하고 싶지 않았다. 개인적으로든, 일적으로든 부탁하기 싫었다. 그가 나에 관해 어떻게 생각하는지 나는 잘 알고 있었다. 몇 달 전 그가 하는 말을 내 귀로 똑똑히 듣기도 했다. 그는 아마 모르겠지만. 그래서 싫었다. 난 그에게 아무것도 받지 않을 것이다. 나를 뒤끝 찌는 사람이라고 말해도 어쩔 수 없었다. 에런도 뒤끝 쩔기는 마찬가지니까. 난 이렇게 쭉 살 것이다.

에런은 뒤로 몸을 젖히더니 의자의 팔걸이에 두 손을 올렸다. 그 동작에 맞춰 셔츠가 쭉 당겨졌다. 옷감이 팽팽하게 당겨지는 걸 보고 있자니 눈이 너무 즐거워서 나도 모르게 시선이 갔다.

맙소사. 떨리는 눈을 잠시 감았다. 배도 고프고, 이 일을 하느라 지치기도 했다. 내 눈이 말을 듣지 않고 자꾸만 그를 바라보고 있으니, 어떻게 해야 할지 갈피가 잡히지 않았다.

"고집 좀 그만 부려요."

고집이라니. 이게 무슨 소리야? 나는 그에게 도와달라고 한 적이 없었다. 그런데 그가 도와주겠다고 나서면 나는 그냥 받아들여야 하는 건가? 짜증이 치밀었다. 결국 필터를 거치지 않은 말이 내 입에서 튀어나갔다.

"회의 시간에 내가 이 일을 떠맡게 됐을 땐 왜 아무 말도 안 했어요? 내가 도움을 청한 적이 없어서? 내가 고집이 너무 세서 도움을 안 받을 것 같아서?"

에런은 고개를 약간 뒤로 젖혔다. 내가 바로 인정하니 놀란 걸까. 막상 말을 뱉고 나니 바로 후회됐다. 하지만 속에서 차오른 말은 이미 입 밖으로 튀어나와 버렸다. 늘 진지하던 그의 표정에 다른 감정이 언뜻 스치는 듯했다.

"내가 나서주길 바랐는지 몰랐어요."

물론 그런 걸 바라지는 않았다. 누구에게도 기대한 적 없었다. 가족처럼 여기는 헥터한테도 기대하지 않던 사항이었다. 그걸 내가 지금까지 몰랐을까? 이런 상황에서 사람들은 보통 두 부류로 나뉜다는 걸 나는 잘 알고 있었다. 아무 말도 안 하면 중립을 지키는 줄 아는 사람, 그리고 어느 한쪽 편을 드는 사람. 대개는 편을 잘못 들고 나섰다. 그런 사람들에게 받는 상처는, 제럴드가 내뱉는 오만하고 무례한 말보다 대개 덜 아팠다. 때로는 훨씬 큰 상처를 남기기도 하지만 말이다. 오래전에 그런 상황에 놓여봐서 나는 잘 알고 있었다. 나는 그 기억을 떨쳐내려 고개를 저었다.

"내가 당신이 개입하길 바랐다고 한들, 결과적으로 무슨 차이가 있었을까요, 에런?"

나는 그가 해결책을 쥐고 있기라도 한 것처럼 물었다. 물론 그에게 해결책은 없을 것이다. 어쩐지 두려움이 밀려와 심장이 방망이질 쳤다. 나는 그를 가만히 바라보았다.

"내가 결국 못 참고 요청했으면 당신이 그때 나서줬을까요?"

에런은 조용히 내 표정을 조심스럽게 살폈다. 그의 눈빛에 나는 두 뺨이 달아올랐다. 괜한 말을 했다는 후회가 밀려왔다.

"내가 한 말 그냥 잊어요."

나는 그에게서 시선을 돌렸다. 에런을 마치 내게 빚진 게 있는 사람처럼 대한 나 자신에게 실망하고 화가 났다. 그는 내게 빚진 게 전혀 없는 사람이었다.

"내가 이런 문제에 좀 집착하는 편이에요. 왜 그런지, 어째서인지는 굳이 따질 필요 없어요."

나는 앞으로 또 이럴 수도 있었다. 에런은 허리를 펴더니 내게 가까이 다가와 숨을 깊게 들이마셨다. 나는 그가 속에 담은 말을 꺼내놓길 기다리며 숨을 참았다.

"당신은 다른 사람이 대신 싸워주길 바란 적이 없어요, 카탈리나. 내가 당신에 대해 존경스럽다고 생각하는 점 중 하나예요."

그의 말에 나는 심쿵 했다. 가슴속에 편하게 느껴지지만은 않는 어떤 압박감이 생겨난 듯도 했다. 에런은 원래 이런 말을 하는 사람이 아니었다. 나는 물론이고 누구에게든 마찬가지였다. 그건 중요하지도 않고 상관도 없다고, 이런 얘기 그만하자고 내가 말하려는데 그는 손을 들어 내 입을 막았다.

"그리고 나는 당신이 어떤 문제에 직면했을 때, 시작도 하기 전에 움 츠러들어서 최선도 다하지 않고 포기하는 사람이라고 생각하지 않았 어요. 부당하게 떠맡은 업무든 아니든 간에요."

그는 고개를 돌려 자기 노트북 화면을 바라보았다.

"이제 어떻게 할 겁니까?"

입이 떨어지지 않았다. 나는… 움츠러들지 않았다. 이런 일을 두려워하지도 않았다. 내가 할 수 있는 일이니까. 그냥… 좀 지쳤다. 시작부터 풀이 꺾여 의욕적으로 밀어붙일 동기를 찾기 어려웠을 뿐이었다.

"나는…"

"어떻게 할 거예요, 카탈리나?"

그의 손가락이 노트북의 키보드 패드를 익숙하게 오갔다.

"징징거릴래요. 아니면 제대로 일할래요?"

"징징거린 적 없어요."

나는 콧방귀를 뀌었다.

꺼벙한 클라크 켄트가 나더러 뭐라는 거야.

"그럼 우리 일합시다."

나는 그를 가만히 바라보았다. 그는 결심이 선 듯 턱에 힘이 들어가는 모습이었다. 어쩌면 짜증이 났을 수도 있었다. 나는 나지막하게 말했다.

"혼자 할 수 있어요."

그는 고개를 저었다. 그의 입술에 잠깐 미소가 스친 것도 같았다.

"내가 맹세하는데…"

그는 하늘에게 잠시 참아달라고 부탁하듯 위를 올려다보았다.

"당신은 도움을 받는 편이 나아요. 확실합니다."

그는 손목시계를 내려다보며 한숨을 내쉬었다.

"당신을 설득하느라 남은 하루를 다 쓸 수는 없어요."

그가 다시 인상을 쓰자 내가 아는 평소의 에런으로 돌아갔다.

"이미 시간을 많이 낭비했어요."

나는 인상 쓴 에런이 더 편하게 느껴졌다. 그는 나를 존중하느니 어쩌느니 멍청한 소리를 하면서 말을 빙빙 돌리지 않았다. 에런을 내 사무실에서 쫓아낼 수 없게 됐으니 이제 내가 인상을 쓸 차례였다. 그는 노트북의 자판을 두드리며 나지막하게 말했다.

"나도 당신만큼 고집이 세요. 알잖아요."

The Spanish Love Deception

나는 내 컴퓨터 화면으로 시선을 돌리며, 이 묘한 휴전을 받아들이기로 했다. 인테크의 평판을 높이기 위해. 무엇보다 지금 이 남자 때문에 완전히 미칠 지경인 내 정신 건강을 위해. 오늘 저녁에 우리는 바보처럼 인상을 쓰면서 서로를 참아내야 했다.

"좋아요. 그렇게 간절히 원한다면 돕든가요."

나는 뱃속에서 몽글몽글 솟아오르는 따뜻한 감정 덩어리에 신경 쓰지 않으려 애썼다. 고마움과 비슷한 감정인 것도 같았다. 그는 나를 힐끗 쳐다보았다. 그의 눈빛에 담긴 생각을 읽어낼 수가 없었다.

"시작해 보죠. 빈 템플릿을 열어요."

나는 눈을 돌려 내 노트북 화면에 집중하려 애썼다. 그 후 우리는 2분 동안 말이 없었다. 그러다가 시야 한옆으로 움직임이 포착됐는데, 그가 내 책상에, 우리 둘 사이에 무언가를 올려놓고 있었다. 그가 내 옆에서 말했다.

"여기요."

내려다보니 납지로 포장한 물건이었다. 사각형인데 길이가 10센티미터 정도 되었다.

"이게 뭐예요?"

나는 그의 옆얼굴을 향해 물었다.

"그래놀라 바요."

그는 나를 쳐다보지도 않고 키보드를 두드리며 대답했다.

"배고프잖아요. 먹어요."

그 말에 내 손이 저절로 그래놀라 바로 향했다. 포장을 벗기고 자세히 들여다봤다. 집에서 만든 것 같았다. 귀리, 말린 과일, 견과류를 뭉쳐서 구운 모양새를 보니 수제가 분명했다. 에런의 긴 한숨 소리가 들렸다.

"독이 들어있는 것 같아서 그러는 거면…"

"그런 거 아니에요."

나는 조그맣게 말했다. 문득 가슴속에서 묘한 압박감이 다시 느껴져 고개를 흔들었다. 그래놀라 바를 입으로 가져가 깨무는데… *이거 왜 이렇게 맛있지.* 기쁨의 신음이 흘러나왔다.

"참 나."

오른쪽에 앉은 그 남자가 나지막하게 내뱉었다. 나는 놀라울 정도로 고소하고 달콤한 간식을 씹어 삼키며 어깨를 으쓱했다.

"미안해요. 신음이 절로 나올 정도로 맛있네요."

그는 노트북 화면에 띄운 문서에 시선을 고정한 채 고개를 흔들었다. 그의 옆얼굴을 보고 있는데 묘하게 낯선 느낌이 들었다. 에런이 뜻밖의 제과 솜씨를 갖고 있어서 감탄하긴 했지만 이 느낌은 그것과는 무관했다. 뭔가 달랐다. 몇 분 전에는 따뜻하고 간질간질한 느낌을 받았고 지금은 자꾸 입에 미소가 걸렸다.

고마웠다. 인상을 찌푸린 클라크 켄트처럼 생긴 에런 블랙퍼드가 내 사무실에 있었다. 그는 내 일을 돕는 중이고, 집에서 만든 간식을 나에게 주었다. 기분이 좋았다. 심지어 고맙기까지 했다.

"고마워요."

이 말이 나도 모르게 입 밖으로 나왔다. 그가 고개를 돌려 나를 돌아보았다. 그는 잠시 긴장을 푸는 모습이더니 내 노트북 화면으로 시선을 돌리고는 코로 한숨을 쉬었다.

"아직도 빈 템플릿을 안 열었네요?"

"*Oye(어머).*"

스페인어가 튀어나왔다.

"너무 이래라저래라 하지 말아요. 모든 사람이 당신처럼 속도가 빠른 게 아니라고요, 켄트 씨."

그는 눈썹을 치켜올릴 뿐 아무렇지 않은 표정이었다.

"지금 보니 그 반대네요. 어떤 사람은 속도가 무지하게 느린 초능력을 가진 모양이에요."

"쳇."

나는 눈을 위로 굴렸다.

"웃기시네."

그는 다시 그의 노트북 화면으로 시선을 돌렸다.

"빈 템플릿 열어요. 오늘 안에는 해내면 좋겠네요. 너무 과한 요청이 아니라면요."

아무래도 기나긴 밤이 될 모양이었다.

4

"*Mamá(엄마).*"

백 번째 부르는 중이었다.

"*Mamá, escúchame, por favor(엄마, 내 말 좀 들어봐요).*"

내 말 좀 들어보라고 천 번쯤 더 호소해도 소용없을 터였다. 내 얘기에 귀를 기울이는 것은 내 엄마가 잘할 수도 없고, 잘하려고 애쓰는 분야도 아니었다. 본인 성대를 쉬고 있어야 다른 사람의 말이 귀에 들어올 텐데 엄마의 성대는 좀처럼 쉬지 않았다. 엄마의 진한 스페인어가 핸드폰에서 흘러나와 내 귀에 꽂혔다. 나는 길고 요란하게 한숨을 쏟아냈다.

"*Madre(엄마).*"

"…혹시 네가 다른 드레스를 입고 참석할 생각이면… 어떤 드레스를 말하는지 알지?"

엄마는 대답할 새도 주지 않고 스페인어로 빠르게 밀어붙였다.

"얇고 비단처럼 부드럽고 길이가 발목까지 오는 그 드레스 있잖아. 네 엄마로서 조언하자면, 그 드레스는 너를 돋보이게 해주질 못 해. 미안하지만 리나 너는 키가 작은 편이잖니. 그 드레스의 길이 때문에 네 키가 더 작달막해 보일 거야. 게다가 신부 *madrina(들러리)* 드레스인데 초록색이 웬 말이니."

The Spanish Love Deception

"저도 알아요, 엄마. 이미 말씀드렸…"

"넌 꼭 하이힐을 신은… 개구리처럼 보일 거다."

아이고, 고마워요, 엄마.

나는 큭큭 웃으며 고개를 절레절레 흔들었다.

"저는 빨간 드레스를 입을 거니까 걱정 마세요."

그러자 전화기 너머로 짧은 한숨이 들렸다.

"*하이고. 진즉 말해줬으면 좋았잖아. 다른 드레스를 입으라고 30분 내내 떠들었는데.*"

"엄마가 그 얘길 꺼내자마자 말씀드렸는데, 엄마가…"

"그래, 내가 너무 흥분했었나 보다, *cariño*(딸내미)."

내가 그 말에 쐐기를 박으려는데 엄마는 기회를 주지 않았다.

"잘됐어. 빨간 드레스는 아주 아름답잖니, 리나. 고급지면서도 유혹적이고."

유혹적? 이건 또 무슨 말이야?

"피로연장에서 가슴이 아주 돋보일 거야."

아… 아. 그런 뜻이구나.

"개구리 같은 초록색 드레스와는 달리 빨간색은 네 피부와 체형, 얼굴에 잘 어울려."

"고마워요. 앞으로 다시는 초록색 옷을 안 입을게요."

"그래야지."

엄마는 내 대답이 진심으로 마음에 들었는지 곧바로 받아들였다.

"네 남자친구는 뭘 입고 올 거니? 어울리는 옷이어야 하잖아? 내가 입을 연청색 드레스에 맞춰 네 아빠가 연청색 넥타이를 매는 것처럼 말이다."

내 입에서 조그맣게 끄응 소리가 흘러나왔다.

"엄마, 이사 언니가 그런 거 싫어하는 거 알잖아요. 언니는 우리한테

깔맞춤 하지 말라고 했어요."

언니는 커플끼리 옷이나 액세서리 색을 맞추지 못하게 해야 한다고 고집을 부렸다. 하객들에게 그런 요청을 하려는 것을 말리느라 나는 언니와 싸우기까지 했다. 괴상한 고집을 부리는 신부가 되면 안 되지 않느냐고 언니를 설득하느라 기운이 쭉 빠지고 인내심이 바닥났다.

"신부를 낳은 게 나고, 난 네 아빠에게 이미 연청색 넥타이를 사줬어. 그러니 네 언니가 우리는 예외로 해주겠지."

엄마 하고픈 대로 돼야지 별수 있나. 나도 고집이 세고 언니도 한 고집 하는데 내 엄마의 고집은 얼마나 대단할까? 태어난 날 바로 눈을 뜨고 세상을 본 사람이 내 엄마였다. 진정한 쇠고집이 무엇인지를 보여주는 분이라고 해도 과언이 아니었다.

"그러겠죠."

나는 조그맣게 구시렁거렸다. 플래너를 집어 들고 해야 할 일 목록에 '이사 언니에게 미리 경고해 주기'를 적어 넣었다. 노트북을 열고 받은 편지함을 멍하니 들여다보는데 엄마가 말했다.

"참, 온라인 상품권 줄 테니까 너 써. 스페인 바깥에서 쓸 수 있을지는 모르겠다만. 아마 쓸 수 있을 거야, 그렇지? 넌 내 딸이니 네가 어느 나라에 가 있든 내 상품권도 쓸 수 있어야 맞지. 인터넷이라는 게 그러라고 있는 거잖니?"

나는 연달아 있을 새로운 회의에 관한 이메일을 클릭했다.

"그렇죠."

내용을 대강 훑어보니, 엄마가 전화를 끊은 후에 자세히 읽어야 할 듯했다.

"그래. 인터넷이 그러라고 있는 거 아니겠니? 그럴 거야. 내 상품권을 사용할 거지?"

나는 의자 등받이에 등을 기대고 첨부 파일의 내용을 훑어보았다.

"리나?"

지금 무슨 얘길 하고 있었더라?

"네, 엄마."

"상품권을 네가 좀 확인해 봐. 내가 인터넷 관련해서는 잘 모르잖니."

"그럴게요."

입에서 대답이 나오긴 했지만 뭘 하라는 것인지는 여전히 알 수 없었다.

"그 친구는 넥타이가 있대?"

그 친구라.

나는 다시 엄마와의 대화로 돌아왔다. 내가 대답을 안 하자 엄마가 재촉했다.

"있대? 네 새 남자친구 말이야."

이제부터 엄마와 나누게 될 대화를 생각하자 이마에 땀이 맺혔다.

남자친구.

남자친구가 있지도 않은데 내 가족은 있다고 믿고 있었다. 내가 그렇게 얘기했기 때문이었다.

내 거짓말 때문이었다.

갑자기 마법에라도 걸린 듯 입이 딱 붙어버렸다. 언제나 그렇듯 엄마가 정신 사납게 말을 이어가면서 빠르게 다른 주제로 넘어가길 기다릴 수밖에 없었다. 머릿속이 온통 뒤집히고 난리가 났다.

뭐라고 말해야 하지? 아니에요, 엄마. 남자친구는 넥타이가 없어요. 아예 존재하지도 않거든요. 내가 만들어 낸 가상 인물이에요. 언니 결혼식에서 덜 처량하고 덜 외로워 보이려고 그랬어요.

이쯤에서 전화를 끊어야 했다. 바쁜 척하면서 통화를 종료시킬 수도 있을 것이다. 하지만 그랬다가는 후회할 것 같았다. 솔직히, 이 거짓말을 앞으로 더 이어 나갈 자신도 없었다. 엄마가 눈치 없는 바보도 아니고. 뭔가 이상하다는 것을 감지할 수도 있었다. 그 엄마에 그 자식이니까.

아무 말도 못 하고 몇 초를 흘려보냈다. 마르틴 집안의 안주인인 엄마가 평소와 달리 믿기지 않을 정도로 조용히 입을 닫고 내 대답을 기다리고 있었다.

젠장.

몇 초가 더 흘러갔다.

젠장, 젠장, 젠장.

자백해. 머릿속에서 조그맣게 목소리가 들렸다. 나는 고개를 저었다. 축축해진 등을 타고 흘러내리는 작은 땀방울 하나에 정신을 모았다.

"리나?"

드디어 엄마가 말했다. 불안한 목소리였다. 걱정하시는 듯했다.

"무슨 일 있어?"

나는 거짓말을 한 데다가 엄마를 걱정시킨 끔찍한 인간이 되고 말았다.

"아뇨…"

나는 헛기침했다. 수치심이 묵직한 덩어리가 되어 뱃속에 뭉쳤지만 무시하기로 했다.

"아무 일 없어요."

엄마의 한숨 소리가 들렸다. 귀에 꽂히면 가슴이 덜컥하는 한숨 중 하나였다. 나 자신을 욕하게 되는 한숨. 실망과 슬픔이 살짝 섞인 눈으로 나를 바라보면서 고개를 절레절레 젓는 엄마의 모습이 눈앞에 그려졌다. 정말이지 싫었다.

"리나, 무슨 일 있으면 엄마한테 말해."

죄책감이 깊어져 속이 쓰렸다. 끔찍한 기분이었다. 멍청이가 된 것 같았다. 거짓말을 계속하거나 자백하는 것 말고 내가 뭘 할 수 있을까?

"너희 헤어졌니? 네가 남자친구에 관해 지금까지 얘기한 적이 없으니 어쩌면 이미 헤어졌겠다는 생각이 들더라. 요전 날에도 남자친구 얘길 안 했잖아."

다시 침묵이 흘렀다. 심장이 귓속에서 쿵쾅쿵쾅 뛰었다.

"네 사촌 차로가 어제 한 얘기가 있어서 그래."

물론 차로 언니가 알고 있겠지. 엄마가 알고 있다면 온 가족이 이미 다 알 것이다. 내가 아무 말도 하지 않자 엄마가 말을 이어갔다.

"차로 얘기로는 네가 페이스북에 남자친구 사진을 한 장도 안 올렸다고 하더라."

나는 눈을 질끈 감았다. 그리고 속으로 갈팡질팡하면서 기어들어가는 목소리로 말했다.

"요즘 누가 페이스북에 글을 올려요."

"프리스타남인지 뭔지도 있잖아. 너 같은 젊은 사람들은 그걸 쓴다며. 거기에도 네가 사진을 안 올렸다던데."

존재하지도 않는 남친을 찾으려고 내 소셜 미디어 프로필을 염탐하고 다니다가 아무것도 못 찾고 아쉬움에 손을 문지르는 차로의 모습이 보이는 듯했다.

"차로 얘기로는 프리스타남에 사진을 올리지 않으면 진지하게 만나는 사이가 아니라고 하더라."

가슴속에서 심장이 더욱 요란하게 뛰었다.

"프리스타남이 아니라 인스타그램이에요."

"어쨌든."

엄마는 다시 한숨을 쉬었다.

"네가 찼든, 아니면 그 남자가 찼든… 그건 중요하지 않아. 무슨 일이 있으면 우리한테 얘길 해야지. 네 아빠랑 나한테 말이야. 네가 다니엘과 헤어진 후… 다른 남자를 사귀는 걸 얼마나 힘들어했는지 난 잘 알아."

엄마의 마지막 말이 비수처럼 가슴에 꽂혔다. 가슴을 짓누르던 묵직한 감정이 추악하고 고통스러운 무언가로 바뀌었다. 내가 거짓말을 한 이유, 엄마 말처럼 내가 마음고생했던 이유, 그리고 처음부터 내가 이런 곤경에 처하게 된 이유가 떠올랐다.

"집을 떠나있던 몇 년 동안 집에 누굴 데려온 적이 없잖니. 만나는 남자가 있다는 말을 한 적도 없고. 지금 이 남자에 관해서도 그동안 말 한마디 없다가, 불쑥 그 남자랑 사귀고 있으니까 언니 결혼식 때 같이 오겠다고 말한 게 전부야. 혹시 다시 혼자가 된 거면…"

이 말이 익숙하고 날카로운 통증이 되어 가슴을 쑤셨다.

"아무 문제 없어요."

그래?

정말 괜찮다면 엄마에게 말할 수 있을 것이다. 이 거짓말 쇼를 끝내고, 마음속 깊고 어두운 곳에 온갖 후회를 파묻은 채 숨 쉴 기회는 분명 있었다. 맞다고, 그동안 아무도 안 사귀었다고, 그러니 존재하지도 않는 가상의 남친을 집으로 데려갈 일은 없을 거라고 말해야 했다. 언니 결혼식에 혼자 참석할 것이고, 상관없다고 말해야 했다.

엄마 입에서 먼저 말이 나왔다. 엄마가 옳게 짐작한 거였다. 나는 그렇다고 인정만 하면 되었다. 깊게 숨을 들이마시며 용기를 끌어 올리고 마음을 굳혔다.

솔직하게 말하자.

언니 결혼식에 혼자 참석하는 게 재미있는 일은 아닐 것이다. 불쌍하게 쳐다보는 사람들의 눈빛, 떠올리기도 싫은 내 과거를 놓고 수군거리는 소리는 정말 엿같겠지. 이 정도도 정말이지 확 줄여서 얘기한 것이다. 하지만 이제 다른 선택지는 없었다.

그 순간 갑자기 에런의 찌푸린 얼굴이 머릿속에 떠올랐다.

하나도 반갑지 않았다.

꺼져. 나는 그 얼굴을 저만치 치워버렸다.

월요일 이후로 그는 그 일을 다시 언급하지 않았다. 그렇게 나흘이 지났다. 그가 언급했어도 바뀌는 것은 없었을 것이다. 난 어차피 혼자 언니 결혼식에 갈 테니까. 그가 진지하게 한 제안이라고 믿을 이유도 없었다.

혼자면 어때. 엄마도 괜찮다고 했다. 그만 정신 차리자, 충동적으로 거짓말을 이어가는 걸 그만하자, 라는 결심이 섰고 성숙한 어른답게 결과를 감당하려 입을 열려는데 행운은 내 편이 아니었다. 엄마의 다음 말을 듣는 순간 나는 어떤 말도 할 수 없었다.

"너도 알겠지만."

목소리만으로도 엄마가 무슨 말을 하려는지 짐작이 갔다.

"사람은 다 달라. 그런 일을 겪고 나면 각자 자기만의 속도로 그동안의 삶을 돌아보고 정리하게 마련이야. 남들보다 시간이 더 필요한 사람도 있어. 네가 아직 마음을 완전히 추스르지 못했다고 해도 부끄러워할 필요는 없어. 다니엘은 약혼했고 넌 못 했지만 그건 중요하지 않아. 너 혼자 결혼식에 와도 돼, 리나."

그 생각만으로도 가슴이 철렁 내려앉았다.

"다니엘은 애초에 삶을 돌아보고 정리할 필요도 없었던 것 같더라. 너랑 헤어지고도 아무렇지 않게 계속 살아가는 걸 보면."

그게 바로 빌어먹을 진실 아닌가? 그래서 상황이 더 꼬여버린 것이다. 다니엘은 즐겁게 자기 인생을 계속 잘 살아가는데 나는… 나는… 수렁에 빠지고 말았다. 언니 결혼식에 온 사람들은 다 알 것이다. 특히 미혼인 사람들은 다 알 수밖에 없다. 엄마는 마치 내 마음을 읽기라도 한 것처럼 말했다.

"다들 알아, *cariño*(딸내미). 다들 이해할 거야. 네가 많은 일을 겪었잖니."

다들 이해한다고?

아니, 엄마의 생각은 틀렸다. 다들 이해한다고 생각하지만, 실은 아무도 이해 못 했다. 나를 불쌍하게 보는 눈빛과 고갯짓, 그리고 '*pobrecita, poor little Linas*(가련하고 불쌍한 카탈리나)'라는 식으로 수군 대는 소리가 바로 내가 가족에게 거짓말을 할 수밖에 없었던 이유였다. 그들은 내가 마음에 큰 상처를 받고 그 후 다른 사람을 사귈 수 없었던 이유를 다 아는 것처럼 굴지만 실은 잘 알지 못했다.

다니엘—내 첫사랑이자 전 남친, 신랑의 형이자 들러리—이 약혼녀와 함께 있는 자리에 혼자 등장할 생각만 해도 너무 끔찍해서 소름이 돋는데, 그런 내 반응을 본 주변 사람들은 나에 관한 추측에 한층 더 불을 붙일 것이다. 남친과 헤어져 괴로워하다 스페인에서 도망치듯 떠나더니 홀로 외로이 돌아왔구나.

아직도 과거를 못 잊나 봐.

나는 다니엘과의 이별을 극복했다. 진심으로. 하지만 그 일로… 내 정신에 심각한 타격을 받은 것은 사실이었다. 내가 수년째 싱글이라는 사실을 문득 깨달아서가 아니라, 내 입에서 거짓말까지 나왔기 때문에 내가 그 일로 정말 타격이 컸음을 새삼 자각했다. 방금까지 거짓말을 실토하려다 말았다는 점 때문에 더 우울해졌다.

"다들 이해할 거야. 네가 많은 일을 겪었잖니."

많은 일이라는 표현으로는 차마 다 담을 수 없었다. 그러니 혼자 갈 수가 없는 것이다. 그러지 않을 것이다. 처량한 모습으로 내 온 가족 앞에, 온 마을 사람들 앞에, 특히 다니엘 앞에 나타날 수는 없었다.

"리나…"

엄마는 엄마만이 할 수 있는 방식으로 내 이름을 불렀다.

"듣고 있니?"

"아무 일 없어요."

내 목소리는 내 기분을 고스란히 드러내듯 무겁게 가라앉은 채 떨고 있었다. 내가 이런 목소리를 내는 게 정말이지 싫었다. 나는 의자에 앉은 채 허리를 폈다.

"남친이랑은 아무 일도 없다고요."

거짓말. 또 거짓말을 하고 말았다. 거짓말이 쌓이고 또 쌓여갔다. *리나 마르틴. 거짓말이 입에 붙었네. 사기꾼 나셨어.*

"말씀드린 것처럼, 남친을 결혼식에 데려갈 거예요."

억지로 웃음을 쥐어짰더니 입에서 괴상한 웃음소리가 나왔다.

"엄마가 멋대로 바보 같은 결론을 내리면서 잔소리하지 않았으면 아까 이렇게 말씀드렸을 거예요."

전화기 너머에서는 아무 말도 들리지 않았다. 그저 침묵이 흘렀다. 엄마는 바보가 아니었다. 어떤 엄마든 마찬가지일 것이다. 그대로 폭풍우가 지나갔다고 믿었다면 내 오산이었다.

"그래."

엄마는 이상할 정도로 부드러운 목소리로 물었다.

"둘이 아직 사귀고 있다는 거지?"

"네."

또 거짓말이 튀어나왔다.

"남자친구가 너랑 같이 결혼식에 오기로 했고? 스페인으로?"

"맞아요."

정적이 흘렀다. 손에서 진땀이 흘러서 핸드폰을 꽉 쥐고 있지 않았다면 떨어뜨리고 말았을 것이다.

"그 남자도 뉴욕에 산다고?"

"네."

엄마는 흐음, 하더니 덧붙였다.

"미국인이야?"

"미국에서 태어나고 자란 사람이에요."

"이름이 뭐라고 했지?"

목 안에서 숨이 컥 막혔다. 젠장. 아직 이름을 안 정한 것 같은데. 그 랬다. 아직 이름도 안 정했다… 머릿속으로 빠르게 선택지를 훑었다. 급했다. 얼른 이름을 떠올려야 했다. 쉽고 간단한 일 아닌가. 그냥 이 름을 말하면 되는 것이다. 간단한 이름. 세상에 존재하지도 않지만 내 가 찾아내야 하는 남자의 이름.

"리나… 전화 안 끊었지?"

엄마가 재촉하면서 초조하게 웃었다.

"설마 남자친구 이름을 까먹진 않았지?"

"무슨 소리예요."

내 목소리에서 괴로움이 묻어났다.

"저는…"

그때 사무실에 드리워진 그림자가 내 시선을 사로잡았다. 나는 사무 실 문을 휙 돌아보았다. 1년 8개월 전, 끔찍하게 안 좋은 타이밍에 내 인생에 불쑥 들어왔던 것처럼, 에런 블랙퍼드가 내 사무실 문지방을 넘 어 폭풍 한가운데로 걸어 들어왔다.

"리나?"

엄마의 목소리가 저만치에서 들리는 것 같았다. 에런은 두 걸음 만 에 내 앞에, 내 책상 너머에 와 서더니 책상 위에 서류 더미를 내려놓았 다. 이 남자 지금 뭐 하는 거야? 우리는 서로의 사무실을 방문한 적이 없었다. 그럴 필요도, 그럴 마음도 없었다. 굳이 갈 필요가 없기 때문 이었다.

그의 서늘한 푸른 눈동자가 나를 응시했다. 그러더니 내가 왜 치명 적인 위기 상황을 다루는 여자 같은 모습인지 궁금하다는 듯 미간을 찌푸렸다. 치명적인 위기 상황을 다루고 있는 것은 맞았다. 거짓말을 하는 것보다 거짓말이 들통나는 게 더 끔찍한 일이니까. 2초 후 그의 표정이 싸늘해졌다. 어디 뭐라고 대답하는지 들어보겠다는 듯한 눈빛이었다. 지금 내 사무실에 들어온 사람이 왜 하필 이 남자일까.

대체 왜죠, 하느님? 왜냐고요?

"에런이요."

나는 고통스러운 목소리로 말하고 말았다. 엄마가 그의 이름을 한 번 더 말하는 걸 나는 간신히 인식했다.

"에런이라고?"

"Sí(네)."

나는 그에게 시선을 고정한 채 조그맣게 대답했다. 이 남자 대체 여기 왜 온 거야?

"알았다."

알았다고? 나는 눈이 확 커졌다.

"¿Qué(뭐가요)?"

스페인어 단어를 들은 에런은 아마 내가 무슨 대화를 나누고 있는지 쉽게 추측했을 것이다. 그는 고개를 절레절레 흔들며 말했다.

"직장에서 사적인 통화를 해요?"

아직 전화기를 붙잡고 있던 엄마가 스페인어로 물었다.

"지금 목소리가 들린 그 남자가 그 사람이야? 네가 사귀고 있다는 그 에런?"

몸이 확 굳었다. 나는 눈이 휘둥그레지고 입이 벌어진 채 에런을 멍하니 바라보았다. 내가 지금 무슨 짓을 한 걸까? 하는 생각 때문에 머릿속이 하얘졌다. 엄마가 내뱉은 단어들이 텅 빈 머릿속에서 울려댔다.

"리나?"

엄마가 압박을 가했다. 에런의 미간 주름은 더욱 깊어졌다. 에런은 그 자리에 가만히 서서 체념한 듯 한숨을 쉬었다. 물러갈 생각이 없어 보였다. 저 남자 왜 안 가고 서있지?

"*Sí(네).*"

이 대답을 엄마가 확답으로 받아들일 거라고는 생각 못 했다. 그런데 그럴 수도 있을 듯했다. 분명 그러고도 남을 것이다. 나는 뱉은 말을 거둬들이려고 얼른 덧붙였다.

"아뇨."

에런이 혀를 차면서 다시 고개를 절레절레 흔들었다. 그 바람에 나는 하려던 말이 입술 끝에서 흩어지고 말았다.

"그게…"

맙소사. 사무실이 왜 이렇게 뜨끈하지?

"*No sé, Mamá(모르겠어요, 엄마).*"

에런이 입 모양으로 물었다. 엄마예요? 그리고 엄마가 동시에 말했다.

"*¿Cómo que no sabes(모르겠다는 게 무슨 말이니)?*"

"그게… 그러니까…"

내가 누구한테 말하고 있는지 알 수가 없어서 말이 잘 나오지 않았다. 인상을 쓰고 있는 남자일까, 아니면 엄마일까. 비행기가 무시무시한 속도로 지상을 향해 떨어지는데 추락을 막을 방법은 없고, 그저 자동 조종 장치에 의지해 날고 있는 기분이었다. 조종 장치가 전혀 말을 듣지 않았다.

"*Ay, hija(아이고, 얘야).*"

엄마가 웃으며 말했다.

"뭔데? 맞다는 거야, 아니라는 거야? 그 남자가 에런이니?"

악이라도 쓰고 싶었다. 문득 소리를 지르거나 아니면 창문을 열고 무자비하게 막히는 뉴욕의 교통 흐름 속으로 핸드폰을 집어 던지고 싶은 강렬한 충동에 사로잡혔다. 뭐라도 부수고 싶었다. 맨손이라도 좋았다. 좌절감에 발만 동동 구르고 있다 보니, 지금 생각한 이 행동들을 전부 해버리고 싶었다.

에런의 푸른 눈에 호기심이 담겼다. 그는 태연하게 숨을 쉬려고 안간힘 쓰는 나를 바라보며 고개를 살짝 기울였다. 나는 다른 손으로 핸드폰을 막았다. 내 앞에 서있는 남자에게 패배감 섞인 갈라진 목소리로 물었다.

"왜 왔어요?"

그는 대수롭지 않게 한 손을 흔들었다.

"아뇨. 지금 얘기 안 해도 돼요. 일 때문이든 뭐든 당신의 개인적인 통화를 방해하고 싶지 않아요."

그는 어이없을 정도로 널찍한 가슴팍에 대고 두 팔을 교차해 보이고는 주먹을 턱 밑에 가져다 댔다.

"통화 끝날 때까지 기다릴게요."

내 귀에서 시커먼 연기가 흘러나와 머리 위에서 빙빙 돌 것만 같았다. 전화기 너머에서 엄마가 말했다.

"바쁜 모양이네. 이만 끊을게."

내 시선은 에런에게 박혀있었다. 엄마의 말이 내 머릿속에서 이해되기도 전에 엄마가 말했다.

"네가 직장에서 만난 남자와 사귀고 있다고 할머니한테 말씀드려야겠다. 네 할머니가 뭐라고 하실 것 같니?"

내 멍청한 뇌는 여전히 자동 조종 장치에 의지해 비행 중인지 자동으로 대답을 내놓았다.

"*Uno no come donde caga*(누가 똥 싸는 곳에서 밥을 먹겠냐고 하시겠죠)."

"*Eso es*(그렇겠지)."

엄마가 조그맣게 웃는 소리가 들렸다.

"일 마저 해. 나중에 둘이 결혼식에 오면 남친 얘기 자세히 해줘. 알

앉지?"

아뇨, 내가 쳐놓은 거미줄에 숨이 막혀서. 이러다 죽을 것 같아요, 라고 나는 말하고 싶었다. 하지만 내 입에서는 다른 말이 나왔다.

"알았어요, 엄마. 사랑해요. 아빠한테도 사랑한다고 전해주세요."

"사랑해, *cielo*(내 사랑)."

엄마는 이 말을 하고 바로 전화를 끊었다. 나는 참았던 숨을 한껏 들이마셨다. 내 인생을 열 배는 복잡하게 만든 남자를 쏘아보면서 핸드폰을 책상에 탁 내려놓았다. 한껏 달궈진 핸드폰이 내 손을 지져버릴 것 같았다.

"어머니시구나."

나는 고개만 끄덕였다. 차라리 그게 나았다. 섣불리 입을 열었다가는 어떤 말이 튀어나올지 알 수 없었다.

"집에 별일 없어요?"

나는 한숨을 쉬며 다시 고개를 끄덕였다.

"아까 그거 무슨 뜻이에요?"

그는 순전히 호기심에서 묻는 듯했다.

"통화 마지막에 당신이 스페인어로 말한 거요."

재앙에 가까운 끔찍한 통화를 했더니 머릿속이 빙빙 도는 것 같았다. 다 내가 벌인 일이었다. 내가 이렇게 엉망진창으로 만들어 놓았다. 구글 번역을 써서 에런에게 설명할 시간도 없었다. 지금 제일 수다를 떨고 싶지 않은 상대가 바로 에런이었다.

맙소사. 이 남자 뭐야? 하필 그때 나타나서는. 몇 분 전까지만 해도…

나는 고개를 절레절레 흔들다가 쏘아붙였다.

"알아서 뭐 하게요?"

그가 움찔하는 게 보였다. 살짝이지만 분명히 움찔했다. 멍청이처럼 군 것 같은 느낌에 나는 손으로 얼굴을 가리며 마음을 가라앉혔다.

"미안해요."

나는 조용히 말했다.

"스트레스를… 좀 받아서. 무슨 일이에요, 에런?"

나는 목소리를 낮추면서 책상 아무 곳에나 시선을 두었다. 그를 쳐다볼 자신이 없었다. 그를 마주 보면서 나의… 불안정한 모습을 보여주고 싶지 않았다. 그에게 내 최악의 모습을 보여주기가 정말이지 싫었다. 그대로 주저앉아서 책상 밑으로 기어들어가, 에런의 시선을 피해 숨고 싶은 심정이었다. 그를 보고 있지 않아서 표정은 모르겠고 그의 목소리 톤이 달라진 것만 알 수 있었다.

"우리가 개요를 잡은 워크숍에 쓸 서류를 좀 더 프린트해 왔어요."

에런 같은 사람의 입에서 나오는 것치고는 꽤 온화한 목소리였다.

"당신 책상 위에 뒀어요."

아.

나무 책상 표면으로 시선을 돌리자 그가 말한 서류가 보였다. 내가 더 한심해진 느낌이었다. 그 감정이 뱃속에서 요동치다가, 무력감에 가까운 또 다른 감정으로 변하더니 예리하게 속을 찔렀다.

"고마워요."

나는 손가락으로 관자놀이를 문지르며 눈을 감았다.

"이메일로 보내줘도 됐을 텐데."

그랬으면 내 이런 모습을 에런에게 보일 일도 없었을 것이다.

"당신은 형광펜으로 표시하면서 읽잖아요."

그랬다. 바짝 집중해야 하는 일을 할 때면 나는 자료를 종이에 인쇄해서 형광펜으로 줄을 쭉쭉 그어가며 재검토하는 편이었다. 그런데 그걸 어떻게 알고… 아, 젠장. 에런이 어떻게 알았는지는 중요하지 않았다. 내가 종이 낭비를 하는 것 같아서, 혹은 환경에 안 좋은 영향을 미치기 때문에 그는 내 버릇을 눈여겨봤을 것이다. 그런 주제에 종이로 인쇄해 왔다고 그에게 딱딱거리고 있으니, 나라는 인간이 더 한심하게 느껴졌다.

"맞아요. 어쨌든…"

나는 책상에 시선을 둔 채 말을 흐렸다.

"고마워요. 주말에 읽어볼게요."

나는 그를 쳐다볼 자신이 없어 고개를 숙인 채 얇은 종이 더미를 집어서 내 앞에 내려놓았다. 우리는 한참 말이 없었다.

그는 조각상처럼 그 자리에 꼼짝하지 않고 서서 나를 내려다볼 뿐이었다. 그가 아무 말도 하지 않아서 나는 고개를 들 핑계를 찾을 수 없었다. 그래서 나는 그가 나를 위해 깔끔하게 인쇄해 준 서류에 시선을 고정하고 앉아있을 뿐이었다.

어색한 침묵의 시간이 고통스러울 정도로 길어졌다. 이 괴상한 싸움에서 패배한 내가 드디어 고개를 들려는데 에런이 그 자리를 떠나는 게 느껴졌다. 나는 그대로 1분을 더 기다렸고 그가 확실히 떠났음을 알았다. 그제야… 긴장이 풀렸다.

둔탁하게 툭 소리를 내며 책상에 머리를 떨궜다. 엄밀히 말하면 책상이 아니라, 에런이 멋지게 가져다 놓은 서류 더미에 머리를 내려놓았다. 그가 서류를 갖다놓은 후 나는 버벅거리다가, 급조한 남친의 이름이 에런이라고 엄마에게 말하고 말았다.

입에서 신음이 흘러나왔다. 추악하고 비참한 기분이었다. 나라는 인간은 이것밖에 안 되는 걸까. 책상 표면에 머리를 가만히 박았다.

"*Estúpida*(멍청이)."

쿵.

"*Idiota. Tonta. Boba. Y mentirosa.* (얼간이. 등신. 바보. 거짓말쟁이)."

쿵. 쿵. 쿵.

최악이었다. 나는 그냥 멍청이가 아니라, 거짓말을 하는 멍청이였다.

그 생각을 하니 다시 또 입에서 신음이 흘렀다.

"뭐야."

사무실 문 쪽에서 소리가 들렸다. 로지의 목소리였다. 잘됐다. 나를 이 광기에서 끌어내 줄 사람이 필요했다. 나는 스스로 광기 속으로 뛰어들었고 이러다 정신 병원에 입원할 판이었다. 내 처신은 정말이지… 어른스럽지 못했다.

"아무 문제 없는 거지, 리나?"

문제가 없기는.

내가 벌인 일이 온통 문제였다.

"잠깐, 잠깐, 잠깐, 잠깐."

로지는 마치 말의 고삐를 잡는 것처럼 내 앞에 대고 손을 흔들었다.

"네가 어머니한테 *뭐라고* 했다고?"

파스트라미(양념한 소고기를 훈제해서 차게 식힌 것.−옮긴이) 파니니를 씹어 삼키다 로지를 힐끗 쳐다본 나는 입안에 음식물이 가득 찼지만 우물거리며 대답했다.

"들었잖아."

"마지막 부분을 다시 듣고 싶어서 그래."

로지는 의자 등받이에 등을 기댔다. 그녀의 에메랄드색 눈이 충격으로 휘둥그레져 있었다.

"처음부터 다시 얘기해 줄래? 아무래도 내가 못 듣고 놓친 부분이 있는 것 같아. 아무리 너라도 이건 좀 심하잖아."

나는 로지를 살짝 흘겨보면서 이를 드러내고 가짜 미소를 지었다. 그 바람에 입안에 넣고 씹던 파니니 일부가 보였을 터였다.

우리가 점심을 먹고 있는 이 15층의 공유 업무 공간에서 누가 나를 눈여겨볼 일은 없을 것이다. 이 시간쯤에는 15층에 남아있는 사람이 별로 없었다. 여기는 힙스터 나라 같은 인테리어로 꾸며진 공간이었다. 뉴욕시에서 이 정도 공간과 돈을 협업을 위한 공유 공간에 할애할 수 있는 회사라니. 이 회사의 일 중독자들은 점심시간 말고는 여기를 사용하지도 않는데 말이다. 내 오른쪽의 두 테이블에만 사람들이 앉아 있었는데, 거기는 바닥부터 천장까지 대형 유리창으로 되어있어서 풍경이 끝내주는 자리였다.

"그런 얼굴로 날 쳐다보지 마."

맞은편에 앉은 로지가 투덜거렸다.

"널 사랑하지만, 지금 네 얼굴은 꼴 보기 싫어. 입 밖으로 상추가… 튀어나왔잖아."

나는 입안 가득 물고 있던 음식을 꾹꾹 씹고 음료로 쓸어내리면서 눈을 위로 굴렸다. 바람과는 달리 배를 채웠는데도 기분은 나아지지 않았다. 걱정으로 애가 타서 그런지 뭐라도 더 먹어야 할 것 같았다.

'파니니를 하나 더 주문할까.'

다른 때 같으면 그렇게 했을 것이다. 하지만 언니의 결혼식까지 시간이 얼마 남지 않아서 먹는 것에 신경을 써야 했다.

"그거 말고 또 무슨 짓을 했어? 나한테 싹 다 털어놔 봐." 로지의 말투는 부드러웠지만, 말에 가시가 돋친 게 느껴졌다.

"네가 가짜 남친을 만들어 내기로 작정한 순간에 대해서도 말해보라고."

로지에게 혼이 나도 쌌다. 나는 남친이 있다고 가족에게 거짓말을 해놓고 로지에게는 그걸 말하지 않았다. 그러니 로지가 그 사실을 알자마자 내 엉덩이를 걷어차도 나는 할 말이 없었다.

"미안."

나는 테이블 너머로 팔을 뻗어 로지의 손을 잡았다.

"미안해, 로절린 그레이엄. 너한테 숨기면 안 되는 거였어."

"당연하지. 넌 그러면 안 되는 거야."

로지가 투덜거렸다.

"변명하자면, 월요일에 너한테 말하려고 했어. 그런데 그 사람 때문에 방해를 받아서 말을 못 한 거야."

나는 그의 이름을 입 밖에 내고 싶지 않았다. 그의 이름을 말할 때마다 그가 갑자기 나타나곤 했기 때문이었다. 나는 로지의 손을 잡으며 말을 이었다.

"대신에 우리 할머니한테 부탁해서 할머니가 모시는 성인 앞에 널 위해 초 몇 개를 켜달라고 말할게. 네가 나중에 자식들을 많이 낳을 수 있도록 기도해 주실 거야."

로지는 잠시 생각하는 척하면서 한숨을 쉬었다.

"알았어. 네 사과 받아줄게."

로지는 내 손을 마주 잡았다.

"자식들은 됐고, 네 사촌 중 한 명한테 나를 좀 소개해 줄래?"

나는 놀라서 뒤로 몸을 젖혔다.

"누구를 소개해 달라고?"

눈앞에서 로지의 볼이 발그레하게 달아올랐다. 로지의 말을 듣는 순간 내 놀라움은 커질 수밖에 없었다.

"파도타기를 하고, 벨지언 셰퍼드 개를 키우는 남자 있잖아. 너무 멋있던데."

"멋지다고?"

내 사촌들은 죄다 미개인 같은 놈들뿐이라 '멋지다'는 말을 들을만한 위인이 없었다. 로지의 볼은 한층 더 붉게 달아올랐다.

내 친구가 마르틴 집안 남자랑 어떻게 아는 사이가 됐지? 설마…

"루카스?"

예전에 로지에게 루카스의 인스타그램 스토리 몇 개를 보여준 게 기억났다. 하지만 그건 루카스가 아니라 루카스의 개 타코를 보여주려던 거였다.

"머리를 바짝 깎은 그 루카스?"

내 친구는 어깨를 으쓱하면서 당연하다는 듯 고개를 끄덕였다.

"넌 루카스랑 엮이기엔 너무 좋은 여자야. 차라리 루카스의 개를 유괴해. 타코도 루카스랑 살기엔 너무 좋은 개니까."

"타코."

로지는 까르르 웃었다.

"너무 귀여운 이름이야."

"로지, 그러지 마."

나는 로지한테서 손을 떼고 그 손으로 물병을 쥐었다.

"안 돼."

"뭐가 안 돼?"

로지의 얼굴에는 여전히 미소가 걸려있었다. 내 사촌 루카스를 생각하면서 미소 짓는 모양이었다…

"어휴. 토 나와. 그 녀석은 미개인이야. 짐승 같은 놈이라고. 예의라곤 없어. 내 사촌한테 빠지지 마."

나는 머릿속을 씻어내듯 물을 벌컥벌컥 마셨다.

"안 그러면 어린 시절의 끔찍한 얘기를 너한테 들려줄 수밖에 없어. 그 얘길 하다가 네 이상적 남성상을 박살 낼지도 몰라."

로지의 어깨가 축 처졌다.

"그러든지… 네가 굳이 안 도와줘도 이미 박살 났어."

로지는 서글프게 한숨을 쉬었다. 나는 다시 로지의 손을 붙잡고, 언젠가는 너만의 왕자님이 나타날 거라고 위로하고 싶어졌다. 그러려면 쓰레기 수집을 그만해야 할 것이다. 내 사촌을 포함해서.

"그 전에 어디 그 끔찍한 얘기부터 들어보자."

아이고.

"다 얘기했잖아."

나는 손으로 물병의 라벨을 쥐어뜯으며 시선을 손으로 내렸다.

"실황 중계하듯이 다 얘기했어. 존재하지도 않는 남친에 대해 부모님한테 불쑥 얘기한 순간부터, 내 사무실 문 앞에 파란 눈의 멍청이가 갑자기 나타난 바람에 남친 이름이 에런이라고 엄마한테 말해버린 순간까지."

나는 라벨을 더 박박 긁어서 플라스틱 병 표면에서 완전히 잡아 뜯었다.

"뭘 더 알고 싶은데?"

"사실 정보를 말한 것뿐이잖아. 난 네가 무슨 생각인지 알고 싶어."

"지금?"

그러자 로지가 고개를 끄덕였다.

"디저트를 사서 가지고 올 걸 그랬다는 생각을 하고 있어."

"리나…"

로지는 테이블에 두 팔을 올리며 앞으로 몸을 기울였다.

"내 말뜻 알잖아."

그러고는 나를 날카롭게 쳐다보았다. 웃음기 없이, 말할 때까지 끈덕지게 기다리겠다는 눈빛이었다. 웃음기가 아예 없는 것은 아니고 평소보다 적었다.

"이 사태를 어떻게 할 작정이야?"

젠장, 내가 어떻게 알아?

나는 어깨를 으쓱하면서 공유 업무 공간을 휙 둘러보았다. 몇 군데 바스러지고 오래된 긴 탁자, 왼쪽의 붉은 벽돌 벽에 걸린 화분에는 양치식물이 담겨있었다.

"비행기를 타고 스페인 땅에 내려설 때까지 잊어버리고 있어야지 뭐. 도착하면, 왜 남친이랑 같이 안 왔는지 설명해야겠지."

"너 정말 그렇게 하고 싶어?"

"아니."

나는 고개를 저었다.

"맞아."

두통이 시작될 것 같아서 두 손으로 관자놀이를 문질렀다.

"모르겠어."

로지는 한참 생각하는 눈치였다.

"그 사람에 대해 진지하게 생각을 해보면 어때?"

관자놀이를 문지르던 두 손이 나무로 된 테이블 표면에 툭 떨어졌다. 가슴이 철렁했다.

"누구를?"

물론 누구를 말하는지 나는 알고 있었다. 다만, 로지가 그를 내 앞에 들이미는 게 믿기지 않았다. 로지가 조심스럽게 대답했다.

"에런 말이야."

"아, 그 악마의 자식? 그 사람을 뭐 어떻게 생각해야 할지 모르겠네."

로지는 사업 협상 자리에라도 나선 사람처럼 두 손을 모아 깍지를 끼고 테이블에 올렸다. 나는 눈을 가늘게 뜨고 그녀를 바라보았다.

"에런이 그렇게 나쁜 사람 같진 않아."

로지는 배짱 좋게 말을 꺼냈다. 나는 어이없다는 듯 숨을 과장되게 훅 들이마셨다. 로지는 그러거나 말거나 눈을 위로 굴리며 말을 이어갔다.

"그래. 그 남자가… 좀 무미건조하고, 매사를 좀 진지하게 받아들이는 편이기는 하지."

로지는 '좀'이라는 표현을 쓰면 낫게 들리기라도 할 것 같은 모양이었다.

"그래도 좋은 점도 있잖아."

"좋은 점?"

나는 콧방귀를 뀌었다.

"무슨 좋은 점? 찔러도 피 한 방울 안 나올 것 같은 내면?"

로지는 내 농담에도 웃지 않았다. 에휴. 진지하게 대화하자는 것이구나.

"그 남자가 너한테 제안한 게 있잖아. 그 남자랑 그 얘기를 제대로 나눠보는 게 뭐가 나빠? 어쨌든 그 남자가 먼저 널 도와주겠다고 한 거잖아."

하긴 그랬다. 그가 애초에 왜 그런 제안을 했는지 나는 아직 감도 오지 않았다.

"내가 그를 어떻게 생각하는지 알잖아, 로지."

나는 헛소리 그만하라는 투로 말했다.

"내가 그 사람 때문에 무슨 일을 겪었는지, 그 사람이 나한테 무슨 말을 했는지 다 알면서 그러냐."

로지는 한숨을 쉬었다.

"오래전 일이야, 리나."

"그래."

나는 로지의 시선을 회피했다.

"하지만 잊히지를 않네. 몇 달 전에 일어난 일이라고 해서, 한 번 일어난 일이 안 일어난 일이 되진 않아."

"1년도 더 된 일이야."

"정확히는 20개월이지."

냉큼 로지의 말을 수정한 바람에 그동안 내가 그 일을 속에 꽁하게 담고 있었던 게 티 났다.

"2년 가까이 됐지."

나는 내 점심 포장지였던 구겨진 종이를 내려다보며 구시렁거렸다.

"내 말이 그거야, 리나."

로지는 부드럽게 말했다.

"너한테 더 심한 짓을 한 사람들한테도 너는 두 번, 세 번, 아니 네 번까지 기회를 줬어. 반복적으로 같은 잘못을 하는 사람들한테도."

로지의 말이 맞았다. 하지만 나는 엄마를 쏙 빼닮은 딸이라 노새처럼 고집이 셌다.

"모든 경우에 다 해당하진 않아."

"어째서?"

"이유가 있어."

로지는 초록색 눈동자에 힘을 주었다. 이대로 물러설 생각이 전혀 없어 보였다. 내 입에서 반드시 대답을 끄집어내고야 말겠다는 표정이었다. 그렇다면 얘기해야겠지.

그래, 좋아.

"그 남자는 나 말고 인테크에 있는 다른 직원이랑은 누구든 같이 일해도 괜찮다고 내 상관한테 말했어. 이 회사에서 일하기 시작한 두 번째 날에."

당시 기억을 떠올리자 얼굴로 피가 확 쏠리는 듯했다.

"누구든 상관없다고 했어. 하다못해 제럴드랑도 괜찮다는 거지."

나는 에런이 제럴드를 콕 집어서 말하는 걸 듣지는 못했다. 하지만 더 들을 필요도 없는 얘기였다.

"그 여자만 빼고 다 괜찮습니다, 제프 부서장님. 그 여자랑은 도저히 일 못 합니다. 그 여자가 이 프로젝트를 수행할 능력이 되겠어요? 너무 어리고 미숙해 보여요."

에런이 전화로 우리 상관에게 한 말이었다. 나는 그의 사무실 앞을 지나가다가 그 말을 들었다. 우연히 들은 그 말이 도저히 잊히지 않았다. 기억에 콕 박혀버렸다.

"그 사람이 나랑 알게 된 지 이틀밖에 안 된 날이었어, 로지. 이틀이라고."

나는 검지와 중지를 들어 보였다.

"그 남자도 우리 회사에 온 지 얼마 안 됐을 때였어. 그는 우리 상관 앞에서 나를 깎아내렸고 나를 프로젝트에서 내쫓았어. 내 프로의식에 의문까지 제기하더라. 이유가 뭐였을까? 나랑 고작 2분 얘기했을 뿐인데 내가 마음에 안 들어서? 내가 어려 보여서? 내가 미소를 잘 짓고 잘 웃으니까 사이보그 같지 않아서? 난 진짜 열심히 일했어. 뼈 빠지게 일해서 지금 이 자리까지 올라왔단 말이야. 그런 사람한테 어떻게 그런 말을 하냐고."

내 목소리가 높아졌다. 관자놀이로 펌프질하며 올라오는 피의 압력도 덩달아 높아지고 있었다. 나는 마음을 가라앉히기 위해 떨리는 숨을 내뱉었다. 로지는 이해한다는 눈빛으로 나를 바라보았다. 좋은 친구만이 보여줄 수 있는 눈빛이긴 한데 뭔가 다른 감정이 섞여있는 듯했다. 로지의 입에서 나올 다음 말이 아무래도 내 마음에 들지 않을 것 같았다.

"그래, 이해해. 진짜야."

로지가 미소를 지었다. 이런 반응이면 됐다. 로지가 내 편을 들어주길 바랐다. 역시 로지는 내 편이었다. 로지는 테이블을 빙 돌아서 내 옆으로 와 앉았다. 그러더니 고개를 돌리고 나를 지그시 바라보았다.

뭐야. 이건 별로 좋은 신호가 아니었다. 로지는 내 등에 손을 얹으며 말을 이어갔다.

"굳이 상기시켜 주고 싶진 않지만, 넌 그때 친환경 태양열 프로젝트를 맡고 싶어 하지 않았잖아. 네가 그 고객에 관해 얼마나 투덜거렸는지 기억 좀 해보지 그래?"

아무래도 나가서 다른 절친을 찾아봐야 할 모양이었다. 기억력이 이렇게 뛰어나지 않은 절친으로 말이다. 로지는 내가 다른 프로젝트로 재배치받고 좋아했던 것까지 죄다 기억하고 있었다.

"게다가 네가 말했던 것처럼, 에런은 그때 너에 관해 잘 알지도 못했어."

물론이었다. 그는 나에 관해 더 알아보려 하지도 않았다. 그냥 나를 방해덩어리로 규정하고, 상관에게 내 험담을 했을 뿐이었다. 나는 팔짱을 끼고 물었다.

"그래서 요지가 뭐야, 로절린?"

"요지는 말이야, 그래 맞아. 그 남자는 겨우 이틀 겪어보고 너를 판단했어."

로지는 내 등을 토닥였다.

"그런데 네가 좀… 격식에 얽매이지 않는 편이기는 하잖아. 느긋하고. 즉흥적이고. 때로는 좀 시끌벅적하고."

스페인에서도 충분히 들어본 말이었다.

"그게 뭐 어쨌다고?"

나는 요란하게 숨을 내쉬었다. *제기랄.*

"내가 너 사랑하는 거 알잖니, 친구야."

내 친구 로지는 따뜻한 미소를 지었다.

"그래도 그게 사실이긴 하잖니."

내가 입을 열려고 했지만 로지는 기회를 주지 않았다.

"넌 여기서 제일 열심히 일하는 직원 중 하나야. 일도 아주 잘하고, 그러면서도 일터 분위기를 가볍고 재미있게 만들어 주지. 그래서 넌 팀장이 된 거야."

"그래. 그런 식으로 말해주니까 훨씬 낫네. 계속해 봐."

"에런은 당시에 너의 그런 면을 알 방도가 없었어."

나는 눈이 확 커졌다.

"너 지금 그 남자 변호하니? 우린 절친으로서 서로의 적과 원수를 같이 미워해야 하는 거 아니야? 내가 절친의 태도에 관한 규정을 종이에 인쇄해서 너한테 줘야겠어?"

"리나."

로지는 답답한 표정으로 고개를 가로저었다.

"잠시라도 진지하게 얘기 좀 하자."

나는 의자에 축 처져 앉은 채 눈을 부릅떴다.

"그래, 알았어. 미안해. 계속해."

"네가 상처받은 거 알겠고… 그럴만하다고 생각해… 그러니 그 남자를 오랫동안 외면했겠지."

그랬다. 나는 몹시 분노했고 상처받았다. 나는 상대에 대해 잘 알지도 못하면서 섣부른 판단을 내리는 사람들을 경멸했다. 에런이 한 게 바로 그런 짓이었다. 그것도 내가 나답지 않게 나서서 최선을 다해 따뜻하게 그를 환영해 준 직후에. 내가 어쩌자고 망할 환영 선물을 들고 그의 사무실에 들어갔을까. 환영 선물은 바로 엔지니어의 삶에 관한 재미있는 인용 문구가 적힌 머그컵이었다. 그날 내가 뭐에 씌었던 건지 지금도 모르겠다. 다른 사람한테는 한 적 없는 짓거리였다. 에런의 반응이 어땠냐고? 그는 경악한 눈으로 나를 쳐다보면서 입을 딱 벌렸다. 내가 어색하기 짝이 없는 농담을 하긴 했지만, 그렇다고 내 몸에 머리 하나가 더 돋아난 것 같은 눈으로 날 쳐다볼 필요가 있었을까.

그 일이 있고 이틀도 채 안 되었을 때 에런이 나를 헐뜯는 말을 하는 걸 들었더니… 사람이 참 위축되고 비참해졌다. 진짜 어른으로 취급받지 못하고 옆으로 내쳐진 느낌이었다.

"네 침묵을 내 말에 대한 긍정 표시로 받아들일게."

로지는 내 어깨를 손으로 꼭 잡았다.

"넌 그때 상처받았어. 그래, 그럴 만해, 친구. 그렇다고 그게 그를 영원히 미워할 이유가 되니?"

그렇다고 대답하고 싶었다. 그런데 한편 생각해 보니, 과연 그런가 싶기도 했다. 나는 대답을 달리하기로 했다.

"그가 내 친구가 되고 싶다거나 하는 건 아닐 거야. 그는 지금까지 쭉 내 심기에 거슬렸어."

그래, 수제 그래놀라 바로 나를 굶어 죽지 않게 해준 일은 예외로 치자. 굳이 그렇게까지 할 필요 없었는데 나를 위해 자료를 프린트해서 갖다준 것도 예외로 하기로 하자.

그가 지난 수요일에 직장 공개일 행사 건으로 일하는 나를 돕느라 늦게까지 야근을 해준 것도 예외로 하자. 이 세 가지 경우를 제외하면, 그는 여전히 내 심기를 불편하게 하고 있단 말이다.

"너도 딱히 착하게 굴진 않았잖아."

로지가 반박했다.

"둘 다 똑같아. 그런데 둘이 서로에게 다가가려고 핑계를 만드는 걸 보면 좀 귀엽기도 하고…"

"아, 됐어."

나는 말을 끊고 의자를 돌려 로지를 마주 보았다.

"괴상한 추측을 늘어놓을 생각인가 본데, 여기까지만 하자."

로지는 이 상황에서 깔깔 웃었다. 나는 어이가 없었다.

"너란 애를 이젠 정말 모르겠어."

로지는 나를 가만히 바라보았다.

"인식도 못 하고 있구나, 친구야."

"그런 거 아니야. 굳이 원한다면 말해줄게."

나는 검지로 허공을 찌르며 말을 이었다.

"그 남자가 나에 관해 편견 가득한 못된 말을 우리 상관한테 지껄이는 걸 들었을 때, 나는 그를 나만의 블랙리스트에 올렸어. 내 블랙리스트가 얄짤없는 거 너도 알잖아. 한 번 블랙리스트는 영원한 블랙리스트야."

나는 다른 손바닥을 주먹으로 탁 치며 덧붙였다.

"내가 제인 말리크(파키스탄계 영국인 가수. 원 디렉션의 전 멤버. 모델 지지 하디드의 전남편.-옮긴이)를 용서한 적 있니?"

로지는 히죽 웃으며 고개를 저었다.

"그래. 넌 절대 용서 안 했지."

"맞아. 나는 데이비드 베니오프와 D. B. 와이스(미국 드라마 〈왕좌의 게임〉의 각본가들.-옮긴이)가 2019년 5월 19일에 우리한테 한 짓도 안 잊었어."

나는 검지를 우리 둘 사이에 세우고 흔들며 덧붙였다.

"그들은 타르가르옌 가문의 대너리스 스톰본을 꼭 그렇게 만들어야 속이 시원했을까? 최초의 이름 대너리스 스톰본인데 좀 더 좋은 결말을 줬어야 맞지 않아?"

나는 잠시 뜸을 들이며 우리 대화에 침묵이 스며들게 했다.

"안 그래, 로지?"

"맞아. 그 문제에 있어서는 나도 네 편이야. 하지만…"

"하지만은 필요 없고."

나는 손을 들어 올리며 로지의 말을 막았다.

"에런 블랙퍼드는 내 블랙리스트에 올랐어. 앞으로도 계속 거기 있을 거야. 더 말할 필요 없어."

내 친구 로지는 방금 내가 한 말, 아니 내 열변을 놓고 이리저리 궁리하면서 곱씹는 눈치였다. 그러더니 한숨을 후우 내쉬었다.

"난 네가 최선의 결과를 맞이하길 바라는 거밖에 없어."

로지가 서글픈 미소를 지었다. 그 미소를 보니 내게 실망한 것 같기도 했다.

"알아."

평소에도 포옹을 즐기던 나는 곧장 로지에게 다가가 두 팔로 그녀를 감싸고 꽉 안아주었다. 솔직히 지금 포옹이 제일 절실한 사람은 로지보다는 나였다. 요즘은 정말이지 기운이 쭉쭉 빠지는 기분이었다.

"나한테 최선의 결과는 에런 블랙퍼드가 아니야."

나는 잠시 눈을 꼭 감고 포옹을 만끽했다. 그런데 다시 눈을 떴을 때 당황스럽게도 눈앞에 키 큰 사람의 윤곽이 보였다. 이 정도로 키가 큰 사람은 그 남자뿐이었다.

"젠장, 로지."

나는 다가오는 남자에게 시선을 붙박고 로지에게 팔을 두른 채 소곤거렸다.

"우리가 그를 또 소환했나 봐."

에런 블랙퍼드가 성큼성큼 걸어오며 빠르게 거리를 좁혔다. 그의 길쭉한 다리가 우리 앞에서 우뚝 멈춰 섰다. 우리는 아직 포옹 중이라 나는 로지의 어깨 너머로 그를 쳐다보았다.

포옹 중인 우리를 본 에런은 놀라움과 흥미로움이 섞인 표정이었다. 예의 그 악명 높은 찡그린 표정 뒤에 속내를 워낙 잘 감추는 사람이라 무슨 생각을 하는지는 알 수 없었다.

"뭐? 우리가 누굴 소환했다고?"

로지가 물었다. 에런이 주의 깊게 쳐다보는 가운데, 우리는 포옹을 풀고 물러섰다.

"아. 그 사람."

로지가 나지막하게 말했다. 나는 굳은 얼굴에 애써 미소를 지으며 말했다.

"안녕, 블랙퍼드. 여기서 만나다니 반갑네요."

"카탈리나. 로지."

그는 손목시계를 힐긋 내려다보더니 눈썹 하나를 치켜올리며 다시 우리를… 아니 나를 다시 바라보았다.

"아직도 점심시간인가 보네요."

"휴식 시간 단속 경찰이 납셨네."

내가 조그맣게 투덜거리자 그는 다른 쪽 눈썹도 치켜떴다. 저러다가 눈썹이 아주 이마 꼭대기에 가 붙지 않을까.

"바람직한 작업 로봇이 되는 방법에 관해 잔소리하러 온 거면, 딴 데 가서 알아봐요."

"그러죠."

그는 심드렁하게 대답하더니 내 친구 쪽으로 고개를 돌렸다.

"로지한테 전할 말이 있어서 왔어요."

깜짝이야.

나는 어쩐지 가슴이 철렁하는 기분을 느끼며 인상을 찌푸렸다. 내 친구는 내 머릿속을 들여다본 것처럼 같은 말을 했다.

"깜짝이야."

"헥터가 당신을 찾고 있어요, 로지. 손 파괴자라는 고객이 성질을 부리는 바람에 진행이 더딘 프로젝트 때문인 것 같던데요. 헥터가 그렇게 흥분한 모습은 처음 봤어요."

내 친구는 자리에서 벌떡 일어섰다.

"'손 파괴자' 올리버요? 우리 고객이에요. 그 사람은… 악수할 때 손에 힘을 너무 줘서 상대에게 손의 뼈가 갈리는 기분을 느끼게 하거든요."

로지는 고개를 절레절레 흔들었다.

"그건 중요한 게 아니고요. 아, 젠장."

로지는 사원증, 사무실 열쇠, 지갑 같은 몇 안 되는 소지품을 챙겨 들었다.

"아, 내가 미쳐, 진짜."

로지는 몹시 당황한 표정이었다.

"컨퍼런스 콜이 이미 끝났단 얘긴데. 내가 원래 이 시간에는 아래층에 내려가 있어야 하거든요. 그런데 리나의 일 때문에 정신이 팔려서 그만…"

나는 로지가 더 떠벌리기 전에 입을 막으려고 그녀의 팔을 꼬집었다. 그러자 에런의 눈이 번뜩였다. 그가 눈을 살짝 가늘게 뜬 것을 눈을 번뜩인 것으로 쳐도 될지 모르겠지만. 로지가 말을 이어 붙였다.

"리나의 고양이에 관한 일이에요…"

나는 다시 로지를 꼬집었다. 나는 고양이가 없었고 로지도 아는 사실이었다.

"그게 이웃집 고양인데요."

뺨이 달아오르기 시작한 로지는 에런과 나를 똑바로 보지 못하고 주변을 두리번거렸다.

"브라이언이라는 이웃이 있어요. 네. 브라이언네 고양이요. 고양이 이름이 미스터… 캣이거든요."

로지는 고개를 휘저었다. 에런은 눈을 더 가늘게 뜨며 나를 돌아보았다. 로지가 뻔한 거짓말을 우물거리는 동안 그는 내 표정을 살폈다.

"리나가 이번 주에 미스터 캣을 돌봐주기로 했어요. 브라이언이 편찮으신 할머니를 뵈러 다녀와야 해서요. 리나가 사람들을 돕는 걸 얼마나 좋아하는지 알잖아요."

나는 로지의 뚱딴지같은 거짓말이 그럴싸하게 들리도록 고개를 느릿하게 끄덕거렸다.

"당신은 고양이 알레르기가 있지 않아요?"

에런의 물음에 나는 놀라서 눈을 깜박거렸다.

"맞아요. 그걸 어떻게 알고…"

나는 헛기침을 했다. *아무려면 어때.* 나는 고개를 저으며 말을 이었다.

"털 없는 고양이라서 괜찮아요."

그는 바지 주머니에 두 손을 찔러 넣은 채 잠시 생각하는 표정이었다.

"털 없는 고양이라."

"〈프렌즈〉라는 드라마에도 나오잖아요."

나는 아무렇지 않은 목소리를 내려 애썼다.

"그 드라마에 나오는 레이철의 고양이요. 스핑크스 품종이죠."

에런의 표정을 보니 내가 무슨 얘기를 하는지 모르는 눈치였다.

"당신은 뉴욕에 살고 있고 미국인인데, 드라마 〈프렌즈〉를 본 적이 없어요?"

그는 여전히 반응이 없었다.

"한 번도요? 아, 됐어요. 신경 쓰지 말아요."

에런은 아무 말도 하지 않았다. 나는 그에게 뻔한 거짓말을 들키지 않은 척 표정을 관리했다.

"어쨌든, 휴우."

로지는 이를 활짝 드러내고 웃었다. 물론 가짜 웃음이었다.

"난 이만 헥터와 얘기를 하러 가야겠어요."

로지는 미안하다는 눈빛으로 나를 바라보았다. 나는 혼자 남아 미스터 캣에 관한 얘기를 이어 나갈 걸 생각하니 겁이 나서 덩달아 일어섰다.

"불러 와줘서 고마워요, 에런."

로지는 재빨리 내 눈치를 보더니 덧붙였다.

"정말 친절하네요."

나는 어이가 없어 눈을 위로 굴렸다. 로지가 팔꿈치로 나를 슬쩍 쳤다.

"그렇지, 리나?"

로지는 자기가 꽤 영리한 줄 아는 모양인데, 영 아니었다.

"그러게, 최고의 친절남이시지."

나는 딱 부러지게 말했다.

"그렇다니까. 나중에 또 얘기하자."

로지는 우리를 뒤에 남겨두고 계단실 쪽으로 달려갔다. 어색한 침묵이 에런과 나를 감쌌다. 그는 헛기침하며 입을 열었다.

"카탈리나…"

"뭐라고, 로지?"

나는 친구 로지가 나를 부른 척, 그의 말을 끊었다. 겁쟁이. 하지만 오늘 일어난 온갖 일을 생각하면, 그리고 나중에 로지와 어색하기 짝이 없는 대화를 해야 할 일을 생각하면, 여기서 에런과 더 대화를 나누고 싶지 않았다.

"아, 나를 위해 승강기 문을 잡아주겠다고?"

에런의 입술이 가늘게 줄을 그리며 표정이 굳어졌지만 나는 신경 쓸 겨를이 없었다. 나는 로지의 뒤통수에 대고 말했다.

"지금 가!"

나는 마지막으로 어깨 너머를 휙 돌아보며 말했다.

"미안해요, 블랙퍼드. 이만 가볼게요. 이따가 이메일로 보내줄래요? 네? 그럼, 이만요."

그에게 등을 보인 순간 로지가 시야에 들어왔다. 로지는 승강기 호출 버튼을 연달아 눌러대고 있었다.

"로절린 그레이엄!"

나는 뒤돌아보지 않으려고 애쓰며 로지를 불렀다. 돌아봤다간 내 등에 구멍을 뚫을 기세로 쏘아보는 푸른 눈동자 두 개를 마주할 것 같았다.

Chapter **5**

일주일 내내 기가 쭉쭉 빨리고 재앙에 가까운 금요일을 보냈는데, 사무실 밖으로 나서자마자 하늘에서 비가 퍼붓기 시작한다면, 온 우주가 당신을 싫어한다고 느낄만하지 않을까.

"*Me cago en la leche*(제기랄)."

나는 인테크의 거대한 유리 현관문 너머를 내다보며 나지막하게 욕을 내뱉었다. 하늘을 집어삼키는 진한 먹구름과 그 구름에서 쏟아지는 빗물이 내다보였다. 핸드폰을 꺼내서 날씨 앱을 열어보니 여름 폭풍이 앞으로 두 시간 동안 맨해튼 전역을 휩쓸 모양이었다. 그래, 아주 끝내주는구나.

이미 저녁 여덟 시가 넘은 시간이라 사무실에서 비가 그칠 때까지 기다리고 싶진 않았다. 얼른 내 침대에 눕고 싶었다. 아니, 내가 진심으로 원하는 건 프링글스 한 통과 1파인트짜리 벤앤제리 아이스크림 한 통이었다. 하지만 오늘은 그런 호사를 누리지 못할 것이다. 집에 가면 먹다 남긴 채소를 냉장고에서 꺼내 위장을 속여야겠지.

근방에서 천둥이 우르릉거리자 나는 현실로 돌아왔다. 빗줄기가 거세어지고 강풍에 밀린 빗물이 한옆으로 쏠렸다. 아직까지 안전하게 인테크 현관 홀에 서있던 나는 드디어 가방에서 얇은 카디건을 꺼냈다. 쌀쌀한 건물 안에서 입는 그 카디건을 머리에 썼다. 빗물을 조금이라도 막아주길 바랄 뿐이었다. 그날 아침 들고 나온 가방은 제일 예쁘진 않아도 다행히 방수 재질이었다.

나는 새로 산 아름다운 스웨이드 로퍼를 내려다보았다. 이 신발은 가방과는 달리 너무나도 멋지지만 안타깝게도 방수 재질이 아니었다. 망가지기 전 아름다운 신발의 모습을 눈에 담아두면서 한숨과 함께 내뱉었다.

"300달러짜리 신발아, 잘 가라."

유리문을 밀어 열고 컴컴하고 축축한 저녁 공기 속으로 발을 내디뎠다. 머리 위로 카디건을 덮어썼다. 빗속으로 걸어 나간 지 5초 만에 나는 C라인 지하철에 도착할 때쯤 완전히 흠뻑 젖게 될 것임을 알았다. 환상적이구먼. 나는 가차 없이 쏟아지는 비를 맞으며 빠르게 걸음을 옮겼다. 내가 살고 있는 브루클린 구역까지 45분이면 갈 수 있어. 그 정도면 뼛속까지 빗물에 푹 젖을 것이다.

건물 모퉁이를 돌아가는데 저 위 어딘가에서 천둥이 요란하게 포효했다. 빗줄기가 더욱 강해지면서 내 걸음은 더욱 느려지고 발이 휘청거렸다. 아무 쓸모도 없게 된 카디건 우산 위로 더 많은 빗물이 무겁게 쏟아져 내렸다. 강풍이 내 머리카락 절반을 들어 올리더니 뺨에 대고 쩍 소리 나게 올려붙였다.

얼굴에 붙은 축축한 머리카락을 팔꿈치로 떼어내려 애쓰면서 종종걸음 쳤다. 멍청한 짓을 했다는 생각이 곧장 머리를 스쳤다. 오른발이 물웅덩이를 밟고 앞으로 쭉 미끄러진 순간, 왼 다리로 보도를 꾹 밟으며 버텼다. 균형을 잡으려고 안간힘을 쓰는데 카디건을 붙잡은 두 손이 허공에 마구 흔들렸다.

제발, 제발, 제발, 제발, 우주야 이러지 마. 내 운명의 처참한 끝을 차마 보고 싶지 않아 눈을 질끈 감았다. *제발, 우주야, 끔찍했던 이번 주가 이런 식으로 끝나게 하지 말아줘.*

발이 조금 더 미끄러졌다. 나는 숨도 못 쉬고 다리에 힘을 주면서 기적적으로 멈춰 섰다. 눈을 떴다. 두 다리가 쫙 벌어지기 직전이었지만 다행히 넘어지지는 않았다. 허리를 펴고 다시 빗속에서 걸어가려는데 내 바로 앞에 차 한 대가 멈춰 섰다. 아는 사람 중에도 저런 암청색 자동차의 소유자가 있었다.

그냥 계속 걸어, 카탈리나. 나는 우아함과는 상당히 거리가 먼 깡총걸음으로 다시 걷기 시작했다. 시야 한옆으로 조수석 창문이 스르륵 내려가는 게 보였다. 그 차 쪽으로 더 가까이 가서 보지 않아도, 내가 전혀 교류하고 싶지 않은 누군가의 차라는 의심이 강하게 들었다. 흠뻑 젖어 물이 뚝뚝 떨어지는 카디건을 머리 위로 떠받친 채, 몸을 슬쩍 돌려 운전자의 윤곽을 확인했다.

미쳐 버리겠네.

운전석에 앉아있는 사람은 에런이었다. 그는 조수석 쪽으로 몸을 기울이면서 무어라 말했다. 입술이 움직이는 게 보였지만, 주변 차량들이 워낙 시끄러웠고 폭풍에 가까운 강렬한 바람과 빗줄기가 보도를 후려치고 있어서 그가 무슨 말을 하는지 알아들을 수가 없었다.

"뭐라고요?"

나는 차 쪽으로 가까이 다가가지는 않고 그를 향해 소리쳤다. 에런이 손을 휘저었다. 가까이 오라는 뜻 같았다. 나는 눈을 가늘게 뜨고 물에 빠진 생쥐 꼴로 그를 쳐다보았다. 그는 검지를 앞뒤로 세차게 흔들어 댔다.

아, 됐어.

그의 표정이 평소처럼 약간 일그러지는 게 보였다. 입 모양을 보니 '어쩌려고', '고집도 세네' 같은 말을 한 것 같았다.

"잘 안 들려요!"

나는 그 자리에 서서 빗소리 너머로 소리쳤다. 그의 입술이 다시 움직였는데 '젠장'이라고 말한 것 같았다. 그가 별안간 '된장'이 먹고 싶어서 된장을 외친 게 아니라면 말이다. 찌푸린 표정을 보면 그가 젠장이라고 했는지 된장이라고 했는지는 의심할 필요도 없었다.

나는 눈을 위로 굴리며 차 쪽으로 다가갔다. 다시 보도에 쭉 미끄러지지 않으려고 아주 천천히 움직였다. 뉴욕의 다른 사람들 앞에서라면 몰라도, 이 남자 앞에서만큼은 절대 미끄러지고 싶지 않았다.

"차에 타요, 카탈리나."

무자비하게 쏟아지는 빗소리 너머로 에런의 짜증 섞인 목소리가 들려왔다. 역시 아까 '된장'이라고 말한 게 아닌 모양이었다.

"카탈리나."

그는 파란 눈으로 나를 쳐다보며 말했다.

"타요."

"리나라니까요."

그는 2년 가까이 내 이름을 리나가 아닌 카탈리나로 불러댔으니 지금 와서 고쳐준다고 해도 소용없을 것이다. 그런데도 나는 괜히 불만과 짜증이 치솟았다. 피곤한 데다 비에 흠뻑 젖은 탓도 있을 것이다. 나는 누구든 내 이름을 온전하게 다 부르는 게 싫었다. 역사광인 아빠는 스페인의 대단하신 여왕과 왕비의 이름을 따서 딸들의 이름을 이사벨과 카탈리나로 지었다. 내 이름은 카탈리나 왕비 시대 이후로 다시는 유행한 적 없는 케케묵은 이름이었다.

"왜 타라고 해요?"

그는 믿기지 않는다는 듯 입을 벌렸다.

"왜 타라고 하냐고요?"

그는 내가 했던 말을 그대로 써서 되묻더니 고개를 절레절레 흔들었다.

"디즈니랜드로 즉흥 여행이라도 가자고 할까 봐 그래요?"

The Spanish Love Deception

나는 혼란스러운 표정으로 에런 블랙퍼드의 차 안을 한참 들여다보
았다.

"카탈리나."

그의 표정이 짜증에서 체념에 가까운 감정으로 바뀌었다.

"집까지 태워줄게요."

그는 더 긴 말을 할 필요 없다는 듯, 바로 팔을 뻗어서 내 쪽에 가까
운 문을 열어주었다.

"당신이 폐렴에 걸리거나, 목이 부러지는 사고를 당하기 전에요. 또
다시 말이죠."

또다시.

그는 이 부분을 아주 천천히 덧붙였다. 뺨으로 피가 확 쏠리는 기분
이었다.

"아, 고맙지만, 그럴 필요 없어요."

나는 이를 악물고 말했다. 당황스러운 감정을 찍어 누르면서 억지로
미소를 지었다. 열린 조수석 문 앞에 그러고 서있는데 젖은 머리카락
이 또 얼굴에 철썩 들러붙었다. 나는 망할 카디건을 내리고 빗물을 쭉
쥐어짰다.

"알아서 갈 수 있어요. 그냥 비가 좀 오는 건데요 뭐. 지금까지도 목
이 부러지지 않고 잘 살아남았으니까 오늘도 혼자 알아서 집으로 갈 수
있을 것 같아요. 특별히 서둘러서 가야 할 필요도 없고요."

아까 당신이 내 사무실에서 나간 후로 나는 당신을 쭉 잘 피해왔거든.

소용없는 줄 알면서도 카디건을 비틀어 한 번 더 물을 쥐어짰다. 그
는 눈썹을 모으고 다시 인상을 찌푸리면서 내 말을 곱씹었다.

"고양이는 어쩌고요?"

"고양이요?"

그는 고개를 갸웃했다.

"미스터 캣이요."

빗물이 해골 안쪽까지 스며들었는지 나는 잠시 생각한 후에야 그가 한 말을 이해할 수 있었다.

"당신한테 알레르기를 일으키지 않는 이웃집 털 없는 고양이."

그가 천천히 되짚어 주는 동안 내 눈이 휘둥그레졌다.

"라이언 씨의 고양이 말입니다."

나는 그의 눈을 마주 볼 수가 없어 눈을 피했다.

"브라이언이에요. 이웃에 사는 남자의 이름은 브라이언이라고요."

"이름이 대수인가요."

그 말을 못 들은 척했지만, 에런의 차 뒤에 줄지어 서는 차들 쪽으로 시선이 갔다.

"차에 타요. 얼른."

"안 그래도 된다니까요."

에런의 차 뒤에 차 한 대가 더 와서 섰다.

"미스터 캣은 나 없이도 좀 더 버틸 수 있어요."

에런이 입을 벌렸는데, 그가 말하기도 전에 뒤에서 요란한 경적이 들렸다. 화들짝 놀라 움찔하다가 열린 조수석 문에 부딪힐 뻔한 나는 빼액 소리쳤다.

"*¡Por el amor de Dios(맙소사)!*"

놀란 가슴을 부여잡고 고개를 돌리는데 뉴욕의 악명 높은 노란 택시가 보였다. 이 대도시에서 일하면서 산 지 몇 년째다 보니 성질난 운전기사들을 건드리면 안 된다는 것을 잘 알고 있었다. 열불이 난 뉴요커들도 건드리면 안 되는 대상이긴 마찬가지였다. 잘못 건드렸다간 그들은 자기네가 느낀 분노를 상대가 고스란히 느끼게 만들기 때문이었다.

역시나 우리 쪽으로 날 선 욕설이 줄줄이 날아왔다. 고개를 돌린 순간 에런이 나지막하게 욕하는 모습이 보였다. 그는 택시 운전사만큼이나 화난 표정이었다. 사람을 안절부절못하게 만드는 경적이 또 한 차례 울려퍼졌다. 이번에는 훨씬 더 길게 울려대서 귓속이 왕왕 울리고 몸이 움찔거릴 지경이었다.

"카탈리나, 타요."

에런은 물러설 뜻이 없는 말투였다. 나는 주변에서 일어나는 일에 넋이 나가 그를 한동안 멍하니 쳐다보았다.

"제발요."

그의 입에서 나온 그 단어의 의미를 내가 완전히 해석하기도 전에 노란 덩어리가 우리 옆을 지나가면서 분노에 찬 욕설을 쏟아냈다.

"야 이 미친 것들아!"

그러고는 거의 배설하듯 요란한 경적을 울려댔다. 그 두 사람의 말―에런의 '제발요'와 조금 전의 '야 이 미친 것들아'―에 떠밀려 나는 에런의 안전한 차 안으로 들어갔다. 놀라운 속도로 착석하는데 축축한 철퍼덕 소리가 귀를 때렸다. 나는 얼른 조수석 문을 닫았다.

순식간에 정적이 우리를 감쌌다. 들리는 소리라고는 에런의 차에 후두두둑 떨어지는 조용한 빗소리, 그리고 묵직하게 포효하는 엔진음뿐이었다. 차는 뉴욕의 복잡한 교통 속으로 우리를 데려갔다. 나는 몹시 불편한 기분으로 안전벨트를 착용하면서 쉰 목소리로 말했다.

"고마워요."

시선을 도로에 고정한 에런은 빈정대는 것 같은 말투로 대꾸했다.

"직접 나가서 당신을 안아 들고 차에 태우지 않게 해줘서 *나야말로* 고맙네요."

그가 말한 상황이 머릿속에 그려지자 나는 당황하고 말았다. 눈이 확 커졌다가 가늘어지면서 그에게 물었다.

"어떻게 그렇게 할 생각을 할 수가 있어요?"

"그냥 상상해 본 것뿐이에요."

말이 되지 않았다. 그리고 어째서인지 그의 말에 나는 또 뺨이 확 달아올랐다. 그에게서 고개를 돌리고 무법천지로 흘러가는 눈앞의 차들을 바라보았다. 앉은 자리에서 어색하게 자세를 바꾸다가 우뚝 멈췄다. 젖은 옷이 가죽 시트에 미끄러지면서 뿌각뿌각 소리를 낸 것이다.

"저기…"

나는 안전벨트를 잡아당기면서 의자 끄트머리로 엉덩이를 옮기기 시작했다. 그러자 더 심하게 뿌각뿌각 소리가 났다.

"차가 엄청 좋네요."

나는 헛기침을 하고 말을 이었다.

"새 차 냄새랑 가죽 냄새가 나는 방향제라도 쓰는 거예요?"

물론 나는 그게 아님을 알 수 있었다. 한눈에 봐도 새 차 티가 팍팍 났으니까.

"아뇨."

엉덩이를 의자 끝으로 한 번 더 옮기는데 다시 뽀가아악 소리가 났다. 나는 헛기침을 하면서 허리를 세웠다. 입을 열었지만, 엄청나게 비싼 가죽 시트를 내 젖은 옷이 망치고 있다는 생각에 꽂혀 아무 말도 할 수 없었다. 후회됐다. 이 차에 타지 말걸. 그냥 걸어갔어야 했다.

"카탈리나."

왼쪽에서 에런의 목소리가 들렸다.

"움직이는 차에 처음 타보는 거 아니죠?"

나는 미간을 찌푸렸다.

"네? 물론 아니죠. 그런 걸 왜 물어요?"

나는 조수석 가장자리에 걸터앉은 자세라 무릎이 계기판에 거의 닿을 지경이었다. 그는 내 자세를 평가하듯 힐끗 쳐다보았다.

아.

"이건 말이죠."

나는 얼른 덧붙였다.

"난 원래 이렇게 앉아요. 가까이에서 모든 걸 보는 게 좋아서요."

나는 눈앞의 차량 행렬에 관심을 쏟는 척했다.

"혼잡 시간대를 특히 좋아하거든요. 그래서…"

차가 갑자기 멈춘 바람에 내 머리와 몸이 앞으로 확 쏠렸다. 그 충격에 본능적으로 눈을 질끈 감았다. 세련된 계기판을 덮고 있는 PVC의 맛이 혀에 닿을 지경이었다. 우아한 나무무늬가 눈앞으로 확 다가왔다. 다행히 무언가가 내가 계기판에 부딪히지 않게 잡아주었다.

"맙소사."

그가 옆에서 나지막하게 내뱉었다. 한쪽 눈을 뜨고 보니 우리 앞에서 배달 트럭이 가로질러 달려가는 게 보였다. 다른 쪽 눈도 마저 뜨고 나서 시선을 아래로 내렸다. 내 얼굴이 반질반질한 계기판 표면에 도장을 찍지 않은 이유를 곧 알 수 있었다.

손. 그것도 커다란 손이 다섯 손가락을 쫙 펼친 채 내 쇄골과… 가슴을 막아주고 있었다. 나는 눈을 깜박할 새도 없이 뒤로 확 밀렸고, 동시에 뽀가아아악 소리가 터져 나왔다. 그리고 내 등짝이 좌석 등받이에 철썩 붙었다.

"그렇게 앉아있어요."

왼쪽에서 그가 말했다. 그의 손가락이 물에 젖은 블라우스에 닿은 상태라 피부가 달아올랐다.

"시트가 망가질까 걱정인 거면 그냥 물이니까 괜찮아요. 어차피 마를 테니까."

에런의 말은 별로 위안이 되지 않았다. 몇 분 전처럼 화난 목소리라서, 아니 아까보다 더 화난 목소리라서 그럴 것이다. 그는 내 몸에 닿았던 손을 신속하고 어색하게 거둬들였다. 나는 그의 손바닥이 닿았던 안전벨트를 손으로 꼭 잡고 숨을 삼켰다.

"시트를 망치고 싶지 않아서 그래요."

"망칠 일 없어요."

"알았어요."

나는 그를 힐끗 쳐다보았다. 그는 작은 사고를 일으킨 배달 트럭을 향해 단검처럼 예리한 눈빛을 쏘아 보내고 있었다.

"고마워요."

다시 차가 움직이기 시작했다. 차 안에는 정적이 흘렀다. 에런은 운전에 집중하고 있었고, 나는 이런저런 생각에 잠겼다. 그러다 문득 로지가 했던 말이 떠올라 움찔했다.

그날 로지는 '에런이 그렇게 나쁜 사람 같진 않아'라고 말했다. 왜 하필 그 생각이 지금 떠오른 걸까? 머릿속에서 요란하고 또렷하게 울리던 생각이라서? 아마 내 옆에서 여느 때와는 달리 찬란한 햇빛처럼 친절을 베푸는 이 남자 때문일 것이다.

그가 빗속에서 나를 구해준 것은 맞았다. 그것만으로도 내게는 신선한 충격이었다. 조용히 한숨을 쉬었다. 다음에 할 말을 생각하니 후회할 것 같아서 욕부터 나왔다.

"나를 위해 자료를 인쇄해 준 거 말이에요."

나는 조용히 말했다. 말하자마자 취소하고 싶은 충동이 일었지만, 꾹 찍어 눌렀다. 요령 있게 굴어야 했다. 적어도 지금은 그랬다.

"고마웠어요."

이 말을 하면서 움찔했다. 친절에 감사를 표하는 말을 하자니 낯간지럽기도 했다. 고개를 돌려 그의 강렬한 옆얼굴을 바라보았다. 그의 날카로운 턱선이 약간은 부드러워진 것 같기도 했다. 그는 도로에 시선을 둔 채 답했다.

"고맙긴요."

어머. 우리 좀 봐. 품위 있게… 대화가 되네.

이 생각을 좀 더 깊게 파고들려는데 등줄기를 따라 오한이 일어 몸을 떨었다. 빗물에 젖은 옷이 몸에 딱 달라붙은 터라 추위가 가시질 않았다. 나는 체온을 유지하려고 두 팔로 배를 감쌌다.

에런이 즉시 콘솔로 손을 뻗어 온도 설정을 바꾸더니 조수석 시트의 열선 스위치를 켰다. 그러자 기분 좋게 뜨끈한 바람이 내 발목과 팔을 쓰다듬었고 다리가 점점 따뜻해지는 게 느껴졌다.

"좀 나아요?"

"훨씬요. 고마워요."

나는 그에게 살짝 미소를 지어 보였다. 고개를 돌린 그는 미심쩍은 표정으로 내 얼굴을 살폈다. 내가 무슨 말을 더하기를 기다리는 표정이었다. 나는 눈을 위로 굴리며 말했다.

"고맙다는 말 너무 머리에 담아두지 말아요, 블랙퍼드."

"감히 그럴 리가요."

그는 운전대를 잡고 있던 손 하나를 위로 들어 올렸다. 그는 재미있어하는 목소리로 말을 이었다.

"감사 인사를 받고 이대로 즐거워해도 될지, 아니면 당신한테 어디 아픈 거 아니냐고 물어봐야 할지 고민하고 있었어요."

"좋은 질문이네요. 하지만 대답은 못 할 것 같아요."

나는 어깨를 으쓱했다. 툴툴거리는 말이 혀끝까지 올라왔지만 내뱉지 않으려고 애썼다. 그러다 한숨을 쉬며 말했다.

"솔직히 말하면 난 지금 뼛속까지 젖었어요. 배도 고프고 피곤해요. 그러니 지금 내가 얼마나 기분이 좋겠어요."

"오늘 하루가 그렇게 나빴어요?"

그의 목소리에서 웃음기가 가셨다. 다시 오한이 날 것 같아서 나는 따뜻한 시트에 몸을 바짝 붙였다.

"이번 주 내내 안 좋았어요."

에런은 대답 대신 흐음, 하고 숨을 내쉬었다. 으르렁거림에 가까운 깊고 낮은 소리였다.

"별로 놀라운 일도 아닐 거예요. 이번 주에 사람을 몇 명 죽여버리고 싶었거든요."

그와 휴전 중이니 이 정도 말은 해도 될 것 같았다.

"당신은 내 살인 명부 맨 위에 있지도 않아요."

그는 가볍고 나지막하게 콧방귀를 뀌었다. 어쨌든 지금은 휴전이니까 좋은 뜻으로 받아들여도 될 듯했다. 내 입가에 미소가 떠올랐다.

"그걸…"

그는 생각에 잠긴 목소리로 말끝을 흐렸다.

"어떻게 받아들여야 할지 모르겠네요. 화를 내야 해요, 아니면 고마워해야 해요?"

"둘 다 해도 돼요, 블랙퍼드. 게다가 아직 오늘 하루가 다 끝난 게 아니에요. 이러다가 내 살인 본능을 자극한 사람 중에 일등 자리를 꿰차게 될 수 있어요."

우리는 신호등 앞에서 멈췄다. 에런은 천천히 내 쪽으로 고개를 돌렸다. 나는 그의 가벼운 표정을 보고 경계를 풀었다. 그의 눈은 바다처럼 푸르고 맑았고, 얼굴은 지금까지 본 중 제일 편안해 보였다. 우리는 2, 3초 정도 서로를 물끄러미 바라보았다. 목덜미를 타고 다시 오한이 일었다.

이것도 아마 젖은 옷 때문일 것이다. 신호등이 초록색으로 바뀌자 그는 옆통수에도 눈이 달린 것처럼 곧바로 도로 쪽으로 고개를 돌리며 말했다.

"여기서부터는 길을 알려줘요."

그 말에 어떤 함축적인 의미가 있을 것 같아 잠시 생각하다가 나도 도로 쪽으로 고개를 돌렸다. 넓은 대로가 눈앞에 펼쳐져 있었다.

"아… 브루클린이네요."

차 안에서… 집중에 흐트러진 탓에, 나는 여태 그에게 내가 사는 곳을 알려주지 않았음을 깨달았다. 어쨌든 그는 우리 집으로 가는 길에서 크게 벗어나지는 않았다. 아니, 제대로 가고 있었다.

"이 동네에 사는 거 맞죠? 브루클린 북중부 지역이요."

"맞아요. 베드 스터이 지역이에요."

나는 고개를 끄덕였다.

"그런데… 어떻게 알았어요?"

"당신이 투덜댔잖아요."

뭐라고? 나는 어안이 벙벙해서 눈을 깜박였다.

"이쪽 길로 쭉 가요, 아니면 옆길로 빠져요?"

나는 헛기침을 하면서 더듬더듬 대답했다.

"아, 네. 훔볼트가를 따라서 쭉 가요. 언제 옆으로 빠지면 될지 말해 줄게요."

"알았어요."

안전벨트를 손으로 꽉 붙잡는데 갑자기 몸이 확 달아올랐다.

"내가 투덜댔어요?"

"출퇴근길에 대해 투덜거리는 걸 들었어요."

그는 차분하게 대답했다. 내가 입을 열려는데 그가 말을 이어갔다.

"퇴근하고 브루클린의 이 지역까지 가는 데 45분이나 걸린다고 당신이 투덜거렸잖아요."

그는 생각에 잠긴 표정으로 덧붙였다.

"당신은 거의 매일 그 부분에 대해 불평했어요."

나는 입이 딱 붙었다. 내가 출퇴근길에 관해 불평하기는 했지만 그에게 직접 말한 적은 없었다. 에런을 제외하고 모든 사람에게 투덜거렸을 뿐이었다. 그것도 꽤 자주. 에런이 근처에 있었을 수도 있지만, 일에 관한 얘기가 아니라서 그가 관심을 가질 줄은 생각도 못 했다. 내가 투덜거리든 말든 관심이 없을 줄 알았다. 그의 갑작스러운 물음에 나는 깜짝 놀랐다.

"나 말고 살인 명부 맨 위에 올라있는 사람은 누굽니까? 이번 주에 당신이 죽여버리고 싶었던 사람들요."

"음…"

그의 뜻밖의 관심에 놀란 나는 말끝을 흐렸다.

"누가 나랑 경쟁 중인지 알고 싶어서요."

그의 말에 나는 그를 휙 돌아보았다.

"그래야 공평하죠."

지금 이거 농담이야? 맙소사. 그렇겠지. 맞겠지?

나는 그의 옆얼굴을 바라보면서 조심스럽게 미소 지었다.

"글쎄요."

어디 한번 이 게임을 해볼까.

"일단 제프가 있고."

나는 손가락을 하나씩 접기 시작했다.

"사촌인 차로 언니도 있어요."

두 번째 손가락을 접었다.

"그리고 제럴드요. 그 사람을 절대 빼놓을 수 없죠."

나는 두 손을 무릎으로 내렸다.

"이거 봐요. 당신은 세 명 안에 들어가지도 못했어요, 블랙퍼드. 축하해요."

솔직히 나도 놀랐다. 그의 미간에 주름이 깊어졌다.

"사촌하고는 무슨 일 있어요?"

"아, 없어요."

나는 엄마가 했던 말을 떠올리며 허공에 대고 손을 휘저었다. 차로는 셜록 홈즈에 빙의라도 한 것처럼 내 SNS를 뒤져 내 가상 남친의 사진이 없더라고 엄마에게 일러바친 바 있었다.

"소소한 가족 문제예요."

에런은 한참 생각하는 듯했고 우리는 조용히 앞으로 나아갔다. 조수석 차창 밖을 내다보니, 유리를 타고 흘러내리는 빗방울 너머로 브루클린 거리가 부옇게 펼쳐져 있었다.

"제럴드는 개새끼 맞아요."

운전석에 앉은 그가 말했다. 나는 눈을 휘둥그레 뜨며 그를 돌아보았다. 그의 옆얼굴은 진지했고 굳은 표정이었다. 지금까지 나는 에런이 욕하는 걸 들어본 적이 없었다.

"그놈은 언젠가 뿌린 대로 거둘 겁니다. 솔직히 말하면 아직도 그가 대가를 치르지 않았다는 게 놀라울 지경이에요. 만약 나였으면…"

그는 고개를 절레절레 흔들었다.

"당신이었으면 뭐요? 뭘 어쩔 건데요?"

그의 턱 근육이 움찔거렸다. 그가 대답하지 않아서 나는 지나가는 차량들로 시선을 돌렸다. 별로 의미 없는 대화였다. 더 대화를 이어갈 기력도 없었다.

"괜찮아요. 그 사람한테 시달린 게 처음도 아니에요."

"무슨 뜻입니까?"

그의 목소리에 묘하게 날이 섰다. 나는 그 부분에 신경을 곤두세우지 않으려고 애썼다. 과하게 자세한 설명을 늘어놓지 않으면서도 최대한 솔직하게 대답하기로 했다. 난 에런에게 동정심이나 온정을 구할 생각 따윈 없었다.

"제럴드는 내가 팀장으로 승진한 후로 나한테 기분 좋고 친절하게 대한 적이 없어요."

나는 깍지 낀 두 손을 무릎에 올리고 어깨를 으쓱했다.

"나 같은 사람이 자기랑 같은 직급인 게 이해가 안 된다는 식이죠."

"당신 같은 사람?"

"네."

내가 입으로 길게 숨을 내쉬자 차창 안쪽에 2초 정도 하얗게 김이 서렸다.

"여자요. 처음에는 내가 제일 어린 팀장이라서 그가 나를 못 믿어 그런가 보다 했어요. 그럴 수 있죠. 그런데 내가 외국인이라서 불만인 건가 하는 생각도 들더라고요. 전에도 몇몇 남자들이 내 억양에서 외국인 티가 난다면서 놀린 적이 있거든요. 팀이 나를 '소피아 베르가라'라고 조롱하듯 지칭하는 걸 들은 적도 있어요. 솔직히 난 그걸 칭찬으로 받아들였어요. 내가 곡선미나 재치 면에서 소피아 베르가라의 절반이라도 되면 다행이니까요. 물론 나는 내 몸매에 불만이 있진 않아요. 이대로도… 만족해요."

나는 평균적이고 평범했다. 그게 바로 나였다. 내 모국에서 나는 지극히 표준적인 외모였으니까. 갈색 눈에 갈색 머리카락. 아담한 키. 날씬하지도 뚱뚱하지도 않은 몸. 큼직한 엉덩이에 다소 작은 가슴. 이런 인상착의를 가진 여자는 수백만 명이었다. 그러니 나는 딱… 평균인 것이다. 그게 뭐 어때서.

"결혼식을 앞두고 살을 좀 빼는 것도 나쁘진 않겠는데, 생각처럼 잘 빠지진 않네요."

옆에서 어색한 숨소리가 들렸다. 문득 내가 내 정보를 너무 많이 드러냈을 뿐 아니라, 주제에서 벗어나 마구 떠들었다는 생각이 들었다. 에런과는 소소한 잡담을 나눠본 적도 없는 사이인데 말이다.

"어쨌든."

나는 헛기침을 하며 말을 이어 붙였다.

"제럴드는 내가 외국인이라서 싫어하는 것도 있어요. 내가 미국인이 아닌 것도 싫고, 자기보다 젊은 것도 싫겠죠. 세상이 원래 그렇잖아요. 앞으로도 그럴 테고요."

이번에는 더 길게 침묵이 내려앉았다. 왜 이 남자는 나한테 설교하지도, 징징댄다면서 타박하지도 않을까. 내가 무슨 말을 하든 별로 관심이 없는 건가, 싶어 그를 힐끗 쳐다보았다. 그는 또다시 화가 치민 표정이었다. 턱에 힘이 잔뜩 들어갔고 이마에 주름이 잡혔다. 그때 우리 집이 위치한 거리 부근의 교차로가 시야 가장자리에 들어왔다.

"아, 다음 교차로에서 우회전이요."

나는 그에게서 시선을 떼고 말했다.

"그 거리 끝에 우리 집이 있어요."

에런은 말없이 내가 알려준 대로 차를 몰았다. 조금 전 내가 한 말 때문에 여전히 신경 쓰는 듯했다. 그에게 이유를 물어보고 싶어지기 전에 다행히 우리 집 건물이 저 앞에 보였다.

"저기요."

나는 손가락으로 가리켰다.

"오른쪽에 있는 건물이에요. 암적색 현관문이 달린 건물요."

에런은 내가 사는 아파트 바로 앞에 마법처럼 생겨난 빈자리에 차를 댔다. 나는 시동을 끄는 그의 오른손을 줄곧 바라보았다. 사방이 막힌 차 안에 정적이 감돌았다.

나는 숨을 꿀꺽 삼키며 주변을 둘러보았다. 브루클린의 이쪽 구역에 쭉 자리한 적갈색 사암 건물들, 거리에 드문드문 서있는 가로수들, 요리하기 귀찮은 날이나 그냥 배고픈 날에 저녁거리를 사러 가곤 하는 모퉁이의 피자 전문점으로 애써 시선을 돌렸다. 차 안에서 기다리는 시간이 길어질수록 침묵이 나를 짓눌렀다. 나는 침묵을 제외한 모든 것에 관심을 돌리려고 안간힘을 썼다. 주섬주섬 안전벨트를 푸는데 귀 위쪽이 괜히 달아올라 어설프게 입을 열었다.

"그럼 이만…"

"내 제안을 생각해 봤어요?"

안전벨트를 잡고 있던 손가락이 그대로 얼어붙었다. 천천히 고개를 돌려 그를 바라보았다. 빗물에 흠뻑 젖은 엉덩이를 이 차 안에 들여놓은 후 처음으로 에런을 똑바로 보았다. 그의 모습을 제대로 바라보았다. 내 집 앞 거리에 늘어선 몇 안 되는 가로등의 희미한 불빛이 그의 옆얼굴을 비추고 있었다. 폭풍우는 어느 정도 가라앉았는데 하늘은 여전히 시커멓게 성이 나있었다. 폭우가 잠시 소강상태에 들어갔고 최악의 폭풍이 곧 밀려올 듯했다.

차 안이 꽤 어두운 편이라서, 지금 그의 눈동자가 평소 진지하고 사무적으로 말할 때처럼 진청색인지─그렇지 않기를 바라지만─아니면 그가 전투적으로 사람을 대하기 전처럼 연청색인지 알 수가 없었다. 그의 어깨에 잔뜩 힘이 들어가 있다는 것, 그래서 평소보다 어깨가 조금 더 넓어 보인다는 것 정도만 알 수 있었다. 그래서인지 차 안의 널찍한 공간이 다소 좁아진 것처럼 느껴졌다. 어쩐지 그의 몸 전체가 커진 것도 같았다. 다리가 워낙 길다 보니 운전석과 운전대 사이의 간격도 상당히 넓어서, 그사이에 사람 하나가 너끈히 들어갈 만했다.

간격을 확인할 겸 지금 내가 그의 무릎에 훌쩍 올라앉으면 그가 뭐라고 말할지 궁금해지려는데 에런이 헛기침했다. 두 번쯤 헛기침한 것 같았다.

"카탈리나."

그의 목소리에 나는 그의 얼굴로 다시 시선을 돌렸다.

"저기…"

에런의 무릎에 정신이 팔려있던 터라 말이 잘 나오지 않았다. *진짜 어이없네..*

"소변 마려워요?"

에런은 미간을 찌푸리더니 앉은 자리에서 몸을 내 쪽으로 돌렸다. 그러고는 나를 이상한 사람 보듯 쳐다보았다.

"물어보면 후회할 것 같긴 한데 그래도 물어볼게요. 왜 내가 소변이 마려울 거라고 생각하죠?"

"우리 집이 있는 거리에 차를 세웠잖아요. 우리 집 바로 앞이요. 우리 집 화장실을 쓰고 싶은가 보다 생각했어요. 큰 볼일을 보고 싶은 건 아니길 바랐어요."

그는 가슴이 확 부풀 정도로 숨을 깊게 들이마셨다가 후우 내뱉었다.

"아뇨. 화장실 쓸 생각 없어요."

그는 지금 내가 왜 그 자리에, 그의 차 안에 있는지 이해가 안 되는 듯한 눈빛으로 나를 바라보았다. 나 역시 같은 의문을 품고 있던 참이었다. 내 손가락이 마침내 안전벨트를 풀어냈다. 그는 구멍이라도 뚫을 것처럼 강렬한 눈빛으로 내 옆구리를 바라보고 있었다.

"이제 대답해 주지 그래요?"

나는 온몸이 얼어붙었다.

"대답이요?"

"내 제안에 대한 대답 말입니다. 생각은 해봤어요? 제발 좀."

젠장. 또 제발이라고 말하네.

"기억 못 하는 척 그만해요. 기억하는 거 다 아니까."

잠시 가슴이 덜컥 내려앉았다.

"척하는 거 아니에요."

그는 나더러 기억 못 하는 척하지 말라고 했지만, 나는 정확히 그렇게 하면서 우물우물 말을 내뱉었다. 핑계를 대자면 나도 문제 해결을 위한 시간을 벌어야 했다. 이 상황을… 어떻게 타개할지 알아내야 했다. 무엇보다도 '이유'를 파악해야 했다. 이 남자는 왜 그런 제안을 했을까? 왜 이렇게까지 고집스러울까? 왜 굳이 그런 귀찮은 일을 하려는 걸까? 왜 그는 나를 도울 수 있을 거라고 생각하지? 왜 진심인 것처럼 말하지? 왜…

대체 왜?

나는 그가 모르는 척 시치미를 떼는 내게 빈정거리는 말을 내뱉거나 파란 눈을 위로 굴리면서 어이없어할 거라고 예상했다. 내가 일부러 까다롭게 굴고 있다고 생각해서 더는 못 참겠다며 제안을 철회할 수도 있을 테니 나는 마음의 각오를 단단히 했다. 그런데 그는 내가 전혀 예상치 못한 반응을 보여주었다. 졌다는 듯 한숨을 푹 쉰 것이다. 나는 눈을 깜박였다.

"언니의 결혼식에 데이트 상대로 같이 가주겠다고 한 제안이요."

그는 내가 대답할 때까지 얼마든지 같은 말을 해줄 수도 있다는 눈빛이었다. 그에게는 그냥 단순한 제안일 수도 있을 것이다. 깊게 고민할 필요 없이 솔직하게 대답하기만 하면 되는 제안. *디저트 먹을래요, 리나? 그럼요. 당연히 먹어야죠. 난 치즈케이크 먹을게요. 고마워요.* 뭐 이런 식의 제안 말이다. 하지만 내 입장에서 에런의 제안은 전혀 단순하지 않았고, 치즈케이크와는 완전히 거리가 멀었다.

"에런."

나는 그를 힐끗 쳐다보며 말했다.

"설마 진지하게 하는 말은 아니죠?"

"왜 내가 진지하지 않다고 생각하는데요?"

모든 면에서 봐도 그렇거든?

"왜냐하면 당신이 그럴 리가 없잖아요. 당신이랑 나는 달라요. 우리는 다르다고요, 에런. 그러니까 당신이 진지하게 그런 제안을 할 리가 없다는 거죠."

아무리 생각해도 그가 진지하게 그딴 제안을 할 이유가 없었다.

"난 아주 진지합니다, 카탈리나."

나는 다시 멍하게 눈을 깜박거리다가 씁쓸하게 웃었다.

"장난치는 거죠, 블랙퍼드? 농담하고 싶어 죽겠나 봐요. 다른 사람한테는 별로 재미난 농담이 아닐 수도 있으니까 그게 구분이 안 되면 괜한 농담 하고 다니지 말아요. 당신한테 도움 되라고 한 말이에요."

나는 그의 눈을 똑바로 바라보았다.

"지금 그 말 별로 재미없어요, 에런."

그는 인상을 썼다.

"농담 아닙니다."

나는 그를 한참 바라보았다. 아니. 그럴 리 없었다. 농담일 것이다. 진지하게 한 말일 리 없었다. 나는 헝클어지고 축축하게 젖은 머리카락을 두 손으로 잡고 재빨리 쓸어 넘겼다. 여기서 벗어날 준비는 다 되었다. 그런데도 나는 여전히 일어서질 못하고 있었다.

"나 말고 다른 선택지라도 있어요? 나보다 더 나아요?"

그의 질문이 정곡을 찔렀다. 나는 패배감에 어깨가 축 처지고 말았다.

"다른 선택지가 있냐니까요?"

아니, 없었다. 그렇다고 이렇게 대놓고 물어보는 게 기분 좋게 느껴지지도 않았다. 나는 뺨이 달아오른 채 아무 말도 할 수 없었다.

"없다는 뜻으로 받아들일게요. 당신한테 다른 선택지는 없는 것으로요."

배를 걷어차인 기분이었다. 나는 상처받은 티를 내지 않으려고 애썼다. 그가 방금 내뱉은 말로 내가 얼마나 비참하고 바보 같은 기분이 드는지 알게 하고 싶지 않았다. 내 유일한 선택지가 애초에 나를 별로 좋아하지도 않았던 직장 동료라서 내가 얼마나 외로운지도.

하지만 그는 틀리지 않았다. 하루의 끝에서 그걸 인정하는 게 너무 속상하긴 했지만 다른 선택지가 없는 게 사실이니까. 에런뿐이었다.

내 후보자에 오른 사람은 오직 그뿐이었다. 남친으로 급조해 스페인으로 데려갈 수 있는 유일한 사람.

만약…

아, 맙소사. 망했네. 내 사무실에서 일어난 일을 그가 눈치챘을까? 알아들었을까? 내가 남친 이름이 에런이라고 엄마에게 말한 것 말이다.

아니. 나는 고개를 저었다. 그럴 리 없었다. 그건 불가능했다.

"당신이 왜 이러는지 이해가 안 돼요."

지금까지 내가 그에게 말한 중 가장 진실하게 한 말이었다. 그는 한숨을 쉬었다. 그의 몸에서 숨결이 부드럽게 흘러나왔다.

"그걸 믿는 게 왜 그렇게 어려운지 나야말로 이해가 안 되네요."

"에런."

나는 쓸쓸하게 웃으며 덧붙였다.

"우린 서로 싫어하잖아요. 상대에게 같은 감정이니까… 괜찮아요. 조화롭진 않지만요. 우린 함께 있으면 말다툼하거나 서로의 머리를 물어뜯을 생각뿐인데, 어떻게 이게 좋은 생각이라고 믿을 수가 있겠어요?"

"우린 잘 지낼 수 있을 겁니다."

나는 웃음이 나오려는 걸 눌러 참았다.

"그런가요. 웃기네요. 농담 잘 들었어요, 블랙퍼드."

"농담 아니에요."

그는 인상을 찌푸리며 받아쳤다.

"내가 당신의 유일한 선택지예요."

Maldita sea(젠장). 맞는 말이었다. 내가 닫힌 조수석 문에 등을 기대고 앉아있는데 그가 계속 잽을 날렸다.

"결혼식에 혼자 참석할 생각이에요? 그 문제를 해결해 줄 사람이 나라서 하는 얘깁니다."

어휴. 그는 내가 자기 외에는 결혼식에 데려갈 사람이 없어서 절박한 줄 아는 모양이었다.

그거 맞거든, 이라고 머릿속에서 어떤 목소리가 말했다. *에런 말고는 데려갈 사람이 없고, 절박한 것도 사실이잖아.*

"알았어요."

나는 천천히 대답했다.

"이 말도 안 되는 아이디어를 즐겨볼게요. 당신 제안을 내가 받아들이고 당신이 이 일을 하게 되면, 당신은 어떤 이익을 보는데요?"

나는 두 팔을 가로질러 팔짱을 끼었는데 그 순간 피부에 찰싹 달라붙은 젖은 옷을 의식할 수밖에 없었다.

"내가 아는 당신이라면 어떤 일이든 그냥 하진 않아요. 동기라든지 이유, 목표가 있어야 하죠. 당신이 원하는 대가가 있을 거잖아요. 그게 아니면 나를 도와줄 리 없죠. 대가 없이 남을 돕는 사람은 아닐 테니까. 적어도 나를 도울 이유는 없으니까요."

에런은 고개를 약간 젖혔다. 미세한 움직임이었지만 나는 분명히 보았다. 그는 그대로 한참 말이 없었다. 그가 머리를 굴려대는 소리가 들리는 듯했다. 마침내 그가 입을 열었다.

"당신이 나한테도 같은 일을 해주면 됩니다."

같은 일?

"좀 더 구체적으로 말해봐요, 블랙퍼드. 당신 누나도 결혼해요?"

나는 잠시 생각하다가 덧붙였다.

"형제나 자매가 있기는 해요? 있든 없든 나랑은 딱히 상관없긴 하지만요. 어쨌든 나를 가짜 여친으로 삼아 결혼식에 가야 할 일이 있어요?"

"아뇨."

형제나 자매가 없다는 얘기인지, 결혼식에 갈 일이 없다는 얘기인지 잘 구분이 되지 않았다. 그는 잠시 후 덧붙였다.

"결혼식 때문은 아닌데, 내 여친으로 같이 가줬으면 하는 자리가 있어요."

여친으로?

에런의 요청은 왜… 왜 이렇게… 다르게 들릴까? 내가 아니라 에런이 요청하니, 같은 말인데도 왜 이렇게 다르게 들리지?

"왜 나를…"

어쩐지 자의식 과잉인 것 같아서 말을 하려다가 멈췄다.

"가짜 여친이 필요하다고요? 당신 같은 사람이?"

나는 손가락으로 그를 가리켰다.

"여친 행세를 해줄 여자가 필요하단 말이에요?"

"침팬지를 동반해서 참석할 자리가 아니거든요. 맞아요. 여자가 필요합니다."

그는 천천히 미간을 찌푸리며 덧붙였다.

"당신이 필요해요."

나는 입을 다물었다가 다시 열었다. 아마 뻐끔거리는 물고기처럼 보일 듯했다.

"그러니까, 나더러…"

나는 나를 손가락으로 가리켰다.

"여친인 척해달라고요?"

"내 말은…"

"여자친구 없어요?"

나도 모르게 불쑥 이 질문이 튀어나왔다.

"없어요."

그는 눈을 잠시 감았다가 고개를 한 번 가로저었다.

"가볍게 만나는 사람도 없다고요?"

그는 다시 고개를 저었다.

"잠만 자는 상대도?"

그는 한숨을 쉬었다.

"없어요."

"그렇군요. 그럴 시간이 없어요?"

그 말을 하자마자 후회했다. 하지만 솔직히 궁금하기는 했다. 만약 그가 대답해 준다면, 나는 질문을 한 것 자체를 후회하지는 않을 것이다. 그는 가볍게 어깨를 으쓱하면서 등 근육을 약간 풀었다. 대답해 주지 않으면 내가 비슷한 질문을 또 할 것이라 생각하는 모양이었다.

"시간은 있어요, 카탈리나. 그것도 아주 많아요."

어두운 차 안에서도 나는 그의 바다처럼 푸른 눈동자가 뜻밖에도 대단히 정직한 눈빛으로 나를 뚫어져라 바라보는 것을 알 수 있었다.

"그만한 가치가 있는 사람에게 쓰려고 아껴두고 있을 뿐이에요."

쳇. 또 잘난 척이었다. 오만하게 느껴지기도 했다. 그리고 놀랍게도… 섹시했다.

어휴. 나는 고개를 절레절레 흔들었다. *이러면 안 돼.* 에런 블랙퍼드에게 어울리는 수식어는… '회의적인 인간'일 뿐이었다. 냉소적이고 비밀이 많고 금욕적이며 시큰둥한 남자. 섹시한 남자는 아니었다. 아니고말고.

"그래서 지금 여친이 없다고요?"

나는 무심하고 차갑게 들리도록 애쓰며 다음 질문을 던졌다.

"여자 보는 눈이 하늘처럼 높아서?"

에런은 곧장 반박했다.

"당신이 언니 결혼식에 데려갈 데이트 상대가 없는 것도 같은 이유인가요?"

"나는…"

내가 지금 같은 곤경에 처한 이유는 남자 보는 눈이 높아서라기보다. 멍청한 데다 충동적으로 거짓말을 했기 때문이었다.

"복잡한 사정이 좀 있어요."

나는 눈앞의 계기판에 시선을 고정한 채 무릎에 두 손을 내렸다.

"억지로 데이트 상대를 만들어 내야 하는 이유는 거짓말을 했기 때문이잖아요."

"그러는 당신은 왜 억지로 여친을 만들어 내야 하는데요?"

나는 차 내부를 장식한 매끄럽고 짙은 색깔의 계기판을 바라보면서 물었다.

"하고많은 사람 중에 왜 하필 나한테 가짜 여친 행세를 해달라고 하는데요?"

"얘기가 길어요."

굳이 그를 돌아보지 않아도 그가 길게 숨을 내뱉고 있는 걸 알 수 있었다. 나만큼이나 피로에 지친 숨소리였다.

"사회적 공헌 관련 행사예요. 재미를 보장할 수는 없지만 좋은 뜻으로 모이는 자리예요."

그는 잠시 뜸을 들였다. 나는 조용히 입을 다문 채, 그가 던져준 얼마 안 되는 정보를 이리저리 곱씹어 보았다.

"당신이 내 제안을 수락하면 모든 걸 말해줄게요."

나는 그를 향해 고개를 휙 돌렸다. 에런의 파란 눈은 이미 나를 바라보고 있었다. 도전적인 눈빛이었다. 약간의 기대감도 보였다. 그는 미끼를 던지고 나를 낚으려는 것 같았다. 에런 블랙퍼드라는 사람의 미지의 사생활─그런 게 있을 것 같지도 않지만─을 보여주겠다는 제안이었다. 내가 궁금해하는 걸 아는 것이다.

수를 잘 쓰네, 블랙퍼드.

"왜 나예요?"

나는 불빛에 이끌리는 어리석은 나방처럼 결국 그에게 묻고 말았다.

The Spanish Love Deception

"다른 사람이 아니라 왜 나인데요?"

대답하는 그의 눈빛에는 흔들림이 없었다.

"우리가 함께 일해온 몇 달 동안 내가 깨달은 게 있는데. 내가 아는 여자 중에 이런 일을 할 정도로 미친 여자는 당신뿐이겠더군요. 당신은 내 유일한 선택지예요."

누가 들어도 칭찬이 아닌 말이라, 나 역시 칭찬으로 받아들일 수가 없었다. 그는 나더러 '미쳤다'고 말한 것이다. 그런데 젠장. 이게… 그의 말투 때문인지, 오늘 하루가 워낙 괴상했고 그도 나처럼 누군가를 필요로 하는 상황인 게 뜻밖이어서인지 모르겠지만 나는 오히려 마음이 편안해졌다.

"나랑 같이 스페인으로 날아가 주말 내내 거기 있어야 하는 걸 알고는 있죠?"

그는 고개를 끄덕였다.

"예."

"그 대가로 당신은 하룻밤 동안 나를 원하는 거고요? 하룻밤 동안만 당신의 여친 행세를 해달라?"

그는 다시 고개를 끄덕였다. 이번에는 그의 눈빛에 결연함이 담겼다. 턱에 힘이 들어가고 입매도 단호해지는 듯했다. 나는 그게 어떤 표정인지 잘 알았다. 그동안 그의 이런 표정 앞에서 나는 숱하게 반대 의견을 내놓은 바 있었다. 이윽고 그가 물었다.

"그럼 거래하는 거죠?"

우리 둘 다 돌아이일까? 우리는 말없이 서로를 바라보았다. 입술을 달싹이던 나는 마침내 대답을 내놓았다.

"좋아요."

우리 둘 다 미친 게 분명했다.

"거래해요."

에런의 얼굴에 어떤 감정이 휙 스치고 지나갔다.

"그럽시다."

그래, 우린 둘 다 정신이 나간 거야.

이런 거래는 미지의 영역이었다. 별안간 숨을 온전히 들이마시기 힘들 정도로 공기가 무거워졌다.

"그래요. 알았어요. 좋다고요."

나는 흠 잡을 데 없이 완벽한 계기판의 표면을 손가락으로 쓸었다.

"거래해요."

나는 있지도 않은 먼지를 들여다보는 척했다. 시간이 갈수록 속에 불안감이 쌓여갔다.

"우리가 논의해야 할 세부 사항이 산더미처럼 많아요."

에런이 그냥 결혼식에 참석하는 게 전부가 아니라 내 남친 행세를 제대로 해줘야 하기 때문이었다. 또한 나와 사랑에 빠진 척도 해줘야 했다.

"그 전에 당신 얘기부터 하죠. 내가 도움을 줘야 한다는 사회적 공헌 행사가 언제예요?"

"내일요. 내일 저녁 일곱 시에 데리러 올게요."

나는 온몸이 굳었다.

"내일요?"

에런은 내게서 시선을 돌리더니 앉은 자리에서 자세를 바꿨다.

"예. 저녁 일곱 시 정각까지 준비하고 있어요."

너무 급작스러워서… 나는 다짜고짜 다음 명령을 쏟아내는 그를 향해 눈을 위로 굴리지도 못했다.

"잘 어울리는 야회복 차림이면 됩니다."

그의 오른손이 차의 시동 장치로 향했다.

"집에 가서 쉬어요, 카탈리나. 시간이 늦었어요. 잠이 쏟아지는 것 같은 얼굴이에요."

그는 운전대에 왼손을 무겁게 내려놓았다.

"다른 얘기는 내일 해줄게요."

아파트 건물의 공동 현관문을 닫고 나서야 에런이 한 말이 내 머리에 입력됐다. 그리고 몇 초가 지나, 에런의 차가 부웅 소리를 내며 떠난 후에야, 그가 한 말의 의미를 알아들을 수 있었다. 나는 내일 데이트를 해야 한다. 에런 블랙퍼드와의 가짜 데이트. 그리고 야회복도 있어야 했다.

6

난 패닉에 빠지지 않았다. 아니지 그럼.

내 아파트는 거의 아수라장이었지만 나는 침착했다. 옷 폭탄이 터졌냐고? 어쨌든 다 내 관리하에 있으니 괜찮았다.

원룸 아파트의 한쪽 벽에 기대어 놓은 관대한 거울을 바라보았다. 다른 때 같으면 절대 안 입을 옷을 입은 내 모습이 보였다. 달리 입을 게 없어서가 아니었다. 내 문제는 훨씬 단순했다. 지금 내가 곤경에 처한 이유⋯ 이번 달 들어 제일 심하게 골치 아프게 만든 문제는⋯ 도대체 어떤 행사를 위해 옷을 차려입어야 하는지 모르겠다는 점이었다.

"저녁 일곱 시 정각까지 준비하고 있어요. 잘 어울리는 야회복 차림이면 됩니다."

그때 왜 더 자세히 말해달라고 하지 않았을까. 안타깝지만 내가 툭하면 저지르는 실수였다. 내 접근 방식이 그랬다. 뭐든 그냥 해버리고 마는 성격이었다. 내 삶이 지금처럼 도저히 풀 방법을 모르겠을 정도로 확 꼬여버린 이유도 그래서였다.

증거 1: *거짓말*

증거 2: *거짓말로 인한 결과.*

나는 꿈에도─심지어 악몽에서도─생각 못 했던 사람과 거래하게 됐다. 내가 그런 거래를 필요하게 될 줄은 몰랐다. 상대인 에런 블랙퍼드가 내게 같은 요구를 할 줄도 몰랐다.

"Loca(내가 미쳤지)."

나는 다른 옷의 지퍼를 열면서 혼잣말했다. 심지어 야회복까지 입어야 하는 상황이었다.

"Me he vuelto loca. He perdido la maldita cabeze(아주 정신이 나갔지. 돌았어 진짜)."

옷을 벗어서 원피스들을 잔뜩 쌓아둔 침대에 던져버리고 가볍고 부드러운 소재로 된 분홍색 화장복으로 손을 뻗었다. 당장 편한 옷으로 갈아입지 않으면 쿠키라도 먹어야 스트레스가 풀릴 것 같아서였다.

집 안 꼴을 둘러보면서 관자놀이를 손으로 문질렀다. 나는 원래 거실과 침실, 주방이 구분되지 않은 원룸 구조를 좋아했다. 브루클린에 속한 지역이라 사이즈가 작긴 하지만 탁 트인 구조라 마음에 들었다. 그런데 내가 만들어 놓은 아수라장을 보고 있으니 좀 더 공간이 구분된 곳에 살았으면 좋았겠다는 후회가 밀려들었다. 공간이 벽으로 구분되어 있었으면 집 전체가 어질러지는 것을 막을 수 있었을 테니까.

침대, 소파, 의자, 바닥, 커피 테이블을 가리지 않고 사방에 옷과 신발, 가방이 널브러져 있었다. 발 디딜 틈이 없었다. 흰색과 크림색을 바탕으로 보헤미안 스타일로 세심하게 꾸며놓고 깔끔하게 정돈하며 살던 공간이었는데. 말도 안 되게 비싼 돈을 주고 산, 천을 아름답게 엮어서 만든 러그도 깔려있었다. 그 공간이 지금은 집이 아니라 패션 전투장처럼 변해있었다.

비명이라도 지르고 싶은 심정이었다. 화장복의 허리끈을 질끈 당겨 묶은 뒤 화장대에 올려둔 핸드폰을 집어 들었다.

일곱 시 정각까지 두 시간 남았는데 나는 여전히 속수무책이었다. 옷도 입지 못했다. 야회복 비슷한 원피스도 없었다. 멍청하게 굴었기 때문이었다. 어떤 옷을 입어야 하는지 정확히 알지도 못하면서 그에게 자세히 묻지도 못했다.

에런의 핸드폰 번호도 몰라서 그에게 도와달라는 문자와 성난 표정의 이모티콘조차 보낼 수 없었다. 원수와 굳이 친하게 지낼 필요가 없을 것 같아서 그의 번호를 받아두지 않은 탓이었다.

그런데 이제 필요해진 것이다.

마구 쌓아둔 옷더미에 핸드폰을 던져버리고 내가 거실이라 부르는 아늑한 공간으로 향했다. 둥그런 크림색 커피 테이블에 올려둔 노트북을 집어 들었다. 몇 주 전 벼룩시장에서 골라잡은 커피 테이블이었다. 노트북을 무릎에 얹고 소파 등받이에 등을 붙였다. 푹신한 쿠션에 자리를 잡고 회사 이메일 계정에 로그인했다.

지금으로선 이 방법뿐이었다. 운이 좀 따라준다면, 일 중독자 에런이 토요일에 노트북 앞에 앉아있지 않을까. 어차피 이건… 우리가 사업하듯 맺은 거래 아니었나? 그랬다. 우린 친구도 아니고 친밀한 사이도 아니었다. 그러니 서로 편의를 봐주는 수준 그 이상도 그 이하도 아니었다. 직장 동료들끼리 서로 돕고 사는 정도일 뿐이었다. 더 지체할 시간이 없었다. 메일 쓰기 창을 열고 타이핑을 시작했다.

보낸 사람: cmartin@InTech.com
받는 사람: ablackford@InTech.com
제목: 긴급 정보 요청!

블랙퍼드 씨,

나 자신뿐 아니라 블랙퍼드에게도 신경이 곤두선 상태라, 그를 친밀하게 이름으로 불러줄 기분이 아니었다.

지난번에 얘기했던, 우리가 참석하기로 한 모임에 관해 자세한 내용을 알려 주기 바랍니다. 내가 아는 정보가 없어서, 우리가 논의한 계약을 성공적으로 완료하기 어렵겠다는 판단입니다.

드라마 〈가십걸(Gossip Girl)〉의 전체 시즌을 전부 시청한 터라, 드레스 코드가 맞지 않는 옷을 입고 망할 뉴욕시의 '사회적 공헌' 행사에 참석하면 얼마나 끔찍한 결과를 초래할 수 있는지 잘 알고 있었다.

알다시피, 당신이 아는 정보를 조속히 공유해 주는 게 무엇보다 중요합니다. 바로 답장 주세요.

감사합니다.
리나 마르틴

나 자신에게 비웃음을 날리며 '보내기' 버튼을 누른 뒤 이메일이 발송되는 화면을 바라보았다. 그의 답장이 내 받은 편지함에 나타나길 기다리며 한참 화면을 바라보았다. 세 번째로 이메일을 새로고침할 때쯤 입가에서 웃음기가 사라졌다. 다섯 번째로 새로고침을 하는데 목덜미에 땀방울이 맺히기 시작했다. 어쩌면 내가 겨울용 화장복을 입고 있기 때문일 수도 있었다.

이 남자는 왜 답장을 안 할까? 이 모든 게 장난이면 어쩌지? 내 머릿속을 어지럽히고, 그가 나를 도울 거라고 믿게 만들려는 수작일 수도 있었다. 그가 나를 가지고 논 거면?

아니, 에런은 그런 짓을 할 사람이 아니야, 라고 내 머릿속 목소리가 말했다. 그가 그런 짓을 안 할 이유가 있을까? 에런이 충분히 그러고도 남으리라는 증거는 차고 넘쳤다.

내가 그에 관해 알기는 할까? 그는 '좋은 뜻'으로 모이는 '사회적 공헌 행사'에 참석한다고 했을 뿐이었다. 맙소사. 나는 그를 잘 알지도 못했다.

제기랄. 쿠키가 몹시 당겼다. 손에 쿠키 봉지를 들고, 설탕과 버터의 향연을 입안 가득 물고 노트북 앞으로 돌아와 보니 에런의 답장이 나를 기다리고 있었다. 입에서 조그맣게 안도의 한숨이 흘러나왔다. 쿠키 하나를 더 입에 넣고 씹으면서 에런의 이메일을 클릭했다.

보낸 사람: ablackford@InTech.com

받는 사람: cmartin@InTech.com

제목: RE: 긴급 정보 요청

한 시간 안에 갈게요.

에런

"뭐야 씨…"

기침이 터져 나와서 말을 맺지 못했다. 입안 가득 씹고 있던 쿠키가 목 안에 콱 걸려버렸다. 에런이 오고 있었다. 내 아파트로. 한 시간 안에. 원래 데리러 오기로 약속했던 시간보다 한 시간이나 빨리 오는 것이다. 주방에서 물컵을 들고 오면서 집 안을 둘러보았다. 아수라장이 따로 없었다.

"*Mierda*(젠장)."

신경 쓸 필요 없었다. 내가 왜 신경을 써야 하냐고. 그런데 에런이 이 꼴을 보게 된다면? 제기랄, 그건 안 되는 일이었다. 그에게 두고두고 나를 저격할 거리를 만들어 주느니, 쿠키 하나를 더 먹다가 숨 막혀 죽는 편이 나을 듯했다. 그는 끝도 없이 나를 씹어댈 것이다.

물컵을 주방 카운터에 내려놓고 지체 없이 청소에 돌입했다. 이 아수라장을 치울 시간이 딱 한 시간 남았다. 60분. 내가 아는 에런이라면 자기가 말한 시간에 정확히 도착할 것이다. 그렇다는 건, 내가 앞으로 한 시간 안에 그럴듯한 모습으로 이 아파트를 나서야 한다는 뜻이었다.

마침내 초인종이 울렸다. 나는 다른 옷으로 갈아입을 시간조차 없어서, 여전히 사람 크기만 한 퍼비 인형 같은 모습이었다. 좌절감이 치솟았다.

"시간 약속은 더럽게 잘 지켜요."

나는 조그맣게 중얼거리며 아파트 현관문 쪽으로 터덜터덜 걸어갔다.

"한결같으시구먼."

나는 버튼을 눌러 공동현관 문을 열어주었다. 너저분하게 틀어 올린 머리를 핀으로 고정하면서 진정하려고 애썼다. *그는 너를 도와줄 사람이야. 상냥하게 대해.* 나는 자신을 타일렀다. *넌 그 남자가 필요해.*

현관문을 두드리는 소리가 들렸다. 나는 2초 동안 심호흡을 했다. 최대한 상냥하게 그를 맞이하려고 마음의 준비를 했다. 문손잡이를 잡고 아무렇지 않은 척 표정을 정돈한 후 문을 열었다. 나는 딱 부러지는 말투로 입을 열었다.

"에런. 내가…"

그런데 머릿속이 하얘지면서… 생각해 둔 말이 죄다 날아가 버렸다. 무표정의 가면도 무너졌다. 입을 벌렸는데 말이 제대로 나오지 않았다.

"나는…"

적절한 말이 떠오르지 않아 헛기침했다.

"음… 어서 와요. 그냥, 잘 왔다고요."

에런은 이상한 표정으로 나를 바라보았다. 나는 눈만 깜박거렸다. 지금 내 눈이 얼굴에 비해 너무 커져있지 않기를 바랄 뿐이었다. 안 그럴 수가 없지 않나? 앞에 펼쳐진 광경을 보고도 눈이 휘둥그레지지 않는 게 과연 가능할까? 평소에 보던 에런이 아니었다. 전혀 달랐다. 한 번도 본 적 없는 모습이었다. 내가 아는 에런과는 완전히 다른 버전의 에런이었다.

이 에런은… 끝내주게 멋있었다. 그냥 눈이 편안한 정도가 아니었다. 우아했다. 고전적이고 고급스러웠다. '신사 숙녀 여러분, 잘 보세요'라는 말이 들릴 것 같은 기분이 들 만큼, 압도적으로 매력적이었다.

맙소사. 사람이 어떻게 이렇게 달라졌지? 우중충한 바지에 지루하기 짝이 없는 버튼다운 셔츠를 입은 평소의 에런은 어디로 갔어? 내가 블랙리스트에 올리고, 절대 상대하지 말자고 속으로 꼽아둔 그 남자는 어디로 갔냐고? 지금 나는 어쩌자고 이 남자를 보고 수줍은 여학생처럼 말까지 더듬게 됐을까?

멍하니 눈을 깜박이던 나는 눈앞에 서있는 그를 보며 답을 찾을 수 있었다. 지금껏 눈여겨본 적 없는 남자인데, 키 크고 날씬한 데다 검은 정장을 갖춰 입으니 완전히 새로워 보였다. 아니, 그냥 정장이 아니라 무려 턱시도였다. 베드 스테이의 우리 집 현관문이 아니라, 레드 카펫에 어울릴 멋진 턱시도 말이다.

지금 그는 나와는 전혀 어울리지 않았다. 한밤중 같은 흑발도, 빳빳하게 다려진 하얀 와이셔츠와 나비넥타이도, 나를 훑어보고 내 반응을 살피는 저 짙푸른 눈동자도, 망할 영화배우 같은 턱시도도. 특히 잔뜩 찌푸린 짙은 눈썹은 지금의 나와는 완전히 따로 놀았다.

"대체 뭘 입고 온 거예요?"

나는 나지막하게 물었다.

"지금 장난하는 거죠? 이런 장난이 재미있어요, 에런?"

"내가 입은 옷이 문제예요?"

내 눈을 바라보던 그의 시선이 내 목으로 내려가더니 나를 아래위로 두 번 훑어보았다.

"내 옷이요?"

그는 자기가 보고 있는 광경이 믿기지 않는 듯 표정이 바뀌었다.

"네."

나는 발가벗겨진 것 같은 어색한 기분이었다. 무슨 말을 하고 어떤 행동을 해야 할지 판단이 서지 않아서, 그의 시선이 다시 내 얼굴로 돌아오길 기다렸다.

"왜 그런 옷을 입고 왔어요?"

나도 모르게 속생각이 입 밖으로 튀어나왔다.

"그 질문을 해야 할 사람은 나인 것 같은데요. 내가 구체적으로 설명을 안 하기는 했지만."

그는 중지로 나를 가리키며 말했다.

"내가 당신을 잠옷 파티에 데려가는 게 아니라는 것쯤은 알 줄 알았어요."

숨을 삼켰다. 귀가 빨개지는 게 느껴졌다. 고개를 가로저었다. 잘됐다. 지금 같은 모습의 에런이라면 상대할 만했다. 내가 아는 사람이니까. 숨이 턱 막힐 정도로 멋진 조금 전의 에런이라면 어떻게 상대해야 할지 알 수 없었지만. 나는 어깨를 펴고 물었다.

"아, 내가 옷을 갈아입어야 한다고 생각하나 봐요?"

나는 분홍색 화장복의 가장자리를 손으로 움켜잡았다. 지금 내가 얼마나 우스꽝스러운지 인식하지 않으려 애썼다. 허세 이면에 어떤 감정을 숨기고 있는지도 드러내고 싶지 않았다.

"나도 잠옷 파티에 지나치게 잘 차려입고 갈 생각은 없어요."

그는 내 말을 한참 생각해 보는 눈치였다.

"그 옷을 입고 안 더워요? 몸집도 작은 사람이 벨루어 천으로 된 화장복을 휘감고 있잖아요."

벨루어?

"옷장에 옷이 두 벌뿐인 사람치고는 옷감에 대한 지식이 참 깊으시네요."

내 말에 그의 얼굴에 어떤 감정이 스쳤지만 어떤 감정인지 바로 파악이 되지 않았다. 그는 잠깐 눈을 감았다가 떴다. 초조해 보였다. 인내심이 사라지는 중인 걸까.

우리 계약은 잘 이뤄지지 않을 거야. 이걸로 끝이네.

그는 다시 차분한 표정으로 말했다.

"첫째, 당신은 나를 뚫어져라 쳐다봤어요."

그 말에 두 뺨으로 열이 물결치듯 올라왔다. *망했네.*

"내 옷차림을 놓고 비난하더니, 스타일 감각을 나무라네요. 나를 집에 들어가게는 해줄 겁니까? 아니면 늘 손님을 모욕하면서 문 앞에 세워두는 편이에요?"

"누가 당신을 손님이라고 했어요?"

나는 따지고 드는 그에게 짜증을 숨기지 않았다. 나는 그를 문 앞에 세워두고 돌아서서 집 안으로 들어가며 말했다.

"난 당신을 초대한 적 없어요."

나는 어깨 너머로 덧붙였다.

"들어오든지 말든지 알아서 해요, 다 큰 남자잖아요."

다 큰 남자? 유치한 말을 내뱉고 보니 아차 싶어서 눈을 질끈 감았다. 지금 그에게 등을 돌리고 있어서 다행이었다.

에런 블랙퍼드를 '다 큰 남자'로 불렀다는 게 믿기지 않았다. 나는 주방 쪽으로 걸어가 냉장고 문을 열어젖혔다. 차가운 공기가 피부를 어루만져 주니 조금은 진정이 됐다. 나는 냉장고 안을 한참 들여다보다가 애써 미소를 장착하고 돌아섰다.

턱시도를 입은 에런 블랙퍼드가 주방과 거실을 분리하는 좁은 아일랜드 식탁에 기대어 서있었다. 그의 푸른 눈동자는 내 무릎 위쪽을 향해 있었다. 내 옷차림을 보면서 상당히 흥미롭다고 생각하는 모양이었다.

신경에 거슬렸다. 여기는 내 집이고 그는 서로 동의한 시간보다 빨리 찾아온 침입자일 뿐인데, 그의 시선 때문에 내 존재가 어색하게 느껴졌다. 멍청한 생각이지만, 몇 달 전 그가 제프에게 내 뒷담화를 한 걸 듣고 한껏 움츠러들었던 기억이 떠올랐다. 그가 내 환영 선물인 머그를 내 얼굴에 집어 던질 것처럼 굴었던 일도 생각났다. 그 후 내 머릿속을 늘 맴돌았던 그의 온갖 발언과 자잘한 공격도 줄줄이 기억의 수면 위로 올라왔다.

로지의 말대로 나는 그 일을 전혀 털어내지 못했다. 내 목숨이라도 달린 것처럼 그 일을 마음속에 꽁하게 담아두고 살았다. 내 원한은 대양을 떠도는 문짝이고, 나는 구명조끼 하나 없이 문짝을 붙잡고 매달린 상태였다. 그는 내 화장복을 향해 고갯짓했다.

"여름인데 날씨에 맞지 않는 옷이네요."

그의 말대로였다. 나는 더워서 쪄 죽을 지경이었지만 이 옷이 주는 안락함을 포기할 수 없었다. 나도 그처럼 뒤쪽의 주방 카운터에 비딱하게 기대어 서서 말했다.

"그래서 뭐 마실 거라도 줄까요, 안나 윈투어 씨(미국의 패션 잡지 〈보그〉의 편집장.−옮긴이)? 내 화장복이 눈에 거슬리는 거 알겠는데 다른 방식으로 좀 지적해 줄래요?"

그의 입술이 웃음을 참느라 움직거렸다. 내 입장에서는 그다지 재미없는 상황이었다.

"물이요."

그의 얼굴에서 움직이는 부분은 입꼬리뿐이었다. 웃음을 눌러 참느라 애쓰는 게 보였다.

"그냥…"

나는 물 한 병을 꺼내 그의 옆에 내려놓았다. 그리고 내가 마실 물 한 병을 더 꺼내 들며 말했다.

"그냥 이메일에 답장하면 됐잖아요. 약속 시간보다 일찍 여기로 올 게 아니라."

"알아요."

물론 잘 아시겠지.

"그래도 당신 부탁을 들어주려고 약속 시간보다 빨리 온 겁니다."

"부탁이요?"

나는 눈을 실처럼 가늘게 떴다.

"주머니에 추로스를 잔뜩 담고 왔으면 참 반가웠을 텐데요."

"기억해 두죠."

그는 진심이 담긴 목소리였다. 무슨 뜻으로 그렇게 대답한 거냐고 물어보려는데 그가 계속해서 말했다.

"번거롭게 이메일을 보내지 말고… 그냥 전화하지 그랬어요? 그럼 우리 둘 다 시간을 아낄 수 있었을 텐데요, *마르틴 양*."

그는 인상을 쓰면서 내 말을 맺었다.

하, 블랙퍼드답게 또 이렇게 내 신경을 건드리는구먼.

"그래요. 첫째, 난 당신한테 여기로 와달라고 요청한 적 없어요. 당신이 멋대로 온 거죠."

나는 물병 뚜껑을 열고 물을 한 모금 마셨다.

"둘째, 당신 전화번호가 없는데 어떻게 당신한테 전화를 할 수 있겠어요? 잘난 척 심한 아저씨."

나는 물병 너머로 그를 쳐다보았다. 에런은 짙은 눈썹을 찌푸렸다.

"내 번호를 갖고 있을 텐데요. 지난번 부서 팀워크 행사 때 우리가 모두 개인 전화번호를 교환했잖아요. 난 당신 번호를 갖고 있어요. 다른 사람들 번호도요."

나는 천천히 물병을 내리고 뚜껑을 돌려 닫았다.

"글쎄요. 나한테는 당신 번호가 없네요."

그때 나는 에런의 전화번호를 저장하지 않았다. 다시 한번 말하지만 나는 뒤끝 쩌는 사람이기 때문이었다. 지금 생각하면 잘한 짓 같지 않지만, 어쨌든 나한테는 그의 전화번호가 없었다.

"내가 그걸 왜 갖고 있겠어요?"

그는 내 말을 가만히 곱씹더니 고개를 가볍게 흔들었다. 주방 아일랜드 식탁에 비딱하게 기대어 있던 그는 허리를 펴고 바로 섰다.

"무슨 중요한 일이 있어요?"

그는 아까 하던 얘기로 돌아왔다.

"대체 어떤 정보를 그렇게 다급하게 알려달라고 한 겁니까?"

"우리가 어떤 행사에 참석하는지 모르니까 어떤 옷을 골라야 할지 모르겠어요, 블랙퍼드."

나는 어깨를 으쓱했다.

"이게 눈 감고 코끼리 만지기도 아니고요."

그는 한쪽 눈썹을 치켜떴다.

"말했잖아요. 사회적 공헌 행사라고."

"맞아요. 당신은 그렇게 말했어요."

나는 물병을 카운터에 내려놓고 두 손을 모아 잡았다.

"그런데 그걸로 충분치가 않아요. 더 자세한 정보가 필요해요."

푸른 눈의 고집불통 남자가 대답했다.

"야회복이라고 했잖아요. 그 정도면 적당한 드레스를 고르기에 충분한 정보일 텐데요."

나는 분홍색 털이 복슬복슬한 화장복 가슴 부위에 손을 가져가 진주처럼 생긴 장식을 손으로 꼭 쥐며 천천히 되물었다.

"충분한 정보라고요?"

그는 고개를 끄덕였다.

"네."

나는 콧방귀를 꿔었다. 제대로 들은 게 맞는지 믿어지질 않았다. 그는 자기가 옳다고 진심으로 생각하는 모양이었다.

"한두 단어로 된 대답은 충분한 정보가 아니에요, 에런."

그가 당장이라도 어퍼 이스트 사이드의 사교 행사에 참석할 준비가 된 모습이라 나는 더욱 당황스러웠다. 서로의 볼 가까이에 가볍게 키스하고 햄프턴에서의 휴가 얘기를 나눌 것 같은 그런 고급스러운 사교 행사 말이다. 내 옷장에는 그런 행사에 입고 갈만한 옷이 없었다.

"야회복이라는 말이 이해하기 어렵습니까?"

그는 턱시도 소매로 무심히 손을 가져갔다.

"저녁 모임에 입을 드레스잖아요."

나는 눈을 깜박이며 받아쳤다.

"그게 정말 제대로 된 설명이라고 생각해요?"

좌절감이 다시 머리로 몰려왔다.

"정말이지…"

그에게 뭐라도 집어던지고 싶은 심정이라 주먹을 쥐었다.

"어휴."

나를 쳐다보면서 바지 주머니에 두 손을 쓰윽 넣는 에런의 모습이… 끝내주는 턱시도를 입어서인지 너무나 잘생기고 품격 있어 보였다. 그 순간 몽글몽글한 어떤 감정이 내 얼굴로 올라온 모양이었다. 나를 바라보는 그의 눈빛이 달라졌다.

"자선 행사예요. 연간 모금 행사요."

핵심적인 정보에 나는 입이 벌어졌다.

"우리는 맨해튼으로 갈 겁니다. 파크 애비뉴요."

안 돼, 안 돼, 안 돼, 안 돼. 거긴 너무 멋진 곳이었다.

"참석자들이 검은 넥타이를 착용하는 행사니까 당신은 드레스를 입고 가면 되는 겁니다. 격식을 차린 야회복이요."

그는 미심쩍은 눈으로 내 몸을 위아래로 훑어보다가 내 얼굴을 바라보며 덧붙였다.

"이미 말했듯이요."

"에런."

나는 이를 뽀드득 갈았다.

"*Mierda. Joder*(미치겠네. 젠장)."

입에서 스페인어 욕이 튀어나왔다.

"모금이요? 자선 행사? 그렇다면… 상류층 모임이잖아요."

고개를 절레절레 흔들었다. 묶어놓았던 머리카락이 스르르 풀려버렸다.

"돈으로 밑을 닦아도 될 정도로 부유함이 넘쳐흐르는 고급스러운 자리라고요. 그 자리를 씹어대려고 한 말은 아니에요. 맙소사."

나는 비좁은 주방 공간에서 서성였다.

"그런 자리라면 미리 귀띔해 줬어야죠. 어제 말해줬을 수도 있잖아요? 그랬으면 오늘 아침에 나가서 옷을 사 왔을 거예요, 에런. 옷을 몇 벌 사서 당신한테 골라달라고 했을 수도 있다고요. 지금은 어떻게 해야 할지 모르겠어요. 점잖은 원피스가 두 벌 있긴 한데… 그 자리에 어울릴 것 같진 않아요."

이미 저녁 여섯 시가 넘었다…

"그렇게까지 할 생각이었어요? 이 모임을 위해서?"

그는 입을 벌리며 당황한 표정을 지었다. 지금까지 본 적 없는 모습이었다. 그는 곧 입을 닫더니 물었다.

"나를 위해서?"

서성거리던 나는 우뚝 멈춰 섰다.

"네."

이 남자는 왜 이렇게 놀란 얼굴일까?

"당연하죠."

나를 바라보는 그의 표정이 문득 묘하게 느껴졌다.

"첫째, 나는 당신의 그 '자선 행사'에…"

나는 이 부분에서 손가락으로 허공에 인용 부호를 그렸다.

"광대 같은 모습으로 참석하고 싶지 않아요. 믿을지 모르겠지만 나도 자존심이 있고 창피해할 줄도 아는 사람이거든요."

에런의 눈이 계속 별나게 반짝거려서 나는 신경이 곤두섰다.

"둘째, 나중에 당신이 앙갚음하려고 우리 언니 결혼식에 괴상한 옷을 입고 나타나는 걸 난 절대 바라지 않아요. 나랑 같이 스페인으로 갔을 때 당신이 일부러 예의라곤 없는 행동을 할 수도 있고…"

나는 말끝을 흐리다가 조용히 덧붙였다.

"어쨌든 난 당신이 필요하니까요."

마지막 말이 결국 입 밖으로 나오고 말았다. 그 말을 한 후 아차 싶었지만 주워 담을 수도 없는 노릇이었다.

"그런 짓 안 합니다."

그의 대답에 나는 깜짝 놀랐다.

"난 약속을 저버리지 않아요. 우리는 서로 돕기로 합의했잖아요."

속에 담고 있던 생각을 불쑥 드러내고 나니 겸연쩍어진 나는 그의 눈을 마주 보지 못했다. 주머니 밖으로 나와 몸 옆에 내려와 있는 그의 손만 쳐다보았다.

"난 그런 짓 안 할 거예요, 카탈리나. 내가 그런 짓을 하게끔 당신이 아무리 밀어붙이더라도요. 당신은 충분히 그럴 것 같긴 하네요."

마지막 말을 빈정거리며 내뱉은 느낌이었다. 내가 발끈하면서 받아치기를 기대하는 듯했다. 하지만 어째서인지 나는 그렇게 하지 않았다.

그의 말이 진심인 것처럼 느껴지기는 했다. 물론… 확실히는 알 수 없었지만. 그동안 우리 사이에 있었던 일을 아주 잊기는 어려웠으니까. 그동안 우리는 서로 치고받고 찌르며 살았다. 그동안 해온 짓거리 때문에 우리가 서로를 얼마나 싫어했는지를 좀처럼 잊을 수 없는 것이다.

"일단 알겠어요, 블랙퍼드."

완전히 믿겠다고는 말할 수 없었다. 하지만 지금은 어쩔 수 없었다.

"이러고 있을 시간 없어요."

이 감정의 실체를 알 수도 없었다. 나는 손으로 목 옆을 멍하니 주무르면서 말했다.

"편하게… 있어요. 모금 행사에 입고 갈만한 옷이 있는지 볼게요."

나는 그가 서있는 쪽으로 걸어갔다. 그의 커다란 덩치가 거실 구역으로 가는 길목을 막고 있었다. 그의 앞에 우뚝 서서 그를 올려다보며 한쪽 눈썹을 치켜떴다. 옆으로 좀 비켜서라는 무언의 요청이었다. 에런은 자기보다 작은 나를 탑처럼 내려다보고 있었다. 그의 시선이 내 얼굴을 두루 훑다가 목 아래쪽으로 내려가 그 주변에 머물렀다. 내가 조금 전 손가락으로 주물렀던 바로 그 부분이었다.

다시 내 눈을 바라보는 그의 푸른 눈에 어떤 감정이 담겨있는지 짐작도 되지 않았다. 우리는 바짝 가까이에 서있었다. 내 맨발 발가락이 그의 반들반들한 구두 끝에 거의 닿을 정도로 가까웠다. 그걸 자각한 순간 내 호흡이 빨라졌다. 에런의 눈을 마주 올려다보고 있는데 가슴이 빠르게 들썩였다.

나는 시선을 돌리지도 못하고 그대로 그를 올려다보았다. 고개를 젖히고 그를 바라보면서 그의 덩치가 내 생각보다 크다는 생각을 했다. 그의 몸집이 두 배는 더 커진 것 같았다. 턱시도 차림의 그는 나보다 키도, 몸집도 훨씬 컸다. 너무나 멋진 모습이라서 바라보지 않을 수가 없었다. 오늘 새로이 보게 된 그의 멋진 모습을 나는 눈으로 찬찬히 빨아들였다.

에런이 혀를 살짝 내밀어 아랫입술을 훑었다. 내 시선이 그의 입술로 향했다. 우리 집 주방의 조명등 불빛을 받아 그의 도톰한 입술이 반짝이고 있었다. 망할 화장복 때문인지 피부가 달아오르기 시작했다. 이렇게 가까이에 있으니 몸에 열이 올랐다. 그의 모습이 내 시야에 너무 많이 들어와 눈으로 쏟아져 들어오고 있었다.

나는 그의 입술에서 애써 시선을 떼고 그의 눈을 올려다보았다. 그의 눈은 흔들림 없이 나를 내려다보고 있었다. 눈빛에 담긴 감정을 알 수가 없었다. 그대로 1초가 흘러갔다. 그의 몸이 내 쪽으로 머리카락 굵기만큼 아주 살짝 기울어진 듯도 했다. 어쩌면 내 망상일 수도 있었다. 그건 별로 중요한 것도 아니었다.

"진심이에요."

그가 낮은 목소리로 조용히 말했다. 바짝 가까이에서 들어보니 약간 쉰 목소리였다. 머릿속이 하얗게 변해 합리적인 사고를 하기 어려웠지만 그의 말을 알아들을 수는 있었다. 당연히 그랬다. 그는 부드럽게 숨을 내쉬었다. 그의 숨결에서 민트 향이 났다.

"복수 같은 거 안 해요. 당신 언니의 결혼식이 얼마나 중요한 일인지 아니까."

그의 진심 어린 말이 가슴에 확 와닿았다. 우리 둘의 몸이 바짝 가까이 있기 때문만은 아니었다. 나는 입이 벌어지고 가슴이 덜컥 내려앉는 기분이었다.

"내 말을 어기는 일은 없을 겁니다. 절대."

에런 블랙퍼드가 나를 안심시키고 있는 건가? 우리 사이에 지금까지 무슨 일이 있었든 우리의 거래는 잘 지켜질 거라고 장담하는 건가? 어떤 경우에도 자기가 한 말을 지키겠다는 건가? 약속을 어기는 일은 절대 없을 거라고? 정말 그런 뜻인 걸까? 그렇게 들리기는 했다. 그렇다면 그가 내 마음을 읽었거나—그건 아니길 진심으로 바라지만—로지가 에런이라는 인간을 잘못 보지 않았다는 뜻일 것이다. 어쩌면 에런은 그렇게 나쁜 사람이 아닐 수도 있었다.

그에 대한 내 생각이 틀렸을 수도 있었다. 그에게… 무슨 말을 해야 할지 판단이 서지 않았다. 그의 말을 어떻게 받아들여야 할지도 알 수 없었다. 그가 솔직하게 말했는데도 나는 침묵하는 시간이 길어지고 있었다. 에런 때문에 몸에 열이 오르면서 현기증이 날 지경이라 명쾌하게 생각하기도 점점 힘들어졌다.

"내 말뜻 이해해요, 카탈리나?"

그가 대답을 재촉하는데 열기가 온몸을 감쌌다.

아뇨. 여기서 일어나는 일을 전혀 이해 못 하겠어요. 나는 이렇게 말하고 싶었다.

목을 움직여 대답하려는데 성대가 말을 듣지 않았다. 대신 괴상한 소리가 입 밖으로 나와서 나는 바로 헛기침을 하며 가까스로 말했다.

"잠시만요. 가서 옷 갈아입을게요. 안 그러면 우리 늦을 거예요."

그는 덩치에 어울리지 않게 아주 부드러운 몸짓으로 비켜섰다. 한 옆으로 물러서긴 했지만 내 비좁은 아파트 안에서 그는 여전히 너무나 큼직하고 꽉 차는 존재였다. 그가 너무 많은 공간을 차지하고 있어서 나는 자꾸 몸이 찌르르 떨려왔다. 그의 옆을 지나면서 화장복을 걸친 어깨가 그의 가슴을 스칠 때 특히 더 그랬다.

내 어깨가 그의 탄탄한 가슴에 닿을 듯 말 듯했다. 그 순간 몸 안을 감돌던 모든 열기가 얼굴로 확 올라왔다. 그만해. 다리에 자꾸 힘이 빠지고 피부가 땀으로 촉촉이 젖었다. *이 화장복을 벗어야겠어.* 나는 화장복의 목 부분을 잡아당겼다. *내 얼굴이 화끈거리는 이유는 그냥 이 화장복 때문이야.*

나는 다른 쪽으로 생각을 돌리려 애썼다. 이를테면… 드레스로. 에런, 턱시도를 입은 에런, 그의 민트 향을 머금은 숨결, 그의 가슴, 그 외에 몸의 다른 부위, 그가 했던 말이 아니라 다른 쪽으로. 하지만 자꾸만 고개가 돌아가 그를 바라보려 했다.

안 돼.

옷장 앞으로 가 문을 열어젖혔다. 그날 행사에 어울릴 것 같은 옷을 찾으려고 옷장을 뒤지는 동안 천천히 내 정신으로 돌아왔다. 나를 살려줄 만한 옷을 옷장 깊숙한 곳에서 찾아냈다. 특별한 날에 입으려고 아껴둔 하이힐과 액세서리 두 개를 집어 들고 욕실로 향했다.

욕실 쪽으로 가면서 곁눈질로 에런을 힐끗 보았다. 그는 부드러운 푸른 색감의 소파 근처에 서서 핸드폰을 들여다보고 있었다. 덩치 큰 그의 옆에 있어서인지 소파가 확 작아진 느낌이었다. 내가 앞으로 지나가는데도 그는 고개를 들지 않았다. 잘됐다. 그는 이 집을 여기저기 기웃거리거나 매력적인 몸매를 과시하면서 돌아다니지 않고 있었다.

저놈의 턱시도 때문일 것이다. 지금 내 행동—에런이 불러일으킨 지금의 내 반응—은 정상이 아니었다.

"금방 준비하고… 나올게요."

비좁은 아파트 공간을 온통 차지하고 있는 남자에게 어깨 너머로 말했다.

"편하게… 있어요."

이 집에서 벽으로 막혀있는 유일한 공간인 욕실로 들어가자 마음이 약간은 가벼워지고 달아오른 피부도 식기 시작했다. 욕실에 잠금장치가 없어서 문을 닫은 뒤 샤워 바에 드레스를 걸었다. 화장하고 머리를 매만지기 시작했다.

영원 같은 시간이 흐르고—하지만 충분한 시간은 아니었다—드디어 만족스러운 모습으로 거듭났다. 욕실 벽에 내가 직접 설치한 전신 거울 속에서, 바닥까지 끌리는 길이의 민소매 원피스를 입은 여자가 나를 마주 바라보았다. 블랙 오닉스와 암청색 사이의 어딘가라고 부를 만한 색상이었다. 재단과 원단이 간결해서 엄밀히 따지면 야회복의 기준에는 못 미칠 수도 있었다. 그래도 치맛자락 측면을 따라 오른 무릎 바로 위까지 벌어진 틈새 덕분에 우아하고 품격 있는 느낌을 풍겼다. 제일 멋진 부분은 바로 목선이었다. 가슴골을 드러내지 않고 목을 감싼 형태였고, 목선을 따라 하얀색 모조 진주 구슬이 박혀있었다. 대단히 아름다웠다. 몇 달 전 이 원피스를 충동적으로 사버린 이유도 그래서였다. 그동안 마땅히 입을 기회가 없어서 옷장에 넣어두었다가 존재조차 잊고 있던 참이었다.

어깨로 흘러내린 갈색 머리카락의 웨이브를 살펴보았다. 완벽하진 않지만 그럭저럭 괜찮아 보였다. 붉은 립스틱을 바를까 하다가 너무 오버 같아 그만두었다. 진짜 데이트를 할 때 쓸 것이다.

조용히 한숨을 쉬는데 가슴속에서 울컥하는 기분이 올라왔다. 데이트를 해본 지가 천만년은 됐을 것이다. 내가 아무의 흥미도 끌지 못할 만큼 가치 없고 매력 없는 여자도 아니었다. 뉴욕으로 이사 온 후 몇 번 짧게 데이트를 했었다. 그러다 어느 시점부터 시도조차 안 하게 됐다. 나한테 문제가 있는 게 명백한데 데이트를 해봤자 무슨 소용일까 싶어서였다. 나는 스페인을 떠나 바다를 건너오면서 대양 어딘가에 믿음—다시 누군가를 사랑하리라는 의지—을 던져버리고 말았다.

거울 속 내 모습을 바라보았다. 이렇게 공들여 화장하고 머리 손질하고 옷을 차려입은 게 무척 오랜만이었다. 그런 사실을 알아채지 못했으면 좋았을 뻔했다. 오래전에 나는 다시는 자기 연민을 하지 않겠다고 다짐했다. 그런 쪽으로는 아예 가까이 가지 않겠노라고 굳게 마음을 먹었다.

그런데 기분이 왜 이럴까? 어쩌다 이렇게 됐을까? 몇 달 만에 처음으로 화장과 머리, 옷단장에 힘을 쏟았다. 진짜 데이트를 하러 가는 것도 아니면서. 이건 가짜 데이트이고 거래였다. 사업 협약과 다름없었다. 어쩌다 내가 패배자가 되기 싫어서 가짜 남친을 만드는 지경까지 되어버렸을까? 진한 두려움이 솟구쳐 올랐다. 나는 망가졌다. 나는…

욕실 문을 두드리는 소리에 현실로 돌아왔다. 침실 너머에 나를 기다리는 사람이 있었다. 다급하게 문을 두드리는 소리가 어떤 징조인 것처럼 느껴졌다.

"얼마나 더 걸려요, 카탈리나?"

위험할 정도로 매혹적인 낮고 굵은 목소리가 욕실 문을 통과해 들어왔다.

"그 안에 들어간 지 한참 됐어요."

욕실 선반에 올려둔 작은 시계로 눈길을 돌렸다. 저녁 6시 45분. 그가 원래 나를 데리러 오기로 했던 시간까지 15분 남아있었다. 나는 고개를 절레절레 흔들었다. 다시 노크 소리가 들렸다. 이번에는 더 세게, 다급히 두드리고 있었다.

"카탈리나?"

참을성 없는 그의 재촉에 나는 침묵으로 답했다. 뭐든 자기 하고 싶은 대로 할 수 없다는 걸 누군가는 그에게 보여줘야 하니까. 게다가 원래 약속했던 시간까지 아직 15분… 아니, 14분 남아있었다.

다시 벌어진 가슴속 균열을 절절히 느끼면서 하이힐에 오른발을 집어넣었다. 변기 시트에 발을 올리고 꼼꼼하게 하이힐 끈을 조정했다. 천천히 왼발의 하이힐 끈도 조정했다. 아직 몇 분 남아있으니까…

세 번째 노크 소리가 들려왔다. 자물쇠 없는 욕실 문이 벌컥 열린 바람에 나는 화들짝 놀랐다. 욕실 문 앞에 불안한 얼굴을 한 그 남자가 서있었다. 에런의 이글거리는 푸른 눈이 내 눈을 바라보았다.

"카탈리나."

초조함으로 가득 찬 푸른 웅덩이 같은 그의 두 눈에 약간의 안도감이 스치고 지나갔다.

"불렀는데 왜 대답 안 했어요? 욕실에 들어간 지 한 시간이나 됐잖아요."

그의 눈이 내 기다란 드레스를 훑고 내려갔다. 그렇게 구석구석 꼼꼼하게 살피다가 내 눈을 마주 본 그의 턱에 힘이 들어가고 표정이 굳어 있었다. 화가… 난 건가?

머릿속에서 나지막한 목소리가 말했다. 이토록 불쾌한 표정인 걸 보면 나더러 행사에 동행해 달라고 했던 걸 후회하고 있을지 모른다고. 뱃속에서 꿈틀대는 불편한 감정을 무시하고 가슴을 제일 먼저 치고 들어온 감정을 포착했다. 에런을 생각할 때면 너무나도 쉽게 떠올리곤 하는 감정이었다. 나는 평소 같은 목소리로 날카롭게 말했다.

"에런 블랙퍼드. 대체 왜 이래요?!"

가슴이 들썩거렸다.

"노크할 줄 몰라요?"

"노크했어요."

그의 목소리는 표정만큼이나 경직돼 있었다.

"두 번이나."

어이없을 정도로 깊고 낮은 그의 목소리가 욕실 안에 울려 퍼졌다.

"내가 옷을 벗고 있을 수도 있었잖아요."

그는 문손잡이를 꽉 잡은 채 자세를 바꿨다. 커다란 손가락이 문손잡이를 어찌나 세게 움켜잡고 있는지 저러다가 문손잡이가 뜯겨나갈 것 같았다. 그는 여전히 굳은 목소리로 말했다.

"아니잖아요. 벗고 있지 않았으니 됐죠."

우리는 말없이 한참 서로를 쳐다보았고 그의 표정이 묘하게 흐려졌다. 말없이 그러고 있는 동안 손바닥에서 촉촉하게 땀이 솟았다.

맙소사. 이게 다 무슨 일이야.

심장이 더욱 빠르게 뛰었다. 알 수 없는 긴장감이 욕실 안에 점점 차오르고 있었다. 숨이 막힐 지경이었다. 아까 주방에서보다 더 심했다. 경계심은 스르르 무너지고, 온갖 생각이 머릿속을 치고 들어와 도저히 멈출 수가 없었다.

"뭐가…"

마침내 나는 침묵을 깨고 숨소리가 잔뜩 섞인 소리로 물었다.

"잘못됐어요?"

그는 고개를 가로저었다. 딱 한 번. 그의 시선이 내 몸을 다시 빠르게 훑었다.

"드레스를 찾았군요."

"네."

나는 잠시 시선을 내리깔았다.

"마지막으로 데이트를 해본 게 하도 오래전이라서 옷장 안에 이 옷이 있는 줄도 잊고 있었어요."

그의 얼굴에 새로운 감정이 떠오르는 걸 보니, 내가 괜한 소리를 바보처럼 지껄인 모양이었다.

"어쨌든 찾았으니 됐죠. 어차피 진짜 데이트에 입고 나가는 것도 아니고. 제대로 된 드레스는 이거 한 벌뿐이라서, 이거라도 괜찮으면 좋겠어요."

나는 땀이 배어난 손바닥을 허벅지에 대고 문지르다가 옷감이 손상될 것 같아 바로 그만두었다. 에런이 입을 열었다.

"좋네요."

좋다고?

그의 입에서 어떤 말이 나오길 기대했을까. 그의 반응에 살짝이지만 상처받지 않았다고 하면 거짓말일 것이다.

"그래요."

나는 어깨가 축 처지지 않도록 신경 쓰면서 시선을 돌렸다.

"그럼 가요."

그는 말없이 가만히 서있기만 했다.

"가자고요."

나는 미소를 지으려 애쓰면서 그를 재촉했다.

"지각하고 싶지 않잖아요?"

2초 후에 그는 옆으로 물러섰다. 그가 내게 시선을 붙박고 있어서 다행이었다. 나는 그의 눈을 마주 볼 기분이 아니었다.

욕실을 나서면서 두 가지 사항을 명심했다.

첫째, 어깨로 그의 가슴을 스치지 않도록 했다. 둘째, 에런 블랙퍼드가 뭐라고 말하든 내가 상처받을 이유 따윈 없었다.

7

우리는 차를 타고 가는 동안 말이 없었다. 내 인생에서 제일 길게 느껴진 15분이었고, 아마 그 이상은 버티지 못했을 것이다.

소소한 잡담을 나눌 기분이 아니었다. 에런이 먼저 입을 열기를 기다리는 것은 벽돌 벽이 열리고 마법 세계로 통하는 문이 드러나길 기다리는 것과 마찬가지였다. 하지만 이 침묵을 메울 어떤 말이라도 하지 않으면 움직이는 차 밖으로 뛰어내려야 할 판이었다.

"아까 말한 그, 모금 행사요."

내가 내뱉은 단어들이 차 안의 고요한 공간 속으로 툭 떨어졌다. 그 소리가 너무 크게 느껴졌다. 도로에 시선을 두고 두 손으로 운전대를 잡은 에런은 고개를 끄덕였다.

"당연히 좋은 뜻으로 모이는 자리겠죠."

그는 또 고개를 끄덕였다.

"매년 열리는 행사예요?"

그는 그렇다는 뜻으로 나지막하게 소리를 냈다. 그가 계속 이렇게 아무 말도 안 하고 있으면 내가 달리는 차에서 뛰어내릴 것 같아서 그를 좀 더 압박하기로 했다.

"그럼…"

단순히 예 혹은 아니오로 대답할 수 없는 질문을 던져야 했다.

"모금을 어떤 식으로 진행해요?"

그는 잠시 생각해 보는 듯했다. 이러다가는 내가 답답해서 그를 차 밖으로 밀쳐낼 것만 같았다.

"경매요."

드디어 입을 열었네.

"뭘 경매에 올려요?"

나는 손목에 찬 단순한 디자인의 커프형 금팔찌를 손으로 만지작거리며 대답을 기다렸다. 지금까지 그는 제대로 대답한 적이 없었다.

"예술 작품이요?"

나는 팔찌에 붙은 매끄러운 보석을 이리저리 돌렸다.

"골프 강습권?"

다시 팔찌를 돌리다가 물었다.

"요트?"

그를 쳐다보았다. 표정 변화도 없고, 대답도 없었다.

"엘비스의 속옷?"

드디어 반응을 보였다. 그는 당황한 눈으로 나를 쳐다보더니 전방 도로로 시선을 돌렸다.

"왜요?"

나는 어깨를 으쓱했다.

"어떤 사람이 엘비스가 1970년대 콘서트 때 입은 더러운 팬티를 경매에 올렸다더라고요."

에런이 고개를 절레절레 흔들었다. 그는 워낙 바른 생활 사나이라 아연실색한 모양이지만 별다른 말은 하지 않았다. 나는 침묵을 메우기 위해 계속 떠들었다.

"걱정 말아요. 아무도 안 샀으니까."

나는 반응을 기대하며 그의 옆얼굴을 살폈는데 그는 반응을 보이지 않았다.

"입찰한 사람도 없었어요."

나는 고쳐 말했다.

"경매에 관해서는 별로 아는 게 없지만요."

역시 그는 묵묵부답이었다. 그래, 좋아.

"결론을 말하자면, 엘비스가 입던 팬티를 원한 사람은 아무도 없었던 거죠."

나는 히죽 웃으며 덧붙였다.

"솔직히, 덕분에 이 사회에 대한 내 믿음이 굳건해지긴 했어요. 이 사회에 대한 믿음을 완전히 잃지 않게 된 거죠."

그의 턱 근육이 움찔했다.

"누가 그딴 걸 갖고 싶겠어요? 진짜 기분 더럽잖아요? 액자에 담아 두기까지 하면요."

나는 입술을 찡그렸다.

"어느 집에 초대받아 갔는데 그 집 소파 위나 변기 위에 누가 입던 팬티가 액자에 담겨 걸려있다면 어떨지 상상해 봐요."

에런은 의아해하는 눈빛으로 나를 힐긋 쳐다보더니 드디어 입을 열었다.

"내가 그동안 당신에 대해 전혀 몰랐던 것 같네요."

그렇게 나오겠단 말이지?

"뭘 전혀 몰랐다는 거예요?"

나는 인상을 찌푸리며 그를 돌아보았다. 그는 또 가볍게 고개를 저었다.

"당신 입에서 생각도 못 한 얘기가 나와서 그래요."

그는 생각에 잠긴 목소리였다.

"당신은 늘 내 허를 찌르는 방법을 잘 찾아내는군요. 다른 사람들은 대부분 잘 못 하는 일이죠."

음…

어떤 반응을 보여야 할까? 혹시… 칭찬인가? 그렇다기엔, 나는 어느 집 거실에 걸린 엘비스의 입던 팬티 얘기를 조잘거리고 있었다. 그러니 칭찬은 아닐 것이다. 칭찬일 리 없었다. 게다가 상대는 에런이니, 절대 칭찬일 리 없었다.

"더 재미난 얘기도 알고 있어요. 듣고 싶다면 말해줄게요."

나는 미소를 지어 보였다.

"속옷 관련 얘기뿐 아니라 온갖 종류의 얘기들을 알고 있어요."

"물론 그렇겠죠."

그가 나지막하게 중얼거렸다.

"당신이 오늘 밤 행사에 관해 나한테 알려주면서 이 귀중한 시간을 쓰고 싶지 않다면 그래야죠."

나는 1, 2, 3초까지 기다렸다. 그는 또 침묵 속으로 빠져든 듯했다.

"왜 나를 가짜 여친으로 삼아서 여기로 데려왔는지, 설명해 주면 좋겠어요. 대화의 시작점으로 삼아보자고요."

운전대를 잡은 그의 손가락에 더욱 힘이 들어갔다. 2분 가까이 그를 주의 깊게 지켜보고 있어서인지 그런 사소한 움직임도 바로 눈에 띄었다. 그는 여전히 말이 없었다. 나는 슬슬 짜증이 나고 참을성이 메말라가면서 미간에 주름이 잡혔다.

"동행하겠다고 하면 다 말해주겠다면서요."

"내가 그렇게 말하긴 했죠?"

"네."

그가 이렇게까지… 말을 아끼는 이유를 이해할 수 없었다. 물론 에런이 원래 그런 면이 있기는 했다. 새삼 놀라울 것도 없었다. 운전대를 잡은 그의 손이 위로 올라가면서 턱시도가 당겨 올라갔다. 소매를 꽉 채운 그의 굵은 팔로 시선이 가면서 아까 아파트에서 느낀 묘한 감정이 되살아났다.

그에게 이끌려… 자꾸 정신이 옆길로 새는 기분이었다. 그라는 존재, 그가 내 옆에 있다는 사실, 그의 외모에 또 말려들었다. 객관적으로 봐도, 지금 그를 멍하니 바라보는 것 말고는 할 수 있는 일이 없었다. 다른 물건도 그렇지만 특히 운전석을 비좁게 보이게 하는 그의 커다란 덩치에 저절로 눈이 갔다. 그가 말이 없으니 나도 덩달아 침묵해야 하는 상황에서 내 눈은 자연스럽게 그에게로 향하고 있었다. 그의 팔과 어깨, 그리고 옆얼굴을 전혀 객관적이지 못한 시선으로 바라보았다. 역시 금욕적이었다. 옆얼굴이 참 금욕적이고 진지해 보였다. 늘 그렇듯 그의 얼굴에는 미소 한 점 없었고, 지금 나는 그 사실을 어느 때보다도 명확히 인지했다. 내 시선이 자꾸 그에게 가는 이유는 턱시도 때문만은 아니었다.

지금까지 나는 에런이 얼마나 매력적인 남자인지 알아채지 못했다. 그가 잘생겼다는 걸 모르지는 않았다. 그의 메마르고 비딱한 성격 때문에 잘생긴 외모에 눈이 가지 않았던 것뿐이었다. 사실을 인정해야 했다. 에런은 내가 고개를 돌려 두 번 보게 만드는 좋은 외모적 특징을 갖고 있었다. 굳이 찾아서 볼 생각은 없었는데 어쩔 수 없이 보게 됐다. 내가 갖지 못한 외모적 장점이라 더 눈이 갔을 것이다. 그는 키가 무척 크고 체격이 듬직했다. 군살 없는 근육질 몸은 움직임을 잘 제어하고 있었다. 게다가 항상 침착했고 잘 교육받은 태도를 보여주었다. 흰 피부와 흑발 때문에 짙푸른 눈이 도드라졌다. 그를 만나기 전까지 나는 이런 눈동자를 한 번도 본 적 없었다.

그의 얼굴에서 애써 시선을 떼어내며, 그의 외모에 혹한 나를 속으로 질책했다. 내가 왜 이러지? 나는 그와 중요한 사항을 논의해야 했다. 턱시도를 입은 그의 큼직하고 매혹적인 몸에 정신이 팔릴 때가 아니었다. 이게 다 저 망할 턱시도 때문이었다.

"비싸게 굴고 있네요, 블랙퍼드. 뭐, 괜찮아요."

블랙퍼드가 마땅히 해줘야 할 설명을 하지 않고 있으니 어쩔 수 없었다.

"내가 여기 이러고 있는 이유를 직접 추론해야겠네요."

이렇게 해서라도 당신에 관한 멍청하고 정신 나간 생각을 멈추고 싶거든.

"게임하듯 맞춰볼게요."

그는 침묵을 지켰다.

"그래요. 알겠다는 뜻으로 해석할게요. 게임을 시작해 보죠."

나는 앉은 자리에서 왼쪽으로 몸을 기울이며 자세를 바꿨다.

"내가 여기 왜 있을까요? 아마도… 미친 전 여친한테서 당신을 보호하기 위해서일까요?"

흔해 터진 사유지만 이렇게라도 추측을 시작하기로 했다.

"당신은 돌아이들한테 인기 있을 것처럼 보이거든요."

그는 이마를 찡그리면서 나를 힐끗 쳐다보았다.

"그게 무슨 뜻입니까?"

그는 다시 앞으로 시선을 돌리면서 고개를 흔들었다.

"전혀 짐작도 안 가네요."

"알겠어요. 질문에 '아니오'라고 대답한 걸로 해석할게요. 미친 전 여친은 없군요."

나는 검지를 턱에 갖다 대며 말을 이었다.

"흐음… 당신을 보호해 달라는 게 아니면"

…나는 검지로 턱을 톡톡 치면서 물었다.

"누군가의 질투를 유발하고 싶어서 나를 데려왔어요?"

그는 곧장 대답했다.

"아뇨."

"확실해요?"

나는 눈썹을 씰룩거렸다.

"다시 붙잡고 싶은 전 애인 없어요? 자기가 뭘 놓쳤는지 후회하게 해주고 싶은 전 여친은요? 그 여자의 가슴에 다시 사랑의 불을 지피고 싶다든가?"

"전 여친 없다고 말했잖아요."

그의 어깨가 팽팽하게 솟구쳤다.

"그래요. 알았어요. 알았다고요. 진정해요, 블랙퍼드. 사소한 일에 열 받지 말아요."

그의 입술이 비틀려 올라갔다. 화가 나서인지 웃겨서인지는 알 수 없었다.

"모르겠어요."

이 대화가 어쩐지 너무 재미있어졌다.

"그런 게 아니라면… 아! 짝사랑이에요? 그래요?"

나는 가슴 앞에 두 손을 모아 잡았다.

"당신이 강아지처럼 초롱초롱한 눈으로 누군가를 바라보고 있는데, 상대는 못 알아채고 있나 보네요. 아, 아니겠네요. 당신이 강아지 눈을 할 수 있을 것 같진 않아요."

문득 떠오른 게 있어 나는 고개를 옆으로 기울였다.

"아무리 당신이라도 관심 있는 여자를 냉정한 눈으로 쳐다보진 않았을 거잖아요? 강아지 눈을 하는 게 당신한테는 좀 무리일 수도 있겠지만요. 그래도 돌처럼 단단하고 차가운 당신의 심장을 일깨우는 사람이 있다면…"

"없어요."

그는 내 말허리를 잘랐다.

"그런 이유로 당신을 데려온 거 아닙니다."

그는 가슴이 부풀도록 깊게 숨을 들이마시더니 후우 내뱉었다.

"난 게임 같은 거 하고 싶지 않아요, 카탈리나."

나는 두 손을 무릎으로 내렸다.

"지금 이 게임이요 아니면… 모든 게임이요?"

그가 왜 이런 반응을 보이는지 의아해서 나는 잠시 생각을 하다가 덧붙였다.

"혹시 섹시 게임 얘기하는 거예요? 상대를 유혹하는 게임?"

내 입에서 나온 단어가 귀에 들린 순간 얼른 입을 닫았다. 내가 그런 말을 했다는 게, 그것도 에런한테 했다는 게 믿기지 않았다. 그도 예상 못 했는지… 웃음 비슷한 콧소리를 냈다. 웃음이라기보다는… 목이 졸리는 것 같은 소리에 더 가깝긴 했지만.

"그게 무슨…"

그는 경악한 눈으로 나를 돌아보았다.

"맙소사, 카탈리나."

내가 이마를 찡그리면서 입을 연 순간 에런이 먼저 치고 들어왔다.

"여자랑 사귀다가 헤어지면 그걸로 끝이에요."

거의 한 옥타브 아래로 내려간 목소리였다. 닫힌 공간 안에서 그의 낮은 목소리가 우르르 울렸다.

"누군가에게 관심이 있으면 나는 어떻게든 내 마음을 표현합니다. 상대가 알게끔 방법을 찾아내죠. 그러니 그 여자는 얼마 안 가서 내 마음을 알게 될 겁니다."

이 말을 하면서 그는 나를 한 번도 쳐다보지 않았다. 우리 앞의 도로에 시선을 고정한 채였다.

"나는 마음을 전하려고 당신이든 누구든 이용할 필요가 없어요. 아까 당신이 집에서 말한 것처럼, 나는 다 큰 남자니까."

뜨끈한 열기가 파도처럼 얼굴로 밀려왔다. 얼굴이 확 달아올랐다. 두 뺨에 퍼져나가는 불그레한 열기는 화장으로도 가릴 수 없을 정도로 강렬했다. 얼른 고개를 돌렸다.

"아, 알았어요."

정말 피부까지 뜨거워졌는지 얼굴에 손을 대 확인해 보고 싶었지만 애써 참았다. 말은 그렇게 했는데 쥐뿔도 아는 게 없었다. 그의 말에 내가 왜 이런 식으로 반응하는지도 이해되지 않았다. 무엇보다 그가 *게임을 하는 것도 아니고, 다 큰 남자라면서* 왜 내게 도움을 청했는지 알 수가 없었다.

요즘 이 남자에 관해 이해되지 않는 것투성이였다. 내 몸이 뜻대로 따라주지 않고 멍청하게 반응해 내 피부를 붉게 달아오르게 만들고 있으니 더 환장할 노릇이었다. 차창 밖으로 흘러가는 도시의 불빛들을 바라보며 입을 열었다.

"내가 이 일을 하기로 동의하면 전부 얘기해 주겠다고 했잖아요."

나는 본심과 다르게 이 말이 대수롭지 않게 들리길 바라며 숨을 삼켰다.

"어차피… 서로를 위해 이 일을 하기로 했으니까요."

"그래요."

그가 한참 말이 없었지만 나는 그를 돌아보지 않았다.

"대학 때 미식축구를 했어요."

뜻밖의 말에 놀랐다. 혀끝까지 단박에 올라온 '세상에'라는 말을 눌러 내리기 위해 안전벨트 끈을 천천히 붙잡았다. 그건 내 질문에 대한 설명도 아니었고, 기대한 대답도 아니었다. 그래도 그에게 업무와 무관한 사적인 정보를 들은 건 처음이었다. 같이 일한 지 2년이 다 되어가는 시점에서. 내 귀가 고장 난 게 아니라면 에런이… 처음으로 자기 얘기를 한 것이었다. 기념할 만했다. 코딱지만큼 작은 정보이긴 해도 단단한 벽에 드디어 균열이 생긴 거니까. 문득, 이대로 망치를 휘둘러 벽을 아예 부숴버리고 싶어졌다.

"미식축구요? 머리에 헬멧을 쓰고 멜론처럼 생긴 공을 잡고 뛰는 운동이요?"

나는 최대한 차분한 목소리로 물었다. 내가 스포츠광은 아니어도 유럽인이었다. 우리가 같은 종목 얘기를 하는 게 맞는지 정도는 확인 해야 했다.

"맞아요. 축구 말고 미식축구. 멜론 들고 뛰는 그 운동 맞아요."

그는 고개를 끄덕였다.

"고향인 시애틀에서 살 때 미식축구를 했어요. 그곳에서 대학을 다 녔고요."

"시애틀."

나는 그에게 받은 새로운 정보를 곱씹었다. 조금 더. 조금 더 정보 가 필요했다.

"워싱턴주 북쪽에 있는 도시 맞죠? 〈트와일라잇〉에서 봤어요. 포크 스 마을(〈트와일라잇〉의 주요 배경.—옮긴이)까지 몇 시간 거리잖아요."

〈트와일라잇〉 얘기를 괜히 꺼낸 것 같아 후회됐지만 이것저것 가릴 처지가 아니었다. 게다가 미국에서 실제로 가본 곳이 별로 없어서, 미 국의 도시나 마을은 거의 책과 영화에서 본 게 전부였다.

"맞아요."

그의 어깨가 긴장을 풀며 내려갔다. 아주 약간. 그의 말투로 판단컨 대 질문을 조금 더 해도 될 것 같았다.

"오늘 밤에 우리가 하려는 일이 당신이 예전에 미식축구를 했던 것 과 관련 있어요?"

에런은 고개를 끄덕였다.

"지금도 나는 여러 관련 행사에 초대받아요. 예전에 미식축구를 했기 때문이기도 하고, 우리 가족이 미국대학체육협회(NCAA)와 인연이 있기 때문이기도 해요."

우리는 맨해튼의 드넓은 대로를 달리고 있었다.

"1년에 한 번, 동물복지협회 관련 자선 행사가 뉴욕에서 개최되는데 많은 사람이 참석해요."

"당신이 그런 행사에 초대받았다는 거죠?"

미국대학체육협회가 뭐 하는 곳인지 나중에 검색해 봐야겠다는 생각이 들었다. 그가 일부러 말하지 않은 게 있다는 느낌이 들었다.

"뭐예요, 에런 블랙퍼드. 오래된 미식축구 금수저 집안 출신이라는 거예요?"

에런은 미간을 찌푸렸다.

"카탈리나."

평소 에런이라면 여기서 내가 더 자세한 대답을 들을 수는 없을 터였다.

"오늘 밤에 당신 가족도 그 행사에 와요?"

"아뇨."

짧은 순간 그의 옆얼굴이 확 굳어졌고 더는 설명을 못 들을 듯했다. 차라리 구글에 검색해 보는 게 나을 것 같았다.

"오늘 밤의 행사는 뉴욕에서 구조된 동물들에게 쉼터를 제공하고 재활 치료를 돕고 거처를 제공하기 위한 모금 행사예요. 나는 가능할 때마다 이런 행사에 참석하고 있어요. 평생 알고 지낸 사람들을 만날 수 있어 좋고, 내가 중요시하는 자선 활동을 위한 모임이기도 해서요."

나는 그가 가족에 관해 함구하려는 부분이 있다는 느낌을 받았지만, 곧 잊어버렸다. 에런이 동물복지에 관심이 있다고? 동물들을 구출해서 새로운 집을 마련해 주는 일에?

그 생각을 하자 가슴속에 몽글몽글하고 따뜻한 감정이 피어올랐다.

우람한 팔로 귀여운 강아지들을 품에 안고 모금 활동을 하는 그의 모습을 상상한 순간 그 감정은 한층 더 격해졌다. 미식축구복 차림으로 운동장에 무릎을 굽히고 있는 그의 모습. 딱 붙는 바지. 태평양처럼 넓은 어깨. 두 뺨에 묻은 흙.

가슴속 열기가 너무 거세어져 무시할 수 없을 지경이 되고 말았다. 나는 에런의 이미지들을 머릿속에서 떨쳐내려 애썼다.

"멋지…네요. 다정하기도 하고요."

에런이 한쪽 눈썹을 치켜뜨며 나를 돌아보았다. 내 얼굴이 붉게 상기된 걸 보고 이상하다고 생각했을 것이다.

얼굴이 왜 자꾸 달아오르지?

나는 별생각 없이 불쑥 물었다.

"이런 행사에는 늘 가짜 여친을 데려와요?"

"아뇨."

그는 평소처럼 입가에 힘이 들어가 있었다.

"늘 혼자 참석해요. 여친을 데려가는 건 이번이 처음입니다."

여친.

여친이라고?

나는 미간을 찌푸렸다. 진짜도 아니고 가짜 여친일 뿐이잖아. 그의 말을 고쳐주려는데 그가 먼저 말했다.

"거의 다 왔어요."

나는 더 말하지 않고 지금까지 확보한 정보를 속으로 곱씹었다. 에런에 관해 새로운 사실을 알게 됐다. 그가 나에게 내보인 빈틈을 살짝 들여다본 기분이었다. 미식축구복을 입은 에런의 모습은 위험천만하고 당황스럽게도 오랫동안 내 뇌리에 박혀있을 듯했다. 그 이미지들부터 얼른 처리해 머릿속에서 내몰아야 했다.

"잠시만요."

나는 우회전하는 그에게 말했다.

"당신은 경매 물품에 관한 얘길 안 해줬어요. 나를 왜 데려왔는지도요."

우리가 탄 차는 파크 애비뉴의 무수한 고층 건물 중 한 건물 앞에 서서히 멈췄다. 차창 밖을 보니 인도에 주차 담당 직원이 대기하고 있었다. 나는 눈이 휘둥그레져 에런을 돌아보았다. 주차 담당 직원까지 있다고? 맙소사.

차에서 내리기 전 마지막으로 나를 바라보는 그의 눈빛이 어쩐지 늑대처럼 거칠게 느껴졌다.

"경매 물품은…"

그는 고개를 약간 기울여 내 눈을 마주 보면서 말했다.

"바로 나예요."

그의 목소리가 그의 눈빛만큼이나 강렬해서 내 두 팔을 타고 소름이 흘러내릴 지경이었다.

"오늘 밤에 당신이 입찰해야 할 품목이 바로 나라고요, 카탈리나."

나는 눈이 휘둥그레졌다. 하이힐을 신은 발까지 턱이 떨어질 만큼 입이 딱 벌어졌다. 멍하니 눈을 깜박이며 에런이 운전석 문을 열어젖히는 모습을 바라보았다. 내가 미처 정신을 차리기도 전에 차를 빙 돌아간 그는 주차 담당 직원에게 내 쪽 조수석 문을 열어주지 말라고 손짓했다. 그러고는 자기가 직접 그 문을 열었다.

눅눅한 여름 바람이 내 팔과 다리를 스쳤다. 지금까지 나는 이 남자에 관해 아는 게 거의 없었다. 푸른 눈의 이 남자가 내게 손을 내밀었다.

"마르틴 양, 내리시죠."

나는 멍하니 그를 바라보았다. 정확히 무엇 때문인지 모르겠는데… 온몸이 굳어버렸다. 그의 한쪽 입꼬리에 웃음기가 담겼다. 혼란스러워하는 나를 보며 즐거워하는 게 분명했다. 지금 나는 완전히 넋 나간 모습일 테니까. *젠장*. 그가 이렇게 즐거워하는 모습은 처음 보았다.

"매도 먼저 맞는 게 나아요, 카탈리나."

에런다운 말이었다. 지금 이 남자는 나를 모금 행사장에 데려가 경매에서 자기한테 입찰하도록 하는 에런이 아니라, 내가 잘 알고 익숙하며 편안하게 생각하는 에런, 업무 진행을 재촉하는 무뚝뚝한 에런이었다. 그 익숙함에 나도 모르게 그에게 손을 내밀었다. 그의 커다란 손이 곧 내 손을 감싸 쥐었다.

그는 나를 부축해 차에서 내리게 해주었다. 진짜 드레스는 아니지만 긴 치맛자락이 폭포처럼 다리로 흘러내렸다. 에런은 너무 빠르다 싶게 내 손을 놓았다. 내 손바닥에는 그에게서 전해진 온기가 고스란히 남았다. 그는 파크 애비뉴 고층 건물의 거대하고 고급스러운 현관문을 열고 나를 위해 그 문을 잡아주었다. 방망이질 치는 가슴을 애써 억누르며 한 걸음 앞으로 나아갔다.

괜찮아.

그리고 다른 발을 앞으로 내디뎠다. 오늘 밤 가짜 남친을 위해 가짜로 입찰해야 했다. 오늘 밤 이후에도 우리의 계약이 지속된다면 내 가짜 남친이 되어줄 이 사람을 위해.

별로 어려운 일도 아니잖아?

8

에런이 '경매' 다음으로 '모금 행사'라는 말을 꺼냈을 때 나는 도시 외곽에 거주하는 부유한 노인들이 모여있는 화려하고 부티 넘치는 실내를 떠올렸다. 이유는 묻지 말길. 어쨌든 나는 잘 꾸며진 옥상 공간으로 올라가 길쭉한 샴페인 잔을 받아 들었다. 지금까지 마셔본 중 최고로 맛있는 샴페인이었다. 최신 유행을 따르기보다는 고급스러운 취향을 가진 듯한, 다양한 나이대와 배경을 지닌 사람들이 그 자리에 모여 있었다.

뉴욕시의 윗부분이 이렇게… 형형색색 다채로운 걸 누가 알까? 나는 이 자리에 모인 모든 사람을 만나지는 않았다. 미식축구와 관련된 사람들에게 주로 한정된 편이었다. 에런이 자신의 과거를 밝히고 집안이 미식축구와 관련되어 있다는 얘기를 한 후라서 그게 자연스럽게 느껴졌다. 지난 한 시간 동안 나는 코치와 팀 코디네이터, 스포츠 방송 진행자, 그 외에 내가 평소 접할 일은 없지만 무슨 일을 하는지는 알고 있는 인플루언서를 여럿 소개받았다. 우리가 얘기를 나눈 사람 중 미식축구와 관련되지 않은 사람은 내가 한 번도 들어본 적 없는 회사나 조직을 이끄는 몇몇 사업가들뿐이었다.

새로운 사람들을 마주칠 때마다 에런은 나를 어떤 수식어도 없이 그저 '카탈리나 마르틴'이라고만 소개했다. 덕분에 나는 차를 타고 오는 내내 느꼈던 긴장감을 덜어내고 이곳에서의 시간을 즐길 수 있게 됐다. 이런 행사에 참석하는 건 내 삶에 처음이자 마지막일 테니 그냥 즐기면 되지 않을까.

"다시 한번 말하지만 이렇게 보게 돼서 정말 기분이 좋구나, 에런."

우리 집 월세의 두세 배쯤 될 것 같은 드레스 차림의 50대 여성 앤젤라가 미소 띤 얼굴로 말했다.

"오늘은 동반자도 함께 왔네."

두 뺨이 확 달아올라서 나는 고급스러운 샴페인 잔에 담긴 술을 한 모금 마시며 긴장을 풀었다. 우리는 그녀와 몇 분째 잡담을 나누고 있었다. 나는 대화 내내 이 여자를 넋 놓고 바라보았다. 이곳에 모인 사람들 대다수와는 달리 앤젤라는 다정한 눈빛을 하고 있었다. 그녀가 오늘 밤의 행사에 큰 관심을 보여주는 게 이해가 될 정도였다. 앤젤라가 입꼬리를 살짝 올리며 에런에게 물었다.

"그리고… 올해 경매에 참여할 거지? 내가 아직 최종 목록을 확인 못 했는데."

내 바로 옆에서 에런이 대답했다.

"네. 물론이죠."

그는 *나더러 자기에게 입찰하라고 했고*, 나는 그 말의 의미가 무엇인지 그와 충분히 논의할 시간이 없었다. 차를 타고 오면서 정신을 차리자마자 승강기에서 내려 이 파티장에 들어섰으니까. 그 후로 우리는 삼삼오오 모여선 사람들 사이를 오가며 소소한 얘기를 나누느라 그에게 자세히 물어볼 틈이 없었다.

"잘됐네."

앤젤라는 들고 있던 술을 한 모금 마셨다.

"솔직히 긴가민가했는데."

앤젤라는 고개를 젖히며 웃었다.

"작년 경매가… 대단했잖아. 아주 흥미로웠지."

에런이 자세를 바꿔 섰다. 곁눈질로 보니 그는 이 대화를 나누는 이 자리가 불편한지 어깨에 힘이 들어간 모습이었다. 나는 그 이유가 무척 궁금해졌다. 앤젤라가 말을 이었다.

"오늘 동반자를 데려와서 참 잘됐어. 덕분에 오늘 저녁에 활기가 넘칠 것 같아."

앤젤라는 나를 돌아보며 말했다.

"카탈리나, 치열한 경쟁에 뛰어들 준비가 됐길 바라요."

옆에서 에런이 안절부절못하는 게 느껴졌다.

"치열한 경쟁이요?"

나는 에런이 했던 말ー오늘 밤에 당신이 입찰해야 할 품목이 바로 나라고요, *카탈리나*ー을 떠올리며 물었다. 내가 여기 온 이유가 바로 경매 때문이긴 했다. 술잔을 쥔 에런의 손에 힘이 더 들어가는 게 보였다. 그가 말했다.

"걱정할 거 없어요."

그를 힐끗 돌아본 나는 호기심이 배가됐다. 나는 짓궂은 미소를 머금은 앤젤라를 돌아보았다. 나 역시 앤젤라 못지않게 짓궂은 미소를 지으며 말했다.

"아, 별로 걱정은 안 돼요. 저는 언제든 재미있고 즐거운 얘기를 들을 준비가 돼있어요."

옆에서 에런이 체념한 듯 한숨 쉬는 소리가 들렸다. 앤젤라가 더욱 환하게 웃으며 말했다.

"그 얘기라면 에런한테 직접 듣는 게 좋을 거예요."

그녀는 내 쪽으로 몸을 기울이며 나지막하게 덧붙였다.

"에런한테 듣는 게 훨씬 더 매력적일 테니까요. 아무도 모르는 부분까지 들을 수 있을 테니까."

오호?

세세한 얘기를 듣고 싶어 질문을 하려는데 앤젤라의 관심이 다른 쪽으로-우리 뒤에 있던 다른 사람에게-쏠렸다.

"어머, 마이클이 저기 있네. 잠시 실례할게. 가서 인사를 해야겠어."

"그러세요."

에런은 뻣뻣한 자세로 고개를 끄덕였다. 앤젤라가 다른 사람 쪽으로 가니 속으로는 기뻐하는 듯했다.

"만나서 반가웠어요, 앤젤라."

"저도요."

나는 그녀에게 정중한 미소를 지어 보였다.

"만나서 반가웠습니다, 앤젤라."

"나도 반가웠어요, 카탈리나."

몸을 앞으로 기울인 앤젤라는 내 볼에 닿을 듯 말 듯 입술을 가까이 대며 쪽 소리를 냈다.

"이 남자를 고리에서 너무 쉽게 풀어주지 말아요."

그러고는 윙크하면서 사람들 대부분이 모여있는 쪽으로 걸어갔다. 그곳에는 디자인 카탈로그에서 바로 튀어나온 듯한 멋진 탁자들 그리고 이 공간의 유일한 조명인 고리버들 장스탠드들이 자리하고 있었다.

에런을 돌아보니 그의 푸른 눈은 이미 나를 내려다보고 있었다. 나는 목을 타고 올라오는 열기를 애써 가라앉히며 헛기침했다.

"들을 준비됐어요, 블랙퍼드."

나는 술잔을 들어 올려 지난 한 시간 동안 조금씩 마시고 있던 샴페인을 마저 비웠다.

"제대로 설명해 줘요."

에런은 잠시 말을 고르다가 입을 열었다.

"추측했겠지만 오늘 밤의 주요 행사는 총각 경매예요."

"총각 경매라."

나는 천천히 그의 말을 곱씹었다.

"토요일 밤마다 평범하게 즐기던 행사인가 보네요."

에런은 한숨을 쉬었다. 나는 검지를 휘휘 돌리며 말했다.

"계속해 봐요. 나머지 얘기도 듣고 싶어요."

"달리 할 얘기가 별로 없어요."

그는 비딱하게 들고 있던 술잔을 바로 세웠다.

"글쎄요, 할 얘기가 많을 것 같은데요, 블랙퍼드. 난 오늘 밤에 열리는 주요 행사의 방향성을 제대로 이해하고 싶어요."

그는 나를 힐끔 쳐다보았다. 나는 입술에 미소가 걸리려는 걸 눌러 참았다.

"그러니까 사람들이… 총각을 경매로 딴다는 거잖아요."

"맞아요."

"미혼 남녀가 입찰하는 거겠죠?"

그는 고개를 끄덕였다.

"돈을 엄청 많이 내겠네요. 자선 행사니까."

그는 다시 고개를 끄덕였다. 나는 손으로 턱을 톡톡 두드렸다.

"궁금한 게 있는데… 아니에요. 됐어요. 멍청한 질문일 것 같아요."

그는 지친 눈으로 나를 보며 재촉했다.

"그냥 말해요, 카탈리나."

"사람들이… 총각을… 경매로 사는 거면…"

그의 눈이 가늘어지는 게 보였다. 얼굴 전체에 옅은 분노가 퍼져나가고 있었다.

"그 후에는 어떻게 되는 거예요? 총각을 경매로 낙찰받은 사람은, 그를 데리고 뭘 해요?"

그는 입술을 다시 꽉 다물었다. 나는 말을 이어갔다.

"이건 보트나 포르셰를 걸고 하는 경매가 아니잖아요. 총각을 낙찰받아서 차 대신 타고 다닐 수도 없고요."

말하고 보니 어감이 좀… 이상한데. 사람 몸 위에 올라탄다는 의미로 해석될 수도 있고. 차든 사람이든 올라타긴 마찬가지니까.

"내 말은 그게 아니라요."

에런의 표정이 변하는 게 보여 나는 얼른 덧붙였다.

"*이랴이랴* 외치면서 총각을 타고 다닌다는 얘기가 아니라고요. 차를 경매로 받으면 사람들은 그걸 타고 다니잖아요. 차를 타고 여기저기 돌아다니죠. 남자들 몸에 올라탄다는 뜻이 아니라고요. 난 그래본 적 없어요."

나는 고개를 가로저었다. 말이 길어지면서 얘기가 점점 꼬여갔다. 내 얘기를 들으면서 에런의 입술이 점점 창백해졌다.

"무슨 뜻인지 알잖아요."

"잘 모르겠어요."

그는 간단히 대답하고는 술잔을 들어 한 모금 마셨다.

"내가 당신 말을 잘 못 알아들을 때가 종종 있긴 해요, 카탈리나."

그는 오른쪽 관자놀이에 손을 갖다 댔다.

"제일 높은 금액을 제시하는 사람이 경매로 나온 남자와 데이트하게 되는 겁니다. 낙찰금은 자선 활동에 사용되고요. 총각이 경매에 나오는 이유도 그런 겁니다."

잠깐만, 뭐라고?

"데이트요?"

그는 미간을 찌푸렸다.

"그래요. 데이트."

"*진짜 데이트요?*"

"데이트 맞아요. 그래요. 두 사람이 같이 식사도 하고 사교적인 만남을 갖는 활동 말입니다. 가끔은 다른 활동도 함께하고요."

그는 나를 가만히 바라보며 덧붙였다.

"같이 차를 타고 돌아다니거나요."

나는 입을 벌렸지만 아무 말도 할 수 없었다. 이 남자가… 지금…

"하, 재미있네요."

두 뺨이 달아올랐다. 하지만 당황해 넋을 놓을 시간 따위는 없었다.
만약 그의 말대로라면…

"그럼 우리가… 그걸 하는 거예요?"

"뭘요?"

"데이트요."

나는 다른 사람들이 듣지 못하게 목소리를 낮췄다.

"난 가짜로 입찰하는 거잖아요. 그런데도 우리가 그걸 해요? 가짜로?
당신은 가짜로 입찰하라고 나를 여기 데려왔어요. 그러니까… 하는 말
이에요."

에런의 표정을 보니, 내가 지금 한 말 중에 뭔가 불쾌하게 느껴지는
부분이 있는 모양이었다. 시큼한 무언가를 억지로 삼키는 것처럼 그의
목이 천천히 움직였다.

"됐어요. 나중에 방법을 찾으면 되겠죠. 중요한 것도 아니고요."

지금 중요한 건 내가 직접 판 이 구멍에서 빠져나가는 것이었다.

"매년 이런 경매에 참여해요?"

그는 잠시 다른 곳으로 시선을 돌렸다가 다시 나를 바라보았다.

"뉴욕으로 이사 온 후로 쭉이요. 세 번째 참여하는 겁니다."

"그럼… 낙찰자와 전부 데이트를 했겠네요?"

대화의 주제를 바꿀 생각이었는데 그러질 못했다. 내 마음의 일부
는 이 질문에 대한 대답을 꼭 듣고 싶었다.

"물론이죠. 그러기로 합의된 거니까."

그가 아까 했던 말이 떠올랐다.

"당신은 약속을 저버리지 않는 사람이니 그렇겠네요."

"맞아요."

'합의'라는 말이 가슴을 콱 치고 들어왔다. 아까 내 아파트에서 그가 나와의 약속을 저버리지 않겠다고 말했을 때 그의 진심이 느껴졌다. 나는 남자를… 잘 믿지 않지만, 한편으로는 그가 나를… 특별하게 생각해 준다는 기분이 들기도 했다. 다른 표현은 생각나지 않았다. 그저 그가 나를 위해 약속을 지켜줄 테니, 그를 믿어도 될 듯한 느낌이었다. 이일이 나한테 얼마나 중요한지, 내가 그를 얼마나 필요로 하는지 아니까 그가 약속을 지켜줄 거란 생각이었다. 하지만 내 생각이 틀렸다. 에런은 나에게만 그러는 게 아니라 원래 약속을 잘 지키는 남자인 듯했다.

내가 그에게 특별하기 때문이 아니었다. 그렇게 봐야 합리적이었다. 내가 그에게 특별한 사람이라서 그가 약속을 지키리라고 보는 게 어리석은 생각이었다.

"데이트할 때 보통 뭘 해요?"

나는 그가 내 표정을 읽어내지 못하도록, 깊게 생각 않고 바로 물었다.

"데이트 상대를 어디로 데려가요?"

"특별한 건 없어요."

그는 한숨을 쉬었다.

"경매에 나온 총각은 데이트 때 뭘 할지를 정해놓고 이끌어 가요. 내가 두 번 경매에 참석했는데, 뉴욕시의 동물 보호소에서 데이트했어요. 동물 보호소에서 시간을 보내면서 이것저것 돕고 자원봉사를 했죠. 개들을 데리고 산책도 다녀오고요."

꽤나… 다정한 모습이었다. 그가 내 기대보다 훨씬 관대하고 친절한 것 같아서 나는 살짝 심쿵 했다. 나는 고개를 숙이고 손목에 찬 팔찌를 만지작거리며 물었다.

“작년 낙찰자랑 거기서 데이트했어요?”

“맞아요.”

그는 더 캐묻지 말기를 바라는 투였다. 앤젤라가 아까 했던 말을 더 깊게 파고들지 말라는 것 같기도 했다. 나는 태연하게 물었다.

“아, 작년 얘기가 나와서 말인데…”

나는 꼭 묻고 싶었다.

“작년 경매 때 무슨 일 있었어요?”

에런의 어깨가 긴장으로 굳어지는 게 보였다. 표정은 체념으로 어두워졌다.

“별일 없었어요.”

“아 그래요?”

나는 놀란 척 물었다.

“앤젤라가 치열한 경쟁이 될 거라고 했잖아요. 당신은 나더러 걱정 말라고 했고요. 그거에 대해 할 말 없어요?”

그가 입술을 비틀다가 비쭉 내밀었다. 나는 부루퉁하게 내민 에런의 입술에 시선이 꽂혔다.

“뭐 떠오르는 거 없나요?”

나는 대답을 재촉했다. 그의 이런 표정에 이제 익숙해지는 느낌이었다.

“정말?”

에런이 계속 입술을 비쭉 내밀고 있어서 나는 환하게 미소 짓고 싶어졌다. 하지만 지금은 그럴 때가 아니라서 나는 애써 자제했다.

“그래요. 알았어요.”

나는 어깨를 으쓱했다.

“흥분한 입찰자들이 떼로 몰려드는 게 당신한테는 흔한 일인가 봐요, 블랙퍼드.”

어쩔 줄 몰라 하면서 당장 어디로 숨고 싶은 표정인 그를 보니… 더 놀리고 싶어졌다. 게다가 그가 먼저 나를 놀리기도 했다.

"정확히 무슨 일이 있었어요? 사람들이 당신한테 달려들었어요? 아니면 좀 더 미묘하게 접근했어요? 당신 발치에 돈다발을 던지면서? 속옷도 던지고?"

이 남자가 얼굴을 붉힐 줄 아는지 모르겠지만, 저 두 뺨이 당장 상기되어도 이상하지 않을 질문이었다.

"창피해할 필요 없어요. 당신은 다 큰 남자잖아요."

에런이 눈썹을 확 치켜떴다.

"그래요. 그 부분에 관해서라면 우리 둘 다 확실히 해뒀죠."

그는 내게 한 걸음 다가왔다.

"나는 내가 지킬 수 있어요."

"아닌 것 같은데요."

어쩔 수 없이 목소리가 떨리고 말았다. 그는 한 걸음 더 다가왔고 나는 뱃속까지 떨릴 지경이었다.

"다행히…"

그는 허리를 숙여 푸른 눈동자로 나를 뚫어져라 바라보았다.

"오늘 밤엔 당신이 여기 있잖아요."

속이 더 심하게 떨렸다. 이건 말도 안 되는 일이었다. 이러면… 안 되는데? 이런 느낌이면 안 되는 거 아냐?

"당신이 제일 높은 가격을 제시해요. 누구보다도 더."

그를 올려다보는데 심장이 미친 듯이 뛰었다. 그가 바로 옆에 서있긴 했지만 거부감이 들어 그런 것은 아니었다. 에런은 물러서지 않았다. 그는 말을 이어갔고 그의 목소리가 점점 가까이 다가왔다.

"돈은 내가 낼게요. 기부금은 당신 주머니가 아니라 내 주머니에서 나갈 겁니다. 그러니까 주저하지 말고 여기 있는 누구보다도 더 높은 금액을 불러요. 돈은 얼마든지 써도 됩니다. 반드시 당신이 이겨야 해요.”

그가 잠시 말을 멈췄고 나는 목구멍 안쪽이 바짝 마르는 기분이었다.

“나를 꼭 사라고요. 알겠어요?”

마지막 말이 머릿속에서 울려 퍼졌다. 그 말은 뱃속에서 파닥파닥 날갯짓하고 피부를 간질간질하게 만드는 묘한 느낌과 뒤섞였다.

그가 방금 말한 내용을 정리해 소화하기 위해 나는 한 걸음 뒤로 물러서야 했다. 내 돈이라면 몇백 달러 이상 기부하기는 어려울 것이다. 에런이 자기 수표장을 쓸 생각으로 이 계획을 세운 게 다행이라면 다행이었다.

두 가지 가능성 중 하나일 듯했다. 에런 블랙퍼드가 이번 경매의 ‘좋은 뜻’에 진심으로 함께할 생각이거나, 돈이 너무 많아서 내가 자기와의 데이트권을 따내기만 하면 자기 이름으로 얼마를 기부하든 아무 상관 없거나.

경매가 끝나면 우리는 규칙에 따라 *데이트*를 하게 될 것이다. 물론 진짜 데이트는 아니었다. 내가 이 자리에 온 것도 진짜가 아니니까. 다 연기일 뿐이지.

“그래요. 그렇게 하기로 합의했잖아요, 블랙퍼드.”

나는 어색하게 어깨를 으쓱하며 그에게 말했다. 에런과 데이트할 생각만 하면 이상하게 어질어질해서 그 생각을 얼른 떨쳐내고 싶었다. 둘이 함께 동물 보호소에 가게 되겠지. 거기서 그는 귀여운 강아지들을 품에 안고 놀아줄 것이다. 미식축구복을 입고서…

Por el amor de Dios(제발), 이런 생각 좀 제발 그만해.

에런의 입술이 열렸다. 그런데 그가 말을 하기도 전에 어떤 남자가 우리에게 다가왔다. 그는 에런의 어깨에 손을 턱 얹었다. 뒤를 돌아본 에런은 옆으로 다가온 그 남자를 보자마자 표정이 풀렸다.

“이거 내 눈을 믿을 수가 없구먼.”

그 남자는 에런의 등을 탁 치며 말했다.

"에런 블랙퍼드가 오늘 밤에 우리를 친히 방문하다니. 내가 오늘 운이 좋네."

에런은 콧방귀를 뀌었다. 짧고 가벼운 소리였지만 나는 분명히 들었다. 에런은 오른쪽 입꼬리를 비딱하게 올리며 중얼거렸다.

"널 여기서 만나다니 나는 오늘 운이 별로인가 봐."

반응을 보니 예전에 에런과 친하게 지냈던 사이인 모양이었다. 남자는 고개를 흔들며 말했다.

"아이고. 이거 찔리는구먼."

남자는 한 손을 가슴에 올리고 눈가의 검은 피부에 잔주름을 잡으며 웃었다.

"네 엿같은 얼굴을 마지막으로 본 게 언제였더라?"

"별로 오래 안 됐어."

늘 무표정이던 에런의 얼굴이 활짝 열렸다. 그 남자를 바라보는 동안 에런의 몸도 편안하게 긴장을 푸는 듯했다.

"잘 지냈어, TJ?"

에런의 목소리에서 온기와 친밀함이 느껴졌다.

"그럼, 잘 지냈지."

에런이 TJ라 부른 남자는 고개를 끄덕였다.

"믿거나 말거나지만, 여기로 돌아와서 기쁘다니까. 젠장. 내가 이 도시를 그리워할 줄 몰랐어."

그들의 대화를 듣고 있자니 웃음이 났다. 나는 지금까지 본 적 없는 새로운 모습의 에런에게 사로잡혀 있던 참이었다. 느긋하게… 미소도 지을 줄 알고… 오랜 친구인 듯한 사람과… 농담도 할 줄 아는… 남자.

"아… 오늘 밤엔 외롭지 않게 동행도 있으시구먼. 안녕하세요."

TJ는 허리를 펴며 환하게 미소 지었다. 그는 에런과 비슷한 나이인 듯했고, 몸집과 키는 엇비슷했다. 그는 이상할 정도로 관심을 보이며 갈색 눈으로 나를 바라보았다. 어쩌면 나에 대한 관심이 아닐 수도 있었다. 에런이 이 자리에 데이트 상대를 데려왔다는 사실에 대해 나만큼이나 흥미로워하는 눈치였다.

"나를 소개 안 해줄 거야, 떡대? 예의를 상실했어?"

그러고는 에런의 옆구리를 팔꿈치로 쿡 찔렀다. 그가 친근하게 밀치는데도 에런은 꿈쩍도 하지 않았다. 언제나 그렇듯 벽처럼 꿈쩍도 하지 않았다. 떡대라는 별명처럼. 그 별명에 관해서는 나중에 자세히 물어볼 작정이었다. 에런은 몇 분 전까지 비쭉 내밀고 있던 입술을 벌렸는데 이미 늦고 말았다. 에런의 친구는 에런이 나설 틈을 주지 않고 직접 자기소개를 했다.

"그래. 내가 친히 소개하지 뭐."

그는 손을 내밀며 말했다.

"타이러드 제임스라고 합니다. 만나서 반가워요."

에런이 콧소리를 냈는데, 조금 전에 냈던 것과 상당히 비슷한 소리였다.

"나를 친구라고 부를 만큼 운 좋은 사람들은 나를 TJ라고 부르죠."

타이러드가 환하게 미소 지었다. 나는 그의 손을 잡고 흔들며 가볍게 웃었다.

"만나서 반가워요. 카탈리나 마르틴이라고 해요. 편하게 리나라고 부르세요."

TJ는 따뜻한 손으로 내 손을 잡으며 궁금하다는 듯 고개를 옆으로 살짝 기울였다.

"이 자리에는 어떻게 오셨을까요, 리나?"

나는 어색하게 미소 지었다. 뭐라고 말해야 할지 머릿속에서 정리가 되지 않아 에런을 곁눈질하다가 입을 열었다.

"나는… 그러니까…"

에런이 재빨리 끼어들었다.

"TJ랑은 시애틀에서 팀 동료였어요."

그는 친구를 돌아보며 말했다.

"카탈리나는 오늘 나랑 함께 왔어."

TJ는 조용히 입을 닫고 나를 바라보았다. 에런의 소개 내용에 대해 내가 부연 설명을 해주기를 바라는 듯했다. '카탈리나는 오늘 나랑 함께 왔어'가 애매하면서도 뻔한 말이긴 했다. 그래도 나는 어떻게든 말을 엮어낼 작정이었다. 일단 헛기침부터 했다.

"그래요, 에런이랑 나, 우린 여기 함께 왔어요."

나는 우리 둘을 손짓으로 가리켰다.

"에런이… 우리 집에서 나를 차에 태웠고 여기로 데려와 줬어요. 자기 차로요. 함께 온 거죠."

내가 고개를 끄덕거리는데 TJ가 재미있어하며 눈을 빛냈다. 나는 상당히 거북한 기분이 들어서 어떻게든 정적을 메워야겠다는 생각이 들었다.

"내가 운전면허증이 있기는 해요. 하지만 뉴욕의 교통 상황이 무시무시하잖아요. 그래서 이 도시에서 직접 운전할 생각을 감히 못 해봤어요."

쓸데없는 소리야, 리나.

"그러니… 에런이 차에 태워줘서 얼마나 좋았겠어요. 에런은 뉴욕의 교통 상황을 두려워하지 않는 것 같더라고요. 사실 정작 가끔 무섭게 구는 건 에런이죠."

나는 조그맣게 웃다가, 이내 웃음을 거둬들였다.

"내가 에런을 무서워한다는 뜻은 아니에요. 에런을 무서워했으면 그의 차에 타지도 않았을 걸요."

입 닥쳐. 리나. 닥치라고. 좀. 에런이 구멍을 뚫을 듯 예리한 눈빛으로 나를 바라보았다. TJ의 눈빛도 만만치 않았는데 에런보다는 덜 적대적이고, 오히려 내 얘기에 훨씬 몰입하는 듯했다.

"그래요. 요약해서 말하자면 그런 거죠. 우린 여기 함께 왔어요."

나는 속으로 움츠러들었지만, 애초에 거짓말을 한 대가를 이렇게 치러야 한다는 걸 다시 한번 상기했다. 에런의 친구는 큭큭 웃더니 고동색 턱시도 주머니에 두 손을 찔러 넣었다. 그는 우리 둘을 빠르게 번갈아 쳐다보았다. 두어 번 그렇게 왔다 갔다 쳐다보다가 에런에게 시선을 고정했다. 뭘 알아챘는지 몰라도, 말하기 곤란한 무언가가 있는지 고개만 끄덕거리다가 어깨를 으쓱했다.

"흠. 에런이 무시무시한 놈이긴 하죠."

그는 한쪽 눈을 찡긋했다.

"나는 어떠냐고요? 나야 뭐 매력밖에 없는 놈이죠."

"그렇군요."

나는 가만히 미소 지었다. TJ가 대화를 이끌어 가며 떠들자 마음이 놓였다.

"알고 있겠지만, 오늘 밤에 총각 경매가 있어요. 나도 총각이고요."

TJ는 짓궂은 표정으로 두 손을 들어 올리며 에런을 힐끗 쳐다보았다. 곁눈질로 보니 에런은 TJ에게 단검이라도 날릴 듯한 눈빛이었다.

"그래서 경매에 참가 신청을 했죠. 장담하는데 내 몸값이 상당히 비쌀 거예요. 아마 누구보다 비쌀…"

에런이 그의 말을 잘랐다.

"TJ. 쓸데없는 소리 마."

에런이 내 쪽으로 몸을 기울이면서 내 어깨가 그의 팔에 거의 닿을 듯 스쳤다. 아파트에서 피어난 미묘한 감정이 다시 고개를 들었다. 에런의 몸을 의식하자, 그가 내 바로 옆에 있다는 사실을 무시하기가 너무 어려워졌다. 에런을 올려다보니 그는 이미 고개를 살짝 숙인 채 나를 내려다보고 있었다.

"그만 들이대."

내 시선을 완전히 사로잡은 에런이 친구에게 말했다. 그 순간 나는 내 등허리에 가볍게 와닿는 에런의 손길을 느꼈다. 그 손이 곧 멀어진 탓에, 어쩌면 착각일 수도 있다는 생각도 들었다.

"오늘 밤 카탈리나는 나한테 입찰할 거야."

나는 눈을 깜박였다. 그대로 에런의 눈에 사로잡혀 버렸다. 그의 입에서 나온 단어가 아래로 떨어지면서 내 왼쪽 관자놀이를 스치는 듯했다.

"아주 확신에 차있네."

TJ의 목소리를 들으면서도 내 눈은 에런의 눈에서 벗어날 수가 없었다.

"넌 이분의 데이트 상대라기보다 운전기사 같은데 말이야."

에런이 나한테서 시선을 떼고 친구를 바라보자 나도 TJ에게 눈을 돌렸다. 두 남자 사이에 흐르는 묘한 기류가 느껴졌다. 그 순간 내가 끼어들어야겠다는 생각이 들었다. 그런데 TJ가 고개를 젖히며 웃음을 터뜨리자, 우리를 둘러싸고 있던 긴장감이 확 흩어졌다.

"농담이야, 떡대."

그는 또 한 차례 낄낄 웃었다.

"네 얼굴 좀 봐. 나한테 태클을 걸어서 바닥에 쓰러뜨리고 싶은 얼굴이잖아. 내가 그런 스타일 아닌 거 알잖아. 난 친구의 여자를 탐한 적 없어."

"아니…"

나는 에런의 여자가 아니라는 말을 하려고 입을 열었다. 하지만 우리가 합의한 선이 어디까지인지 분명치 않았고, 자칫 말실수할 수도 있을 것 같아 조심스러웠다. 내가 오늘 에런의 가짜 데이트 상대이고 가짜 입찰자이지만, 가짜 여친 노릇까지 해야 할까? 젠장. 스페인에 가기 전에 우리는 이런 부분을 분명히 짚고 넘어가야 할 것이다. 오늘 시운전을 해보니 예상보다 어려운 면이 있었다.

"에런은 당신한테 태클을 걸지 않을 거예요, TJ."

에런은 한숨을 쉬며 긴장을 풀었다. 그는 자세를 바꾸다가 내 쪽으로 몸을 기울였다. 그의 가슴이 내 팔을 가볍게 스친 순간 그의 몸에서 뿜어 나오는 열기가 느껴졌다.

"여전하네."

에런이 나지막하게 말했다.

"넌 여전히 본인이 재미있는 놈인 줄 아는구나."

"뭐예요."

내가 끼어들었다.

"그는 당신을 놀리는 것뿐이에요."

지금처럼 뱃속이 근질근질하고 이상한 기분이 들지 않았다면, 그의 가슴에 닿은 내 어깨에 온 신경이 다 가있지 않았다면 나도 에런을 놀려주었을 것이다.

"악의 없는 장난이었어요."

"봤지? 네 여친 말 잘 들어라. 난 그냥 네 발작 버튼을 눌러본 것뿐이야."

TJ가 실실 웃자 얼굴 전체가 밝아졌다.

"옛날처럼."

문득 의문이 들었다. TJ는 무슨 이유로 에런을 이렇게 밀어붙이는 걸까? 그들은 예전부터 이렇게 툭탁거렸나? 그랬을 수도 있을 것이다. 에런이 별안간 영역 동물처럼 구는 걸 보면.

"아, 옛날얘기가 나왔으니 말인데."

TJ의 표정이 약간 어두워졌다.

"코치 얘기 들었어. 유감이야. 네가 그분이랑 말 안 섞고 사는 걸 알지만, 그분은 여전히…"

"됐어."

에런이 친구의 말을 잘랐다. 에런의 몸에서 긴장감이 흘러나왔다. 안절부절못하는 것 같기도 했다. 에런이 갑자기 불편해하면서 경계하는 게 느껴졌다.

"고맙지만, 네가 유감스러워할 부분은 없어."

눈을 들어 에런의 표정을 살폈다. 에런은 경고하는 눈빛으로 친구를 쏘아보고 있었다.

"그래, 알았어. 내가 굳이 말 안 해도 알겠지. 네가 그런 일을 겪긴 했지만, 너무 늦으면 돌이킬 수 없게 되기도 하잖아. 시간은 아무도 기다려 주지 않아."

에런을 마주 보는 TJ의 시선에 명확히 짚어내기 어려운 감정이 담겨 있었다. 무엇에 기인한 감정인지 궁금했다. 그것이 어떻게 왜 에런에게 영향을 주었을까. TJ가 코치라고 부른 남자와는 무슨 관계가 있을까?

"아버지한테 오늘 밤에 꼭 여기 오시라고 설득했어. 내가 아버지를 경매에 등록했거든."

TJ의 얼굴에 짓궂은 미소가 돌아왔다.

"아버지도 이제 세상으로 나와서 다시 삶을 사셔야 하니까. 지금 아주 신나셨어."

에런이나 내가 무어라 말하기도 전에—에런은 약간 얼이 빠져있었고, 나는 이유를 추측하려 애쓰고 있었던 탓에—TJ는 나를 돌아보며 말했다.

"리나, 이 친구의 지루한 얼굴에 진력나면, 지루하지 않은 제임스 집안 남자가 둘씩이나 경매 무대에 오른다는 걸 기억해요."

"꼭 기억할게요."

나는 가벼운 목소리로 말하려 애쓰면서 TJ에게 미소 지었다.

"난 이 사람만으로도 벅찰 것 같지만요."

나는 에런의 시선이 느껴져 얼굴이 달아올랐다.

내가 왜 이런 말을 했지?

"그 말을 들으니까 생각나네요. 경매가 곧 시작돼요. 내가 이 못난 녀석을 데려가려고 왔거든요. 괜찮다면 우린 잠시 실례할게요, 리나."

"아, 그러세요."

나는 주변을 둘러보았다. 사람들이 옥상 끄트머리에 마련된 무대 쪽으로 대부분 자리를 옮긴 후였다. 초조함이 파도처럼 밀려왔다.

"둘 다 가보세요."

미소 짓던 내 입술이 굳어졌다.

"잠깐 놓아줄 테니까."

나는 목소리를 낮추며 덧붙였다.

"이 남자가 얼마나 수다스러울 수 있는지 잘 아실 거예요."

나는 에런을 손으로 가리켰다.

"내 귀도 좀 쉬어야겠어요."

TJ가 낄낄 웃었다.

"정말 이 친구한테 돈을 쓸 작정이에요, 리나? 내가 분명히 말하는데…"

에런이 TJ를 노려보았다.

"그만해라."

"알았어. 알았다고. 그냥 얘기해 본 거야."

TJ가 두 손을 들어 올렸다. 나는 가볍게 웃으려고 했는데 에런이 우리 둘 사이의 간격을 확 좁히며 다가오자 목이 졸린 것 같은 소리를 내고 말았다. 이제 내 팔은 에런의 가슴에 완전히 밀착됐다. 갑자기 그를 보내주기 싫다는 생각이 들었다.

에런의 눈을 올려다보았다. 나를 내려다보는 그의 푸른 눈동자에 미안해하는 기색이 담겨있었다. 에런이 나를 잠시 혼자 두고 가는 걸 힘들어하는 걸 보면, 내가 꽤나 초조해 보이고 그런 감정이 목소리에도 드러난 모양이었다. 나는 멍청하게 굴지 말자고 속으로 다짐하며 고개를 저었다.

"네. 아무래도 그래야겠어요, TJ."

나는 TJ가 아까 던진 질문에 대답하면서 에런의 표정을 살폈다.

"가봐요. 나 혼자 있어도 괜찮아요."

에런은 내 옆을 떠나지 못하고 망설였다. 그가 나를 어린애 돌보듯 하게 만든 것 같아서 기분이 좋지 않았다.

"바보처럼 그러지 말아요, 떡대 씨. 난 괜찮으니까 가봐요."

나는 무심히 에런의 가슴을 토닥이다가 그의 가슴팍에 손바닥이 붙어버렸다. 에런은 내 손을 천천히 내려다보았다. 내 팔을 타고 전기가 쫙 흐르는 기분이었다. 얼른 손을 거둬들였다. 내가 왜 그런 행동을 했는지 알 수가 없었다. 그냥 자연스럽게 그렇게 했던 것 같다. 에런이 나를 혼자 두고 가는 걸 마음 아파하니까—누가 내 강아지를 걷어찬 것처럼 내 얼굴이 시무룩해진 탓이었지만—나는 자동으로 그의 몸에 손을 대고 그를 달래주려 했다. 친근하게 토닥인 정도였다. 하지만 우리는 친구가 아니었고, 나는 그 사실을 잊어서는 안 되었다. 나는 헛기침을 하며 입을 열었다.

"진짜 괜찮으니까 가도 돼요."

나는 빈 술잔을 들어 보였다. 이렇게 뺨이 달아오르는 게 오늘 밤 몇 번째인지 알 수 없었다.

"난 음료를 리필 받아와야겠어요."

"좀 더 여기 있으면서 경매 절차에 관해 설명해 줄게요."

에런의 목소리가 이상하게 순한 맛이라 나는 기분이 이상했다.

"당신한테 음료수도 갖다줄게요."

나는 괜찮으니까 안심하라는 뜻으로 그를 다시 만져주고 싶은 충동이 일어서 그 충동을 꽉 눌러야 했다.

"혼자서도 알아낼 수 있어요."

나는 그에게 조용히 말했다. 경매라는 게 크게 복잡할 것 같지도 않았다.

"그래도 내가 꼭 설명해 주고 싶다면?"

원래 우리가 늘 그래왔던 것처럼 나는 또다시 그에게 반박하고 싶었다. 나는 까치발로 일어서서 아무도 못 듣게 그의 쪽으로 몸을 기울이며 말했다.

"내가 알아낼 거라고요. 못 알아내더라도, 요트나 엘비스가 입었던 팬티 같은 멍청한 물건에 당신 돈을 쓰진 않을 거예요. 물론 장담은 못 하지만요, 블랙퍼드."

나는 뒤로 몸을 살짝 젖히며 그의 얼굴을 바라보았다. 그가 눈을 위로 굴리거나 콧방귀를 뀔 것 같아서였다. 만약 그런 반응을 보인다면 내 의도대로 된 것이었다. 내가 편하게 느끼는 우리의 예전 관계가 아직 잘 유지되고 있는 거니까. 하지만 나를 내려다보는 그의 푸른 눈에는⋯ 내 가슴을 뒤흔들고 나를 불안하게 만드는 감정이 가득했다. 그는 바로 눈을 깜박이며 그 감정을 감췄다.

"알겠어요."

그의 대답은 간단했다. 짜증스레 반박하지도 않았다. 자기 돈을 요트 따위에 쓰는 건 웃기지도 않고 적절하지도 못하다며 나무라지도 않았다. 내가 엘비스의 팬티를 언급했는데도 그는 경악한 눈으로 나를 쳐다보지도 않았다. 그저 알겠다는 말뿐이었다.

알겠단 말이지.

"얼른 가자."

TJ는 에린이 나를 두고 발걸음을 옮기게 재촉했다.

"이따가 봐요, 리나."

TJ는 내게 윙크를 날렸다.

"그래요."

나는 우물거리다가 고개를 살짝 흔들었다. 속마음과는 달리 전혀 혼란스럽지 않은 척하기 위해서였다.

"응찰자들에게 잘 보여 봐요!"

나는 주먹을 들어 올리며 환호성을 올렸다. TJ는 신나게 웃었고 에린은 나를 가만히 바라보았다. 내게 가짜 데이트 상대 노릇을 해달라고 부탁한 걸 후회하는 눈빛은 아니길 바랄 뿐이었다.

두 남자는 돌아서서 나란히 걸어갔다. 그 모습이 어찌나 매력적인지 시선이 절로 갔다. TJ는 내 가짜 데이트 상대 쪽으로 몸을 기울이며 무어라 말하고 있었다. 에린은 그 말을 듣고 멈칫하지도 않았다. 그저 흑발의 머리를 가로젓다가 TJ를 슬쩍 밀쳤다. 다른 사람 같으면 그 힘에 날아갔을 것이다. TJ의 낄낄거리는 웃음소리가 허공에 울려 퍼졌다.

성큼성큼 걸어가는 그들의 뒷모습을 바라보면서 나도 모르게 웃음이 났다. 에린은 지금까지 내가 존재하는 줄도 몰랐던 상류의 삶을 살아가는 사람들에게 둘러싸여 있었다. 그 모습을 보고 있자니 매력적이면서도 기묘하다는 느낌이 들었다. 그는 언제나 그렇듯 전혀 티 내지 않고 잘 감추며 살아왔다.

내 손이 저절로 올라가 깜짝 놀라고 말았다.

"암청색 드레스를 입은 숙녀분 1,500."

지난 한 시간 동안 마이크 스탠드를 앞에 두고 서서 경매를 진행해 온 앤젤라가 놀란 얼굴로 미소 지었다. 목이 탔다. 내 대담한 짓이 너무 경악스러워 침도 못 삼킬 지경이었다. 나는 가증스럽게도 사람에게,

남자에게, 총각에게 엄청난 돈을 입찰했다.

그 총각은 에런이 아니었다. 내가 방금 입찰한 저 다정한 인상의 노신사는 무대 중앙에서 열광적인 환호를 받자 주름진 얼굴에 안도하는 기색이 역력했다. 그는 내 쪽으로 고개를 살짝 숙여 보였다. 미친 짓을 저질렀다는 죄책감에 더럭 겁이 났지만 그 노신사에게 미소로 답하지 않을 수 없었다.

나는 시선을 그대로 유지하려 애썼다. 무대 중앙에서 왼쪽으로 몇 걸음 떨어지지 않은 곳에 서서 자기 차례가 오기를 기다리는 에런 쪽으로는 감히 시선을 돌릴 수도 없었다. 나는 어깨 사이로 내려앉은 죄책감을 떨치려 안간힘을 썼다.

침착하자. 침착해야 했다. 다른 누군가가 더 높은 가격을 제시할 것이다. 나는 저 노신사의 경매가 탄력을 받도록 조금 밀어준 것뿐이었다. 내가 한 일은 정확히 그것이었다. 저 다정한 인상의 노신사가 무대에 올라온 후 사람들 사이에 깔린, 어색하고 가슴 터질 듯한 5분간의 침묵을 견디다 못해 나는 그렇게 했다. 지금 노신사의 미소를 보고 그가 누구인지 느낌이 왔다. 아까 TJ의 입술에서 본 것과 비슷한 미소였다.

"신사 숙녀 여러분, 패트릭 제임스에게 1,600을 내실 분 계십니까?"

앤젤라의 목소리가 스피커로 흘러나왔다. 아무도 손을 들지 않았다. 단 한 명도.

제기랄.

내 추측대로 TJ의 아버지인 것으로 밝혀진 노신사 패트릭은 잿빛 머리카락에 멜빵을 멨고 나이 때문에 등이 살짝 굽은 모습이었다. 그는 오늘 밤 경매인지 뭔지에 매물로 올라온 다른 남자들과는 완전히 다른 모습이라 그 자리에 어울리지 않았다. 그래도 그는 그 자리에 설 수 있다는 것에 만족한 듯 미소 지었다. 그래도 입찰자가 한 명 있으니까. 그 입찰자가 하필 나여서 문제지. 완전히, 완전히 큰일 났다. 오늘 나는 에런에게 입찰하기 위해 여기 왔다. 앤젤라의 소개에 따르면, 홀아비가 되어 사랑까지는 아니더라도 함께 삶을 살아갈 두 번째 기회를 찾고 있는 저 노신사가 아니라.

맙소사. 나는 이제 저분과 데이트해야 할 판이었다. 어째서인지 돌아가신 내 할아버지를 떠올리게 하는 인상의 저 노신사, TJ의 아버지인 저 남자는 자기에게 입찰할 누군가를, 누구라도 기다리고 있었고 이제 내가 할 수 있는 일은 가만히 서있는 것 말고는 없었다. 이건 모금 행사였다. 사람들은 돈을 기부하기 위해 여기 온 것 아닌가? 내가 방금 한 일도 그것이었다. 게다가 내 것도 아닌 돈으로 입찰했다. 나는 얼굴이 구겨지고 말았다.

에런을 쳐다보지 마, 리나. 눈도 돌리지 마.

아무래도 내 돈으로 기부금을 내야 할 듯했다. 지금 제일 큰 문제는 내가 두 명의 총각에게 입찰해도 되느냐였다.

제길. 제발 그게 가능해야 할 텐데.

앤젤라는 무대에 선 인상 좋은 남자를 계속 홍보했다.

"제임스 씨는 촛불을 밝힌 저녁 식사 자리를 즐기는 남자입니다. 자기 운명을 스스로 채워나갈 수 있다고 믿는 분이죠."

패트릭이 고개를 끄덕였다. 손을 든 사람은 아무도 없었다.

Mierda, mierda, mierda(젠장, 젠장, 젠장).

에런을 쳐다볼 수가 없었다. 그는 분명 화가 났을 것이다. 나중에 사과해야겠지. 이유도… 설명해야겠지.

"제임스 씨는 요트 타기를 무척 좋아해요. 손자가 아름다운 요트를 사준 후부터 요트 타기를 즐기기 시작했다고 하는군요. 이번 데이트 때도 요트를 적극 활용할 생각이라고 합니다."

곁눈으로 슬쩍 돌아보니, 요트를 타면서 하는 데이트를 좋아할 것 같은 여자 다섯 명이 손을 들어 입찰하고 있었다. 순식간에 안도감이 밀려들어 내 몸이 4~5킬로그램은 가벼워진 듯 느껴졌다. 나는 곧장 에런을 돌아보았다. 그가 서있는 곳을 찾으려 두리번거릴 필요도 없었다. 내 눈은 그가 있는 곳을 정확히 알고 있었으니까.

숨이 콱 막혔다. 저 망할 턱시도.

방금 일어난 일로 어쩔 줄 몰라 하던 나는 무대 위에서 너무나 인상적이고 매력적으로 서있는 에런을 본 순간 완전히 넋을 놓고 말았다. 패트릭을 내건 경매가 계속되었고, 내 눈은 에런의 눈을 찾아갔다. 에런은 눈을 가늘게 뜬 모습이었다. 지금 일어난 일에 대해 생각하고 있는 게 분명했다. 그것 말고는… 괜찮아 보였다. 그는 별다른 감정을 드러내지 않고 있었다. 평소처럼. 평소와 다른 게 있다면, 장갑처럼 몸에 꼭 맞는 멋진 턱시도뿐이었다.

에런이 엄청나게 화가 난 게 아니라는 걸 확인하자 마음이 놓인 나는 어깨를 으쓱하며 입 모양으로 말했다. *미안해요. 괜찮죠?*

그는 눈을 더 가늘게 뜨더니 고개를 가볍게 저었다. 나는 그의 입 모양을 읽어냈다. *안 괜찮아요.*

난 콧방귀를 뀌며 다시 입 모양으로 말했다. *난 괜찮아요.* 물론 그에게 아주 많이 미안하긴 했지만 그는…

그는 다시 미심쩍어하는 눈빛으로 고개를 저었다. *당신은 안 괜찮아요.*

에런이 입 모양으로 '두 번이나' 한 말에 격앙된 나는 짜증이 나서 두 손을 들어 올렸다. 물론 그는 그런 말을 할만했고, 나도 예상했다. *뭐야, 이 남자는…*

그 순간 앤젤라의 목소리가 내 귀를 때렸다.

"암청색 드레스를 입은 숙녀분 1,900."

잠깐, 뭐라고? 안 돼.

화들짝 놀라 두 손을 얼른 밑으로 내리고 옆구리에 딱 붙였다. 내가 무슨 짓을 한 건지 확인하려 앤젤라를 바라보았다. 이번에는 순전히 사고였다. 앤젤라도 나를 쳐다보고 있었다.

망했네.

에런을 힐끗 보니 그는 눈을 위로 굴리면서 입을 꾹 다물었다. 내가 너무나도 잘 아는 표정이었다. 나는 인상을 찌푸렸다가 그에게 애써 미소를 지어 보였다. *진심*으로 미안하다는 뜻을 전하고 싶었다. 마음 한편으로는 패트릭에게 다른 사람이 입찰해 주길 바랐다. 아내를 잃고 홀로 된 저 노신사에게 다른 누군가가 부디 입찰해야 할 텐데.

앤젤라가 금액을 높여 불렀는데 이번에는 즉각적인 답이 없었다. 다시 혼란스럽고 죄책감이 느껴졌다. 나는 결국 진지한 표정으로 에런을 바라보면서 입 모양으로 천천히 또박또박 말했다. *미안해요.* 그가 그 말에 담긴 감정을 이해하길 바랄 뿐이었다. 에런이 진지하고 무표정한 눈빛으로 나를 마주 보았다.

정말이에요. 나는 입 모양을 최대한 크게 해서 소리 없이 이 말을 했다. 가만히 선 채로 입술을 움직여 슬픈 표정을 지어 보이면서, 더 이상 다른 총각에게 입찰하지 않겠다는 뜻을 전했다. *진짜 미안해요.* 아주 멍청이가 따로 없었다.

그랬다. 미안한 것도 사실이고, 바보짓을 한 것도 사실이었다. 몇몇 사람이 나를 돌아보면서 의아한 눈빛을 보냈다. 하지만 난 흔들리지 않고 입꼬리를 계속 내렸다. 눈빛으로도 미안하다는 뜻을 전했다. 물론 따지고 보자면 애초에 그가 나를 여기로 데려온 게 잘못일 것이다. 나는 이런 경매를 잘 해낼 능력이 없었다.

내 표정이 가관이었는지 어느새 에런은 어깨를 두 번 흔들더니 자세가 흐트러졌다. 그는 고개를 약간 숙이면서 한 손을 목덜미에 올리는 모습이었다. 그의 얼굴이 잘 보이지 않아서 왜 저러는지 알 수가 없었다. 내가 자기 돈으로 이런 짓을 벌여서 좌절하고 분노해 헐크로 변하려는 걸까. 진심으로 슬슬 걱정되기 시작할 때쯤 그는 검은 머리를 들었고 뜻밖의 표정을 내보였다.

너무나도 멋지고 환하고 즐거워하는 미소였다. 눈가에 주름까지 잡아가며 웃는 그 남자에게 내 시선이 단박에 사로잡혔다. 한 번도 본 적 없는 모습이었다. 앞으로 그를 미워하기가 정말 정말 어려워질 듯했다. 내 얼굴도 덩달아 환해졌다. 그의 뜻밖의 미소에 화답하면서 나도 입을 크게 열고 환하게 웃었다.

에런이 더 크게 웃기 시작했다. 고개를 젖히고 어깨까지 흔들면서. 이 모든 사람과 내 앞에서, 세상이 자길 어떻게 보든 상관없다는 듯이 무대 위에서 웃고 있었다.

나도 세상 따위는 아무 상관 없었다. 그 순간, 내 눈이 꽂히고 생각하고 신경 쓴 것은 오직 에런의 예상 밖으로 너무나 멋진 미소와 웃음뿐이었다. 이 순간을 증거로 남기기 위해 당장 핸드폰을 꺼내 사진을 찍고 싶어 미칠 지경이었다. 사진을 찍어서 이 순간을 다시 기억할 수 있도록. 말 한마디로 내 속을 확 긁어놓을 수도 있는 에런 블랙퍼드가 지금껏 꼭꼭 감춰왔던 미소로 이곳을 온통 환하게 만드는 이 순간을 언제든 다시 꺼내 볼 수 있도록.

내가 얼마나 정신이 없었던 걸까? 얼마나 넋이 나갔으면 얼마나 멘붕이 왔는지도 인지 못 하고 있었다. 미소 같은 일상적인 것이 불러일으킨 효과는 엄청났다. 하지만 저 남자한테서 그런 미소를 보는 건 너무 드문 일이라 시선을 뗄 수 없었다. 내가 정신을 차리기도 전에 에런은 무대 중앙으로 성큼성큼 걸어 나갔다. 스피커를 통해 앤젤라의 목소리가 들렸다.

"잘됐군요. 패트릭과 운 좋게 그를 낙찰받은 파란 부채의 숙녀분께서 그가 준비한 데이트를 즐기시길 바랄게요."

진정한 미소를 보여준 가짜 남친에게 완전히 몰입한 나머지 나는 다른 누군가가 패트릭에게 입찰한 줄도 모르고 있었다.

"이제 마지막 경매를 진행하겠습니다. 에런 블랙퍼드입니다. 신사 숙녀 여러분, 1,500부터 시작하겠습니다. 기억하셔야 할 게 있는데…"

앤젤라는 눈을 크게 뜨더니 조그맣게 웃었다.

"아, 좋은 뜻에 힘을 보태주시려면 오늘 밤의 마지막 경매에 꼭 참여해 달라고 말씀드리려 했는데 굳이 그럴 필요도 없겠네요."

주변을 둘러본 나는 앤젤라가 그렇게 말한 이유를 바로 알 수 있었다. 열 명이 넘는 입찰자들이 이미 손을 든 상태였다.

"열심히 참여해 주시니 참 좋네요."

앤젤라는 다 안다는 눈빛으로 히죽 웃었다.

"붉은 옷을 입은 숙녀분 1,500."

나는 고개를 돌려 좋은 뜻에 힘을 보태기로 한 붉은 옷의 숙녀가 누구인지 확인했다. 첫 줄에 앉은 그 여자는 나보다 스무 살은 많아 보였다. 남을 함부로 재단하거나 얄팍하게 굴고 싶진 않지만, 외모만 봐도 그 여자의 기부액이 얼마나 클지 짐작이 됐다.

나는 곧장 무대로 시선을 돌렸다. 에런과 충돌하듯 눈이 마주쳤다. 그의 얼굴에서 싱그러운 웃음은 사라진 후였다. 그는 얼굴이 굳고 무표정이 되어있었다. 무어라 말할 수 없는 실망감이 밀려들었다.

오늘 밤 내가 해야 할 일은 하나인데, 그걸 제대로 못 해낼 듯했다. 두 번째 경매도 망칠 것 같았다. 마음을 가다듬으며 숨을 후우 내쉬었다. 에런이 미소 지을 줄도 알고 웃을 줄도 안다는, 충격적이지만 딱히 대단하지도 않은 사실에 정신을 놓을 때가 아니었다.

"1,700?"

앤젤라가 금액을 부르자 나는 얼른 손을 들었지만 늦고 말았다.

"붉은 옷을 입은 숙녀분."

붉은 옷 여자는 가뿐하게 나를 이겼고, 그 외에도 대여섯 개의 손이 또 나를 제쳤다. 에런의 긴장한 어깨를 힐끗 돌아본 나는 그가 나만큼이나 울적해한다는 걸 느낄 수 있었다. 어깨를 펴고 앤젤라를 바라보면서 그녀의 입에서 나올 다음 말을 기다렸다. 앤젤라가 마이크에 대고 말했다.

"멋지네요. 금액을 좀 올려보겠습니다, 여러분. 블랙퍼드 씨를 원하는 분이 많네요. 1,900으로…"

나는 붉은 옷 여자를 한쪽 눈으로 살피며 손을 번쩍 들었다. 이번에도 그 여자가 나보다 빨랐다. 앤젤라가 웃으며 붉은 옷 여자를 손으로 가리켰다. 그 여자가 또 이긴 것이다. 붉은 옷 여자가 의기양양한 미소를 지으며 내 쪽을 돌아보았다. 충격적이고 놀라웠다.

나는 눈을 가늘게 떴다. 아, 뭐지. 이제 자선 기부가 문제가 아니었다. 꼭 이겨야겠다는 오기가 생겼다. 앤젤라가 다음 금액을 불렀고 나는 놀라울 정도로 빠르게 손을 치켜들었다. 어찌나 빠르게 움직였는지 어깨가 결릴 지경이었지만, 앤젤라의 다음 말에 보람을 느꼈다.

"암청색 옷의 사랑스러운 숙녀분."

스탠드 뒤에 선 앤젤라가 미소 지으며 선언했다. 나도 그녀에게 마주 미소 지었다. 어깨가 욱신거리고 뱃속에서도 묘하게 불타오르는 느낌이 들었다. 앤젤라가 다음 가격을 불렀고 또 내가 이겼다.

하! 맛이 어때. 빨간 옷 여자야.

내 생각을 듣기라도 한 것처럼 그 여자가 고개를 돌려 내 쪽을 쳐다보았다. 눈을 가늘게 뜨고 입술을 비쭉 내미는 모습이었다. 그러더니 금발 머리를 다시 앞으로 휙 돌렸다. 상대도 개인적으로 오기를 부리고 있다는 느낌이 들기 시작했다. 저 여자는 어떻게든 에런을 차지할 생각이었다. 나는 저 여자가 나의 에런을 데려가게 놔두지 않을 것이다…

잠깐, 나의 에런이 아니라 그냥 에런이잖아. 나는 얼른 고쳐 생각했다. 어쨌든 나는 저 여자가 에런을 못 데려가게 할 것이다.

앤젤라가 다시 금액을 높여 불렀다. 그녀가 말을 마치기도 전에 내가 손을 들어 응찰했다. 붉은 옷 여자는 여름날 뉴욕을 바짝 달구는 태양마저도 얼릴 듯한 눈빛으로 나를 싸늘하게 쏘아보았다. 나는 혀를 빼물고 '메롱' 하고 싶은 심정이었다. 하지만 그것은 어떻게 봐도 부적절한 처신이기에 살짝 웃는 정도로 자제했다.

붉은 옷 여자와 나는 그렇게 대여섯 번 승패를 주고받았다. 응찰 시간이 점점 짧아졌고 우리는 점점 더 빠르게 손을 들었다. 우리가 서로에게 보내는 눈빛도 점점 싸늘해지고 있었다. 망할 아이스크림 트럭을 쫓아 센트럴 파크 공원을 가로질러 전력 질주한 것처럼 숨이 가빠지고 피부에 열이 올랐다. 그래도 지금까지 에런을 내 차지로 두고 있으니 그만한 가치는 있었다.

내 차지는 아니지. 어쨌든… 그렇다고.

이 결투에 몰입한 나머지 무대 위에 서있는 남자에 대해서는 거의 잊고 있었다. 이 혈투가 시작된 이래로 에런의 표정을 살피지도 못했다. 에런에게 잠시 눈을 돌리면서 나는 다시 한번 손을 번쩍 들었다. 이제 우리는 말도 안 되게 높은 금액에 도달했다. 이번에는 손을 든 사람이 나뿐이었다. 앤젤라가 내 쪽으로 손을 흔들며 선언했다.

"이번에도 암청색 옷의 숙녀분입니다."

심장이 가슴속에서 더욱 크게 뛰었다. 나는 잿빛 머리카락의 남자를 힐끗 돌아보았다. 입을 꾹 다문 채 팔짱을 끼고 선 붉은 옷 여자의 옆에 서있는 남자였다.

"한 번 더 확인하겠습니다."

잿빛 머리 남자는 붉은 옷 여자의 귀에 대고 무어라 속삭였고, 여자는 그 말에 한숨을 쉬면서 마지못해 고개를 끄덕였다.

그래, 그래, 그래. 에런은 이제 거의 내 거야.

"너무나 사랑스럽고 열정적인 암청색 드레스 여성분에게 낙찰됐습니다.”

앤젤라는 경매를 끝맺음하며 윙크를 날렸다. 환호성이 목구멍까지 올라오는 걸 느끼며 드디어 에런 쪽을 돌아보았다. 승리의 춤이라도 살짝 추고 싶은 심정이었다. 두 손을 위로 번쩍 들고도 싶었다. 부적절한 말도 두어 마디 내뱉고 싶었는데, 지금 생각해 보면 너무 멍청한 짓이라 하자마자 후회했을 것이다.

에런이 시야에 들어온 순간, 조금 전까지 내 안에서 휘몰아치던 감정은 단박에 잦아들었다. 지금 그의 얼굴에 미소는 찾아볼 수 없었다. 그는 그냥… 나를 가만히 쳐다보고 있었다. 아까 본 미소를 다시 못 보게 되니 실망스러웠다. 오늘부터는 다시 저 무표정만 보게 되는 건가 싶었다. 이제부터 나는 에런의 얼굴에서 미소를 보고 싶어 안달할 테고, 그는 다시 미소를 꼭꼭 감추게 될까.

나는 이런 멍청한 생각을 머릿속에서 내몰고 싶었다. 그래도 내 입꼬리는 여전히 올라가 있었고, 조그맣게 환호도 내뱉었다. 에런은 생각에 잠긴 표정으로 고개만 끄덕였다. 뭔가 신경 쓰이는 구석이 있는 표정이었다.

나는 인상을 찌푸리면서 에런을 바라보았다. 긴 다리로 무대 계단을 내려온 그가 내 옆으로 다가왔다. 그는 나처럼 축하하고 싶은 심정이 아닌 것 같았지만 나는 그 부분에 초점을 맞추고 싶진 않았다. 그저 진심 어린 미소로 그를 맞이하기로 했다.

진짜는 아니지만 어쨌든 내가 데이트권을 *따낸* 이 푸른 눈의 남자는 내 앞에서 걸음을 멈췄다. 그는 쇄골에 턱이 닿을 정도로 깊이 고개를 숙였다. 나는 조용히 기다렸고 그는 아무 말도 하지 않았다.

무슨 말을 해야 할지 갈피가 잡히지 않아 나도 침묵했다. 나는 내게 이익이 되고 편리한 방식으로 사는 데 익숙한 사람이구나, 라는 생각이 불현듯 뇌리를 스치면서 두 팔의 털이 곤두섰다. 이런 상황에서 우리가 서로의 진정한 모습을 발견한다는 게 여러모로 이상하고 낯설고 충격적이었다.

무겁게 떨어지는 에런의 시선을 느끼면서 안절부절못하고 서서 숨을 삼켰다. 나는 이번에도 우리 사이에 가라앉은 이 무거운 침묵을 감당하기 어려웠다.

"요트를 준비했길 바라요, 블랙퍼드."

내 목소리가 살짝 흔들렸다.

"안 그러면 내가 패트릭 씨를 끝까지 붙잡지 않은 걸 후회할지도 몰라요."

에런의 눈빛은 흔들림이 없었다. 그의 눈은 내 눈을 붙들어 맸다. 그 순간 나는 잠시 확 달아오르는 그의 눈빛을 보았다. 미소와 함께 눈가의 피부에 살짝 주름이 잡혔다. 이제 그는 아까 같은 환한 미소를 보여주지 않으려는 모양이었다.

가슴속에 파도가 일었다. 그것은 내가 거의 놓칠 뻔한 미묘하고 소소한 감정이었다. 경매장 곳곳에 남아있는 그 감정 때문에 호흡이 좀처럼 진정되지 않았다. 에런이 한 걸음 다가왔다.

"가끔 보면 당신은 나를 괴롭히는 걸 즐기는 것 같네요."

평소 깊고 낮던 그의 목소리가 살짝 쉬어있었다. 한참 생각하다 뱉은 말인 듯했다.

"아."

나는 인상을 쓰며 입을 열었다. 그대로 한동안 머뭇거리다가 말했다.

"그래요. 당신이 열받을 만해요. 당신은 경매의 경쟁이 이렇게 치열하리라는 걸 나한테 경고해 줬어야 했는데 안 했어요. 그러니 우리가 공평하게 한 대씩 치고받은 거로 치자고요."

나는 어색하게 웃었다.

"이럴 줄 알았으면 닌자 수리검 한두 자루를 옷 속에 숨겨뒀을 거예요. 그랬으면 붉은 옷을 입은 여자를 쉽게 처리할 수 있었겠죠."

에런은 말없이 나를 내려다보았다. 그 눈빛에 나는 다시 안절부절 못했다. 우리 둘 사이에 다시 침묵이 깔렸다. 문득 둘러보니 무대 앞에 모여 있던 사람들이 더 이상 보이지 않았다. 대신 옥상 저쪽에서 부드러운 음악과 함께 두런두런 얘기 나누는 소리가 들려왔다. 에런이 침묵을 깨며 말했다.

"나랑 춤춰요."

9

에런이 손을 내밀었다. 우리 둘 사이의 얼마 안 되는 공간에 그 손이 떠있었다. 나는 넋을 잃고 그 손을 바라보면서 망설였다. 그의 제안을 의심할 만한 이유가 있는지는 분명치 않았다. 어쩌면 내가 에런에게는 자동으로 의심부터 하는 것일 수도 있었다.

"이것도 우리 계약의 일부예요?"

내 질문에 에런은 인상을 썼다.

"우리가 같이 춤추는 거 말이에요. 그냥 남들한테 보여주려고 하는 거잖아요, 그렇죠?"

나는 눈이 멀지도 않았고 멍청이도 아니었다. 우리가 춤까지 출 필요는 없다는 걸 잘 알고 있었다. 하지만 내 안의 일부는 분명 혼란스러워하고 있었다. 시간이 갈수록 더 그럴 것이다. 그러니 이렇게 소리 내어 말함으로써, 머릿속 난장판을 정리할 때까지 자신에게 구명선을 던지는 셈이었다.

"맞아요."

에런이 대답했다. 찌푸린 이마를 편 그는 내 결정을 기다리며 손을 내밀었다.

"보여주기 위한 거죠."

나는 그의 제안에 응했다. 그의 커다란 손바닥이 내 손을 감싸게 두었다. 이게 좋은 생각인지는 판단이 서지 않았다. 에런은 그의 뒤로 나를 부드럽게 이끌었다. 기대감과 불안함이 묘하게 뒤섞여서인지 다리가 떨렸다. 내 손을 잡은 그의 손은 따뜻하고 확고했다. 내가 이를 악물고 붙잡으려는 구명선을 그 손이 자꾸 가라앉히는 역할을 했지만, 그래도 어쩐지 기분이 좋고 가슴이 간질간질해졌다.

그는 몇몇 사람들이 모여 춤을 추는 곳으로 나를 천천히 데려갔다. 나는 여전히 이게 잘하는 짓인지 알 수가 없었다. 그는 갑자기 걸음을 멈추고 뒤로 돌아서서 내게 가까이 다가왔다. 지나칠 정도로 가까이. 그 순간 내 머리는 이게 잘하는 짓이 아니라는 판단을 내렸다. 이대로 달아나는 게 옳은지 아니면 이대로 기절해 우리가 뭘 하려는지를 내가 아예 못 보게 하는 게 옳은지 내 안의 일부가 고민하기 시작했다.

우리가 이렇게 함께, 춤을 추다니.

에런 블랙퍼드—오랫동안 내가 원수처럼 여겼던 남자—와 내가.

아, 맙소사.

에런이 내 허리에 두 팔을 두르자, 그의 손이 닿은 등허리에서부터 온몸으로 전기가 찌르르 흘렀다. 숨이 턱 막혔다. 묵직하고 단단한 무언가가 뱃속에 툭 떨어지는 기분이었다. 힘겹게 숨을 삼키며 고개를 젖혔다. 그의 눈빛은 대담하면서도 조심스러웠다. 갑작스럽게 생각지도 않은 기대감이 밀려들었다.

그의 가슴에 두 손을 얹었다. 손가락 아래에 닿는 감촉이 단단하면서도 부드러웠다. 아까 우연히 그의 가슴에 몸이 닿았을 때와는 달랐다. 이번에는 내 의지로 그의 가슴에 두 손을 가져다 댄 것이다. 그러자 그가 반응했다. 내 작은 몸은 곧 그의 커다란 몸 안에 자리 잡았다.

그리고 우리는 움직이기 시작했다. 가슴에서부터 온몸을 거의 밀착했다. 에런은 나를 확고하게 이끌었지만 나는 뻣뻣해서 제대로 따라가질 못했다. 코로 숨을 내쉬며 팔다리의 힘을 풀려고 애썼다. 이 춤이 이루어지는 방식에 초점을 맞췄다. 내 안에서 화끈하게 요동치는 감정을 가라앉혀야 했다. 우리 몸이 바짝 가까이에 있다는 걸 인식할수록 머릿속에서 경보음이 울려대서, 다른 생각을 할 수조차 없었다.

춤. 우리는 춤을 추고 있었다. 뜨겁게 달아오른 몸뚱이들. 원래 우리는 이렇게까지 할 필요는 없었다. *서로를 못 견뎌 하던 에런과 리나인데. 서로를 못 잡아먹어 안달이던 두 사람이 이러면 안 되는 거 아닌가.* 에런이 빠른 동작으로 나를 빙글 돌린 후 끌어당겨 다시 그에게 밀착시켰다. 내 심장은 어째서인지 빠르게 뛰고 있었다.

느린 음악이라 부드러운 리듬 말고는 모든 걸 잊고 몸을 흔들기에 좋았다. 다른 사람의 품에 안긴 평화로움에 녹아들기에 이상적인 환경이었다. 그런데 그와 합을 맞춰 몸을 흔들수록 평화와는 점점 거리가 멀어지고 있었다. 내 몸에 닿는 에런이 이토록… 큼직하고 단단하고 따뜻하기 때문일 것이다.

결국 나는 발을 헛디디고 말았다. 무슨 일인지 미처 파악하기도 전에 내 발은 박자를 놓치면서 꼬여버렸다. 나를 붙잡아 주는 남자가 아니었다면, 그 남자의 강인한 두 팔이 나를 감싸주지 않았다면 곧장 바닥에 넘어지고 말았을 것이다.

"고마워요."

나는 조그맣게 말했다. 얼굴이 확 달아오르며 몸이 더욱 긴장했다.

"미안해요."

맙소사. 하룻밤에 이렇게 자주 얼굴을 붉힌 적이 없었다. 이게 내가 맞는지 혼란스러웠다. 에런의 두 팔이 나를 탄탄하게 감싸며 더 가까이 끌어당겼다.

"사고를 예방했다고 치죠."

내 안의 모든 신경 끄트머리가 전기가 흐르는 전선처럼 변했다. 피부가 따끔거리고 심장이 널을 뛰고 머릿속이 빙빙 돌았다.

"아, 그래요."

목이 졸린 것 같은 괴상한 목소리가 내 입에서 흘러나왔다.

"고마워요."

얼굴 피부가 더욱 달아올랐다. 에런은 흐음 소리와 함께 내 등허리에 엄지를 가볍게 갖다 대고 작은 원을 그렸다. 그의 손가락을 따라 등허리에 조그맣게 소름이 돋았다. 그 소름은 곧 내 몸 구석구석으로 퍼져나갔다.

이건 남자의 몸에 내 몸이 닿아서, 남자의 품에 안겨서 생긴 단순한 신체적 반응일 뿐이라고 속으로 나를 타일렀다. 하지만 분명한 건 이게 에런이라는 남자의 몸이고, 에런의 팔이라는 사실이었다. 싱글로 지낸 생활이 너무 길었던 탓이거나 내가 미쳐가고 있는 게 분명했다. 이러고 있는 게 기분이… 좋았다. 너무 좋았다. 진심으로 좋았다.

바다처럼 푸른 그의 눈동자가 내 입술에 잠시 머물렀다. 너무 짧은 순간이라서 착각일 수도 있다고 생각했다. 그의 얼굴이 지금까지와 비교할 수 없을 정도로 가까이 다가오자 나는 그런 생각마저도 할 수 없게 됐다. 대신 한 번도 주목한 적 없는 세세한 부분들이 눈에 띄었다. 꽉 다물고 있는 것만 자주 보아온 그의 입술이 얼마나 도톰한지, 그의 길고 짙은 속눈썹이 그의 푸른 눈동자를 얼마나 완벽하게 감싸고 있는지, 늘 가볍게 찌푸리고 있는 지점 바로 위, 이마에 새겨진 주름이 얼마나 부드럽게 느껴지는지 따위였다.

그런 부분에 완전히 빠져들었다가 또 발을 헛디딜 뻔했다. 내 허리를 감싼 에런의 두 팔이 힘이 들어갔다. 그는 고개를 살짝 숙여 내 귀에 입술을 가까이 대고 말했다.

"춤 잘 추는 거 맞아요, 카탈리나?"

그의 입에서 흘러나온 입김이 내 관자놀이에 닿았다. 그의 입술이 내 얼굴에 얼마나 가까이 있는지에 관심을 끊으려고 안간힘을 썼다.

나는 발의 움직임에 신경을 집중하면서 멍하니 되물었다.

"무슨 뜻이에요?"

에런은 부드러운 가락에 맞춰 한 번 더 매끄럽게 내 몸을 잡아 돌렸다.

"난 당신 핏속에 리듬이 담겨있을 줄 알았어요."

그는 고개를 숙인 채 낮게 말했다.

"혈관 속에 음악이 흐르거나요."

내 귀가 지나치게 붉게 달아오르지는 않았기를 바랄 뿐이었다.

"이런 음악은 내 스타일이 아니에요."

거짓말이었다. 춤을 이렇게 못 춘 건 처음이었다. 음악과는 아무 상관도 없었다. 내 몸이 계속 닿아있는 이 남자 때문이었다.

"춤 파트너와 잘 맞지 않아서일 수도 있고요."

에런이 큭큭 웃었다. 나지막하고 짧은 웃음이었다. 아까 그가 보여준 유쾌한 웃음, 나를 완전히 사로잡았던 웃음이 생각났다. 나는 호흡을 안정시키려 숨을 깊게 들이마셨다가 바로 후회했다. 그러면 안 되는 거였다. 멍청하기는. 심호흡을 한 결과, 내 폐에 에런의 향기가 가득 들어차고 말았다. 에런의 몸시도 자극적이고 대단히 남성적인 향기.

이 향기를 어떻게 밀어내지? 맙소사.

"당신도 못 하는 게 있다고 인정한 겁니까?"

에런의 질문 덕분에 나는 뒤죽박죽인 머릿속에서 빠져나올 수 있었다.

"내 앞에서?"

"난 춤을 잘 춘다고 말한 적 없어요."

내 혼을 쏙 빼놓은 파트너와 춤을 추고 있으니 잘 출 리가 없는 거 아닌가.

"그리고 핏속에 리듬이 들어있다고 생각하는 건 사람을 전형적인 틀에 넣고 보는 시각이에요. 스페인 사람 중에 죽어도 박자를 못 따라가는 사람들이 몇백 명은 될 걸요."

"그런 것 같네요. 그럼 내가 계속 이끌어 줄게요."

그의 낮게 깔린 목소리가 아까보다 더 가까이에서 들렸다.

"당신이 그 몇백 명 중 한 명일 수도 있으니까."

"그래요."

뻔한 사실인데 부정할 필요 있을까? 내가 지금 춤을 잘 못 추고 있기는 했다.

"당신이 춤출 줄 안다는 걸 오늘 처음 알았네요."

우리 몸이 서로에게 이미 바짝 가까이에 있었기 때문에 그가 내게 더 가까이 다가올 수 있으리라는 생각도 못 했다. 그는 고개를 바짝 기울이더니 내 귀 바로 위에서 입술을 열었다.

"당신이 나에 관해 모르는 게 몇 가지 있어요. 카탈리나."

몸이 더욱 긴장하고 말았다. 뱃속에서 나비가 춤을 추는 듯했다. 나는 그의 가짜 데이트 상대 노릇을 하러 여기 왔음을 애써 상기했다. 경매에서 에런을 차지하려고 붉은 옷 여자와 결투한 건 연기일 뿐이었다. 그런 맥락에서 보자면, 내가 가짜 여친이든 아니든, 그와 이렇게 밀착해 있는 것을 기꺼워해야 하는 게 맞았다. 깜짝 놀라 움찔하면 안 될 것이다.

나는 그의 탄탄한 가슴에 조금 더 확실하게 두 손을 붙였다. 그러자 뱃속의 파닥이는 날갯짓이 더욱 거세어지면서 파도와 소용돌이를 일으키고 말았다.

"무슨 생각 해요?"

에런은 진심으로 궁금해하는 목소리로 물었다. 그 질문과 그의 관심에 홀려 경계가 풀어진 나는 머릿속에 떠오른 생각을 고스란히 말했다.

"당신은 이 일이 여자랑은 무관하다고 했잖아요."

나는 그의 가슴에 얹은 손바닥의 위치를 바꿨다.

"내가 보기엔 여자랑 관계있는 것 같아요."

"아치볼드 부인이 그렇게 짜증을 내는 걸 처음 보긴 했어요."

나는 그의 가슴에 올려놓은 손을 약간 움직였다. 여러 겹의 옷감 아래 있는 그의 피부가 얼마나 따뜻할지에 온 신경이 쏠리지 않으려 애썼다.

"아치볼드 부인이라는 분과는 잘 아는 사이인가 봐요?"

그의 턱이 내 관자놀이를 스치는 걸 보니 그가 고개를 한 번 끄덕인 모양이었다.

"추측하자면, 그분이 자선 경매에서 당신을 차지하려고 싸운 게 오늘이 처음이 아니라는 거네요."

"맞아요."

"에런 블랙퍼드, 아줌마들한테 인기 폭발이군요."

나는 가볍게 웃었다. 웃음이 살짝 떨리는 소리로 흘러나왔다. 부드럽게 내쉰 숨결이 귀를 스치자 또 한 차례 몸이 떨렸다.

"내 기억이 옳다면, 나를 낙찰받으려고 경매에 열을 올리는 사람은 아치볼드 부인뿐만이 아니에요."

"잘났네요."

에런의 말대로였다. 아까 보니 아치볼드 부인보다 더 젊고 매력적인 여러 사람이 그에게 흥미를 보였다.

"그래서 나더러 같이 와달라고 한 거였어요?"

그가 즉답하지 않자 나는 말을 이어갔다.

"그렇다면 말이 되는 것 같아서요. 아까 앤젤라 씨가 한 말도 그렇고, TJ가 장담한 것도 그렇고요."

"뭐가요?"

"에런 블랙퍼드는 돈으로 그와의 시간을 사려고 열정적으로 달려드는 부유한 여자들을 무서워한다고요."

내 등을 감싼 그의 두 손바닥이 움직이더니 새로운 노래에 맞춰 바뀐 리듬에 따라 우리의 몸을 자연스럽게 돌렸다. 그가 내 귀에 대고 물었다.

"나를 놀리는 거죠?"

그랬다. 하지만 굳이 말로 인정하고 싶지는 않았다. 그의 품에 폭 안겨 있으니 마음이 놓였다.

"자주 있는 일이에요?"

"뭐가요, 카탈리나?"

그는 아주 천천히 말했다.

"요트를 가진 남자에게 내 자리를 빼앗길 뻔한 거? 아니면 춤 실력이 의심스러운 파트너와 춤을 추게 된 거?"

"둘 다 아니고요."

내 입술에 미소가 걸렸다.

"여자들이 당신한테 달려드는 거요. 무대에서 당신이 긴장한 거 봤어요. 당장이라도 무대에서 내려가 도망치고 싶어 하는 표정이던데요."

그 모습을 다시 떠올려 보니 그가 나를 여기 데려온 게… 어느 정도 이해됐다.

"그런 관심을 받는 게 불편해요?"

"늘 그렇진 않아요."

그의 턱이 내 뺨을 스윽 스쳤다. 그 단순하고 가벼운 몸짓에 전기처럼 강렬한 느낌이 파도처럼 목을 타고 흘러내렸다.

"여자들이 나한테 관심 갖는 게 두렵진 않아요. 그런 관심을 모조리 거부하는 것도 아니고요."

"아, 그렇군요."

내 입에서 숨소리가 섞인 불안정한 목소리가 흘러나왔다. 물론 그도 그런 관심이 다 싫지는 않을 것이다. 남자로서의 욕구도 있을 테니까. 그의 두 팔 안에서 춤을 추고 있는 지금은 별로 생각하고 싶지 않은 욕구지만. 내 등에 가 있던 에런의 오른손이 살짝 아래로 내려갔다. 그러자 내 얼굴이… 아니 이 망할 몸뚱이가… 활활 타오르기 시작했다. 그는 두 팔로 나를 다시 탄탄히 감싸며 말했다.

"고마워요."

그 말이 부드러운 입김이 되어 내 머리카락에 와 닿았다. 나는 속삭이듯 물었다.

"뭐가요?"

"내 발을 안 밟아줘서요."

내가 사과하려는데 그가 말을 이었다.

"아치볼드 부인한테 밀리지 않은 것도요. 작년에… 함께 개집을 청소하고 두 시간 동안 개를 산책시키면서 같이 놀아주는 게 우리 데이트 내용이라는 걸 아치볼드 부인이 알고는 분위기가 좀 거북해졌어요."

그가 내쉬는 한숨이 내 목 옆에 고스란히 와 닿았다.

"그랬는데도 아치볼드 부인이 올해 경매를 단념 안 한 거예요."

그를 보호하고 싶다는 생각이 내 가슴속에서 깜박거리며 피어났다. 나는 정신을 차리려고 고개를 살짝 흔들었다. 한 번씩 빙글빙글 도는 춤을 추느라 머리가 혼란스러워진 듯했다.

"당신 지갑을 왕창 털게 돼서 미안해요. 어쩌다 보니 기부액이 많이 늘어났네요. 경매에서 이기고 그 여자의 열받은 얼굴을 보니까 기분은 좋더라고요."

그때 내가 얼마나 뿌듯했는지를 생각하니 새삼 놀라웠다.

"작년에 그 여자와 시간을 보내면서 견뎌야 했던 개들을 생각하면 마음이 아프네요. 동물 보호소를 돕는 자선 행사에 돈을 기부하면서 개를 싫어한다니 그런 위선자가 어디 있어요? 개들이 가여워요. 우리 집이 비좁은 원룸 아파트만 아니면 입양해 키우고 싶어요. 언제든 자원봉사를 하면서 그 개들이랑 시간을 보내면 좋겠어요."

"원한다면 내가 데려가 줄게요."

에런의 말이 허공에 둥실 떴다. 내 마음의 일부는 '네'라고 답하고 싶었다. 그의 새로운 면을 볼 수 있는 기회이기도 하니까. 어쩌면 그의 미소를 다시 볼 수 있을지도 모른다.

"당신이 데이트권을 구매했잖아요."

"당신 돈으로 산 거죠."

"어쨌든요. 그것도 거래의 일부예요."

전에 없이 가슴이 뜨끔하면서 지금 이게 어떤 상황인지를 새삼 상기했다. *거래의 일부. 그랬다.* 에런다운 말이었다. 그는 약속을 저버리지 않는 남자니까. 에런이 고개를 들어 얼굴을 내보였다. 그의 눈은 내 눈을 찾고 있었다.

"나는…"

한순간이지만 그가 진심으로 나를 그곳에 데려가고 싶어서 제안했다고 생각했다. 내가 멍청했다는 생각에 말이 잘 나오지 않았다.

"그냥…"

젠장.

오늘 밤에 일어난 모든 일이 머릿속에서 빙글빙글 돌았다. 턱시도를 입은 에런. 그의 곁에서 내가 느끼는 이 모든… 새롭고 색다른 기분. 경매. 그의 미소. 그의 웃음소리. 춤. 그에게 밀착한 채 함께 떠다니는 나의 몸. 그리고 우리가 몇 주 후면 스페인으로 가야 한다는 사실.

그 모든 생각이 이리저리 뭉쳐 내 머릿속을 뒤죽박죽으로 만들어 놓았다. 나를 줄곧 바라보는 그의 푸른 눈동자 이면에 묘한 감정이 느껴졌다. 내가 얼버무리지 않고 뭐라도 말해주길 기다리는 듯했다.

"그러니까 나는…"

나는 고개를 흔들었다.

"난 당신을 곤란하게 만들고 싶지 않아요."

가까스로 말이 나왔다.

"낙찰 계약이 잘 이행됐는지 누가 확인할 수도 있지 않겠어요?"

그런 계약이 있는지 나는 알지 못했다. 누가 확인하는지 따위는 더더욱 알 수 없었다.

"오늘 밤의 모금 행사가 추구하는 좋은 뜻을 망치고 싶지 않아요."

나는 계속 주절거렸고 에런의 표정은 변화가 없었다.

"우리 데이트가 가짜라는 걸 아무도 몰라야 하잖아요?"

그는 뭔가를 찾는 듯한 눈빛으로 나를 계속 바라보았다. 그가 찾는 게 무엇인지는 알 수 없었다.

"그래요. 아무도 몰라야 하죠."

"우리가 그냥 친구라는 것도요."

이 말은 좀 맞지 않는 듯했다. 우리가 친구인 적이 있었나?

"당신은 그러고 싶어요, 카탈리나?"

그는 차분히 나를 바라보며 물었다.

"친구로 지내고 싶은 겁니까?"

"네."

이렇게 대답하면서 속으로는 물음표를 던졌다. 우린 친구인 적이 없었고, 나는 그러고 싶지 않았다. 그런 생각은 해보지도 않았다.

"아뇨."

나는 처음부터 우리 사이에 놓여있던 커다란 장애물을 떠올리며 고쳐 말했다. 그 장애물은 내가 아니라 에런이 그 자리에 갖다놓은 것이었다. 그의 탓이었다. 그는 나를 좋게 보지 않았고, 나도 마찬가지로 굴었다. 그러니 그가 지금 내게 이런 질문을 하는 건 공평하지 않았다.

"모르겠어요, 에런."

손바닥이 촉촉하게 땀으로 젖고 목이 말랐다. 머릿속이… 혼란스러웠다.

"무슨 질문이 그래요?"

에런은 내 말을 곱씹더니 대답을 재촉했다.

"그럴래요, 말래요?"

나는 입을 열었다가 닫았다. 어느 순간부터 우리는 춤을 멈춘 채였다. 나는 에런의 가슴에 대고 있던 손바닥을 아래로 내렸다. 에런의 시선이 내 손을 따라갔다. 가면처럼 무표정한 그의 얼굴 이면에 무슨 생각이 있는지 알 수가 없었다.

"내가 한 말 그냥 잊어요."

그는 내 몸을 감싸고 있던 두 팔을 아래로 내렸다.

"괜한 말을 했어요."

나는 몸이 흔들릴 정도로 크게 움찔했다. 내가 왜 그랬는지, 그가 무슨 뜻으로 그런 말을 했는지 판단이 서지 않았다. 우린 둘 다 그 자리에 가만히 서있었다. 예전에 그는 나와 거리를 두면서 무심하게 지냈는데, 그때도 이렇게… 냉담했던 적은 없었다. 내 말에 상처라도 받은 걸까.

팔을 뻗어 그의 가슴에 다시 손을 얹고 싶었다. 아무리 생각해도 내가 왜 이러는지 알 수 없었다. 머릿속에서 들리는 작은 목소리—아무래도 그게 상식의 목소리인 것 같은데—는 차라리 잘됐다고, 이렇게 우리가 원래 서있던 자리로 돌아가면 되는 거라고 말하고 있었다.

하지만 요즘 나는 상식의 목소리를 귀담아듣지 않는 편이라 그를 향해 팔을 들어 올렸다. 주변 사람들을 포옹하거나 상대에게 가볍게 손을 얹어서 위로해 주고 싶은 마음이기도 했다. 그런데 그는 벌에 쏘이기라도 한 것처럼 움찔하며 한 걸음 물러섰다. 아무래도 내가 멍청하게 군 모양이었다.

"이제 알겠죠?"

나는 나지막하게 말했다.

"이래서 난 우리가 친구가 되기 힘들다고 생각했어요. 지금까지 우리가 친구로 지내지 못한 이유이기도 하고요."

오늘 밤 우리는 어쩌다 보니 서로 잘 맞았을 뿐이었다. 지금도 그랬다. 조금만 방심하면 일이 걷잡을 수 없게 되고 마는 것이다.

"당신 말이 맞아요."

그는 몹시 차분한 목소리로 말했다.

"난 당신과 친구로 지내고 싶었던 적 없어요."

내가 했던 말과 지금 그의 입에서 나온 말이 내 머리로 우박처럼 사납게 쏟아져 내렸다. 아니, 서로를 마주 보며 서있는 우리에게 마구 쏟아졌다. 지난 몇 시간 동안 우리가 들어가 있던, 춤을 추는 동안 함께 들어가 있던 작은 거품에 구멍이 뚫렸다. 우리가 맺은 휴전 합의도 눈앞에서 펑 터져버렸다. 이렇게 될 줄 예상했어야 했다. 나는 할 말을 잃고 눈을 깜박이며 그를 바라보았다.

"잠깐 실례할게요. 잠깐 어디 갔다 와서 당신을 집에 데려다줄게요."

그는 돌아서서 가버렸다. 나는 그 자리에서 꼼짝도 할 수 없었다. 붙잡아 주는 그의 두 팔 없이는 다리를 움직일 엄두가 나지 않았다. 가슴속에서 심장이 마구 뛰었다. 그가 갑자기 곁을 떠나니 핏속에 한기가 들었다. 오늘 밤은 어차피 아무 의미 없다고 몇 번이나 되새겼지만, 오늘 밤 일어난 모든 일에 의문이 들기도 했다.

정말 아무 의미도 없었던 모양이었다. 우린 친구인 적도 없었다. 우린 예전의 에런과 리나로 돌아가고 말았다. 앞으로도 쭉 이럴 듯했다.

10

주말이 지나고 월요일, 나는 인테크 본사에 출근했다. 그날 아침 커피와 함께 납덩어리를 삼킨 것 같은 기분이었다. 사무실 쪽으로 걸어가는 동안, 이 감각이 증폭됐다. 마치 내 안에서 납덩어리가 점점 커져 공간을 좀먹어 들어가는 듯했다.

2주 전 전화로 다니엘의 약혼이라는 끔찍한 소식을 전해 들은 이래로… 이렇게 마음이 뒤숭숭한 건 처음이었다. 내가 거짓말을 하게 된 게 바로 그 통화 때문이었다.

하지만 이번은 좀 다른 것 같은데? 뱃속을 짓누르는 이 무거운 느낌은 내가 절박한 마음에 어리석게 내뱉은 거짓말과는 무관했다. 아니, 어쩌면 관계가 있을지도 몰랐다. 지금 내 느낌이 에런과 내가 토요일에 마무리 짓지 않고 어설프게 놓아둔 감정 때문일지도 모른다는 걸 인정하고 싶지 않은데 어쩔 수 없었다. 그런 부분을 걱정하면서 내 시간을 1초도 낭비하기 싫지만 나는 결국 걱정으로 시간을 보내고 말았다.

우스웠다. 지난 토요일의 일이나… 에런을 내 머릿속에 계속 담아둘 이유가 있을까? 그럴 이유는 없었다. 전혀. 우린 친구도 아니었다. 서로에게 빚진 것도 없었다. 그가 뭐라고 말하고 행동했든, 어떤 모습이고 어떤 향기를 풍겼든, 어떤 식으로 미소 지으면서 춤출 때 나를 어떤 식으로 안았든, 그가 내 귀에 대고 뭐라고 속삭였든, 내 안에 스며들게 하지 말고 튕겨냈어야 했다. 하지만 마음은 의지대로 되지 않았다.

"난 당신과 친구로 지내고 싶었던 적 없어요."

에런은 이렇게 말했다. 분명하게 뜻을 밝힌 것이다. 난 괜찮았다. 나도 그와 친구가 되고 싶었던 적 없으니까. 그와 친구로 지내고 싶단 생각을 했던 건 그가 인테크에서 일을 시작하고 처음 이틀 동안뿐이었다.

이미 엎질러진 물이었다. 나는 이유가 있어서 그를 블랙리스트에 올렸고, 그를 쭉 거기 뒀어야 했다. 내 블랙리스트가 그의 자리였다. 작은 문제가 하나 있었다. 내가 그를 필요로 한다는 사실이었다. 그러니 나는… 젠장. 이 문제는 나중에 처리하면 될 것이다.

에런과 관련된 온갖 감정을 떨쳐내고 불안감의 씨앗을 깊숙한 곳에 파묻어야 엉뚱한 문제로 불거지지 않을 것이다. 나는 가방을 의자에 내려놓고 플래너를 집어 든 뒤 회의실로 향했다. 회의실에서 우리가 한 달에 한 번씩 진행하는 '월간 조식 및 방송 시청 회의'에 참여해야 했다. 우리의 상관인 제프 부서장, 그리고 그가 거느린 다섯 개 팀이 이 회의에 참석할 예정이었다. 물론 우리가 아침을 먹고 뉴스를 보려고 모이는 건 아니었다. 유감이지만 그랬다. 그냥 한 달에 한 번 진행되는 회의일 뿐이었다. 형편없는 커피와 더럽게 맛없는 쿠키를 앞에 두고, 제프에게 최신 소식과 업무 발표를 듣는 자리였다.

1등으로 회의실에 들어간 나는 늘 앉던 자리에 앉아 플래너를 펼쳤다. 방에 사람들이 들어와 앉는 동안 나는 지난 일주일간 적어둔 메모들을 쭉 읽었다. 누군가 내 팔을 부드럽게 손으로 쓰다듬으며 가벼운 복숭아 향기를 풍겼다. 나는 고개를 돌리지 않고도 누가 나를 내려다보며 미소 짓고 있는지 알 수 있었다. 로지가 쉰 목소리로 물었다.

"이따 점심 먹으러 짐의 가게에 갈래, 아니면 그리니 가게에 갈래?"

"짐의 가게에서 파는 베이글을 먹을 수 있으면 내 영혼이라도 팔고 싶어. 하지만 난 베이글 못 먹어."

오늘은 샐러드를 먹기로 정한 날은 아니었다. 이런 날 샐러드로 끼니를 때워야 한다면 기분이 순식간에 곤두박질칠 것이다. 하지만 언니의 결혼식이 코앞인데 다이어트를 안 할 수도 없었다.

"그냥 그리니 가게에 가자."

"진심이야?"

로지는 회의실 문 바로 옆의 좁은 탁자에 놓인 쿠키 쪽으로 시선을 돌렸다.

"오늘따라 저게 왜 저렇게 맛없게 보이냐."

나는 큭큭 웃었다. 내 입이 대답하기도 전에 내 위장이 들으란 듯이 그르릉거렸다.

"아침을 안 먹고 온 게 후회돼."

나는 미간을 찌푸리고 친구 로지를 바라보며 중얼거렸다.

"리나."

로지는 인상을 쓰면서 경고하는 목소리로 말했다.

"너답지 않게 왜 이래. 네가 하는 다이어트는 그냥 멍청한 짓일 뿐이야."

"다이어트 아니거든."

나는 친구 말이 옳다고 머릿속에서 외쳐대는 목소리를 애써 무시하며 눈을 위로 굴렸다.

"음식을 좀 가려 먹는 거야."

로지는 말 같지도 않은 소리 하지 말라는 눈빛으로 나를 쳐다보며 말했다.

"그냥 짐의 가게에 가자."

"주말에 겪은 일을 생각하면 너랑 짐의 가게에 가서 베이글을 싹쓸이하고 싶어. 하지만 그럴 수가 없어."

한쪽 눈썹을 치켜뜬 로지는 내 표정을 찬찬히 살폈다.

"너 무슨 짓 했구나?"

나는 의자 등받이에 등을 기대고 앉아 조그맣게 한숨을 내쉬었다.

"무슨 짓이라기보다는…"

나는 말을 멈췄다. 말실수는 이미 충분히 했다.

"나중에 얘기해 줄게."

로지는 걱정하는 눈빛으로 말했다.

"짐의 가게로 가자."

그녀는 고개를 한 번 끄덕이고는 내 앞을 지나서 팀장인 헥터 옆자리로 가 앉았다. 헥터와 눈이 마주친 나는 살짝 미소를 지으며 그에게 손을 흔들었다. 헥터는 윙크로 답해주었다. 그리고… 그래서는 안 되지만, 방심하고 있을 때 에런 레이더가 발동되고 말았다. 에런 레이더는 내게 그의 존재를 알렸다.

심장이 철렁하면서 내 눈이 그를 찾아냈다. 별로 잘생기지도 않았어. 그냥 키가 좀 클 뿐이지, 라고 나는 그를 바라보며 속으로 말했다. 흉곽 안쪽에서 심장이 빠르게 뛰기 시작했다.

그냥 턱시도 때문이었어. 버튼다운 셔츠랑 잘 다림질된 저 바지에는 내 몸이 반응을 안 해.

성큼성큼 걸어 들어와 의자로 향하는 그의 모습을 눈으로 따라갔다. 내 자리에서 두 줄 앞에 있는 왼쪽 자리였다.

그래. 그냥 평범한 얼굴이네.

턱, 그리고 이마를 둘러싼 숱 많은 흑발까지. 나는 그의 선 굵고 남성적인 옆얼굴을 찬찬히 바라보았다. 어때? 이 정도면 나는 잘 제어하고 있었다. 내 몸도 정상화되고 있었다. 크림치즈와 연어 베이글에게 위로받을 필요도 없었다.

그때 에런이 뒤를 돌아보았다. 그와 나는 방을 가로질러 서로의 눈을 마주 보았다. 몇 분 전까지만 해도 그에게 관심 끊고 살겠노라 다짐했는데 지금 내가 너무 강렬한 눈빛으로 그를 바라본 모양이었다.

내 얼굴이 새빨갛게 달아오르는 게 느껴졌다. 얼굴 전체가 불에 활활 타오르고 있는 것처럼 보였을 것이다. 하지만 먼저 눈을 돌린 사람은 내가 아니라 그였다. 에런은 시선을 떨구더니 앞쪽 어딘가로 돌렸다. 내가 아닌 다른 곳으로.

그런 행동이 편안하게 받아들여지질 않았다. 그가 나를 힐끗 쳐다보고 말았다는 사실이 이토록 괴롭게 느껴진 적이 없었다. 그 생각에 지나치게 빠져들기 전에 제프의 목소리를 듣고 현실로 돌아왔다.

"좋은 아침입니다, 여러분."

제프가 말하자 회의실에서 낮게 웅성거리던 사람들이 입을 닫았다.

"이번 조식 및 방송 시청 회의는 짧게 끝내겠습니다. 30분 안에 다른 즉석 회의에 참석해야 해서요. 그러니 불편해하지들 말고 회의가 끝나기 전까지 앞에 놓인 쿠키를 마음껏 드세요."

제프가 가볍게 웃으며 말했다. 아무도 쿠키로 손을 뻗지 않았다. 당연한 일이었다.

"알다시피 인테크는 중요한 구조적 변화를 겪는 중입니다. 그 결과 몇 가지 변경 사항과 더불어 업무 재배치도 이루어지게 됐어요. 이 모든 변화가 회사의 구조에 영향을 미치게 될 것입니다. 걱정할 필요는 없어요. 모든 변화는 향후 수개월에 걸쳐 점진적으로 이루어질 테니까."

회의실 벽에 걸린 스크린에 우리 부서의 조직도가 떴다. 제프 포스터 부서장의 이름이 위에 있고 그 아래에 다섯 팀을 이끄는 팀장들의 이름이 적혀있었다. 에런 블랙퍼드, 제럴드 시몬스, 헥터 디아스, 카비어 포크렐, 그리고 나 카탈리나 마르틴.

회사 안에서 꽤 큰일이 일어날 것이라는 소문-회사 복도에서 주고받는 속삭임보다 조금 더 신빙성 높은 소문-이 있기는 했었다. 그 일이 회사 전체를 뒤흔들 수도 있다고 했다. 하지만 정확히 무슨 일인지는 아무도 모르는 상태였다.

"그리고…"

제프 부서장은 헛기침한 후 말을 이었다.

"회사가 공식 발표를 하기 전에 내가 먼저 알려줄 소식이 있어요."

내 친구이자 동료인 로지는 예전에 알딸딸하게 취했을 때 제프 부서장을 은빛 여우라고 부른 적 있었다. 제프 부서장이 잿빛 머리카락에 자연스러운 매력을 가진 남자이긴 했다. 그는 잠시 망설이더니 셔츠 목깃으로 손을 뻗어 셔츠를 가볍게 당겼다.

제프가 노트북의 키를 누르자 스크린에 새로운 슬라이드가 떴다. 기존의 조직도와 비슷하게 생긴 그림이었다. 딱 한 부분만 빼고 기존 슬라이드를 복사해서 거의 그대로 붙인 것 같았다.

인테크의 다섯 팀장 위의 파란 네모에 적힌 이름은 이제 제프가 아니었다. 그날 이른 아침부터 내 뱃속을 무겁게 짓누르던 납덩어리가 발등으로 쿵 떨어진 기분이었다. 제프 부서장은 두 손을 모아 잡았고 내 시선은 제프와 스크린을 빠르게 오갔다.

"에런 블랙퍼드 팀장이 인테크의 솔루션 사업부 부서장으로 승진했다는 소식을 여러분에게 알려드릴 수 있어 기쁩니다."

내 귀로 흘러 들어온 제프의 단어들이 뇌로 올라갔다. 머릿속에서 단어들이 처리되질 못하고 이쪽 벽에서 저쪽 벽으로 마구 튀었다.

"에런은 내가 지금까지 지켜본 가장 유능하고 효율적인 직원 중 한 명입니다. 이번에 승진할 자격이 있다는 걸 몇 번이나 증명했죠. 나는 그가 우리 부서의 부서장으로서 잘 해낼 거라고 믿습니다."

나처럼 다들 충격을 받아 아무 말도 하지 못했다.

"나는 인테크의 자문역으로 일하게 됐습니다. 에런이 내가 하던 업무를 언제 인계받을지는 아직 정해지지 않았지만, 나는 우리 솔루션 사업부 식구들에게 이 소식을 제일 먼저 알려주고 싶었습니다. 아직 공식 발표는 안 났지만요.”

제프는 계속해서 말을 이어갔다. 다음 조식 및 방송 시청 회의 시간에 진행할 안건에 관한 얘기일 수도 있고 아닐 수도 있었다. 알 수가 없었다. 듣고 있질 않았으니까. 에런의 승진에 관한 얘기가 머릿속을 뱅뱅 돌고 있어서 아무 말도 귀에 들어오질 않았다.

에런 블랙퍼드가 내 상관이 되는 거네.

나는 의자 등받이에 기대어 앉은 에런을 휙 돌아보았다. 그의 시선은 앞쪽 어딘가에 고정돼 있었고 얼굴에는 아무 감정도 드러나 있질 않았다. 평소보다 더 표정 없는 얼굴이었다. 잠시 정적이 흐르다가 박수 소리가 들렸다. 내 두 손도 자동으로 박수를 치기 시작했다.

에런 블랙퍼드는 솔루션 사업부 부서장으로 승진할 거야. 나는 그런 사람이랑 데이트를 했어. 가짜 데이트이긴 하지만 다른 사람 눈에는 진짜 데이트처럼 보였겠지.

내 의식은 순식간에 과거로 돌아갔다. 내가 버리고 떠난 과거, 다시 기억하고 싶지 않은 과거였다. 되풀이하고 싶지 않은 과거이기도 했다. 고개를 절레절레 흔들며 달갑지 않은 기억의 소용돌이를 누그러뜨리려 애썼다. 회사 사람들 앞에서 그 일을 다시 생각하고 싶지 않았다. 에런에게 줄곧 고정된 내 눈은 그의 텅 빈 표정을 살폈다. 이 일로 모든 게 변할 것이다. 우리 둘… 사이도.

언니의 결혼식에 데려갈 수 있는 사람이 에런뿐이라는 사실은 이제 중요하지 않았다. 우리가 툭하면 부딪치고 싸우기 때문에 우리가 사귀는 사이라고 해도 스페인 식구들이 아무도 안 믿을까 봐 걱정했는데, 이제 그런 것도 중요하지 않게 됐다. 그는 나와 친구가 되고 싶었던 적이 한 번도 없다고 털어놓았고, 나는 그 말이 우리 사이에 어떤 영향을 줄지 몰라 고민했는데 그것도 이제 아무 상관 없었다.

이제 우리의 거래는 끝났기 때문이었다. 어떻게든 끝내야만 했다.

우리 부서를 이끄는 자리로 승진한 남자와 이런 가짜 놀음을 계속할 수는 없었다. 그는 내 상관이 될 사람이었다. 예전에 겪었던 일을 또 겪고 싶지 않았다. 그때는 정말이지 끝이 좋지 않았다. 나에게는, 아니 나에게만 끝이 안 좋았다. 이 모든 게 가짜이긴 하지만… 지난 토요일에도 우린 사귀는 척했지만… 더 이상 위험을 무릅쓸 순 없었다.

의자가 바닥에 끌리는 소리에 정신이 현실로 돌아왔다. 에런을 포함해 모두가 신속하게 의자에서 일어나 이리저리 흩어지고 있었다. 고개를 들고 보니 로지가 짙은 속눈썹 아래 초록색 눈을 크게 뜬 채로 나를 바라보고 있었다. 나와 눈이 마주친 로지가 입 모양으로 말했다.

엿 됐어.

그러게나 말이다. 로지는 내 사정을 전부 알지 못해도 이게 엿 된 상황인 걸 감지한 모양이었다. 로지의 뒤편에 에런의 등짝이 얼핏 보였다. 조금 전까지만 해도 갈팡질팡했는데 그의 등짝을 본 순간 결심이 섰다. 엄마는 어떤 일이든 제대로 매듭짓는 게 낫다고 누누이 말했다. 문젯거리를 방치하고 알아서 없어지길 바라는 건 현명한 처신이 아니었다. 문젯거리가 저절로 없어질 일은 없으니까. 얼마 안 가서—예상 못 한 시기에—폭탄이 되어 돌아오게 마련이었다. 그 폭탄이 터지면 결국 망하는 것이다.

새로이 결심을 다진 나는 로지에게 손을 흔들면서 회의실을 빠져나갔다. 긴 다리로 성큼성큼 걸어가는 그 남자를 따라잡으려고 짧은 다리를 열심히 움직였다. 1분도 채 안 되어 그는 자기 사무실에 도착했다. 내 심장은 당최 이유를 알 수 없는 묘한 기대감으로 빠르게 뛰기 시작했다. 나는 그와 몇 걸음 차이로 그의 사무실에 따라 들어갔다.

에런은 자기 의자로 걸어가 의자에 털썩 앉았다. 눈을 감더니 오른손으로 눈을 문질렀다. 그는 이 사무실에 자기 혼자인 줄 아는 모양이었다. 그가 다른 사람이 있을 때 저런 행동을 하는 걸 본 적이 없었다.

무척 지친 표정이었다. 그의 진짜 얼굴이긴 하지만, 그가 늘 보여주는 강철처럼 단단한 얼굴과는 사뭇 달랐다.

토요일처럼 그를 위로하고 싶은 충동이 치솟았다. 나도 모르게 그에게 다가가 괜찮냐고 물을 뻔했다. 다행히 내 알량한 상식이 발동해 창피한 짓을 저지르지 못하게 막아주었다. 에런은 내 위로 따위는 필요 없을 것이다. 나랑 친구로 지내고 싶었던 적도 없는 사람이니까. 우리 둘 사이를 가로막은 유일한 가구인 책상 너머에 앉은 그를 바라보면서 나는 내가 이 사무실에 들어와 있음을 알렸다.

"축하해요!"

과도하게 열정적인 목소리로 축하의 말을 내뱉자마자 후회됐다. 에런은 손바닥을 의자 팔걸이로 내리며 허리를 펴고 앉았다.

"카탈리나."

그는 지난 토요일을 떠올리게 하는 목소리로 내 이름을 불렀다. 그는 내게 시선을 집중하면서 표정을 정돈했다.

"고마워요."

"당신은 승진할 자격 있어요."

그랬다. 그 순간 느껴지는 다른 모든 감정은 차치하고라도, 나는 그가 잘되어 기뻤다. 진심으로. 그는 말없이 고개를 끄덕였다. 나는 안절부절못하게 될까 봐 두 손으로 플래너를 꽉 쥐었다. 우리는 조용히 서로를 바라보았다. 나는 혼란스러운 머릿속을 정돈하고 여기 온 용건을 말해야 한다고 속으로 되뇌었다.

"내 생각에 우리가…"

나는 말을 얼버무렸다. 정확히 뭐라고 말해야 할지 아직 갈피를 잡을 수 없었다.

"우리가 아무래도…"

나는 고개를 흔들었다.

"나랑 얘기할 시간 없는 거 아는데, 그래도 얘기를 해야 할 것 같아요."

그는 인상을 찌푸렸다.

"따로요."

그의 이마 주름이 더 깊어졌다.

"당신이 시간을 내준다면요."

나는 등 뒤의 문을 닫고 싶지 않았다. 에런과 단둘이 이 사무실에 있게 되면 내 심장은 내게 멍청하고 바보 같은 짓을 저지르도록 충동질할 것이다. 나는 그 충동질을 무시하려 무진 애를 쓰고 있었다. 그래도 누구든 갑자기 이 사무실에 들어오거나 사무실 앞을 지나가다가 우리 얘기를 듣지 못하게 하려면 방문을 닫아야 하긴 했다. 그의 미간 주름이 더욱 깊어졌다.

"물론이에요. 난 언제든 당신한테 시간을 내줄 겁니다."

가슴속에서 어리석은 충동질이 다시 시작됐다. 에런은 곧바로 의자에서 일어서더니 책상을 빙 돌아와 내 뒤로 향했다. 나는 그가 앉아있던 자리를 마네킹처럼 멍하니 바라보며 서있었다. 그가 사무실 문을 닫는 소리가 조용한 방 안에 울려 퍼졌다.

"미안해요."

그가 다시 내 앞으로 오자 나는 조용히 말했다.

"내가 닫았어야 했는데. 아까는…"

나는 한숨을 푹 쉬었다.

"닫을 생각을 못 했어요. 고마워요."

그는 자기 의자로 돌아가 앉는 대신, 나무 책상 가장자리에 기대어서서 입을 열었다.

"괜찮아요. 이제 편하게 얘기해요."

그의 파란 눈이 나를 바라보며 입을 열기를 기다렸다.

"그래요. 이제 얘기할 수 있겠어요."

나는 어깨를 폈다.

"그래야겠죠."

나는 고개를 끄덕이는 그를 바라보았다. 두려움에 피부가 땀으로 젖는 느낌이었다.

"새로 일어난 일도 있고 하니까… 상황을 정리하는 게 좋을 것 같아요."

"그러게요."

그는 뒤로 두 팔을 뻗어 책상 가장자리를 손으로 짚었다.

"안 그래도 오늘 회의가 끝난 후에 당신이랑 따로 얘기해야겠다고 생각하고 있었어요. 이따가 같이 점심을 먹으면서 얘기하자고 말하려고 했어요."

점심을 같이 먹는다니.

"우린 점심을 같이 먹은 적 없잖아요."

에런은 부드럽게 한숨을 쉬었다.

"그렇죠."

그는 씁쓸하게 말을 이었다.

"당신이랑 점심을 같이 먹고 싶다는 생각이 들었어요."

그의 말은 내게 도저히 무시할 수 없는 효과를 불러일으켰다. 나는 그를 조용히 바라보았다.

"그런데 오늘 점심은 힘들 것 같아요. 아까 그 소식 때문에 오늘은 내가 정신이 없어서."

이 말은… 그가 나랑 점심을 같이 먹고 싶다고 했던 말만큼이나 충격적이었다.

"제프가 오늘 당신 승진 얘기를 할 줄 몰랐어요?"

"전혀요. 이렇게 빨리 승진하게 될 줄도 몰랐어요. 오늘은 당연히 생각도 못 했고요."

그의 대답에 오만 가지 질문이 한꺼번에 떠올랐다.

"지금 그건 중요한 얘기가 아니에요. 당신이 우리 얘기를 하고 싶다고 했잖아요. 지금 하죠."

"승진은 중요한 얘기 맞아요."

나는 그의 말에 반박했다. 에런 대신에 화가 치밀었다. 그가 '우리'라고 한 말의 의미를 지금은 생각할 겨를이 없었다.

"제프 부서장이 아까 그런 식으로 소식을 발표한 건 당신을 급습한 것과 다름없어요. 그가 왜 그런 식으로 일을 처리했는지 모르겠어요. 그건…"

나는 내 말이 불러올 효과를 생각하며 목소리를 낮췄다.

"프로답지 않아요."

꽤 놀랐는지 에런의 푸른 눈이 흔들렸다.

"그렇죠. 당신 말이 맞아요. 나중에 제프 부서장이랑 그 부분에 관해 얘기를 해볼 거예요."

"그래요. 꼭 얘기해요."

그의 표정이 약간 풀어지는 게 보였다. 나는 시선을 돌려 그의 어깨 위쪽에 눈을 두었다. 내가 그의 일에 많이 신경 쓰는 걸 그에게 들키고 싶지 않았다. 원래 그렇게 신경을 쓰면 안 되었다. 우리는 여전히 예전의 리나와 에런이었다. 친구도 아니었다. 회사의 위계질서 속에서 적당한 거리를 두고 살아야 할 사람들이었다.

플래너를 꽉 쥐고 있던 손을 들어 목 옆을 긁었다. 그의 눈을 마주 보게 될 것 같아 시선을 왼쪽으로 돌릴 수가 없었다. 대신 살짝 아래로 내려가 그의 널찍한 어깨를 뒤덮은 파란 버튼다운 셔츠의 솔기에 시선을 두었다. 우리 주변에 무거운 침묵이 깔렸다.

"저기. 우리 계약에 관해서 말인데…"

나는 입을 열었다.

"토요일에 내가…"

에런은 나와 동시에 말을 뱉었다. 나는 드디어 그의 눈을 마주 보았다. 그는 먼저 말하라는 손짓을 해 보였고 나는 고개를 끄덕였다.

"이 얘기는 꼭 해야겠어요. 앞으로 당신 근처에는 얼씬도 안 할 거예요. 약속해요."

나는 에런의 찌푸린 얼굴을 외면한 채 코로 숨을 길게 내쉬었다.

"이제 당신은 우리 부서장이 됐잖아요. 정말 잘된 일이고, 축하해요."

나는 입가를 당겨 정중한 미소를 머금었다.

"우리 입장도… 달라져야죠."

이 말을 내뱉고 보니 울적해져서 나는 자세를 바꿔 섰다. 이제 '우리'는 없다는 얘기였다. 토요일 이후로 그리고 오늘 이후로.

"내가 하려는 얘기가 뭔지 당신도 짐작할 거예요. 그래도 우리 일을 명확히 해야 할 것 같아서 왔어요."

에런의 턱에 힘이 잔뜩 들어갔다.

"우리 거래는 끝이에요. 처음부터 멍청한 생각이었어요. 지금은 완전히 말도 안 되는 짓거리가 됐고요. 애초에 대단한 거래도 아니었잖아요. 내가 토요일에 당신 일을 도와주긴 했지만 당신은 나한테 빚진 거 없어요. 직장 공개일 행사 일을 도와준 것에 대한 보답으로 생각하면 될 거예요. 우린 서로 퉁친 거예요."

이렇게 말하면 어깨에 지고 있던 부담을 내려놓을 수 있을 줄 알았는데 그렇지 않았다. 말을 뱉고 보니 땅속으로 더 깊게 가라앉는 기분이었다.

"서로 퉁쳤다?"

에런은 오크나무 책상을 짚고 있던 두 손을 확 들어 올렸다가 내렸다.

"무슨 뜻이죠?"

"당신이 나한테 빚진 거 없다고요."

나는 어깨를 으쓱했다. 어차피 앞서 한 말의 반복일 뿐이었다.

"그러니까 이 말도 안 되는 거래를 잊으라고요."

그의 눈에 혼란과 좌절이 뒤섞인 감정이 차올랐다.

"이 정도면 내 뜻을 명확히 했다고 생각해요, 에런. 당신은 우리가 하기로 한 일을 끝까지 하지 않아도 괜찮아요. 스페인으로 날아갈 필요도 없고, 결혼식에 참석해서 내 남친인 척 할 필요도 없어요. 나랑 같이 거짓말 쇼를 할 필요가 없어요. 전혀요."

"남친이요?"

그는 천천히 물었다.

아 이런. 내가 처음부터 남친이라는 단어를 사용하지 않았었나?

"데이트 상대요."

"다른 사람 찾았어요? 그래서 이래요?"

나는 그를 힐끔 보았다. 이 남자는 진심으로 해주려고 했나?

"아뇨. 그건 아니에요. 전혀요."

그의 턱 근육이 움찔했다.

"그럼 내가 같이 가줄게요."

나는 짜증이 얼굴로 올라오지 않게 속을 꽉 눌렀다. 이 남자는 왜 이렇게 늘 어렵게 굴지?

"그럴 필요 없어요."

"같이 가주기로 했잖아요, 카탈리나. 당신이 우리가 서로 통했다고 생각하든 어쩌든 중요하지 않아요."

그는 단호하고 확고하게 말했다. 혹시 내가 잘못된 결정을 한 걸까.

"토요일 일로 달라질 건 아무것도 없어요."

"달라진 거 맞아요."

나는 곧바로 받아쳤다. 에런이 입을 벌렸지만 나는 틈을 주지 않고 말을 이어갔다.

"당신이 승진했기 때문이기도 해요, 에런. 당신은 내 상관이 될 거예요. 내 업무를 감독하는 사람이요. 우리 부서의 장이라고요. 그러니까 바다 건너 어딘가에서 있을 결혼식에 나랑 같이 가겠다는 생각은 더 이상 안 하는 게 좋아요. 사람들이 알게 되면 말들이 많을 거예요. 나는 사람들한테 괜한 질문을 받고 싶지 않아요…"

내가 말을 너무 많이 한 것 같아 자제했다.

"그건 너무…"

우스꽝스러워? 무모해? 이 모든 게 다 그래?

나는 고개를 가로저었다. 머리가 어질어질하고 기운이 쭉 빠졌다.

"더는 할 필요 없어요."

하지만 늘 그렇듯 에런은 곱게 수긍하지 않았다.

"조금 전에 소식을 들었으니 당신이 바짝 경계하는 게 이해는 돼요."

그는 고개를 저었다.

"이렇게 빨리 승진하게 될지 몰랐어요. 그 부분에 관해서는 내가 할 수 있는 게 없어요. 그렇다고 해서 우리가 하기로 한 일을 변경할 필요는 없다고 봐요."

그는 내가 말하기를 기다렸다. 할 말이 입술까지 올라왔는데, 산사태 같은 감정이 목구멍을 내리눌러 말을 할 수가 없었다.

과거에 비슷한 일이 일어났을 때 나는 몹시 어리석게 굴었다. 당시의 일이 떠올랐다. 그때는 가짜 남친 같은 걸 만들 일은 없었지만, 이번과 비슷한 양상의 일이 실제로 일어났었다. 내 코앞에서 폭탄처럼 터져버린 그 일을 다시 겪고 싶지 않았다. 앞으로 비슷한 일이 일어날 가능성이 있다면 그 사정거리 안에 들어가고 싶지도 않았다.

"난 위험을 감수하고 싶지 않아요."

내 목소리가 귀에 들려왔다. 목소리에는 내가 원하는 것보다 더 많은 감정이 담겨있었다.

"당신은 이해 못 해요."

"설명해 줘요."

그는 솔직하게 대놓고 요청했다.

"내가 이해할 수 있게 말해줘요. 적어도 그 정도는 해줄 수 있잖아요."

나는 머릿속에서 몇 번이고 되풀이해 연습한 말을 소리 내어 내놓았다.

"아뇨. 난 그런 얘기를 친구한테만 할 수 있어요."

그의 얼굴에 왜 이러는지 알겠다는 표정이 빠르게 스쳤다. 나는 그가 늘 해온 대로 딱딱거리며 반박할 줄 알았는데, 그는 딱딱거림과는 아주 거리가 먼 목소리로 말했다.

"카탈리나, 토요일에 내가 한 얘기는 진심이 아니었다고 지금 말해도 달라질 게 없을 테니까 그런 말은 안 할 게요."

"그래요."

내 바람과는 달리 목소리가 이상하게 나왔다.

"당신은 내 친구가 되고 싶지 않다고 말했는데 그건 괜찮아요. 그러니까 그 이유를 나한테 설명할 필요도, 했던 말을 번복할 필요도 없어요. 거의 2년 동안 그렇게 알고 살아와서 난 괜찮거든요."

에런의 눈빛이 날카로워졌지만 나는 계속해서 말했다.

"우린 쉬는 시간에 운동장으로 달려 나가는 열 살 꼬마가 아니에요. 친구가 되고 싶다고 해서 상대에게 그 의사를 물어볼 필요도 없어요. 전혀요. 당신이 내 상관이 된 지금은 더하죠. 우리는 친밀하게 지낼 필요도 없어요. 그래도 괜찮다고요. 우리가 같이하기로 약속한 게 있긴 하지만 당신은 굳이 그 일을 할 필요 없어요. 내 문제는 내가 알아서 할게요."

난 정말이지 혼자 알아서 하고 싶지 않았다. 하지만 거짓말까지 한 들러리가 감당해야 할 몫이었다. 혼자라도 결혼식에 참석해야지 어쩌겠나.

"당신이 약속을 어기는 게 아니에요, 에런. 내가 당신을 약속에서 풀어주는 거예요."

우리는 한참 서로를 바라보았다. 가슴속에서 심장이 쿵쾅쿵쾅 뛰었다. 지금 그의 눈에 담긴 감정이 후회는 아닌 것 같았다. 그가 후회할 이유가 없기는 했다. 이 난장판에 엮인 게 후회된다면 몰라도. 그렇다면 나도 이해할 수 있었다. 내가 더 깊게 생각하기 전에 그의 핸드폰 벨소리가 사무실 안에서 요란하게 울렸다. 에런은 나한테서 눈을 떼지 않고 손을 뻗어 핸드폰을 집어 들더니 전화를 받았다.

"블랙퍼드입니다."

그러고는 말이 없었다. 우리는 서로를 바라보았고 그의 옆얼굴은 눈에 띄게 굳어갔다.

"예, 알겠습니다. 살펴볼게요. 2분 정도 걸립니다."

그는 핸드폰을 책상에 내려놓고 허리를 펴며 일어섰다. 내 얼굴을 살피는 그의 눈빛에 나는 목과 귀까지 달아올랐다. 그는 내 뺨과 코, 턱의 피부 안쪽에서 답을 찾고 있는 듯했다.

"당신이 나한테 말 안 한 게 있는 것 같네요."

그의 추측은 틀리지 않았다. 나는 그에게 말하지 않은 부분이 많았고, 앞으로도 쭉 그럴 생각이었다.

"난 참을성이 좋은 편이에요."

흉곽 안쪽에서 무언가 덜컥 부딪친 듯했다. 그의 말이 무슨 의미인지, 내 심장이 왜 별안간 쿵 떨어진 느낌인지 알 수 없었다.

"중요한 일이라서 가봐야겠어요."

그는 주머니에 두 손을 찔러 넣고 나를 쳐다보면서 내 쪽으로 한 걸음 다가왔다.

"그만 일하러 가봐요, 카탈리나. 이 얘기는 나중에 다시 하죠."

그는 곧장 사무실 밖으로 나갔다. 나는 그의 사무실에 남아 빈 공간을 멍하니 바라보았다. 그는 새로운 역할에 잘 적응하고 있었다. 우리가 앞으로 더 할 얘기가 있기는 할까. 그가 참을성 있게 기다려서 얻을 게 있을지 알 수 없었다. 사실 지금 우리는 뭔가를 기다릴 필요조차 없었다.

11

그날 이후로 모든 게 내리막길이었다. 에런과 얽힌 문제를 모두 해결하고 마음 편해지려고 대화한 것인데 그 후 내 마음은 전혀 편해지지 않았다. 그를 마음에서 놓아주기로 결심했지만 그가 한 말이 계속 머릿속을 맴돌았다. 지난 2주일 내내 그랬다.

'당신이 나한테 말 안 한 게 있는 것 같네요. 난 참을성이 좋은 편이에요'라고 그는 말했다.

폭탄이 떨어지길 기다리는 심정이었다. 수수께끼 같은 그 말을 들은 후 우리가 현재 어떤 위치인지 파악이 안 됐을뿐더러, 로지에게 아직 얘기를 꺼내지도 못했다. 여태 그러고 있었다. 언니의 결혼식에 대비한 긴급 대책을 마련하자마자 로지에게도 말해야 할 것이다. 이제 언니의 결혼식까지 사흘 남았다. 겨우 사흘.

책상에 놓인 아날로그 탁상시계를 확인했다. 저녁 여덟 시. 아직도 오늘 업무를 마무리하지 못했다. 계획대로 되는 게 하나도 없는데 순조롭게 마무리될 턱이 있나? 린다와 패트리샤를 대신할 인력을 구하지 못해서 아직도 나는 그들 대신 일을 처리하고 있었다. 장장 열다섯 시간에 걸친 직장 공개일 행사 때 손님들을 어떻게 재미있게 해드릴지도 구상하지 못했다. 이 와중에 잠재 고객인 테라-윈드사가 우리 회사와 경쟁 관계에 있는 다른 업체와 친밀한 사이가 되어가고 있다는 사실을 알게 됐다. 그 회사가 우리 회사보다 나아서가 아니라, 말도 안 되는 싼값에 서비스를 제공하는 컨설팅 업체 중 한 곳이기 때문일 것이다.

내가 지난 세 시간 동안 붙잡고 씨름 중인 위기 상황이 바로 그것이었다. 노트북 화면 속에서 짙은 색 정장을 입은 남자가 말했다.

"고마워요, 마르틴 씨. 제안해 주신 내용을 생각해 보고 결정하겠습니다."

나는 고개를 끄덕였다.

"시간 내주셔서 감사합니다."

나는 정중하게 미소 지었다.

"그럼 연락 주세요, 캐머런 씨. 좋은 저녁 보내시고요."

테라-윈드사의 의사 결정 위원회 대표와 컨퍼런스 콜을 끝내고 헤드폰을 벗은 뒤 잠시 눈을 감았다. 맙소사. 이 일을 어떻게 해냈는지 모를 지경이었다. 캐머런이라는 이 남자와 통화만이라도 할 수 있기를 바랐다. 내 팀은 추가로 보상받아도 될 정도로 실력이 있고, 테라-윈드사는 뉴욕주를 위해 필요한 일을 할 수 있는 자원과 잠재력을 지닌 재생 가능 에너지 회사였다. 나는 이 프로젝트를 꼭 따내야 했다.

눈을 뜨자 핸드폰 화면에 언니 이름이 깜박이고 있었다. 속에서 다양한 감정이 뒤섞여 휘몰아쳤다. 다른 날 같으면 자동으로 전화를 받았을 테지만 오늘은 그럴 기분이 아니었다. 언니가 벌써 몇 번이나 전화했는데 나는 번번이 음성 사서함으로 넘겨버렸다. 정말 급한 일 때문이었으면 온 가족이 내 핸드폰에 불이 날 정도로 돌아가며 연락했을 것이다.

"*Lo siento mucho, Isa*(정말 미안해, 이사 언니)."

나는 언니가 내 목소리를 들을 수 있을 것처럼 혼잣말했다.

"지금 내가 결혼 앞둔 신부의 투정을 받아줄 시간이 없어."

핸드폰 소리를 죽이고 화면을 엎어놓았다. 공석이 된 빈자리를 채우기 위해 인사팀에서 보내온 이력서가 한 무더기 놓여있었다. 두 명의 이력서만 검토하고 나머지는 집으로 가져가서 봐야겠다고 생각했다.

그런데 보다 보니 어느덧 네 명의 이력서까지 확인하게 됐다. 형광펜을 잠시 내려놓고 의자에 앉아 등받이에 등을 기대었다. 거의 빈속으로 계속 일한 탓인지 머리가 빙빙 돌았다. 어쩌다 보니 또 그렇게 됐다. 다이어트 중이기는 했다. 늘 잘못된 방법을 써서인지 효과는 별로 없었다. 다시 눈을 감고, 멍청하게 군 자신을 나무랐다.

나를 증오하는 만큼, 다니엘 앞에 서게 됐을 때를 생각하지 않을 수 없었다. 신랑의 형이자 들러리며 내 전 남친이었던 다니엘. 그는 나와는 달리 행복하게 약혼해서 잘 살고 있었다. 적어도 남들 눈에는 그렇게 보였다. 언니의 결혼식에 참석한 모두가 나를, 우리를 어떤 눈으로 바라볼지 충분히 상상됐다. 그들은 내 반응을 살피고 나를 평가할 것이다. 내 외모가 어떤지부터, 내가 다니엘을 마주쳤을 때 입술을 어떤 식으로 비쭉거리고 얼굴에서 어떤 식으로 핏기가 가시더라는 부분까지 세세하게 관찰할 것이다. 다니엘은 약혼까지 했는데, 나는 여태 싱글인 이유에 관해 그들은 온갖 이유를 찾아내려 하겠지.

카탈리나는 다니엘에게 받은 상처를 이겨냈을까? 예전의 그 일을 다 극복했을까? 물론 아니겠지. 가여워라. 정신적인 충격이 아주 컸을 거야.

언니 결혼식에서 남들 눈에 좋게 보이려는 내가 어리석은 걸까? 그냥 괜찮아 보이는 정도로는 안 된다. 그럭저럭 괜찮은 정도로도 충분치 않았다. 모두의 시선 앞에서 나는 완벽한 모습이어야 했다. 아름답고, 흠 하나 없고, 결별의 영향 따위는 전혀 안 받은 모습으로 보이고 싶었다. 내 삶이 다시 멀쩡해진 것처럼 보이고 싶었다. 그들 앞에서 나는 아무 문제도 없고 행복한 여자, 새로 사귄 남자를 데려온 여자여야 했다.

객관적으로 보자면 그런 생각을 하는 게 얼마나 어리석은지 나는 잘 알고 있었다. 사귀는 남자가 있고, 전보다 날씬하고, 깨끗한 피부를 가졌다는 걸 멀쩡함의 기준으로 삼을 필요는 없었다. 하지만 대부분이 그런 기준을 가졌다는 게 문제였다.

고개를 절레절레 흔들었다. 머릿속에서 잡념을 떨쳐내고 싶었는데 머리를 흔들었더니 어지럽기만 했다. 뱃속의 공허함을 달래줄 음식을 먹으라고 내 몸이 내게 비명을 지르고 있었다.

물. 물이라도 먹으면 괜찮을 거야.

핸드폰을 집어 들고 담황갈색 바지 주머니에 사원증을 집어넣으며 일어섰다. 기분 나쁘게 휘청거리는 다리로 사무실을 나섰다. 복도 저쪽에 급수기가 있었다. 언니한테서 온 부재중 통화가 세 통이 넘었다. 어느 정도 시간이 지났으니 지금쯤 언니는 잠이 들었을 것이다.

문자를 치고 있는데 잠시 눈앞이 흐릿해졌다. 핸드폰에 다시 눈의 초점을 맞추려 애쓰면서 멈춰 섰다.

리나
내일 얘기 하자, 응?

계속 문자를 치는데 핸드폰 화면의 글자들이 춤을 추기 시작했다. 힘 빠진 손가락이 자판 위에서 흔들렸다. 눈앞이 이중으로 보이다가 부옇게 흐려졌다. 내가 쳐놓은 글자도 화면에서 명확하게 구분이 되질 않았다. 떨리는 숨을 내쉬며 '보내기' 버튼을 누르려 했다.

물. 물 좀 마시자.

핸드폰 화면에서 고개를 들고 다시 다리를 움직여 몇 걸음 더 나아 갔다. 급수기가 저쪽에 있는 걸 알고 있었다. 여기서 대여섯 걸음만 더 가면 될 것이다. 눈앞에 하얀 점들이 확 퍼지더니 별안간 눈앞이 새하 얘졌다. 형광등 불빛에 물든 복도가 다시 보였다가 터널처럼 좁아지 며 멀어졌다.

"뭐지."

웅얼거리는 내 목소리가 들렸다. 내 다리가 계속 앞으로 나아가고 있 다는 것도 인지를 못 하고 있다가 휘청하면서 한 손으로 벽을 짚었다.

"아, *mierda*(젠장)."

눈꺼풀이 파르르 떨리다가 감겼다. 얼굴의 피가 모조리 아래로 쏠 리면서 몸이 흔들리고 속이 울렁거렸다. 억지로 눈을 떠봤지만 보이 는 건 온통 하얀색뿐이었다. 허옇고 부연 담요 같은 것이 내 앞을 온통 덮어버렸다. 어쩌면 벽일 수도 있을 테지만 확실히 알 수가 없었다.

크… 큰일이네. 어쩌지. 저녁 여덟 시 반이라서 회사에 아무도 없을 텐데. 내가 가려는 길을 알려줄 만한 표지를 찾으려 안간힘을 쓰는 와 중에 이 말이 계속 머릿속을 맴돌았다. 생각을… 제대로 할 수가 없었 다. 피부에 축축하고 차가운 땀이 느껴졌다. 눈을 감고 쉬고 싶었다. 아까는 그렇게 쉬는 걸 멍청한 짓이라고 생각했는데. 그 순간 팔다리 에 힘이 쑤욱 빠졌다.

몸이 점점 바닥에 가까워졌다.

그래. 잘됐어. 좀 쉬자. 쉬고 나면 나아질 거야. 나는 옆으로 쓰러졌 다. *추워. 그래도… 이제… 괜찮아질 거야.*

"카탈리나."

부연 안개 속에서 목소리가 들렸다. 깊고 낮은 목소리. 다급함이 느 껴지는 목소리였다. 차가워진 입술이 몸에서 분리된 느낌이라 대답을 할 수 없었다.

"제기랄."

그 목소리가 다시 말했다. 따뜻한 무언가가 이마로 내려왔다.

"이런, 큰일이네. 카탈리나."

망했구나. 이제… 알았다. 나는 잘못을 했다. 내 옆에 있는 게 누구든 나는 내 잘못을 소리 내어 인정하고 싶었다. 하지만 입에서 나오는 건… 의미 없는 웅얼거림뿐이었다.

"이봐요."

그 목소리는 무척 부드러웠다. 더 이상 화난 목소리는 아니었다. 나는… 몹시 피곤했다.

"커다란 갈색 눈을 좀 떠 봐요."

이마에 닿았던 따뜻한 무언가가 얼굴로, 뺨으로 내려왔다. 그것이 축축하게 젖은 피부에 닿자 나는 기분이 좋아서 그것을 향해 고개를 돌렸다.

"눈 떠요. 제발, 카탈리나."

눈꺼풀이 잠시 파르르 떨리며 떠졌다. 바다처럼 파란 두 개의 점이 보였다. 입에서 한숨이 흘러나왔다. 텅 빈 것 같은 허한 감각이 잠시 멀어진 듯했다.

"정신이 드나 보네요."

그 목소리가 다시 들렸다. 한층 더 부드러워진 그 목소리는 안심한 기색을 내보였다. 천천히 눈을 깜박이자 번쩍거리면서 조금씩 앞이 보이기 시작했다. 짙푸른 눈동자. 잉크처럼 검은 머리카락. 강인한 턱선.

"리나?"

리나.

내 이름을 부르는 그 목소리가 재미있게 느껴졌다. 모두가 부르는 내 이름이었다. 아니, 모두는 아니었다. 눈을 몇 번 더 감았다 떴다. 고정된 어딘가에 시선을 집중하기도 전에 내 몸이 위로 들려 올라가는 게 느껴졌다. 느릿하고 부드러운 움직임이었다. 처음에는 잘 몰랐는데 어느새 우리는 움직이고 있었다. 몇 초가 지나자 그 움직임만으로도 머리가 빙빙 도는 듯했다.

"*Mi cabeza*(내 머리)."

내가 조그맣게 말했다.

"미안해요."

그 말이 내 옆에서 부드럽게 울렸다. 단단하고 뜨끈한 무언가에 내 뺨이 닿아있는 걸 알게 됐다. 그 무언가에서 심장 박동 같은 게 느껴졌다. 그것은 가슴팍이었다.

"정신 차려요. 알겠죠?"

그래, 정신 차리자. 그 가슴에 편안히 기댄 순간 기운이 쑤욱 빠지면서 곧 의식을 잃을 것 같았다.

"눈 떠요, 제발."

나는 그 목소리가 하라는 대로 했다. 눈을 뜨고 보니 나를 데리고 움직이는 사람의 익숙한 어깨가 보였다. 점차 시야가 맑아졌다. 내 머리는 더 이상 빙빙 돌지 않고 어깨에 잘 붙어있었다. 식은땀도 멈췄다.

무슨 일이 벌어진 것인지를 찬찬히 돌이켜 생각하면서 주변을 둘러보았다. 제대로 먹지 않은 탓에 기절한 것이다. 이렇게 멍청한 짓이 또 있을까. 한숨을 쉬면서 눈을 들었다. 턱선을 쭉 따라서 시선을 옮겼다. 그 위의 꽉 다문 입술이 보였다.

"에런."

다 꺼져가는 목소리로 그를 불렀다. 푸른 눈동자가 잠시 나를 마주 보았다.

"조금만 견뎌요. 거의 다 왔어요."

나는 에런의 품 안에 있었다. 그의 왼팔이 내 다리를 감쌌고 왼손이 내 허벅지를 받치고 있었다. 오른손은 내 등을 안았고 긴 손가락이 내 엉덩이를 받쳐주었다. 내가 그 생각에 빠져들기 전, 그에게서 뿜어 나와 내게 전해지는 편안하고 놀라운 온기에 초점을 맞추기 전에 그는 나를 내려놓았다.

혼란스러워진 나는 주변을 둘러보았다. 커다란 눈을 가진 아이의 모습이 담긴 끔찍한 액자 그림이 눈에 들어왔다. 나는 늘 그 그림이 싫어서 그게 누구 그림인지 정확히 알고 있었다. 우리는 지금 제프의 사무실에 있었다. 그런 그림을 오싹하다고 여기지 않는 사람은 제프뿐이었다.

플러시 천으로 된 어딘가에 내 엉덩이와 등이 차례로 닿았다. 쿠션 같았다. 두 손을 옆으로 내리자 가죽 같은 질감이 느껴졌다. 소파였다. 내가 알기로 제프는 사무실에 소파를 놓아두었는데, 상당히 우쭐대는 느낌을 주는 고급스러운 물건이었다.

에런의 손바닥이 다시 내 얼굴에 닿자 내 신경은 다시 그에게 쏠렸다. 그가 가까이에, 아주 가까이에 있었다. 내 앞의 바닥에 무릎을 대고 앉아있었다. 그의 손길에 마음이 놓였다. 하지만 그의 표정은 내 피부를 어루만지며 달래주는 손가락과는 어울리지 않았다. 그는 날카로운 목소리로 물었다.

"몸을 좀 더 젖힐래요?"

"아뇨. 괜찮아요."

나는 괜찮은 척 말했지만 목소리에 힘이라곤 없었다. 그는 미간을 찌푸렸다.

"당신 화난 것 같아요."

다른 때 같으면 그런 감상은 굳이 입 밖에 내지 않았을 것이다. 지금 나는 입에서 나오는 말을 신중하게 고를 수 있는 상태가 아니었다.

"왜 화났어요?"

"마지막으로 뭘 먹은 게 언젭니까, 카탈리나?"

그는 인상을 더 깊게 찌푸리면서 자세를 고치고 허리를 폈다. 그가 주머니에서 무언가를 꺼내는 게 보였다. 나는 얼굴을 찡그렸다.

"점심때 뭘 먹긴 했어요. 아침 먹을 시간이 없어서 아침 겸 점심으로 먹었어요. 오전 열한 시쯤에요."

그는 내 앞에서 손을 멈추고 자기가 들고 있는 걸 내게 보여주었다. 하얀 유산지로 포장되어 있었다.

"맙소사, 카탈리나."

그는 누구라도 움츠러들 만한 눈빛으로 나를 쳐다보았다. 그가 부서장으로 승진한 걸 생각하면 그 위치에서 그 눈빛은 업무 수행에 확실히 도움이 될 듯했다. 연료 탱크가 비어있긴 했지만 나는 여전히 리나 마르틴이었다.

"괜찮아요, 로봇 씨."

"아니, 괜찮지 않아요."

그는 유산지에 싼 물건을 내 무릎에 가만히 내려놓았다. 에런 블랙퍼드의 맛있는 수제 그래놀라 바였다.

"기절했잖아요, 카탈리나. 어떻게 괜찮을 수 있어요. 이거라도 먹어요."

"고마운데, 이제 괜찮아졌어요."

나는 시선을 내려 잘 만든 수제 간식을 한 번 더 바라보았다. 그리고 떨리는 손으로 그 간식을 낚아채듯 쥐었다. 어설픈 손놀림으로 포장을 벗기며 물었다.

"이걸 항상 갖고 다녀요?"

위장이 어째서인지 거부 반응을 보여 나는 바로 먹지 않고 망설였다.

"제발 먹어요."

그는 희한하게도 '제발'이라는 말을 협박처럼 했다.

"어휴."

나는 그래놀라 바를 한 입 베어 물었다. 나는 그래놀라 바를 입에 한 가득 문 채로 말했다. 뭐 어때 싶었다. 그는 창백해진 입술로 식은땀을 흘리면서 바닥에 쓰러져 기절하기 직전이었던 나를 안아 올린 사람이었다.

"괜찮다니까요."

"안 괜찮아요."

그는 경고하는 눈빛으로 나를 쳐다보며 낮은 목소리로 말했다.

"지금 이건 정말 멍청한 짓입니다."

화를 내고 싶지만 맞는 말이라 나는 인상만 찌푸렸다. 내가 그와 같은 생각이라는 걸 굳이 알려주고 싶지 않았다.

"당신은 참 고집 센 여자예요."

그는 나지막하게 투덜거렸다. 나는 그래놀라 바를 씹다가 말고 일어서서 사무실을 나가려 했다. 그는 묘하게 다정한 손길로 내 어깨를 잡으며 말렸다.

"지금 내 인내심을 시험하지 말아요."

그는 다시 진하게 인상을 썼다. 나는 그의 커다란 손바닥이 부드럽게 누르는 힘에 밀려 소파에 도로 앉았다.

"그래놀라 바를 어서 먹어요, 카탈리나. 그걸로는 충분치 않겠지만 지금은 그거라도 먹어야 해요."

그의 손이 아직도 내 어깨에 닿아있는 것 같아 나는 몸을 살짝 떨었다.

"먹고 있어요. 이래라저래라 좀 그만 해요."

나는 옆으로 시선을 돌리고 다시 먹기 시작했다. 그의 손바닥이 다시 내 피부에 닿기를, 그의 길고 큼직한 팔이 나를 안아주기를 간절히 바라면서도 그 생각을 하지 않으려 애썼다. 위로가 필요했다. 내 몸은 누가 오랫동안 붙잡고 늘려놓은 것처럼 지쳤다. 온몸에 오한이 일고 근육에 무리가 왔다.

"여기 있어요. 금방 돌아올게요."

나는 그를 올려다보지도 않고 고개만 끄덕였다. 지금은 그래놀라 바를 씹어 삼키는 일만으로도 벅찼다. 그는 몇 분 후에 돌아왔다. 등을 꼿꼿이 세우고 단호하게 걸어 들어오는 모습이었다.

"물이요."

그는 내 무릎에 물병을 내려놓고 그 옆에 내 핸드폰을 놓아주었다.

"고마워요."

나는 물병 뚜껑을 돌려 따고 병에 담긴 물 4분의 1 정도를 꿀꺽꿀꺽 들이켰다. 물을 다 마신 후 눈을 들었다. 그는 내 앞에 서있었다. 여전히 화가 나서 찌푸린 얼굴이었다. 나는 그의 얼굴을 올려다보다가 시선을 내렸다. 탑처럼 나를 내려다보는 그의 앞에 앉아있자니 내 몸이 별나게 작아진 듯했다.

"얼마 후면 여기가 당신 사무실이 되겠네요. 사무실 안을 다시 꾸며야겠어요."

나는 그의 등 뒤에 걸려있는 끔찍한 그림을 바라보았다.

"카탈리나."

그는 경고하는 듯한 말투로 내 이름을 불렀다. 휴우. 지금은 잔소리 들을 기분이 아니었다.

"어리석었어요. 그렇게 장시간 빈속으로 있으면 저혈당이 와요. 이 건물 안에 사람도 거의 없는 시간이잖아요. 아까 의식을 잃었을 때 아무도 당신을 발견하지 못했으면 어쩔 뻔했어요?"

"당신이 있었잖아요."

나는 여전히 그의 눈을 똑바로 바라볼 수가 없었다.

"당신은 늘 여기 있잖아요."

그의 목구멍에서 경고하는 듯한 소리가 났다. 헛소리 *마라*, 라고 말하는 듯했다.

"왜 식사를 거르고 있어요?"

그의 질문이 내 배를 주먹으로 치는 느낌이었다.

"당신은 늘 뭔가를 먹었잖아요. 난 당신이 전혀 생각지도 못한, 적절하지도 않은 시기에 주머니에서 페이스트리 빵을 꺼내 먹는 걸 봤어요."

그 말에 고개를 든 나는 얼음처럼 차가운 그의 두 눈을 마주 보았다. 그의 말대로 나는 간식을 좋아하는 편이었다. 그가 문제라고 생각하는 부분 아니었나?

"요즘은 왜 안 먹어요? 지난 한 달 동안 왜 제대로 먹질 않은 겁니까? 평소처럼 안 먹는 이유가 뭐예요?"

나는 눈을 가늘게 뜨고 그를 바라보면서 두 손을 깍지 꼈다.

"지금 나한테 따지자는…"

"그러지 말아요. 시도도 하지 마요."

"알았어요."

그는 바위처럼 굳건한 눈빛으로 나를 바라보며 끝까지 대답을 들으려 했다.

"왜 요즘 잘 안 먹는지 말해줘요."

"뻔하잖아요?"

호흡이 빨라졌다. 한 단어 한 단어 말하는 것이 몹시 힘이 들었다. 진실을 인정해야 하기 때문일 것이다.

"살을 빼고 싶으니까요. 결혼식에 대비해서."

그는 놀란 얼굴로 물러서며 물었다.

"왜요?"

조금 전 내 머리에서 모조리 쏠려 나갔던 피가 일시에 돌아왔다. 타이밍이 좋지 않았다. 내 인생의 모든 게 그렇듯이. 나는 숨소리가 섞인 목소리로 조용히 말했다.

"왜냐하면… 사람들은 결혼식 같은 중요한 행사를 앞두고 그렇게 해요. 믿기지 않겠지만, 난 최고의 모습으로 보이고 싶거든요. 최대한 멋진 모습으로 보이고 싶은 거죠. 내가 그동안 늘 페이스트리를 달고 살아서 그 결과가 내 몸에 차곡차곡 쌓였어요. 그래서… 그런 거예요. 알겠어요? 뭐 어때서요?"

"카탈리나."

그는 꽤 당황한 목소리였다.

"어이가… 없네요. 당신은 그런 적이 한 번도 없잖아요."

이 사람은 내가… 아름다워지고 싶다는 생각을 못 하는 줄 아나?

"왜요, 에런?"

나는 여전히 힘없는 목소리였다.

"뭐가 어이가 없는데요? 내가 그런 말을 하는 게 믿기지 않아요? 내가 그런 사람인 게 믿기질 않아요? 내가 외모에 신경 쓰는 사람인 게?"

"당신은 그런 엿같은 짓을 할 필요가 전혀 없으니까요. 당신처럼 똑똑한 사람이 그런 식으로 다이어트를 한다는 게 믿기질 않네요."

나는 눈을 깜박였다. 몇 번 더 눈을 깜박이다가 겨우 입을 열었다.

"지금 엿같은 짓이라고 했어요? 직장에서?"

나는 목소리를 낮췄다.

"제프 부서장의 사무실에서?"

생각해 보니 그가 전에도 욕을 몇 번 한 적이 있었던 것 같기도 했다. 그는 고개를 숙이고는 절레절레 흔들었다. 졌다는 듯 어깨까지 축 처진 모습이었다.

"맙소사. 젠장, 카탈리나."

어머나.

"진짜 욕을 하네요."

나는 그가 무슨 생각인지 알아내려 그의 얼굴을 살폈다.

"내 귀가 고장 난 것 같아요, 블랙퍼드."

그는 한 손으로 목뒤를 짚으며 고개를 젖혔다. 내 기억에서 도저히 잊히지 않는 그 순간이 떠올랐다. 그가 저런 몸짓 끝에 터뜨렸던 놀랍도록 멋진 웃음. 그가 자유로이, 누구보다 환하게 미소 지었던 순간. 하지만 지금은 달랐다. 그는 입술을 약간 내밀면서 눈가에 살짝 주름을 잡았을 뿐이었다.

"귀엽네요."

그는 차분하게 말했다.

"지금은 그 카드가 나한테 통하지 않을 거예요. 난 아직 화가 나있으니까."

귀엽다고? 말 그대로 *귀엽다*는 건가? 아니면 소소하게 재미있어서 다정하게 미소 지을만하다는 건가? 어쩌면 다른 뜻으로… 나는 거기서 생각을 멈췄다. 눈을 감고 생각을 그만하려 애썼다.

"이제 좀 괜찮아졌어요? 일어설 수 있겠어요?"

나는 눈을 뜨고 고개를 끄덕였다.

"네. 나를 다시 안아서 옮겨줄 필요는 없어요."

그의 품 안에서 느꼈던 편안함이 떠올라 심장이 덜컥했다.

"고마워요."

"원한다면 해줄 수도…"

"당신이 할 수 있는 거 알아요, 블랙퍼드."

그가 다시 제안한다면 나는 받아들일지도 몰랐다.

"아까는 고마워요. 이제 혼자 걸을 수 있어요."

그는 한 손을 내밀며 고개를 끄덕였다.

"그래요. 갑시다. 소지품 챙겨요. 집에 데려다줄게요."

나는 그의 손을 잡을 수가 없었다.

"나 혼자…"

"그만 좀 할래요?"

그는 내 말을 잘랐다. 맙소사. 우리는 둘 다 더럽게 고집이 셌다.

"당신을 부축해서 차로 당신 집에 데려다주게 해주든가…"

그는 드라마 주인공처럼 뜸을 들이다가 말을 이었다.

"아니면 당신을 안아서 이 건물 밖으로 데리고 나가 내 차에 직접 태울 겁니다."

그와 눈을 마주 보면서 나는 가만히 손을 들었다. 그의 손 바로 앞이었다. 그가 한 말을 곱씹으면서 이런저런 생각을 해봤다. 그가 두 번째 안으로 실행하면 좋겠다는 생각이 불쑥 들었지만 그럴 수는 없었다. 이런 문제에 있어서 굳이 그와 언쟁하며 뜻을 꺾을 필요 없다는 생각이 들자 더욱 당황스러웠다. 나는 손가락으로 그의 손을 잡으며 손의 크기 차이가 상당하다는 생각을 했다.

"알았어요. 사소한 일에 열 올릴 필요 없어요, 블랙퍼드."

그는 한숨을 쉬었다. 그는 내 손을 잡은 상태로 나를 부축해 일으켜 세웠다. 이제 우리는 손바닥을 마주 댄 채로 손을 잡은 모양새가 됐다. 가슴속에 또 한 차례 떨림이 밀려왔다. 사무실을 나서면서 나는 여기가 더 이상 제프 부서장의 사무실이 아님을 깨달았다. 여기는 에런의 사무실이 될 것이다. 곧.

그러니 나는 당장 그의 손을 뿌리치고 반대 방향으로 달려가야 했다. 그의 손바닥이 주는 온기를 만끽하면서 그가 나를 집에 데려다주게 해서는 안 되었다. 그래야 했다. 하지만 요즘 나는 나를 말리는 머릿속 목소리를 거의 무시하고 있었다. 그러니 두어 번쯤은 더 무시해도 되지 않을까?

"저기요."

아득히 멀리서 들려오는 남자의 목소리에 나는 천천히 정신이 들었다. *Un poquito más*(조금만 더요). 나는 망각 속으로 떨어지지 않으려 저항하면서 조용히 애원했다. *Un ratito más*(조금만 있다가요).

"저 에런입니다."

에런? 눈을 감고 있는데 끈적하고 묵직한 온갖 생각이 머릿속을 떠다녔다. 무슨 일이 일어나고 있는지 별로 알고 싶지 않지만 계속 모르고 있을 수도 없었다. 에런의 목소리가 왜 내 바로 옆에서 들리는 걸까? 그냥 다시 잠들고 싶었다.

자동차 엔진의 둔탁한 진동이 희미하게 느껴졌다. *지금 차 안에 있는 건가? 버스?* 그런데 차가 앞으로 나아가고 있지는 않았다.

꿈이구나. 그렇다면 말이 되지. 안 그래? 혼란스럽기도 하고 피곤하기도 해서 침대의 온기 속으로 더 깊게 파고들었다. 에런 꿈을 꾸고 있는 것 같은데 상관없었다. 이번이 처음도 아니니까.

"예. 그 에런이요."

남자의 목소리는 더 이상 멀리서 들려오지 않았다.

"예, 그렇습니다."

그의 말 한 마디 한 마디가 나를 점점 현실로 불러내고 있었다.

"카탈리나는 지금 자고 있습니다."

깃털처럼 가벼운 무언가가 내 손등을 쓰다듬는 느낌이 들었다. 그러자 피부가 확 살아났다. 꿈이라기엔 너무 생생한 느낌이었다.

"아뇨. 아무 문제 없습니다."

에런의 바리톤 목소리가 내 귓속에서 울렸다. 그의 목소리를 인지하자 이상하게 마음이 편안해졌다.

"예. 카탈리나한테 전화 드리라고 하겠습니다."

잠시 침묵이 흐르고 가벼운 웃음소리가 들렸다.

"아뇨. 저는 그런 쪽이 아닙니다. 고기를 엄청 좋아해요. 특히 양고기구이요."

고기. 그래. 나도 고기를 엄청 좋아했다. 에런이랑 같이 고기를 먹으면 좋겠네. 육즙이 풍성하면서도 바삭바삭한 양고기, 그리고 에런을 생각하느라 잠시 정신이 딴 데로 팔렸다.

"알겠습니다. 고마워요. 이사벨. 이만 끊겠습니다."

잠깐. 잠깐만.

이사벨?

내 언니 이사벨?

안개 낀 듯 부연 내 머릿속이 더욱 혼란스러워졌다. 한쪽 눈이 파르르 떠졌다. 여긴 침대가 아니었다. 나는 티 하나 없이 깔끔한 차 안에 앉아 있었다. 분명했다.

에런의 차. 나는 에런의 차에 타고 있었다. 이건 꿈이 아니었다. 그런데… 이사벨이라면. 이사벨 언니가 아까 나한테 전화하지 않았나? 언니는 나한테 문자도 보냈다. 내가 싸그리 씹었지만. 지난 몇 시간 동안의 일이 한꺼번에 눈덩이처럼 내 의식으로 굴러 내려와, 아직 제 기능을 못 하는 뇌를 압도했다.

안 돼. 눈을 깜박이다가 활짝 뜨고 벌떡 일어나 앉았다.

"나 깼어요."

좌우를 두리번거리다가 내가 깜박 잠든 이 차의 주인에게 시선을 돌렸다. 그는 두 손으로 머리카락을 쓸어 넘기고 있었다. 무척 피곤해 보이는 모습이었다.

"잠 깼네요."

그는 내 쪽을 돌아보며 묘한 시선으로 말했다.

"다시."

심장이 조여들었다. 어떻게 된 일인지 정확히 파악되질 않았다.

"네."

나는 머릿속이 뒤죽박죽인 채로 대답했다.

"언니가 전화했어요."

그의 말에 나는 온몸이 긴장으로 굳어졌다.

"다섯 번 연속으로요."

나는 입을 열었지만 제대로 말이 나오지 않았다. 아무 말도 할 수가 없었다.

"별 얘기 없었어요. 당신이 언니한테 보낸 괴상한 문자 내용에 관해 말하더라고요."

그는 설명하며 내 핸드폰을 돌려주었다. 핸드폰을 받아 쥐면서 에런의 손가락과 내 손이 잠깐 스쳤다. 에런의 시선이 내게 쏠려있는 것을 느끼며 문자 내용을 확인했다. 맙소사. 무슨 말인지 알 수 없는 문자였다. 경악스러웠다. 에런이 계속해서 말했다.

"언니가 좌석 배치랑 테이블 배치에 관한 얘기도 했어요. 냅킨에 관한 얘기도 했고요."

나는 그를 힐끗 쳐다보았다. 그는 또 손으로 머리카락을 쓸어 넘기고 있었다. 그의 팔근육이 구부러지는 모습이 눈에 들어왔다. 잠이 덜 깬 상태라 그 동작에, 오직 그 동작에 시선을 집중하고 말았다.

"미안해요. 그 전화를 받지 말 걸 그랬나 봐요."

그의 말에 나는 그의 얼굴을 다시 바라보았다.

"괜찮아요."

이 말을 하는 자신이 놀라웠다.

"언니가 스페인 시간으로 새벽 서너 시쯤 전화했으면 진짜 걱정돼서 전화했을 거예요. 당신이 전화를 안 받으면 언니는 뉴욕시 소방국에 내 집을 알려주고 가보라고 했을 거예요."

그의 눈이 묘하게 빛났다.

"그렇다면 다행이네요. 당신 핸드폰이 계속 울렸어요. 당신은…"

그는 고개를 살짝 흔들었다.

"당신은 곤히 잠들었고요, 카탈리나."

그의 말대로였다. 세상에 대재앙이 닥쳤어도… 요한 계시록의 네 명의 기사가 내 이름을 외치며 말을 타고 내 쪽으로 달려오고 있다고 해도… 깊이 잠든 나를 깨우지 못했을 것이다. 역설적이기는 했다. 이 사벨 언니가 에런과 전화 통화를 하는 게 나에게는 세상이 끝장날 만한 일이니까.

그 사실을 깨닫자 내 눈이 휘둥그레졌다. 에런이 우리 언니랑 통화 했다. 그는 고기 얘기를 했다. 양고기구이. 결혼식 메뉴에 있는 요리였다. 그 말의 의미가 내 지친 머릿속에서 소용돌이쳤다. 내가 아무 말도 못 하고 공황 상태에 빠져있자 그가 물었다.

"괜찮아요?"

"네."

나는 거짓말을 하며 억지로 미소 지었다.

"아주 아주 괜찮아요."

에런이 눈썹을 치켜떴다. 내가 아주 아주 괜찮은 상태는 아니라서 그가 그런 반응을 보이는 듯했다.

"난 언니한테 당신이 무사하고, 그냥 자고 있다고 말했어요. 내일 언니한테 다시 전화해요."

그는 내 핸드폰을 손으로 가리켰다.

"언니가 5분 정도 스페인어로 혼자 얘기하고 난 후에 내가 겨우 당신이 전화를 받은 게 아니라고 말했어요. 당신이 전화해 주면 언니 마음이 더 놓이겠죠."

에런은 입술을 살짝 비틀어 올리며 미소 짓기 시작했다.

"그래요."

위기를 헤쳐 나가기 위해 안간힘을 써도 모자랄 시간에 나는 그의 입술에 온통 정신이 팔리고 말았다.

"알았어요."

입꼬리가 더 움직이면서 그는 비딱한 미소를 지었다.

아, 미치겠네. 이 남자는 왜 이렇게 웃는 게 멋있지? 아직 환하게 미소 지은 것도 아닌데.

지금 중요한 건 그게 아니었다.

중요한 건 에런이 언니랑 통화했다는 사실, 그리고 언니는 절대 돌려 말할 줄 모르는 사람이라는 사실이었다. 나는 말을 쏟아냈다.

"아까 언니랑 통화할 때요. 언니한테 당신 이름을 말한 거 맞죠?"

그는 미간을 찌푸렸다.

"사람들이 자기소개를 할 때 보통 하는 게 그거죠."

"그렇군요."

나는 천천히 고개를 끄덕였다.

"정확히 뭐라고 말했어요? *안녕하세요, 저는 에런입니다.*"

나는 목소리를 깔아 그의 목소리를 흉내 냈다.

"아니면 *저는 에런인데, 별로 중요한 사람은 아닙니다. 반가워요.* 이렇게 말했어요?"

그는 고개를 갸웃했다.

"그 질문의 뜻을 잘 못 알아듣겠지만, 굳이 고르자면 전자로 할게요. 내 목소리와는 전혀 다르게 들리긴 했지만요."

나는 코로 길게 숨을 내쉬며 손가락을 관자놀이에 갖다 댔다.

"아, 에런. 이걸 어쩌죠. 내가…"

나는 당황해서 눈을 깜박였다. 몸에서 피가 쭉 빠져나가는 기분이었다.

"맙소사."

에런은 인상을 쓰면서 걱정 가득한 푸른 눈으로 나를 쳐다보았다.

"카탈리나. 당신을 병원으로 데려가서 검사받게 해야겠어요. 쓰러질 때 바닥에 머리를 부딪친 모양이에요."

그는 몸을 약간 옆으로 돌리더니 한 손으로 운전대를 잡고 다른 손을 점화 장치로 가져갔다.

"잠깐, 잠깐만요."

그가 차에 시동을 걸기 직전에 나는 그를 말렸다.

"그럴 필요 없어요. 난 괜찮아요. 정말이에요."

그는 나를 힐끗 쳐다보았다.

"진짜 괜찮아요."

그는 못 믿겠다는 눈빛이었다.

"장담해요."

그는 두 손을 무릎께로 내렸다.

"당신한테 들어야 할 얘기가 있어요."

내 말에 그는 고개를 끄덕였다. 휴우. 그래. 이 정도는 어려운 일도 아니었다.

"이사벨 언니한테 정확히 뭐라고 했는지 말해줘요."

"아까 말했잖아요. 조금 전에."

그는 한 손을 목 뒷덜미로 가져갔다.

"그래도 다시 해줘요. 당신이 뭐라고 했는지 알아야 해서 그래요."

나는 그에게 힘없이 미소 지었다. 그는 마치 내가 그에게 옷을 벗고 타임스 광장 한가운데서 안무를 선보이라고 요구한 것 같은 표정으로 나를 쳐다보았다. 그 반응에 나는 또 살짝 기가 눌렸다. 물론 그런 건 중요하지 않았다.

"부탁해요."

나는 마법의 단어인 '부탁해요'를 들먹이며 내 운을 시험했다. 에런 은 나를 한참 바라보았다. 나는 '부탁'이라는 단어를 쓰면 굳이 언쟁하 지 않더라도 그가 내 뜻대로 해준다는 것을 알았다. 그는 한숨을 쉬면 서 운전석 깊숙이 눌러앉았다.

"알았어요."

"아. 최대한 자세히요. 언니가 쓴 표현을 그대로 말해줘요."

그는 다시 한숨을 쉬었다.

"언니분은 스페인어에서 영어로 바꾸더니, 나랑 인사하게 돼서 반갑다고 했어요. 당신이 괴상한 문자를 보내놓고 전화도 안 받았다고 말하면서, 그런 행동을 할 수밖에 없었던 이유가 분명히 있어야 할 거라고 하더군요. 꽃을 담당한 멍청한 히피족이 결혼식을 망칠 것 같다고도 했어요. 테이블보가 부케랑 안 어울린다는 말도 했고요."

그 말에 콧방귀가 나왔다. 가여운 꽃 담당자는 잘못에 대한 대가를 톡톡히 치를 것이다. 그가 설명을 이어갔다.

"며칠 내로 보자고 하더군요. 결혼식에서."

그 말에 내 얼굴에서 웃음기가 싹 걷혔다.

"그 전에 언니분은 요즘 육류를 섭취하지 않는 생활을 하는 사람들이 있다던데 나도 그러냐고 물었어요. 만약 그렇다면 나를 결혼식에 초대 못 할 것 같다고 하더라고요. 그러더니 농담이었다고, 내가 뭘 좋아하는지 알면 결혼식을 좀 더 잘 즐기게 해줄 수 있다고 했어요. 그러면서 양고기구이를 좋아하냐고 묻더군요. 나는 그렇다고, 양고기구이를 무척 좋아한다고 했어요. 자주 먹지는 않지만요."

내 몸에서 거의 짐승 소리에 가까운 흉측하고 요란한 신음이 터져 나왔다.

"*Mierda. Qué Desastre. Qué completo y maldito desastre*(젠장. 미치겠네. 재앙이 따로 없어)."

나는 손바닥으로 얼굴을 가렸다. 이 빌어먹을 상황을 피해 숨는 게 손바닥으로 얼굴 가리기만큼 쉬우면 얼마나 좋을까.

"전화를 받은 사람이 당신인 줄 알고 언니분도 그 비슷한 말을 했어요."

그는 환자를 대하는 의사 같은 눈빛으로 물었다.

"정확히 무슨 뜻이죠?"

"엿 됐다는 얘기예요. 엉망진창. 재앙이라고요."

손에 가려진 내 목소리가 손가락 사이로 흘러나왔다. 그는 흐흠 하는 소리를 냈다.

"전화 통화를 시작할 때 언니분이 딱 그런 말투로 말하더군요."

"에런."

나는 무릎으로 두 손을 내렸다.

"왜 언니한테 결혼식에 간다고 말했어요? 결혼식이 며칠밖에 안 남았어요. 사흘 후에 나는 스페인으로 날아가야 한다고요."

그는 나만큼이나 지친 목소리였다.

"우린 이 일을 같이 헤쳐나왔어요. 그리고 나는 결혼식에 간다고 말하진 않았어요. 언니가 추측해서 말한 거지."

나는 그를 힐끗 쳐다보았다.

"다 끝난 얘기잖아요."

나는 이 주제에 관해 새로 접근하며 풀어나가야 했다.

"우린 이 계약을 끝내기로 합의하지 않았나요? 그런데 당신은 마치 결혼식에 갈 것처럼 언니가 추측하게 했어요."

혹시 그는 계약을 끝내기로 한 합의를 잊은 걸까? 난 잊지 않았는데.

"나는 우리 둘이 그 문제에 관해 차차 얘기해 보자고 말했을 뿐인데요."

언제? 그에게 묻고 싶었다. 내가 공항으로 가는 동안 말하려고 했나? 우린 그 문제에 관해 깊게 얘기를 나눌 시간이 없었다.

"하지만 우린 제대로 얘기를 나누지 않았어요, 에런."

2주일이나 시간이 있었다. 그는 내게 연락할 수 있었는데도 2주일을 뭉갰다. 인정하고 싶지 않지만 나는 그가 먼저 연락해 주길 기다렸다. 생각해 보니 그랬다. 내가 지금껏 로지에게나 내 가족에게 전부 다 털어놓지 못한 이유도 어쩌면 그래서일 것이다. 고개를 가로저었다. 내가 참 멍청했다.

"그럴 필요 없어요. 서로 할 얘기도 없고요."

에런은 이렇게 말하고는 입을 꾹 닫아버렸다. 내 핸드폰이 두 번 더 알림음을 냈지만 확인하고 싶지 않았다. 지금은 에런을 쪼기에도 바빴다. 하지만 기운이 없어서 그만 포기하고 조수석의 고급스러운 머리받침대에 머리를 기댔다. 눈을 감았다. 이대로 세상과 벽을 쳐버리고 싶었다.

핸드폰 알림음이 다시 울렸다. 무릎께를 내려다보니 두어 개의 문자 메시지가 와 있었다. 확인하고 싶지 않았다. 결국 속에 맺힌 생각을 소리 내어 말하고 말았다.

"내가 어떻게 해야 해요? 앞으로 몇 시간 안에 이사벨 언니는 모든 사람한테 전화해서 자기가 *리나의 남친*이랑 통화했다고 떠들어 댈 거예요."

앞으로 일요일까지 나는 가지가지로 망했다고 보면 될 듯했다.

"사람들이 물어볼 때마다 난 당신이랑 헤어졌다고 해야겠죠."

길게 한숨을 쉬다가 그를 돌아보았다.

"정확히 말하자면 당신이랑 헤어진 건 아니지만…"

나는 고개를 가로저었다.

"무슨 말인지 알 거예요."

에런이 앉은 자리에서 허리를 펴자 차 안의 공간이 더 비좁아진 듯했다. 우리가 침묵하는 동안 내 핸드폰이 다시 알림음을 냈다. 아예 소리를 죽여버릴 작정으로 무릎에 놓인 핸드폰을 집어 들었다.

"*Por el amor de Dios*(빌어먹을)."

핸드폰 화면에 반짝이는 메시지의 수가 너무 많아서 깜짝 놀랐다. 역시 내 추측대로 된 모양이었다.

이사벨

방금 네 남친이랑 통화했어. 😊 그 남자 목소리가 낮고 굵은 게 엄청 섹시하더라. 사진 좀 보내줘.

엄마

네 언니가 에런이랑 통화했다고 하더라. 에런이 고기가 안 들어간 요리를 원하면 내가 레스토랑에 얘기해서 생선으로 고를 수 있도록 준비해 달라고 할게. 에런이 생선을 먹을 수 있니? 생선은 육류가 아니니까 괜찮으려나?

엄마

채식주의자들은 닭을 안 먹는다며? 차로가 예전에 플렉소토리언인 가, 플렉타테리언인가였잖니('플렉시테리언'의 오기. 육식을 병행하는 일종 의 준채식주의 방식을 뜻함.-옮긴이). 기억이 잘 안 나네. 그때도 차로는 하 몬(스페인의 전통 음식. 돼지 뒷다리의 넓적다리 부분을 잘라 소금에 절여 만 든 생햄.-옮긴이)이랑 초리조(스페인이나 라틴 아메리카의 양념을 많이 한 소 시지.-옮긴이)를 먹더라. 요즘 사람들 음식 취향은 알다가도 모르겠어.

아이고 맙소사. 엄마까지 왜 이 시간에 깨어있지?

이사벨

네 남친이 어떻게 생겼는지 내가 모르는 게 말이 되냐. 못생겼니? 그래도 괜찮아. 다른 장점들이 있겠지. 😊

엄마

에런이 어떤 음식을 주로 먹는지 알려줘. 문제될 건 없어. 네 할머니한테는 말 안 하마. 네 할머니가 어떤 분인지 알잖니.

이사벨

농담이야. 난 네 남친의 외모를 평가질할 생각 없어.

이사벨

그리고 남친 성기 사진을 보여달라고 할 생각도 없어. 네가 굳이 보여주고 싶으면 보여주든가.

그 메시지를 보니 신음이 절로 나왔다.

> **이사벨**
>
> 이것도 농담이야. 🖤

> **이사벨**
>
> 목소리가 섹시하더라는 부분은 농담 아니야.
> 진짜 섹시 그 자체더라. 🐱

옆에 앉은 남자가 말했다.

"우리 선택지는 두 개예요."

고개를 가로젓다가 하마터면 그에게 부딪칠 뻔했다. 그는 내 어깨 너머로 내 핸드폰 화면을 내려다보고 있었다. 그의 입술이… 내 볼에 바짝 다가와 있었다. 나는 얼른 핸드폰을 가슴에 갖다 댔다. 얼굴이 확 달아오른 채 그에게 물었다.

"얼마나 봤어요?"

에런―앞으로 내 상관이 될 남자―이 어깨를 으쓱하며 대답했다.

"충분히요."

물론 그렇겠지. 어쨌든 이건 리나 마르틴 쇼야.

"당신이 우리한테 남은 선택지에 관해 듣기 전까지는 나랑 헤어지지 않는 게 좋다고 조언할 만큼은 봤어요."

이 남자는 내 딜레마를 쑤시고 들어와 유리한 위치를 점했다. 원래 이런 상황이면 나는 화가 나야 정상이었다. 그것도 지독하게 화가 치밀어야 했다. 화를 내고 싶었다. 하지만 이 난장판을 나 혼자 해결하지 않아도 된다는 것, 우리가 함께 해결할 수 있다는 것이… 위로가 됐다. 이 난장판은 에런을 집어삼키고 복잡한 거짓말의 거미줄을 마구 펼쳐 놓았다. 도저히 손쓸 방법이 없었다. 혼자서 해결하는 건 엄두도 낼 수 없었다.

"우리요?"

나는 미심쩍은 목소리로 물었다. 내가 말하면서도 믿기지 않았지만, 그래도 감히 바랐다. 에런은 내가 잘 아는 눈빛으로 나를 차분히 바라보았다. 아마 앞으로 다시는 하지 않을 말을 마지막으로 하려는 듯했다.

"강요하려는 건 아니에요, 카탈리나. 당신이 나한테 말하지 않은 부분도 있는 것 같으니까. 그 부분 때문에 당신은 제프 부서장의 발표를 듣고 생각을 바꾼 거겠죠."

그는 손을 들어 정수리의 머리를 뒤로 넘겼다. 중요한 말을 하려고 마음의 준비를 하는 것 같기도 했다.

"나는 당신한테 찬찬히 얘기를 나누자고 해놓고 실제로 얘기를 나누지 못했어요. 그건 내 탓입니다. 이유가 있었지만 지금 그건 중요하지 않아요."

그는 잠시 침묵이 흐르게 두었다. 침묵이 내 뱃속의 밑바닥으로 흘러들어와 가라앉았다.

"우린 잘 해낼 수 있어요. 당신이 원한다면 같이 해볼 수 있다고요."

그는 잠시 말을 멈췄다. 내 목 안에 공기가 들어차 올라가지도, 내려가지도 않는 느낌이었다.

"잘되게 해볼게요."

나는 결의에 차 반짝이는 그의 눈을 바라보았다. 나도 그러고 싶었다. 이 일을 잘 해내고 싶었다. 에런은 자기가 내가 가진 최고의 선택지라고 했는데 맞는 말이었다. 그는 원래 그랬다. 이 모든 일이 일어나기 전에도 그는 최고였다. 하지만 며칠 전에 상황이 급박하게 달라졌다.

에런은 승진할 거야. 그럼 내 상관이 되는 거야. 그럼 어떤 관계든 깨지고 말아. 다니엘이랑도 그렇게 깨졌잖아.

지금도 그때처럼 모든 게 달라진 거였다.

고향에서는 다들 에런이 오길 기대하고 있어. 엄청 기대가 클 거야. 무르기엔 너무 늦었어.

직장에서 우리의 합의에 관해 아무도 모르면… 위험할 일도 없지 않을까. 직장 사람들은 우리가 결혼식 참석을 위해 스페인으로 함께 날아가는 건 고사하고, 우리가 어딜 함께 가는 것조차 상상하지 못할 것이다. 우리 직장에서 모금 행사에 관한 소문을 들은 사람도 없었다. 나는 같은 시나리오를 몇 번이고 재생하며 생각을 거듭했다. 두려웠다. 혼자서 비행기를 타고 날아가 스페인 땅에 홀로 내려서는 나. 과거에서 여태 벗어나지 못한 나. 사람들은 나를 동정하면서 미소 짓고, 안타까워하며 힐끔댈 것이다. 그리고 나에 관해 수군거리겠지. 온몸의 피가 발로 쏠려 내려오는 기분이었다. 아까도 이러다가 기절할 뻔했다.

"첫 번째 선택지는 뭐죠?"

나름의 결론을 내느라 지친 나는 조그맣게 물었다.

"두 가지 선택지가 있다면서요. 첫 번째는 뭐예요?"

에런은 업무를 처리할 때의 표정으로 바뀌었다.

"첫 번째 선택지는 당신 혼자 고향으로 날아가는 겁니다. 나는 그렇게 하지 말라고 조언하고 싶지만 어쨌든 선택지이긴 하죠."

나도 그렇게 할까 생각은 하고 있었는데 막상 다른 사람 입에서 듣자 두 팔에 소름이 쫙 돋았다.

"그렇게 할 경우 당신은 별로 괜찮지 않을 겁니다. 당신 목적이 뭐든… 당신이 택할 수 있는 제일 쉬운 길도 아닐 테고요."

"별다른 목적은 없어요."

"당신도 나도 그렇게는 생각 안 하잖아요. 어쨌든 됐고요. 두 번째 선택지가 있어요. 첫 번째 선택지와는 달리, 당신이 두 번째 선택지를 고른다면 혼자서는 해낼 수가 없어요. 지원군이 필요하죠."

그는 자신의 넓은 가슴팍에 손을 올리며 말을 이었다.

"바로 나요. 까다로운 프로젝트를 성공시키려면 제대로 된 지원이 필요하다는 걸 누구보다 잘 알 겁니다. 당신이 날 데려간다면 나는 맡은 바를 정확히 잘 해낼 거예요. 그럼 당신은 다른 사람들을 혼자 상대할 필요도 없어요. 그 사람들이 기대하는 모습을 그대로 보여줄 수 있겠죠."

가슴속에서 심장이 쿵쾅거렸다. 심장을 진정시키려면 가슴을 손으로 문질러 줘야 할 판이었다.

"당신은 나를 남친으로 데려가는 건데, 그 부분에 대해 편리하게도 나한테 줄곧 말을 안 하고 있었죠. 물론 혼자 결혼식장에 가서 문제에 정면으로 부딪칠 수도 있을 거예요. 생각해 보면 그렇게 하는 게 쉬울지도 모르겠군요."

에런 블랙퍼드는 흠잡을 데 없는 논리를 펼쳤다. 그야말로 핵심을 콱 찔렀다.

"쉽다고요? 미치지 않고서야 그걸 쉽다고 생각할 수는 없을 걸요."

나는 웅얼거리며 말을 이었다.

"나 같은 사람들을 종일 견디는 게 과연 쉬울까요. 사흘을 내리 각양각색의 리나들에게 둘러싸여 지내야 할 텐데요."

"난 준비돼 있어요."

문제는 나였다. 과거를 되풀이할 위험이 있는데도 내가 과연 과감하게 도전할 준비가 되어있을까? 에런이 다시 입을 열었다.

"난 일을 하면서 두려워한 적이 없어요, 카탈리나. 모든 면에서 나에게 불리했을 때도 마찬가지예요."

그 말에 나는 숨이 막힐 지경이었다. 그 말은 한층 더 큰 부담으로 다가와 나를 강타했다.

난 진짜 멍청하구나.

아니. 이제부터 내 입에서 나가는 말이 내가 얼마나 제정신이 아닌지를 가늠하는 척도라면, 나는 미친 게 분명했다. 하지만 젠장, 이건 내가 애초에 동의한 일이었다.

"그래요. 난 이미 두 번이나 경고했어요. 진심으로 이 일을 계속할 생각인 것 같네요. 어디 당신이랑 나, 둘이 세트로 한 번 해보자고요."

"중도 취소하려던 사람은 내가 아닙니다. 카탈리나."

그의 말대로였다. 나는 그에게 경고할 만큼 했다.

"당신은 이미 나랑 한 세트예요."

나는 그의 말이 내 기분을 어떻게 만들었는지 들키고 싶지 않아 옆으로 시선을 돌렸다.

"그래요, 블랙퍼드. 우리가 이 일을 망치지 않길 바랄 뿐이에요."

"망칠 일 없습니다."

그는 확신에 차 있었다.

"내가 어떤 일을 해내려고 작정했을 때 실패한 적 없다는 거 잊었어요?"

나는 그의 마지막 말에 약간의 두려움을 느끼면서 눈을 깜박였다. 어차피 이런 일을 성공적으로 해내려면 상당한 수준의 자신감, 어쩌면 광기가 필요할지도 몰랐다. 이만하면 어깨를 짓누르던 압박감을 덜어내고 마음을 놓아도 된다는 생각을 애써 무시하면서, 나는 차창 밖으로 시선을 돌렸다. 이 차가 주차된 곳이 어디인지 알 수가 없었다.

"여기는 우리 집 근처가 아닌데, 어디예요?"

"저녁 사러 왔어요."

그는 꽃무늬를 중심으로 프로레슬러 가면 두 개를 교차한 다채로운 패턴의 푸드 트럭 창문을 손으로 가리켰다.

"이 도시에서 최고로 맛있는 생선 타코를 파는 곳이에요."

생선 타코를 생각만 해도 뱃속이 꼬르륵거렸다. 물론 어떤 타코든 내 위장을 단단히 자극할 상황이었다. 그래도 생선 타코는 내가 무척 좋아하지만 다이어트 때문에 자제해 온 음식이었다.

"생선 타코요?"

그는 짙은 눈썹을 살짝 찌푸렸다. 어찌나 배가 고픈지 생선 타코를 내 앞에 대령한 그의 미간 주름에 입이라도 맞추고 싶은 심정이었다. 그는 묻지도 않았는데 말했다.

"당신이 생선 타코를 좋아하잖아요."

그랬다.

"엄청 좋아하죠."

에런은 그렇죠? 라고 말하듯 고개를 끄덕거렸다.

"당신이 헥터한테 200번도 넘게 생선 타코 얘기를 떠들었어요."

에런은 아무렇지 않게 말했다. 나는 눈을 깜박거렸다. 겨우 몇백 번이 아니라 몇백만 번은 떠들었을 텐데?

"몇 개 주문할래요? 난 평소에 세 개씩 사 먹어요."

평소에도 사 먹는다고?

"세 개면 될 것 같아요."

나는 이곳을 단골로 찾아오는 에런의 모습을 상상하느라 멍한 상태로 대답했다. 타코를 세 개씩 주문하는 에런. 그의 깔끔한 손가락에서 뚝뚝 떨어지는 타코 소스. 재미라곤 모르던 그의 입에서 흥미로운 말이 나왔다.

그만해, 리나. 나는 스스로를 꾸짖었다. 타코는 섹시하지 않아. 그냥 너저분하고 끈적끈적할 뿐이야.

그는 안전벨트를 풀었다.

"금방 갔다 올게요."

내 손가락은 한 박자 늦게 내 안전벨트를 풀기 시작했다. 그와 함께 가기 위해서였다. 그는 운전석 쪽 문을 열며 말했다.

"나오지 말고 차 안에 있어요. 내가 가져올게요."

"당신이 우리 엄마도 아니고 저녁까지 사 먹일 필요 없어요, 에런."

그가 나에게 음식을 사줘야 하는 분위기를 조성하고 싶지 않았다.

"당신은 이미 충분히 나를 챙겨줬어요."

"그럴 필요 없는 거 나도 알아요."

그는 차에서 내렸다. 그는 허리를 굽혀 차 안을 들여다보며 덧붙였다.

"어차피 오늘 저녁에 여기 올 생각이었어요. 당신은 어쩌다 내 차에 같이 타게 된 것뿐이에요."

그는 내가 그 말을 꼭 들어야 한다는 듯 힘주어 말했다. 틀린 말은 아니었다.

"어차피 당신은 뭘 좀 먹어야 해요. 금방 올게요."

나는 포기하고 한숨을 쉬었다.

"알았어요."

손가락으로 무릎을 만지작거리던 나는 허리를 펴는 그를 다시 불렀다. 그는 멈칫했다.

"네 개 주세요. 부탁할게요."

나는 작은 목소리로 요청했다. 어차피 굶어서 살을 빼려는 멍청한 짓은 공식적으로 그만두기로 했다. 에런은 한참 말없이 나를 쳐다보았다. 그 시간이 너무 길어지자, 타코를 하나 더 주문하지 말 걸 그랬나 하는 후회가 들기 시작했다. 마침내 그는 나지막하게 말했다.

"다시 잠들지 말고 있어요. 알았죠? 잠들었다가 깨면, 나중에 내가 당신을 깨우더라도 남은 음식이 없을 수도 있어요."

나는 눈을 가늘게 뜨면서 속삭임에 가까운 목소리로 투덜거렸다.

"그런 짓은 안 하는 게 좋을 거예요, 블랙퍼드."

운전석 문을 닫은 그는 멕시코 음식을 파는 푸드 트럭을 향해 길을 건너갔다. 30분도 채 안 되어 나는 두 손에 따뜻한 포장 용기를 들고 내 아파트로 들어가 현관문을 닫았다. 포장 용기에서 끝내주게 맛있는 냄새가 풍겼다. 타코 다섯 개. 그는 내 요청대로 네 개를 산 게 아니라 다섯 개를 사다주었다. 세라노 고추를 곁들인 밥 타코도 있었다. 그는 나에게 돈도 받지 않고 이렇게 말했다.

"내가 쏠게요."

그리고 내 핸드폰에 자기 번호를 저장하더니 집에 도착하면 비행 일정을 자기한테 보내달라고 했다. 그러고는 집에 가면 꼭 타코를 먹고 자겠다는 약속을 하라고 했다. 안 그래도 꼭 그럴 생각이었다. 내일 아침에 일어났을 때 다이어트 실패로 절망할 수도 있겠지만, 어쨌든 오늘은 그 사람이 시킨 대로 했다.

그 사람. 에런 블랙퍼드. 곧 내 상관이 될 사람이자 언니의 결혼식 날 내 가짜 데이트 상대가 되어줄 남자. 그는 내게 한 턱 쏘면서 내 마음을 사로잡았다.

Chapter 12

지옥 같은 결혼식 참석을 위해 비행기에 오르기까지 딱 24시간 남았다.

불안 수준: 위기 상황급.

만일의 사태에 대비한 대책: 트리플 초콜릿 브라우니 한 트럭 분량.

어젯밤 일로 얻은 교훈이 있다면 내가 건강 문제에 관해서는 바보나 다름없다는 것이었다. 내 입에 초콜릿을 쑤셔 넣는 게 건강과는 아주 거리가 먼 행동이지만 나는 워낙 극단적인 여자였다. 결국 나는 이렇게 매디슨가에 오게 됐다. 좀 더 구체적으로 설명하자면, 내 안에서 맹수처럼 날뛰는 불안감을 달래줄 수 있는 뉴욕시의 유일한 장소가 바로 여기였다. 카운터 뒤에서 샐리가 물었다.

"주문하신 걸 포장해 드릴까요, 리나? 로지 씨는 잘 지내세요? 오늘은 같이 안 오셨네요?"

"같이 왔으면 좋았을 텐데, 오늘은 저 혼자예요."

어젯밤 나는 로지와 두 시간 동안 통화했다. 내가 하려는 일에 대해 로지에게 털어놓는 건 쉽지 않았다. 로지가 괴성을 지르면서 에런과 나 사이에 불꽃이 튀는 걸 봤다고 호들갑을 떨어댔기 때문이었다. 아마 로지의 상상이었을 것이다. 그래도 절친과 다시 한 팀이 되어 의기투합할 수 있어 좋았다. 팀이 있으니 뭐든 잘될 거라고 보는 게 착각일 수도 있겠지만. 로지가 뉴욕에서 기다리는 동안 나는 지옥 같은 결혼식에 참석했다가 돌아올 예정이었다. 결혼식장에서는 사람들이 다 이해한다는 듯한 미소를 지으며 나를 쳐다볼 테고, 그곳에서 나는 1파인트 들이 아이스크림 없이는 견딜 수 없을 것이다.

"아뇨, 괜찮아요. 여기서 커피랑 브라우니를 먹을 거예요." 나는 잠시 생각하다가 덧붙였다.

"브라우니는⋯ 두 개 주세요. 실컷 먹어야겠어요. 오늘은 종일 느긋하게 쉴 생각이에요. 휴가 냈어요."

샐리는 커피콩의 양을 꼼꼼히 계량했다.

"아, 한동안 안 오셨잖아요. 제가 엄청 그리우셨겠어요."

샐리는 어깨 너머로 내게 미소 지었다.

"그러실 만도 하죠. 저를 안 그리워하는 사람이 있을까요?"

나는 싱긋 웃었다.

"당연히 그리웠죠. 내가 세상에서 제일 좋아하는 바리스타인데."

샐리의 움직임을 눈으로 따라가는 동안 입안에 군침이 돌았다.

"제가 맛있는 커피콩을 갖고 있어서 그렇게 말하는 거잖아요. 그래도 듣기 좋은 말이니 계속해 줘요."

남은 평생 공짜 커피를 끝없이 제공받을 수만 있다면 지금 그녀의 말을 바로 인정하고 청혼까지 할 수도 있었다. 카페인 마법을 부릴 버튼을 누르던 샐리의 시선이 내 뒤로 향했다. 샐리는 내 뒤의 누군가를 평가하듯 바라보며 말했다.

"좋은 아침입니다."

그러고는 나를 짓궂게 한 번 쳐다보더니 새로운 손님에게 초점을 맞췄다.

"늘 드시던 거로 드릴까요? 설탕을 넣지 않은 더블 에스프레소, 맞죠?"

내 바로 뒤의 손님에게 하는 말이었다. 주문 내용이 너무 익숙해서 나는 인상을 썼다. 삭막하고 씁쓸한 블랙커피라니. 꼭 누구 같네…

"금방 드릴게요, 에런."

앞을 보며 서있던 나는 등이 뻣뻣해지고 눈이 확 커졌다.

"고마워요, 샐리."

그 목소리. 나랑 내일 함께 비행기를 타기로 한 남자의 목소리였다. 가족들에게 내 남친이라고 소개하기로 한 남자 말이다.

천천히 고개를 돌리자 바다처럼 푸른 눈동자가 나를 맞이했다. 그는 내가 익히 아는 진지한 표정이었다. 나는 입을 열었지만 선수를 빼앗겼다.

"생각보다 별로인데요."

그는 내 얼굴을 살피며 평소처럼 입을 꾹 다물었다.

"뭐라고요?"

나는 콧방귀를 뀌고는 그의 말투를 흉내 내면서 그를 위아래로 훑어보았다.

"당신 눈이요."

그는 내 머리 쪽을 가리켰다.

"오늘따라 눈이 커 보이네요. 평소보다 더요. 이런 날 카페인을 섭취하는 게 정말 좋은 생각일까요? 이미 각성 상태인 것 같은데."

나는 평소보다 더 커 보이는 눈을 가늘게 뜨며 되물었다.

"각성 상태요?"

"네."

그는 아무렇지 않게 고개를 끄덕였다.

"눈만 봐서는 당장이라도 공중제비를 돌 것처럼 보여요."

욕 두어 마디가 튀어나오려는 걸 참았다. 그의 말대로, 당장 그 자리에서 공중제비를 돌지 않기 위해 심호흡을 해주었다.

"난 지금 차분한 상태예요."

하지만 그는 믿기지 않는다는 표정이었다.

"그래요. 차분할 뿐 아니라 평화로운 상태죠. 잔물결 하나 일지 않는 연못처럼요."

나는 그에게서 고개를 돌려 샐리를 바라보았다. 카운터에 기대어 선 샐리는 손등으로 턱을 받친 채 나와 에런의 대화를 흥미롭게 지켜보고 있었다.

"당신에 대한 그리움이 점점 적어질 것 같네요, 샐리."

허리를 펴고 일어서는 샐리의 얼굴에 더욱 환한 미소가 번졌다. 나는 에런을 힐끗 쳐다보며 물었다.

"지금 일하고 있어야 하는 거 아니에요, 로봇 씨? 왜 밖에 나와 돌아다니면서 아무 여자한테 각성 상태니 뭐니 하면서 지적하는 거죠?"

"당신은 아무 여자가 아니잖아요."

그는 차분히 받아치고는 내 바로 옆 카운터에 기대어 섰다.

"원래 이 시간에는 일하고 있어야 하는 게 맞지만, 오늘 난 휴가를 냈어요."

"휴가요?"

나는 과장되게 헉 소리를 내주었다.

"에런 블랙퍼드가 하루 휴가를 내다니 지옥이 다 얼어붙을 일이네요."

그는 지금까지 따로 휴가를 낸 적이 없는 사람이었다.

"하루 휴가가 아니라 반차예요."

샐리는 우리가 주문한 커피를 동시에 카운터에 내려놓았다. 내가 에런보다 몇 분 전에 주문을 넣었는데 동시에 주다니 기분이 묘했다. 내가 눈을 가늘게 뜨고 쳐다보자 샐리는 천사 같은 미소로 받아쳤다.

"주문하신 커피 나왔습니다, 여러분. 내가 제일 좋아하는 손님들을 위해 최고의 커피를 뽑았어요. 설탕을 넣지 않은 더블 에스프레소. 그리고 플랫 화이트 커피요."

조금 전 샐리가 했던 말이 떠올랐다. 샐리는 에런에게 '늘 드시던 거로 드릴까요?'라고 했었다.

"여긴 얼마나 자주 와요, 에런?"

아마 자주는 아닐 듯했다. 어라운드 더 코너 카페의 독실한 신도인 내가 그와 한 번도 마주친 적이 없으니까.

"이 카페를 어떻게 알아요?"

구글 맵이나 트립어드바이저, 타임아웃 같은 곳에서 얼마든지 찾을 수 있는 카페이긴 했다…

"꽤 자주요."

그는 주머니에서 지갑을 꺼냈다. 나는 눈을 가늘게 뜬 채로 그의 긴 손가락이 지갑을 여는 모습을 바라보았다. 문득 떠오르는 기억이 있었다. 나는 에런에게 '어라운드 더 코너' 카페에 관한 얘기를 한 적이 있었다. 나 혼자 중얼거릴 때 에런이 들었을 수도 있었다. 그가 내 주변에 나타나 직장 공개일 행사를 도와주겠다고 했던 바로 그날이었다. 그걸 깨달으며 나는 허리를 폈다.

"뭐가 그렇게 놀랍죠, 카탈리나? 난 당신이 말하는 걸 주의 깊게 들어요. 당신이 혼잣말할 때도요. 당신은 혼잣말을 자주 하거든요. 가끔은 꽤 재미있는 말을 할 때도 있어요."

"독심술사라도 돼요?"

"안타깝게도 그렇진 않아요. 사실 난 당신이 무슨 생각을 하는지 늘 몹시 궁금한 사람이거든요."

그는 팔을 뻗어 샐리에게 신용 카드를 건넸다.

"내가 살게요."

좋다 이거야. 그런데 몹시 궁금하다고? 게다가 내가 혼잣말을 했다고? 자주?

샐리가 신용 카드를 받아 드는 모습을 보면서 나는 놀라 멍하게 있던 상태에서 깨어났다.

"잠깐만요."

내 외침에 샐리와 에런이 둘 다 나를 쳐다보았다.

"내가 주문한 것까지 당신이 계산할 필요 없어요. 나도 돈 있어요."

"물론 그렇겠죠. 그냥 내가 사고 싶어요."

"내가 그걸 원치 않는다면요?"

샐리는 나와 내 옆의 남자를 번갈아 쳐다보았다. 고개를 돌리자 에런의 침착한 표정이 보였다.

"내가 못 사게 막는 특별한 이유라도 있어요? 내가 아니라 다른 사람이었으면 당신은 공짜로 커피와 브라우니 하나를 받게 됐을 때 이렇게 속눈썹을 파르르 떨지 않았을 것 같은데요."

그는 카운터 쪽으로 시선을 돌리며 말했다.

"브라우니 하나가 아니라 여러 개네요."

"맞아요. 그럴만한 이유가 있으니까 그렇죠, 잘난 척 심한 아저씨."

나는 그에게 한 걸음 다가섰다. 아주 살짝이었다. 나는 목소리를 낮추고 덧붙였다.

"난 이미 당신한테 신세를 많이 졌어요. 어제 당신이 사준 생선 타코는 말할 것도 없고요."

우리는 눈을 마주 보았다.

"나한테 더 이상 빚을 지우지 않으면 좋겠어요."

그의 표정이 약간 변한 듯했다. 내 마지막 말이 신경에 거슬린 듯했다.

"당신은 나한테 빚 진 거 없어요."

그는 미간을 찌푸렸다.

"난 그냥 당신한테 커피랑 타코를 사줬을 뿐이지, 빚을 지운 적 없어요."

그러고는 고개를 좌우로 흔들었다. 나는 완벽하게 정돈돼 있던 그의 검은 머리카락이 흔들리는 모습에 눈길이 갔다.

"나한테 뭔가를 받을 때 꼭 그렇게 전투적으로 굴어야 됩니까?"

"그건…"

나는 할 말이 없어 말끝을 흐렸다.

"그건 좀 어려운 질문이에요, 블랙퍼드."

그는 고개를 옆으로 기울였다.

"그렇군요."

그는 커다란 몸을 내 쪽으로 가까이 기울였다. 우리 사이의 공간이 확 줄어들었다. 뜻밖의 움직임에 놀라 내 입에서 헉 소리가 튀어 나갔다. 그가 바짝 가까이에 있는 걸 인지하니 말이 잘 나오지 않았다. 무슨 말을 해야 할지, 내가 말을 해도 되는 상황인지 판단이 서지 않았다. 에런이 팔을 쭉 뻗었다. 그의 손가락 안쪽 부분이 내 관자놀이를 스쳤다. 입이 벌어지면서 피부를 타고 전율이 흘렀다. 그는 목소리를 낮추고 말했다.

"당신은 나랑 늘 싸우려고 들잖아요."

나는 그의 잘생기고 엄격한 얼굴을 올려다보았다. 그의 푸른 눈이 내 반응을 지켜보고 있었다.

"나한테 저항하려 하고 말이죠."

2, 3킬로미터를 전력으로 질주한 사람처럼 심장이 빠르게 뛰었다. 에런은 고개를 약간 숙였다. 조금 전 그의 손가락이 있던 자리로 그의 입술이 내려왔다. 우리가 함께 춤췄을 때처럼 내게 바짝 가까이 다가온 것이다.

"당신은 꼭 내가 애원하길 바라는 것 같아요. 그런 걸 즐겨요? 애원해 줄까요?"

그의 살짝 쉰 목소리가 너무나… 친숙했다. 하지만 그의 다음 말이 내 생각을 온통 흩어놓았다.

"그래서 이래요? 내가 무릎이라도 꿇길 바라는 겁니까?"

어머.

아주 익숙한 열기가 목을 타고 올라와 두 뺨으로 퍼져나갔다. 피부가 달궈지고 있었다. 열기는 곧 온몸으로 퍼져나갔다. 순식간에 몸에 열이 확 올랐다. 에런의 눈빛에 가슴이 마구 뛰었다.

"내가 사게 해줄래요? 꼭 그러고 싶네요."

몸과 마음을 휘젓는 혼란을 통제하려는데 입술이 바짝 말라 딱 붙었다.

"알았어요."

나는 떨리는 목소리로 내뱉었다. 그리고 헛기침을 했다. 두 번이나.

"내 커피값을 내세요. 난 당신이 커피숍 한가운데서 나한테 애원하든 무슨 쇼를 하든 별로 관심 없어요."

나는 세 번째로 헛기침을 했다. 목소리가 제대로 나오질 않았다.

"그러니까 결제해요."

나는 몸이 멋대로 흔들리지 않게 제어하려 안간힘을 썼다.

"고마워요. 잘 마실게요."

에런은 고개를 끄덕였다. 그의 입가에 만족스러운 미소가 걸렸다.

"어때요? 그렇게 어렵지도 않잖아요?"

그의 입꼬리가 한층 더 올라갔다. 마치 뻐기기라도 하듯이…

아, 잠깐만.

문득 떠오르는 바가 있었다.

"당신…"

믿기지 않았다. 어떻게 이럴 수 있지. 내 몸이 왜 이 남자에게 이렇게 반응할까. 그는 나를… 순전히 재미로 달아오르게 했다.

"당신 말이 맞아요."

그가 입꼬리 한쪽을 비딱하게 올렸다.

"그럴 겁니다."

그는 드디어 내 사적인 공간에서 물러섰다. 나를 내려다보는 그의 입에는 여전히 비딱한 미소가 걸려있었다.

"그래서 실망했어요, 카탈리나?"

믿기지가 않네.

그는 자기가 나한테 어떤 영향을 주는지 잘 알고 있는 모양이었다. 그가 가까이 다가왔을 때 내 감각에, 내 몸에 어떤 영향을 미치는지 아는 것이다. 그리고 그는 이 멍청한 논쟁에서 이기기 위해 그 점을 사용했다. 나는 그의 옆얼굴을 멍하니 바라보았다. 그는 의기양양한 표정으로 머그를 입술에 갖다 대고 있었다.

"저기요, 에런."

나는 지금의 내 표정을 깨고 퍼져나가려는 미소를 눌러 참으며 어깨를 으쓱했다.

"사실 난 좀 실망했어요."

"그래요?"

그의 얼굴에서 잘난 척하던 표정이 사라졌다.

"네. 많이요. 그런 일이 일어났을 때 내가 어떻게 하는지 알아요?"

나는 샐리를 돌아보았다.

"샐리, 메뉴에 있는 거 하나씩 다 주세요. 마음이 바뀌었어요. 메뉴에 있는 거 다 하나씩 포장해 주세요."

나는 입술을 움직여 나름 사악한 미소를 지어 보였다.

"이 남자분이 굳이 자기가 내겠다고 하네요."

나는 엄지로 에런을 가리켰다.

"이 남자가 매장에서 무릎을 꿇는 것 같은 웃기는 행동으로 다른 손님들을 다 내쫓기 전에 이 남자가 원하는 대로 해주세요."

"아, 그래요. 나도 그런 일이 일어나는 건 원칠 않네요."

샐리가 윙크하며 말을 이었다.

"우리 가게에서 파는 레몬 바를 좋아하잖아요. 한 개 말고 두 개 드릴까요?"

샐리는 제일 커다란 통을 집어 들며 물었다. 나는 고개를 끄덕였다.

"좋은 생각이에요. 레몬 바를 내가 엄청 좋아하죠. 블루베리 머핀 두 개도 같이 담아주세요. 여기서 보니까 엄청 맛있어 보이네요."

바로 옆에서 내 작은 쇼를 감상하던 에런이 말했다.

"난 당신이 잘 먹는 모습을 보는 게 좋아요. 그걸 못 알아챘다면 어제 내가 얼마나 진지했는지도 모를 것 같군요."

그의 말에 심쿵 했지만 애써 무시했다. 그가 말했다.

"나한테도 좀 나눠주면 좋겠네요."

"나한테 사주는 거라면서요. 그 반대가 아니라."

내가 그를 잘 알지 못했다면 그의 눈빛에 담긴 재미있어하는 기색을 알아채지 못했을 것이다. 그는 분명 상당히 즐거워하고 있었다.

나는 그의 잘생긴 얼굴을 바라보았다. 지금까지 난 저 얼굴을 부당하게 질색해 왔다. 그것도 꽤 자주. 그래, 좋아. 나 역시도 이 상황이 적잖게 재미있었다. 우린 같은 감정을 공유하고 있었고, 둘 다 그 감정을 감추는 데 서툴렀다.

그리고 처음으로 우린 감정을 못 감춘 것에 연연하지 않았다. 그저 그 자리에 서서 서로를 바라볼 뿐이었다. 오로지 상대에게만 시선이 고정되었다. 둘 다 얼굴에 미소가 번지려는 걸 참는 중이었다. 고집 센 바보들처럼 즐거워하는 기색을 감추고, 상대가 먼저 웃길 기다리고 있었다.

"자."

샐리의 목소리에 마법이 깨지고 나는 현실로 돌아왔다. 샐리가 환하게 웃으며 말했다.

The Spanish Love Deception

"포장 주문하신 메뉴들이 나왔습니다."

"네, 고마워요."

나는 주문한 물건들을 가까스로 두 팔에 안았다.

"그래요, 블랙퍼드. 고마워요. 당신이랑 거래하는 건 언제나 즐겁네요."

"정말 나 하나도 안 줄 겁니까?"

"네."

우리는 몇 초 동안 서로를 가만히 바라보았다.

"나는…"

그는 말끝을 흐렸다. 뭔가를 하려다가 마음을 바꾼 듯했다. 나는 심장이 빠르게 뛰었다.

"공항 터미널로 급하게 달려가고 싶지 않아요. 내일 늦지 말아요. 혹시…"

"걱정 말아요. 알고 있어요, 블랙퍼드. 잘 가요."

나는 돌아서서 그곳을 떠났다. 예전에 그는 처음으로 내게 달콤한 간식을 주었고, 지금은 이렇게 먹을 것을 한가득 안겨주었다. 언젠가는 나도 말도 안 되게 대칭이 잘 맞는 그의 얼굴에 무언가를 던져줄 작정이었다. 하지만 그건 브라우니 따위가 아닐 것이다.

13

에런은 약속에 늦는 법이 없었다. 지각이라는 부주의한 행동은 그의 사전에 없었다. 우리가 함께 일해온 1년 8개월이 조금 넘는 기간 동안 우리는 업무용 달력을 통해 약속 시간을 공유했다. 나는 늘 그보다 먼저 오려고 애써왔기 때문에 그가 약속 시간을 틀림없이 지키는 사람이라는 걸 잘 알고 있었다. 그렇다면 이건 그가 오지 않을 거라는 뜻이었다.

논리적으로 따져봤을 때 우리 계획이 얼마나 터무니없는지 알게 된 모양이었다. 그가 동의하긴 했지만 사실 이건 내 계획이었다. 아니 그 반대인가? 지금은 더 이상 알 수 없었다. 그가 오지 않는다면, 이게 누구 계획인지 따위는 어차피 중요하지 않았다.

내가 지금 출국 터미널 한가운데 서있는 이유를 달리 설명할 수가 없었다. 이륙하는 모든 비행기의 상황과 시간을 보여주는 거대한 전광판 아래 홀로 서있는데 등줄기를 따라 식은땀이 흘러내렸다. 지금쯤 여기 와있어야 할 푸른 눈의 부루퉁한 남자는 어디에도 보이지 않았다. 주변을 둘러보다가 인정하기로 했다.

혼자 가야겠구나.

순전한 공포가 등줄기를 따라 내려갔다. 그 외에 다른 감정도 들었다. 배신감에 가까운 감정이었다. 사실 이건 말도 안 되긴 했다. 내가 에런에게 배신당했다고, 혹은 버림받았다고 느낄 자격은 없었다. 그런 감정들이 머릿속을 휘젓는 게 싫었다. 가슴속도 마찬가지였다. 그가 왜 막판에 주눅이 들어 약속을 어겼는지는 알 수 없었다.

이 모든 게 미친 짓이기는 했다. 완전히 말도 안 되는 짓이었다. 그러니 내가 계획한 이 미친 짓거리에 그가 동참해야 할 이유가 있을까? 발치에 놓아둔 캐리어와 여행용 배낭을 내려다보면서 내 안에서 휘몰아치는 끔찍한 감정을 밀어내려 안간힘을 썼다.

넌 괜찮아. 너랑은 관계없는 멍청하고 참담한 감정은 무시하고 가서 탑승 수속하면서 가방이나 잘 부쳐.

혼자 비행기에 타는 일만은 정말이지 하고 싶지 않았는데 어쩔 수 없었다. 가서 내 가족과ㅡ다니엘과 그의 약혼녀, 내가 두고 떠나온 과거ㅡ내 거짓말의 대가를 고개를 꼿꼿이 든 채 대면해야 할 것이다. 지난 48시간 동안 누군가와 함께하게 될 줄 알았지만 이제 나 혼자 해야 했다.

Dios(맙소사). 어쩌다 일이 이렇게 됐을까? 에런 블랙퍼드가 어쩌다 내 인생에 없어서는 안 될 사람이 된 걸까? 두 손으로 허리춤을 잡고 그 자리에서 버텨보기로 했다. 약속 시간의 마지막 1분까지 버틸 작성이었다. 괜찮을 거라고 다시 한번 마음을 달랬다.

눈 안쪽에 압박감이 가해지는 이 느낌은 뭐지? 불안감인 듯했다. 고향으로 돌아갈 때마다 늘 기쁨과 후회가 교차하곤 했다. 고향에 대한 그리움이 큰 만큼 그곳에서의 기억을 떠올리면 고통이 뒤따랐다. 그동안 고향에 자주 돌아가지 않은 이유도 그래서였다.

하지만 이제 그런 건 중요하지 않았다. 나는 다 큰 여자니까. 에런이 끼어들기 전에는 어차피 나 혼자 해결할 계획이었는데, 지금 그렇게 하고 있을 뿐이었다. 떨리는 숨을 내쉬며 머리와 가슴에서 온갖 생각과 덧없는 감정을 비워냈다. 허리춤에 짚고 있던 두 손을 가방 쪽으로 내렸다.

Ya está bien(이만하면 됐어). 이제 갈 시간이었다. 매도 먼저 맞는 게…

"카탈리나."

등 뒤에서 굵고 낮은 목소리가 나를 불렀다. 그 목소리를 들으니 그냥 반가운 정도가 아니라 마음이 확 놓이면서 행복하고 미치도록 *기뻤다.*

잠시 눈을 감았다. 이 지나친 기쁨도, 조금 전까지 마음 밖으로 밀어내려 애썼던 부적절한 감정도 모두 털어내야 했다.

에런이 여기 있어. 그가 왔어.

나는 힘겹게 숨을 삼키며 입을 앙다물었다.

난 혼자가 아니야. 그가 왔어.

"카탈리나?"

그가 다시 나를 불렀다. 천천히 고개를 돌렸다. 떨리는 입술에 미소가 번지는 걸 막을 수가 없었다. 내 안에서 터져 나오는 모든 감정이 그 미소에 담겼을 터였다. 그는 미간을 살짝 찌푸린 모습이었다. 그의 눈썹 사이에 새겨진 고집불통 주름을 보면서 이렇게 반갑고 행복한 적이 없었다.

그가 왔어. 왔어. 왔어.

그는 고개를 약간 갸웃했다.

"괜찮…"

그가 질문을 마치기도 전에 나는 그에게 확 달려들었다. 두 팔로 그를 최대한 꽉 껴안았다.

"왔네요."

그가 입은 옷의 부드러운 옷감에 내 목소리가 묻혔다. 그의 가슴은 따뜻하고 널찍하고 포근했다. 그에게 달려들다시피 안긴 것도, 나중에 이 일을 다시 생각하면 얼마나 창피할까 같은 생각도 하고 싶지 않았다. 어차피 난 지금 에런을 꽉 안고 있으니까.

The Spanish Love Deception

그는… 나를 마주 안지 않고 그냥 가만히 서있었다. 내가 달려들었을 때 그대로 두 팔을 옆구리 아래로 늘어뜨린 채였다. 가슴팍도 큰 움직임이 없었다. 내가 뺨을 대고 있는 게 사람이 아니라 꿈쩍도 하지 않는 단단한 대리석 조각상이 아닐까 싶었다. 다만 그의 가슴에서 심장 박동은 느껴졌다. 그가 나 때문에 충격받아 심장 마비에 걸린 것은 아니라는 유일한 증거가 바로 그 심장 박동이었다.

그 외에는 전혀 움직임 없이 서있었다. 나는 천천히 한 걸음 물러서서 위를 올려다보았다. 생김도 조각상 같았다. 내가 포옹으로 그를 망가뜨린 모양이었다. 그게 아니면 그가 눈도 깜박이지 않고 나를 쳐다보는 이유를 어떻게 설명할 수 있을까.

지난 1분 동안 느꼈던 감정이 밀려들었다. 어떻게든 할 말을 찾으려고 애썼다. 미친 사람처럼 그를 들이박듯 포옹한 것에 대한 이유를 설명해야 했다. 하지만 적당한 변명이 떠오르질 않았다. 마침내 그가 침묵을 깼다.

"내가 안 올 줄 알았나 봐요."

분명히 그런 생각을 했지만, 내 마음의 일부는 그걸 인정하고 싶지 않았다. 에런은 나무라는 투로 말을 이어갔다.

"내가 안 올 거라고 생각했으니까 나를 보고 이렇게 포옹한 거겠죠."

그는 답을 찾으려는 눈빛이었다. 방금 일어난 일이 믿기지도 않고 이해도 안 되는 모양이었다.

"지금까지 나를 포옹한 적 없잖아요."

나를 바라보는 그의 눈빛에 약간 압도되어 어색한 손짓과 함께 뒤로 조금 더 물러섰다.

"한 사람이 나무토막처럼 서있는데 그걸 포옹이라고 해도 될지 모르겠네요, 의심 많은 아저씨."

나는 머릿속으로 이건 포옹이 아니라고 정리했다.

"게다가 당신은 늦게 왔어요. 한 번도 지각한 적 없는 사람이. 내가 무슨 생각을 했겠어요?"

나는 뒤로 조금 더 물러나 우리 사이의 간격을 넓혔다. 그리고 그를 내 눈에 오롯이 담았다. 머리부터 발끝까지 그리고… 다시 발끝부터 머리까지. 조금 전 내 뺨에 닿았던 부드러운 천은 민무늬의 흰색 면 티셔츠였다. 내 격한 포옹 공격에도 꿈쩍하지 않던 그의 다리에는 색바랜 청바지가 입혀져 있었다. 그리고…

이 남자 테니스화를 신고 왔네?

그랬다. 테니스화였다. 그가 어떤 차림으로 올 줄 전혀 예상 못 했지만 이런 차림은 아니었다. 내가 늘 보아온 그의 모습은 긴소매 버튼다운 셔츠와 그 셔츠를 안쪽에 쑤셔 넣은 정장 바지 차림이 대부분이었다. 지금 내 앞에 서있는 그의 모습은 영 낯설었다.

에런은 느긋했다. 평범하게 보이기도 했다. 직장에서 그는 냉담한 스테인리스 기계 같아서, 누구에게든 지나치게 가까이 다가오지 말라고 외치는 듯한 모습이었다.

역설적이게도 나는 그의 가슴에 다시 뺨을 기대고 싶어졌다. 정말이지 터무니없는 생각이었다. 위험한 생각이기도 했다. 이렇듯 새로운 에런은 내 앞에서 미소 짓고 소리 내어 웃던 에런만큼이나 위험했다. 이런 그의 모습이 내 마음에 들기 때문이었다. 우리 계획, 아니 내 계획을 원활하게 실행하기에 무리가 있지 않을까 싶었다.

"카탈리나."

그의 목소리에 나는 그의 얼굴로 애써 시선을 돌렸다. 두 뺨이 확 달아올랐다. 나는 그를 샅샅이 훑어보지 않은 척, 관찰한 내용을 바탕으로 이런저런 생각에 빠지지 않은 척했다.

"네?"

"이제 괜찮냐고 물었어요."

Mierda(젠장).

"뭘요?"

나는 당황한 속내를 감추려고 목 옆을 손으로 긁었다.

"내가 오지 않을 것 같아서 당황한 것 말입니다. 이제 괜찮은 거죠? 약속대로 내가 여기 왔으니까. 그리고 난 늦지 않았어요. 당신이 별나게 빨리 온 거지."

그는 고개를 옆으로 살짝 기울이더니 덧붙였다.

"이번에는요."

나는 눈을 가늘게 뜨며 핸드폰으로 시간을 확인했다.

"그래요. 당신 말이 맞을 수도 있어요."

나는 그를 마주 쳐다보며 덧붙였다.

"이번에는요."

그의 오른쪽 입꼬리가 약간 올라갔다.

"그래요. 그럼 그 문제는 정리됐네요."

그가 별안간 의기양양하게 구는 것 같아서 마음에 들지 않았다.

"나한테 머리통이 하나 더 생긴 것처럼 이상한 눈으로 쳐다보는 것도 그만해요. 얼른 갑시다."

쳇 들켰네.

"그래요."

나는 어깨를 폈다.

"그만할게요."

나는 기내용 캐리어 손잡이로 손을 뻗었다.

"당신한테 평범한 옷이 있을 줄 몰랐어요."

에런은 미간을 찌푸렸다. 내 눈은 또 제멋대로 그를 머리부터 발끝까지 훑었다. 젠장. 따뜻하고 편안해 보이는 차림이라 꽤 괜찮았다. 나는 고개를 흔들었다.

"그만 가죠, 로봇 씨. 우린 짐 가방을 부쳐야 해요."

나는 그에게서 애써 시선을 돌렸다.

"드디어 당신이 도착했으니까요."

꽉꽉 채운 여행용 배낭을 바닥에서 집어 들어 어깨에 메고 최대한 우아하게 보이려 애쓰면서 걸어갔다. 아마 다른 사람 눈에는 짐을 잔뜩 짊어진 셰르파(등반가들을 위한 안내나 짐 운반 등의 일을 자주 하는 히말라야의 부족. ─옮긴이)처럼 보였을 것이다.

에런은 보폭이 넓어 한 걸음 만에 나를 따라잡았다. 그는 나를 힐끗 쳐다보면서 눈썹을 치켜떴다.

"스페인에 얼마나 있을 작정이에요?"

그는 필요보다 조금 더 클 뿐인 내 짐 두 개를 눈여겨보았다.

"월요일에는 돌아오는 비행기를 탈 거잖아요."

"맞아요."

그는 눈을 크게 뜨고는 보란 듯이 나와 내 짐을 위아래로 훑어보았다.

"사흘 있을 건데 짐을 이렇게 싼다고요?"

어깨에 멘 가방의 무게 때문에 공항 터미널의 반질반질한 바닥에 엉덩방아를 찧지 않으려 애쓰며 발걸음을 재촉했다.

"네. 그건 왜 물어요?"

그는 대답 대신 내 팔에 손을 얹어 나를 멈춰 세웠다. 투덜거릴 틈을 주지 않고 내 가방을 슬쩍 가져가더니 자기 어깨에 걸쳐 멨다. 그 즉시 몸이 편해지자 나는 당장 신음이 흘러나올 것 같아 얼른 자제해야 했다.

"맙소사, 카탈리나."

그는 놀란 눈으로 나를 돌아보며 헉 소리를 냈다.

"이 가방에 대체 뭘 넣었어요? 시체?"

"이번 여행은 주말에 평범하게 가족을 방문하는 게 아니에요. 알겠어요? 내 짐 가지고 자꾸 뭐라고 하지 말아요."

나는 옆에서 인상을 쓰며 걷는 그에게 말했다.

"가져가야 할 게 엄청 많다고요. 화장품, 액세서리, 드라이기, 고데기, 품질 좋은 린스, 로션, 그리고 원피스 여러 벌. 신발 여섯 켤레…"

"신발 여섯 켤레?"

그는 목쉰 소리로 이렇게 외치고는 아까보다 심하게 인상을 썼다.

"맞아요."

나는 눈으로 내가 탈 비행기의 체크인 카운터를 찾으며 빠르게 대답했다.

"옷을 세 종류로 준비했는데 각 옷에 맞는 신발 세 켤레, 그리고 혹시 모를 상황에 대비해 예비로 가져가는 신발 세 켤레예요."

나는 잠시 생각한 후 덧붙였다.

"당신도 여벌의 신발 한 켤레는 가져왔길 바랄게요."

에런은 어깨에 걸친 가방을 고쳐 메고는 고개를 절레절레 흔들었다.

"아뇨. 안 가져왔어요. 괜찮아요. 나와는 달리…"

그는 또 고개를 가로저었다.

"당신은…"

"똑똑하다고요?"

나는 그를 대신해서 말을 붙여주었다.

"빈틈없다고요? 짐 싸는 데 타고난 재능이 있다고요? 알아요. 당신이 가져온 그 조그만 가방에 옷을 충분히 담아 왔길 바랄게요."

"웃기네요."

그는 조그맣게 중얼거렸다.

"당신은 어이없게 웃겨요."

"당신 셔츠나 넥타이, 정장에 무슨 일이 일어나면 누가 어이없게 웃긴 사람인지 알게 되겠죠. 입을 게 없으면 내 드레스라도 빌려 입든가요."

투덜대는 소리가 귓가에 들렸다.

"그렇다고 신발을 여섯 켤레나 가져가는 게 말이 되나."

평상복을 입고 얼굴을 찌푸린 남자가 중얼거렸다.

"자기 체중만큼의 옷을 가져가니까 웃기는 여자라는 거죠."

그의 목소리가 너무 나지막해서 들릴 듯 말 듯 했다.

"너무 무거워서 못 들겠으면 도로 내놔요. 난 충분히 들 수 있어요."

그는 고개를 돌리더니 그런 건 아예 고려도 안 한다는 눈빛으로 나를 쳐다보았다. 나는 한숨을 푹 쉬며 그의 도움을 받아들이기로 했다.

"고마워요, 블랙퍼드. 다정한 사람이네요."

"이건 당신이 충분히 들 수 있는 무게가 아니에요."

그가 곧장 내 말을 반박하자 나는 고맙다는 인사를 철회하고 싶어졌다.

"당신이 이걸 들다간 다칠 수도 있어요."

에런은 왼쪽으로 방향을 틀었다. 나는 우리가 타고 갈 비행기의 항공사가 운영하는 카운터를 드디어 찾아냈다. 나는 그의 뒤를 따라가며 말했다.

"걱정해 줘서 고맙네요, 떡대 씨. 그런데 나도 나름 근육질이거든요."

그를 이름 대신 별명으로 불러댔는데 그는 괜찮은 모양이었다.

"물론 그렇겠죠. 당신은 어이없게 웃긴 데다가 고집까지 세군요."

그는 이렇게 말하며 나지막하게 숨을 내쉬었다. 나는 미소가 나오려는 걸 꾹 참았다.

"피장파장이네요."

에런은 마지막으로 나를 힐끗 곁눈질하더니 걷는 속도를 높였다. 그는 자기의 작고 합리적인 캐리어를 끌고, 짐으로 가득 차있어 어이없게 웃긴 내 배낭을 어깨에 메고 긴 다리로 성큼성큼 걸어갔다.

뒤에서 두어 걸음 떨어져 따라가다 보니 자연스럽게 그의 등을 위아래로 훑어보게 됐다. 내 안의 작지도 않고 조용하지도 않은 부분이 청바지를 입은 그의 자태에 연신 감탄했다. 한때 미식축구 경기장을 뛰어다녔을 근육질 허벅지가 청바지 안에 꽉 차있었다. 시선이 위로 올라가 그의 이두박근을 눈에 담자 내 안의 그 부분은 더 요란해졌다. 미식축구 경기장에서 멜론처럼 생긴 갈색 가죽 공을 들고 다녔을 그 이두박근은 내 가방의 무게 때문에 탄탄하게 팽창돼 있었다.

어휴. 에런의 등짝을 바라보면서 집중도 안 되고 정신이 산란해진 이유는 내가 그를 점점 더 많이 알아가고 있기 때문이었다. 이제 나는 그의 삶의 작고 사소한 부분들을 모두 알게 된 듯했다.

모금 행사의 밤에 알게 된 정보도 빼놓을 수 없었다. 구글에 검색해서 그에 관해 알아낸 사실들도 있었다. 그랬다. 나는 호기심을 이기지 못했다. 하지만 검색은 딱 한 번뿐이었다. 나는 스스로에게 딱 한 번만 그 일을 허락했다.

그 정도 자제력을 발휘하는 것은 쉽지 않았다. 구글 검색으로 얻어낸 모든 정보가 내 뇌리에 박혀버리고 말았지만. 이만하면 내 정보 습득 능력도 인정받을 만하지 않을까.

더 젊은 시절 에런의 모습이 담긴 사진들이 머릿속에 계속 맴돌았다. 그때도 그는 여전히 금욕적인 표정과 넓은 어깨, 강인한 턱선을 가진 남자였다. 사진 속에서 그는 보라색과 금색 유니폼을 입었는데, 그 유니폼 생각만 하면 심장이 더 빠르게 뛰었다. 그는 꽤 유명한 선수였는지 신문 표제에도 몇 번이나 이름이 올랐다. 그의 경기 능력을 칭찬하면서 앞으로 얼마나 대단한 선수가 될지를 예측한 기사들만 스무 개가 넘었다. 쉬이 잊히지 않는 검색 결과였다. 그런데 그의 미래는 신문에서 예측한 대로 흘러가지 않았다.

어째서였을까? 그의 미식축구 경력에 관한 신문 기사가 몇 년째 계속되다가 어느 순간부터 사라진 이유는 뭘까? 나는 그 이유를 끝내 알아내지 못했다. 그래서 더 궁금하고 안달이 났다. 내가 소소한 정보들을 모아 거의 다 알게 됐다고 생각한 이 남자에 관해 구글 검색으로 더 알아내고 나니 그동안 내가 이 사람을 제대로 보지 못했다는 걸 절감했다. 신호라도 받은 것처럼 에런이 나를 돌아보았다. 그는 눈썹이 이마에 가 닿도록 잔뜩 치켜뜨며 물었다.

"무슨 일 있어요?"

움찔한 나는 고개를 저었다.

"얼른 갑시다. 이렇게 천천히 걷다가는 스페인에 못 가요."

"내가 그렇게 운이 좋을지는 모르겠네요."

나는 중얼거리다가 발걸음을 재촉해 그를 따라잡았다. 이번에도 그의 말이 옳았다. 숨 막히는 걱정거리들이 내 마음을 점점 더 차지하고 있었다. 이제 몇 시간 안에 탑승하게 될 비행기도 그중 하나였다. 비행기에 타면 되돌릴 수 없다는 점도 그랬다.

우린 지금 이 일을 하고 있었다. 정말로. 어차피 하기로 했으면 잘 해내야 할 것이다. 스페인 땅에 내려서면, 에런과 내가 서로 행복하게 사랑하는 사이임을 가족에게 보여줘야 했다. 하트가 뿅뿅 튀고 새들이 지저귀고 꽃이 피는 그런 사랑. 실상은 우리가 10분 이상 서로를 견디면서 국제 전쟁을 일으키지 않으면 다행이었다.

우리가 과연 그렇게 할 수 있을지는 모르겠지만 한 가지 분명한 것은 있었다. 우리, 에런과 나는 어떤 상황에서든 문제 해결 방법을 찾아낼 사람들이었다.

반드시 잘 해내야만 했다.

14

"여기 디저트가 그냥 평범하다면서요. 그런데 이 초콜릿케이크는 전혀 평범하지 않군요, 친구."

나는 놀랍도록 맛있는 기내식 디저트에 감탄했다.

"하나 더 달라고 요청해도 돼요?"

나는 즐거워하며 콧노래를 흥얼거렸다. 너무 맛있어서 창피함도 잊어 버렸다.

내 옆의 고급스러운 일등석 좌석에 앉은 에런에게는 그다지 대단한 맛이 아닌 모양이었다. 그랬다. 지금 나도 일등석에 탑승해 날고 있었다. 나는 원래 이코노미석인데 그가 어떻게 싸우지도 않고 내 좌석을 일등석으로 업그레이드해 달라는 요청을—어쩌면 강력한 요구일지도 모른다—했는지 정확히 알 수 없었다. 그는 내 어깨에 한 팔을 두르고 여친이라고 말했을 뿐이었다. 돌이켜 생각해 보면 그때 나는 갑작스러운 상황에 당황해서 바보처럼 고개를 끄덕거리며 체크인 카운터에 내 여권을 내밀었다.

그는 들고 있던 신문을 아래로 내리고 치켜뜬 눈썹을 드러냈다. 드디어 그의 얼굴이 보였다.

"친구?"

"조용히 해요. 난 내 케이크랑 오붓한 시간을 보내는 중이에요."

그는 한숨을 쉬더니 다시 신문을 들고 읽기 시작했다.

스푼을 허공에 들어 올리고 잠시 머뭇거리다가 입으로 가져갔다.

"아까 그렇게 할 필요는 없었어요. 당신이 내 좌석 업그레이드에 돈을 낸 건 좀 지나쳐요."

그러자 그는 애매하게 투덜거렸다.

"진지하게 말하는 거예요, 에런."

"난 당신이 조용히 기내식을 먹고 싶어 할 것 같아서 그랬어요."

"여행 끝내고 돌아오면 당신이 쓴 돈 돌려줄게요. 이미 충분히 고마워요."

에런은 내 말이 끝나기 무섭게 한숨을 쉬었다.

"그럴 필요 없어요. 나는 그 항공사의 스카이 클럽 회원이라 마일리지 점수가 높아요."

그의 설명을 들으면서 나는 천국 같은 초콜릿케이크의 마지막 한 조각을 입에 넣었다.

"그리고 아까 말했듯이 이제 우리가 준비해야 할 시간이에요."

오늘의 하이라이트가 된 초콜릿케이크를 드디어 다 먹어 치운 나는 냅킨으로 입을 닦았다. 냅킨을 앞에 놓인 쟁반에 도로 내려놓고 에런을 돌아보았다.

"휴식 시간은 끝났다는 말처럼 들리네요."

그는 못 들은 척했다. 나는 검지로 신문 뒤쪽을 쿡 찔렀다.

"이제 일할 시간이에요. 얼른요."

다시 쿡 찔렀다.

"준비할 시간이라고요."

"꼭 그래야겠어요?"

그가 신문 뒤에서 투덜거렸다.

"네."

나는 신문을 몇 번 더 찔러서 그가 신문을 못 읽게 했다.

"난 당신이 완전히 집중하길 바라요. 내 가족 중 몇 명에 관해서만 알고 있잖아요. 우린 시간이 얼마 없어요."

나는 신문의 한쪽 모서리를 잡아당겼다.

"듣고 있어요?"

"그러지 않아도 돼요."

그는 흑백으로 인쇄된 신문을 재빨리 아래로 내렸다.

"난 늘 당신한테 완전히 집중하고 있어요, 카탈리나."

그 말에 나는 집게손가락으로 또 그 신문을 찌르려다가 우뚝 멈췄다.

"하."

나는 눈을 가늘게 떴다.

"싸구려 속임수로 날 속여 넘기려 하다니 귀엽네요."

나는 나름 진지한 표정으로 그를 똑바로 바라보았다.

"듣기 좋은 말로 나를 달래놓고 혼자 있으려는 거잖아요. 지금은 미국의 국제 관계 문제도 우리 일보다 덜 중요해요."

그는 마지못해 고개를 끄덕이면서 신문을 꼼꼼히 접어 쟁반 위에 올려놓았다.

"알았어요."

이제 그의 푸른 눈은 온전히 내게 집중하고 있었다.

"딴짓 안 할게요. 난 이제 완전히 당신 거예요."

완전히 당신 거.

폐와 입 사이의 어디쯤에서 숨이 막혔다. 나는 가까스로 질문했다.

"신랑과 신부 이름은?"

"곤살로와 이사벨."

그는 더 나은 질문을 할 수 있으면서 왜 그것밖에 못 하느냐는 듯 눈을 위로 굴렸다. 오기가 생겼다.

"남의 얘기를 절대 안 듣는 사촌 세 명은?"

나는 뜸을 들이며 고개를 옆으로 약간 기울였다.

"그들은 특히, 재미있는 얘기 들려줄까, 로 시작하는 말에 대해 그런 반응을 보여요."

"루카스, 마티아스, 아드리안이겠네요."

그는 머뭇거림도 없이 대답했다. 이 정도면 뭐 괜찮았다. 그 세 명은 위험했다. 그들 입에서 무슨 얘기가 나올지 알 수 없었다. 전반적으로 그 세 명을 주의해야 할 것이다.

"당신이 나랑 진지하게 사귀는 관계라면, 신부의 부모님이자 장차 장인 장모가 될 분들의 이름을 알아야겠죠?"

"크리스티나와 하비에르."

그는 즉시 답을 내놓았다.

"나는 그분들에게 예의 바르게 대하되 이름을 불러드려야 합니다. 안 그러면 그분들은 화를 내면서 나를 가식적인 놈이라고 생각할 테니까요."

에런은 내가 앞서 했던 말을 고스란히 되풀이했다. 널찍한 좌석에서 그가 자세를 바꾸자 좌석이 더 작게 쪼그라든 느낌이었다.

"하비에르는 대학에서 역사를 가르치는 교수이고 영어를 유창하게 합니다. 크리스티나는 간호사이고 영어를… 그다지 잘하는 편은 아니에요. 내가 더 주의해야 할 분은 크리스티나입니다. 그분이 내 말을 잘못 알아듣는 것 같아도 내 입에서 나오는 말 하나하나에 신경을 곤두세우고 있을 테니까요."

나는 속으로 깊은 인상을 받으며 고개를 끄덕였다. 그는 내가 한 모든 질문에 정확한 답을 내놓았다. 물론 이 질문은 아까도 했던 것이었다. 놀라울 일은 아니었다. 그는 업무에 있어서도 그렇고 어떤 일에서든 반드시 성공하려는 무한한 결단력을 가진 사람이라는 걸 이미 증명한 바 있었다. 그는 어중간하게 하는 법이 없었다. 늘 최고의 결과를 내놓았다.

잘된 일이었다. 에런은 마르틴 가족은 물론 결혼식에 참석한 모든 사람을 상대하면서 그가 가진 모든 결단력을 발휘해야 할 것이다. 하지만 난 이 정도로는 만족할 수 없었다. 아직은.

"신랑의 부모님은?"

"후아니와 마누엘."

에런은 거침없이 대답했다. 나는 고개를 끄덕이면서 그의 입술을 바라보았다. 그가 대답 끝에 어떤 말을 덧붙이려 할지도 이미 알고 있었다. 그들은 신랑의 형의 부모님이기도 했다. 신랑의 형은 바로 내 전 남친이었다.

"좋아요. 다음 질문."

나는 그가 부가 설명을 하기 전에 얼른 말했다.

"내가 당신이랑 같이 있지 않을 때도 상황을 통제하려면 반드시 피해야 하는 사촌은?"

나는 좌석에 앉은 채 몸을 돌려 그를 똑바로 쳐다보았다. 압박감을 받는 상황에서 그가 어떻게 나올지를 보기 위해 나는 최대한 자기주장이 강한 표정을 지어 보였다. 에런은 움찔하면서 흔들리는 표정이었다. 젠장. 머뭇거리는 거야? 그러면 안 되는데. 내가 그러면 안 된다고 말하려는데 그가 대답했다.

"차로."

에런의 입술에서 나온 내 사촌의 이름은 사뭇 다르게 들렸다. 강한 미국식 억양이 들어가서 그런 모양이었다. 그의 발음을 지적하려는데, 그의 다음 행동 때문에 놀라고 온몸이 떨려 시기를 놓치고 말았다. 그가 팔을 올리더니 아주 천천히 내 얼굴을 향해 손을 뻗었다. 나는 그의 손에서 그의 얼굴로 시선을 옮겼다. 그의 눈은 내 턱 바로 윗부분 어딘가에 고정되어 있었다. 내가 막기도 전에 그의 엄지가 내 피부에 닿았다. 아주 부드럽게.

그는 내 턱을 쓰다듬었다. 입술 바로 근처였다. 그의 손가락이 내 피부를 쓰다듬은 순간, 내 안의 모든 불만이 잦아들고 천국에 간 느낌이었다. 그는 엄지의 움직임에 몰두해 약간 주의가 흐트러진 표정으로 다시 입을 열었다.

"차로."

나는 그 자리에… 얼어붙었다. 그의 손가락이 내 피부에 닿은 것만으로 온몸에 작은 불들이 화르륵 타오르는 듯했다.

"캐묻기 좋아하고 부끄러움이라곤 거의 모르는 빨간 머리 여자를 최대한 피해야 한다면서요. 그 여자의 이름은 차로라고 했고요."

부드러운 접촉에 내 피부는 곧장 뜨겁게 달아올랐다. 어떻게 그럴 수 있는지… 알 수 없었다. 입술이 열리고 떨리는 숨이 흘러나왔다. 그제야 에런은 눈을 들어 나를 마주 보았다. 피가 소용돌이치며 목과 뺨, 관자놀이로 솟구쳐 올랐다. 그의 눈을 바라보는 동안 뜨거운 피가 온몸에 퍼져나갔다. 그의 푸른 눈동자가 약간 더 어두워진 것 같았다.

에런은 엄지를 거둬들이며 시선을 돌렸고 나는 그제야 긴장을 풀었다. 하지만 그 느낌은 오래 가지 않았다. 나는 시선을 내려 그의 손을 보았다. 허공에 멈춘 그의 손을 본 순간 나는 공포에 사로잡혔다. 그의 엄지에 초콜릿이 묻어있었다. 그 초콜릿이 방금까지 내 얼굴에 묻어 있었던 모양이었다.

아, 어떻게 해.

하지만 내가 벌떡 일어나 이 비행기의 카펫 깔린 바닥에 쓰러지게 할 정도로 충격적인 일은 따로 있었다. 내가 얼굴에 케이크를 묻힌 채 떠들고 있었다는 것 정도가 아니었다. 내 약점을 언젠가 나에게 불리하게 쓸 수도 있을 에런 앞에서 그런 행동을 했다는 것 때문도 아니었다. 안전벨트만 아니었으면 펄쩍 뛰어올랐을 일은, 에런이 늘 꾹 다물고 있던 입술을 벌리고 엄지에 묻은 초콜릿을 핥아먹었다는 사실이었다. 내 입술 옆에 묻어있었고, 그가 엄지로 닦아낸 초콜릿을.

그의 목구멍이 초콜릿을 삼키고 그의 얼굴에 감탄하는 표정이 흐르는 게 보였다. 그 순간 온갖 감정이 내 속에서 폭발했다. 나는… 젠장. 그 모습에 완전히 빠져들어… 그를 바라만 보았다. 엄청난 충격이었다. 기겁해도 될 상황이었지만 나는 그러지 않았다. 내 갈색 눈은 에런의 입술만 쳐다보았다. 그러는 동안 얼굴에 몰렸던 모든 열기가 온몸 구석구석으로, 온갖 흥미로운 부분으로 퍼져나갔다. 내 눈은 그의 입술을 떠날 줄 몰랐다. 곁눈으로 보니, 에런은 내 쟁반에 있던 냅킨으로 손을 꼼꼼히 닦아내고 있었다.

"당신 말이 맞네요. 케이크 맛이 좋아요."

그는 아무렇지 않게 헛기침하며 덧붙였다.

"아까 하던 대답을 계속하자면, 우리는 당신 사촌 차로를 피해야 해요."

나는 다시 그의 눈으로 시선을 돌렸다. 뜨끈하면서 어딘가 모르게 신경이 쓰이고 묘한 감정이 마구 뒤섞였다.

"차로에게 의심받지 않는 게 중요하다고 당신이 강조했잖아요. 그것도 우리가 한 계약의 일부죠."

그의 말이 귀에 거의 들어오지도 않았다. 나는 다시 허공으로 올라가는 그의 손에 온통 시선이 가있었다. 그의 엄지가 내 입술 가장자리를 한 번 더 쓰다듬었다. 이번에도 아까와 마찬가지로 강렬한 느낌이 온몸을 휩쓸었다. 두 번째 접촉도 부드러웠다. 나는 잠시 눈을 감았다.

"그만하면 초콜릿을 다 닦아낸 것 같아요."

나도 모르게 숨소리가 한껏 섞인 목소리가 흘러나왔다.

"고마워요."

"그냥 완전하게 하려고요."

그는 초콜릿이 묻어있던 내 입술 옆에서 내 눈으로 시선을 돌리며 조용히 말했다.

"다음 질문은?"

"신랑 들러리 이름은?"

조금 전 간질간질하던 감정 대신 불안감이 밀려들어 나는 앉은 자리에서 움찔했다.

내 안의 떨림을 일깨운 주제이기 때문이 아니었다. 아마 조금 전의 일로 내 감정이 흔들려서인 듯했다. 확실히는 알 수 없지만 나는 숨을 죽이며 그의 대답을 기다렸다.

"다니엘."

그는 내 눈을 가만히 바라보았다.

"당신의 전 남친이자 신랑의 형."

나는 고개를 한 번 끄덕였다. 그 이상 다른 행동은 할 수가 없었다. 에런은 자세를 고쳐 앉으며 고개를 약간 숙여 나와 눈을 마주 보았다.

"당신은 그 남자에 관해 자세히 말을 안 해줬어요. 내가 알아야 할 정보가 더 있어요?"

그는 조용히, 기대에 찬 눈으로 나를 바라보았다. 그의 관심이 온통 내게 쏠려있음을 느낄 수 있었다. 그가 조금 전에 말했던 것처럼. 하지만 이번에는 장난이 아니었다. 그에게 모든 걸 털어놓는 게 좋겠다는 생각이 들긴 했지만, 확신이 없었다.

"아뇨. 그게 전부예요."

나는 그의 손으로 시선을 내렸다. 그의 손은 그의 무릎에 내려와 있었다.

"그는 내 전 남친이고, 곤살로보다 몇 살 위인 형이에요. 이사벨과 곤살로는 우리가 데이트를 시작할 무렵 우리 덕분에 처음 만났어요. 할 얘기는… 그게 다예요."

　내가 좀 더 똑똑했으면 에런에게 모두 털어놓았을 것이다. 하지만 그 무렵 나는 줄곧 멍청한 결정만 내리고 있었다. 이번에도 마찬가지여서 나는 에런에게 그 이상은 말하지 않았다. 변명하자면, 나를 지금 같은 곤경에 처하게 만든 기폭제를 마주할 생각을 하니 마음이 무척 힘들었다. 다니엘 얘기를 하다 보면 과거를 다시 떠올려야 하는데 그 과거는 온갖 잘못된 선택과 가슴 찢어진 일들로 점철되어 있었다. 나는 그 얘기를 하면서 시간을 보내고 싶지 않았다.

　우리가 언니 결혼식에서 보여줘야 하는 쇼가 아무리 중요하다고 해도, 내가 이 자리에서 편하게 잡담 삼아 떠들 수 있는 얘기는 아니었다. 내 과거의 일부를 에런에게 보여주다 보면 내가 얼마나 위축될지를 굳이 인정하고 싶지도 않았다. 그래서 그냥 그에게 거짓말을 하고 말았다. 또 거짓말이었다. 이번에는 진실을 털어놓지 않는 방식의 거짓말이었는데, 그로 인해 나중에 더 큰 대가를 치러야 할 수도 있었다. 원래 거짓말이라는 게 그랬다.

　"날 믿어도 돼요."

　에런이 부드럽게 말했다. 아마 나는 그를 믿을 것이다. 하지만 에런에게 과거를 털어놓는 일은 쉽지 않았다. 그 과거는 내 삶의 일부지만 나는 오래전에 그 과거를 걸어 잠갔다. 너무 오래 잠가둬서 잔뜩 녹이 슬고 망가져 다시 열 수 없게 된 듯했다. 그러니 내가 이러고 있겠지. 나는 지금 평소 같은 공기를 마시기도 싫을 정도로 앙숙이던 남자와 나란히 앉아 대서양을 건너고 있었다. 전에는 이 남자의 단단한 머리통에 무언가를 던져버리고 싶을 만큼 거슬렸는데, 뉴욕에서 만난 이 남자가 지금 내 가짜 남친 노릇을 해주고 있었다.

　"*abuela*(할머니)의 이름은?"

　나는 시선을 내리깔아 눈을 제외한 그의 얼굴 어딘가를 바라보며 질문했다. 그 순간 그가 어떤 감정일지 확인하고 싶지 않았다. 괜히 확인했다가 기분이 나빠질 수도 있다는 생각이 들어서였다.

"카탈리나."

그가 동정심이 섞인 것 같은 목소리로 내 이름을 불렀다. 화가 나서 날카롭게 받아쳤다.

"아니에요. 내 *abuela*(할머니)의 이름은 카탈리나가 아니에요, 애런. 살아있는 내 유일한 할머니의 이름 정도는 제대로 알고 있어야죠."

나는 일부러 쏘아댔다. 그래도 사실은 바뀌지 않았다. 그는 내 *abuela*(할머니)의 이름을 정확히 알고 있었다.

"다시 말해 봐요. 내 *abuela*(할머니)의 이름은?"

애런은 플러시 천으로 된 머리 받침대에 머리를 기대며 잠시 눈을 감았다.

"당신 *abuela*(할머니)의 이름은 마리아예요. 그분은 영어를 한 마디도 못해요. 그렇다고 그분을 만만히 보면 안 되겠죠. 그분은 언제든 나를 향해 음식을 집어 던질 수도 있으니까 나는 그분 앞에서 쓸데없는 소리 말고 잘 먹기나 하면 됩니다."

애런은 몇 주일 동안 연습이라도 한 것처럼 술술 답을 내놓았다.

"대단하네요."

나는 고개를 끄덕였다. 그는 심호흡하면서 부탁하는 눈빛으로 나를 바라보았다.

"우리는 이 과정을 수없이 반복했는데 당신은 여전히 안절부절못하고 있네요."

그는 미간을 찌푸렸다.

"편하게 있어요. 나도 좀 쉴게요. 그럽시다. 앞으로 몇 시간 정도는 조용히 갈래요?"

"첫째, 우리가 이 연습을 한 건 세 번뿐이에요."

나는 그에게 손가락 세 개를 세워 보이며 강조했다.

"그리고 조금 전에 한 질문들 같은 경우는 제대로 연습을 안 했어요. 둘째, 지금 나는 완전히 엄청 편해요. 마음이 엄청 차분하다고요. 블랙퍼드, 난 당신이 기본적인 정보를 헷갈려서 이 일을 망치지 않게 하려는 것뿐이에요. 당신은 내 남자친구이고…"

나는 방금 내 입에서 나온 말을 듣고 움찔했다.

"이번 '스페인 사랑 사기극'에서 당신 역할이 바로 그거라고요. 내 가짜 남친. 그러니까 내 가족과 가까운 친척의 이름 정도는 알아야 해요. 그래야 사람들이 당신이랑 내가 사귀는 사이가 아닌 것 같다는 의심을 안 하겠죠. 당신이 조금이라도 머뭇거리면 그들은 바로 알아챌 거예요."

그러자 그가 인상을 찌푸렸다.

"알았어요. 그런 표정으로 날 보지 말아요."

나는 그의 찌푸린 얼굴을 손가락으로 가리켰다.

"스페인에서는 사촌이랑 육촌도 전부 가까운 친척이에요. 삼촌, 고모, 숙부, 숙모도 마찬가지고요. 가끔은 이웃도 가까운 친척으로 치기도 해요."

나는 잠시 생각을 한 후 덧붙였다.

"아, 그들의 생김새부터 다시 복습하는 게 좋을 것 같은…"

"아뇨."

그는 답답해하는 목소리로 내 제안을 거부했다.

"이제 좀 쉽시다. 그러고 싶지 않으면 나만이라도 쉬게 해줘요. 착륙했을 때 내가 짜증 내고 투덜거리길 원해요?"

"당신은 늘 투덜거리잖아요."

그는 더 진하게 인상을 썼다.

"난 피곤하면 더 짜증 낼 텐데 내가 가족들한테 나쁜 인상을 주길 바라는 거예요?"

"협박해요?"

내 입에서 헉 소리가 났다.

"아뇨."

그는 약간 움찔하며 덧붙였다.

"나를 잠 못 자게 만들면 그런 결과가 나올 수도 있다고 말한 겁니다."

"딱 한 번만 해요. 금방 끝나요. 사촌들에 관해서만 할게요."

나는 부루퉁한 표정으로 협상을 시도했다. 에런은 과장되게 한숨을 내쉬었다.

"아니면 내가 좋아하는 색깔이라든지, 나를 울게 만든 영화, 내가 제일 무서워하는 것 같은 기본적인 정보를 다시 복습하든지요."

내 말에 그는 앉은 자리에서 힘이 쭉 빠지는 표정이었다. 내가 다시 말하려는데 에런은 손을 들어서 막더니 대답을 술술 내놓았다.

"산호색. 〈P.S. 아이 러브 유(P.S. I Love You)〉, 뱀이라든지 뱀 비슷하게 생긴 모든 것."

그의 대답은… 100퍼센트 정확했다. 그는 세상 그리고 나와 담을 쌓듯 눈을 감았다. 나는 아무 말도 못 하고 에런처럼 좌석에 머리를 기대고 앉았다. 에런의 말이 옳다는 걸 굳이 상기하고 싶지 않았다. 그가 방금 내놓은 세 개의 답에 대해서도 더 생각하고 싶지 않았다. 하지만 침묵하고 있으니 다른 온갖 생각과 걱정이 머릿속에서 더 요란하게 소리를 질러댔다.

조금 전에 느꼈던 감정이 되돌아와 나는 몸이 움찔거리고 초조해졌다. 평소에도 나는 에런이 근처에 있으면 자기 통제가 잘 안됐는데 이제는 아예 제어 기능을 상실한 것 같았다. 나는 조그맣게 말했다.

"모든 걸 완벽하게 하고 싶어서 그래요. 골치 아프게 했다면 미안해요."

내 목소리가 비행기 안의 웅웅거리는 소음 너머로 또렷하게 들릴 정도로 크지는 않았는데, 그는 내 고백에서 무언가를 감지한 모양이었다. 그는 눈을 뜨더니 나를 돌아보며 물었다.

"내가 왜 일을 망칠 거라고 확신해요?"

진심이 느껴지는 질문이라 내 가슴속 응어리가 더 커져버렸다. 고작 내 *tía abuela*(고모 할머니)의 이름을 기억 못 할까 봐 걱정한다고 생각하는 건가? 사기꾼은 그가 아니라 나였다.

"그런 거 아니에요."

나는 적당한 표현을 찾기 어려워 고개를 좌우로 흔들었다.

"그들에게… 내가 행복하게 살고 있다고 믿게 하고 싶어요."

"행복하지 않아요, 카탈리나?"

그는 내 눈을 뚫어지게 바라보았다. 이러다가 내 모든 비밀이 드러날 것 같다는 생각이 조금씩 들기 시작했다.

"행복하죠."

의도한 것보다 더 울적한 목소리로 대답하고 말았다.

"행복한 것 같아요. 그냥 고향 사람들한테 행복한 사람으로 보이고 싶은 거예요. 그러기 위해 이런 방법을 쓸 수밖에 없는 거고요."

나는 그와 나를 번갈아 가리키며 말을 이었다.

"그런 부분을 봐주면 좋겠어요. 내가 실연당했지만 외롭지 않고 싱글도 아니라고 고향 사람들이 믿기를 바라요."

그는 내게 들은 자잘한 정보를 조합하는 듯했다. 나는 잠시 침묵하다가 덧붙였다.

"우리가 완전히 너무너무 깊게 사랑하는 사이라는 걸… 그들 모두가 믿게 만들어야 해요. 우리가 계약으로 맺어진 가짜 커플인 걸 그들이 알게 되면 나는 창피해서 못 견딜 것 같아요. 수치스러울 거고요. 언니 결혼식에 혼자 참석해서 사람들에게 동정받는 것보다 백만 배는 더 괴롭겠죠. 죽는 날까지요.”

내가 누군가에게, 심지어 친구도 아닌 남자에게 남친 연기를 해달라고 말한 걸 가족과 친척들이 알게 된다면, 그들이 나를 어떻게 볼지 뻔했다. 비탄에 빠져 옴짝달싹 못 하는 처량한 리나라고 여길 것이다.

에런은 내 사정을 이해하는 듯 눈을 빛냈다. 아마 뭔가 딸깍 맞아떨어진 느낌을 받은 것도 같았다. 내가 이런 일을 벌인 동기 이면의 진실이라도 알아챈 걸까? 부디 그러지 않기를 바랐다. 그가 느낀 감정이 뭐든 그 감정은 오래 가지 않았다. 방해를 받은 것이다. 에런의 시선은 우리를 머리 위에서 내려다보는 승무원에게 향했다. 여승무원은 에런에게 환한 미소를 지어 보였는데 그는 화답하지 않았다.

“마실 것 좀 드릴까요. 블랙퍼드 씨? 마르틴 양?”

“진토닉 두 잔 주세요.”

그는 승무원에게 2초 이상 눈길을 주지 않았다.

“그거면 되지, 자기야?”

나는 마지막 말에 놀라 고개를 들었다. *자기야*라니.

“으응. 맞아.”

나는 기어들어 가는 목소리로 대답했다. 두 볼이 확 달아올랐다. 그랬다. 나는… 지금까지… 누구의 ‘자기’였던 적이 없었다. 뱃속이 빠르게 떨리는 걸 보면 그 애칭이 내 마음에 드는 것 같았다. 아, 맙소사. 정말 듣기 좋았다. 가짜 연애지만 말이다.

“고마워, 음…”

나는 승무원을 힐끗 쳐다보았다. 그녀는 감탄하는 눈으로 에런을 바라보는 중이었다.

“고마워, 남친아.”

승무원은 입을 꾹 다물고 미소를 지으며 고개를 끄덕였다.

“음료를 가져오겠습니다.”

승무원이 떠나자 에런은 나지막하게 말했다.

"당신은 내가 오늘 처음 들은 스페인 사람 이름 수십 개를 헷갈려서 실수할까 봐 걱정하더니, 나를 '남친아'라고 부르는군요. 나를 그렇게 불렀다간 모든 게 들통날 겁니다."

나는 속삭이며 받아쳤다.

"수십 개의 이름요? 열 몇 개밖에 안 되잖아요."

에런이 어이없어하며 나를 쳐다보았다.

"그래요, 뭐 많아야 24개 정도죠. 당신 말이 맞아요."

내가 인정하자 그는 놀란 눈으로 나를 바라보았다.

"그럼 어떤 애칭으로 당신을 부를까요?"

"불렀을 때 당신 기분이 제일 좋아지는 거로 해요."

그 순간 '자기야'의 효과가 맹렬하게 밀려들었다. 나는 그 생각을 머리에서 밀어내려고 애쓰며 말했다.

"모르겠어요. 스페인어로 된 애칭이 좋을 것 같긴 해요. *Bollito? Cuchi cuchi? Pocholito?*"

"볼리토요?"

"작은 번 빵이에요."

나는 미소 지었다.

"스펀지처럼 푹신푹신하고 윤기 나면서 귀여운 빵인데…"

"아뇨, 됐어요."

그는 인상을 썼다.

"그냥 원래 이름으로 부르는 게 낫겠어요." 그는 다시 돌아온 승무원한테서 음료 잔 두 개를 받아 들고는 그중 한 개를 내 앞에 놔주었다.

"나는 그 스페인어가 무슨 뜻인지도 모르는데 당신한테 골라달라고 하면 안 될 것 같네요."

"난 믿을만한 사람이에요. 지금쯤은 알 줄 알았는데."

나는 손가락 하나를 턱에 대고 몇 번 두드렸다.

"*conejito*는 어때요? 꼬마 토끼라는 뜻인데."

에런은 길게 한숨을 쉬면서 큼직한 몸뚱이를 좌석에 더 깊게 파묻었다.

"그래요. 당신은 토끼 같진 않네요."

나는 잠시 생각한 후 말했다.

"*Osito*(곰돌이)로 할까요?"

나는 그 애칭이 그에게 어울리는지 확인하듯 그를 위아래로 쳐다보았다.

"곰돌이라는 뜻인데, 이 별명이 더 잘 어울리네요. 당신은 곰에 더 가까워 보여요."

에런의 목구멍 안쪽에서 끄응 하는 신음 소리가 들렸다. 그는 잔을 들어 진토닉 절반을 마셨다.

"그거 마시고 잠이나 좀 더 자요, 카탈리나."

"알았어요."

몸을 돌린 나는 좌석에 파고 들어가듯 기대며 진토닉을 한 모금 마셨다.

"당신이 원한다면 그렇게 할게요, 곰돌이."

시야 한옆으로 보니 에런은 남은 진토닉을 마저 비우는 모습이었다. 그를 나무랄 일이 아니었다. 이번 여행에서 살아남으려면 우리는 술이라도 마시고 용기를 내야 했다.

15

비행기에서 내리는 과정, 세관을 통과하고 짐을 찾는 과정이 마치 낯선 꿈처럼 느껴졌다. 주변의 모든 게 몽롱하고 비현실적으로 보였다. 의식의 깊은 곳, 내 마음의 일부는 이걸 현실이 아니라고 여기려 했다. 이번만은 그랬다. 이번만은. 귓속에서 들려오는 쿵, 쿵, 쿵 소리는 이게 현실임을 줄곧 상기시켰다.

내 마음의 일부는 이러다 곧 잠이 깰 거라고 말하는데, 내 심장은 내가 이미 깨어있으며 이것은 실제로 일어나는 일이라고 요란하게 알려주고 있었다. 도착 게이트가 눈에 보인 순간부터 밀려드는 현실을 감당 못 해 온몸이 얼어버렸다.

두 발이 그 자리에 뿌리라도 박은 듯 꼼짝 못 하고 서있는데 내 캐리어의 바퀴가 바닥을 굴러가며 끼이익 소리를 냈다. 목구멍 안에 숨이 턱 막혔다. 열리고 닫히는 게이트, 그리고 우리 앞에서 그 게이트를 나서는 사람들이 보였다. 나는 에런을 힐끗 쳐다보았다. 내 옆에서 나란히 걷던 그는 짐을 잔뜩 넣은 내 배낭을 어깨에 걸쳐 매고 두어 걸음 앞에 가있었다.

"에런."

나는 목쉰 소리로 그를 불렀다. 쿵, 쿵, 쿵 소리가 점점 더 커졌다.

"나 못 하겠어요."

폐 안에 시멘트를 들이부은 것처럼 답답해서 손을 가슴에 얹었다.

"*Ay Dios(어휴)*."

나는 숨을 들썩였다.

"*Ay Dios mío(미치겠네)*."

어쩌다 여기까지 오게 됐을까? 이러다 들통나면 어떻게 하지? 내가 일을 더 꼬이게 만드는 거라면? 나는 미쳤다. 아니, 그냥 멍청한 거였다. 내 얼굴에 주먹이라도 날리고 싶었다. 그렇게 해서라도 정신을 차린다면 해야 할 것이다.

탈출할 곳을 찾아 절박하게 주변을 둘러보았다. 이 상황에서 빠져나갈 방법을 찾고 싶었다. 하지만 우리를 부모님으로부터 분리해 주고 승객들을 끝없이 삼키는 게이트 너머에는 아무것도 보이지 않았다.

"*No puedo hacerlo(못 하겠어요)*."

나는 내 귀에도 잘 안 들릴 정도로 조그맣게 중얼거렸다.

"못 해요. 저 문밖으로 나가서 모든 가족에게 거짓말하는 거 못 하겠어요. 못 할 것 같아요. 잘되지 않을 거예요. 그들이 알아채겠죠. 난 웃음거리가 되고 말 거예요. 내가 너무 멍청하게 생각…"

에런의 손가락이 내 턱을 잡아 자기 눈을 바라보도록 얼굴을 올렸다. 터미널을 밝히는 형광등 불빛 아래서 나는 그의 푸른 눈에 집중했다.

"자. 다 괜찮아요."

입을 열었다가는 헛소리를 주절거릴 것 같아 나는 고개만 약간 가로저었다. 그의 손가락은 여전히 내 턱에 닿아있었다. 그는 내 눈을 똑바로 들여다보며 말했다.

"당신은 멍청하지 않아요."

나는 잠시 눈을 감았다. 내 안에서 터져 나오는 모든 감정을 도저히 감추지 못할 것 같았다. 그가 내 안에서 무엇을 보게 될지 두려웠다. 잠시 후 눈을 뜬 나는 그의 눈을 마주 보며 말했다.

"못 하겠어요."

그의 목소리에 힘이 들어갔다.

"카탈리나, 우습게 굴지 말아요."

내 턱을 부드럽게 잡은 손가락과는 달리, 실신하기 직전인 여자에게 말하는 것치고는 직설적이고 냉정한 말투였다. 하지만 그 말투에 담긴 무언가 덕분에 나는 숨을 겨우 들이마실 수 있었다. 지난 2분 동안 숨 한 번 쉬지 못했음을 비로소 깨달았다. 그랬다. 숨을 들이마시고 내쉬었다. 그러는 동안 에런은 줄곧 내 눈을 들여다보았다. 예전 같으면 그의 그런 눈빛에 짜증이 치솟았을 텐데 지금은 그 눈빛 덕분에 천천히 현실로 돌아올 수 있었다. 그가 자신 있게 말했다.

"우린 해낼 수 있어요."

우리.

이 단순한 단어가 무엇보다도 내 마음에 크게 울려 퍼졌다. 자기 말을 제대로 들을 준비가 되길 기다렸다는 듯 그는 일격을 날렸다.

"당신은 더 이상 혼자가 아니에요. 이제 당신이랑 내가 함께하는 겁니다. 우리가 함께 하는 거예요. 우린 해낼 수 있어요."

무어라 설명할 수 없는 이유로 인해 나는 그를 믿기로 했다. 그의 말에 의문을 제기하거나 반박하지 않았다. 우리는 잠시 아무 말도 하지 않았다. 나의 불안한 갈색 눈은 그의 단호한 푸른색 눈에 고정되었고 우리 둘은 말없이 서로를 이해했다.

우리. 에런과 나. 그렇게 우리가 된 것이다.

에런이 턱을 잡고 있던 손을 내리더니, 내 손을 감싸 쥐었다. 내 다른 손은 가슴을 부여잡고 있었다. 그는 내 손을 잡은 손에 가만히 힘을 주었다. 그는 말없이 묻고 있었다.

준비됐죠?

나는 마지막으로 깊게 숨을 들이마셨다. 우리는 자그마한 스페인

공항의 도착 터미널을 향해 열린 문으로 나아갔다. 내 부모님을 향해. 이제부터 우리가 벌이게 될 터무니없는 익살극을 향해.

그리고… 내가 이걸 뭐라고 불렀더라? 아, 그래. 우리가 계획한 이 '스페인 사랑 사기극'을 향해. 에런과 나, 우리는 이 일을 잘 해낼 것이다. 그는 그렇게 말했고 난 그를 믿었다. 우리 둘을 위해 부디 그의 말이 맞기를 바랄 뿐이었다.

"아빠, 마지막으로 말하는데 우린 여기서 지내도 정말 괜찮아요."

나는 자그마한 방 안을 둘러보면서 내 가짜 남친에게 도와달라는 눈빛을 보냈다. 그러자 그의 입꼬리가 슬쩍 올라갔다. 아빠가 계속해서 말했다.

"할머니를 네 언니 방으로 옮기면 너희 둘이 우리 집에 있는 큰 손님 방에서 지낼 수 있을 거다. 호세 삼촌과 인마 숙모가 거기서 자려고 할지 모르겠지만. 잠깐만 기다려 봐. 전화해 보고…"

"아빠."

나는 아빠의 팔을 쓰다듬으며 말을 잘랐다.

"괜찮아요. 이 아파트면 충분해요. 저희를 집으로 안 옮겨주셔도 돼요. 할머니를 그냥 두세요."

집에 대한 그리움과 익숙함이 파도처럼 밀려들었다. 집에 너무 오랜만에 왔다. 이 집의 모든 게 숨 쉬는 것처럼 익숙했다. 오랫동안 들여다보지 않았던 기억의 장을 새로 여는 기분이기도 했다. 아빠, 너무나 다정하고 친절한 아빠의 선한 마음. 다만 너무 심하게 챙기려 드는 게 문제였다. 아빠는 모두가 자기 집처럼 편하게 지내게 하려고 애썼고, 결국 모두가 침실에서 영화 〈헝거 게임〉처럼 서바이벌 게임을 하게 만드는 결과를 초래하기도 했다. 나는 귀향의 순간을 너무 두려워한 나머지 내 가족이 어떤 사람들인지 잠시 잊었다. 여기는 내 집이었다. 그들이 너무나 그리웠다.

　비좁은 침실 문 앞에서 서성이며 상황을 지켜보던 엄마가 입을 열었다.

　"*Ay, cariño*(아이고, 얘야). 네 아빠 말이 맞아. *No sé*(잘 모르겠긴 한데)…"
엄마는 적당한 표현을 찾으려 머뭇거렸다.

　"*Este hombre es tan alto y… grande*(이 사람은 키가 엄청 크잖니)."
엄마는 에런의 머리부터 발끝까지 눈으로 훑어 내려갔다가 다시 훑어 올렸다. 그러면서 경외와 회의감이 뒤섞인 표정으로 고개를 가로저었다. 나는 에런의 입꼬리가 더 올라가는 걸 본 듯했다. 나는 왜 그러냐는 눈빛으로 그를 올려다보았다.

　"나는 '*grande*'가 무슨 뜻인지 알아요." 그는 미소를 머금은 채 엄마를 돌아보았다. 그는 더욱 환한 미소를 지으며 엄마에게 말했다.

　"걱정해 주셔서 감사합니다, 크리스티나. 저희는 정말 여기서 자도 괜찮아요. *Muchas gracias por tode de nuevo*(다시 한번 정말 감사합니다)."
엄마는 물론이고 나도 놀라서 턱이 바닥에 떨어질 정도였다. 오늘 이렇게 놀란 게 두 번째였다. 첫 번째는 아까 공항에서였다. 나는 에런이 내 모국어로 부모님께 자기소개를 할 정도로 스페인어를 할 줄 안다는 걸 처음 알았다.

　내가 놀란 마음을 추스르지 못해 입을 여전히 벌리고 있는데 엄마는 제한된 몇 명에게만 보여주는 빙긋 웃음을 지었다. 엄마는 놀라면서도 어쩔 수 없다는 식으로 숨을 후우 내쉬었다. 에런이 스페인어를 할 줄 아니 여기서 더 말싸움을 이어가지 않고 에런의 제안대로 해주겠다는 뜻이기도 했다. 운이 더럽게 좋은 내 가짜 남친은 엄마에게 정중한 미소를 보냈다.

　"카탈리나가 공간을 별로 차지하질 않아요. 저희는 서로 잘 안고 잘 방법을 찾아보겠습니다. 그렇지, *bollito*(볼리토)?"

나는 그를 돌아보며 이를 악물고 대답했다.

"응. 우린 잘 안고 잘 수 있어."

나중에 두고 보자고 다짐하면서 나는 걱정스러운 눈으로 아빠를 바라보았다. 당황스럽게도 아빠도 빙그레 웃고 있었다. 엄마는 고개만 끄덕이면서 에런과 나를 번갈아 쳐다보았다. 우리의 몸과 키 차이를 가늠해 보는 듯했다.

다행히 그런 건 문제가 되지 않았다. 부모님이 성수기 때 휴가객들에게 빌려주는 이 편리한 아파트에는 방이 두 개 있었다. 아파트가 대개 그렇듯, 이 아파트의 방도 작은 편이었고 필요한 기능만 갖춰져 있었다. 그러니 우리 즉, 에런과 나는 *껴안고* 잘 필요가 없을 것이다. 같은 방을 쓰지도 않을 테니까. 천만다행이었다. 이제 부모님을 내보내야겠다는 생각이 들었다.

"자자, 두 분. 고마워요. 이만하면 충분히 환영해 주셨어요."

나는 부모님에게 다가가 두 분을 현관문 쪽으로 가볍게 밀었다.

"저희는 짐도 풀어야 하고 총각/처녀 파티에 참석할 준비도 해야 돼요."

"*Vale, vale(그래, 안녕이다).*"

엄마는 아빠의 팔을 잡으며 말했다.

"봤지, 하비에르? 애들이 둘이서만 있고 싶은가 봐."

어머니는 눈썹을 올렸다 내리며 눈짓했다.

"*Ya sabes(무슨 뜻인지 알잖아).*"

아빠는 무어라 투덜거렸는데, 왜 지금 여길 나가야 하는지 모르겠고 이유도 궁금하지 않다는 뜻인 것 같았다. 나는 엄마의 빈정거림을 못 알아챈 척하고 부모님을 두 팔로 안아서 현관문 밖으로 내보냈다. 그러는 동안 에런은 부모님에게 감사하다고 예의 바르게 인사했다. 그것도 내 어머니를 위해 스페인어로. 그러고는 아까부터 쭉 있던 구석

자리에 가만히 서있었다.

부모님을 완전히 내보낸 후 나는 에런을 돌아보았다. 그는 우리 둘의 캐리어를 침대에 올려놓았다. 그러고는 자기 캐리어 지퍼를 열고 옷 몇 벌과 세면도구를 꺼내기 시작했다.

"지금 그럴 필요 없어요."

나는 내 가방을 열지도 않고 그에게 말했다. 에런이 한쪽 눈썹을 치켜떴다.

"우린 각자 다른 방에서 잘 거예요."

"어?"

그의 입에서 나온 말은 그게 전부였다. 그의 의아해하는 표정을 못 본 척하고 나는 그에게 방을 안내하기 위해 복도로 나갔다. 에런 혼자 쓸 침대가 있는 방이었다. 에런은 내 바로 뒤에서 몇 초 간격을 두고 방으로 따라 들어왔다.

"짠!"

나는 두 팔을 펼치며 설명했다.

"여기가 당신 방이에요. 이건 당신 서랍장이고요. 당신 방은 복도와 바로 연결돼 있어요. 저게 당신 침대예요."

일인용 침대를 손으로 가리킨 순간, 이 방이 말도 안 되게 작다는 걸 깨달았다. 내가 기억하는 것보다 방 크기가 훨씬 작았다. 바로 옆에 선 에런을 힐끗 돌아보았다. 그는 가슴에 팔짱을 낀 채 침대를 바라보고 있었다. 나는 조금 전 엄마가 했던 것처럼 그를 위아래로 훑어보았다. 아무래도 안 될 것 같았다.

"그래요."

나는 그가 이 침대에서 자기에는 사이즈가 안 맞는 걸 인정했다.

"방을 바꿔줄게요. 당신이 저쪽 방을 써요. 그 방이 더 크니까. 내가 여기 있는 일인용 침대를 쓸게요."

"괜찮아요. 카탈리나. 내가 여기서 잘게요."

"아뇨. 안 돼요. 저 침대는 너무 작아서 당신 몸집에 안 맞아요."

나는 명백한 사실을 지적했다.

"대각선으로 누워도 못 잘 거예요."

"괜찮아요. 가서 당신 짐이나 풀어요. 내가 어떻게든 해볼 테니까."

"안 된다니까요. 당신이 여기서 잘 방법이 없어요."

에런이 인상을 찌푸리며 어깨 너머로 나를 쳐다봤지만 나는 못 본 척했다.

"여기서 잘 겁니다."

고집도 더럽게 세요.

"여기서 고집부리는 사람은 당신이에요."

그는 내 생각을 읽은 것처럼 말했다. 나는 독심술사를 향해 눈을 가늘게 뜨며 반박했다.

"당신이 고집을 부리니까 나도 고집부리는 거죠."

나는 침대를 가리켰다.

"어디 증명해 봐요. 당신 몸이 저 침대에 맞는지 보여주면 알아서 하게 둘게요."

그는 한숨을 쉬며 팔짱을 풀더니 한 손으로 자기 얼굴을 짚었다.

"그러지 말고 좀…"

그는 말하다 말고 고개를 절레절레 흔들었다.

"알았어요. 내가 웃겨줄게요. 우리 삶을 이런 걸로 낭비하기 싫으니까. 계속 언쟁을 하다간 똑같은 휠체어를 탄 노인 한 쌍이 되어버릴 겁니다."

그 말은 틀렸다. 에런 블랙퍼드에 관해 말하자면, 우리 둘이 똑같은 휠체어를 탄 노인 한 쌍으로 함께 늙을 일은 없을 것이다. 그런 건 내 계획에 없으니까. 키가 엄청 큰 내 가짜 남친은 두 걸음 만에 트윈 침대

앞에 가 섰다. 몸이 맞질 않을 거야. 확실했다. 나는 고개를 들고 그를 지켜보았다. 그는 결국 내가 옳다는 걸 증명하게 될 터였다.

에런이 조그마한 침대 위로 올라가자마자 그의 체중에 눌린 매트리스가 다소 격하게 흔들렸다. 그가 몸을 이리저리 움직여 등을 대고 눕자 침대가 요란하게 끼이익 소리를 냈다. 그가 두어 번 자세를 고칠 때마다 그의 무게에 짓눌린 매트리스가 끼익끼익 불만을 토해냈다. 역시나였다.

그의 몸은 그 침대에 맞지 않았다. 침대보다 몸이 확연히 큰 남자가 침대 틀 너머로 발을 달랑거리며 천장을 바라보고 누워있었다. 그 모습에 나는 참고 있던 웃음이 배시시 흘러나왔다. 내 말이 옳다는 게 증명되어서가 아니었다. 이를 내놓고 웃는 만족스러운 미소가 내 얼굴에 퍼져나간 이유는 조그마한 침대에 잔뜩 인상을 쓰고 대각선으로 누워 투덜거리는 에런 때문이었다. 그는 나를 웃겨주겠다고 했고, 내가 말한 대로 되었다. 우리 둘 다 똑같이 고집이 센 탓이었다. 그래서 더 웃음이 났다. 나는 환하게 웃으며 다가가 그를 내려다보았다.

"편해요?"

"아주 편해요."

"당신이 살면서 이렇게 편한 적이 없을 것 같네요."

그는 눈을 위로 굴렸다.

"알았어요."

그가 일어나 앉는데, 소박하고―솔직히 말해―싸구려인 매트리스의 용수철이 그의 무게를 못 견디겠다는 듯 악을 써댔다.

"당신 말이 맞네요."

그는 침대에서 일어서기 위해 가장자리로 옮겨 앉으려 몸을 움직였다. 그런데 매트리스는 마치 흐르는 모래처럼 그의 움직임을 전부 빨아들였다.

"그래서 말인데…"

무슨 일인지 알아채기도 전에 침대가 요란한 소리를 내며 무너져 버렸다. 그는 매트리스와 함께 침대 틀 안쪽으로 쑥 내려앉았다. 나는 두 손으로 얼른 입을 가리며 헉 소리를 냈다. 에런이 투덜거렸다.

"이런 젠장."

"맙소사, 에런."

엉망이 된 침대 박스 스프링 한가운데 퍼져 앉아 인상을 잔뜩 찌푸린 남자를 보고 있자니 웃음이 절로 터져 나왔다. 어찌나 크게 웃었는지 바다 건너 뉴욕까지 들렸을 것이다. 심하게 미간을 찌푸리고 있는 걸 보니 그는 전혀 괜찮아 보이지 않았다. 그래도 나는 굳이 물어보았다.

"괜찮아요?"

억지로 웃음을 참아보려 했는데 도저히 참아지질 않아서 깔깔 웃어 버렸다. 웃음소리가 점점 더 커졌다. 그가 구시렁거렸다.

"그래요. 알겠어요. 내가 어떻게 할 수 있는 부분이 아니네요."

"그래요. 혹시 모르니까…"

나는 그를 꺼내주려고 손을 내밀었다. 그때 아파트 현관문 쪽에서 부르는 소리가 들려 우리 둘은 그 자리에서 얼어붙었다. 그 목소리에 내 등줄기를 타고 소름이 흘러내렸다. 날카롭고 높은 목소리가 소리쳤다.

"¡Hola(안녕)!"

설마…

"¿Hay alguien en casa(집에 누구 있어요)?"

내가 익히 아는 목소리―친척의 목소리―가 다시 불러댔다. 안 돼. 당장이라도 집 안에 들어올 기세로 외쳐대는 저 빨간 머리 여자는 지금 집에 누가 있는지 묻고 있었다. 차로. 사촌 차로가 아파트에 왔다. 빠르게 또각거리는 하이힐 소리로 판단하자면 곧 집 안에 들어올 것 같았다…

"*Ay, pero mira qué bien(어머, 이거 좀 봐)*. 누가 침대를 엄청 거칠게 썼나 보네."

사랑스럽기는커녕 대놓고 악의적인 낄낄 웃음이 등 뒤에서 들려왔다. 내 가짜 남친도 그 여자가 누구인지 알겠다는 눈치였다. 내 대답을 기다리지도 않고 차로는 계속 떠들었다.

"아주 엉망이 됐어."

그녀는 혀를 끌끌 찼다.

"네가 너무 오래 싱글이었나 보다. 누가 보면 네 실력이 녹슨 줄 알겠어, *리니타*('리나'의 애칭.—옮긴이)."

나는 얼굴을 찡그렸다. '*prima(끝내주네)*' 소리가 절로 나올 지경이었다. 본능적으로 눈을 질끈 감았다. 목을 타고 뜨거운 열기가 확 올라왔다.

"네가 다니엘이랑 깨지고 몇 년 지났지? 3년? 4년? 더 오래됐나?"

아, 맙소사. 이대로 사라지고 싶었다. 차로가 인사를 하자마자 그 얘기를 꺼낼 줄 몰랐다. 그것도 에런 앞에서. 나는 차마 그를 쳐다볼 엄두도 낼 수 없었다. 그따위 일로 그가 있는 쪽으로 눈을 돌리고 싶지도 않았다. 박살 나서 엉망이 된 침대가 나까지 집어삼킨 걸까?

그렇다면 사라지고 싶다던 내 소원대로 된 거였다. 에런이 일어서려고 내 팔을 잡고 확 당긴 바람에 내 입에서 꺄악 하는 비명이 터져나왔다. 조금 전까지 멀쩡한 일인용 침대였지만 지금은 박살 난 곳으로 나는 곧장 넘어지고 말았다. 내 몸이 그의 몸 위에 절반쯤 널브러졌다. 하지만 그 자세로 오래 있지는 않았다. 무슨 일인지 인지하기도 전에 그의 크고 튼실한 두 팔이 내 몸을 확 뒤집어 자기 무릎에 앉혔으니까. 그 바람에 나는 차로를 마주 보게 되었고, 갑자기 바뀐 자세 때문에 몸 전체가 빗자루처럼 뻣뻣해졌다.

맙소사. 내가 에런의 무릎에 앉아있어. 그것도 그의 가슴에 등을 댄 자세로. 내 엉덩이가… 그의 무릎에 올라타 있잖아.

"내 탓이에요."

그의 굵고 낮은 목소리가 내 바로 뒤에서 들려왔다. 나는 내 몸의 말랑말랑하고 부드러운 곳에 그의 몸 어디가 닿아있는지 천천히 헤아렸다. 탄탄하고 뜨끈한 그의 허벅지, 가슴, 팔이 내 등, 엉덩이, 허벅지에… 그리고 더 생각해서는 안 될 부위까지 닿아있었다.

"어쩔 수 없었어요."

가짜 남친의 말이 내 귀에 와 닿았다. 내 엉덩이에 깔린 그의 허벅지 근육이 움찔거렸다.

"괜찮아, 볼리토?"

아, 맙소사.

그가… 내가… 지금 이러고…

나는 목쉰 소리로 대답했다.

"괜찮아, 곰돌이."

차로가 우릴 보며 환하게 웃었다. 우리가 보여준 쇼에 100퍼센트 만족하는 모습이었다. 차로는 이 아파트에 들어오자마자 앞으로 10년은 우려먹을 이야깃거리를 획득했다. 리나와 남친이 일인용 침대를 부쉈을 때의 이야기. 일어나지도 않은 일까지 온갖 살을 붙여 떠들어 댈게 뻔했다. 어쩌면 벌거벗은 에런의 모습을 봤다고까지 떠벌릴 수도 있었다.

그 이미지가 내 머릿속에 그려졌다. 내가 아는 에런의 모습 중 하나로. 알몸인 에런. 지금 내가 느끼는 모든 근육이 몸에 착착 붙어있는 모습으로…

안 돼. 안 돼. 안 돼.

"Ay(어머), 둘이 뭐 하는 거야."

차로는 두 손으로 턱을 받치며 말했다.

"둘이 아주 사이가 좋구나. 리나! 네가 이 정도로 미친 줄 몰랐다 애."

차로는 놀리듯 눈썹을 들썩거렸다. 에런의 손이 내 무릎에 놓여있었다. 그 접촉만으로도 나는 청바지 안쪽의 피부가 훅 달아올랐다. 세상에. 온몸으로 그가 느껴졌다. 이대로 등에 힘을 빼면 그의 품에 쏙 들어갈 듯했다. 뜨끈한 손바닥이 내 허벅지를 잡았다. 자꾸 시야가 흐려졌다. 차로는 내가 무슨 말이라도 하길 기다리는 듯했다.

"아, 그래."

나는 최대한 빠르게 말했다. 여기를 벗어나야 했다. 에런한테서 떨어져야 했다. 우리 둘이 쓰러져 있는 자세가 너무 야릇했다. 아주 아주 아주 안 좋은 쪽으로 요상하게 보일 듯했다.

"음. 그래. 미쳤어. 아, 네 말이 맞아! 이건 완전히 미친 상황이거든."

나는 에런의 무릎에서 일어서려고 꿈틀거렸다. 남자만 한 크기의 블랙홀에 빨려 들어간 나는 아무리 애써도 빠져나갈 수가 없었다.

"내가 완전히 미쳐서 이런 미친 상황이 벌어진 거야. 그래, 이 남자도 미쳤어."

그 자리에서 더 꿈틀거리다 보니 그의 굵은 허벅지 사이의 어딘가에 몸이 끼어버렸다. *말이라도 계속하자.*

"미친 듯이 사랑에 빠져서 그래. 사랑이라는 게 원래 미치는 거잖아. 무슨 뜻인지 알지? 완전히 미쳐서…"

"그만하면 알아들었을 거예요."

가짜 남친이 내 귀에 대고 속삭였다. 그 속삭임에 속절없는 전율이 내 온몸을 타고 흘렀다. 나는 몸 아래서–특히 엉덩이 밑에서–무슨 일이 벌어지는지 알지도 못한 채 계속 꿈틀거렸다. 그 아래쪽이 단단하고 뜨끈해진 게 느껴졌다. 안 돼. 너무 자극적이야. 너무 섹시하다고. 근육에 근육이 겹치고 부대꼈다. 내가 아무리 벗어나려 애를 써도 그중 일부는 더 단단해지기만 할 뿐이었다.

아, 맙소사. *Oh Dios mío*(아, 미치겠네). 설마… 안 돼. 그럴 리가. 이 상황에서 에런이 발기되었을 리… 없었다. 다급해진 나는 그에게서 벗어나려고 한 번 더 시도했지만, 그 바람에 에런의 입술에서 조그맣게 신음이 터져 나오고 말았다. 신음과 함께 흘러나온 숨결이 내 목 뒷덜미에 직통으로 와 닿았다.

"그만 움직여요."

그는 내 귀에 대고 속삭였다.

"이 상황에 도움이 안 되고 있어요."

나는 바로 그의 말을 따랐다. 그의 품 안에서 긴장을 풀어보려고 애썼다. 그래. 어차피 여기 앉은 거 의자라고 생각하자. 왕좌로 생각하면 돼. 이건 에런이 아니야. 그냥 남자만 한 크기의 단단한 왕좌야.

나는 사촌에게 가짜 미소를 날렸다.

"여긴 무슨 일로 왔어, 차로 언니?"

"아. 결혼식이 있는 주말에 원래 친구랑 같이 방을 쓰려고 했거든. 그런데 그의 아파트 화장실에 물이 넘쳤다나 어쨌다나. 그래서 꼼짝없이 여기서 자야 하게 생겼어."

차로는 몸을 살짝씩 흔들며 설명했다.

"너희 둘이서만 이 집을 사용하는 줄 알았나 봐?"

차로는 다시 눈썹을 위아래로 움직거렸다.

"방해 안 해. 내가 이 집에 있는 줄도 모를 거야."

차로가 이 집에서 기웃거리고 돌아다니지 못하게 하려면 초강력 수면제를 쓰는 것 말고는 방법이 없었다.

"그래. 우린 이제 짐 풀어야 돼. 언니도 짐 풀어."

나는 에런의 몸을 왕좌 삼아 앉아 헛기침했다.

"좋아. 얼른 짐 풀어야지."

나는 이렇게 말했지만 에런도 나도 꼼짝할 수 없었다. 나는 한층 더 크게 헛기침하며 물었다.

"이제 우리가 일어나서 저 방으로 가야 하지 않을까, 곰돌이?"

내가 무어라 요구하기도 전에 에런의 커다란 손이 내 허리를 잡았다. 그는 나를 허벅지에서 번쩍 들어 올렸다. 나는 떨리는 다리로 차로 앞에 내려섰다.

뭐야. 이렇게 쉽게 풀려날 수 있었네.

어째서인지 별안간 평소처럼 민첩해진 에런은 바로 뒤따라 일어섰다. 그가 깔고 앉았던 자리에는 용수철과 박살 난 나무 틀이 펼쳐져 있었다.

"아직 내 소개를 안 했군요."

에런은 조금 전 내 허리를 감싸고 있던 손을 내밀었다. 내 허벅지를 꽉 잡았던 바로 그 손이었다.

"*Soy Aaron. Un placer conocerte*(에런이라고 합니다. 만나서 반가워요)."

차로는 여기로 오기 전에 우리 엄마에게 에런에 관한 모든 정보를 말해달라고 요구했을 게 뻔했다. 그녀는 에런의 손을 잡더니 그를 가까이 끌어당기며 말했다.

"*Ay y habla Español! El placer es mío, cariño*(아, 스페인어를 할 줄 아네요. 나도 반가워요)."

그러고는 에런의 두 뺨에 번갈아 입을 맞췄다. 그렇다. 에런을 만나 반갑다고 했던 말은 아마 거짓이 아니었을 것이다. 차로의 포옹에서 벗어난 에런은 약간 어안이 벙벙해진 표정이었다. 차로는 나도 포옹하며 말했다.

"어서 와, 사촌. 너한테도 키스해 줄게."

그러더니 내게만 들리는 속삭임으로 덧붙였다.

"*¿Dónde tenías escondido a este hombre*(이런 남자를 그동안 어디 감춰두고 있었니)?"

나는 웃으며 말했다.

"아. 언니. 그게 궁금한가 보구나."

빨간 머리 사촌한테서 한 걸음 물러선 나는 등허리에 와 닿는 에런의 손바닥을 느끼며 움찔했다. 그리고 곧장 그의 가슴에 등짝이 닿았다. 에런은 뭘 그리 놀라냐는 눈빛으로 나를 내려다보며 말했다.

"우리 방으로 가서 짐 풀고 있어. 나는 당신 사촌을 위해 이 난장판을 치울게."

그것은… 무척 사려 깊은 행동이었다. 부서진 침대에 관해서는 거의 잊어버리고 있었다. 사촌 언니에게 부서진 일인용 침대를 떠맡기는 건 나도 별로 하고 싶지 않았다.

"Uy(아). 아니, 됐어."

내가 사과하려는데 차로가 말을 막았다.

"하비 삼촌한테 전화해서 말하면 돼."

차로는 우리 아빠를 하비 삼촌이라고 불렀다.

"너희도 가서 짐 풀어. 멀리서 오느라 많이 피곤하겠네. 다른 방에 있는 침대는 박살 내지 않도록 조심하고."

차로는 키득거리며 덧붙였다.

"이 방 침대가 부서진 건 내 탓이라고 말해줄게. 그런데 저쪽 방 침대가 또 부서지면? 너희 아빠한테 그 얘길 할 때 분위기가 상당히 거북할 거야."

이 말끝에 차로는 윙크했다. 고맙다고 말하고 우리는 다른 방으로 건너갔다. 이제 꼼짝없이 이 방을 둘이 같이 써야 할 판이었다.

젠장.

짐을 풀고 편안해지려고 애써야 할 것이다. 어차피 여기서 며칠 동안 같이 지내야 하니까. 내 가짜 남친이나 나나 앞으로 꽤 험난한 여정이 될 듯했다. 여행 가방을 거의 다 비우고, 결혼식을 위해 준비한 옷들을 옷장에 걸어놓은 뒤 나는 우리 방 침대를 곁눈질했다. 지난 15분 동안 줄곧 그러고 있는 참이었다.

나 여기서 기다리고 있어요, 라고 침대가 노래하는 듯했다. 저 침대가 마법적으로 부서지고 사라지면 좋겠다고 생각했다.

"걱정 그만해요. 당신이 불편할 것 같으면 난 바닥에서 자도 됩니다."

에런이 눈썹을 찡그리며 나를 바라보았다.

"걱정 안 해요."

이 말은 거짓말이었다. 에런과 한 침대를 쓰는 사태가 일어날 줄은 예상 못 했다. 부모님이 우리더러 이 아파트에 머물라고 말씀하신 것도 원래 내 계획에는 없었다. 결혼식 하객 대부분은 이 지역에 사는 사람들이었고, 다른 지역에 사는 하객들은 결혼식 당일에 도착할 것이다. 내가 말했다.

"우린 성인이고, 거의 2년 가까이 알고 지냈어요. 교양 있게 한 침대를 쓰면 돼요. 적어도 더블 침대이긴 하네요. 몸을 세워주는 기능도 있어요."

"당신 부모님한테 내가 망가진 침대를 책임지겠다고 말할게요. 내가 부쉈으니 비용을 낼게요."

그의 목소리에서 평소와 다른 감정이 읽혔다. 그는 걱정하고… 당황한 것 같았다.

"그럴 필요 없어요, 에런."

진심이었다.

"당신 잘못도 아니고요. 저 침대도 원래 수명보다 오래 버티긴 했어요. 이런 일은… 충분히 일어날 수 있어요."

캐리어에서 셔츠 두 장을 꺼내 펼치면서 나는 내가 한 말을 곰곰이 생각했다. 살면서 침대가 부서지는 걸 오늘 처음 봤다. 그래도 그런 일이 어디서든 일어나긴 할 것이다. 에런에게는 자주 있는 일일 수도 있었다. 침대를 스무 개도 넘게 망가뜨렸을 수도 있었다. 침대를 부서진 나무토막과 용수철로 만들어 버리는 것 말이다. 그는 몸집이 크고 다부진 남자였다. 그의 체중에 눌리면 침대가 충분히 부서질 수 있을 것이다. 그가 침대 위에서 너무 많이 움직인다면. 그가 온몸으로 침대를 내리누른다면. 그가 침대 프레임과 용수철의 내구성을 시험하는 활동을 열심히 한다면…

안 돼, 안 돼, 안 돼. 알몸의 에런이 땀을 흘리며 움직이는 이미지가 머릿속에 그려졌다. 나는 그 이미지를 머리에서 내몰기 위해 안간힘 썼다.

안 돼.

"알았어요."

에런은 짐을 모두 꺼낸 자기 캐리어의 지퍼를 잠갔다.

"우리가 꼭 한 침대를 써야 한다고 고집하면 그렇게 해야겠죠. 운이 조금이라도 따라준다면 이 침대는 안 부서질 겁니다."

완전히 새로운 이미지가 머릿속에 떠올라 나를 습격하는 듯했다. 아까와 비슷한 이미지이긴 한데 이번에는 내가 에런과 함께 있었다… 안 돼. 이 말도 안 되는 생각을 얼른 멈춰야 했다.

"그렇게 정하기로 해요."

나는 이 반갑지 않은 생각과 잡념을 떨쳐내야 했다.

"바닥에서 자는 건 안 돼요. 주변에 차로 언니가 있어서 우린 들킬 위험이 있어요. 커플이면 한 침대를 써야 하잖아요."

"어떻게 들킨다는 겁니까? 당신 사촌이 자기가 잠을 자는 방도 아닌데 돌아다니다가 불쑥 들어오기라도 해요?"

"에런, 나도 차로 언니가 그런 짓 할 사람이 아니라고 말하고 싶지만, 그 말은 거짓말이에요."

오랜 세월 겪어본 바로 차로는 예측 불가능한 사람이었다. 나는 화제를 바꿔보았다.

"이제 두 시간쯤 후에는 총각/처녀 파티의 1단계를 위해 오는, 마르틴 가문에서 제일 나이 어린 사람들을 만나게 될 거예요."

"간단히 설명해 주는 겁니까?"

나는 아직도 짐을 풀고 있는데 에런은 이미 다 끝낸 후였다. 그는 방한쪽 구석에 놓인 옷장에 등을 기대고 서서 내 말을 완전히 집중해서 듣고 있었다.

"우리가 야외에서 하루를 보낼 예정인데, 당신이 들으면 기뻐할 것 같더라고요. 스페인의 태양을 피부에 듬뿍 받으면서 열기를 즐기게 될 거예요. 미모사 칵테일을 마시면서 마사지를 받는 거랑은 거리가 먼하루가 되겠죠. 칵테일 마시면서 마사지 받는 건 내 아이디어였어요."

나는 폭 좁은 서랍장 쪽으로 걸어가 깔끔하게 접어놓은 수건 한 뭉치를 집어 들었다.

"내가 신부 측 대표 들러리이긴 한데 제일 나이 어린 사촌 중 하나인 가비한테 밀렸어요."

나는 수건을 이불에 내려놓았다.

"그렇다는 건…"

나는 과장되게 뜸을 들였다가 덧붙였다.

"웨딩 컵 대회가 열린다는 뜻이죠."

"웨딩 컵 대회요?"

에런이 큭큭 웃었다. 이상하게도 그 작은 웃음소리에 나는 같이 미소 짓고 싶어졌다. 나는 꾹 참으면서, 결혼식 당일에 우리가 무엇을 할지에 관해 그에게 간단히 설명해 주었다.

"웨딩 컵 대회에서, 총각/처녀 파티에 초대받은 모든 여성으로 구성된 신부팀은 마찬가지로 모든 남성으로 구성된 신랑 팀과 맞붙게 돼요."

나는 빈정대는 투로 말을 이어갔다.

"더럽게 참신하죠? 남자 대 여자의 싸움이에요. 이런저런 게임과 활동을 하면서 즐기는 거죠."

에런은 어느 편도 들지 않는 중립적인 표정으로 고개를 끄덕였다.

"그렇군요. 당신이 별로 재미있어하지 않는 건 알겠네요. 좀 더 설명해 봐요."

나는 그를 힐끔 쳐다보며 말했다.

"더 많은 점수를 얻은 팀이 승리하고 웨딩 컵을 차지하게 돼요."

"그 컵이라는 게 실물 트로피예요, 아니면 어떤 보상을 상징하는 겁니까?"

에런이 이 얘기를 진지하게 받아들이고 있음을 알 수 있었다. 그는 무척 즐거워했는데 그 감정을 굳이 억누르려 하지도 않았다.

"저기요."

나는 위풍당당해 보이려고 두 팔을 엉덩이 쪽으로 내리며 말을 이었다.

"난 이런 식의 게임을 하자고 조직한 사람이 아니에요. 난 신부 측 대표 들러리인데 건강에 집착하는 사촌 가비에게 떠밀렸어요. 가비가 이런 게임을 하자고 나서면서 대회를 조직했죠. 어쨌든 내가 당신 팀에 있지 않은 걸 다행으로 여겨요."

나는 세면도구 가방과 화장품 가방을 챙겨 들고 이 방에 딸린 수수한 욕실로 향했다. 나는 비좁은 공간에 내 소지품을 내려놓고 에런에게 설명을 이어갔다.

"난 이런 대회를 여는 게 별로예요. 내가 주도했으면 우리 여자들은 스파에서 시간을 보내게 됐을 거예요. 당신들 남자들은 다른 데서… 남자들끼리 하는 놀이를 하고요."

"남자들끼리 하는 놀이?"

욕실 문 쪽에서 에런의 목소리가 들렸다.

"네. 가슴을 주먹으로 쾅쾅 치면서 그날이 세상의 마지막 날인 것처럼 맥주를 퍼마시고 스트립 클럽에 가는 거 말이에요."

나는 너무 고정관념에 사로잡힌 꼰대처럼 말한 것 같아 고개를 절레절레 흔들었다. 카운터에 여행용 샴푸 통을 내려놓으며 말을 이었다.

"운 나쁘게도 우린 그렇게 놀지 못할 거예요. 웃긴 게, 이런 대회를 여는 거에 적극 찬성한 사람이 바로 신랑인 곤살로예요. 누가 그런 걸 상상이나 하겠어요? 신부와 떨어져 총각으로서 마지막 날을 즐기는 것보다 이런 웃기는 대회에 참석하는 걸 더 좋아하다니. 사실 난 별로 놀라지도 않았어요. 곤살로는 우리 언니를 처음 본 순간부터 언니한테 반해서 완전 미쳐있거든요. 그러니 그가 언니랑 단 하루라도 떨어져 있고 싶지 않은 거 아니겠어요?"

언니와 곤살로의 사랑은 진짜였다. 솔직하고, 서로에게 헌신하고, 확실한 사랑. 거리와 다름, 장애물을 초월한 사랑. 책에서나 나올 법한 사랑. 그 생각을 하니 가슴속에 따뜻한 기운이 들어찼다. 내가 언젠가 찾게 될지 알 수 없는 특별한 느낌에 대한 열망도 피어올랐다.

"어쨌든 곤살로는 이번 웨딩 컵 대회를 제일 크게 지지한 사람이에요. 그러니 곤살로는 당신을 보면 아주 좋아할 걸요. 아마 환호성을 지르면서 당신을 안고 남자답게 포옹하겠죠. 한 손으로는 악수하면서 다른 손으로는 몸을 감싸는 포옹이요. 그는 당신을 자기의 새로운 절친으로 삼을 수도 있어요. 곤살로는 경쟁심이 강한 편이거든요. 그리스 신 같은 사람이 자기 팀에 들어오게 됐으니 얼마나 기쁘겠어요. 당신은 꼭 올림포스산에서 막 내려온 것 같잖아요."

나는 말끝에 콧방귀를 꼈다. 사실 에런은 그리스 신 조각상 같은 구석이 있었다. 좌우 대칭을 이루는 매끈한 윤곽에 금욕적인 표정을 가진 남자니까. 곤살로는 에런을 보고 기뻐할 게 분명했다…

잠깐.

내가 방금 뭐라고 했지?

나는 에런을 신에 빗대 말했음을 깨닫고 눈을 질끈 감았다. 그리스 신. 올림포스산에서 내려온 신 같은 남자라고 소리 내어 말했다.

아, 미쳐. 이 욕실 벽이 두꺼워서 어느 정도 방음이 되어야 할 텐데. 제발.

그런데 등 뒤의 어딘가에 그의 존재가 느껴졌다. 이 방과 이 방에 딸린 욕실의 크기를 생각해 본 나는 아무 말도 할 수 없었다. 눈을 뜨고 보니 내 앞의 거울 속에 그가 보였다. 지금 그는 욕실 문틀에 기대어 서있었다. 나는 깊게 숨을 들이마시며 욕실 카운터 주변을 둘러보았다. 그리고 천천히 눈을 들어 거울 속 에런의 눈을 마주 보았다.

"욕실에서 내가 한 말을 당신이 못 들었을 확률은요?"

"그리스 신의 청력이 얼마나 좋은지에 달려있겠죠."

나는 그의 목이 움직이는 모습을 보며 숨을 삼켰다. 내게 선택지는 두 개였다. 성숙한 여자답게 굴거나 아니면 조금 전에 일어난 일을 무시하고 겁쟁이처럼 굴거나. 나는 욕실 선반에 올려놓은 내 물건들을 조용히 다시 정리하면서 후자를 택했다. 그의 시선이 내 행동 하나하나를 쫓는 게 느껴졌다. 잠시 후 에런이 돌아서는 게 느껴졌다. 하지만 그가 아주 가버리기 전에 나는 목소리를 냈다.

"아, 저기요, 에런?"

거울 속에 비친 그의 등을 바라보며 말했다.

"진 팀은 오늘 밤에 군무를 춰야 해요."

그는 대꾸하지 않았다. 하지만 그가 한 걸음 더 내디딜 때 나는 그의 눈빛이 경쟁심으로 타오르고 있으리라는 느낌이 들었다.

16 *Chapter*

    나는 두 손을 허리에 짚고 서서 눈앞에 펼쳐진 푸른색과 초록색의 향연을 넋 놓고 바라보았다. 사람들은 스페인이라고 하면 무자비한 여름 태양 아래 사람들로 붐비는 해변을 제일 먼저 연상했다. 산그리아(적포도주에 과즙, 레모네이드, 브랜디 등을 섞은 음료.—옮긴이)가 담긴 유리병, 파엘라(쌀, 닭고기, 생선, 채소를 넣은 스페인 요리.—옮긴이)가 가득 담긴 팬, 그리고 잔뜩 놓여 있는 타파스(여러 가지 요리를 조금씩 담아내는 스페인식 음식.—옮긴이)가 차려진 테이블을 생각하는 것이다. 그리고 능수능란하게 기타를 연주하면서 저녁의 세레나데를 부르는 짙은 색 머리카락의 남자들을 떠올렸다. 어떤 면에서는 완전히 틀린 생각은 아니었다. 스페인에 가면 그런 풍경을 볼 수 있긴 하니까. 하지만 그것은 내 나라 스페인을 대표하는 모습의 일부에 불과했다. 안타깝게도 그런 이미지는 스페인이 지닌 모습 중 10퍼센트도 채 되지 않았다.

    내가 나고 자란 소도시는 이베리아반도 북단 해변에 자리하고 있었다. 상아색 모자를 쓴 것 같은 칸타브리아해와 에메랄드색 산맥 사이에 끼어있는 곳이었다. 일반적인 상상과는 달리 스페인은 1년 내내 햇빛이 쨍쨍 쏟아지는 나라는 아니었다. 특히 북쪽 지역은 그렇지가 않았다. 스페인 북부 지역에 사는 사람들은 1년 중 어느 날이든 몇 시간 동안에 사계절을 경험할 수도 있었다. 덕분에 마구 자라난 무성한 초

목은 초원과 언덕을 뒤덮어 스페인 하면 떠오른 몇 가지 이미지를 만들어 냈다. 그러니 북부 지역에서는 여름이라고 해서 날씨가 특별히 좋을 것도 없었다. 그런데 오늘은 하늘이 맑고 바닷바람이 부드러웠다. 덕분에 나는 이런 날씨를 최대한으로 즐겼던 시절을 떠올릴 수 있었다. 새벽부터 황혼까지 신나게 놀았던 시절. 이사벨 언니와 나. 우리 마르틴 자매들의 나날이었다.

웨딩 컵을 위해 모인 사람들을 바라보다가 문득 지금 에런의 머릿속에는 무슨 생각이 들어있을지 궁금해졌다. 내가 나고 자란 땅을 처음 보고 그는 어떤 느낌을 받았을까? 내 사람들에 대해서는 어떤 생각을 했을까?

서로를 소개하는 분위기는 꽤 좋았다. 스페인 사람들은 열린 자세와 손님을 환대하는 마음을 가진 것으로 유명했다. 내 가짜 남친을 보고 배타적으로 구는 사람은 아무도 없었다. 처음에는 외국 관광객을 상대할 때처럼 쭈뼛거리다가 곧 녹슨 영어 실력을 발휘하곤 했다.

이 자리에는 신부와 신랑 측 가족 친지 중에서도 제일 젊은 세대와 그 파트너들, 그리고 우리와 제일 친한 친구들이 모였다. 거칠고 자유로운 영혼을 가진 사촌 루카스는 예외였다. 그때까지 그가 어디 처박혀 있다가 다시 나타났는지 아는 사람은 아무도 없었다. 그리고 신랑 들러리이자 내 전 남친, 첫사랑, 유일한 남친이었던 남자, 가족들이 내가 결코 극복하지 못할 거라고 여겼던 남자 다니엘은 아직 이 자리에 오지 않았다.

"*Aquí está mi hermana favorita*(내가 제일 좋아하는 자매가 여기 있네)."

언니 목소리가 들려오는가 싶더니 바로 뒤에서 확 끌어안는 손길이 느껴졌다.

"난 유일한 자매잖아. 당연히 언니가 제일 좋아하는 자매이기도 하겠지."

나는 내 쇄골을 감싼 언니의 팔뚝을 손으로 잡았다.

"그렇게 일일이 따질 거 없어. 어쨌든 넌 내가 제일 좋아하는 자매야."

나는 혀를 낼름하면서 어깨 너머로 언니를 돌아보았다. 우린 얼굴 형이 하트 모양인 것을 제외하면 닮은 구석이 별로 없었다. 이사벨 언니는 나보다 늘 키가 크고 날씬했다. 우리의 눈동자 색깔은 둘 다 갈색이지만 언니의 눈동자에는 초록색 점이 조그맣게 박혀있었다. 나는 그게 늘 부러웠다. 언니의 머리카락은 엄마를 닮아 좀 더 곱슬이고 색깔도 짙었다. 우리의 차이점은 그게 전부가 아니었다. 언니는 어디서든 첫 번에 자기 자리를 잘 찾아 들어갔지만 나는 내 자리를 찾느라 늘 고군분투했다. 나는 언제나 구석 자리를 찾는 편이라 그중에서도 좀 더 괜찮은 자리를 차지하려고 항상 아등바등했다. 그렇다 보니 집이라고 부를 곳을 계속 찾아 헤매게 됐다. 스페인은 더 이상 내 집처럼 느껴지지 않았다. 뉴욕도 마찬가지였다. 뉴욕에는 절친 로지가 있고, 내가 자랑스럽게 일궈온 경력이 있지만 뉴욕에서 난 늘… 외로웠고 불완전하다는 느낌을 받았다.

"뭐야? 이 땅이 리나를 불렀나 보네."

언니는 내 옆으로 와 팔을 잡았다.

"오늘은 무슨 바람이 불었어? 왜 여기 숨어있는데?"

내가 그러고 있기는 했다. 겨우 몇 분 동안이긴 하지만. 언니는 그만큼 나를 잘 알았다. 그러니 언니와 에런이 함께 있을 때는 특별히 더 주의를 기울여야겠다고 다짐했다. 내 사기를 간파할 수도 있는 사람이 있다면 바로 내 언니 이사벨이었다.

"숨어있는 거 아니야."

나는 어깨를 으쓱했다.

"욕심 많은 신부를 피해 잠시 평화로운 시간을 즐기고 있었어. 신랑이 신발을 잘못 샀다는 이유로 신부가 신랑의 머리를 잡아 뽑으려 했단 얘기 들었어."

한 걸음 물러선 나는 뒤로 돌아 언니의 얼굴을 마주 보았다.

"제대로 들었네."

곧 신부가 될 언니는 한 손을 가슴께에 올리고 경악한 시늉을 했다.

"내가 그에게 신발 한 켤레를 골라오라고 했거든, 리나. 딱 한 켤레. 집에 돌아온 그가 자랑스럽게 기분 좋은 얼굴로 신발 한 켤레를 내미는 거야. 내 남자 취향에 문제가 생겼나 하는 생각이 순간 들더라고."

이사벨은 고개를 절레절레 흔들었다.

"내 결혼식에 그를 초대하지 않을 뻔했어."

"*우리 결혼식이겠지.*"

나는 소리 내어 웃었다.

"그래. 내가 그렇게 말 안 했나?"

언니의 입꼬리가 장난스레 올라갔다.

"어쨌든 점심시간까지 한 시간 정도 남았네. 준비됐어?"

우리는 서로 눈빛을 주고받았다.

"죽을 준비했냐고? 늘 준비하고 있어."

"참나. 오버 좀 하지 마." 언니는 내게 팔짱을 끼고 나를 사람들이 모여 있는 곳으로 끌고 갔다. "사람들한테 돌아갈 시간이야. 가비가 나더러 널 데려오라고 했어. 우리가 소화해야 할 일정이 있잖아."

나는 입을 비쭉 내밀었다.

"아. 그러지 마. 재미있을 거야."

"전에도 재미없었고 앞으로도 그럴 것 같은데."

나는 내키지 않아 발을 끌면서도 결국 언니를 따라갔다. 내가 달리 어떤 선택을 할 수 있을까?

"가비가 귀엽고 무시무시한 이 스포츠를 엄청난 규모로 만들어버렸어. 다들 가비를 두려워해."

언니는 콧방귀를 뀌었다.

"그렇게 나쁘진 않던데. 우리가 이길 수도 있어. 우린 그 바보 같은 놈들보다 겨우 3점 뒤처지고 있어."

"지금 약혼자를 *바보 같은 놈*이라고 부른 거야?"

"그래. 우린 신랑 팀보다 3점 뒤처져 있어. 이제 됐니?"

"어. 좀 낫네."

나는 어깨 너머로 언니를 힐끔 돌아보았다.

"어쨌든 그들이 우릴 바퀴벌레처럼 짓이길 것 같아."

나는 고개를 절레절레 흔들었다. 신랑 팀에 비해 신부 팀의 운동 능력이 얼마나 뒤처질지를 생각해 보았다. 가비는 짠한 우리 팀에게 동기 부여를 해주기 위해 몇 점을 벌게 해주었다. 덕분에 다른 사람들은 열심히 할 동기를 부여받았는지 몰라도 나는 아니었다. 그런 동기 부여 따위는 오래전에 약발이 떨어졌다. 나는 언제든 오늘은 여기까지만 하자고 외치면서 입에 음식을 집어넣을 준비가 되어있었다. 시차로 인한 피로감 때문인지, 사람들이 이 말도 안 되는 게임을 한다고 설치기 전부터 나는 허기가 졌다.

"그건 네 탓이지."

언니는 검지로 나를 삿대질했다.

"네가 클라크 켄트를 꼭 닮은 남자를 데려왔잖아."

"그 사람 정말 클라크 켄트 닮았지?"

언니는 고개를 끄덕였다.

"그런데…"

언니는 말을 하려다가 잠시 멈칫했다. 내가 언니의 질문을 회피하거나 마음의 준비를 하기도 전에 언니는 내 묶은 뒷머리를 좀 세게 잡아당겼다.

"뭐야!"

나는 머리카락을 손으로 붙잡으며 다시 가해질지 모를 공격을 피해 물러섰다.

"왜 이러세요, 아줌마?!"

"애처럼 굴지 마. 넌 혼나도 싸. 어떻게…"

언니는 에런을 손으로 가리켰고, 나는 언니의 손을 탁 쳐서 내렸다.

"지금까지 나한테 말 안 하고 숨길 수가 있어!"

"언니!"

내가 경고했지만 언니는 들은 척도 않고 내 가짜 남친이 있는 쪽을 향해 검지를 흔들어댔다.

"내 여동생이 데이트를 시작했는데 당연히 나한테 제대로 보고해야지. 상대 남자에 관해 상세히 설명하고 사진이든 동영상이든 유화든 자료를 내놔야 할 거 아냐. 남친 성기 사진도 보내랬더니 보내주지도 않고 말이야."

"언니."

나는 목소리를 낮췄다.

"그만해. 그 사람이 듣겠어."

우리는 사람들이 모여 있는 곳에서 겨우 몇 걸음 떨어진 곳에 있었다. 언니는 한쪽 눈썹을 치켜뜨더니 천천히 고개를 비딱하게 기울였다.

망할.

"저 남자가 너랑 사귄다며. 네가 언니랑 자기 얘길 하는 걸 듣는 게 뭐 그리 큰일이니? 넌 저 남자 성기도 이미 봤을 거 아냐. 그럼 자매끼리 그 얘기를 할 수 있지."

언니는 어이없다는 듯 눈을 위로 굴렸다.

"우리도 그런 얘기를 해야 한다고 생각해. 네 남친도 자기 친구들이랑 네 가슴 얘길 할 테니까."

나는 나지막하게 욕을 했다. 언니는 나를 빤히 쳐다보며 반응을 살폈다. 나는 초조하게 에런 쪽을 쳐다보았다. 우리는 눈이 마주쳤다. 언제나 나를 찾고 있는 그 푸른 눈동자는 한참 동안 내 시선을 붙잡았다.

맙소사. 그가 들었을까?

고개를 가볍게 흔들며 언니에게 시선을 돌렸다. 언니는 어깨를 으쓱했다.

"넌 저 남자에 관해 딱 두 번 말했어. 그러니 난 진지한 사이는 아니구나 했지. 그런데 지금은 알 수가 없단 말이야."

"무슨 뜻이야?"

언니 입에서 튀어나올 말이 두려워 심장이 빠르게 뛰기 시작했다. 나와 에런은 사람들 앞에서 꽁냥거리며 달콤하게 행동하는 모습, 남친과 여친이라면 으레 해야 하는 행동을 거의 보여주지 않았다. 웨딩 컵 대회라는 장난 같은 놀이가 우리의 시간과 에너지를 모조리 빨아들인 덕분이었다. 언니가 지적했다.

"일단 첫째, 저 남자가 여기까지 왔어. 넌 저 남자를 고향으로 데려와 엄마랑 아빠, 동네 사람들 모두를 만나게 했지. 그렇다는 건 그가 아무 남자는 아니란 뜻이잖아. 뭔가 특별한 남자라는 거지. 네가 가볍게 만나는 사람을 여기까지 데려올 리 없으니까. 아무리 저렇게 잘생긴 남자라도 말이야. 넌 더 이상 쉽게 사람들을 믿지도 않잖아."

머리를 굴려대던 나는 그대로 굳어버렸다. 언니의 말이 내게 정통으로 꽂혔다. 아무 말도 할 수가 없었다.

사기꾼. 머릿속에서 나를 비난하는 목소리가 들렸다. 난 진짜 지독한 거짓말쟁이구나. 언니는 내 침묵을 계속 얘기해도 된다는 신호로 받아들였다.

"그리고 우리가 여기 이러고 있는 내내 저 남자의 시선은 줄곧 너를 향해있어."

아니, 뭐?

"너랑 서로 떨어져 있은 지 얼마나 됐지? 두 시간쯤 됐나? 저 남자는 줄곧 너를 바라보면서 네 움직임을 눈으로 따라가고 있더라. 네가 무슨 대단한 무지개라도 되어서 반짝이는 가루라도 뿌리고 다니는 것처럼. 내가 사랑에 빠진 사람이 아니었으면 그걸 보고 정말 꼴불견이라고 생각했을 거야."

언니는 내 손을 토닥였다.

"내 말 믿어, 동생아. 네 얼굴 지금 빨개져서 얼룩덜룩해. 별로 귀엽진 않네."

나는 에런 쪽을 돌아보았다. 그는 물병에 담긴 물을 벌컥벌컥 마시는 중이었다. 그는 다른 사람들에 비하면 체력을 절반도 안 쓰는 듯 보였다. 곤살로와 함께 신랑 팀을 멱살잡이해 끌고 가고 있는데도 말이다. 나는 그의 팔이 쭉 뻗어있는 모습, 물을 마시는 목의 움직임을 넋놓고 바라보았다. 모든 게 언니의 상상이 아닐까. 에런의 행동이 그렇게 멋있었나. 어쩌면 내가 그를 제대로 본 게 아닐 수도 있다는 생각이 들었다. 우리는 사람들이 모여있는 곳에 다다랐고 언니가 말했다.

"어쨌든 나중에 온갖 지저분한 세부적인 얘기도 나한테 다 들려줘야 해. 내가 아직 꼬치꼬치 묻지 않았지만 안 궁금한 건 아니라는 걸 명심해."

언니는 내가 압박감에 못 이겨 무너질 때까지 쪼아댈 예정이라는 눈빛을 보내며 경고했다.

"그때까지는 뭐든 하고 싶은 대로 해."

언니는 윙크했다.

"어쨌든, *hermanita*(동생아). 저 남자는 사랑에 푹 빠졌어."

내 입에서 나도 모르게 콧방귀가 나왔다.

"그래. 그렇겠지."

언니가 의아하다는 듯 한쪽 눈썹을 치켜떴다.

아, 젠장.

"그래, 저 남자는 당연히 사랑에 빠졌어, 언니."

나는 손을 흔들었다.

"내 남친이잖아."

나는 억지스럽지 않게 언니에게 확신을 주려 애썼다. 나는 언니가 이 익살극의 전말을 알아채기 전에 발걸음을 재촉했다. 언니를 뒤에 남겨두고 앞으로 걸어갔다. 다행히 사람들 사이에 섞여 들어갔을 때쯤 가비가 일정이 담긴 인쇄물을 나눠주면서 모두를 한곳에 모으려 하고 있었다. 가비는 사람들에게 완벽한 원을 그리며 서달라고 했다.

나는 어이가 없어 눈을 위로 굴렸다. 그리고 웨딩 컵 대회 주동자인 사촌 가비가 스페인어로 사람들에게 소리쳐 명령하는 모습을 바라보았다. 다들 곤살로가 언니를 뒤에서 낚아채 품에 끌어안는 모습을 못 본 척했다. 그들은 경기 중에 서로의 몸을 더듬으며 애무하고 있었다.

"어휴."

나는 조그맣게 중얼거렸다.

"누가 우리 언니 아니랄까 봐."

동시에 가슴이 조여들었다. 내 마음의 일부는 두 사람이 사람들 앞에서 애정 표현을 하는 모습을 보면서 열망에 가까운 감정을 느꼈다. 가슴이 절절한 느낌이 어쩐지 신경 쓰였다. 지금까지 답을 찾지 못했던 몇 가지 질문이 다시 머릿속에 맴돌았다. 그 질문들의 주제는 같았다.

곤살로와 이사벨 언니가 가진 그 감정을 내가 찾아낸 적 있었나? 내가 그런 감정을 느끼도록 자신에게 허용한 적 있을까? 상대의 말 외에는 아무것도 들리지 않을 정도로, 사랑에 흠뻑 빠져 정신 못 차린 적 있었나?

나는 에런이 어디 있는지 둘러보았다. 에런이 곤살로를 따라 하길 바라서가 아니었다. 어쩌면 모두가 에런에게 기대하는 바가 곤살로 같은 모습일 것 같다는 생각이 들었다. 가비를 중심으로 그다지 완벽하지 못한 원을 그리며 서있는 사람들 사이에 에런이 보이지 않자 나는 점점 초조해졌다. 가비는 사람들에게 목청 높여 온갖 지시를 내리고 있었다. 에런이 최대한 빨리 여기로 오지 않으면 가비가 그의 목을 뎅겅 잘라버릴 것 같은 분위기였다.

팔을 가볍게 툭 치는 느낌에 고개를 돌려보니 푸른 눈동자가 묘한 눈빛으로 나를 바라보고 있었다.

"왔네요."

가비가 계속 떠들어 대고 있어서 나도 목소리를 약간 높여 속삭였다.

"빨리 안 오면 당신이 무사하지 못할 것 같아서 겁날 정도예요. 어디 갔었어요?"

"난 계속 여기 있었어요."

여전히 묘한 느낌이 있었는데 깊이 생각하지 않기로 했다. 에런의 눈에 담긴 감정이 무엇인지 탐색할 시간이 없었다. 대신 나일론 반바지와 반팔 헨리 티셔츠를 입은 그의 모습이 얼마나 근사한지에 관심이 쏠렸다.

"재미있어요?"

그는 물병을 내게 슬쩍 내밀며 물었다.

"아, 고마워요."

나는 두 손으로 물병을 받았다. 그러다 보니 내 손바닥이 그의 손가락을 살짝 스쳤다. 불꽃이 팍 튀면서 내 팔을 따라 쭉 올라오자 나는 얼른 두 손을 거둬들이고 물병을 가슴에 안았다.

"친절… 하네요. 매우 남친다운 행동이에요."

시선을 들어보니 그는 인상을 찌푸리고 있었다. 나는 그에게 투덜거릴 시간을 주지 않고 바로 말을 이었다.

"솔직히 말하면 별로 재미는 없네요."

나는 입술을 비쭉 내밀며 인정했다. 아까 언니한테 오늘은 여기까지만 하고 싶다고 말했는데 진심이었다.

"이제 거의 다 끝나가서 다행이에요. 안 그랬으면 다리나 손목이 부러진 척하려고 했어요."

나는 목소리를 낮췄다.

"아니면 뭐로든 가비를 작살냈든지요."

"우린 아직 그 정도로 힘들진 않아요."

그의 오른쪽 입꼬리가 위로 올라갔다.

"아직 뭐가 더 남아있어요?"

"흠, 가비가 마지막에 최고의 맛을 선사할 거예요. 이제부터 진짜 경쟁이 시작되거든요."

나는 대단한 비밀이라도 보여주듯 두 손으로 베일을 걷어내는 시늉을 해 보였다.

"웨딩 컵 대회의 정수인 축구 경기가 남아있어요."

에런은 흐음 하더니 잠시 생각에 잠겼다.

"난 축구를 해본 적이 없어요."

내 귀가 쫑긋 섰다.

"한 번도요?"

그가 고개를 끄덕였다. 드디어 신랑 팀을 이길 기회가 온 건가.

"정말 단 한 번도요?"

"단 한 번도요."

저 멀리서 가비가 우리더러 빨리 오라고 재촉하자 에런은 입을 벌렸다가 곧 닫았다.

맙소사. 저 여자는 진정 좀 해야 해.

우리는 허리를 펴고는 서로에게서 고개를 돌렸다. 에런은 목소리를 낮추고 나지막하게 말했다.

"문제가 될 것 같아요? 저 여자가 좀… 까다로워 보이던데."

"아, 가비는 걱정 안 해요."

나는 시선을 앞에 둔 채로 손사래를 쳤다.

"당신은 좀 걱정되네요. 당신이 제때 경기 규칙을 파악할 수 있을지."

곁눈으로 보니 에런이 나를 빠르게 훑어보고 있었다.

"내가 경기 규칙을 제때 파악 못 하면 어떻게 됩니까?"

내 미소가 살짝 일그러졌다.

"그러면 뭐, 신랑 팀이 지겠죠. 비참하게."

그런 일이 일어날 것 같지는 않았다. 그래도 못 하는 게 거의 없는 에런이 못 한다고 솔직히 인정하는 모습이 새로웠다. 나는 그를 힐끔 쳐다보았다. 그는 고개를 옆으로 약간 기울이고 가슴께에 팔짱을 끼었다.

"당신이 축구에 젬병이라 경기를 망쳐버리면 모두가 당신을 비난하겠죠. 그럼 뭐 어때요. 당신이라고 뭐든 다 잘하란 법은 없잖아요."

그는 움직이지도 무슨 말을 하지도 않았다.

"설마 다른 남자들이랑 군무를 추는 게 겁나는 건 아니죠?" 다시 그를 힐끗 보니 도전 의식으로 꽉 찬 표정이었다. 나는 히죽 웃었다.

"아, 겁날 수도 있겠네요. 당신이 병아리처럼 쫄아있는 모습을 본 적은 없지만 어울릴 것 같기도 해요. 그럼 난 당신을 *osito*(곰돌이)가 아니라 *pollito*(병아리)라고 부를 거예요."

그는 천천히 나를 돌아보았다. 그의 눈을 본 순간 가비에 관해서는 아주 잊고 말았다.

"방금 나를 병아리라고 부른 거죠?"

그의 푸른 눈이 활활 타오르고 있었다.

"두 가지 다른 언어로?"

"아, 맞아요. 나 같아도 겁날 것 같아요. 우리 팀이 워낙 막강하잖아요."

사실은 그렇지도 않았다.

"그리고 참고로 말해두자면 내가 꽤 괜찮은 중앙 수비수예요."

이것도 사실이 아니었다.

"당신은 그게 무슨 뜻인지도 모르겠네요. 괜찮아요. 어떤 사람들은 나를 '무자비한 리나'라고 부른다는 것만 알아둬요."

그것도 딱히 사실은 아니었다. 구기 종목 스포츠 중에 내가 그나마 덜 못하는 게 축구였다. 무자비하다고까지 불려본 적이 있긴 한데, 그건 내가 축구를 엄청 잘해서가 아니라 내 실력이 무자비하게 바닥을 기었기 때문이었다.

"중앙 수비수라고요?"

나는 고개를 끄덕였다. 그가 굳이 진실을 알 필요는 없으니까. 에런은 고개를 숙이고 목소리를 낮추며 물었다.

"스포츠 용어를 써서 나한테 깊은 인상을 주려고 하는 거예요, 카탈리나?"

그가 내 이름을 부르는 말투가 예전 같지 않았다. 정확히 어떻다고 설명할 수는 없지만 예전과는 분명히 달랐다. 덕분에 내 팔을 따라 춤추듯 전율이 흘렀다.

"섹시하긴 한데 그런 걸로 나한테 깊은 인상을 주려고 할 필요는 없어요. 당신은 이미 나한테 깊은 인상을 남겼으니까."

입이 절로 벌어졌다. 놀라서 호흡이 엉킨 것 같았다. *섹시하다니.* 지금 이 남자가 그 단어를 소리 내서 한 게 맞나? 빈정대는 느낌이거나 농담으로 뱉은 말인지 확인하려고 그의 표정을 살폈다. 하지만 내가 뭘 찾아내기도 전에 우리 뒤에서 소동이 일어났다.

고개를 돌려보니 새로 경기에 합류한 사람 때문이었다. 내가 아는—과거에 알았던—진한 갈색 머리카락이 힐끗 보인 순간, 뱃속에 묵직한 덩어리가 꽉 내려앉았다. 전 남친 다니엘이었다. 내 기억보다 좀 더 나이 든 모습이 되긴 했다. 우리가 사귀었던 시절에 그는 내 또래 남자로 보일 정도로 동안이었는데 이제는 아니었다. 우리가 마지막으로 본 후 그는 세월을 정통으로 맞았다. 그래도 나이가 잘 든 모습이었다. 시간은 그를 잘 대접했다. 지금 내 쪽으로 성큼성큼 걸어오는 다니엘은 매력적인 40대 남성의 모습이었다. 매일 대학생들로 가득한 강의실의 교단에 서는 사람 특유의 자신감 있는 자세를 지녔다.

원래 늘 저렇게 자신감에 차있었나? 그래서 학생이었던 내가 교수였던 그에게 첫눈에 반했던 거였나? 그것도 첫 수업 때. 그는 강의실로 걸어 들어와 목청을 가다듬으며 보조개 미소를 날렸다. 내가 그에게 반하기까지 그리 오래 걸리지 않았다. 그때 나는 정말 구제 불능이었다.

물리학 교수에게 반해버린 멍청하고 애처로운 모지리. 그때는 그렇게 생각했다. 그런데 마법 같은 일이 일어나 다니엘이 내 관심에 화답했다. 아니 그 이상이었다. 그래서 나는 우리가 진짜 사랑을 했다고 믿었다. 곤살로와 이사벨처럼 오래 지속되는 사랑일 줄 알았다.

그러다 내 앞에서 모든 게 무너져 버렸다. 우리 둘 앞에서 무너진 건 아니었다. 어쨌든 다니엘은 나처럼 악몽 같은 상황을 겪진 않았으니까.

"저 사람이 다니엘이에요?"

에런의 낮은 속삭임에 나는 현실로 돌아왔다. 나는 에런을 잠깐 돌아보면서 고개만 끄덕였다. 아무 말도 할 수가 없었다. 나는 곧 내 전 남친이 있는 곳으로 시선을 돌렸다. 그는 자기 형을 포옹하며 등을 두드려 주고 있었다. 에런이 내 쪽으로 좀 더 가까이 다가오는 게 느껴졌다. 나는 그 자리에 뿌리 박힌 듯 꼼짝도 할 수 없었다.

에런은 우리 사이의 거리를 더 좁혀 내 바로 옆에, 아니 내 바로 뒤에 섰다. 그의 몸에서 내 등으로 전해지는 열기가 놀라울 정도였다. 그가 가까이 있어서인지 불안감이 다소 가라앉았다. 마음도 놓였다. 에런 덕분이었다. 어째서인지 왜인지는 알 수 없었다. 분석할 시간도 없었다. 다니엘을 비롯한 모든 사람이 있는 자리에서는 그럴 수가 없었다. 그래서 나는 그냥 그 느낌에 의지하기로 했다.

나는 신랑 들러리 다니엘이 사람들과 두루 입을 맞추고 포옹하며 인사 나누는 모습을 가만히 서서 바라보았다. 다니엘이 돌아다니며 인사를 하는 동안 괴상한 분위기가 조성되는 걸 느낄 수 있었다. 다니엘이 내 쪽으로 다가올 때까지 내 주변의 모든 사람이 숨을 죽이고 지켜보고 있었다.

모든 사람의 시선이 내 쪽으로 향하자 그 분위기는 더욱 고조되었다. 정말 끔찍한 기분이었지만 이런 반응이 나오리라는 걸 이미 예상했다. 다들 다니엘과 나 사이에 무슨 일이 있었는지 알고 있으니까. 그 일이 얼마나 추악했고 내가 얼마나 견디기 힘들어했는지 다들 알았다. 그래서 당시에는 대부분이 나를 동정했다. 지금도 대부분은 그럴 테고, 일부는 앞으로도 쭉 그럴 것이다. 다니엘이 내 쪽으로 드디어 다가온 순간 뱃속이 뭔가로 인해 꽉 뭉친 느낌이었다.

"리나."

다니엘의 입에서 나오는 내 이름을 들은 게 무척 오랜만이었다. 우리가 함께하며 좋았던 순간들과—정말 놀랍도록 멋진 순간들도 있었다—어리석게도 영원할 줄 알았던 첫사랑의 모든 기쁨, 바다처럼 깊은 상처가 된 고통까지 모든 기억이 한꺼번에 돌아왔다. 나를 찬 건 다니엘이었지만 실제로 내게 피해를 준 건 그 외의 모든 사람이었다. 우리 관계에 대해 알고 있기에 우리가 헤어진 후 온갖 멍청하고 불쾌한 소문으로 우리 관계를 더럽힌 사람들… 아니. 지금은 그런 걸 되새김질할 때가 아니었다.

다니엘은 내 위팔에 손을 얹고 내 뺨에 입을 맞췄다. 에런의 따뜻한 손바닥이 내 등허리에 닿아있지 않았다면, 나는 휘청하며 뒤로 물러서고 말았을 것이다. 우정의 입맞춤에 불과한데도 나는 허를 찔린 기분이었다. 눈을 굴려 주변을 돌아보니 그 자리에 있는 모두의 시선이 우리를 향해있었다. 다니엘은 남들 시선 따위는 아랑곳 않고, 마치 수년 만에 만난 옛 친구를 대하듯 내게 편안하게 미소 지었지만, 나는 전혀 그런 기분이 아니었다. 그는 나를 위아래로 훑어보며 말했다.

"*Dios, Lina. Cuánto tiempo. Mírate. Estás*(세상에, 리나. 오랜만이야. 이런. 너 지금 보니…)"

"다니엘."

나는 그의 말을 끊었다.

"이쪽은 에런이에요."

나는 다니엘한테서 살짝 물러나 내 가짜 남친이자 사람만 한 크기의 방패인 에런에게 더 다가갔다. 다니엘은 혼란스러워하며 눈썹을 찌푸렸다. 내가 사귀는 남자를 그에게 소개해서가 아니라 내가 영어로 말했기 때문인 듯했다.

"안녕하세요. 리나의 남자친구입니다."

에런은 손을 내밀며 정중하게 말했다. 그러고는 다니엘을 위해 스페인어로 덧붙였다.

"*Su novio*(남자친구요)."

사실 굳이 그럴 필요는 없었다. 잘난 척하는 느낌을 주는 말이라서 다른 때 같았으면 나는 히죽 웃었을 것이다. 하지만 지금 내 입술은 딱 붙어서 굳어있었다.

"만나서 반갑습니다, 다니엘."

내 전 남친이자 언니 약혼자의 형인 다니엘은 에런을 잠깐 뚫어지게 쳐다보더니 조심스러우면서도 쾌활한 미소를 지어 보였다.

"*Sí, claro*(아, 예). 만나서 반가워요, 에런."

그러고는 에런의 손을 잡고 악수했다.

"나는 리나의 오랜 친구입니다."

다니엘이 과거 우리 관계를 그렇게 규정하자 뱃속이 뒤틀렸다.

서로 잡고 있던 손을 놓자마자 다니엘은 내게 시선을 돌렸고 에런은 내 등허리에 다시 손바닥을 가져다 댔다.

"잘 지냈어, 리나? 좀… 달라 보이네."

다니엘이 더 환하게 미소 지었다.

"좋아 보여. 멋있어졌네."

다니엘은 눈앞에 있는 사람이 나라는 게 믿기지 않는 듯 나를 훑어보았다. 내 기분이 어떤지 명확히 알 수가 없어서 그냥 억지로 미소를 지어 보였다.

"고마워요, 다니엘. 잘 지내고 있어요. 일하느라 바쁘고… 사느라 바쁘고."

"그래."

전 남친은 고개를 끄덕거렸다.

"뉴욕에서 산다며. 네가 멋진 일을 해내고 경력을 잘 쌓아갈 능력이 있다는 걸 난 늘 알고 있었어."

우리가 데이트를 시작하기 전 1년 동안 그는 나를 가르친 교수였다. 그 기간에 나는 대단히 의욕적인 학생으로 살았다. 지나칠 정도로 성취에 매달렸다. 그 후로 사정이 달라졌지만.

"잘 해냈구나."

"고마워요."

머릿속에서 온갖 볼멘소리가 다 튀어나왔다.

"별로 잘하지는 못하고 있어요."

에런이 가볍게 헛기침하며 부드럽게 나섰다.

"잘하고 있습니다."

에런의 목소리가 하도 부드러워서 나한테만 한 말인 줄 알았는데 그는 말을 이어갔다.

"리나는 뉴욕에서 제일 잘나가는 엔지니어링 컨설팅 회사에서 대규모 팀을 이끌고 있어요. 어떤 기준을 갖다 대더라도 대단한 성취죠."

"오호."

다니엘은 가만히 미소 지었다.

"대단하네, 리나. 그러게."

다니엘의 입술이 한결 긴장을 푼 것처럼 보였다.

"축하해."

나는 웅얼대며 고맙다고 말했다. 에런의 말에 온몸이 달아오르는 게 느껴졌다. 1분 정도 길고 어색한 침묵이 흘렀다. 다니엘은 에런과 나를 빠르게 번갈아 쳐다보며 물었다.

"이 사람이구나? 미국인 남자친구."

나는 다니엘의 단어 선택에 놀라 고개를 들었다. 어깨가 굳으며 입을 벌렸다. 그게 무슨 말이냐고 묻고 싶었다. 에런의 손이 내 등으로 올라와 어깨와 목 사이에 놓이는 게 느껴졌다. 에런이 엄지로 그곳의 피부를 부드럽게 쓰다듬었다. 그 손길—내 목 옆을 어루만지는 그의 엄지손가락—덕분에 나는 내 앞에 있는 사람에 대해서도, 그 사람이 내뱉은 말에 대해서도, 그가 무슨 말을 했는지조차 잊고 말았다. 에런의 손가락이 한 번 더 좌우로 내 피부를 쓰다듬자 등줄기를 따라 전율이 흘렀다.

눈을 감으며 지금의 대화에 다시 집중하기로 했다. 다니엘의 마지막 말은 그냥 무시하기로 했다. 나는 입꼬리를 올리며 말했다.

"약혼 축하해요. 정말 잘 됐어요, 다니엘."

에런의 손바닥이 가 있는 곳을 바라보던 다니엘의 눈이 내 눈과 마주쳤다. 그는 고개를 끄덕이더니 보조개 미소를 지어 보였다. 내가 너무나 익숙하게 잘 알던 미소였다.

The Spanish Love Deception

"고마워, 리나. 그 사람이 프러포즈에 응해줘서 어찌나 고맙던지. 나라는 사람을 상대하기가 때로는 쉽지가 않잖아. 일할 때는 너무 일에만 몰두하는 경향도 있고."

그는 주머니에 손을 찔러 넣었다.

"너한테 굳이 설명할 필요는 없지만. 이미 알 테니까."

그랬다. 알고 있었다. 내가 안다는 걸 여기 있는 모두가 알았다. 그러니 다니엘은 굳이 그 부분을 언급할 필요가 없었다. 우리의 과거를 '오랜 친구 사이' 정도로 격하한 후에는 더더욱.

가짜 남친이 펼친 손바닥이 내 어깨로 옮겨갔다. 그의 손가락이 팔을 쓰다듬며 내려와 내 손을 잡았다. 그의 손길에 온통 신경이 쏠렸다. 그래도 에런은 나를 붕 뜨지 않도록 땅에 잘 붙잡아 두고 있었다. 정신이 나가버릴 것 같은 순간마다 에런은 내 발이 허공으로 뜨지 않도록 나를 붙잡아 주었다. 내 피부에 닿는 그의 부드러운 손길은 그 정도로 힘이 있었다. 내가 숨소리가 섞인 약한 목소리로 말했을 때 그의 손길이 다시 효과를 발휘했다.

"그래요. 두 분이 잘 살길 바랄게요."

어쨌든 이 말은 진심이었다.

"오늘 약혼녀도 여기 오는 거죠?"

에런의 손가락이 내 손을 감아쥐자 내 안의 무언가가 깨어나 에런을 돌아보게 싶게 만들었다. 나는 그 충동을 억누르며 다니엘에게 시선을 고정했다.

"아쉽게도 마르타는 못 올 것 같아. 급한 일이 있거든. 마르타도 교수인데 동료 대신 컨퍼런스에 참석해야 해서."

다니엘은 어깨를 으쓱했다. 이따가 언니한테 그렇게 말해줘야겠다고 생각했다. 오기로 한 하객이 참석을 취소했다면 신부가 이미 알고 있을 거란 생각도 들었다.

"난 괜찮아."

에런의 손을 다시 힐끔 쳐다보는 다니엘의 표정이 다소 흐트러진 것 같았다.

"결혼식에 혼자 참석하는 게 딱히 재미있진 않잖아. 혼자 오는 게 내키진 않더라고."

다니엘은 이 말을 하면서 나를 가만히 쳐다보았다. 지금 나를 나무라는… 눈빛인 거야?

"나는…"

나는 생각을 정리하느라 말을 흐렸다. 뺨이 확 달아오르는데 입을 벌린 채 아무것도 할 수 없었다.

"그런 얘길 계속하면서 시간 낭비할 필요 없지 않을까요?"

에런이 지루하다는 듯 단조로운 목소리로 끼어들었다. 그가 정말 지루해서 그러는 게 아닌 걸 나는 잘 알고 있었다.

"다음 순서가 기대되네요."

나는 에런의 말에 놀랐다. 에런은 내 손을 잡은 손가락에 힘을 주었다.

"리나한테 듣기로 가비가 마지막에 제일 재미있는 걸 준비해 뒀다던데요. 그렇지, 자기야?"

에런은 허리를 숙여 내 어깨에 가볍게 입을 맞췄다. 아주 부드럽게. 닿을 듯 말 듯 가벼운 키스였는데 그 키스가 내 몸을 깨어나게 했다. 나는 숨을 내쉬며 대답했다.

"맞아."

나는 내 표정에서 충격이라는 감정을 지우려 애썼다. 맙소사. 내 어깨에 닿았던 에런의 입술 감촉이 잊히질 않았다. 그 느낌은 곧 내 피부 전체로 퍼져나갔다.

"아, 그게 뭡니까?"

다니엘이 물었다. 아니, 그렇게 물었을 것이다. 내 마음이 붕 떠버린

The Spanish Love Deception

탓에 잘 듣지 못했다.

에런이 키스했어. 내 어깨에.

그로 인해 내 체온이 2도쯤—어쩌면 10도쯤—올라간 듯했다.

그래 잘했네. 커플이라면 원래 그렇게 하는 거잖아. 서로 키스를 해 대지. 몸 여기저기에. 어깨에도 당연히 하고.

에런의 목소리가 들렸다.

"축구 경기가 몇 분 안에 시작될 겁니다. 리나가 나한테 실력을 보여 주겠다고 장담했어요. 거짓말이 아닙니다. 실력이 어느 정도인지 궁금 하기도 하고 두렵기도 하네요."

지금 이 분위기에 어울리도록 나는 에런의 가슴에 머리를 기댔다. 에런이 내 머리카락에 다시 한번 가볍게 입을 맞춘 바람에 나는 바닥에 쓰러질 뻔했다. 목구멍 안쪽 어딘가에서 숨이 콱 막히는 기분이었다.

"네. 무자비한 리나가 출동 준비 중이에요."

내 말에 에런이 큭큭 웃었다. 그러자 내 관자놀이가 닿아있는 그의 가슴이 흔들리는 게 느껴졌다. 내 손을 잡고 있지 않은 손이 엉덩이를 감싸자 온몸의 신경을 통해 전기 충격이 전해지는 느낌이었다.

숨 쉬어, 리나. 에런이 원래 이렇게 하기로 했잖아.

가만히 있는 것 말고 온갖 행동을 다 하고 싶을 만큼 흥분했지만, 자 리가 자리인 만큼 나는 가만히 있으려고 안간힘을 썼다. 다니엘에 관 해서는 다 잊고, 에런에게 지금 뭐 하는 거냐고 묻고 싶었다. 왜 내 어 깨에 키스했는지? 내 정수리에는 왜 입을 맞췄는지? 내 반응이 단발 성인지 아니면 내 몸이 그의 손길에 줄곧 같은 반응을 보일지 확인해 야 하니까, 한 번 더 같은 행동을 해줄 수 있겠는지? 우리의 애정 과시 에 불편해졌는지 다니엘은 입을 벌렸다가 아무 말도 못 하고 입을 닫 았다.

가짜 애정 행각일 뿐이야.

나는 이 점을 상기했다. 내 전 남친이자 나를 가르친 교수였던 남자가 눈을 들었다. 에런이 내 머리를 향해 고개를 살짝 숙였는데, 다니엘의 시선은 그 부분에 고정되다시피 했다. 다니엘의 얼굴에 어떤 감정이 빠르게 스치고 지나갔다. 너무 짧은 순간이라 그 의미를 파악하기 어려웠다. 다니엘은 고개를 끄덕이더니 내게 살짝 미소를 지었다.

두 남자 앞에서 방금 무슨 일이 일어났는지 잘 파악이 되지 않아 나는 에런을 올려다보았다. 그런데… 별 반응이 없었다. 에런은 그냥 무표정했다. 멀리서 누가 다니엘을 불렀다. 에런한테서 눈을 뗀 나는 저쪽으로 걸어가는 전 남친의 모습을 바라보았다. 다니엘은 동생 곤살로가 있는 곳으로 가서 그 옆에 섰다. 허공에 여전히 이상한 긴장감이 남아있는 것을 느끼며 나는 얕은 숨을 들이마셨다.

휴우. 진짜 어색했다. 몸이라도 휘리릭 털어서 내 피부에 들러붙은 역겨운 느낌을 털어내고 싶었다. 하지만 그랬다가는 지금 내가 느끼는 기분 좋은 전율도 흩어지게 될 것이다. 그리고 에런의 팔과 가슴, 몸에서 내 몸을 떼어내야 한다는 뜻이기도 했다… 내가 그러고 싶은 마음인지는 알 수가 없었다.

알잖아. 바보야. 이건 진짜 연애가 아니야.

내가 진짜 멍청한 짓을 해버리기 전에 나는 그 점을 잊으면 안 되었다.

나를 둘러싼 혼란스러운 상황이 지나가고 우리는 다시 해야 할 일을 맞이했다.

"*No me lo puedo creer*(믿기지가 않아요)."

그다지 완벽하지 못한 원을 그리고 선 사람들 한가운데에 선 가비가 마치 세상이 끝장나기라도 할 것처럼 두 팔을 들어 올리고 떠들어대고 있었다.

"*No podemos jugar así. Se cancela todo. Esto un desastre. No, no, no, no*(이렇게는 경기 못 해요. 다 취소할게요. 이건 숫제 재앙이라고요. 못 해요, 못 해, 못 해, 못 해)."

가비는 발치의 열린 상자에서 티셔츠 몇 장을 꺼내더니 바닥에 패대기쳤다.

아이고.

"*Esos malnacidos*(이런 엿같은)···"

"*Cálmate, prima*(진정해, 사촌)"

이사벨 언니가 가비를 진정시키려 나섰다.

"*Qué importa. Son solo unas camisetas*(뭐 어때서 그래. 그건 그냥 티셔츠일 뿐이야)."

가비는 숨을 몰아쉬며 언니를 향해 따발총을 쏘았고 언니는 곧장 받아쳤다. 에런은 몸을 옆으로 기울이고 목소리를 낮춰 내게 물었다.

"무슨 일이에요? 우리가 도망쳐야 하는 상황이에요?"

나는 웃음이 나오려는 걸 눌러 참았다. 가비를 더 자극해서 분노를 폭발하게 만들고 싶지 않았다. 이대로 가다가는 가비가 울어버리거나 쉬헐크가 되어버릴 지경이었다. 어느 쪽이든 우리가 엿같은 결과를 감당해야 했다.

"축구 경기 때 입을 티셔츠의 배송이 잘못됐나 봐요."

나는 한숨을 쉬었다.

"신랑 팀 티셔츠를 제일 큰 사이즈가 아니라 제일 작은 사이즈로 보내준 모양이에요."

내 가짜 남친 노릇을 하게 된 불쌍한 영혼이 물었다.

"그냥 지금 입은 옷으로 경기해도 되잖아요?"

가비가 우리 쪽으로 고개를 휙 돌리며 빼액 소리쳤다.

"¿*Qué ha dicho*(그가 뭐라고 말했어)?"

"*Nada*(별 얘기 아니야)."

나는 허공에 대고 손사래를 치고는 에런에게 고개를 돌리고 말했다.

"목소리 낮춰요. 마티아스라는 사촌이 가비더러 그렇게 아까 진즉에 티셔츠를 나눠줬으면 알았을 거 아니냐고 했을 때 가비가 어떤 반응이었는지 봤죠? 아드리안이 오늘 이전에 티셔츠 사이즈를 한 번 더 확인했어야 했다고 말했을 때는 또 어땠어요?"

에런이 입을 오므렸다.

"그렇다니까요. 가비가 그 둘에게 달려들기 전에 언니가 막아섰기에 망정이지. 마티아스와 아드리안 둘 다 거친 남자들이지만 아주 대학살이 벌어졌을 거예요."

나는 고개를 절레절레 흔들었다.

"당신도 거친 남자인 거 아는데, 난 당신이 재한테 걸리지 않고 온전하길 바라요. 알겠죠?"

방금 내가 한 말의 의미를 깨닫고 나는 얼른 말조심했다.

"우린 이 결혼식에서 멀쩡하게 춤춰야 하잖아요."

"난 어디로도 안 가요."

에런이 옆에서 말했다.

"난 당신 사촌한테 찢기지 않고 살아남을 겁니다. 우리 둘 다 안전하게 잘 있을 거예요. 말만 해요."

나는 시선을 돌려 가비 쪽을 힐끗 보았다. 얼굴이 벌게진 이사벨 언니가 가비가 움켜쥔 티셔츠 상자를 빼앗으려 안간힘을 쓰고 있었다. 이렇게 표현하면 좀 그렇지만, 가비는 상자를… 아주 개처럼 물고 놓지 않았다. 언니는 악을 쓰다가 뒤로 물러서며 두 손을 머리 위로 올렸다.

"됐어. 그만해. 그만. 그만하라고."

언니는 원 중앙으로 걸어 들어가 허공에 대고 손을 휘저었다.

"우린 이대로 축구 경기를 할 거예요. 더 긴 말 필요 없어요."

그러고는 가비를 돌아보며 말했다.

"신부는 나야. 너희는 내가 하라는 대로 하면 돼."

내가 콧방귀를 뀌었더니 언니가 잡아먹을 듯한 눈빛으로 나를 쏘아 보았다. 나는 뻘쭘해졌다.

맙소사. 이 결혼식이 우리 모두를 끝장내고 말겠어.

언니가 가비를 돌아보며 말했다.

"*Gabi, no es el fin del mundo(가비, 세상이 끝난 거 아니야).*"

그리고 나를 돌아보며 말했다.

"내가 다음에 또 결혼하게 되면 그때는 네 말대로 총각/처녀 파티 때 축구 경기 같은 거 하지 말고 마르가리타 칵테일이나 마시자."

나는 웃음이 나오려는 걸 참았다. 물론 언니의 말에 전적으로 찬성 이었다.

"좋아요. 지금은 여름이고 태양이 빛나고 있어요. 지금 내가 엄청 좋은 생각이 떠올랐어요."

언니는 원을 그리며 선 사람들을 둘러보며 과장되게 뜸을 들였다.

"신랑 팀은… 셔츠를 벗고 경기합시다! 찬성은 손 들어주세요!"

언니는 두 팔을 번쩍 들어 올렸다. 아무도 입을 열지 않자 언니가 강 하게 밀어붙였다.

"신사분들, 지금까지 피부를 드러내고 노출한 쪽은 여자들이었잖아 요. 이번에는 결혼식을 맞이해 여러분이 몸 자랑 좀 해봐요."

더욱 진한 침묵이 흘렀다. 언니는 신랑을 힐끗 쳐다보았다. 곤살로 는 다른 사람들과 마찬가지로 언니의 제안을 씹는 중이었다. 언니는 눈을 크게 뜨고는 손가락을 허공에 대고 휘저으며 곤살로에게 냅다 소 리쳤다.

"뭐라도 좀 해봐!"

곧 내 형부가 될 곤살로는 그제야 말을 들었다.

"아, 그래!"

곤살로는 셔츠를 벗고 검은 털이 숭숭 나 있는 가슴팍을 드러내더니 두 팔을 들어 올리며 외쳤다.

"옳소! 자, 신사분들, 웃통 깝시다!"

언니는 환호성과 열정적인 박수로 약혼자에게 보답했다. 신랑 들러리인 다니엘이 뒤따라 셔츠를 벗었다. 고개를 절레절레 흔드는 것으로 보아 영 내키지 않았던 것 같았다. 내 눈은 어쩔 수 없이 다니엘을 보게 됐다. 그는 몸짱과는 거리가 멀지만―한 번도 몸짱인 적이 없었지만―여전히 괜찮은 몸매를 유지하고 있었다. 별로 놀라운 일은 아니었다. 그런데… 그의 벗은 상체를 보고도 아무 느낌이 들지 않았다. 어떤 떨림도 없었다.

신랑 팀 멤버들이 곤살로와 다니엘을 따라 셔츠를 벗기 시작하자 점점 더 유쾌한 분위기가 만들어졌다. 투덜거리는 사람도 없었다. 언니의 반응이 두려워서일 수도 있었다. 남자들이 셔츠를 벗을 때마다 언니는 환호하고 있었으니까. 사람들을 쥐고 흔들지 못하게 되어 좌절했던 가비도 분위기가 경쾌해지자 기분이 좀 풀리는 모양이었다. 다니엘이 입을 열어 즐거운 분위기에 찬물을 끼얹기 전까지는 그랬다.

"어쩔 겁니까, 미국인 소년?"

다니엘은 옷을 입고 내 옆에 서있는 남자를 손으로 가리켰다.

"같이 안 하고 빠져있을 거예요?"

미국인 소년?

나는 눈이 확 커졌다. 다니엘이 내 남친을―가짜 남친을―불렀다. 그런데 내 가짜 남친을 소년이라고 부른 것이다. 다니엘은 에런보다 여덟 살인가 아홉 살 정도 나이가 많았다. 그렇다고 에런을 소년이라고 부르는 게 말이 되나? 나는 에런 쪽을 휙 돌아보았다. 마침 에런의 반응이 보였다. 턱에 힘을 풀면서… 미소 짓는 모습이었다.

에런은 머뭇거림이라곤 없었다. 그는 무서울 정도로… 차분하게 다니엘을 똑바로 바라보았다. 다른 사람 같으면 그 눈빛에 기가 질려서 언덕으로 내뺐을 것이다. 직장에서도 에런은 그 눈빛 덕분에 일 잘한다는 소리를 들었다. 그가 경고의 의미로 사용하는 눈빛이기도 했다. 에런이 그런 눈빛을 보인다는 건 큰일 났다는 뜻이었다. 진지하게 큰일이 난 것이다. 나는 에런의 손가락이 셔츠 끝자락으로 향하는 모습을 숨죽이고 바라보았다.

아, 맙소사. 정말 벗을 건가 봐. 내 가짜 남친이자 앞으로 내 상관이 될 사람이 내 앞에서 옷을 벗고 있어.

에런은 단번에 셔츠를 끌어 올려 벗었다. 이 세상 사람처럼 안 보일 정도로 멋진 모델 말고는 나머지 배경이 부옇게 처리된, 향수 광고를 보는 듯했다. 나는 멍하니 눈을 깜박였다.

Madre de Dios(세상에).

에런은… 그는…

맙소사.

완전… 대박이었다… 아니, 더 대단했다.

그는 그야말로 대단한 볼거리였다. 말도 안 되게, 비현실적이고, 광고 주인공 같은 그의 상체가 너무 완벽해서 울고 싶을 지경이었다. 나는 정말 얄팍하고 또 얄팍한 여자였다. 하지만 상관없었다. 상의를 탈의한 에런의 모습을 눈으로 마구 탐하는데 폐에서 공기가 쭉 빠져나갔다. 나는 그의 큰 키와 몸집에 늘 깊은 인상을 받았다. 솔직히 말하면 거의 매혹되어 있던 게 사실이었다. 그런데 그는 더 멋지고 매력 넘치는 모습을 보여준 것이다. 바로 그의 큰 키와 덩치에 어울리는 다양한 크기와 모양의 탄탄한 근육이었다.

세상에. 복부 근육이 석상처럼 탄탄하잖아?

어리석고 굶주린 나의 눈이 그의 드넓은 어깨와 윤곽 뚜렷한 가슴 근육을 훑다가 아래로 내려가 복부 근육을 탐닉했다. 내가 아무리 대단한 상상력을 발휘해도 저것보다 더 멋진 복부 근육을 상상하지는 못할 것이다. 어떻게 저 강인한 팔에 힘줄 불거진 탄탄한 근육까지 장착돼 있을 수가 있지? 팔근육도 내 상상의 범위를 뛰어넘었다. 그 근육이 진짜인지 손으로 한 번 찔러 보고 싶었다.

드레스 셔츠는 그의 매력을 제대로 보여준 게 아니었다. 이번에 비행기를 탈 때 입은 평상복도 그렇고, 모금 행사 때 그가 입은 턱시도도 마찬가지였다. 지금 그는… 지독하게… 아름다웠다.

내 눈이 거의 돌아버렸을 것 같았지만 아무래도 상관없었다. 이번 만큼은 그랬다. 역사적인 순간이니까. 상의를 탈의한 완벽한 에런이 내 앞에 서있었다. 어쩌면 그의 이런 모습을 보는 게 처음이자 마지막일 수도 있었다. 이 모습을 기억에 새겨두고 싶었다. 평생 내 머릿속에 남아 나를 괴롭게 만들더라도 그 이미지를 꺼안고 살 작정이었다.

진공 상태에 빨려 들어갔던 나는 요란한 환호와 박수 소리에 정신이 들면서 눈을 깜박였다. 에런이 나를 바라보고 있었다. 우리의 눈이 마주쳤다. 깊은 바다 같은 푸른 눈동자 안쪽에 강렬한 굶주림이 엿보였다. 통제가 거의 불가능한 무언가였다. 어쩌면 내 감정이 그의 눈에 투영되어 반사된 것일 수도 있었다.

뺨이 뜨겁게 달아올랐다. 반쯤 벗은 남자가 다음에 한 행동에 나는 아무런 준비가 되어있지 않았다. 스페인의 태양 아래 에런의 두 눈은 반짝거렸고, 입꼬리 한쪽이 살짝 올라가 있었다. 그는 의기양양하게 미소 짓더니 나에게 윙크를 날렸다. 딱 한 번, 순식간에 지나간, 장난기 어린 윙크였다.

그 윙크에 나의 내면은 완전히 녹아내렸다. 머리, 가슴, 아랫배, 그리고 그사이의 모든 부분이 스르르 녹아 발치에 고였다. 난 전혀 준비되어 있지 않았다. 완전히 무방비 상태였다. 그는 내 몸 여기저기를 찐득하게 녹여놓고는 아무렇지 않은 듯 만족스럽게 두 손으로 허리를 짚고 서서 앞쪽을 바라보았다. 나는 어떻게 해야 할지 알 수 없었다. 저 앞쪽에서는 신랑 팀이 축구 경기를 시작하려고 모여있었다.

나무랄 데 없이 완벽한 모습으로 웃통을 벗은 푸른 눈의 남자. 그 남자 때문에 나는 온통 흔들리고 있었다. 나는 에런에게 몰두하느라 다니엘의 시선을 알아채지 못했다. 다니엘은 에런과 나를 두어 번 번갈아 쳐다보더니, 나랑 사귀는 사이인 것으로 되어있는 에런에게 시선을 고정했다. 물론 그 시간이 길지는 않았다. 그러다 다니엘은 돌아서서 곤살로의 등을 툭 치더니 임시로 만든 축구 경기장 쪽으로 향했다.

다른 남자들에게 합류하기 전 에런은 내 쪽으로 다가왔다. 그는 우리의 스니커즈 운동화가 서로 닿을 정도로 바로 코앞에서 멈춰 서더니 허리를 굽혔다. 비밀 얘기라도 하려는 것처럼, 위험할 정도로 내 귀에 입을 가까이 가져다 댔다. 나는 목구멍 안쪽에서 숨을 꼴깍거렸다.

"어때요?"

그의 입에서 나온 말이 내 귓바퀴를 간질였다. 나는 멍청이처럼 중얼거렸다.

"당신 모습이 괜찮아… 보여요."

그가 조그맣게 웃었다.

"고마워요. 내가 물어본 건 그게 아니었는데."

아.

"어쨌든 칭찬은 받아들일게요. 일단은요."

"그… 그럼 무슨 뜻으로 한 질문인데요?"

"지금까지 우리가 잘 해내고 있는 것 같은데, 당신 생각은 어떠냐고 물어본 거예요."

아, 그런 뜻이었구나. 수수께끼도 아니고. 어쨌든 말은 되었다. 나는 고개를 끄덕였다.

"우린 좋은 팀이에요, 카탈리나."

그가 다시 내 이름을 말했다. 그런 식으로 불러주니… 맛이 색달랐다. 나는 내 얼굴과 그의 완벽한 가슴 근육이 겨우 한 뼘 떨어져 있다는 사실을 무시하려 애쓰며 헛기침했다.

"맞아요."

에런이 목소리를 한층 더 낮췄다.

"우리가 이렇게 잘 해낼 줄 몰랐어요."

그는 고개를 들었다.

"허를 찔린 부분도 있긴 한데 괜찮아요. 나도 이 상황을 이해하기 시작했으니까."

머릿속이 혼란스러웠다. 뭘 이해한다는 건지. 내가 에런에게 아직 말하지 않은 부분이 있었다. 다 털어놓지 않은 건 똑똑한 처신이 아니지만 어차피 과거에 묻어둘 이야기였다. 여기서 우리가 해야 할 일에 영향을 줄만한 이야기도 아니었다.

"하던 대로만 하면 되겠어요."

나는 목 안에 걸려있는 숨 덩어리를 꼴깍 삼켰다.

"나한테 미쳐있는 척을 계속하면 돼요. 알겠죠?"

그가 흐음 하고 말했다. 낮고 짤막한 소리였지만 나는 그의 얼굴을 올려다보려고 한 걸음 물러섰다. 그는 내가 잘 아는 단호한 눈빛을 하고 있었다.

"날 믿어요. 난 그 일에 초점을 맞춰 해낼 테니까."

내가 뭐라고 말하기도 전에 에런은 가볍게 뛰며 돌아갔다. 그는 멀찌감치서 외쳤다.

"사랑과 전쟁에서는 모든 게 정당화된다는 거, 명심해요, 볼리토."

거의 모든 사람의 눈길이 내게 향했다. 나는 언니와 눈이 딱 마주쳤다. 언니는 저러다 결혼식 날 입이 아프지 않을까 걱정될 정도로 입을 크게 벌리며 환하게 웃었다. 나는 태연하고 아무렇지 않은 척, 지금 정신을 차리려고 애쓰는 게 아닌 척 구경꾼들에게 미소를 지어 보였다.

"아, 저 남자 너무 바보 같죠. 굳이 일깨워 줄 필요 없어, *cosita mía(자기야)!*"

나는 에런에게 소리쳤다. 하지만 에런은 이미 저만치에서 나머지 팀원들 뒤를 따라 달려가고 있었다. 나는 그 자리에서 그의 모습을 바라보았다. 그가 앞으로 발을 내디딜 때마다 매끄러운 등 근육이 춤추듯 꿈틀거렸다. 그가 한 말이 무슨 뜻인지 궁금해 애가 탔다. 나는 눈을 가늘게 뜨며 생각에 잠겼다.

"사랑과 전쟁에서는 모든 게 정당화된다."

어떤 면에서는 그럴 수도 있을 것이다. 하지만 잘 이해가 안 되는 부분이 있었다. 사랑이 가짜이고, 적들이 힘을 합해 공격해 들어올 때도 그 말이 적용될 수 있을까?

17

온갖 역경에도 불구하고 드디어 축구 경기가 끝을 향해 가고 있었다. 양 팀은 아직 동점이었다. 웃통 깐 남자들과 축구를 하는 게 민망하지 않냐고 생각할 수도 있다. 하지만 난 그들 대부분과 친척 관계였다. 그리고 그중 한 명 즉, 다니엘에 대해서는 이미 볼 장 다 봤다. 나머지 두 남자 중 한 명은 내 언니와 곧 결혼할 사람이라 내 정신을 흩어 놓을 수가 없었다.

내 주된 관심을 한 몸에 받는 사람은 딱 한 명이었다. 진짜 우리 세상인 뉴욕에서 각자의 역할로 살아갈 때 나는 그 남자를 잘도 무시하고 살았다. 지금 우리가 수행하는 역할과는 완전히 다른 역할이었으니까. 지금 나는 여자친구로서 그를 넋 놓고 바라봐도 전혀 이상할 게 없었다. 에런 역시 지금 내 남자친구이기 때문에, 〈스포츠 일러스트레이티드〉 잡지 표지를 촬영 중인 것 같은 모습으로 내 앞을 왔다 갔다 해도 괜찮았다.

셔츠를 벗고 땀을 흘리며 공을 쫓아 푸른 경기장을 달려가는 에런의 모습이 딱 그랬다. 내 얄팍하고 어리석은 두 눈은 줄곧 에런을 따라다녔다. 저항할 수 없는 불빛에 이끌린 멍청한 두 마리 벌레처럼 내 눈은 자기 보호 본능이라곤 없었다. 그날 하루가 끝날 무렵, 그 이미지들은 내 망막에 새겨져 도저히 떼어낼 수 없었다.

젠장. 나는 이미 새까맣게 탄 벌레나 다름없었다. 등을 따라 땀이 줄줄 흐르고 태양 아래서 피부는 불붙은 듯 뜨거웠다. 배가 어찌나 고픈지 이러다 아사할 것 같았다. 경기에 집중하려고 애썼지만 내 관심은 이쪽에서 저쪽으로 성큼성큼 달려가는 에런의 길쭉한 다리에 쏠렸다. 그가 움직일 때마다 가슴팍의 근육이 탄탄하게 당겨졌다가 풀어지는 모습. 눈부시게 아름다운 흉근으로 이루어진 가슴을 따라 흘러내리는 작은 땀방울. 그와 눈이 마주칠 때마다 몸 안의 피가 끓고 소용돌이쳤다.

그랬다. 온몸이 끈적해지고 간질간질하게 달아올랐다. 어디가 먼저고 나중이고도 없었다. 그래도 신부 팀은 아직 남자들과 동점을 기록하고 있었다. 당황스럽게도 어쩌다 그렇게 됐는지 알 수가 없었다. 나는 땀으로 번들거리는 완벽한 몸을 가진 가짜 남자친구를 바라보느라 정신이 없었으니까. 곤살로의 목소리가 경기장에 울려 퍼졌다. 내가 있는 곳까지 들릴 정도였다.

"¡Vamos(자)! 저들에게 승점을 내주지 말자고요!"

그는 단어 하나마다 공격적인 박수를 덧붙였다.

"5분 남았어요! 5분 남았습니다, 여러분! 이 망할 경기에서 이깁시다!"

남자들은 경기장의 자기네 구역에 다시 모여 섰다. 다니엘이 곤살로와 에런에게 다가가면서 두 손으로 우리 쪽 골대를 가리키고 있었다.

"Madre mía(뭐야)."

골키퍼를 맡은 이사벨 언니가 내 뒤로 몇 걸음 떨어진 곳에서 말했다.

"저들이 전략을 바꾸려는 것 같아. 별로 좋은 징조가 아니야, hermanita(동생아)."

남자들이 움직이면서 위치를 변경하는 것을 보니 언니의 의심이 맞는 듯했다.

"우린 망했어, 언니."

나는 언니 쪽을 돌아보지도 않고 말했다.

"저들이 에런을 앞으로 보내고 있어. 그를 공격수로 쓰려는 거야."

"*Mierda(젠장)*. 클라크 켄트가 공격수로 나선다고?"

옆으로 다가온 언니가 적들을 향해 눈을 가늘게 떴다.

"너도 얼른 셔츠 벗어. 에런의 주의를 흐트러뜨려야지."

나는 콧방귀를 뀌었다.

"뭐? 싫어."

"하지만 리나…"

"난 셔츠 안 벗어. 대체 무슨 소릴 하는 거야?"

"네가 가슴을 보여주면 남친의 주의를 끌 수 있잖아."

"아니, 그럴 일 없어."

문득 지금 내가 한 말이 여친답지 않다는 생각이 들어 설명을 덧붙였다.

"그는 이미 실컷 봤어. 그 아이디어는 접어."

"그럼 춤을 추든지 엉덩이라도 씰룩거려. 어떻게든 네 남친을 흔들어 놓으라고."

나는 팔짱을 끼며 대답했다.

"싫어."

"그래. 그럼 우린 지겠네."

"끝까지 싸워봐야 알지."

나는 두 손으로 입가를 감싸고 우리 팀원들에게 외쳤다.

"*¡Vamos, chicas! ¡Todavía podemos ganar*(힘내요, 여자들! 우린 이길 수 있어요)!"

내 격려의 말은 현실성이 없었다. 이 경기에서 우리가 이길 방법은 없었다. 에런이 공격수로 나선 이상 불가능했다. 언니가 제안한 대로 내가 그에게 가슴이라도 보여주지 않으면 우린 지고 말 것이다. 나는 언니 쪽을 돌아보며 언니를 손가락으로 가리켰다.

"오늘 밤에 패자들이 모두 앞에서 춤출 때 이 순간을 기억해 둬. 아무래도 패자는 우리가 될 것 같으니까. 다음번에 내 체면을 떨어뜨리고 싶으면 망할 축구 경기가 아니라 퀴즈의 밤을 하자고 해. 최대한 품위 있게 이 경기를 마무리하자."

고개를 돌려보니 상대 팀원들이 움직이기 시작했다. 나는 이 선수한테서 저 선수한테로 패스되는 공에 초점을 맞췄다. 신랑 팀 선수들은 신부 팀 선수들을 완전히 따돌리고 있었다. 어느 순간 공이 에런의 발에 가있는 게 보였다. 에런은 큰 덩치에 비해 놀라울 정도로 민첩하고 기술이 좋았다. 그는 축구를 처음 해봤다면서 경기 규칙을 더럽게 빨리 파악했다.

에런의 커다란 몸집이 빠르게 거리를 좁히며 내 쪽으로 다가왔다. 그의 움직임이 너무 빨라서 내 뇌는 팔다리를 어떻게 움직이라는 명령도 내리지 못하고 있었다.

Mierda(젠장).

상의 탈의를 제외하고 에런을 막아설 방법을 찾으려 고심하던 나는 공을 가로채거나 그를 막기 위해 일단 그를 향해 뛰었다. 뭐든 해볼 것이다. 그런데 불행히도 나는 예상을 완전히 벗어난 움직임을 선보이고 말았다. 에런에게 달려가는 순간 풀밭의 작은 돌부리에 발이 걸리면서 앞으로 날아가고 만 것이다.

품위 있게 경기를 마치고 싶었는데.

아프게 바닥에 떨어지겠구나 싶어 각오하면서 눈을 질끈 감았다. 어둠에 휩싸인 나는 풀밭에 넘어지는 순간까지 1초, 1,000분의 1초를 헤아렸다. 3, 2, 1…

바닥에 떨어지는 충격이 오질 않았다. 아까 날 듯이 앞으로 몸이 쏠렸는데. 눈을 감은 채로 땅바닥에 얼굴을 처박을 각오를 했는데 어째서인지 나는 그대로 멈춰있었다. 아니, 허공에 떠있었다. 이해가 되지 않아 조심스럽게 눈을 떴다. 입에서 '헉' 소리가 튀어나왔다.

내 몸의 중간 부분이 단단한 무언가의 위에 떨어져 있었다. 땀으로 번들거리는 매끄러운 피부가 보였다. 나무랄 데 없는 등짝. 시선을 내리자 스포츠용 반바지를 입은 탄탄한 엉덩이, 그리고 근육질 종아리 한 쌍이 보였다. 내 몸이 누군가에게 얹혀있다는 걸 차츰 알게 됐다. 누군가의 어깨였는데… 에런의 어깨임이 100퍼센트 확실했다.

어떻게 된 거지…

다들 이 상황에 동의하는지 주변에서 박수와 환호가 쏟아졌다. 우리 뒤에서 일어난 작은 소동을 못 본 척하면서 에런은 널찍한 어깨에 메고 있는 내 몸의 위치를 조정했다. 그는 내 허리를 부드럽지만 확고하게 붙잡았다. 그 상태로 그가 달려가자 내 목에서 불평이 튀어나오려다가 잦아들었다. 나는 다급히 외쳤다.

"에런."

그는 무슨 감자 포대를 어깨에 멘 것처럼 나를 어깨에 메고 달렸다. 한 걸음 한 걸음 뗄 때마다 그의 등짝을 이루는 팽팽하게 긴장되고 대칭적인 근육들이 덩달아 움직였다. 그의 엉덩이도 마찬가지였다. 나는 그리로 눈길이 갔다.

젠장, 리나. 그러지 마. 집중해.

"에런."

나는 다시 그를 불렀는데 그는 대꾸도 없었다. 다급하니 말이 짧아졌다.

"지금. 뭐. 하는. 거야?"

그의 몸이 들썩일 때마다 내 말도 끊겼다. 그는 우리 언니가 있는 곳을 향해 공을 몰면서 긴 다리로 달려갔다.

"에런 블랙퍼드!"

그는 소리 내어 웃더니 내 허벅지 뒤쪽을 손으로 쓰다듬었다.

"내 여친이 바닥에 쓰러지게 둘 수 없잖아?"

이 자식은 전혀 숨도 차지 않은 목소리로 답했다.

"에런! 내가 진짜 가만 안 둘…"

그가 몸을 좀 더 크게 움직이자 나는 더 말할 수가 없었다. 그는 내 허리를 단단히 붙잡았다. 내 두 다리를 타고 감각이 파도처럼 깨어났다. 그의 다른 쪽 손바닥은 내 허벅지 뒤쪽을 꽉 잡고 손바닥을 펼쳤다. 맙소사. 내 몸 아래 느껴지는 그의 몸은 단단하면서도 따뜻했다.

제기랄.

믿기지 않았다. 아니면 내가 미쳤든가… 그리고… 그리고…

젠장.

그가 보여주는 힘의 향연에 나도 모르게 조금씩 흥분됐다. 에런이 내 허리를 잡은 손을 움직이면서 한쪽 팔로 온전히 나를 떠받쳤다. 마지막으로 든 생각이 무엇이었는지 잘 기억나지 않았다. 내 옆구리에 그의 이두박근이 느껴졌다. 피가 소용돌이쳤다. 그가 나를 거의 거꾸로 들고 있기 때문만은 아니었다.

"각오해, 여친아. 난 이 경기를 이겨야겠어. 당신이 배가 고파 내 머리를 뜯어 먹기 전에 당신 입에 음식을 넣어줄게."

"그런 일이 일어나는 걸 막지는 못하겠어, 남친아."

얼마 만에 에런이 결정적인 골을 넣을 것인지 알고 싶어 몸을 약간 위로 틀었다. 우리 뒤에서 사람들이 핸드폰을 꺼내 들고 이 모습을 녹화하고 있었다.

아, 주여. 제발 이 모습이 틱톡에 올라가는 일은 없길.

마지막으로 한 번 더 들썩인 후 에런이 걸음을 멈추자 혼란이 밀려들었다.

"나를. 내려. 놔."

나는 미약한 주먹으로 그의 등을 두드리며 한 마디 한 마디 힘을 주었다. 내 주먹이 전혀 타격감이 없는지 그는 반응도 보이지 않았다.

"자."

그는 몸을 돌려 골대 아래 선 언니의 모습을 보게 해주었다. 언니는 골을 먹혔을지도 모르는 상황인데 미소 짓고 있었다. 에런이 말했다.

"당신이 워낙 이래라저래라하는 스타일인 건 알지만 이렇게 폭력적일 줄 몰랐어."

"당신이 나에 대해 모르는 부분이 많아."

나는 이를 악물고 받아쳤다. 그는 한쪽 어깨에 나라는 여자의 체중을 온전히 싣고도 그 자리에 아무렇지 않게 서있었다. 내 엉덩이와 허벅지 아래에서 그의 가슴이 흔들리는 게 느껴졌다. 이 남자 웃고 있나?

배짱 한번 대단하네.

이제 극단적인 조치를 취해야 할 듯했다. 내가 쓸 수 있는 기술을 다 동원해서 아래로 몸을 뻗었다. 손이 아래쪽에 닿자 그의 엉덩이를 힘껏 꼬집었다. 그렇다. 나, 리나 마르틴이 에런 블랙퍼드의 엉덩이를 꼬집은 것이다. 그리고 그런 행동을 한 것을 바로 후회했다.

첫째, 내가 꼬집은 게 바로 에런의 엉덩이이기 때문이었다. 이번 일정을 마치고 직장에 복귀해서─매주 근무일마다─그를 어떻게 볼까? 그는 곧 내 상관이 될 사람인데?

둘째, 엉덩이가 너무 매끄럽고 탄탄해서 나는 또 꼬집고 싶어졌다. 그렇게 단단한 게 진짜 사람 엉덩이일 수 있는지 확인하고 싶었다. 엉덩이가 그렇게 많은 근육으로 이루어지는 게 가능한지 한 번 더 보고 싶었다.

이 두 가지 이유를 생각하자 내가 제정신이 맞는지 의심스러웠다. 에런이 내 다정하지 못한 꼬집기를 알아챘을 거라는 생각이 들었다.

The Spanish Love Deception

그래서 이렇게 곧장 멈췄겠지. 지금 내 엉덩이와 배, 다리 아래에 있는 가짜 남친의 몸은 내 손가락이 그의 엉덩이에 닿은 순간부터 멈추기 시작했다.

그가 숨을 쉬고는 있는지, 그가 나만큼이나 충격을 받았는지 확인하려면 그의 엉덩이를 한 번 더 꼬집어야 하지 않을까 하는 유혹이 밀려들었다. 그는 놀랍도록 조심스럽게 내 허리로 손을 옮겼다. 그리고 어깨에 메고 있던 나를 번쩍 들어서 내 가슴이 그의 가슴에 닿도록 끌어안았다. 내 발은 풀밭에 닿지도 않았다. 우리의 머리는 같은 높이에 있었고 두 눈을 마주 보았다.

그의 얼굴은 가면처럼 표정을 읽을 수 없었다. 내가 엉덩이를 꼬집은 바람에 얼굴에서 모든 감정이 싹 빠져버린 듯했다. 감정을 모조리 숨긴 에런보다는 장난기 많은 에런을 내가 더 좋아한다는 걸 깨달았다. 그러다 우리의 몸이 가슴부터 그 아래까지 쭉 맞닿아 그사이의 공간이 전혀 없음을 알게 됐다.

살짝 핑 돌면서 에런의 어깨를 두 팔로 꽉 잡았다. 우리는 서로에게서 눈을 떼지 않았다. 아마도 둘 다 눈 한 번 깜박이지 않았을 것이다. 에런은 두 팔로 내 몸을 약간 고쳐 안았다. 자세가 약간 바뀌자 그의 가슴이 내 가슴과 함께 오르내리고 있음을 느낄 수 있었다. 내 손과 팔에 닿은 그의 피부에서 땀이 느껴졌다. 무엇보다도 살인적인 햇살 아래서 다이아몬드처럼 반짝이는 그 푸른 눈에 매료됐다. 목구멍 안에 꽉 박힌 숨은 나오지도 들어가지도 못했다. 지금의 나처럼.

100년 동안 망상질을 해도 이런 자세로 있는 내 모습을 상상할 수 없을 것이다. 웃통을 벗은 에런에게 이렇게 안겨 있는데, 최대한 빠르게 멀리 도망칠 생각이 전혀 들지 않았다. 오히려 그 반대라 충격이었다. 내 눈에 보이는 이 땀에 젖은 맨살을 구석구석 천천히 탐색하고 싶었다. 그렇게 계속 안겨 있고 싶었다. 그가 오늘 남은 하루 동안 나를 계속 안고 다니게 하고 싶었다.

그걸 인정하자 두려웠다. 겁이 나서 어쩔 줄 몰랐다. 아마 그랬을 것이다. 그 순간 나는 에런의 피부에 맞닿은 내 가슴속에서 거칠게 쿵쾅거리는 심장 외에는 아무것도 느낄 수 없었으니까. 에런이 마침내 입을 열었다. 전혀 숨찬 기색이 아니었다.

"당신이 내 엉덩이를 꼬집었어, 카탈리나."

그랬다. 미안하긴 했다. 아무래도. 그런데도 내 얼굴에서는 부끄러운 줄도 모르고 그저 즐거워하는 웃음이 터져 나왔다. 이제는 내가 누구인지도 모를 지경이었다. 그저 환하게 웃으면서 그도 나를 보며 똑같이 웃게 만들었다. 그는 소리까지 내며 웃었다.

"답변을 거부할게."

나는 터무니없게 바보 같은 미소를 지으며 가까스로 대답했다. 나는 여전히 그의 품 안이었다.

"누가 당신 엉덩이를 꼬집었다고 해도, 당신은 꼬집힘을 당해도 싸."

"아, 그래?"

그의 입꼬리가 쓱 올라갔다.

"응. 100퍼센트 싸지."

"내가 요란하게 넘어질 뻔한 사람을 구하느라 그런 건데도?"

에런의 눈가에 내가 그토록 열망하던 잔주름이 잡혔다. 그의 입술은 여전히 평평한 모양이었다.

"요란하게? 난 그냥 바닥을 좀 쓸어주려던 것뿐이었어. 뭐랄까. 아주 세심하게."

"당신은 진짜 웃기고 난감한 여자인 거 알아?"

알고 있었다. 인정할 준비도 되어있었다. 그런데 에런이 내가 너무나 좋아하는 싱긋 웃음을 지었다. 입술이 벌어지면서 잘생긴 미소가 피어나자 그의 얼굴은 완전히 달라 보였다. 내가 딱 한 번 보았던 얼굴.

내 가슴속에서 심장이 완전히 미쳐 날뛰게 만들었던 바로 그 얼굴이었다. 그를 바라보는 내 눈이 반짝거렸다. 그의 말대로 나는 웃기는 여자였다. 이 모든 상황이 그저 엄청 웃겼다.

"어이, 두 사람."

근처 어딘가에서 다니엘의 목소리가 들렸다. 그 목소리는 이 순간을 찢고 들어와 내가 들어가 있던 작고 행복한 구름을 사라지게 했다.

"탁자에 음식 차려놨어. 우린 모두 식사를 시작할 거야. 어서들 와."

다니엘의 발소리가 멀어지자 내 얼굴에서 웃음도 잦아들었다. 다니엘을 비롯한 모든 사람이 배려해 준 덕분에 우리 두 사람이 그 순간을 누렸을까? 그럴 수도 있을 것이다. 아니, 확실했다. 커플들은 원래 그런 거니까. 장난스러운 손길, 환한 미소, 격한 눈맞춤. 그런 생각을 하니… 말문이 막혔다. 어쩐지 에런의 미소가 가치가 떨어진 듯하고, 내 미소도 멍청한 짓거리처럼 느껴졌다.

에런의 얼굴에서 잘생긴 미소가 사라진 게 차라리 잘되었다는 생각이었다. 다니엘이 그 자리에 있다고 해도 에런의 눈은 오로지 나만 바라보았다. 그가 내 허리를 안고 있던 두 팔을 움직여 내 몸을 천천히 내려주는 동안에도 마찬가지였다. 땅으로 내려가는 동안 나는 눈꺼풀을 깜박이느라 내 몸에 닿아있는 그의 탄탄하면서도 울퉁불퉁한 근육, 그리고 판판한 가슴팍을 더 오래 보지 못해 아쉬웠다.

바닥에 닿은 내 두 다리가 후들거렸다. 너무나 강력한 감각이 춤추듯 몸을 타고 내려와 어지러웠다. 에런이 내 허리를 계속 잡아주고 있어서 다행이었다. 내가 더 이상 휘청거리지 않을 것 같은지 그는 드디어 내 몸에서 손을 뗐다. 뒤로 모아 묶어놓은 내 머리카락 약간만 그의 손가락에 감겨있었다. 당장이라도 심장이 무너질 것 같았다. 그가 고개를 천천히 숙이자 심장이 마구 뛰었다.

"그리스 신치고는 나쁘지 않았지?"

조금 전처럼 장난스럽지는 않은 목소리였다. 다니엘이 내 행복의 거품을 꺼뜨리기 직전에 들었던 에런의 목소리와는 좀 달랐다. 에런은 말끝에 윙크를 곁들였다. 나는 조그맣게 미소를 짓다가 웃지 않은 척하려고 고개를 흔들었다.

자꾸만 나한테 윙크하고 미소 짓는 이 남자는 대체 누구지?

누구긴 누구야… 곧 내 상사가 될 사람이지.

이 정도면 가슴속 떨림이 무엇 때문인지 찬찬히 생각해 봐도 되지 않을까? 이 모든 게 가짜 쇼라는 사실만 보더라도 응당 그래야 했다. 하지만 그는 곧 우리 부서의 부서장이 될 사람이고 나는 그 사실을 명심해야 했다. 내가 말이 없자 그가 입을 열었다.

"가자. 아까 내가 당신 입에 음식을 넣어주겠다고 했잖아. 난 약속을 지키는 남자야."

그랬다. 그는 그런 사람이었다. 나는 그것도 잊으면 안 되었다. 에런은 내 남친 역할을 하겠다고, 그 역할을 잘 수행하겠다고 약속했다. 지금까지 그가 그 일을 너무 잘 해내서, 나는 그를 뉴욕에서 알던 것과는 완전히 다른 사람으로 인식하기 시작했다.

18

테이블 밑으로 들어가 숨고 싶은 걸 참으려니 너무 힘들었다. 언니가 '에런과 리나' 관련 질문을 계속한다면 어쩔 수 없이 테이블 밑으로 들어가 숨어버려야 될 듯했다. 안 그랬다간 간식으로 나온 다양한 핀초스(작은 바게트 위에 식재료들을 올려놓고 핀초, 즉 핀으로 고정해 놓은 스페인 바스크 지방의 타파스.-옮긴이)가 담긴 금속 쟁반을 들어서 신부의 머리통을 내려치고 말 테니까. 그런 행동을 하는 게 음식 낭비인 데다 지금이 언니를 위해 열린 총각/처녀 파티인 걸 생각하면 자제해야겠지만 그게 유일한 방법일 수도 있었다. 언니는 강한 여자니까 결혼식 전까지 잘 회복할 것이다.

우리는 고향에서 제일 붐비는 사과주 술집 중 한 곳에 들어갔다. 이곳 사람답게 다들 시끌벅적하게 떠들고 있었고 이 지역에서 생산되는 시드라(sidra, 스페인 전통 사과주.-옮긴이)가 여기저기 흘러 시큼한 냄새가 풍겼다. 스페인 북부의 이 지역에서는 어떤 도시나 마을을 가도 모퉁이마다 이런 술집을 볼 수 있었다. 각양각색, 다양한 나이대의 사람들이 삼삼오오 모여있었다. 우리-신부와 신랑, 신랑 들러리, 에런, 나-처럼 높은 테이블을 둘러싸고 서있는 사람들도 있었다. 어떤 사람들은 자리에 앉아 저녁 식사를 즐겼고, 어떤 사람들은 바에 기대어 서서 웨이터와 신나게 잡담을 즐겼다. 폐로 천천히, 깊게, 차분하게 숨을 들이마시려 애쓰면서 생각을 정리했다. 이사벨의 마지막 질문을 어떻게든 잘 넘겨야 했다.

"두 사람이 어떻게 만났는지 좀 더 자세히 말해봐."

나, 그리고 대단히 금욕적인 내 가짜 남친을 번갈아 쳐다보는 언니의 눈이 호기심으로 빛났다. 나는 바로 옆에 서있는 에런을 한 번씩 몰래 힐끔거렸다.

"이 남자를 차지하는 게 쉽지 않았을 것 같은데, 리나."

"지금 한 얘기가 전부야. 맹세해."

나는 한숨을 쉬며, 테이블의 매끄러운 표면에 내려놓은 내 손으로 시선을 내렸다. 나는 손가락으로 빈 잔을 톡톡톡 두드리고 있었다.

"에런이 인테크에서 일을 시작하게 됐고 우린 거기서 만났어. 뭘 또 알고 싶은데?"

"너희가 말해주지 않은 세세한 부분들."

언니는 징징대며 조르기 시작했다. 언니가 끈덕지게 화가 치밀 정도로 조르면 결국 사람들은 멘탈이 무너져 언니가 원하는 답을 내주곤 했다. 나 역시 그 수법에 수없이 당해왔다. 언니는 고개를 갸웃했다.

"둘이 첫눈에 반해서 욕정을 느끼고 눈이 맞아 데이트를 시작했다고 해도 괜찮아. 부끄러울 일 아니야. 그래야 둘이 침대를 부쉈다는 소문에 대한 해명이 되지."

나는 입이 벌어지고 눈이 휘둥그레진 채로 중얼거렸다.

"차로 언니의 입이 생각보다 더 빠르네."

에런이 앉은 자리에서 자세를 바꾸자 우리의 팔이 거의 닿을 정도로 가까워졌다. 하지만 언니가 계속 말을 이어가자 나는 그를 돌아볼 틈이 없었다.

"난 엄마가 아니야, 리나. 이 언니한테는 다 얘기해도 돼."

언니가 속눈썹을 깜박거리며 조르는데 곤살로의 헛기침 소리가 들렸다.

"아니면 모두에게 얘기해도 좋지."

언니는 약혼자 곤살로를 보며 눈을 위로 굴렸다.

"뭐야. 다들 귀 기울이고 있잖아. 둘이 첫눈에 반했어? 지금까지 몇 번이나 했어?"

좋은 시간을 즐기러 온 사람치고는 별나게 말이 없던 다니엘이 크게 한숨을 쉬며 말했다.

"그런 얘기를 다른 사람들 앞에서 굳이 할 필요는 없을 것 같은데."

힐끗 돌아보니 다니엘은 무표정한 얼굴이었다.

"고마워, 다니엘."

언니는 이를 갈며 말을 이었다.

"하지만 성적 모험을 이 테이블에서 공개할지 말지는 내 동생이 결정할 거야."

아, 주여. 지금 언니가 성적 모험이라고 한 게 맞나요?

언니의 말투가 강경하게 변하자 곤살로는 언니의 어깨를 팔로 감싸더니 자기 쪽으로 끌어당겼다. 그러자 언니의 몸이 즉시 긴장을 푸는 게 느껴졌다. 언니가 약혼자의 형 다니엘에게 수년 동안 품고 있던 적대적인 감정을 이 자리에서는 드러내지 않을 모양이었다.

나는 조용히 한숨을 쉬었다. 가슴속에 죄책감이 일었다. 전에 없던 일이었고, 이런 분위기가 된 걸 내 책임으로 여겨야 할 이유도 없었다. 그렇다고 조금의 책임도 없다고 말하기는 애매한 상황이었다.

신랑 들러리가 내 전 남친이 아니었으면 제일 좋았을 것이다. 그럼 내가 과거에서 못 헤어 나오고 홀로 괴로워하는 동안 그가 약혼했다는 걸 알고도 내가 거의 공황 상태에 빠지지도 않았을 테니까. 가족들에게 거짓말을 하면서 내가 만든 사기의 거미줄에 스스로 뒤엉켜 들어갈 필요도 없었겠지. 그랬으면 지금 내 옆에 있는 이 남자는 나와 거래했기 때문이 아니라 순수하게 나를 사랑해서 이 자리에 있을 수도 있었다.

이런 시나리오는 전부 가설에 근거할 뿐이고 현실성은 없었다. 실현 불가능했다. 이런저런 상상을 해봐도 진실과는 거리가 먼 그림을 그릴 뿐이었다. 현실에서는 내가 한 모든 결정에 그만한 결과가 따랐다. 어떤 선택이든 그랬다. 완벽한 세상에서는 모든 게 깔끔하겠지만 그런 이상적인 세상은 존재하지 않았다. 인생은 엉망진창이고 때로는 고되게 마련이었다. 인생은 내가 준비될 때까지, 미래의 가시밭길을 다 예상할 때까지 기다려 주지 않았다. 그저 운전대를 잡고 길을 따라 직접 운전해서 갈 뿐이었다. 내가 해온 건 그게 전부였다. 그리고 그렇게 이 자리에 오게 됐다. 좋든 싫든 어쩔 수 없었다.

곤살로와 유전자를 공유하는 형제가 내 전 남친인 데다 내가 결국 고향 땅을 버리고 떠나게 만든 장본인이라는 건 참 불행한 일이었다. 나는 내 교수였던 다니엘과 사귀기로 선택했고 그는 내 언니를 평생의 사랑인 곤살로에게 소개해 주었다.

인생은 원래 이상적이지 않다. 굽이굽이 굴곡 많은 게 인생이었다. 언제든 당신을 멀리 튕겨냈다가 다시 원래 자리로 돌아오게 만들 수도 있는 것이다.

실연으로 모든 게 무너지고 1년 뒤, 나는 뉴욕으로 가는 해외 취업 프로그램에 지원했고 지금까지 뉴욕에서 살았다. 고향 사람들의 생각과 달리 나는 다니엘한테서 벗어나려던 게 아니었다. 다니엘과 엮인 내 상황에서 도망치고 싶었다. 다니엘이 내 마음에 큰 상처를 주었고 그걸 모두가 보았다. 나는 호된 상처를 받고 가슴이 무너진 채로 도망쳤다. 단순히 실연 때문에 그렇게 상처가 컸던 게 아니었다. 그와 헤어진 후 나는 내 인생에서 최악의 시기를 보냈다. 대학을 그만두다시피 하고 공부에서도 손을 놓았다. 내 미래를 버렸다. 한때 친구라고 여겼던 사람들이 나에 대해 구역질 나는 거짓말을 지어냈다. 그 일은 나뿐만 아니

·

라 내 가족한테까지 상처를 입혔다.

사람들이 나를 보며 느끼는 슬픔은 시간이 지나도 변함없이 나에게 들러붙어 있었다. 딱 한 번 고향에 돌아온 적 있는데, 그 감정은 더욱 진해져 덩어리가 되었고 나는 그 감정을 줄곧 짊어지게 됐다.

부모님도 어느 정도 원인 제공을 했다. 부모님은 내가 고통에서 헤어 나오지 못할까 봐 두려웠을 것이다. 하지만 그건 어리석은 생각이었다. 다니엘에 대한 감정은 얼마 안 가서 정리됐다. 내가 여태 혼자 지냈던 건 다니엘과 상관이 없었다. 나를 완전히 내줄 만큼… 다른 사람을 믿지 못하게 됐을 뿐이었다. 마음에 상처가 될 것 같은 기미가 조금이라도 보이면 늘 한두 걸음 물러섰다. 내가 먼저 물러서든 아니면 상대가 먼저 물러서든 둘 중 하나였다. 적어도 상대에게 상처받지 않고 관계를 끝낼 수 있었다.

언니는 다니엘 덕분에 평생의 사랑 곤살로를 만날 수 있었다면서 다니엘에게 애정을 표했다가, 다니엘과 내가 깨지자 그의 불알을 잡아 뜯어버리겠다고 위협했다. 그런 위협을 한두 번 한 게 아니었다. 언니는 앞장서서 나를 보호하고 응원했지만, 언니와 곤살로의 관계는 우리의 결별로 인해 흔들리지 않았다. 언니와 곤살로가 서로를 얼마나 아끼고 사랑하는지만 봐도 알 수 있었다. 게다가 세월이 흐르면서 언니는 다니엘이 잘한 건 없지만, 예전 제자와 사귀면 안 된다는 불문율을 어긴 것 말고는 큰 잘못을 저지른 게 아니라는 걸 인정하게 됐다. 나머지는 사회의 탓이었다.

나나 언니, 다니엘은 곤살로에게 누구 편을 들라고 강요할 권리가 없었다. 언니는 결국 나름의 방법으로 합의를 본 것 같았다.

"섹스 모험 얘기는 안 할래, 언니."

나는 온갖 상념과 기억을 떨쳐내려 애쓰며 고개를 가볍게 저었다.

"하나도 안 해준다고? 뭐야. 둘이 같은 직장에 다닌다며. 내가 축구 경기 때 본 게 있는데. 넌…"

"그건 그냥 아무것도 아니야."

나는 언니의 말을 끊었다.

"지저분한 상상 좀 그만해."

언니가 입을 딱 벌렸다. 나는 가짜 남친을 팔꿈치로 툭 치는 것 말고는 할 수 있는 게 없었다. 에런이 쐐기를 박아 줘야 언니를 말릴 수 있을 것 같았다.

"맞습니다."

에런은 즐거워하는 목소리였다.

"섹스 모험 같은 건 한 적이 없어요."

언니의 입이 딱 닫혔다. 에런이 덧붙였다.

"불행하게도 말이죠."

내 입도 조개처럼 닫히고 말았다. 아니면 딱 벌어져서 바닥으로 떨어졌는지… 알 수가 없었다.

그를 쳐다보지 마. 놀란 얼굴 하지 마. 이건 사기극일 뿐이야.

나는 에런의 마지막 말을 못 들은 척하면서… 자연스럽게 보이길 바라며 언니를 향해 미소 지었다. 언니는 사과주 병으로 손을 뻗어 내 잔에 약간 따라주고 에런의 잔에도 따랐다.

"아무 얘기도 해주기 싫구나."

언니는 눈을 가늘게 뜨면서 우리 쪽으로 음료가 담긴 잔을 밀어주었다. 그리고는 나를 유심히 쳐다보며 덧붙였다.

"네 눈을 보니까 알겠어. 마셔."

언니가 괜한 허세를 부리는 게 아닌 듯했다. 나는 원래 거짓말을 잘하는 편이 아니었고 언니는 자매로서 내 속을 꿰뚫어 보는 능력이 있었다. 손바닥에서 땀이 나기 시작했다. 언니가 뭔가 낌새를 챈 듯했다. 언니에게 무슨 말이든 던져줘야 할 것 같았다. 잔에 담긴 내용물을 단

숨에 들이켰다. 전통에 따르면 이 술은 그렇게 마셔야 옳았다.

"좋아."

나는 빈 잔을 테이블에 내려놓았다.

"에런과 내가 처음 만난 날은…"

나는 얘기를 시작하면서 무의식적으로 에런의 얼굴을 살폈다. 그는 새삼 흥미롭게 나를 바라보고 있었다. 나는 언니 쪽으로 시선을 돌렸다.

"춥고 어두운 11월 22일 밤이었어…"

나는 멈칫했다. 내가 그 날짜를 왜 정확하게 기억하는지 설명해야 할 것 같았다.

"그날이 내 생일이어서 날짜를 기억해…"

다시 멈칫하면서 고개를 가로저었다. 제대로 말이 나오질 않았다. 내가 이래서 지금까지 거짓말이라는 걸 안 하고 살았다.

"어쨌든 11월이었어."

에런이 내 등을 부드럽게 쓰다듬었다. 처음에는 그 손길에 마음이 요동쳤는데 곧 내 안에 마법처럼 자신감이 흘러들었다. 아까 그랬던 것처럼. 그가 어떻게 그렇게 할 수 있는지는 알 수 없었다. 그는 내 어깨뼈 바로 위, 내 얇은 블라우스 천 위에서 손가락을 이리저리 움직였다. 그러자 나는 사기를 치고 있다는 느낌이 줄어들었다.

"그건 중요하지 않은 것 같아."

목소리가 너무 떨려 가볍게 헛기침해야 했다.

"내가 처음 에런을 만난 날은 우리 상관이 에런을 새로운 팀장으로 소개한 날이었어."

내 등을 쓰다듬던 에런의 손길이 느릿해지더니 그대로 멈췄다. 에런 덕분에 피부에 전율이 일면서 소름이 오돌토돌 올라왔지만 하던 얘기에 집중하기로 했다.

"회의실로 들어온 에런은 차가우면서도 자신 있고 결단력 있는 모습이었어. 다리가 길고 어깨가 넓어서 실제보다 더 커 보이더라고. 그날 회의실에 있던 사람들이 그를 보더니 전부 조용해졌어. 이 사람은 말 한두 마디만 해도 모두에게… 존경받을 만한… 더 나은 단어가 생각이 안 나네… 어쨌든 그런 사람이라는 걸 즉시 알겠더라고. 그가 주변을 둘러보면서 상황 파악을 하는 것만 봐도 알 수 있었어. 자기한테 위협이 될만한 요소를 찾고 그 요소가 문젯거리로 확장되기 전에 제거하려는 사람의 눈빛이랄까. 그때 모두가 새로 등장한 이 남자한테 매혹된 것 같았어."

모두가 잘생기면서도 엄격한 인상의 새 동료를 보고 입이 딱 벌어지던 모습. 그리고 이내 수긍하면서 경외의 눈빛으로 조용히 고개를 끄덕이던 모습이 지금도 기억났다. 처음에는 나도 그랬다. 한 번도 인정한 적 없지만, 그때는 그가 굵고 낮은 목소리로 나를 매일 밤 재워주면 좋겠다고, 그럼 평생 만족스럽게 살 수 있겠다고 생각했으니까.

"그래. 동료들이 전부 이 사람의 매력에 사로잡혔어. 나는 아니었지만. 난 그렇게 쉽게 넘어가지 않는 사람이니까. 제프 부서장의 소개랑 에런의 인사말을 쭉 들으면서 이 사람이 많이 긴장했을 거란 생각이 들었어. 그의 어깨가 위로 솟아있고 눈빛이 좀… 불안해 보였거든. 당장이라도 회의실을 박차고 나가고 싶은데 참는 것 같더라고. 그래서 이 사람이 겉보기랑은 다르게 아주 냉담한 사람은 아니구나 생각했지. 그냥 신경이 곤두선 것 같더라고. 다른 사람 같으면 그렇게 태연하게 행동하기 힘들었을 거야. 새 직장에 온 첫날이니까. 신경이 곤두서니까 오히려 위협적인 분위기를 풍긴 거지. 이 사람이 제대로 된 방향으로 가도록 살짝 밀어줘야겠다고 생각했어. 친근한 환영 인사를 해주면서."

그때 나는 충동적으로 바보 같은 짓을 벌였다. 내가 원래 좀 그런 편이기는 했다.

"그런데 그게 좀 잘못된 거야."

나는 씁쓸하게 웃었다.

"어쩌면 에런은 신경이 곤두선 상태가 아니었을 수도 있어… 나도 정확히는 몰라. 내가 그를 친근하게 떠밀어 줄 필요가 없었을 수도 있다는 생각도 들어. 그는 직장에 친구를 사귀러 온 게 아니었을 테니까. 그는 자기가 다른 사람들한테 어떤 인상을 주는지도 잘 알더라고."

그 순간 나는 다시 현실로 돌아왔다. 세 쌍의 눈이 혼란스러워하며 나를 바라보고 있었다. 목이 탔다.

"지금은 그렇지 않아. 달라졌지."

나는 별로 설득력 없는 말투로 얼른 덧붙였다.

"지금 우린 엄청 사랑하는 사이가 됐거든! 대박이지 뭐야!"

그러고는 두 팔을 번쩍 들어 올리며 환호했다. 분위기를 다시 주도해 보려던 것인데 내가 원하는 대로 되지 않았다. 언니의 표정이 약간 굳어졌다. 언니의 미간에 주름이 깊어지려는 찰나 에런이 나를 구해주러 나섰다.

"카탈리나의 말대로예요. 그날 내가 신경이 좀 곤두섰어요."

그의 고백에 나는 고개를 돌려 그를 바라보았다. 에런의 시선은 언니를 향해있었다. 어떻게든 피해를 최소화해야 하는 급박한 상황이라 그가 매력으로 좌중을 휘어잡아야 했다. 나는 그를 바라보면서도 그가 내 표정을 보지 않기를 바랐다. 과거를 돌이키다 보면 그날의 감정이 표정에 고스란히 드러나기 때문이었다.

"첫 회의 때도 그렇고 그 후에도 회사에서 친구를 만들 계획도 바람도 없었어요."

그런 생각을 가진 그와 2년 가까이 일을 하면서 그 결과를 감당해 온 터라 나에게는 별로 놀라운 얘기도 아니었다.

"내 입장은 분명했습니다. 최선을 다해 일을 열심히 하려고 그 자리로 간 거라서 누구든 나에 대해 다른 쪽으로 오해하지 않길 바랐어요. 직장에서 농담 따먹기를 하거나 가족 얘기를 하는 건 내 사전에 없었죠. 그런데 그날 리나가 내 사무실로 들어왔습니다. 오후 다섯 시가 조금 넘었을 때였어요."

잠시 자기 손을 내려다보는 그의 눈꺼풀에 눈동자의 푸른 기운이 담겼다. 설명할 수 없는 이유로, 과거의 그 일을 떠올리며 심장이 빠르게 뛰었다. 창피했다. 에런의 설명을 들으며 창피했던 그날을 떠올리자 몸도 반응하는 것 같았다.

"그녀의 볼은 빨갰고 머리카락과 외투에 눈송이가 좀 묻어있었어요. 웃기게 생긴 작은 파티 모자 무늬가 그려진 선물 가방을 들고 있었죠. 그녀를 바라보면서, 나는 그녀가 사무실을 잘못 찾아왔을 거라고, 나한테 선물을 주러 왔을 리 없다고 생각했어요. 내 전임자를 찾아온 모양이라고 생각했죠."

에런이 그 자리에 앉은 사람들의 눈과 귀를 잡아끌며 얘기하는 동안 나는 그의 목이 움직이는 모습을 바라보았다.

"말하려고 했는데 기회를 잡을 수가 없었어요. 그녀는 겨울에 뉴욕이 얼마나 추운지, 눈이 오면 사람들이 얼마나 짜증스럽게 변하는지, 원래 평화롭던 뉴욕이 얼마나 혼란스러워지는지 같은 얘기를 재잘대기 시작하더라고요. '뉴욕 사람들이 눈을 싫어하는 건 알겠는데 그게 꼭 내 탓인 것처럼 굴어요. 뇌가 얼어서 멍해지니까 바보가 되어버리는 건지'라고 그녀는 말했어요."

에런은 이 말을 하며 아주 짧은 순간 수줍게 웃었다. 그 표정은 잠깐 나타났다가 순식간에 사라졌다. 나는 그의 옆얼굴을 바라보면서 그의 말을 빨아들였고 그날의 기억을 생생하게 떠올렸다. 그 순간 가슴속 심장이 마치 살아있는 것처럼, 당장 꺼내달라고 외치는 것처럼 세차게 쿵쾅거렸다. 머릿속에서 온갖 질문들이 생성되더니, 내가 묻지 않으면 튀어나와서 직접 묻겠다고 아우성쳤다.

"카탈리나는 내 책상 위에 선물 가방을 내려놓더니 열어보라고 했어요. 그런데 그날 추위 때문에 내 뇌도 멍해졌던 것 같아요. 선물 가방을 열어보는 대신 가만히 쳐다보기만 했죠. 속으로는 겁이 났지만… 흥미롭기도 했어요. 어쩔 줄 모르고 그냥 선물 가방을 바라보기만 했습니다."

정말 그랬다. 그날 그의 반응을 보고 난 너무 당황해서 곧장 위기관리 리나 모드로 들어갔다. 그게 그날 내가 저지른 두 번째 실수였다.

"내가 선물 가방에 손도 안 대니까 카탈리나가 직접 가방에 손을 넣어 내용물을 꺼내더라고요."

에런은 큭큭 웃을 뿐이었다. 요란하게 웃어댄 게 아니었다. 그 짧은 웃음에서 슬픔이 느껴졌다. 나도 크게 웃지 않았다. 그가 그날의 모든 걸 기억하고 있다는 사실을 생각하느라 바빴다. 그는 전부, 세세하게 기억하고 있었다. 내 가슴속에 더 많은 의문이 들어찼다.

"머그컵이었요. 농담이 인쇄된 머그컵. '엔지니어는 울지 않는다. 다리를 건설하면서 극복할 뿐이다'라는 글귀가 적혀있었어요."

그러자 누군가 소리 내어 웃었다. 이사벨 아니면 곤살로인 것 같은데 정확히는 알 수 없었다. 미친 듯이 가슴뼈를 두드리던 심장이 목구멍을 타고 관자놀이까지 올라온 듯했다. 온 신경이 미친 듯이 뛰는 심장 박동과 에런의 목소리에 집중했다.

"내가 어떻게 했는지 아세요?"

그는 씁쓸한 말투로 얘기를 이어갔다.

"속으로는 즐겁게 웃고 싶었어요. 카탈리나를 쳐다보면서 재미있는 말을 건네고 싶었죠. 그래야 그날 근처를 지나가다가 본 그녀의 편안하고 밝은 미소를 다시 볼 수 있을 테니까요. 그런데 나는 그냥 머그를 받아서 책상에 내려놨어요. 그리고 고맙다고 말하면서 더 필요한 거 있냐고 물었죠."

새삼 창피할 이유는 없는데 어쩐지 창피했다. 딱 그날 그랬던 것처럼. 그날 나는 정말 멍청한 짓을 했다. 그리고 그가 머그를 옆으로 치워 놓는 걸 보면서 몸이 움츠러들고 어쩔 줄 몰랐다. 나는 눈을 감고 그의 얘기를 계속 들었다.

"카탈리나가 밖에 나가서 선물까지 사 왔는데 나는 그녀를 내 사무실에서 내쫓은 거나 다름없었죠."

에런은 낮고 약간 쉰 목소리로 덧붙였다.

"환영 선물을 그따위로 받은 겁니다."

내가 눈을 뜬 순간 에런이 고개를 돌려 내 쪽을 바라보았다. 우리의 눈이 마주쳤다.

"나는 가끔 멍청하게 굴 때가 있어요. 그날도 딱 그렇게 카탈리나를 내쫓았죠. 그 일을 생각할 때마다 지금도 후회돼요. 그녀를 볼 때마다 후회막심입니다."

그는 나를 바라보면서 눈 한 번 깜박이지 않았다. 나도 그랬다. 나는 숨도 쉴 수 없었다.

"내가 어리석게 낭비한 시간, 그녀와 함께할 수 있었던 시간이 아쉬워서요."

내가 이 술집의 높은 테이블에 몸을 기대고 있지 않았다면 바닥에 쓰러지고 말았을 것이다. 내 다리가 내 몸의 무게를 버텨주지 못했을 것이다. 몸이 마비된 것 같았다. 에런은 나를 바라보고 있었다. 속까지 꿰뚫어 보는 듯했다. 나 역시 마찬가지였다. 어쩐지 그 순간 그가 내 앞에 자기 속마음을 일부 내보였다는 느낌이 들었다. 내가 도저히 혼자 소화해 낼 수 없었던 과거를 그가 그렇게 풀어내 준 것 같았다. 내가 그때 그 일을 재미있는 일화 정도로 기억하길 바라는 걸까? 지금 그가 한 얘기에 약간이라도 진실이 섞여있다는 걸 알아달라는 걸까? 그렇게 생각하면 말이 안 되는데?

아니, 말이 안 될 것도 없었다. 그의 말과 그의 눈빛에서 내가 느낀 것은 진심이었다. 가슴에서 튀어 나가 레킹 볼로 변한 심장이 굴러가면서 모든 걸 박살 내고 바스러진 파편만 남을 줄 알았는데, 그렇게 되지는 않았다.

"그 후에는 어떻게 됐어요?"

익숙한 목소리가 물었다.

"그 후에는…"

에런은 손을 들어 손등의 손가락 부분으로 내 뺨을 쓰다듬었다.

"제가 한동안 멍청하게… 그야말로 바보처럼… 굴었죠."

그가 손을 떼자 나는 눈을 감았다. 심장이 펌프질한 피가 온몸으로 뻗어나가고 있었다. 내 뺨의 광대뼈 바로 아랫부분에 그의 손길이 흔적처럼 남았다.

"나는 카탈리나와 친해질 기회를 만들려고 애썼어요. 내가 그녀에게 필요한 사람이라는 믿음을 줬죠. 그걸… 증명하고… 보여줬어요."

나는 눈을 계속 감고 있었다. 차마 눈을 뜰 자신이 없었다. 에런의 얼굴을 보고 싶지 않았다. 그의 얼굴, 입술, 진지한 턱선. 그의 바다처럼 깊은 푸른 눈동자 속에 비밀이 담겨있는지 알아보고 싶지 않았다. 혹시 아무것도 없을까 봐 두려웠다. 아니면 무언가를, 어쩌면 모든 걸 알아내게 될까 봐… 무서웠다. 머릿속이 온통 혼란스러웠다. 그때 누군가 박수를 치기 시작했다. 그리고 언니의 목소리가 들렸다. 내가 눈을 뜨자 언니가 말했다.

"정말."

언니의 목소리는 격앙된 감정과 분노로 떨리고 있었다. 갑작스러웠다. 아무래도 상관없었다. 나는 다시 에런의 눈을 바라보고 있었으니까. 그 역시 나한테서 시선을 떼지 않았다.

뭐지? 우리가 지금 뭐 하고 있는 거야?

언니가 말했다.

"너무 아름답네요, 에런. 그리고 너, 카탈리나 마르틴 페르난데스."

언니가 내 이름에 마르틴 페르난데스까지 붙여 불렀다는 건 각오하라는 뜻이었다.

"넌 이제 내 자매도 아니야. 어떻게 이런 얘기를 나한테 안 할 수가 있어? 네가 얘길 안 해주니까 내가 섹스 모험이니 욕정이니 하는 말까지 했는데, 진실을 들어보니까 그런 피상적인 헛소리랑은 비교가 안 되게 멋지잖아."

진실. 이 단어를 들으니 속이 쓰렸다.

"네 남친이 너보다 센스가 좋아서 다행이다. 넌 이 사람이랑 같이 와서 운 좋은 줄 알아."

에런은 나를 바라보며 말했다.

"들었지? 내가 여기 온 게 잘된 일이라잖아."

그의 말에 내 심장은 또 가슴속을 마구 휘젓고 다녔다.

"아, 에런."

언니가 떨리는 숨을 내뱉었다. 아무래도 울음이 나오려는 모양이었다. 아니면 내 엉덩이를 걷어차거나. 어느 쪽이든 가능한 상황이었다.

"그 얘기를 듣고 지금 내가 얼마나 행복한지 모를 거예요. 정말 최고의 결혼 선물이에요. 내 동생이 자기 짝을 찾다니…"

언니는 떨리는 목소리로 덧붙였다.

"드디어…"

언니는 가슴이 벅차는지 끅끅 소리를 내며 말했다.

"아, 정말. 얘 엉덩이를 발로 차주고 싶은데 왜 눈물이 날까? 정말… 정말이지… 이건…"

언니는 또 끅끅거렸다.

아, 맙소사.

에런한테서 시선을 돌린 나는 마지못해 언니를 돌아보았다. 언니는 큰 소리로 울면서도 열 받은 표정이기도 했다. 언니가 웅얼거렸다.

"결혼식 때문에 스트레스를 받아서 이래요."

내가 존재를 완전히 잊고 있던 다니엘은 무어라 중얼대면서 사과주 병으로 손을 뻗었다. 술병이 빈 걸 확인한 그는 테이블에 도로 내려놓고 바 쪽으로 향했다.

"*Ven aquí, tonta*(이리 와, 바보야)."

곤살로가 언니를 끌어당기더니 언니의 머리를 턱 아래 받치고 품에 안았다. 그러고는 언니의 머리 위에서 입 모양으로 우리에게 '술을 더 먹여야 돼'라고 말했다. 그랬다. 신부가 울고 있다면 이 밤을 무사히 보낼 방법은 술뿐이었다. 진실도 아닌 이야기 때문에 울고 있었으니까. 진실일 리 없었다. 모두 거짓말이었다. 사기극이었다.

에런은 진실을 얘기하는 쪽을 맡았다. 내가 요청한 대로였다. 그는 진실을 아름답게 장식해, 우리가 주연을 맡은 이 쇼에 잘 어울리도록 꾸몄다. 그게 전부였다. 우린 뉴욕을 떠나올 때와 똑같은 에런과 리나였다. 게다가 에런은 곧 내 상관이 될 사람이었다.

들었지, 멍청하고 망상질 심한 심장아? 더 이상 미쳐 날뛰지 마.

에런 블랙퍼드에 관해서는 모든 게 연기일 뿐이었다.

우리는 다음 장소인 클럽으로 다 같이 이동했다. 한밤중에 소박하다 못해 초라한 술집에 들어가면서 클럽이라는 거창한 칭호를 붙인 것 자체가 진실 왜곡이었다. 나는 술에 꽤 취한 상태라 이러다 곧 술주정 뱅이 천국으로 입성할 것 같았다. 99퍼센트 확실했다.

1퍼센트를 뺀 것은 아리송한 느낌 때문이었다. 사과주가 온몸의 혈관을 타고 돌아다니고 있어서, 지금 내 느낌이 알코올의 효과 때문인지 아니면 매처럼 나를 지켜보는 남자 때문인지 구분할 수가 없었다.

이사벨 언니가 눈물 쇼를 하고, 총각/처녀 파티의 나머지 참석자들이 사과주 술집에 들어온 그사이의 어느 시점부터 에런은 술을 마시지 않고 있었다. 그게 좋은 일인지는 알 수 없었다. 그는 완전히 말짱한 정신이었다. 그렇다면 내일 그는 오늘 밤의 일을 세세히 기억할 것이다. 그건 별로 좋지 않았다. 그가 나를 만질 때마다 내 몸이 활짝 열리면서 차르르 녹아 바닥에 떨어질 것 같았다. 그가 고개를 살짝 숙이고 나더러 괜찮냐고, 지금 재미있냐고 물을 때마다 내 심장은 가슴속이 너무 비좁은지 위장으로 쿵쿵 떨어지곤 했다.

나머지 밤은 어땠냐고? 우리가 사람들로 붐비는 어두컴컴한 술집 안을 돌아다니는 동안 요란한 음악이 내 귀를 채우고 엉덩이와 발로 퍼져나갔다.

일행과 함께 줄지어 인파의 바다를 나아가던 우리는 어느새 일행과 떨어지게 됐다. 나는 두어 걸음 비틀거리다가 별안간 뒤로 밀리고 말았다. 바로 뒤에서 따라오던 에런이 나를 붙잡았다. 그는 팔로 내 허리를 감싸면서 손바닥으로 엉덩이를 받쳐주었다.

그리고 단번에 나를 자기 몸에 기대어 서게 해주었다. 그날 밤 내 등은 120번도 넘게 그의 몸 앞쪽에 닿았고 그때마다 신경 끝이 전기로 단박에 충전되는 듯한 느낌을 받았다. 그에게 닿은 피부는 온통 상기되었다. 얇은 천으로 된 내 블라우스와 그의 버튼다운 셔츠가 중간에 있는데도 그랬다. 그의 길고 강한 손가락이 내 엉덩이를 꽉 잡았다.

고개를 돌려 그의 얼굴을 올려다보았다. 내 입술이 벌어졌고 눈이 풀려 흐릿했지만 상관없었다. 내 느낌이 그랬다. 속을 감출 수도 없었다. 몸에 들어온 알코올의 작용 때문인지 에런이 바짝 가까이에 있어서인지 몰라도 감정을 감추는 게 힘들었다.

그래서 나는 그 느낌을 즐기기로 했다. 그에게 온통 초점을 맞췄다.

우리 몸은 서로에게 완전히 닿아있었다. 그가 나를 내려다보는 시선이 느껴졌다. 나는 에런에게, 뒤에서 나를 안고 있는 그의 몸에 집중했다. 우리는 술집 안쪽의 깊숙한 곳에서 길을 막고 그렇게 서있었다.

어깨 너머로 그와 눈을 맞추고 있던 나는 그에게 편안하게 등을 기댔다. 그의 푸른 눈동자 안에서 무언가 춤을 추는 듯했다. 그가 미소를 지을 것 같았는데 그의 입은 오히려 진지하게 닫혀 있었다.

"내가 졌어."

나는 요란한 음악 너머로 말했다.

"당신은 내 구원자야. 늘 나를 구하러 와줬어, 켄트 씨."

내가 아니라 내 안의 알코올이 말하는 것 같았다. 그런데 에런은 대답이 없었다. 그의 입술은 벌어질 줄 몰랐고 나는 그의 목을 가만히 올려다보았다. 뒤에서 누군가 우리를 불렀다. 손님들로 북적이는 술집 저 맞은편에서 들려오는 소리 같기도 했다. 알 수도 없고 알고 싶지도 않았다. 에런에게도 그냥 무시하라고 말하려는데 그가 나를 옆으로 끌어당기더니 커다란 손으로 내 손을 감싸 쥐었다.

기분이 좋았다. 너무너무. 그래서 투덜거리지도 않았다. 에런은 더 젊었을 때 여기서 무수한 밤을 보내기라도 했던 것처럼 술집 안에서 나를 이끌었다. 어둑한 술집 안이 흐느적거리는 몸뚱이들로 가득했다. 음악은 너무 시끄러웠고 바닥은 사람들이 쏟아놓은 음료 때문에 끈적거렸다.

그래도 좋았다. 오늘 밤 에런이 나와 함께 있어서 좋았다. 어쩌다… 술에 취해… 나를 밀치는 사람들한테서 그가 나를 보호해 준 것도 너무 좋았다. 그때 그 순간 나는 온갖 것이 다 좋았고 그에게 말해주고 싶었다. 나는 멈칫하며 주변을 둘러본 뒤 까치발을 들었다. 그의 겨드랑이라든지 가랑이 같은 민망한 부위가 아니라 에런의 귀에 좀 더 가까이 가고 싶어서였다.

"여기 진짜 좋지 않아요? 난 엄청 좋아요. 뉴욕의 화려한 클럽이랑 은 다르지만요."

에런은 몸을 약간 숙이고는 내 귓바퀴 바로 위에 입술을 가까이 댔다.

"제대로 된… 술집이야."

그는 잠시 말을 멈췄는데 입술은 여전히 그곳에 두었다. 내 등을 타 고 전율이 쫙 흘렀다.

"처음엔 좀 조심스러웠어. 거짓말 아니고 진짜로."

입꼬리가 올라갔다. 그랬다. 이 술집은 확실히 에런의 스타일은 아니 었다.

"그런데 지금은…"

에런의 입술이 내 귀 바로 아래의 민감한 부위를 스치자 나는 스르 르 녹아내렸다가 동시에 확 살아났다.

"해 뜰 때까지 여기 머물고 싶어. 어쩌면 그 후에도 좀 더 머물든지."

내가 입을 열고 무어라 말하려는데 누군가 뒤에서 나를 밀었다. 나 오려던 말이 혀에서 우수수 떨어졌다. 나는 에런의 품 안쪽으로 밀려갔 는데 이번에 우리는 서로를 마주 보고 있던 참이었다. 나는 군살 하나 없이 단단하고 탄탄한 근육질 몸에 밀착됐다. 그날 아침, 햇살 아래 빛 나던 그의 벗은 상체가 생각났다.

피부 밑에서 무언가가 전기 충격이라도 받은 것처럼 빨라졌다. 몸이 앞으로 확 떠밀리면서 우리 사이에 남아있던 마지막 공간이 사라졌다. 내가 이렇게 되길 얼마나 원했는지 모른다. 피 안에서 다급함이 느껴 졌다. 심장이 온몸으로 광기를 펌프질했다. 나를 무모하게 만드는 펌 프질이었다. 팔이 저절로 올라가 두 손이 에런의 목뒤를 감쌌다. 그의 눈이 잠시 확 커지더니 눈 안에서 불이 화르륵 일었다. 푸른 불꽃에 놀 라움이 지워지고 허기 같은 무언가로 바뀌었다.

주변의 모두가 박자에 맞춰 춤을 추고 있었다. 몽롱한 머리로도 무슨 음악인지 어렴풋이 기억났다. 라틴 음악. 퇴폐적이면서도 재미있고 스페인의 여름밤이 떠오르는 음악이었다. 어째서인지 몰라도 내 엉덩이가 움직이기 시작했다. 에런의 손이 내 허리로 옮겨왔다. 그렇게 우리는 춤을 추었다. 불과 얼마 전에 에런과 춤을 췄던 기억이 잠시 떠올랐다. 역설적이게도 우리는 얼마 되지도 않아 같은 상황에 놓였는데 이제는 완전히 다른 사람이 됐다.

이게 말이 되나. 상관없었다. 오늘 밤엔.

우리는 라틴 음악의 박자에 맞춰 엉덩이를 흔들었고 나는 손가락으로 에런의 목덜미 쪽 짧은 머리카락을 가지고 놀았다. 그의 머리카락은 너무나… 부드러웠다. 상상했던 대로였다. 알 수 없는 이유로 그 머리카락을 살짝 당겼다. 그러자 에런이 내 허리를 잡은 손에 힘을 주었다. 피가 휘몰아치며 달아올라 몸의 온갖 흥미로운 곳으로 몰려갔다.

참을 수가 없어서 다시 발끝으로 섰다. 그의 얼굴을 가까이서 보려는 것뿐이었다. 그는 찡그리지도 미소 짓지도 않았는데 그의 이목구비가 어쩐지 좀 달라 보였다. 얽매임이 사라진 느낌. 그랬다. 그를 볼 때마다 속박 같은 게 느껴졌는데 지금은 보이지 않았다. 내 눈에는 그런 그가 어느 때보다도 잘생겨 보였다.

그 말을 해줘야 할 것 같았다. 내가 말하려고 입을 벌리자 그의 시선이 내 입술로 향했다. 그의 눈에 담긴 표정이 내 뱃속에 나비 떼를 풀어놓았다.

"에런."

나를 바라보는 그의 눈빛 때문에 말이 잘 나오지 않았다. 내가 춤을 추고 있는지조차 알 수 없었다. 무슨 말을 하려고 했지?

"날 믿어, 카탈리나?"

그가 물었다.

응, 이라는 대답이 머릿속을 스쳤지만 굳이 소리 내어 말하지 않았다. 그 단어를 말하지 못하게 만드는 무언가가 있었다. 어렴풋하지만 내가 꼭 기억해야 할 무언가였다.

에런의 손가락이 펴지면서 내 블라우스 천을 따라 그의 엄지가 움직였다. 한쪽 엄지가 블라우스 가장자리 밑으로 들어왔다. 단순한 접촉에 내 피부는 파도처럼 깨어났다.

"아직 아니겠지."

그는 내 귓가에 대고 말했다. 이어서 그의 입술이 내 뺨 위에 머물자 나는 숨도 쉴 수 없었다.

"하지만 날 믿게 될 거야. 반드시."

무… 무슨 뜻인지 이해가 되지 않았다. 그때도 그렇고 앞으로도 마찬가지일 것이다. 하지만 그의 입술이 내 입술에 이렇게 가까이 있는데 그게 다 무슨 상관일까? 그의 입술이 내 턱 앞에서 닿을 듯 말 듯 춤을 추었다. 미쳐 버릴 것 같았다. 내가 조금만 더 움직이면, 고개를 좀 기울이면…

꺄악 소리와 함께 누가 내 팔을 잡자, 머릿속에서 피어오르던 생각이 확 사라졌다. 다음 순간 나는 에런한테서 누군가에게로 끌려갔다. 또다시 요란한 꺄악 소리에 누가 내 팔을 당겼는지 알 수 있었다.

"Lina, ¡nuestra canción(리나, 우리 노래야)!"

언니가 음악 소리 너머로 외쳤다. 우리는 약간의 공간이 남아있는 비좁은 입구 쪽에 멈춰 섰다.

우리 노래?

스피커에서 요란하게 흘러나오는 노래가 귀에 들어오자 내 뇌는 이 상황을 천천히 이해했다. 박자만 들어도 아는 노래였다. 지난 20년 동안 가족 모임과 크리스마스 때마다 가족들이 언니랑 내가 이 노래에 맞춰 춤추는 영상을 틀고 또 틀어댔는데 어떻게 모를까? 음악과 안무까지 내 뇌에 영원히 새겨져 있었다. 소니아와 셀레나의 '난 춤추고 싶어(Yo Quiero Bailar)'라는 노래가 흘러나온다는 건 한 가지 의미밖에 없었다. 곤살로가 환호하며 외쳤다.

"진 팀이 춤출 시간이야!"

이사벨 언니와 내가 맨 앞에 서고 나머지 신부 팀이 우리 뒤에 늘어섰다. 그리고 모두가 우리 주변에 공간을 만들며 물러섰다. 웨딩 컵 대회에서 패배했으니 대가를 치러야 했다. 익숙한 박자에 맞춰 몸이 움직거렸다.

"어디 두고 봐, 신부."

나는 음악 너머로 소리쳤다. 악명 높은 안무를 시작하기 위해 언니와 나는 서로를 바라보면서 자리를 잡았다.

"나 말이야?!"

언니는 나랑 똑같이 엉덩이를 움직이면서 받아쳤다.

"나한테 고마운 줄 알아."

우리는 두 팔을 들어 올리고 엉덩이와 어깨를 흔들었다. 나는 망할 안무에 맞춰 언니와 엉덩이를 부딪치면서 물었다.

"무슨 뜻이야?"

나머지 신부 팀원들이 즉석에서 백댄서가 되어 우리 뒤쪽에서 춤추고 있는 게 느껴졌다. 그들은 최대한 우리 동작을 따라 하고 있었다. 하지만 나나… 언니가… 술에 취해 흔들어 대는 동작을 따라 하기 쉽지 않을 것이다.

"무슨 뜻이냐면…"

언니와 나는 다시 가까워졌다. 서로의 얼굴을 마주 보며 머리 위로 하이파이브를 했다. 그리고 박자에 맞춰 몸을 낮췄는데, 유혹하는 동작을 하기 위해서였지만 부자연스럽고 어설픈 동작이 되어버렸다.

"네 남친의 이글이글 타오르는 눈빛을 보니까 너희가 오늘 아주 뜨거운 밤을 보낼 것 같다는 뜻이야."

언니의 말이 내 귀에 가까스로 들어온 순간 나는 휘청하며 엉덩방아를 찧을 뻔했다. 옆으로 고개를 돌려 주변을 둘러본 나는 바로 그 눈동자를 찾아냈다. 언니의 표현대로라면 이글이글 타오르는 눈이었다. 나를 뚫어지게 바라보는 그 푸른 눈동자에 시선을 고정한 채, 근육 기억에 따라 동작을 수행했다.

오직 그 눈동자만 바라보면서 거의 무아지경으로 안무를 소화하고 있었다. 불붙은 듯 번뜩이는 두 개의 푸른 점에 자석처럼 이끌렸다. 혈류를 타고 흐르는 알코올 탓일까. 그가 왜 저런 눈빛으로 나를 바라보는지 잘 이해되지 않았다.

그는 몇 년 전 10대 두 명이 만든 웃기는 춤 동작을 보는 듯한 눈빛이었다. 그는 우리의 우스꽝스럽고 괴상한 춤 동작을 잡아먹을 듯이 바라보았다. 바보 같은 익살 춤을 추는 성인 여자를 뚫어져라 보고 있었다. 바라보는 것으로는 부족하다는 눈빛이었다. 사람들 사이를 헤치고 나와 거리를 좁혀 내 동작의 사소한 부분까지 전부 빨아들이려는 눈빛이었다. 지금껏 그런 눈빛을 받아본 적이 없었다. 한 번도.

노래가 끝나고 10년 전 유행한 다음 노래로 넘어갔다. 에런과 나 사이에 흐른 감정은 내 뱃속에서 여전히 휘몰아치고 있었다. 격하게. 어지러울 정도로 벅차올랐다. 그 감정이 요동치면서 몸 밖으로 흘러나오려 했다.

내 몸과 그의 몸이 맞닿았던 게 기억났다. 그게 불과 몇 분 전이었다. 가슴속에서 심장이 요동쳤다. 정신을 차리려고, 호흡을 가다듬으려고 애썼다. 등과 팔을 타고 땀이 흘러내렸다. 온몸을 압도하는 감각에 정신을 차릴 수가 없었다. 바람을 쐬어야 했다. 신선한 공기가 필요했다. 그러면 좀 나을 것이다. 나는 언니를 껴안으며 말했다.

"잠깐 나갔다 올게."

언니는 다음 노래에 정신이 팔린 채 고개를 끄덕였다. 요즘 언니가 꽂혀있는 노래였다. 나는 에런을 돌아보지도 못하고 문 쪽으로 향했다. 지금은 그를 도저히… 볼 수가 없었다. 생각을 정리해야 했다. 춤추는 사람들의 바다를 헤치고 드디어 문밖으로 나섰다. 밤공기가 따뜻하고 눅눅했다. 피부에 닿는 바닷바람이 반가웠다.

편안해진 기분은 아주 잠깐뿐이었다. 이내 두 다리가 천근만근이 됐다. 그래도 저 안에서 느낀 모든 것에 비하면 견딜 만했다. 오늘 밤 술을 너무 많이 마신 모양이었다. 머릿속이 좀 더 맑으면 이 상황을 더 잘 이해할 수 있을 텐데. 심장이 왜 이렇게 난리를 치는지도 알 수 있을 것이다.

다리라도 쉬려고 도로변으로 가 털썩 주저앉았다. 보행자 전용 구역이라 이곳 거주자들의 차량만 지나갈 수 있었다. 새벽 세 시에 가까운 시간이라서 여기 앉아있다가 차에 치일 가능성은 높지 않았다. 나는 피부를 달아오르게 하고 간질간질하게 만드는 감정의 실체가 무엇인지 천천히 생각하기로 했다. 눈을 감고 무릎에 팔꿈치를 얹었다. 술집에서 조그맣게 흘러나오는 음악 소리에 정신을 집중했다.

뒤에서 문이 열렸다가 빠르게 닫혔다. 그가 무슨 말을 하기 전에 나는 이미 그가 문 앞에 있는 걸 알았다. 그는 자기 존재를 알리려고 굳이 말을 할 필요도 없었다. 나는 그에게, 말보다 큰 존재감으로 자신을 알리는 이 조용한 남자에게 익숙해졌다. 내 쪽으로 걸어오는 그의 묵직한 발소리를 들으며 뒤돌아보지 않았다. 그는 내가 앉아있는 곳으로 와서 미지근한 인도에 걸터앉았다. 내 바로 옆이었다. 쭉 뻗어나간 그의 긴 다리는 내 다리보다 공간을 두 배는 더 차지했다. 물병이 내 무릎에 가만히 놓였다.

"물을 마시고 싶을 것 같아서."

나를 술집 밖으로 나오게 한 압도적인 감각이 아직 사라지지 않아서 나는 제대로 생각할 수가 없었다. 그는 얼른 물을 마시라는 듯 무릎으

로 내 다리를 툭 쳤다. 나는 무릎에 놓인 물병을 바라보았다. 갑자기 피
로감이 훅 밀려왔다. 물병을 집어 들고 뚜껑을 따기에는 두 팔이 너무
무거웠다. 온몸이 묵지근했다. 큼직하고 따뜻한 에런이 바로 옆에 앉
아있으니 그의 팔에 머리를 기대고 잠깐 눈을 감고 싶었다. 아주 잠깐
만 눈을 붙이고 싶었다.

"자면 안 돼."

에런이 물병을 도로 가져가 뚜껑을 따더니 내 손에 쥐어주고 부드
럽게 말했다.

"마셔."

그러고는 또 무릎으로 툭 쳤다. 정말 아름다운 다리였다. 그의 대퇴
부에 있는 근육이 내 온몸의 근육보다 많을 것이다. 물병을 입으로 가
져가 크게 한 모금 마시면서도 그의 다리 생각이 머릿속을 떠나지 않
았다. 물병을 무릎으로 내려놓으며 생각했다.

오른쪽 허벅지가 정말 잘생겼어.

옆에서 큭큭 웃는 소리가 들려 그를 힐끗 돌아보았다. 그가 입꼬리
한쪽만 올리고 웃고 있었다.

"고마워."

그는 한층 더 크게 미소 지었다.

"내 다리의 특정 부위에 대한 칭찬은 처음 받아봐."

나는 인상을 찌푸렸다.

내가 방금 소리 내서 말했나? 아, 미쳐.

나는 조용히 그를 바라보면서 물을 조금 더 마셨다. 생각을 말로 다
한 걸 보면 내 뇌가 탈수증에 걸린 게 분명했다.

"좀 괜찮아?"

옆에서 그가 물었다. 나는 불안정한 미소를 지었다.

"아직. 어쨌든 고마워."

그가 인상을 쓰자 이마에 주름이 잡혔다.

"아파트로 데려다줄게. 가자."

내가 감상하느라 여념이 없던 그의 두 다리가 일어서려고 움직거렸다.

"아니. 잠깐만."

나는 그 잘생긴… 그리고 너무나 탄탄한… 허벅지를 손으로 누르며 그를 말렸다.

"아직. 조금만 더 여기 있다가 가면 안 돼?"

에런의 푸른 눈동자는 내 상태를 가늠하는 듯했다. 다행히 그의 큰 몸집은 내 곁에 머물러 주었다.

"고마워."

나는 그의 쭉 뻗은 두 다리를 내려다보며 말했다.

"할 얘기, 아니 고백할 게 있어."

돌아보지 않고도 그가 긴장한 걸 느낄 수 있었다.

"당신에 대해 구글에서 검색했어. 딱 한 번뿐이지만, 어쨌든 한 건 한 거니까."

에런은 잠시 생각하는 듯했는데 별말이 없었다. 대신 내가 들고 있던 물병을 가져가 뚜껑을 열더니 나더러 물을 더 마시라고 손짓했다. 나는 물병에 남은 물을 전부 마셨다. 그는 빈 물병을 도로 가져가면서 무어라 중얼거렸는데 나는 알아듣지 못했다.

"자료가 많더라고. 딱 한 번만 검색한 이유가 그래서야."

나는 수줍은 미소를 지었다.

"당신에 관한 내 생각을 바꿀만한 뭔가를 찾아내게 될까 봐 두려웠어."

"그래서 찾았어?"

"그렇기도 하고 아니기도 해."

검색 결과 때문에 에런에 대한 내 생각이 바뀌었나? 그 질문에 대답할 자신이 없었다.

"구글에서 검색하니까 당신 사진이 주르륵 나오더라고. 다 봤어."

"스크롤을 엄청 많이 했겠네."

"맞아."

나는 어깨를 으쓱했다.

"내가 뭘 찾아냈는지 듣고 싶어?"

그는 대답하지 않았다.

"경기장 한가운데 서있는 당신 사진을 봤어. 카메라 쪽으로 등을 돌리고 선 사진. 금색 헬멧을 손에 들고 있더라. 등만 보이는데도 당신이 어떤 얼굴을 하고 있는지 상상이 갔어. 눈썹을 찡그리고 턱에 잔뜩 힘을 준 얼굴이 머릿속에 그려졌어. 화가 나지만 감정을 드러내고 싶지 않을 때 당신이 짓는 표정."

에런이 말이 없어 나는 그를 슬쩍 돌아보았다. 나를 바라보는 그의 얼굴에 충격받은 것 같은 표정이 담겨있었다. 하지만 오늘 밤 나는 필터 없는 리나였다. 내가 말을 너무 많이 한다거나 속을 너무 많이 드러내도 어쩔 수 없었다.

"신문 기사들이 쭉 있더라. 적지 않은 기사들인데 죄다 선수로서의 당신을 칭찬하고 있었어. 미국 미식축구리그의 촉망되는 유망주라고. 그러다 뚝 끊기더라. 마치 당신이 잠적이라도 해버린 것처럼."

에런의 눈빛이 공허해졌다. 그는 내가 자라는 모습을 지켜본 스페인 고향 마을의 보도에 앉아있었지만, 그의 정신은 더 이상 내 곁에 있지 않은 듯했다. 나는 자세한 얘기를 들려달라고 조르고 싶어서가 아니라 입장을 설명하려고 말을 이어갔다.

"별로 영광스럽지도 않은 우리 같은 중소 기술 기업의 엔지니어로 살려고 미식축구 유망주로서의 삶을 버리는 사람은 별로 많지 않잖아."

대학의 미식축구 시스템에 대해서는 잘 모르지만 구글 검색을 하면서 읽어본 바로는 내 추측이 틀리지 않을 것 같았다.

"당신한테 그 얘길 들은 후로 당신이 어쩌다가 그런 결정을 내렸는지 궁금해졌어. 부상당했나? 번아웃이 왔을까? 어쩌다가 인생의 방향을 바꿨을까?"

나는 손가락으로 그의 팔뚝을 쓰다듬었다. 그가 놀랄 수도 있겠다고 생각했는데 그런 반응은 없었다. 그는 다른 쪽 손을 내 손에 포갰고, 우리의 깍지 낀 손을 자기 허벅지에 내려놓았다.

"얘기하고 싶지 않다고 해도 괜찮아."

나는 그의 손을 꼭 잡았다. 정말 괜찮았다. 물론 약간 실망스럽기는 했다.

"나한테 말 안 하고 싶을 수도 있으니까."

에런은 한동안 말이 없었다. 그동안 나는 그가 털어놓지 않는 사실이 어떤 내용일지 생각해 보았다. 그를 비난하고 싶지 않았다. 나도 내 과거를 그에게 완전히 깐 건 아니니까. 하지만 내가 먼저 말을 꺼낸 만큼, 그의 반응에 가슴이 무겁게 가라앉는 느낌을 받는 건 어쩔 수 없었다. 알고 싶었다. 그의 과거를 모조리 끄집어내 전부 알고 싶었다. 오늘 내 곁에 있는 이 남자를 제대로 알려면 그의 과거를 알아야 한다는 생각이 내 마음속 깊은 곳에서 고개를 들었다. 그가 자기 안에 나를 들이지 않는다는 건, 그에게 내가 다른 사람과 별반 차이 없는 존재라서일 것이다.

"카탈리나."

마침내 그가 입을 열더니 깊고 지친 한숨을 내쉬었다.

"말하고 싶어. 나에 관해 모든 걸 털어놓고 싶어."

그날 밤 내내 그랬던 것처럼 심장이 또 요동치기 시작했다. *자기에 관해 모든 걸 얘기하려는 건가.*

"그런데 당신은 지금 제 발로 잘 서지도 못해. 말짱하게 나랑 대화를 나눌 수 있는 상태가 아니야."

"말짱하게 깨어있을 거야."

나는 재빨리 대답했다.

"별로 취하지도 않았어. 귀 쫑긋 세우고 들을게. 약속해."

물을 마시고 좀 나아지긴 했지만 조금만 빨리 움직여도 앞으로 고꾸라질 수도 있는 상태이긴 했다. 그래도 포기할 수 없었다.

"증명할 테니까 봐."

나는 다리로 몸을 밀고 일어나 살짝 비틀거리며 걸었다. 그 정도면 괜찮았다. 내가 완전히 멀쩡한 상태라는 걸 에런에게 보여준 거니까. 아직 취기가 남아있는 손가락과 다리 사이로 모처럼의 기회가 미끄러져 사라지게 둘 수는 없었다. 커다란 손 두 개가 내 허리를 붙잡았다.

"알았으니까 서있는 걸 최소화해."

그는 별로 힘도 들이지 않고 나를 도로 자기 옆에 앉혔다. 이번에는 자기 몸 더 가까이에 나를 앉게 했다. 나야 불만일 게 없었다.

"그렇게 궁금해?"

나는 필터 없는 리나로서 솔직하게 대답했다.

"어. 전부 알고 싶어."

그가 메마르게 웃으며 말했다.

"여기서 이렇게 얘기하게 될 줄은 생각도 못 했네."

내 몽롱한 뇌는 그 말뜻을 알아듣지 못했다. 물어보려는데 그가 말을 이어갔다.

"나는 늘 미식축구를 하면서 살았어. 20년 가까이 내가 아는 건 미식축구가 전부였어. 아버지가 고향인 워싱턴주의 미식축구 코칭과 선수 관리 업계에서 영향력이 좀 있어."

에런이 고개를 절레절레 흔들었다. 흐트러진 머리카락이 거리의 부드러운 가로등 불빛 아래서 살짝 흔들렸다.

"아버지는 잠재력 있는 선수를 알아보는 눈이 있었어. 아버지가 백만 번도 넘게 해온 일이거든. 그쪽 업계에서는 유명하셨어. 내가 미식축구에 재능이 있다는 걸 알게 된 아버지는 평생 쌓아온 경력이 있으니 나를 잘 뒷받침할 수 있다고 생각하셨던 것 같아. 새싹일 때부터 관여해서 완벽한 선수로 빚어내고 싶으셨겠지."

"당신이 어렸을 때부터 아버지가 코치했어?"

그는 다리를 굽히고 팔꿈치를 무릎에 얹었다.

"그 이상이었어. 아버지는 나를 선수로 키우는 일을 도맡아 하셨어. 개인 프로젝트라고 생각하신 것 같아. 본인이 꿈꿔온 이상적인 선수가 될 잠재력 있는 아이가 바로 아들이었으니까. 아버지는 그 꿈을 현실로 만들 수 있는 도구와 경험이 있었어. 그러니 실패는 있을 수 없다고 생각하셨겠지. 아버지는 나를 완벽한 미식축구 기계로 만들려고 하셨어. 미식축구 공을 쫓아 달릴 수 있을 만큼 내 다리가 튼튼해지고, 공을 잡을 수 있을 만큼 내 손이 커진 후부터 쭉 그러셨어."

에런은 잠시 말을 멈췄다. 저 앞의 어둑한 거리를 바라보는 그의 옆얼굴이 굳어있었다.

"우린 둘 다 열심히 노력했고 나는 꽤 오랫동안 잘 해냈어."

나도 모르게 그에게 몸을 기울였다. 내 팔과 어깨가 그의 몸에 완전히 닿았다.

"왜 달라졌어?"

나는 에런의 옆구리에 몸을 좀 더 기댔다.

"운동을 왜 더 이상 즐기지 못하게 됐지?"

곁눈으로 나를 보는 그의 표정이 약간 부드러워졌다.

"아까 당신이 말한 사진."

그는 내게서 눈을 떼고 우리 앞의 텅 빈 거리를 바라보았다.

"내 마지막 경기 때 사진이야."

그는 잠시 말을 멈췄다. 목소리가 가라앉은 걸 보니 마음을 다스릴 시간이 필요한 듯했다.

"어머니가 돌아가시고 정확히 1년 후였어."

가슴속에서 심장이 조여드는 느낌이었다. 그의 목소리에서 고통이 느껴져 그를 품에 안아주고 싶어졌다. 하지만 그의 따뜻한 손을 잡고 그의 손가락 사이에 내 손가락을 깍지 끼는 것으로 대신했다. 에런은 우리의 깍지 낀 손을 자기 무릎으로 가져갔다.

"그날 거기 서서 군중과 팀 동료들이 승리를 축하하는 모습을 보고 있는데, 이기든 지든 아무 상관 없다는 생각이 들더라고. 그래서 선수 선발에서 빠지기로 결심했고 그렇게 했어."

"상처가 컸겠네."

나는 그의 따뜻한 손등을 엄지로 문질렀다.

"어머니를 잃고, 평생 성취해 온 일을 손에서 놓아버리고."

"맞아. 그랬어."

고개를 숙인 그는 깍지 낀 우리의 손을 내려다보았다.

"아버지는 그걸 이해 못 하셨어. 이해하려는 시도조차 안 하시더라."

그는 씁쓸하게 웃었다.

"어머니가 병을 진단받은 후부터 내 미식축구 경력은 궤도를 이탈하기 시작했어. 그 상황에서 부자 관계가 돈독해진 게 아니라 그저 코치와 선수 관계가 되어버린 거지. 그게 전부였어."

더욱 큰 상실감이 느껴졌다. 에런이 겪은 일을 생각하니 가슴이 아팠다. 손을 꼭 잡고 그의 팔에 천천히 머리를 기댔다. 그가 계속해서 말했다.

"아버지는 내가 인생을, 미래를 송두리째 내다 버리는 짓을 한다고 하셨어. 그렇게 살다가는 인생에서 실패할 거라나. 내가 인생을 바꿀 기회를 걷어차면 나랑은 안 보고 살겠다고까지 하시더라고. 그래서 나는 대학을 졸업하고 시애틀을 떠났어."

에런은 무릎에 올려둔 내 손을 여전히 잡고 있었다. 얘기하는 동안 그의 손가락은 내 손가락을 감아쥐었다. 나는 그에게 머리를 기대고 앉아 다른 손을 그의 위팔에 가져다 댔다. 그가 겪어온 일에 내가 유감을 표시할 수 있는 유일한 방법이었다. 그를 꼭 안아주고 싶었지만 그럴 수는 없었다. 지금 그를 포옹해 버리면 품에서 놓아주기 힘들 테니까. 적어도 오늘 밤은 그러면 안 되었다.

"당신이 어떻게 살아야 할지를 다른 사람이 정한 거잖아. 자라면서 힘들었겠다."

그는 내 손가락을 조용히 쓰다듬었다. 그의 피부와 내 피부가 닿아 서로를 어루만지자 팔 위쪽으로 전율이 흘렀다.

"그때는 몰랐는데 이제 알겠어. 그냥 주어진 대로 살아서 별다른 인식도 없었어. 몇 가지 목표가 정해지면 그냥 그 목표를 이루면서 살았어."

그는 엄지로 내 손목을 문질렀다.

"어쩌면 내가 완전히 행복한 사람이 아닐 수도 있겠구나, 라는 생각이 들기 전까지는 딱히 불행하다는 생각도 안 해봤어."

"지금은? 지금은 완전히 행복해, 에런?"

그는 내 손을 쓰다듬던 부드러운 손길을 멈추더니 곧장 대답했다.

"완전히? 아직 아니야. 하지만 완전히 행복해지려고 애쓰고 있어."

19

침실까지 걸어가는 내 모습을 본 사람이 있다면 누구든 내가 곧 바닥에 고꾸라질 것 같다고 생각했을 것이다. 그랬다. 걸어간 것 자체가 놀라울 지경이었다. 발을 간신히 들어 옮기면서 질질 끌다시피 했으니까. 몸이 말을 듣지 않았지만, 침실 안으로 들어가면서 나는 어느 때보다도 말짱하게 깨어있다고 생각했다.

머리도 최고 속도로 작동하고 있었다. 에런이 과거에 관해 털어놓은 정보를 모조리 소화했다. 정보 한 톨도 새지 않도록 미세한 정보의 조각까지 전부 차곡차곡 머릿속에 정리해 넣었다.

걸음을 옮길 때마다 다리가 휘청거리고 온몸이 피로에 절어있었지만 상관없었다. 에런의 고백이 내 머릿속에서 작은 소동을 일으키고 있었다. 그가 줄곧 속에 넣어두고 끄집어낸 적 없던 이야기를 들려준 것이기 때문이었다.

내 가슴도 마찬가지였다. 가슴이 요동쳤다. 가슴속에 들어있는 심장이 한 번씩 꽉꽉 조여들고 쿵 떨어졌다. 하지만 나는 내 심장이 이 남자에게 그런 식으로 반응하면 안 된다는 사실을 잊지 않으려 애썼다. 이 심장이 하자는 대로 해서도 안 되었다. 잔뜩이든 약간이든 차라리 술에 취해 에라 모르겠다 하는 편이 낫겠다는 생각도 들었다. 하지만 에런이 고집스럽게 마시게 한 물 덕분에 어느 정도 정신이 들었다.

악명 높은 술집으로 다시 들어간 후 나는 술을 입에 대지 않았기에 술을 핑계 삼을 수도 없었다. 새벽 다섯 시가 넘어가고 있었다. 몸 안에 남은 알코올의 효과가 거의 미미해지자, 내일은 그다지 재미없는 날이 되겠구나 하는 생각이 들었다.

침실 한가운데 멍하니 서서 텅 빈 방 안을 바라보고 있는데 에런이 안으로 들어와 방문을 닫았다. 돌아서서 보니 그의 손에 물 한 컵이 들려있었다. 그는 내가 소지품 몇 개를 놓아둔 침대 옆 탁자에 물컵을 내려놓았다.

"나 마시라고?"

어떤 대답이 나올 줄 알면서도 물어봤다. 그의 작은 배려에 내 안이 부드러워진 기분이었다. 오늘 밤 그는 줄곧 나를 돌봐줬고 그때마다 나는 속이 한결 부드러워진 기분을 느꼈다. 내가… 초라하단 생각도 더는 들지 않았다.

"나를 이렇게 열심히 계속 돌봐주면 현실로 돌아가 적응하기 어려울 것 같아."

그 말을 하지 말았어야 했을까. 굳이 그렇게 표현하지 말았어야 했을 것 같기도 했다. 그동안 에런과 어느 정도 거리를 유지하려고 애썼는데 오늘 밤에 일어난 온갖 일들 때문에 마음이 풀어지고 있었다.

에런은 진지한 표정으로 고개를 끄덕였다. 내 말에 별다른 대답은 하지 않았다. 그는 셔츠 윗단추부터 풀어 내리려다가 그만두고 손목시계의 밴드를 만지작거렸다.

나는 온갖 좋지 않은 이유로 다리가 후들거려 침대 가장자리로 걸어가 소박하고 매끈한 이불에 걸터앉았다. 당장이라도 이불에 녹아내리고 싶은 걸 참으면서 피곤한 숨을 내쉬며 어깨 근육을 약간 풀었다. 완전히 편안해지려다가 문득 생각난 게 있어 등뼈가 바짝 섰다.

침대.

오늘 밤 우린 이 침대를 함께 써야 했다. 지금까지 그 생각을 안 하고 있었는데 막상 그 생각이 들자 뱃속에 이상한 느낌이 밀려들었다. 우습고 괴상한 게 아니라 묘하게 흥분되는 느낌이었다. 피부가 뜨겁게 달궈졌다. 아직 한 침대에 눕지도 않았는데 이런 느낌이라면 에런과 한 이불을 덮고 누웠을 때 무슨 일이 일어날지는 감히 상상도 할 수 없었다. 그의 커다란 몸과 내 훨씬 작은 몸이 그리 넓지 않은 매트리스에 바짝 붙어 눕게 될 텐데.

그럼 난… 아, 미치겠네.

신경을 다른 곳으로 돌리려면 손을 바쁘게 놀려야 될 것 같아 아픈 발에서 단화를 벗겨냈다. 그리고 별일 없을 테니 제발 진정하라고 자신을 달래며 관자놀이를 문질렀다. 우린 어른이었다. 침대를 같이 쓰는 게 뭐 어때서?

"많이 안 좋아?"

에런이 침대 저쪽 끝에 서서 물었다. 가볍게 웃으려 했는데 꼭 목이 졸리는 사람 같은 소리가 입에서 튀어나왔다.

"그게…"

나는 헛기침을 했다.

"성질이 바짝 나고 엄청 무거운 영양 떼가 어디로 달려갈 때 그 밑에 깔린 것 같은 기분이야."

어느새 내 시야로 들어온 에런이 내 앞에 와서 물었다.

"무파사(월트 디즈니 애니메이션 스튜디오의 장편 애니메이션 〈라이온 킹〉의 캐릭터. 프라이드 랜드의 선왕이자 심바의 아버지.—옮긴이)의 죽음을 비유로 든 거지?"

나는 관자놀이를 문지르던 손가락을 멈추고 물었다.

"〈라이언 킹〉 좋아해?"

"당연하지."

"다른 디즈니 영화는?"

나는 지금 내 운을 시험해 보고 싶어졌다. 에런은 진지한 표정으로 대답했다.

"전부 다."

젠장.

"〈겨울 왕국〉도? 〈라푼젤〉? 〈공주와 개구리〉는?"

내 물음에 그는 고개를 끄덕였다.

"나는 애니메이션을 엄청 좋아해. 머리 식힐 때 보면 좋더라고."

그는 청바지 주머니에 두 손을 찔러 넣었다.

"디즈니 작품도 좋고 픽사 작품도 좋아… 열혈 팬이야."

이건 너무했다. 아까는 어린 시절 얘기를 털어놓더니 지금은 이렇게 또 치고 들어오다니. 나는 어떻게, 왜를 따져 묻고 싶었지만 지금은 더 긴급한 문제가 있었다.

"제일 좋아하는 애니는?"

제발 그 대답은 하지 말아줘. 그랬다간 심장 마비에 걸릴 것 같으니까. 제발 말하지 마.

"〈업〉."

미쳐. 그가 그 애니 이름을 말했다. 내 심장이 거기서 또 요동을 쳤다. 그날 밤 내내 말랑해진 내 작은 부분이 좀 더 커진 것 같았다.

"아."

입에서 숨결 같은 감탄사가 흘러나왔다. 더는 아무 말도 할 수 없었다. 눈을 감고 손가락으로 관자놀이를 다시 문질렀다. 하지만 실은 관자놀이가 아니라 가슴을 문질러야 할 상황이었다.

"그렇게 안 좋아?"

돌아보니 그는 뭔가를 가늠해 보는 눈빛이었다. 아마 내가 술이 얼마나 깼는지를 살피려는 듯했다.

"걱정 마."

나는 손을 흔들었다.

"괜찮아. 술 많이 깼어. 오늘 밤에 당신한테 온통 토해놓진 않을 거야."

그는 별다른 대답을 하지 않았고 나는 단어를 잘못 고른 것 같아 후회됐다. 그는 방에 딸린 작은 욕실로 조용히 들어갔다. 방에 남은 나는 어색한 기분에 휩싸여 온갖 상념에 빠져들었다. 그는 집에서 개인적인 시간을 보낼 때 애니메이션 영화, 그중에서도 특히 〈업〉을 즐겨본다고 했다. 〈업〉의 칼 할아버지를 보면서 동질감을 느끼는 사람인 듯했다. 문득 다시 침대 생각이 떠올라 천천히 일어섰다.

이불의 기하학적 십자 무늬를 눈으로 따라가다 보니 베개가 놓여있는 곳으로 시선이 갔다. 우리 둘의 머리가 저기 놓이겠네. 거의 바짝 붙어있을 것 같아. 기대감에 새로운 무언가가… 묘하게 뒤섞인 감정이 서서히 가슴속에 들어왔다.

침착할 필요가 있었다. 저건 침대일 뿐이었다. 우린 성인이니 얼마든지 나란히 누워 잘 수 있다. 우리는 이제… 친구가 된 걸까? 아니, 그렇지는 않았다. 그렇다고 예전처럼 완전한 동료 사이도 아니었다. 그가 곧 내 상관이 되리라는 사실을 잊더라도, 이제 우리는 전처럼 함께 일하고, 정기적으로 언쟁을 하고, 서로를 10분 이상 참기 힘들어하는 사이로 살 수 없을 것이다. 우리는 이 거래—지금 우리 둘이 하는 사랑 사기극—덕분에 그동안 세심하게 라벨이 붙어있던 구역을 벗어나, 완전히 새로운 미지의 영역으로 진입했다. 그리고 이제 우리는 과거와는 완전히 다른 사람이 됐다. 우리는…

침대를 함께 쓰게 될 것이다. 확실한 것 그것뿐이었다. 지나치게 온갖 생각을 하는 걸 그만둬야 했다. 무엇보다… 자연스러워야 했다. 침대를 함께 쓰려면 무슨 큰일이라도 난 것처럼 굴지 말아야 했다. 물론 큰일이긴 했다. 그것도 엄청 큰일. 에런은 상대의 긴장을 풀어주는 부드러운 손길. 그리고 그의 과거에 관한 이야기들이 얼마나 자극적인지 이미 내게 보여 주었다. 전에 로지가 뭐라고 했더라?

"네 목표를 우주까지 자유롭게 설정하고 시각화해."

지금 내가 해야 하는 게 바로 그것이었다. 그래서 나는 자신을 냉정하고 무심하며 어지간해서는 감명받지 않는 사람으로 시각화했다. 나는 눈보라 한가운데에 놓인 얼음덩어리였다. 무슨 일이 닥쳐도 굳건하게 버틸 것이다. 흔들리지 않고 냉정하고 차분하게.

그래.

이런 생각을 마음에 담고 벽장 앞으로 가서 잠옷을 꺼냈다. 반바지, 그리고 굵고 노란 글씨로 'Science Rocks(미국의 어린이 과학 교육 회사 이름.-옮긴이)'라고 적힌 낡은 티셔츠가 바로 내 잠옷이었다. 이렇게 방을 함께 쓰는 상황이 올 줄 알았으면 좀 더 신중하게 잠옷을 골라 가져올 걸 그랬다. 마음 한구석으로는 에런이 티셔츠에 적힌 메시지를 눈여겨 봐주길, 그리고 그가 비딱한 미소를 지어주길 바랐다…

아니. 이건 얼음덩어리가 할만한 생각이 아니었다. 에런은 조용히 욕실을 나왔다. 그는 여전히 버튼다운 셔츠 차림이었고 셔츠의 단추 두 개를 더 풀어 놓았다. 나는 그런 거에 눈 돌아가지 말자고 다짐했다. 그는 벽장 안의 자기 물건이 있는 쪽으로 곧장 걸어갔다. 나도 옷을 갈아입고 씻으려고 욕실로 말없이 들어갔다.

다 씻고 잠옷으로 갈아입은 나는 기운을 돋우기 위해 깊게 숨을 들이마시며 침실로 돌아갔다. 침실에서 무엇을 보게 될지 몰랐지만, 잠옷 바지 차림으로 있는 에런을 보게 될 줄은 생각도 못 했다. 잠옷 바지는 엉덩이쯤에 걸쳐 있었다. 팬티의 허리 밴드가 드러날 정도였다. 잠옷 바지 색깔이 그의 피부색을 보완해 주는 듯했다. 서서히 시선을 올리자 그것이 눈을 가득 채웠다. 낮에 태양 아래서 땀방울에 젖어 빛나던 영광스러운 가슴팍이었다.

맙소사. 안 돼, 안 돼, 안 돼.

넋 나간 얼굴로 멍하니 쳐다보는 걸 그만해야 했다. 지금 나는 벗은 상체를 생전 처음 보는 사람처럼 그를 눈으로 잡아먹고 있었다. 심장에는 해롭지만 정신 건강에는 좋은 풍경이었다.

너무 빠르다 싶게 그에게서 눈을 돌린 후, 벗어들고 온 옷을 쥐고 만지작거렸다. 시야 한옆으로 보니 그는 반팔 셔츠를 입고 있었다.

잘됐다. 진짜 잘됐다. 애니메이션 〈업〉을 좋아하는 이 어이없게 완벽한 남자가 윤곽이 뚜렷한 흉근과 복근을 잘 덮어 가렸어.

폭 좁은 서랍장의 서랍을 열고 그 안을 들여다보았다. 그 안에 필요한 게 없다는 걸 깨닫고는 밀어 닫았다. 그리고 옷장 문을 열고 그 안을 확인한 뒤 도로 닫았다. 바보처럼 보였을 것 같아 조용히 욕을 하는데 에런이 뒤로 다가오는 게 느껴졌다. 나는 공처럼 뭉쳐 쥔 옷을 두 손으로 비틀었다.

팔 바깥쪽을 부드럽게 훑는 그의 손길이 내 머릿속 상념을 단박에 날려버렸다. 침착하고 자연스러워야 한다고 자신을 달래고 있었는데 그의 손길은 대책 없이 내게 불을 확 질러버렸다.

"무슨 문제 있어?"

그는 내 팔을 손가락으로 쓰윽 쓸고 올라갔다가 쓸고 내려왔다.

"안절부절못하는 것 같아서."

"아무 문제 없어. 괜찮아."

거짓말이었다. 내 목소리는 이미 떨리고 있었다.

"난… 지금 침착해."

물론 그렇진 않았다. 그에게 등을 보이는 동안 에런이 마지막으로 내 피부를 손가락으로 쓰다듬었다. 그는 마치 무언가를 기다리는 것 같았다. 침묵이 이어지자 그는 한숨을 쉬며 말했다.

"난 바닥에서 잘게."

그의 목소리 울림이 심상치 않았다. 나는 그제야 돌아서서 그를 바라보았다. 그가 내게서 떨어져 걸어가고 있었다. 나는 손을 뻗어 그의 팔을 잡고 가느다란 손가락으로 그의 손목을 붙잡았다. 내 피부에 닿은 그의 손목에서 펄떡이는 박동이 느껴졌다. 나는 속삭이듯 말했다.

"그러지 마. 말했잖아. 그럴 필요 없어. 침대에서 자. 우리 둘이 같이."

나는 목 안에 막혀 있던 숨을 삼켰다.

"내가 걱정하는 건 그런 게 아니야."

이 말은 완전히 거짓은 아니었다. 내가 조금이라도 불편해한다면 에런은 자기 몸을 침대에 반만 걸치고라도 옆으로 물러나 잘 사람이었다. 내가 그러라고 하면 그는 바닥에서 기꺼이 잘 것이다.

"난 그냥…"

이 말을 어떻게 맺어야 할지 갈피를 잡을 수 없어 고개를 저었다. 무어라 함부로 말할 수가 없었다.

내가 두려운 건 당신이랑 한 침대에 눕는 게 아니야, 라고 말하고 싶었다. 난 내가 무섭고, 내 머릿속에서 펼쳐지는 온갖 생각이 무서워. 내 가슴속 어리석은 심장이 두려운 거야. 내가 무슨 짓을 할까 봐 두려운 거라고. 우리가 벌이고 있는 이 쇼가 내 머릿속을 온통 헤집고 있어.

우리가 스페인에 온 지 하루도 되지 않았다. 그런데 에런과 내 사이는 지난 2년 동안보다 지난 24시간 동안 더 많이 달라졌다. 어떻게 이게 가능할 수 있을까?

"머릿속에서 무슨 일이 일어나고 있는지 말해줘. 날 믿고 털어놔."

그는 내게 잡히지 않은 손을 들어 손바닥으로 내 얼굴을 감쌌다.

"당신이 날 믿을 수 있게 할게."

아, 맙소사. 나도 정말이지 그에게 다 털어놓고 싶었다. 하지만 그건 절벽에서 뛰어내리는 짓과 다름없었다. 너무 무모한 짓이라 두려움이 엄습했다.

그의 눈을 올려다보는데, 이러다 그의 푸른 눈동자 속에 빠져 죽을 수도 있겠다는 생각이 들었다. 더 겁이 났다. 조금 전까지 나는 얼음덩어리라 생각하며 마음을 다잡았는데, 그 생각은 온데간데없이 사라졌다. 그의 따뜻한 손이 내 뺨을 감싼 그 단순한 동작에 나는 완전히 녹아내렸다. 얼음이었던 내가 물이 되고 말았다. 그는 내게 그만한 영향력이 있었다.

"어떻게 해야 할지 모르겠어."

그의 손바닥에 얼굴을 기댔다. 아주 잠깐. 그 정도는 괜찮지 않을까. 그러자 에런이 내게서 손을 뗐다. 그는 내가 한쪽 팔 아래에 언제부터 끼고 있었는지 모를 웃가지를 빼내어 어딘가에 두었다. 방바닥인지 서랍장인지 침대인지 알 수 없었고, 알고 싶지도 않았다. 그의 눈 속에 어떤 감정이 확연히 드러나고 있어 내 신경은 온통 그리로 쏠렸다. 그는 결단을 내린 듯했다.

뱃속 깊은 곳에서 나는 그가 믿음을 주려 한다는 걸 느꼈다. 이대로 그에게 뛰어들어도 되지 않을까. 그는 내가 그의 눈동자에 빠져 허우적대다가 죽게 내버려 두지 않을 것이다. 주변 공기가 미묘하게 달라졌다. 진하고 관능적인 기운이 이 작은 방의 분위기를 바꿔 놓았다.

"눈 감아."

그가 조용히 요구했다. 질문을 한 게 아니니 나는 굳이 대답할 필요가 없었다. 눈을 즉시 감았다. 살면서 처음으로 나는 에런이 하란 대로 군말 없이, 아무런 반박도 하지 않고 따랐다. 몸 안의 모든 뼈가 오로지 그의 지시를 따르려 할 뿐이었다. 그가 어떤 사람인지 보여주도록 기회를 줘야 했다. 질문이 아니니까 대답해야 한다는 부담감도 없었다.

눈을 감고 기다렸다. 그가 가까이 다가오는 게 느껴졌다. 따뜻한 담요 같은 그에게 폭 안기고 싶었다. 애타게 기다리는 동안 나머지 감각이 점점 고조되었다. 내 무거운 숨소리가 들리더니 가슴이 위아래로 들썩였다. 심장의 펌프질로 온몸에 퍼져나간 피가 한층 강렬하게 관자놀이에 다다랐다. 에런의 커다란 몸에서 뿜어 나오는 열기가 느껴졌다. 파도처럼 밀려오는 그의 따뜻한 기운이 내 심장 박동과 완벽한 조화를 이루었다.

그의 침묵이 우리 사이의 빈 공간을 채우는 동안 나는 가만히 기다렸다. 나를 집어삼킨 어둠 속에서 그의 말, 그의 손길, 그의 다음 동작을 기대했다. 평생 무언가를 그토록 간절히 기대한 적이 없었다. 그가 나더러 눈을 감으라고 해놓고 아무것도 하지 않으면 나는 가만히 있지 않을 작정이었다. 다음에 이어질 무언가가 두려우면서도 매초 기다렸다.

"전에 난 참을성이 좋은 편이라고 말한 적 있어."

그의 숨결이 내 관자놀이에 닿자 목덜미를 따라 감각이 화르륵 깨어났다.

"원하는 걸 차지하기 위해 노력하는 걸 겁내지 않는다고도 말했어."

그는 더 가까이 다가왔다. 생각보다 더 가까웠다. 우리 몸은 아직 한 군데도 닿아있지 않은데 그와 가까이 있다는 것만으로도 피부가 달아올랐다. 이 상황을 바꿀 수도 있었다. 내가 손을 뻗어, 내 귀에 바짝 가까이 와있는 그의 귀를 손가락으로 쓰다듬을 수도 있을 것이다. 아니면 그를 밀쳐내고 이 고문을 끝내든지. 그가 말을 이었다.

"나도 완전히 솔직하지는 않을지도 몰라."

나는 둘 중 어떤 행동도 취하지 않았다. 그에게 손을 뻗지도, 그를 밀쳐내지도 않았다. 그저 뱃속에 기대감이 들어차 부글부글 끓게 두었다. 그가 선택하게 할 것이다. 그가 내 마음을 펼쳐놓은 책처럼 읽을 수 있다면 분명 알 수 있을 테니까.

마침내 그의 입술이 내 귀 바로 아래를 스쳤다. 온몸 구석구석에 빠짐없이 전율이 흘렀다.

"기다리는 게 너무 힘들어."

그의 입술이 내 귀 바로 아래를 한 번 더 스쳤다.

"당신이 바로 가까이에 있으니까 정신 나갈 것 같아."

내 말에 그가 마른 웃음을 웃었다. 그의 입에서 흘러나온 부드러운 공기가 내 피부를 간질였다. 그가 한 걸음 더 다가오자 심장이 빠르게 뛰었다.

"난 약속을 지키는 남자야."

그의 입술이 내 목에 한 번 더, 이번에는 조금 더 길게 와 닿자, 숨이 목구멍 안에 걸렸다. 에런의 손가락이 내 팔을 쓰다듬으며 올라가 내 목 앞쪽으로 올라갔다. 조금 전에 했듯이 그 손으로 내 턱을 감쌌다. 그는 엄지로 내 턱을 부드럽게 쓰다듬으며 물었다.

"그만할까?"

내 입술이 벌어졌다. 하지만 아무 말도 못 하고 고개만 살짝 저었다. 그러자 에런은 기분 좋게 '흐으음' 소리를 냈다. 그 소리만으로도 내 뱃속에는 강렬하고 위험한 느낌이 들어찼다.

"당신은 내 손길을 원하는군."

그랬다. 아, 맙소사. 정말 그랬다. 하지만…

"알았어."

내 목을 타고 내려간 그의 손가락이 내 잠옷용 티셔츠에 닿자 이성적인 생각이 모두 녹아 없어졌다. 하지만 머릿속 어딘가에 경고의 목소리가 남아있었다. 내가 기억해야 할 게 있었다.

"에런."

나는 나지막하게 그를 불렀다. 내 피부에 닿는 그의 손길이 너무나 부드럽고 자상해서 나는 정신을 놓아버릴 것만 같았다. 그의 손길은 내 안에 불을 질렀다. 모금 행사 때 그랬던 것처럼.

"에런."

내가 다시 부르자 그가 손가락을 멈췄다. 내 쇄골에 닿아있던 그의 손이 위로 올라가자 나는 곧 아쉬워졌다.

"우리 뭐 하는 거야?"

내가 듣기에도 다급하게 느껴지는 목소리였다. 조금 전에 받았던 느낌이 너무나 아쉬웠다. 폐에 들어있던 공기가 모조리 빠져나가도록 아주 천천히 숨을 내쉬었다. 하지만 이 말을 꼭 해야 했다. 좀 더 안전하게 느끼기 위해. 이 상황을 이해하기 위해. 안 그랬다간 압박감에 짓눌릴 것이다. 분명히.

"이것도… 쇼의 일부야?"

나는 숨을 삼켰다. 그 말을 하고 싶지 않지만 어쩔 수 없었다.

"연습 삼아서 해보는 거야?"

내 머릿속 목소리가 당장 닥치라고 외쳤다. 이 순간을 망치지 말고 에런이 이끄는 대로 몸을 맡기라고 했다. 하지만 나는 너무나 두려웠다. 온몸의 떨림이 뼛속 깊숙이 스며있었다. 내 몸은 그의 모든 손길과 말에 민감하게 반응하고 있었고, 더 많은 접촉을 열망하고 있었지만, 그 안쪽 깊숙한 곳에는 두려움이 남아있었다.

에런의 한숨이 피부에 와 닿았다. 그가 그대로 떠나가지 못하게 손을 뻗어 그를 붙잡고 싶어졌다. 아무래도 내가 다 망쳐버린 게 아닐까. 하지만 그는 떠나지 않았다.

"그럼 당신 마음이 좀 더 편해질까? 원한다면 내가 쇼를 좀 더 길게 이어갈 수도 있어."

"그렇게 해줘."

나는 다급하게 대답했다. 조만간 이 말을 한 걸 후회하게 될지도 몰랐다. 이건 위험한 게임이었다. 하지만 지금은 내가 우리 주변에 만들어 놓은 안전한 거품을 꺼뜨리지 않는 게 중요했다. 그가 내게 던져준 구명줄을 죽기 살기로 붙잡아야 했다. 그의 말을 지나치게 상세히 파고들면서 내가 끝내 눈을 뜬다면, 내 뇌는 다시 제 기능을 하기 시작할 것이고 우리의 입은 얘기를 나누느라 바빠질 것이다.

그의 입술이 다시 내 피부에 닿았다. 아까 하다가 멈췄던 바로 그 지점이었다. 그의 입술이 내 턱을 스치고 지나가자 가슴속에서 심장이 되살아났다. 그의 손길이 멀어진 순간부터 지금까지 심장이 멈춰있었던 것 같기도 했다.

"당신이 요구하는 게 뭐든 난 거부할 수 없을 것 같아, 카탈리나."

그가 입술을 열고 내 목 옆에 입을 맞췄다. 그러자 내 입에서 흐느낌에 가까운 신음이 흘러나왔다. 내 눈꺼풀이 파르르 떨리자 그가 말했다.

"아니. 아직 눈 뜨지 마."

나는 눈을 뜨지 않았다. 뜰 수가 없었다. 에런은 지금 내 몸을 완전히 지배하고 있었다.

"잘했어. 그대로 감고 있어."

에런이 보상으로 한 번 더 입을 열고 키스했다.

"이 게임을 조금 더 해보자."

그 말에 내 위장이 발끝으로 털썩 떨어진 기분이었다.

"연습해 보자."

내 얼굴을 감싸고 있던 그의 손이 아래로, 아래로, 아래로 내려갔다. 티셔츠를 따라 내려간 그의 손은 불처럼 뜨거운 자국을 남기며 허리에서 멈췄다. 머리가 빙빙 도는 것 같았다.

"어떻게 하는 건지 정확하게 보여줄게."

그는 거기서 더 하지 않으려는 듯 내 티셔츠를 움켜잡았다. 그러다 티셔츠를 손에서 놓더니 내 허리에 손바닥을 얹었다.

"당신이 *진짜* 내 여자친구라면 난 항상 이렇게 했을 거야."

그는 우리 사이의 거리를 천천히 좁혀 들어갔다. 너무나 부드럽고, 고통스러울 정도로 몹시 느린 속도로 우리의 몸이 맞닿았다. 어찌나 느린지 나는 그를 칭찬하면서도 욕하고 싶어졌다.

"당신은 내가 이렇게 하는 걸 원했을 거야. 기다렸을 거야."

나는 줄곧 이런 걸 기다리지 않았나? 내가 그 생각을 더 깊게 파고 들어가기 전에 에런의 커다란 몸이 움직였고 내 등이 어느새 단단한 표면에 닿았다. 손으로 그 표면을 멍하니 짚었다. 옷장이었다. 그는 옷장 문처럼 느껴지는 곳에 나를 바짝 붙여놓았다. 어쩌다 우리가 그곳까지 오게 됐는지 알 수 없었다. 그는 섬세하게 나를 감쌌고 주변의 세상으로부터 나를 보호했다. 지금까지 그가 나를 위해 해온 대로, 그는 인간 방패가 되어주었다. 나는 그 자리에 뿌리를 박았고 온몸의 감각이 동시에 날아올랐다. 아무래도 좋다는 생각이었다. 내 몸은 그의 손길을 더더욱 원하며 세차게 고동쳤다.

"내가 당신 남자친구라면, 당신의 손길 없이는 제대로 작동하지 못했을 거야."

그의 말에 가슴속 심장이 쿵 떨어졌다.

"이렇게 하지 않고는 단 몇 분도 버티지 못했겠지."

그는 손으로 내 허리를 감싸 쥐고 잠옷 아래로 엄지를 밀어 넣었다. 나는 숨을 쉴 수 없었다.

"아니면 이렇게 해야 했겠지."

에런이 더 바짝 다가와 아랫도리를 내게 딱 붙였다. 내 입술에서 속절없이 떨리는 숨이 흘러나왔다. 그의 제멋대로인 검지가 내 티셔츠 아래쪽에서 옆구리 쪽으로 올라가면서 셔츠를 구겨놓았다. 입술에서 새어 나오는 숨이 바르르 떨렸다. 숨을 헐떡이면서, 다음 손길이 이어질 때까지 겨우 살아남는 것 말고는 할 수 있는 게 없었다. 온몸의 신경이 불에 활활 타올랐다. 끓는 피가 혈관을 따라 흐르며 모든 장기가 달아올랐다. 모조리 불타고 있었다.

내가 다시 숨을 몰아쉬자 그는 화답하듯 다시 입을 벌리고 관자놀이에 키스했다. 그의 입술이 내 얼굴 옆쪽으로 내려왔다. 그의 입김은 따뜻하고 유혹적이었다. 그의 입술이 내 감은 눈꺼풀 위에서 멈췄다. 그의 입술은 그 위에서 잠시 머물렀다. 키스가 아니었다. 깃털처럼 가벼운 접촉에 가까웠다. 맙소사, 그의 입술이 어찌나 부드럽게 와 닿는지 너무 달콤하고 다정해서 눈물이 날 것 같았다.

그의 입술은 아래로 내려가 내 코를 부드럽게 애무했다. 그리고 내 오른쪽 뺨과 왼쪽 뺨, 턱에 머물렀다. 그의 입술이 닿는 곳마다 부드러운 키스가 뿌려지고 나는 온몸이 뒤집힐 지경이었다. 그의 입술이 지나간 자리를 따라, 필터를 거치지 않은 날것의 욕구가 자리 잡았다. 마침내 그의 입술이 내 입술 바로 옆까지 다가왔다. 그가 그곳에 입을 맞추지 않는다면, 그가 내게 입술을 가져다 대고 키스하지 않는다면, 내 몸은 폭탄처럼 터져버릴 것이다.

나를 누르고 있던 큼직하고 남성적인 몸에서 한숨이 흘러나왔다. 그의 입술이 내 입술 바로 위에 있었다. 자제력을 잃은 나는 손을 들어 그의 위팔로 향했다. 그의 위팔은 내 머리 바로 옆, 옷장 표면에 닿아 있었다. 그의 이두박근에 손가락을 댄 후 뜨끈하고 탄탄한 피부에 손을 얹었다. 내 손길 아래 모든 게 팽팽하게 당겨져 있었다. 두 팔로 나를 감싸 들어 올리고 싶은데 참고 있는 것처럼 느껴졌다. 어쩌면 나를 자기 몸에 더 가까이 붙이고 싶은 것일 수도 있었다. 아니면 그냥 깃털처럼 가벼운 키스를 남기고 손가락으로 부드럽게 쓰다듬는 것 이상의 행동을 하려는 것인지도 모른다.

그에게 용기를 줘야 할지 알 수가 없어 그의 팔을 잡은 손에 힘을 주었다. 그의 피부에 손톱을 박았다. 에런의 입에서 깊은 목구멍소리가 들렸다. 그 소리는 내 다리 사이를 강하게 자극했다. 점점 더 그의 손길을 원하는 지점이었다. 그의 팔을 더 세게 붙잡았다. 무의식적으로 그에게 몸을 기울였다. 더는 참을 수가 없었다. 이러다 애걸이라도 할 것 같았다. 정말 그렇게 해야 하는 걸까. 그는 화답하듯 가까이 다가와 더 세게 몸을 붙였다. 내 배에서 진동하듯 흔들리는 그의 몸이 느껴졌다.

"리나."

그는 기도하듯 부드럽게 내 이름을 불렀다. 어쩌면 경고일 수도 있었다.

"이제 당신한테 키스할 거야."

그의 말이 내 입술에 가까이, 너무나 가까이 떨어졌다. 그대로 녹아 없어지지 않으려면, 그의 팔을 잡은 손가락에 더 힘을 주는 것 말고는 할 수 있는 게 없었다. 그대로 스르르 빠져나가 사라지지 않으려면 그래야 했다. 너무나 그를 원했다. 그의 목과 입술, 턱, 이마의 잔주름까지… 전부를 갈망했다. 그의 검은 머리카락 속으로 손가락을 넣고, 그의 가슴에서부터 굵은 허벅지까지 쓸어내리고 싶었다.

나는 에런이 약속을 지키길 바랐다. 내게 키스하길 원했다. 그의 입술이 다시 다가와 이번에는 내 입술에 닿았다. 부드럽고, 풍성하고, 달콤한 그 느낌이 마치 꿀처럼 내 입으로 흘러 들어왔다. 나는 그 이상을… 원했다… 아니 필요로 했다.

"제발, 에런…"

아파트 안 어딘가에서 문이 쾅 닫히는 소리에 놀라 내 입에서 애원이 나오다가 말았다. 아직 그 맛을 제대로 보지도 못했는데 에런이 내게서 입술을 뗐다. 나는 어쩔 수 없이 눈을 떠야 했다. 자제력을 잃기 직전인 남자가 내 눈앞에 있었다. 내 혈류를 타고 흐르는 강렬한 욕구가 그의 흐릿해진 눈빛에서도 느껴졌다.

에런은 내게 이마를 가져다 댔다. 폐가 애써 공기를 들이마시고 내뱉는 듯 그의 가슴이 크게 들썩였다. 내 가슴도 마찬가지였다. 우리는 그대로 한참을 조용히 서있었다. 거칠고 통제하기 힘든 숨소리만이 우리를 에워싸고 있었다.

"당신은 날 리나라고 불렀어."

조금 전에 일어난 온갖 일은 뒤로 하고, 지금 내 멍해진 뇌가 붙잡은 것은 바로 그 부분이었다.

"한 번도 그런 적 없었는데. 아니, 딱 한 번 그렇게 부르긴 했지."

내게 이마를 붙이고 있던 에런이 머리를 살짝 움직였다. 아주 짧게. 그러다 그의 웃음소리가 귀에 닿자 나도 미소 지었다. 하지만 합리적인 사고를 담당하는 뇌의 부분이 살아나면서 내 얼굴에서 미소가 잦아들었다.

제기랄. 입을 맞출 뻔했잖아.

에런은 입맞춤을 하겠다고 미리 말했고 거의 할 뻔했다. 두 팔과 몸으로 나를 옷장까지 밀어붙인 이 남자는 손가락 끝과 입술로 나를 고문했고 거의 나와 입을 맞출 뻔했다. 나를 리나라고 부른 직후에. 하지만… 나는 목소리를 낮췄다.

"맙소사. 아까 그 소리는 대체 뭐였지?"

에런이 고개를 약간 들었다. 그제야 내 얼굴을 살펴보는 그의 눈이 보였다. 그는 어디 진을 쳐야 할지 결정 못 한 것처럼, 입술이 닿았던 곳 구석구석을 바라보고 있었다. 그의 눈이 마침내 내 입술에서 멈췄다. 고통에 가까운 감정이 그의 얼굴을 스쳤다.

"당신 사촌 언니겠지."

차로.

물론 그럴 것이다. 그렇다면… 말이 되었다. 에런은 서서히 정신이 드는 듯 표정도 평소처럼 바뀌어 갔다. 그는 내게서 몸을 떼어내며 말했다.

"가서 확인해 볼게."

그가 멀어지자 내 몸은 즉시 아쉬움에 오한이 올 지경이었다. 그가 떨어져 나가자 균형을 잃었다. 다리에 억지로 힘을 주면서 에런의 뒤를 따라 문 쪽으로 향했다. 온몸이 멍했다. 그는 방문을 열기 전에 나를 돌아보았다.

"카탈리나."

다시 그 이름이었다. 그는 나를 리나가 아니라 *카탈리나*로 불렀다.

"내가 당신한테 입을 맞추지 않아서 다행이야."

가슴속에서 심장이 멈추는 듯했다.

"왜?"

떨리는 숨소리처럼 물었다.

"내가 당신 입술을 취하면 그때부터는 더 이상 쇼일 수가 없어. 당신이 내 여자친구라면 이랬으리라는 가정을 하면서 진도를 나갈 순 없을 테니까. 나는 있는 그대로를 보여주려 했을 거야. 당신이 나를 당신 것이라고 불러준다면, 내가 당신을 얼마나 기분 좋게 만들 수 있는지 보여줄 수 있어. 이미 알고 있겠지만."

그의 자세에서 그가 얼마나 자제하고 있는지 느껴졌다. 당장이라도 내게 달려들어 아까 그 자리로 돌아가 단단한 옷장 문짝에 나와 딱 붙어 서고 싶은데 참는 눈빛이었다.

"내가 당신한테 입을 맞춘 순간부터 우리 사이가 진짜인 걸 당신은 의심할 수 없게 될 거야."

20

눈을 뜨자 영광스러운 어둠이 나를 맞이했다. 창문마다 어김없이 블라인드 커튼을 설치하는 나라 특유의 방 풍경이었다. 그렇다는 건 여기가 내 침대가 아니라는 뜻이었다.

일단 나는 내 원룸 아파트에 넘쳐나는 환한 햇빛 때문에 잠 깨는 게 익숙했다. 내 몸 아래 침대 표면의 느낌도 달랐다. 내 몸이 익히 아는 침대보다 더 부드럽고 탄탄했다. 내 머리가 놓인 베개도 너무 편편하고 낮았다.

여기가 내 침대가 아님을—브루클린 베드 스터이 지역의 내 아파트가 아님을—아주 확실히 알려주는 것은 따로 있었다. 바로 내 허리에 걸쳐 놓인 아주 묵직한 무언가였다. 무겁고 따뜻하고 커다란 그것이 팔 같긴 한데 내 팔일 리는 없었다.

머리가 욱신거려서 내 몸을 누르는 것의 정체를 곧장 파악하기 어려웠다. 내가 왜 아늑한 내 방에서, 은행 계좌를 구멍 낼 만큼 비싸지만 그 값을 톡톡히 하는 내 편안한 매트리스에서 안 자고 있는지 바로 인지가 되지 않았다.

몇 번 눈을 깜박이면서 잠결에 얼굴로 내려온 머리카락을 손으로 쓸어 넘기자 눈이 어둠에 익숙해졌다. 내 몸 중간부를 누르는 무게의 정체를 확인하려 둘러보았다. 팔이었다. 의심했던 대로였다. 검은 털이 숭숭 난 근육질의 팔. 역시 내 팔은 아니었다. 근육질의 긴 팔을 따라 올라가자 그 팔이 붙어있는 대단히 남성적인 어깨가 보였다. 그 위로 강인한 목이 보였고 머리가…

Mierda(젠장).

내가 어둠 속에서 관찰 중인 몸의 주인이 움직거렸다. 나는 그 자리에서 얼어붙었다. 내 허리를 누르는 튼튼하고 강한 팔이 약간 움직이더니 그의 팔이 내 셔츠 밑으로 약간 들어왔다. 편안하게 펼친 손가락 다섯 개가 내 피부에 닿아있었다. 목구멍과 입 사이 어딘가에서 숨이 막혔다.

움직이지 마, 카탈리나. 나는 자신에게 명령했다.

하지만 내 피부에 닿은 그 손가락이 너무 뜨끈해서 온몸이 간질거려 안 움직일 수가 없었다. 그와 나는 불과 몇 센티미터를 사이에 두고 누워있었다.

에런. 어젯밤.

흐릿한 이미지들이 머릿속에 좌르르 펼쳐지자 속으로 욕이 팍팍 터져 나왔다.

안 돼, 안 돼, 안 돼, 안 돼.

그의 손가락이 다시 내 피부를 쓰다듬었다. 옆에 잠든 그의 입에서 깊고 낮은 숨소리가 흘러나왔다. 꿈이겠지. 우리가 키스했을 리 없으니 지금 내 머릿속에 떠오른 이미지는 전부 꿈의 파편일 것이다. 그것도 엄청 사나운 꿈. 그것은…

어젯밤에 일어난 모든 일들이, 이렇게 빠를 수가 있나 싶은 속도로 머릿속에 펼쳐졌다. 눈 뒤에서 번쩍거리며 튀어나온 기억을 하나하나 되짚었다. 모든 이미지와 정보, 기억이 고통스러울 정도로 느릿하게 머릿속에서 재생되었다.

전부 사과주 때문이었다. 우리가 어떻게 사귀기 시작했는가에 관해 에런이 지어낸 이야기. 어젯밤 내내 나만 바라보던 그의 눈. 어둑한 클럽 한가운데서 인파에 떠밀리고 끈적이는 바닥을 밟으며 춤추던 우리. 술이 올라 어지러웠던 나. 보도에 나란히 앉아 나를 돌봐주고 자기 이야기를 들려준 에런. 그는 나를 위해 과거 일부를 털어놓았다. 그가 옷장 쪽으로 나를 밀어붙이고 입술과 손가락으로 깃털처럼 부드럽게 애무하자 내 몸은 불붙은 듯 살아났다. *리나.* 에런은 날 *리나*라고 불렀어. 그의 입술이 내 입술을 스치기 직전이었다.

그리고 우리는 입을 맞출 뻔했다. 아니, 내가 그에게 입을 맞춰달라고 애원할 뻔했다. 어쩌면 그보다 더한 짓을 했을지도 모른다. 우리를 둘러싼 광기의 거품을 꺼뜨린 장본인이 차로인 걸 확인하러 가기 전에 그는 이렇게 말했다.

"내가 당신한테 입을 맞춘 순간부터 우리 사이가 진짜인 걸 당신은 의심할 수 없게 될 거야."

그리고 나는 침대에 누워 바로 기절하듯 잠들었다.

미쳐. 미쳐. Mierda(젠장). 내가 미쳐.

일단 침대에서 빠져나가야 했다. 생각할 시간, 이 상황을 이해할 시간이 필요했다. 내가 또 무슨 멍청한 짓을 하기 전에 에런한테서 떨어져야 했다. 이대로라면 그에게 입을 맞추는 경솔한 짓을 할 수도 있었다. 내 목을 타고 낮은 신음이 올라왔다. 어쩔 수 없이 손으로 입을 틀어막았다. 갑작스러운 움직임에 매트리스가 살짝 흔들렸다.

제기랄.

에런이 옆에서 몸을 쭉 폈다.

깨어나면 안 돼, 제발. 제발. 온 우주여, 신이시여, 누구라도 내 기도를 들어줘요. 이 남자를 마주하기 전에 정신 차릴 시간이 2분이라도 있어야 해요.

에런의 몸이 다시 늘어졌다. 그는 깊고 꾸준한 호흡을 유지하고 있었다. 손을 옆으로—아주 천천히—옮기면서 이번만은 내 기도를 들어준 우주에 감사했다. 언젠가 보답하겠다고 약속도 했다. 다음에 집에 가면 할머니와 교회라도 가야겠다고 마음먹었다.

나는 잔뜩 쫄아서, 몇 분이라도 혼자 생각할 시간이 필요했다. 머릿속을 마구 헤집는 온갖 상념을 가라앉혀야 했다. 마음을 평화롭게 만들고, 아무 일도 없었던 것처럼 나아가야 했다. 무엇보다 진통제를 찾아 먹고 머리를 울려대는 두통도 가라앉혀야 했다. 커피라도 마시면 좋을 것 같았다.

이 망할 침대에서 빠져나가는 게 우선이었다. 몇 시간 전까지만 해도 내가 죽기 살기로 붙잡았던 그의 팔이 나를 누르고 있었다. 눈을 뜬 에런이 어쩔 줄 몰라 하는 내 꼴을 보기 전에 최대한 빨리, 그리고 조용히 빠져나가야 했다.

에런의 묵직한 팔을 최대한 조심스럽게 천천히 들어 올리면서 침대 가장자리로 몸을 굴렸다. 그의 근육질 팔을 도로 이불 위에 내려놓았다. 모로 누워있던 에런은 등을 매트리스에 대고 눕더니 내 몸 위에 걸치고 있던 팔을 머리 뒤에 받쳤다. 그 자세로 눕자 이두박근이 두드러지면서 팔이 한층 더 큼직하고 매력적으로 보였다…

맙소사, 카탈리나.

침대에 누운 남자한테서 눈을 떼고 발끝으로 살살 걸어갔다. 문밖으로 나가 등 뒤로 문을 닫은 뒤 나무 문에 머리를 기대고 눈을 감았다.

"*Vaya, vaya. Mira quién ha amanecido*(아이고, 아이고. 드디어 일어나셨습니까)."

주방 바깥에서 높은 목소리가 나를 맞이했다.

"*Buenos días, prima*(좋은 아침이야, 사촌)."

몸 안의 피가 얼어붙었다. 피할 수도 없었다. 나는 억지로 입술을 구기며 미소 지었다.

"Hola, Charo. Buenos días(안녕, 차로 언니. 좋은 아침)."

방금 방에서 몰래 빠져나온 사람처럼 보이지 않으려고 등을 펴며 차로에게 인사했다. 경쾌하고 태연하게 걸으려 애쓰면서 주방으로 걸어 들어갔다. 하얀 타일 바닥에 가만히 서서 내 움직임 하나하나를 살피는 차로 앞을 지나 주방의 천장과 서랍을 열었다. 차로가 질문을 퍼붓기 전에 뇌에 카페인을 공급하려면 커피 원두를 찾아야 했다. 어쨌든 카페인이 있어야 잠에서 깬 에런을 마주 볼 수 있을 것이다. 차로가 뒤에서 말했다.

"He dejado una cafetera preparada(내가 커피 메이커 준비해 놨어)."

차로가 나를 위해 커피를 준비했다는 건 한 가지 뜻밖에 없었다. 뭔가 냄새를 맡았다는 것이다.

"Está ahí, mujer. En la encimera(저기 있어. 카운터 위에)."

차로에게 등을 보인 채 나는 고맙다고 중얼대면서, 검은 커피를 머그컵에 부었다. 놀랄 것도 없이, 숙취에 절어 머리가 아파 죽겠는데 차로는 내가 커피를 한 모금 마시기도 전에 떠들기 시작했다.

"Hay suficiente para ti y para tu novio. Imagino que no tardará en despertarse ¿no? Oye si quieres ir a llamarle para que no se enfríe el café(너랑 네 남친이 마실 것까지 충분해. 네 남친이 금방 일어날 것 같니? 커피 식기 전에 마시게 하려면 가서 남친을 불러오는 게 좋을 것 같은데)."

자기가 준비한 커피가 식기 전에 나더러 에런을 데려오라고 굳이 말하는 걸 보면 뭔가 꿍꿍이가 있는 모양이었다. 나는 방으로 돌아가 그를 불러올 생각은 절대 없었다. 저 커피가 식다 못해 얼음덩어리가 되든 말든 알 게 뭐야.

"Menuda sensación ha causado en la familia. Tu madre no podía parar de(너희 가족이 아주 난리가 났어. 너희 엄마는 계속)…"

에런이 이 나라에 오고 불과 24시간도 안 되는 시간 동안 내―가짜―

남친 에런에 관해 언제, 어떻게, 무슨 얘기가 오갔는지 차로는 줄줄이 주워섬겼다. 그가 스페인에 온 지 하루밖에 안 된 걸 생각하면 정말 많은 얘기가 오간 거였다. 차로가 우리와 한 집을 쓰게 된 것이 위험한 이유가 바로 이래서였다. 차로는 어떤 사회적 필터도 없이 모든 얘기를 떠들어 댔고 남의 프라이버시를 지켜줄 줄도 몰랐다. 차로가 자세한 얘기를 듣고 싶어서 우리 방으로 쳐들어와 내 가짜 남친을 침대에서 끌어내지 않은 것만도 놀라운 일이었다. 차로는 주방에서 쉴 새 없이 떠들어댔고 나는 건성으로 고개를 끄덕였다.

"Y justo como le dije a tu madre, llegará un día en el que Lina tendrá que superar lo de Daniel. Sino se va a quedar para vestir santos y(내가 전에 너희 엄마한테 말했거든. 리나는 다니엘을 극복해야 한다고. 안 그러면 수녀 노릇밖에 더하겠냐고)*."*

맙소사. 차로는 내가 극혐하는 스페인 표현을 입에 올렸다. 사람들은 내 옆에서 은연중에 들으란 듯이 그 표현을 중얼거렸다. 지금 차로처럼 일부러 들으라고 또렷하게 말하는 사람들도 있었다. *Se va a quedar para vestir santos.* 성인에게 옷을 입히는 일을 할 거라는 표현인데, 내가 쭉 싱글로 살면서 남은 평생을 하느님에게 바칠 거라는 뜻이었다.

차로와 단둘이 서있자니 완전히 무방비 상태가 된 것 같았다. 에런이 저 방에서 아직 자는 게 축복인지 저주인지 판단이 서지 않았다. 어제는 에런이 나와 함께 있으면서 차로와 우리 언니, 다니엘 등을 함께 상대해 줬다. 지금 나 혼자 이러고 있는 것보다 그때가 더 차로를 상대하기 수월했다.

나는 그러려고 에런을 스페인으로 데려왔는데 에런이 이렇게 잘 해낼 줄 몰랐다. 우리가 제대로 한 팀이 될 줄도 예상 못 했다. 그는 내게 힘을 주었고—내가 그 힘을 가족한테 거짓말하느라 사용하긴 했지만—

내가 혼자 이 일을 감당한다는 느낌을 받지 않게 해주었다.

제일 끔찍하고 무서운 부분은 이제 겨우 하루가 조금 더 지났는데 우리 거래의 경계선이 조금씩 허물어지고 있다는 점이었다. 어젯밤이 바로 그 증거였다. 우리는 입맞춤할 뻔했다. 어쩌면 그보다 더한 일을 했다. 연습이었든 쇼였든 간에.

미쳤다. 진짜 미쳤다. 하지만 사실이기도 했다. 그 정도는 인정해야 했다. 그렇다고 내가 그걸 큰 소리로 인정할 만큼 용감한 사람은 아니었다. 이대로 대화를 계속 강요받는다면 무슨 큰일이라도 난 것처럼 이 자리에서 도망칠 수도 있는 겁쟁이였다. 전에도 그랬는데 이번에도 그래야 할 것 같았다.

에런은 곧 내 상관이 될 것이고, 그렇게 되면 모든 게 달라질 터였다. 그를 여기… 스페인으로, 내 고향으로 데려와 가짜 남친으로서 우리 언니의 결혼식에 참석하게 한 것만도 위험한 일이었다. 직장에서 누가 알게 될까 봐 두렵기도 했다. 회사의 괴상한 방침 때문도 아니고, 내가 그런 걸 불쾌하게 생각하기 때문도 아니었다. 예전에 감독하는 지위에 있는 사람과 엮인 적 있었다. 그때 나는 내 자리를 지켜낼 수 있는 입장이 아니었다. 그래서 어떻게 됐냐고? 내게 오명을 씌우고 내가 힘들게 이뤄놓은 모든 것을 망친 사람들, 그래 놓고 자기네 탓인 줄도 모르는 지저분하고 지독한 혀들을 홀로 상대해야 했다. 그들은 왜 그래야 했을까? 몇 번 깔깔 웃으려고? 몇 번 더 손가락질하고 싶어서? 나를 바닥으로 끌어 내리며 그들은 기분이 좋았을까?

역사는 반복되게 마련이었다. 이번에 또 반복하면 그건 내 잘못이었다. 같은 돌부리에 두 번 걸려 넘어지는 꼴이 될 테니까. 이번에 처신을 잘못했다가는 내 경력을 망치게 될 것이다. 내 업무의 신뢰도가 떨어지고, 여성으로서의 명성이나 사회적 삶도 타격받게 될 것이다. 상황이 그런 방향으로 흘러간다면 전부 내 탓이었다.

머그컵에 따른 커피를 한 모금 더 마시면서 상념을 저만치 치워두기로 했다. 에런과 나 사이에 뭔가 일어났든 말든… 더 진행되어서는 안 되었다. 이대로 끝이었다. 어차피 이루어지지 않을 테니까. 불가능한 사이니까. 그저 모든 게 거짓일 뿐이니까.

줄곧 에런 얘기를 떠들어 댄 차로 탓인지 아니면 계속 에런 생각을 한 내 탓인지 몰라도 에런이 별안간 주방으로 들어왔다. 네 개의 벽으로 이루어진 이 공간에 나 혼자 있는 것처럼 그의 눈은 곧장 나를 찾아냈다.

머그를 든 내 손이 허공에서 굳었다. 내 입술이 벌어지고 내 눈은 굶주린 것처럼 그의 모습을 빨아들였다. 어떻게 안 그럴 수가 있을까? 그의 널찍한 가슴팍을 덮은 단순한 티셔츠는 수년 아니 수십 년을 완벽하게 갈고 닦아온 완벽한 몸을 가리지 못했다. 어젯밤 그가 엉덩이에 걸치고 있던 헐렁한 잠옷 바지는 여전히 그 자리서 나를 유혹했다. 그가 저 골반으로 나를 고통스러울 정도로 달콤하고 부드럽게 밀어붙였던 게 계속 떠올랐다.

내 뱃속을 들썩이게 만들고… 다시금 불을 붙인 것은… 바로 그의 얼굴이었다. 아직 잠기운이 덜 가신 얼굴은 느긋하게 긴장이 풀려있었고 머리카락은 사랑스럽게 헝클어져 있었다. 그런데 그의 눈은… 잠을 잔 것 같지 않았다. 전혀. 내 안에서 강력한 의심이 보글보글 피어났다.

그 생각을 하자 떨림이 온몸으로 퍼져나갔다. 넋 나간 눈으로 그를 바라보며 망상질 하다가 뇌를 다 망치기 전에 나는 시선을 돌렸다. 그리고 폐를 닦달해 지금 내 몸이 필요로 하는 산소를 들이게 했다.

"Ay(아)!"

차로의 날카로운 외침에 나는 움찔했다.

"Mira quién está aquí(나왔네요)! 좋은 아침이에요, 에런. 우린 지금 당신 얘기를 하고 있던 참이에요."

에런을 힐끔 보니 그의 눈이 확 커졌다가 곧 평소 크기로 돌아갔다.

"좋은 아침입니다."

그는 놀란 표정으로 우리에게 말했다. 거어웠다. 아니, 멀리서 봐도 눈에 확 띄는 차로의 밝은 빨간 머리를 못 봤다는 게 놀라웠다.

"여러분이 좋은 말만 했길 바랍니다."

그는 입술 한쪽을 살짝 비딱하게 올리며 웃었다.

"그럼요. 당연하죠."

차로는 한 손을 허공에 대고 휘저었다.

"우린 당신이 잠에서 깨길 기다리고 있었어요. 우리 리나가 당신을 얼마나 그리워했게요."

그 말에 내 등이 뻣뻣해졌다. 에런이 천천히 내 쪽으로 고개를 돌렸다.

젠장, 차로 언니.

나는 잠시 표정이 굳었다가 입을 머그로 가린 채 미소 지었다. 차로가 계속 떠들었다.

"금방 끓인 커피가 있어요. 좀 마실래요? 블랙으로? 아니면 우유 좀 탈래요? 설탕도? 브라운이요. 화이트요? 커피를 안 좋아할 수도 있겠네요. 리나한테 들은 얘기가 없어서. 난 당신이 커피를 좀 마실 거라고 생각했어요. 별로라면 말고요. 억지로 마시란 얘기 아니에요."

에런은 잠시 넋 나간 듯 눈을 깜박였다. 나는 그에게 조그맣게 말했다.

"직접 컵에 따라 마셔."

내 가짜 남친은 헛기침을 하고는 커피포트 쪽으로 걸어갔다.

"내… 내가 직접 따라 마시겠습니다. 고마워요, 차로."

차로는 대답 대신 만족스러운 듯 싱긋 웃었다. 에런은 컵에 커피를 약간 따랐다. 그가 머그를 다 채우기도 전에 차로가 다시 떠들었다.

"그래서 어제는 재미있었나, *parejita(커플)*?"

The Spanish Love Deception

차로는 마지막 단어를 노래하듯 덧붙였다. 나는 눈을 위로 굴렸다.

"나도 끝까지 버티고 싶었는데 난 더 이상 젊지도 않고 기력도 딸려. 너희 같지 않아. 너희가 다른 방 침대를 끝장냈잖니. 지금 너희가 쓰는 방 침대는 잘 버텨야 할 텐데. 만약 너희가 그 침대도 거칠게 썼으면 내가 알아챘을 거야. 벽이 *아아아아주* 얇거든."

차로는 말끝에 윙크했다. 곁눈으로 에런이 움찔하는 걸 봤다. 무리도 아니었다. 나도 움찔했으니까.

"어쨌든 어젯밤에 너희가 집에 아주 늦게 왔더라. 현관문 닫히는 소리 들었어."

"응, 그랬구나. 미안해, 언니."

몇 걸음 성큼성큼 걸어온 에런은 아침 식사 때 쓰는 비좁은 바 앞으로 왔다. 바에 높은 스툴 세 개가 빙 둘러 놓여있었는데 그는 그중 한 스툴에 올라앉았다. 내가 앉아있는 자리 바로 옆이었다.

"*Ay no(아, 아니야)*, 걱정 마."

나는 차로의 말을 들으면서 눈으로는 가짜 남친의 움직임을 지켜보았다.

"난 괜찮아. 너희가 무사히 돌아와서 마음이 놓이더라."

에런은 자기 스툴을 내 스툴 쪽으로 더 가까이 붙이고 앉았다. 그의 체취가 나를 강렬하게 휘감으며 어젯밤의 기억으로 순식간에 데려갔다. 어젯밤 그의 체취는 나를 완전히 집어삼켰다. 나는 속눈썹을 파르르 떨다가 시선을 돌렸다.

"아, 그래. 맞아. 그렇지 뭐."

나는 건성으로 맞장구를 쳤다. 두 뺨이 달아올랐다.

"밤에 몇 번 깼어. 워낙 잠귀가 밝은 편이라서."

에런의 몸이 손 닿는 곳에 있다고 생각하자, 차로의 목소리는 배경으로 묻혀 흐릿해졌다.

"밤에 이상한 소리가 들리면 내가 아파트 안에서 돌아다니고 있는 줄 알아."

차로는 낄낄 웃었다.

"너희가 다 벗고 있는데 내가 너희 방으로 잘못 찾아가지 않은 것만으로도 너희는 운 좋은 거야."

다 벗고 있다니. 다 벗은 에런. 머리가 그 순간에 합선을 일으켰는지 그 장면을 눈앞에 띄웠고 놀란 나는 엉덩이에 불이라도 붙은 것처럼 스툴에서 미끄러졌다.

이 공간이. 답답해. 뭔가… 뭐든 필요했다. 기능 위주로 설계된 이 주방의 크기를 고려하면 어차피 멀리 갈 수도 없었다. 나는 찬장 문 두 개를 열었다. 내 얼굴로 올라온 모든 피가 원래 자리로 돌아올 때까지 그렇게 에런을 등지고 있어야 했다. 그리고 찬장 문 하나를 붙잡고 앞뒤로 흔들면서 부채질했다.

좋아. 좋아. 아까보다 낫네.

아까 세련되지 않게 스툴에서 일어선 것에 대한 구실이 필요할 것 같아 찬장에 들어있는 초콜릿 칩 쿠키 상자를 낚아채듯 꺼냈다. 과자 상자를 뜯고 있는데 뒤에서 차로의 목소리가 들렸다.

"다 얘기해 줘요, 에런. 우리 고향에 대해 어떻게 생각해요? 뉴욕이랑은 많이 다를 거예요. 여기는 고층 건물 같은 건 없지만 방문할 만한 곳은 많아요. 자연환경이 좋거든요. 아름다운 해변도 있고. 해변도 아주 괜찮아요. 놀거리도 많고."

차로가 말을 멈췄다. 나는 상자에서 쿠키 하나를 꺼내 들었다.

"두 사람은 여기 며칠 머물기로 했어요? 결혼식에 참석하러 왔다고 들었어요. 안타까워요! 휴가를 내고 오지 그랬어요. 그랬으면…"

초인종 소리가 차로의 말을 방해했다.

"아, 내가 나가볼게요."

차로는 재빨리 말하고는 주방에서 나갔다. 나는 눈을 가늘게 떴다. 여기 올 사람이 있나 하는 생각을 하고 있는데 팔 하나가 내 허리를 슥 감고 뒤로 당기자 깜짝 놀랐다. 그 무렵 내가 익숙해지기 시작한 팔이었다. 내 엉덩이는 즉시 의자처럼 모양이 잡힌 단단하고 뜨끈한 무언가에 내려앉았다.

에런의 허벅지잖아.

그의 입김이 귓바퀴를 애무했다.

"아침 인사도 안 했잖아."

아까 몰래 도망치듯 방에서 나온 게 생각나 허리를 펴며 대꾸했다.

"놀라서 쿠키를 떨어뜨릴 뻔했어, 로봇 씨."

과거에 무수히 부른 별명인데 이 자리에서 그렇게 부르니 이상하고 어색했다. 그 별명이 다른 삶에 속해있는 느낌이었다. 지금의 우리와는 다른 두 사람이 썼던 변명 같았다. 에런이 조그맣게 웃자 목에 그의 입김이 느껴졌다.

"앞으론 안 그럴게. 그러면 안 되는 거였는데."

그의 팔이 내 허리를 단단히 감쌌다. 나는 손으로 그의 팔을 잡고 싶었지만 꾹 참았다. 그리고 약간 소리를 높여 속삭였다.

"뭐 하는 거야?"

차로가 곧 돌아올 것이다.

"외로웠어."

그가 목소리를 낮추고 말했다. 그가 말하지 않은 모든 게 가슴으로 느껴졌다.

멍청하기는. 그만 멍청하게 굴어.

"아까부터 일방적인 심문을 당하면서 앉아있는데 당신이라도 내 옆에 있어 줘야지. 그리고 당신은 나랑 할 얘기가 있잖아."

"나도 조금 전까지 거기 있었어."

나는 목이 졸리는 듯한 목소리였다.

"차로 언니가 곧 돌아올 거야."

그의 흐음 소리가 내 아랫배로 곧장 흘러들었다.

"그러게. 당신 사촌 언니가 곧 오겠지. 나는 준비를 잘하고 있어야 겠어."

나는 이 남자를 아주 잘 알았다. 그 생각이 머릿속에 둥실 떠다니고 있는데 차로의 머리가 내 시야 안으로 들어왔다. 차로는 휘둥그레진 눈으로 우리를 보더니 말도 안 되게 입을 활짝 벌리고 미소 지었다.

맙소사.

차로가 박수를 치며 말했다.

"어머, 이 둘 좀 봐! *Ay Dios mío*(세상에). 사랑스럽기도 해라."

에런의 가슴이 웃음을 참느라 그르렁거렸고, 나는 그 진동을 등으로 느꼈다. 에런이 내 귀에 속삭였다.

"봤지?"

솔직히, 그런 건 눈에 들어오지도 않았다. 에런의 허벅지를 타고 앉아서인지 아무것도 눈에 들어오지 않았다. 입을 벌려 말을 하려는데 두 번째 머리가 주방 안으로 쏙 들어오자 아무 말도 할 수 없었다. 차로가 자기와 똑같이 붉은 두 번째 머리를 향해 말했다.

"*¿No ves, Mamá? Te lo dije*(봤죠, 엄마? 내가 말했잖아요)."

나는 기어들어 가는 목소리로 인사했다.

"*¿Tía Carmen? ¿Qué haces aquí*(카르멘 숙모? 여기는 무슨 일로 오셨어요)?"

차로의 엄마가 여긴 왜 왔지? 카르멘 숙모는 차로가 나이가 들고 몸이 퍼지면 딱 그렇게 될 것 같은 모습이었다. 숙모는 나를 딱 집어 손가락으로 가리키며 말했다.

"*Venir a saludarte, tonta*(인사라도 하려고 왔지, 바보처럼 뭘 물어)."

인사를 하러 왔다고? 그럴 리 없었다. 어차피 내일 결혼식 때 나를 만날 테니 말이다. 나는 차로를 돌아보았다. 차로는 미안해하는 얼굴로 주방 카운터에서 뭘 만지작거리며 바쁜 척하고 있었다. 내 엉덩이에 깔린 에런이 꿈틀거렸다. 그는 다리를 움직이더니 내 허리를 단단히 붙잡았다. 마치…

어머나.

그는 그대로 일어서서 카르멘 숙모에게 말했다.

"처음 뵙습니다."

그러더니 조심스러우면서도 기술 좋게 나를 품에 안고 앞으로 나아갔다. 그러면서 내 귀에 대고 속삭였다.

"당신이 제일 가까운 출구로 도망칠까 봐."

이게 무슨…

"*Soy Aaron. Encantado*(에런이라고 합니다. 만나서 반갑습니다)."

그는 나를 자기 품에 딱 붙인 채 목청 높여 숙모에게 인사했다. 내가 그에게 말할 때까지 나를 이렇게 안고 돌아다닐 작정인 모양이었다. 어젯밤에 대해. 우리가 입을 맞출 뻔한 일에 대해. 나는 고개를 돌려 그를 힐끗 보며 눈을 가늘게 떴다.

"아뇨, 아뇨, 아뇨."

카르멘 숙모는 자기 쪽으로 다가가는 에런을 말렸다.

"그냥 앉아있어요. 예의 차릴 거 없어요. 우린 가족인데, 뭐."

에런은 즉시 우리가 원래 있던 스툴로 돌아가 앉았다. 우리가 숙모와 얘기를 나누는 동안 차로는 주방에서 이리저리 오가며 아침 식사용바에 쟁반을 내려놓았다. 그 쟁반에는 과일, 시리얼, 견과류가 담겼고접시에는 다양한 종류의 치즈, 엠부티도(embutido, 다진 돼지고기를 채운순대.-옮긴이), 빵 몇 조각이 놓였다.

언제 어떻게 저런 먹을거리를 이 아파트로 가져왔는지 의아해진 나는 눈이 휘둥그레졌다.

차로가 설명했다.

"어제 내가 먹을 거 좀 가져왔어."

나는 눈살을 살짝 찌푸리며 차로를 노려보았다. 꿍꿍이가 있는 게 분명했다. 차로는 내 시선을 회피하며 그에게 물었다.

"하몬을 먹어본 적 있어요, 에런?"

"예. 맛이 있…"

그러자 카르멘 숙모가 테이블에 몸을 기대며 그에게 물었다.

"초리조 소시지도 좋아해요? 이 소시지는 맛이 참 좋아요."

"자요."

차로는 그의 대답을 기다리지도 않고 맛있는 스페인 소시지 몇 점을 작은 접시에 담더니 우리 앞에 내려놓았다.

"먹어봐요. 나는 늘 최고로만 사거든."

가짜 남친은 차로에게 고맙다고 말하며 그 접시를 바라보았다. 그는 이 사람들이 다른 사람 말을 듣기는 하는지 의아할 것이다. 나는 가여운 그의 팔뚝을 손으로 토닥였다. 그 팔뚝은 내 허리를 줄곧 감싸고 있었다. 카르멘 숙모는 쟁반에 놓인 빵 한 조각을 집어 들며 차로에게 물었다.

"*Y qué intenciones tiene este chico con nuestra Linita*(이 남자는 우리 리나랑 무슨 의도로 만나는 거냐)?"

나는 놀라서 턱이 바닥으로 떨어질 지경이었다. 차로는 잠시 생각해 보더니 대답했다.

"*No lo sé, Mamá*(나도 몰라요. 엄마)."

차로는 내 뒤-아니 내 아래-에 있는 남자를 주시하며 물었다.

"에런, 리나랑 어떤 의도를 갖고 만나는 거예요? 그냥 가볍게 사귀는 건가요? 결혼에 대해 어떻게 생각해요? 우리 리나가 이제 곧 서른

이 되는데…"

나는 얼른 차로의 말을 잘랐다.

"언니, *Ya basta(그만해)*. 그리고 난 아직 스물여덟밖에 안 됐어. 맙소사."

뒤에서 에런이 웃으며 대답했다.

"결혼은 제가 제일 좋아하는 제도 중 하나입니다."

내 턱이 그야말로 바닥에 툭 떨어졌다.

"저는 늘 결혼하고 싶었어요."

숨이 턱 막히고 벌어진 입이 다물어지지 않았다.

"아이도 많이 낳고, 개 한 마리도 키우고요."

나는 충격받은 표정을 감추려 애쓰며 겨우 숨을 삼켰다. 에런의 말로 인해 머릿속에 그려진 위험한 장밋빛 이미지들에 휘말리지 말고 진정해야 했다.

이건 다 가짜야. 그는 모든 가족이 듣고 싶어 하는 얘기를 해주고 있을 뿐이야.

그는 제대로 해볼 작정인 듯했다.

"우린 개를 좋아하잖아. 그렇지, 볼리토?"

놀란 마음을 간신히 추스르며 나는 조그만 목소리로 대답했다.

"응."

나는 고개를 가로저으며 정신을 차리려 애썼다.

"우리는 아이를 낳는 대신 개를 여러 마리 기르기로 했잖아."

그가 웃으며 내뱉는 숨결에 귀가 간질거렸다. 나는 이를 갈면서 가짜 미소를 머금은 얼굴로 말했다.

"그런 얘기는 나중에 천천히 하려고요."

"*Ay que bien(좋지)*! 개랑 아기를 키우면서 진짜 사랑스럽게 사는 거잖아. 네가 너무 늙어버리기 전에 해야 할 텐데."

차로가 박수를 치자 나는 그녀를 쏘아보았다. 그러자 차로가 말했다.

"*Mujer, no te pongas así*(야, 그런 눈으로 보지 마). 하몬 좀 먹어볼래요, 에런? 결혼해서 스페인으로 거처를 옮기면 하몬을 실컷 먹을 수 있을 거예요."

스페인으로 거처를 옮겨? 맙소사. 왜 저럴까? 나를 열받게 만들려는 걸까? 차로가 계속 떠들었다.

"우리 리나가 온갖 일을 겪고 몇 년 전에 미국으로 떠났거든요. 그래서…"

"언니."

나는 그녀의 말허리를 잘랐다. 숨이 거칠어졌다.

"*Déjalo ya, por favor*(제발 그만해)."

그때 초인종 소리가 또 들렸다. 나는 그리 작지 않은 목소리로 욕을 뱉고 말았다. 차로가 말했다.

"아! 오셨나 봐!"

뭐가? 누가?

차로는 자기 엄마의 팔짱을 끼더니 함께 주방을 나갔다. 에런의 팔이 내 팔을 부드럽게 잡아주었다. 나는 폐 안에 담긴 공기를 모조리 빼버릴 듯 길게 숨을 내쉬었다. 그렇게라도 해야 했다. 결혼, 아이들, 개에 관해 그가 한 얘기를 무시해야… 아니, 잊어야 했다. 우리와는 상관없는 미래일 테니까.

그의 손가락이 내 손목으로 내려왔을 때쯤 마음이 진정됐다. 그의 손길… 애무…는 깃털처럼 가볍고 너무나 짧았다. 하지만 엄청나게 강력한 힘을 지니고 있어 순간의 접촉만으로도 내 온몸에 전율을 일으켰다.

"긴장 풀어."

그의 손가락이 내 손목에 작은 원을 그리기 시작했다. 느긋하면서도 마음을 진정시켜 주는 손길이었다.

"그래."

그는 손가락 끝으로 내 피부를 계속 문지르면서 속삭였다. 어깨의 긴장이 점차 풀리면서 나는 그의 가슴에 등을 완전히 기댔다. 에런이 내 머리의 정수리에 턱을 갖다 대며 말했다.

"우리가 이긴 거야."

그의 말을 믿고 싶었다. 오늘도 그렇고 내일도 가족들을 만나게 될 텐데 우리가 합을 맞춰 이 난관을 잘 헤쳐 나갈 수 있길 바랄 뿐이었다. 드디어 마음이 편안해져 그에게 몸을 기대자 그 이상의 감정이 들었다. 내 안의 일부는 여전히 믿지 않으려 했지만 내 판단은 달랐다. 이렇게 주방에서 그의 무릎에 올라앉아 있는 게 당연하게 느껴졌다. 우리가 내 가족의 터무니없는 언행을 견디는 동안 그는 손가락으로 내 손목의 민감한 부분을 문지르며 마음을 달래주었다. 나는 우리, 에런과 내가 정말 '우리'가 된 기분이었다.

엄마의 머리가 먼저 주방으로 들어오고 이어서 내 할머니와 카르멘 숙모, 차로가 따라 들어왔다. 그 순간 내 가슴 한가운데에 깨달음이 확실히 자리 잡았다. 그 감정은 벽돌이나 시멘트 덩어리처럼 묵직하고 확고해서 무시할 수가 없었다. 그때 에런이 할머니에게 인사를 드리기 위해 잠시 나와 떨어졌다. 다음 순간, 마치 테트리스 조각이 알맞은 구멍으로 들어가듯, 벽돌이 정확히 맞는 자리로 들어간 기분을 느꼈다. 그가 다시 내 허리를 팔로 감아 허벅지 위에 앉혔을 때, 그리고 나를 내려다보면서 나를 위해 미소 지었을 때, 나는 그 벽돌을 다시는 그 자리에서 빼낼 수 없음을 알았다. 앞으로 그 자리에 쭉 둬야 할 것 같았다.

21

놀랍게도 모든 게 매끄럽게 흘러갔다. 내가 인생의 선택을 후회하게 할 만큼 거북하고 당황스러운 일은 아직 일어나지 않았다. 내가 땅에 구멍을 파고 숨어버리고 싶게 할 만큼 부적절한 질문을 한 사람도 없었다. 운이 따라준다면 오늘 저녁 식사도 무탈하게 넘길 수 있을 듯했다. 어쩐지 잘될 것 같은 기분이었다.

우리는 바다를 면한 레스토랑의 테라스에 놓인 둥근 테이블에 둘러앉았다. 수평선으로 저무는 태양이 바다와 하늘이 만나는 지점에 가느다란 선을 그리고 있었다. 나지막한 담소 외에 우리 주변의 공기를 채우는 것은 해변을 따라 쭉 놓인 바위에 파도가 밀려와 부딪치는 소리뿐이었다. 간단히 말해, 완벽한 분위기였다. 그의 손이 내 팔을 부드럽게 쓰다듬자 등줄기를 따라 살짝 전율이 흘렀다.

"추워?"

듣기만 해도 떨려 숨이 막히게 만드는 깊고 낮은 목소리가 내 귀에 대고 물었다. 나는 고개를 약간 저으며 그를 바라보았다. 우리 둘의 입술은 불과 몇 센티미터를 사이에 두고 있었다.

"아니, 괜찮아."

실은 괜찮지 않았다. 에런이 이렇게 가까이 있으면 내가 도저히 괜찮지 않다는 걸 나는 이미 알고 있었다.

"배가 불러. 너무 많이 먹었나 봐."

"디저트 들어갈 자리가 없어?"

대담한 질문에 나는 눈썹을 찌푸렸다.

"웃기는 소리 마, 곰돌이. 디저트 들어갈 자리는 늘 있어. 항상."

에런이 입술을 살짝 올리자 미소가 눈가까지 닿아 온 얼굴에 웃음이 번졌다. *어머나.* 뱃속에 나비가 펄럭이는 기분이었다. 나는 아직 이렇게까지는 준비가 안 되어있었다. 테이블 건너편에서 아빠가 물었다.

"리나, 에런. 와인 더 마실래?"

내일이 결혼식인데 부모님은 우리에게 굳이 와인을 주문하라고 하셨다. 결혼식 때는 사과주, 와인, 카바(스페인의 스파클링 와인.—옮긴이) 같은 온갖 술이 넘쳐날 것이다. 하지만 아무도 투덜대지 않았다. 밤새 클럽에서 논 흔적이 여실한 얼굴인 이사벨 언니와 곤살로도 불평하지 않았다. 와인의 땅 스페인에서는 레스토랑에서 저녁 식사를 하면서 와인을 주문하지 않는 건 도리가 아니었다.

"아뇨, 괜찮아요. 내일 또 마실 거라서 오늘은 그만할게요."

나는 아빠의 손이 닿지 않는 곳으로 내 술잔을 치웠다. 아빠는 이미 술병을 위로 들어 올린 상태였다. 나와는 달리 에런은 너무 느렸다. 에런이 대답하기도 전에 아빠는 그의 잔을 다시 채우고 있었다. 나는 에런 쪽으로 몸을 기울이며 속삭였다.

"깜빡 졸면 지는 거야."

그의 얼굴에 한가득 퍼졌던 환한 미소가 눈 깜짝할 사이에 되돌아오자 나는 정신이 아득해졌다. 그는 내 의자 등받이에 걸치고 있던 팔을 뻗어 내 옆구리를 장난스레 꼬집었다. 나는 의자에서 펄쩍 뛰다가 하마터면 테이블에 놓인 술잔 몇 개를 쓰러뜨릴 뻔했다. 에런은 다른 쪽 손으로 와인 잔을 들고 입으로 가져갔다.

"너무 귀엽게 그러지 마."

그는 술잔을 입에 댄 채 말했다. 그의 뜨거운 눈길에 나는 의자에 앉아서 어쩔 줄 몰랐다. 그는 고개를 약간 숙이며 나지막한 목소리로 말했다.

"다음에는 꼬집는 정도로 끝나지 않을 거야."

그러고는 드디어 술잔에 입술을 대고 한 모금 마셨다. 그의 입술을 몇 초가량 뚫어지게 바라보고 있는데 내 몸에서 생식과 관련된 부분 근처가 찌르르하게 떨렸다.

뺨이 확 달아올랐다. 테이블에 둘러앉은 누군가가 그 소리를 들었을까 봐 얼른 주변을 살폈다. 할머니는 접시에 남은 음식을 드시느라 여념이 없었다. 곤살로와 이사벨 언니는 피곤해서 기절할 것 같은 모습이라 디저트가 나올 때쯤에는 거의 혼수상태가 될 듯했다. 부모님은 어떤 웨이터와 활기차게 잡담을 나누고 계셨는데, 나는 그 웨이터가 우리 테이블 옆에 와있는 줄도 몰랐다. 이 자리에 함께한 다니엘은 우주의 비밀이라도 담긴 것처럼 핸드폰 화면만 줄곧 들여다보고 있었다. 다니엘과 곤살로의 부모님은 내일 일찍 여기 도착하기로 되어있었다.

몇 주일 전, 다니엘이 약혼해서 어느 때보다 행복한 나날을 보내고 있다는 소식을 듣고 나는 사귀는 남자가 있다고 뻥을 쳐버렸다. 그날 나는 지금 같은 가족 모임을 염두에 두고 당황해서 거짓말을 해버린 것이다. 그때는 내가 옆자리를 비워두게 될 줄 알았다. 아니면 내 엿같은 운세를 생각할 때, 우리 할머니나 다니엘의 약혼녀가 내 옆자리에 앉거나, 어쩌면 내가 고용 여부를 잠시 고민했던 에스코트가 내 옆자리에 앉았을 수도 있을 것이다. 어느 쪽이든 지금처럼 눈빛 하나만으로 내 심장을 미친 듯이 뛰게 만들고, 미소 한 번으로 뱃속을 요동치게 만드는 사람이 내 옆자리에 앉게 될 줄은 몰랐다. 지금 나는 그 미소를 거의 갈망하고 있었다.

다니엘을 바라보면서 몇 가지 깨달은 게 있었다. 첫째, 거짓말까지

해가면서 에런까지 끌어들여 이 터무니없는 계획을 진행한 건 사실 지나친 행동이었다. 둘째, 에런을 여기 데려온 덕분에 생각보다 모든 게 쉬워졌다. 마지막으로, 그냥 받아들이려 노력하고 무시하려고도 했는데 뜻대로 되지 않았던 문제가 있었다.

내가 어리석었다. 나는 이 남자가 근처에 있으면 얼굴이 한없이 붉어졌다. 이 남자를 곁에 둔 게 후회되지는 않지만, 이 남자는 곧 내 상관이 될 사람이었다.

"에런."

엄마의 목소리에 나는 현재로 돌아왔다.

"이사벨한테 두 사람이 어떻게 만나 사귀기 시작했는지 들었어."

엄마의 눈이 반짝거렸다. 와인을 마셔서 술기운이 오른 모양이었다.

"어젯밤에 사과주 술집에서 그 얘기를 해줬다면서. 넷플릭스에서 본 영화처럼 정말 낭만적이네."

엄마가 대화의 방향을 그쪽으로 끌고 가는 게 전혀 이상하지 않았다.

"넷플릭스 같은 상황 맞아요, 엄마."

나는 손가락으로 테이블을 만지작거리며 말했다.

"그렇죠. 영화에 나오는 것 같은 사무실 로맨스니까."

그러자 에런이 말했다.

"우리 얘기는 진짜예요."

진짜.

어제 그가 했던 얘기가 불현듯 떠올랐다. 그는 '*내가 그녀에게 필요한 사람이라는 믿음을 줬죠. 그리고 그걸… 증명하고… 보여줬어요*'라고 말했다. 가슴속에서 심장이 마구 뛰었다.

"둘이 일을 어느 정도나 같이해?"

엄마는 에런을 바라보며 물었다. 모든 걸 알고 싶어 죽겠다는 듯 궁금증 가득한 미소까지 입에 장착한 모습이었다.

"저희는 각각 다른 팀을 이끌고 있습니다. 같은 프로젝트를 한 적은 없는데 회사에서 자주 봐요."

그는 나를 힐끗 쳐다보았다.

"마주치는 일이 없는 날이면 저는 어떻게든 보려고 노력하죠. 그녀의 휴식 시간에 복도에서 그 근처를 얼쩡거리면서 한두 번 힐끔힐끔 본다든가, 딱히 이유가 없어도 그녀의 사무실 앞을 지나간다든가. 하루에 몇 분이라도 그녀를 보려고 애쓰는 거죠."

나는 고개를 숙이고 빈 접시를 내려다보았다. 지금 그의 말은 진실일까? 회사에서 에런이 갑자기 내 앞에 나타나곤 했다. 그런데 일부러 그랬다고? 신경이 곤두섰다. 진실과 진실이 아닌 것을 구분하는 단순한 일도 쉽지 않은 상황이었다. 에런의 입에서 나온 모든 말은 현실에 기초했다. 우리가 함께 일하는 것, 거의 2년 동안 서로 알고 지낸 직장 동료라는 것은 분명 사실이었다. 거기에 우리가 사귀고 있고 사랑에 빠졌다는 식으로 사기 요소를 가미한 것이다. 진실과 거짓 사이, 내가 무어라 정의할지 알 수 없어 그저 회색 지대라고 명명한 그곳에 그는 양쪽에서 따온 장식 요소들을 늘어놓았다. 엄마가 환하게 웃으며 말했다.

"*Qué maravilloso(멋지네).*"

엄마는 에런이 한 말을 할머니에게 통역해 주었다. 살짝 곱슬거리는 머리카락을 내게 물려준 할머니도 환하게 미소 지었다. 할머니는 에런을 처음부터 마음에 들어 했다. 에런이 할머니의 두 뺨에 입을 맞추면서 인사를 한 것도 그렇고, '참 자랑스러운 손녀를 두셨어요'라고 말한 것도 할머니의 호감을 샀다. 그 옆에서 나도 바보처럼 환하게 웃었다. 아빠가 끼어들었다.

"알다시피 누구나 우리 리나를 다룰 수 있는 게 아니야. 우리야 리나를 너무너무 사랑하지만 사실 리나는…"

아빠가 한쪽 눈썹을 위로 잔뜩 치켜뜨며 말끝을 흐렸다.

"Ay(아) 영어로 그걸 뭐라고 하더라?"

아빠는 답답해서 입술을 살짝 내밀며 뜸을 들였다.

"이 녀석은…"

죽은 사람처럼 축 처져있던 이사벨 언니가 나섰다.

"완전 찌질이라고요?"

내가 받아쳤다.

"¡Oye(뭐야)!"

동시에 아빠가 대답했다.

"아니. 그게 아니라."

아빠가 옆통수를 손으로 벅벅 긁으며 말을 못 하자 곤살로가 말했다.

"부족하다고요? 서툴다고요?"

나는 곤살로 쪽을 휙 돌아보았다. 에런이 흐음 하며 말했다.

"어이없을 정도로 고집이 세다?"

나는 그를 돌아볼 필요도 없이 팔꿈치로 옆구리를 쿡 찔렀다. 그는 내 팔을 가만히 잡아서 나와 깍지를 끼고 그 손을 테이블 위에 올려놓았다. 우리의 깍지 낀 손을 바라보고 있으니 순간 치밀었던 화가 싸악 가라앉았다. 에런은 고개를 숙이며 낮은 목소리로 내게 속삭였다.

"나도 끼고 싶어서 한마디 한 거야."

그를 힐끔 보니 그는 또 내 무릎을 후들거리게 만드는 미소를 짓고 있었다. 뱃속 깊은 곳에서 나비 떼가 펄럭였다.

"다들 Gracias(고마워요)."

기억나지 않는 단어를 어떻게든 떠올리려 애쓰던 아빠가 말했다.

"그런 단어가 아니야. 내가 생각 좀 해보마."

다니엘이 헛기침하며 드디어 대화에 끼어들었다.

"스페인어로 단어를 말해주시면 저희가 통역할게요, 하비에르."

엄마가 고개를 끄덕이며 맞장구쳤다.

"*Claro, usa el Google, Javier*(그래요. 구글로 검색해요. 하비에르)."

"아빠."

나는 한숨을 쉬며 말렸다.

"그냥 넘어가셔도 되는데…"

"폭죽."

아빠가 불쑥 말했다.

"우리 리나는 작은 폭죽이야."

그 표현이라면 그리 나쁘지 않았다.

"그래서 다루기 쉽지 않지. 가끔은."

아. 나는 에런의 손을 잡고 의자에 앉아 조그맣게 숨을 내쉬었다.

"리나는 할 말이 너무 많은데 다 말할 시간이 부족하다는 듯이 늘 재잘거려. 잠든 세상 사람들의 절반을 다 깨워도 상관없다는 듯이 요란하게 웃지. 도전적이기도 하고 고집은 또 얼마나 센지 몰라. 온통 불이지. 열정이 넘쳐. 그게 바로 우리 리나야. 우리의 작은 *terremoto*(지진)."

밤의 어둠이 깔리면서 켜진 램프의 불빛에 아빠의 눈이 반짝거렸다. 가슴이 울컥했다.

"한동안은 좀 달랐어. 경쾌한 기운이 모두 사라진 것 같았어. 나는 내 딸이 쉽지 않은 시간을 보내는 걸 지켜봤어. 우리 가슴이 찢어졌지. 그리고 리나는 우리 곁을 떠났어. 리나가 원한 일이고, 리나에게 필요한 일인 걸 알면서도 우리 가슴이 찢어지는 건 어쩔 수 없더라고."

눈에 눈물이 고였다. 아빠의 말을 들으면서 곧 눈물이 쏟아질 것 같았다. 아빠가 퍼 올린 과거의 기억 때문이었다.

"다 지난 얘기죠. 지금 리나는 여기 이렇게 멀쩡하게 있잖아요. 행복하게."

엄마가 손을 뻗어 아빠의 손을 잡았다. 더는 참기 힘들어서 떨리는 다리로 일어서서 테이블을 빙 돌아갔다. 그리고 아빠를 껴안고 뺨에 입을 맞췄다.

"*Te quiero, Papá*(사랑해요, 아빠)."

나는 엄마를 껴안고 입을 맞추며 말했다.

"*A ti también, tonta*(엄마도요)."

온 힘을 다해 눈물이 흘러내리지 않게 참았다. 여기서 울 수는 없었다. 절대.

"자, 이제 그만해요, 두 분 다. 이런 얘긴 내일을 위해 아껴두자고요."

내 자리로 돌아오자마자 에런의 손을 찾아 팔을 뻗었다. 그의 손을 잡는 게 당연하다는 듯이. 그의 손이 마중을 나오자 가슴속에서 심장이 쿵 뛰었다. 그는 내 손을 잡고 깍지를 낀 뒤 내 손등에 가볍게 입을 맞췄다. 그 과정이 너무나 빠르게 지나갔고 어느새 깍지 낀 우리의 손은 테이블 위에 놓였다. 그의 입술이 닿은 내 손등이 뜨겁게 달아오르지 않았다면 그 일이 실제로 일어났는지도 모를 지경이었다. 엄마가 입을 열자 나는 그쪽으로 시선을 돌렸다.

"네가 집으로 돌아와서 너무나 행복하구나, *cariño*(딸내미)."

엄마는 에런을 바라보며 덧붙였다.

"자네를 만나게 돼서 기뻐."

엄마의 얼굴에서 슬픔이 사라지고 더 환한 미소가 번졌다. 잠시 관능적이고 농밀한 감정에 휩쓸렸다가 그 순간 죄책감이 뱃속을 갈랐다. 후회와 희망이 뒤섞인 기분이었다.

"얼마 전까지만 해도 리나가 자네를 안 데려올 줄 알았어, 에런. 자네가 실재하는 사람인지도 의심스러웠어."

엄마는 깔깔 웃었다. 그 순간 폐가 작동을 멈춘 것 같았다. 나와 눈을 마주친 엄마의 얼굴에 옅은 미소가 번져있었다.

"날 그런 눈으로 보지 마. 그동안 네가 누굴 사귄단 얘기도 한 번도 안 했잖아. 고향에 몇 번 돌아왔을 때도 한 번도 누굴 데려온 적 없었고. 그러니 이 모든 게… 너무 갑작스러웠어."

"솔직히 그래, *hermanita*(동생아)."

이사벨 언니가 미심쩍을 정도로 관심 있어 하며 끼어들었다.

"우린 네가 고양이들이나 돌보면서 사는 노처녀로 늙어 죽을지도 모른다고 생각했거든. 고양이 아니면 물고기. 아니면… 도마뱀이라든가. 넌 고양이 털에 알레르기가 있으니까."

언니는 히죽 웃으며 덧붙였다.

"우린 가족 모임 때마다 그런 얘길 했어."

"믿어줘서 참 고맙네."

나는 투덜거리며 언니에게 혀를 낼름 내밀었다. 가족들은 에런이 나와 사귀는 것으로 알고 있는데, 그런 에런을 앞에 두고 이런 얘기를 하는 게 믿기지 않았다. 심지어 내가 과거에 사귀었던 사람도 이 자리에 함께 앉아있었다.

"이런 가족을 둬서 내가 운이 참 좋아."

에런의 손가락이 내 손을 좀 더 꼭 잡았고 나도 내 손에 힘을 주었다.

"아니야. 우린 그런 얘기 안 했어."

엄마가 언니를 쏘아보며 단호하게 부정했다.

"네 동생 좀 그만 괴롭혀, 이사벨. 넌 내일 결혼하잖니."

언니가 인상을 쓰며 말했다.

"그게 무슨 상관…"

엄마는 언니에게 조용히 하라는 뜻으로 손을 휘저었다. 나는 언니가 팔짱을 끼는 걸 보며 웃었다.

"우린 네가 혼자 늙어 죽을 거라고 생각한 적 없어, 리나. 네가 외로울까 봐 걱정은 했지."

에런을 바라보는 엄마의 눈빛이 한결 부드러워졌다.

"네가 혼자가 아니고, 의지하면서 살 수 있는 사람이 생겼고, 언젠가 그 사람을 집처럼 여기게 될 거라는 생각을 하니까 이제 밤에 내가 좀 더 편하게 잘 것 같구나."

그러자 옆자리에 앉은 에런이 주저 없이 말했다.

"제가 그 정도는 약속드릴 수 있습니다."

그의 목소리가 마치 내 피부를 부드럽게 애무하는 듯했다. 심장이 아예 가슴 밖으로 뛰쳐나오고 싶은지 흉곽에 쿵쿵 부딪힐 정도로 빠르게 뛰었다. 누가 그 소리를 들을까 봐 걱정스러웠다.

"제가 늘 곁에 있을 겁니다."

그의 엄지가 내 손등을 가만히 쓰다듬었다.

"리나는 아직 모르겠지만, 그녀의 마음은 저와 늘 함께 있어요."

나는 차마 그를 쳐다볼 수가 없었다. 물론 그의 잘생긴 얼굴을 안 보고 싶은 건 아니었다. 그러지 않는 게 놀라울 지경이었다. 에런은 내게 그 정도 영향력을 행사하고 있었다. 그래서 그를 돌아보기로 마음먹었고, 결국 그를 바라보았다. 그의 눈은 이미 나를 보고 있었다.

이 남자도 나한테 그런 끌림을 느꼈을까? 원하는 답을 찾을 수 있는지 확인하려고 내 얼굴을 살펴보고 싶은 충동을 느낄까?

심장을 제어하려 애쓰면서, 두렵고 기대하는 마음으로 바다처럼 푸른 그의 두 눈을 바라본 순간, 무시무시한 감정을 발견하고 말았다. 이게 애초에 작은 사기극이었던 걸 생각하면 그의 눈빛에 그런 감정이 담겨 있으면 안 되었다. 그렇다면 그가 한 말은 사기가 아니라 진심일 테니까. 내 눈으로 보면서도 부정하고 싶었다. 그의 눈빛에서 뿜어 나오는 감정들이 믿기지 않았다. 그것은 순전한 솔직함, 확신, 믿음, 신뢰, 약속이었다. 에런은 그런 눈으로 나를 바라보고 있었다. 알아달라고 요구하고 있었다.

그는 엄마가 아니라 나에게 그 약속을 한 것 같았다. 지금 그의 선언은 사기극의 일부가 아닌 듯했다. 하지만 받아들일 수 없었다. 그의 목을 두 팔로 감고 대답해 달라고 조르거나 아니면 우리는 회색 지대에 머물러야 한다고 주장해야 할 상황이었다. 나는 어떤 행동도 하지 않으려고 몸이 떨릴 때까지 참았다. 머릿속에서 맴돌며 심금을 울려대는 질문들을 곱씹을 수도 없었다.

질문에 대한 답을 듣고 싶지 않은 것일 수도 있었다. 우리 사이가 직장 동료에서 공범자로, 친구로 변한 걸까? 서로를 위해 돕기로 한 친구에 불과할까? 입맞춤도 할 뻔하고 입술이 부드럽게 스치기까지 했는데 친구가 가능할까? 나더러 믿어달라는 눈빛이긴 하지만 그의 약속이 진실일까? 아니면 이 쇼를 좀 더 그럴듯하게 만들기 위한 장식일까? 아무리 그래도 굳이 왜 그런 말까지 했을까? 내 가련한 심장 생각은 아예 안 하는 건가? 내가 진짜와 가짜를 구분할 수 없게 된 걸 못 알아챘나? 진실처럼 보이도록 하기 위한 치장, 연극, 도구가 아니라면 대체 이 남자는 왜 이러지? 우린 뭘 하는 걸까?

에런의 눈빛에 담긴 감정을 명확히 알 수 없는 상태에서 온갖 질문과 의심이 머리에 들어찼다. 나는 잠시 다리를 쭉 뻗으며 그의 손을 놓았다. 의자에서 일어서는데 의자 다리가 바닥에 끌리며 끼이익 소리를 냈다. 나는 에런한테서 눈을 떼며 말했다.

"화장실 좀 갔다 올게."

나는 뒤돌아보지 않고 최대한 빨리 걸어갔다. 이번에는 절대 돌아보지 않았다. 언니가 이 말을 했어도 마찬가지였다.

"쟤가 화장실 갔으니까 이제 내 얘기 좀 할까요? 내가 신부니까 관심의 중심이 돼야 하잖아요. 어쩐지 소외된 기분이 들어."

머릿속이 엉망진창이 아니었으면 언니 얘기에 웃었을 것이다. 다 자란 척하지만 실제로는 제멋대로에 버르장머리도 없는 여자라고 투덜거리면서 그 자리에서 언니의 머리카락을 잡아당겼을 수도 있었다. 하지만 나는 도망치느라 여념이 없었다. 이대로라면, 이번 주가 끝날 때쯤에 제대로 겁쟁이가 되는 방법을 완전하게 익히게 될 듯했다.

손을 씻고 얼굴에 물을 끼얹었다. 내 어리석음에 압도되어 아무 생각도 할 수 없었다. 동시에 온갖 생각에 휩싸이기도 했다. 화장실에서 나오는데 길을 막고 서있는 사람이 있는 줄도 모르고 어떤 남자의 가슴에 쓰러지듯 부딪치고 말았다.

"Mierda(젠장)."

나는 조그맣게 중얼거리며 두어 걸음 물러섰다.

"Lo siento mucho(죄송합니다)."

이렇게 덧붙이자마자 내 앞에 있는 게 누구인지 알아챘다.

"아, 다니엘."

겉으로는 아무렇지 않은 척 앞으로 흘러내린 머리카락 몇 가닥을 쓸어 올렸지만 속으로는 잔뜩 움츠러들었다. 그런데 내 전 남친은 나처럼 어색하지 않은지 스페인어로 물었다.

"괜찮아?"

우리 둘뿐이고 에런이 근처에 없어서 나도 스페인어로 대답했다.

"네. 괜찮아요. 별거 아니에요. 좀 부딪친 것뿐이에요."

나는 헛기침을 하며 주름치마에 있지도 않은 먼지를 터는 시늉을 했다.

"미안해요. 내 잘못이에요. 딴생각하느라."

"괜찮아, 리나."

그의 볼에 보조개가 피어났다. 나는 생각에 잠긴 채 그 보조개를 바라보았다. 몇 년 전 저 보조개 때문에 모든 게 시작됐는데, 지금은 보조개를 봐도 전혀 몸이 달아오르지 않았다.

"오늘 밤에 여기 오지 말 걸 그랬나 봐."

다니엘이 불쑥 털어놓자 내 정신은 현재로 돌아왔다. 나는 천천히 고개를 끄덕였다. 별안간 그에게 묘한 동정심이 일었다. 다니엘은 잘못한 게 없었다. 저녁 식사 내내 그는 유령처럼 존재감 없이 앉아있기만 했다. 아무도 다니엘에게 말을 걸지 않았고―우리 둘의 과거사가 있으니 그럴만도 했다―그도 나서지 않았다. 내가 다니엘의 입장이었으면 이 자리에 혼자 오지 않았을 것이다.

"아뇨. 여기 와야겠다고 생각해서 온 거면 잘 온 거예요."

나는 손가락을 어색하게 더듬거리지 않으려고 두 손을 모아 잡았다.

"곤살로를 위해서 온 거잖아요. 아주 용감한 거죠."

그는 씁쓸하게 웃었다.

"우리 테이블에 앉은 사람 중에 네 말에 동의할 사람은 없을 걸. 곤살로 빼고는. 곤살로도 용감하다는 표현은 쓰지 않았을 거야."

그는 두 손을 바지 주머니에 쓱 집어넣었다. 그의 생각은 틀리지 않았다. 내 부모님은 그에게 늘 예의 있게 대하면서도 어느 정도 거리를 두었다. 부모님이 그렇게 처신하는 것은 곤살로와 이사벨 언니를 위해서였다. 다니엘이 곤살로에게 얼마나 중요한 사람인지 아니까, 다니엘을 빼놓고 곤살로만 받아들일 수는 없으니까. 그분들은 곤살로를 몹시 사랑했다. 그렇다고 그분들이 예전에 내게 큰 상처를 준 다니엘을 용서하신 건 아닐 것이다. 내가 겪어야 했던 일에 다니엘의 책임도 일부 있는 게 사실이었다.

"저기."

다니엘은 숨을 후우 내쉬었다.

"많이 늦은 거 아는데 미안하다고 말하고 싶었어. 내가 제대로 사과를 안 했잖아."

그랬다. 그는 사과한 적이 없었다.

"일이 그렇게 된 건 내가 의도한 게 절대 아니었어. 그렇게 될 줄 상상도 못했어."

물론 그럴 것이다. 그렇다고 전혀 책임이 없을까? 우리 관계에서 그는 나를 이끌었고, 상황이 좋지 않게 흘러가자 그는 배를 버리고 도망쳤다. 나 혼자 배에 남아 가라앉게 두었다. 딱 그렇게 됐다. 수면 아래로 가라앉은 배에서 나 혼자 아득바득 올라와야 했다. 오래전에 했어야 할 사과였는데 이미 너무 늦었다. 이제라도 사과를 받았으니 의미가 없지는 않겠지만 말이다.

"다 지나간 일이에요."

진심이었다. 물론 나는 앞으로도 내게 새겨진 상처의 주된 책임이 그에게 있다는 걸 잊지 않을 것이다.

"아빠가 말한 건 너무 걱정하지 말아요. 아빠가 좀 감정적이잖아요."

나는 손사래를 치다가 멈췄다. 나는 다니엘에게 빚진 게 전혀 없었고, 따라서 그의 마음을 편하게 해줄 이유도 없었다. 나는 헛기침을 하며 덧붙였다.

"결혼식이라는 게 우리한테서 제일 좋은 면과 제일 안 좋은 면을 다 끄집어내긴 하죠."

살아있는 증거가 바로 나였다. 우리 가족과 함께 테이블에 앉아있던 내 가짜 남친이 드디어 얼마 전에 약혼한 내 전 남친 쪽을 쳐다보았다.

이사벨 언니의 결혼식 참석을 위해—사귀는 사람도 없는 싱글인 상태로—집으로 돌아오는 게 힘들었던 이유는 다니엘을 대면해야 하기 때문만은 아니었다. 여기서 모든 사람을 대면하기가 괴로웠기 때문이었다. 내가 성장하고 사랑에 빠지고 실연당하고 넋 나간 상태로 살다가 도망치듯 외국으로 가버린 걸 목격한 모든 사람의 생각과 기대를 감당해야 하기 때문이었다. 나는 여전히 내 삶을 찾지 못했는데, 혼자서 온전히 삶을 되찾은 남자를 대면하는 게 쉽지 않았다. 그래서 나는 공황 상태에 빠져 이런 일을 벌이게 된 것이다.

참으로 어리석지 않았나? 겨우 그런 이유로 거짓말 잔치를 벌였다는 게? 다른 사람 눈에 완벽하고 행복해 보이려고 이런 터무니없는 가짜 모습을 만들어 냈다는 게? 이 난장판의 촉매제인 사람 앞에 서서 생각해 보니, 정말 더럽게 멍청한 짓이었다.

"진심이길 바랄게, 리나. 그 일은 과거에 묻어두는 편이 나아."

다니엘은 잠시 바닥을 내려다보다가 고개를 끄덕거리며 물었다.

"지금 행복해? 네 삶은 어때? 저 남자랑 함께인 게 행복하니?"

그는 고개를 갸웃했다.

"완전히 행복해 보이지는 않아서."

나는 목이 타고 눈이 휘둥그레진 채 그의 말을 이해하려 애썼다.

"당연히 행복하죠."

숨이 잘 쉬어지지 않았다. 충격이 몸속에 휘몰아치면서, 거짓말이 들통나게 생겼다는 어리석은 공포와 뒤섞였다.

"난 행복해요, 다니엘."

충격과 공포는 또 다른 감정 덩어리로 변했다. 훨씬 더 씁쓸한 맛이 나는 감정이었다.

"확실한 거야?"

그는 사람을 가르치려 드는 자신만만한 태도로 차분하게 물었다. 나는 숙이고 있던 고개를 치켜들었다.

"저 에런이라는 남자가 좋은 사람인 것 같긴 해. 그런데 좀… 메마르고 답답해 보이더라고."

나는 눈을 잠시 감았다가 떴다. 강렬한 보호 본능이 치솟았다.

"너한테 잘해주기는 하는 것 같더라. 나랑 만난 후로 네 옆에 딱 붙어 있는 걸 보면."

그는 피식 웃었다.

"경비견처럼 구는 게 내 스타일은 아니지만. 그래도 나름 매력 있을 거야."

다니엘의 말을 들으면서 어이가 없어 입이 벌어졌다.

"진짜 행복한 거지, 리나? 내가 널 알잖아. 지금 너는 근심 걱정 없는 태평한 리나의 모습이 아니야. 네가 여기 온 지 얼마 안 되긴 했지만, 쭉 신경이 곤두서 있는 것 같았어. 솔직히 좀 걱정되더라."

걱정된다고? 나는 눈을 껌벅거렸다. 말없이 껌벅, 또 껌벅 껌벅거렸다. 내가 신경이 곤두서 있는 것 같았다고? 그건 그럴 수 있었다. 나도 몇 번 그런 느낌이긴 했으니까. 하지만… 다니엘이 생각한 게 진실이냐 아니냐가 중요한 게 아니었다. 내가 보여주는 모습에 대해 그는 자기가 부정할 권리가 있다고 생각하고 있었다. 내 안에서 커지는 분노를 못 알아챘는지 다니엘이 계속 떠들었다.

"오랜만에 고향에 와서 압박감이 심했을 수 있겠지. 이사벨은 결혼하게 됐는데 넌 아니니까 속상했을 수도 있고."

목구멍 안에서 숨이 콱 막혔다.

"아니면 그 남자 때문인가. 잘 모르겠네. 어쨌든…"

"그만해요."

나는 날카롭게 말을 끊었다. 속에서 불이 일었다. 거의 모닥불급이었다. 불꽃이 타닥타닥 지글지글 타오르는 소리가 들릴 지경이었다. 그 불은 내 속에 남은 인내심을 모조리 태워버렸다. "그만하라고요, 다니엘."

그는 미간을 찌푸렸다. 혼란스럽다는 표정이었다.

"뭘?"

"*뭘?*"

내 목소리가 한 옥타브 올라갔다. 눈을 질끈 감고 마음의 평정을 되찾으려고 안간힘을 썼다.

"신경 쓰는 척, 나에 대해 아는 척 그만하라고요. 당신은 내 행복을 판단하거나 의심할 권리가 없어요."

공기가 폐를 들락거리는 속도가 빨라지고, 분노는 사그라들 줄 몰랐다.

"그러니까 당신이 뭘 알든, 뭘 봤든 내 앞에서 그만 떠들어요. 당신은 오래전에 그럴 권리를 잃었으니까."

그는 크게 한숨을 쉬며 고개를 저었다.

"난 늘 너를 신경 써왔어, 리나. 앞으로도 그럴 거야. 난 네가 걱정돼. 내가 너랑 대화하려고 애쓰는 것도 그래서야."

"당신이 늘 나를 신경 썼다고요? 항상 그랬다고요?"

"당연하지."

그는 가슴을 폈다.

"넌 나한테 여동생 같으니까. 우리는 이제 곧 가족이 될 사이이기도 하잖아."

내 안 깊숙한 곳이 얼음으로 변해갔다. 뼛속의 골수가 얼어붙어 나는 그 자리에서 꼼짝할 수가 없었다.

"이젠 내가 당신 여동생 같아요?"

그가 뱉은 말이 몹시 불쾌하게 느껴졌다.

"헛소리 그만해요, 다니엘."

그의 표정이 다소 위압적으로 바뀌었다. 권위로 밀어붙이려는 듯했다. 강의실에서 그를 마주 보며 앉아있을 때 익히 보아온 표정이었다.

"그러지 마, 리나."

"뭘요?"

그는 혀를 차면서 나를 찍어 누르려 했다.

"애처럼 굴지 말라고. 이제 우린 둘 다 성인이야. 성인답게 말하고 행동해야지."

이제. 그는 이제라고 말했다. 언제랑 비교해서 하는 말일까? 우리가 사귀었을 때?

"우리가 사귀었을 때 내가 어린애였나요, 다니엘? 당신이 나랑 데이트했을 때요. 그래서 내가 특별하게 느꼈을까요? 당신이 날 사랑한다고 말해서?"

그의 턱에 힘이 들어가는 게 보였다.

"그래서 말썽날 것 같은 낌새가 보이니까 날 뜨거운 감자처럼 던져버렸어요? 그렇다면 모든 게 설명이 되네요. 이제는 내가 어른이 됐으니 사과받을 자격이 됐다고 생각해서 드디어 당신이 사과하는 거군요."

나는 뒤로 한 걸음 물러섰다. 그의 침착한 표정을 보고 있는데 심장이 쿵쾅쿵쾅 뛰는 소리가 귓속에서 울려댔다.

"그거 알아요? 난 이미 정리됐어요."

나는 고개를 절레절레 흔들며 씁쓸하게 웃었다.

"난 당신한테 빚진 거 하나도 없어요. 당신도 나한테 빚진 거 없고요. 당신은 나를 신경 쓴 적 없어요. 다니엘. 전혀요. 나를 신경 썼으면 사람들이 나를 산 채로 물어뜯게 두지 않았겠죠."

머리를 마구 두드리고 악쓰며 뛰쳐나오려고 발악하는 과거의 기억을 찍어 누르며 나는 숨을 삼켰다.

"당신은 그런 말을 하지 말았어야 했어요. 진심이에요. 그동안 당신한테 가졌던 쥐꼬리만 한 존경심이 지난 몇 분 동안 싹 사라졌어요."

앞에 가만히 서있는 그를 보면서 나는 뒤로 더 물러섰다. 그는 입을 벌렸지만 "리나"라고 부른 것 말고는 아무 말도 못 했다.

"됐어요. 당신한테 기대하는 거 없어요. 말했잖아요. 다 지나간 일이라고."

입을 닫은 그의 어깨가 처지는 게 보였다. 드디어 수긍하겠다는 것으로 보였다.

"이것만은 분명히 말할게요. 난 지금 행복해요."

그랬다. 솔직히 혼란스럽기도 했다. 여러 감정이 뒤섞여 갈피를 잡을 수 없는 상태였으니까. 두려움도 컸다. 하지만 상처받은 가여운 내 심장이 덮어쓴 두려움의 껍질을 찢어버릴 힘이 내 곁에 있었다. 그 힘은 상처의 균열로 스며들어 모든 의심을 걷어내고 싶어 했다. 안전과 편안함을 약속하려 했다. 하지만 그런 얘길 다니엘에게 굳이 할 필요는 없었다. 그 얘길 들려주고 싶은 사람은 따로 있었다. 나는 그 사람에게 돌아가고 싶었다. 돌아서서 가려는데, 늘 내 얼굴에 미소를 짓게 만드는 사람이 모퉁이를 돌아 다가왔다.

"여기서 뭘 하고 있니?"

할머니는 스페인어로 이렇게 묻더니 다니엘을 쓱 쳐다보았다.

"아, 이제 알겠구나."

할머니는 그를 곁눈으로 흘낏 보더니 무시해 버렸다. 나를 돌아보는 할머니의 얼굴에 불쾌해하는 기색이 역력했다.

"네 남자친구가 버림받은 강아지처럼 테이블에 앉아있어."

할머니는 내게 팔짱을 끼었다. 덕분에 내 기분은 약간 풀렸다.

"네 남자친구가 널 위해 디저트를 주문한 거 아니? 네 자리만 계속 쳐다보고 있는 게, 너를 데리러 가고 싶은데 참고 있는 것 같더라."

심장이 쿵 떨어지고 뱃속이 떨려왔다.

"그래요?"

할머니가 내 팔을 토닥였다.

"당연하지, *boba*(바보야)."

할머니는 혀를 끌끌 차면서 사람들이 모여 식사하는 곳으로 나를 데려갔다.

"너한테 디저트를 나눠달라고 해봐야 소용없는 걸 아는지 스푼 두 개를 달라는 요청도 안 하더라."

할머니가 호호 웃었다. 뱃속의 떨림이 가슴으로 번졌지만 의식하지 않으려 애썼다.

"그는… 정말 완벽해요."

이 말이 내 입에서 나온 게 믿기지 않았다.

"그래."

할머니는 길게 곱씹지 않고 말했다.

"그럼 오랫동안 혼자 앉아있게 두질 말아야지. 그렇게 하기엔 너무 아름다운 남자잖니."

그는 나에게 그런 존재였다.

"네 남자친구가 내일 나랑 춤을 춰줄까?"

"그럴 거예요."

그는 틀림없이 그렇게 할 것이다.

"할머니가 좋은 말로 요청하시면요."

할머니가 호호 웃었다. 내 가짜 남친의 관심을 두고 할머니랑 싸워야 하는 상황인 걸까. 어린 시절 잠자리에 든 내게 할머니는 백만 번도 넘게 초콜릿을 몰래 쥐여주었다. 할머니는 가족들이 모여 앉아 즐겁게 떠들고 있는 곳으로 나를 도로 데려갔다. 테이블에 도착하기 전 할머니가 목소리를 낮추고 말했다.

"내가 젊었을 때는 저런 남자들이 없었어. 네 할아버지는 잘생겼지만 저렇진 않았지. 내 마음에 드는 건 저 젊은이의 얼굴뿐만이 아니야."

할머니가 윙크했다.

"내 말뜻 알 거다."

"할머니!"

나는 목소리를 약간 낮춰 속삭였다. 할머니는 내 팔을 토닥였다.

"내숭 떨지 마. 난 늙었어. 알 만큼 다 알아. 얼른 가자."

가까이 가자 푸른 눈동자가 즉시 나를 찾아냈다. 그 눈동자는 할머니와 내 뒤의 어딘가를 살폈다. 뒤돌아보니 다니엘이 몇 걸음 뒤에서 오고 있었다. 할머니와 떨어진 나는 에런을 바라보며 그 곁으로 걸어갔다. 에런의 잘생긴 얼굴에 불안감이 드러났다. 그는 이를 악물었고 이마에 힘이 들어가 있었다. 한 번 더 눈이 마주쳤을 때 보니 그의 눈에는 의문과 보호 본능이 담겨있었다. 몇 분 전 다니엘이 그의 이름을 입에 담았을 때 내가 느꼈던 바로 그 보호 본능이었다. 그것은 구름 한 점 없는 여름날처럼 명확하게 드러났다.

에런은 걱정하고 있었다. 당장 자리를 박차고 다가와 무슨 일 있었냐고 묻고 싶은데 참는 듯했다. 그는 신경 쓰고 있었다. 진심으로 나를 신경 쓰고 있었다. 그는 내가 요청하기만 하면 나를 보호하고, 안아주고, 내 곁에 있어줄 사람이었다. 그랬다. 내가 요청하지 않아도 충분히 그럴 사람이었다.

솔직하고 진실한 걱정. 다니엘의 말뿐인 걱정과는 전혀 달랐다.

의자에 가만히 앉으면서 나는 얼굴에 차분한 미소를 지으려 애썼다. 감정을 드러내지 말아야 했다. 하지만 입술이 원치 않는 방향으로 비딱해지면서, 다니엘과 얘기를 나눈 후 내 속에서 부글부글 끓었던 온갖 감정이 얼굴에 드러난 모양이었다. 고개를 돌려 에런을 보니 에런의 눈에 불이 활활 타오르고 있었다.

내가 입술을 애써 위로 올리며 괜찮은 척하는데 그의 턱 근육이 움찔거렸다. 언니가 무슨 얘기를 떠들기 시작했는데, 정확히 무슨 얘기인지 알 수 없었다. 내 머리는 다른 곳에 가있었다. 두 손을 무릎에 내려놓자 에런이 손바닥으로 내 손을 덮듯이 잡았다. 오늘 저녁 두 번째로 그는 나와 깍지를 꼈다. 손가락을 서로 하나하나 교차하며 낀 깍지였다. 그런데 이번에 그는 깍지 낀 우리의 손을 탁자 위가 아니라 내 허벅지 위에 두었다. 남들이 못 보는 테이블 아래 우리의 손을 두면서, 이건 쇼가 아니라 우리만을 위한 깍지라고 말하는 듯했다.

그는 손가락에 힘을 주면서 내 손을 의미 있게 꼭 잡았다. 그의 손바닥에서 내 피부로 온기가 전해졌다. *오직 우리만을 위한 거야.* 그의 손은 나를 안심시키고, 나에게 장담했다. 온 우주에서 제일가는 바보처럼 나는 그의 길쭉한 다섯 개의 손가락에서, 그 따뜻한 손바닥에서 위로받았다. 나는 깍지 낀 우리의 손을 내 배 쪽으로 가져가면서, 손에 마주 힘을 주었다.

갈비뼈 사이에 째깍거리는 시한폭탄이 끼워져 있는 느낌이었다.

"당신 머릿속에서 기어 돌아가는 소리 다 들려."

에런은 잠옷 바지 차림으로 방을 가로지르며 말했다. 이 잠옷 바지는 내 배에 미친 듯한 효과를 불러일으키고 있었다. 티셔츠도 마찬가지였는데, 어제 잘 때 입고 잔 바로 그 티셔츠였다. 그래도 그는 티셔츠를 입고 있었다. 아무래도 지금은 상의를 탈의한 에런을 참아내기 힘들 것 같았다.

"괜찮아."

거짓말이었다. 다니엘과 나눈 대화를 곱씹는데 머리가 욱신거렸다. 레스토랑을 나온 후 계속 그 대화가 머릿속을 맴돌았다.

"결혼식 전에 마쳐야 할 일들을 생각하느라 그래."

사실 지금 해야 할 일이 바로 그것이었다. 잠옷 차림으로 하이힐 두 컬레를 벽에 붙여서 바닥에 가지런히 내려놓았다. 하나는 내일 신을 하이힐이고 다른 하나는 혹시 몰라 예비로 준비해 온 것이다. 신발들 사이의 간격을 세심하게 조정해 일정하게 만들어 놓았다.

작품을 감상하며 뒤로 물러섰다. 안 맞네.

확신이 오지 않아서 무릎을 굽히고 신발 위치를 재조정했다. 뭔가 고민이 있을 때 나는 둘 중 하나였다. 강박적으로 뭘 먹거나 아니면 물건을 정리하거나. 우린 이미 저녁을 먹었다. 깔끔하게 정리해서 쌓아둔 옷가지, 그리고 서랍장 위에 줄 맞춰 놓아둔 소지품들로 보자면, 이번에는 후자 쪽에 가까웠다. 곁눈질로 보니 에런이 덩치에 안 어울리게 쉽고 능숙한 몸놀림으로 침대에 홀쩍 뛰어 올라갔다.

"당신 귀에서 연기가 나오는 것 같아."

에런이 침대 머리판에 등을 기대고 앉자 그의 무게 때문에 나무로 된 침대 머리판이 삐거어억 소리를 냈다. 나는 손을 뻗어 신발들의 위치를 오른쪽으로 2.5센티미터씩 옮겼다.

"그럴 리가."

나는 딱 부러지는 말투로 말하며 신발 두 켤레를 왼쪽으로 1.3센티미터씩 옮겼다.

"생각이 너무 많을 때는 그런데 지금은 아니야."

"지금 그런 거 맞잖아."

침대에서 그의 목소리가 들렸다.

"얘기해."

나는 굳이 대답하지 않았다. 그의 한숨 소리를 들으며 신발 정리에 몰두했다.

이걸 벽을 향해 놓으면…

"카탈리나."

그의 말투에 신경이 쓰여 그에게 고개를 돌렸다. 그는 손으로 침대를 탁탁 두드렸다.

"이리 와."

나는 인상을 쓰며 그를 쳐다보았다.

"잠깐만 내 옆에 앉았다가 그 신발들을 완벽하게 배열하려고 고문하는 짓 계속해."

그는 한숨을 쉬며 말했다.

"몇 분만 여기 와있어."

그러고는 손바닥으로 다시 이불을 두드렸다. 내가 대답도 안 하고 움직이지도 않자 그는 내가 자기 말을 들어주지 않으면 가슴이 아플 것처럼 부드럽게 덧붙였다.

"제발."

'제발'이라는 말, 그리고 그의 말투 때문에 내 다리가 결국 그를 향해 움직였다. 무슨 짓을 하는지 깨닫기도 전에 내 엉덩이는 침대로 올라가 그의 엉덩이 옆에 자리 잡았다. 에런이 무슨 얘길 하고 싶어 하는지 짐작이 갔다. 머릿속에서 온갖 감정과 기억, 의문이 서서히 뒤섞였다. 그 뒤섞인 칵테일 같은 덩어리를 아파트로 가지고 돌아왔다. 내가 입을 열면 그 덩어리는 툭 터져 흘러내릴 게 분명했다. 즉, 나는 에런에게 모든 것을 털어놓게 될 터였다. 그것은 다시는 돌이켜 생각하고 싶지 않은 내 과거의 일부를 에런에게 드러내는 것이며, 나를 더 잘 이해하고 알게 해주는 열쇠를 에런에게 주는 것이나 다름없었다. 나는 그렇게 하고 싶은 걸까? 그랬다간 결국 그의 가슴에 머리를 묻고 위로를 구하게 되지 않을까?

"내 인생의 멜로드라마 같은 부분을 당신한테 보여주고 싶진 않아."

입에서 한숨이 나왔다. 진심으로 한 말이었다. 그에게 말할 수 없는 근본적인 이유는 두려움 때문이었다.

"걱정할 필요 없…"

부드럽게 몸을 움직인 에런은 나를 훌쩍 들어 올리더니 자신의 벌린 두 다리 사이에 내려놓았다. 내 입에서 후우 하는 한숨이 흘러나왔다. 지쳐서라거나 머릿속이 복잡해서 나오는 한숨이 아니었다.

"당신을 괴롭게 만드는 게 있다면 나한테도 중요한 문제야. 나도 듣고 싶어."

그가 내 등 뒤에 앉아 말했다.

"지루할 리도 없고 내가 흥미를 못 느낄 리도 없어… 절대로. 알겠지?"

고개를 끄덕이면서 조용히 "응"이라고 말한 것 같았다. 심장 소리가 너무 요란해서 귀가 제대로 작동하질 않았다. 에런이 말을 이어갔다.

"당신이 겪은 일을 털어놓고 싶으면, 우린 같이 그 얘기를 할 거야."

그가 내 어깨에 부드럽게 손을 얹자 신경이 약간 누그러졌다. 그는 내 머리카락을 옆으로 쓸어 넘겨주고 내 목 뒷덜미를 손으로 쓰다듬었다.

"당신이 그 일을 털어놓고 싶지 않다면, 우린 다른 얘기를 하면 돼. 어느 쪽이든 당신 마음이 편해졌으면 좋겠어. 몇 분 동안이라도."

에런은 내 등줄기를 따라 엄지로 조용히 마사지하기 시작했다. 나는 상처받은 짐승처럼 낑낑거리지 않으려 애썼다. 나 혼자만 고통받은 게 아니기 때문이었다.

"괜찮은 계획이지?"

"응."

그의 부드러운 손길이 나를 거의 녹일 뻔했다. 잠시 침묵이 흘렀다. 에런의 손가락이 내 목 뒷덜미를 문질러 근육을 부드럽게 풀어주었다. 목구멍을 타고 올라온 소리가 거의 입 밖으로 나갈 뻔했다. 나는 가까스로 그 소리를 입안에 가뒀다.

"아까 저녁 식사 때 당신 아버지가 하신 말씀을 들으면서 어렸을 때 어머니한테 자주 들은 얘기가 생각났어."

에런의 손가락은 내 어깨를 비롯해 그 주변을 두루 문지르며 긴장을 풀어주었다. 그의 깊고 낮은 목소리를 들으며 나는 녹은 버터처럼 흐물흐물해졌고 나만의 생각에서 벗어날 수 있었다. 그는 내게 자신의 과거를 또 한 조각 들려주려 하고 있었다.

"그때는 어머니 얘기를 이해할 수도 없고 별로 신경도 안 썼어. 내가 좀 더 나이가 들고 어머니가 병을 진단받으시고 어머니가 우릴 떠날 수도 있다는 생각이 드니까, 어머니 얘기가 이해되더라. 어머니는 내가 태어났을 때 얘기를 종종 해주셨어. 어둠 속에서 빛을 찾았다고 하셨지. 무슨 일이 있어도 항상 불이 켜진 등대 같았다고 하셨어. 어머니가 집으로 돌아올 수 있도록 밤을 밝히고 신호를 보내는 등대. 어렸을 때는 진부하고 멜로드라마 같은 얘기라고 생각했어."

에런은 나지막하게 마른 웃음을 웃었다. 그가 가여워서 심장이 부서질 것 같았다. 심장은 너무 아파 못 견디겠다며 나더러 몸을 돌려 그를 위로해 주라고 했다. 하지만 나는 그대로 가만히 앉아서 말했다.

"어머니가 많이 보고 싶겠네."

"맞아. 매일 보고 싶어. 어머니가 돌아가신 후 밤은 점점 더 어두워졌고, 시간이 흐르면서 어머니의 얘기에 담긴 뜻을 이해하기 시작했어."

너무 지독한 상실감이라 나는 그런 일을 오래 겪지 않기를 바랄 뿐이었다.

"그런데 당신 아버지가 말씀하셨잖아. 당신은 내면에 불이 있다고. 밝은 빛과 생기를 가진 사람인데, 한동안 그 빛과 생기가 흐릿해졌다고…"

그는 잠시 말을 멈췄다. 그가 숨을 삼키는 소리가 들린 듯했다.

"그러니까…"

그는 다음 말을 꺼내기가 두려운지 말끝을 흐렸다. 그는 생각을 말로 하는 걸 겁낸 적이 없는 사람이었다. 원래 겁이 별로 없기도 했다.

"맞아, 카탈리나. 당신은 빛이야. 열정이고. 당신 웃음소리만 들으면 기분이 좋아지고, 힘든 하루도 견딜 만해져. 날 보면서 웃은 게 아니라고 해도. 당신은 방방이 불을 밝혀주는 사람이야, 카탈리나. 당신은 그런 힘을 가졌어. 당신을 이루는 여러 가지 요소들 때문이겠지. 그 요소 하나하나가 당신은 상상도 못 할 방식으로 나를 완전히 미치게 만들어. 그 사실을 절대 잊지 마."

심장이 쿵 떨어졌다. 잠시 후에 쿵, 그리고 또 쿵 떨어졌다. 폐에서 공기가 모조리 빠져나갈 때까지 숨도 쉴 수 없었다. 심장이 완전히 멈춰버린 듯했다. 오랫동안 나는 그대로 멈춰있었다. 심장이 제대로 기능을 못 하게 돼서 이제 원래 상태로 못 돌아가겠다는 생각마저 들었다. 이 지구와 이대로 이별하게 된다고 해도 이 정도면 행복하니 됐다 싶었다.

심장이 다시 뛰기 시작했지만 마음이 놓이지는 않았다. 심장이 유례없이 세차게 가슴 안쪽을 치기 시작했기 때문이었다. 누군가의 심금을 울리는 가장 아름다운 일은 시를 써주거나, 노래를 지어주거나, 인상적인 몸짓으로 영원한 사랑을 고백하는 것이라고들 했다. 하지만 에런의 긴 다리를 보호막 삼아 앉아있는 그 순간, 그가 긴장한 게 분명해 보이는 내 목을 부드럽게 마사지해 주는 그 순간, 나는 시나 노래, 몸짓 따위는 필요하지도 않고 바라지도 않는다는 걸 깨달았다. 어떤 서사적 선언이 없어도 괜찮았다. 지금 그가 한 말은 나에 관해 지금까지 들은 어떤 말보다도 아름다웠기 때문이었다. 그것은 나에게 한 말이며 나를 위해 한 말이었다.

내 몸은 뒤돌아보길 바랐다. 내 몸은 그의 말을 순순히 받아들이라고 내 머리에 외쳐대고 있었다. 만약 뒤를 돌아보면 에런은 내 얼굴에 담긴 감정을 보게 될 테고 그럼 모든 게 달라질 것이다. 우리 사이는 완전히 달라질 게 분명했다.

난… 젠장. 이 남자를 어쩌면 좋을까. 그는 자기가 얼마나 완벽한 남자인지 줄곧 보여주었다. 그는 베일에 싸여있던 그의 아름다운 부분들을 하나하나 내게 보여주었고, 나는 어지러울 정도로 들뜨고 그를 더욱 갈망하게 됐다. 하지만 절벽 끄트머리에 서서, 그의 눈동자처럼 깊고 푸른 바다의 소용돌이를 내려다보는 기분이었다. 내가 저 바다에 뛰어들어도 되는 걸까?

"대학교 2학년 때 다니엘에게 반했어."

나는 뒤돌아보지 않고 말했다. 절벽에서 훌쩍 뛰어내려 자유낙하 할 자신이 없었다. 아직은 아니었다.

"그때 난 열아홉 살이었고, 다니엘은 우리 학과의 물리학 교수였어. 다른 교수들보다 젊은 편이라서 눈에 띄었지. 그는 학생들 사이에서, 특히 여학생들 사이에서 인기가 많았어. 처음엔 그냥 그에게 바보처럼 반한 거였어. 그의 수업 시간이 기대됐어. 옷도 신경 써서 입고 맨 앞 줄에 가서 앉고 그랬어. 나만 그런 게 아니라, 그의 수업을 듣는 다른 여학생들—심지어 몇몇 남학생들—도 교실을 서성이며 강의하는 그의 뺨에 새겨진 보조개와 자신감에 매료됐어. 우리가 공부한 중 제일 어려운 과목이었는데도 그랬어."

에런은 내 목과 어깨의 근육을 주물러 긴장을 풀어주었다. 그는 내 내 말이 없었는데, 손가락을 제외하고 다른 부분은 전혀 움직임이 없는 것처럼 느껴졌다.

"어느 순간 그가 나를 주시하고, 다른 사람보다 더 길게 쳐다본다는 게 느껴졌을 때 내가 얼마나 놀랐을지 상상해 봐. 그는 나를 바라보고 있을 때 보조개를 더 자주 내보였어."

에런의 손이 등줄기를 따라 점점 아래로 내려가자 나는 눈을 감았다.

"그해 내내 우리는 수업 중간의 쉬는 시간이나 수업 시간에 몇 번 접촉하면서 감정을 쌓아갔어. 꽤… 짜릿하더라고. 신나기도 했어. 그를 갈망하는 학생들 사이에서 그가 나를 특별하게 취급한다는 느낌이었거든."

기억에 젖어 들며 목소리가 점점 낮아져 나는 애써 다시 말투에 힘을 주었다.

"그가 수업을 진행한 2학기가 다 지나갈 때까지 우린 데이트를, 공식적인 데이트를 시작하지 않았어. 캠퍼스에서든 어디서든 사귀는 모습을 내보이진 않았지만 여느 커플과 다를 게 없었어. 우리가 그렇게 엮이면서 그는 곤살로와 이사벨 언니를 인사시켰고, 그들은 단박에 뜨거운 사랑에 빠졌어."

이사벨 언니와 곤살로가 서로에게서 시선을 떼지 못하던 그 순간을 떠올리자 내 입가에 진심 어린 미소가 담겼다. 그들은 평생 그 순간을, 상대를 기다려 온 것처럼 보였다. 에런이 다리를 움직여 나를 자기 품 안에 더 깊숙이 넣었다. 어쩌면 내가 그의 품으로 더 깊게 파고 들어갔는지도 모르겠다. 어느 쪽이든 나는 투덜거리지도 몸을 움직거리지도 않았다.

"나도 사랑에 빠졌어. 1년 동안 갖지도 못하고 바라보기만 했던 사람이라 마침내 그를 내가 차지했다는 기쁨에 뵈는 게 없었어. 난 그를 내 것이라 여겼어."

그 순간 에런의 손가락은 어떻게 움직여야 할지 모르겠는 듯 잠시 멈췄다. 그러다 다시 내 어깨를 주무르기 시작했다.

"몇 달 정도 그렇게 사귀었는데 언제부턴가 수군거리는 소리가 들리는 거야. 행복에 먹칠을 하고도 남을 지저분하고 악의적인 소문이었어. 소문에 점점 살이 붙더라고. 속삭임이 요란한 쑥덕거림이 돼서 캠퍼스의 강의실 복도를 따라 좌악 퍼져나가더라. 페이스북 포스트와 트위터 스레드에서도 떠들어 댔어. 나를 겨냥한 건 아니었지만 나에 관한 얘기였어. 적어도 처음엔 그랬어."

나는 무릎을 가슴으로 끌어당겨 두 팔로 감쌌다.

"창녀 같은 년이 교수랑 자고 돌아다닌대. 그러니 우등으로 졸업하겠지. 다른 학생들은 대부분 성적이 안 좋게 나왔는데 쟤 혼자 물리학 시험을 잘 봤잖아. 쟤는 아마 대학을 졸업할 때까지 그 교수랑 잘 거야."

에런이 내쉬는 숨소리가 들렸다. 그의 숨결이 목 뒷덜미에 와 닿았다. 긴장한 그의 손가락이 잠시 움직임을 멈췄다.

"큰 상처가 됐어."

내 목소리는 텅 비고 씁쓸해졌다. 그 목소리는 기억하고 싶지 않던 과거의 리나를 끄집어냈다. 다시는 되고 싶지 않은 모습이었다.

"나에 관한 수군거림은 곧 손가락질로 변했고, 누군가 내 얼굴을 합성해서 구역질 나는 사진을 만들어 퍼뜨렸어. 정말… 더러운 사진이었어."

에런은 내 피부를 스치듯 가볍게 문지르며 위로했다. 덕분에 나는 힘을 내어 말을 이어갈 수 있었다. 그의 손가락은 '나 여기 있어. 내가 곁에 있어줄게'라고 말하는 듯했다.

"내가 점수를 잘 받으려고 교수들을 후리고 다니는 교활하고 더러운 여자라는 끔찍한 소문이 퍼져나갔어. 밤늦게까지 열심히 공부한 내 노력을 깔아뭉개는 소문이었어. 왜들 그랬는지는… 모르겠어. 지금도 그들이 왜 그랬는지, 무슨 동기가 있었는지 모르겠어. 질투였을까? 웃음거리로 삼고 싶어서? 만약 내가 남학생이고 다니엘이 여교수였으면 난 그런 일을 겪지 않았을지도 몰라. 오히려 교수가 더러운 소문의 대상이 됐겠지. 젊은 남자 대학생을 노린 늙은 여교수라는 소문. 그리고 학생 쪽은 응원의 하이파이브를 받았을 수도 있어. 난 너무 괴로워서 학교를 그만둘 생각까지 했어. 수업에 들어가고 싶지도 않았고, 집 밖으로 나가기도 싫었어. 당시 나는 부모님 집에 살면서 학교까지 차를 운전해서 통학했는데 부모님께 그 얘기를 차마 할 수가 없더라고. 모든 소셜미디어에서 내 프로필을 삭제했어. 모든 사람과 연결고리를 끊어버렸어. 언니를 비롯해 끝까지 내 친구로 남아준 몇몇하고도 관계를 끊었어."

나는 내 피부를 둥글게 쓰다듬으며 위로하는 에런의 손놀림에 집중했다. 그는 나를 붙잡아 그의 곁에, 현재에 뿌리내리게 해주고 있었다.

"너무 괴로웠어. 정말… 부끄러웠고 내가 무가치한 사람으로 느껴졌어. 내가 해온 노력이 아무 가치도 없게 됐어. 성적이 떨어지고 평균 평점도 바닥을 쳤는데 신경도 안 썼어."

침묵이 너무 길어진 것 같았다. 생각해 보니 에런은 한마디도 하지 않고 있었다. 그가 나를 비판하지는 않았지만, 무슨 생각인지 궁금해졌다. 나를 보는 시야가 달라졌는지도 알고 싶었다.

"그는 어떻게 했어?"

마침내 에런이 물었다. 단단하고 거친 목소리였다.

"당신이 그런 일을 겪는 동안 다니엘은 뭘 했어?"

"그 사람은 곤란해하기 시작했어. 예전 제자랑 사귀면 안 된다는 법은 없었는데 상황이 너무 안 좋아지니까 감당하기 힘들어했어."

"그 사람이?"

에런이 날카롭게 물었다.

"응. 그러다 헤어지자고 하더라고. 너무 복잡해져서 안 되겠다고, 누굴 사귀는 게 이렇게 어렵고 골 아프면 안 되는 거라고 했어."

에런의 손가락은 그대로 멈춰 더 이상 움직이지 않았다. 내 피부 위에 가만히 멈춰있는 게 느껴졌다.

"그는 우리가 서로를 넘어지게 만들면 안 된다고 생각했나 봐. 그런데 우리가 넘어지게 되니까 함께하면 안 된다고 결론을 낸 거야. 그 사람… 생각이 옳다고 생각해. 그럴 거야."

에런은 아무 말도 하지 않았다. 그의 입에서 말 한마디 나오지 않았지만 뭔가 심상찮은 기운을 느꼈다. 그의 호흡이 빨라지고 커진 게 느껴졌다. 내 어깨 위에서 그의 두 손이 얼어붙은 것처럼 멈춰있었다.

"졸업이나 할 수 있을까 생각했는데 결국 졸업은 했어. 그와 헤어지고 나서 어느 순간 정신이 들더라. 시험 보러 학교에 갔고 통과했어. 그리고 해외 학위 프로그램에 신청서를 넣고 통과돼서 미국으로 떠났어."

에런의 손이 다시 움직이기 시작했다. 아주 천천히 내 어깨를 따라 움직이는 그의 손이 느껴졌다. 뭔가 미묘하게 달라지긴 했는데 여전히 나를 만지고 있기는 했다. 인정하고 싶진 않지만, 그의 손길이 필요했다.

"나는 그 사람한테서 도망친 게 아니었어. 다들 그렇게 생각했지만 그렇진 않았어. 다니엘은 나한테 상처를 줬지만 난 그 상처 때문에 도망친 게 아니야. 이유는 다른 데 있었어. 나를 바라보는 모두의 시선이 달라졌기 때문이었어. 나라는 사람이 변해서였을까. 사람들이 나를 보는 시선이 달라졌어. 마치 나를 망가진 사람 보듯 했어. 다니엘에게 버려지고 사람들에게 시달리고 웃음거리가 되긴 했지. 다들 쑥덕거렸어. 어머, 불쌍해라. 그런 상처를 입고 어떻게 회복이 되겠어? 그들은 나를 망가진 물건처럼 취급했어. 지금도 그래. 혼자 고향으로 돌아올 때마다 그들은 불쌍하게 여기는 눈빛으로 나를 바라봤어. 내가 '난 아직 싱글이에요'라고 말할 때마다 그들은 그럼 그렇지 하듯 고개를 끄덕거리고 애석한 미소를 짓는 거야."

나는 고개를 절레절레 흔들며 폐에 담긴 공기를 모조리 쏟아냈다.

"그게 정말 진절머리 나, 에런."

울컥 올라온 감정이 목소리에 고스란히 담겼다. 그게 너무 싫어서 말도 잘 나오지 않았다.

"그게 바로 내가 고향에 자주 돌아오지 않은 이유야."

사람들이 한 얘기 중 일부는 사실일지 모른다는 생각에 얼마나 두려웠던지. 그 생각을 하는 것조차 소름 끼쳤다. 그 일 때문에 내가 사람을 온전히 못 믿게 되지 않았을까?

"과거의 모든 일이 나를 괴롭히고 상처를 남겼지만 나를 망가뜨리진 못했어."

목 안에 막힌 숨을 삼켰다. 내 입에서 나온 그 말을 진심으로 믿고 싶었다.

"절대로."

뒤에서 깊고 거칠고 고뇌에 찬 신음이 들려왔다. 왜 그러는지 알아내기도 전에 에런의 두 팔이 내 어깨를 감쌌다. 그는 나를 완전히 품에 넣었다. 그의 가슴은 따뜻하고 단단하며 안전했다. 그렇게 안겨있으니… 훨씬 덜 외로웠다. 조금 전보다 나라는 사람이 훨씬 더 완전해진 느낌이었다. 그는 내 목덜미에 머리를 묻었다. 그를 위로하고 싶어졌다.

"난 망가지지 않았어, 에런."

나는 그에게 속삭였다. 어쩌면 나를 달래는 말이기도 했다.

"절대로."

"그래."

그는 내 피부에 대고 말하며 나를 더 바짝 당겨 안았다.

"어떤 일로 당신이 망가졌다고 해도…그게 인생이고 상처받지 않고 사는 사람은 아무도 없어… 당신은 망가진 자신을 잘 추슬렀고 여전히 내가 본 중에서 가방 밝게 빛나는 사람이야."

내 어깨를 감싼 그의 팔을 손으로 잡았다. 그는 내가 연기처럼 사라질까 봐 두려운 듯 나를 더 가까이 끌어당겼다. 나도 그의 품에 더 절실하게 안겼다. 그렇게 하지 않으면 곧 죽을 것처럼.

우리는 그대로 한참 앉아있었다. 그리고 천천히, 아주 천천히 우리의 몸은 긴장을 풀고 서로에게 녹아들었다. 나는 그의 호흡, 그 순간의 열정, 등으로 느껴지는 그의 심장 박동, 그의 힘에 집중했다. 그가 나에게 편안히 내준 모든 것에 초점을 맞췄다. 그는 나에게 전부를 내주었고 나는 자격이 있는 것처럼 받았다.

시간이 길게 늘어지는 동안 우리는 말없이 앉아있었다. 잠과의 싸움에서 점점 지게 되면서 서로를 안고 있는 팔에 힘이 풀렸다. 마침내 눈꺼풀이 내리 덮였다. 어둠이 나를 집어삼키기 전 에런의 속삭임이 들린 듯했다.

"내 품 안에서 당신은 완전한 사람으로 느끼고 있어. 당신은 내 집 같아."

22

내가 멍청했다.

이렇게 어리석고 멍청하고 바보 같을 수가 없었다.

그날 아침, 새벽이 밝아오기 조금 전에 알람이 울리자 나는 에런의 따뜻한 품에서 조용히 빠져나왔다. 어제처럼 공황에 빠져 어쩔 줄 모르는 상태는 아니었다. 결혼식 몇 시간 전에 이사벨 언니를 만나기로 동의한 게 곧장 후회됐다. 방에서 필요한 물건을 챙기고 나갈 준비를 했다. 에런이 곤히 잠들어 있는 것 같아서 깨우지 않고 문밖으로 나가려다가 조용히 허리를 굽히고 그의 턱에 부드럽게 입을 맞췄다. 정말이지 나가고 싶지 않은 데다가, 내가 에런에게는 약하디약한 여자이기 때문이었다.

혹시 몰라서 그에게 쪽지를 남겼다. 나는 이사벨 언니랑 결혼식 준비를 하러 갈 테니 몇 시간 뒤에 보자는 내용이었다. 차로가 그를 차에 태워 결혼식장으로 데려올 것이라는 내용도 덧붙였다.

강해지고 굴복하지 마. 나는 이렇게 적은 후 끝에 서명했다. *사랑을 담아. 리나.*

막상 그런 표현을 쓰고 보니 심장이 벌렁거렸다. 하지만 그 정도는 별것 아니라고 스스로를 달래며 쪽지를 방에 놓아두었다. 아파트를 나선 지 한 시간도 안 됐는데 에런이 보고 싶어졌다. 그에 대해 생각하

고 한숨을 쉬다 보니 지금쯤 그가 뭘 하고 있을지 궁금해져서 문자를
보냈다.

리나

내가 남긴 쪽지 봤어?

그는 2분쯤 지나서 답장을 보내왔다.

에런

어. 지금 화장실에 숨어있어. 차로가 핸드폰으로 내 사진을
몰래 찍으려고 했어. 마르틴 집안 여자들은 진짜 무자비하네.

내가 콧방귀를 너무 세게 뀐 바람에 내 얼굴에 화장을 해주던 전문
가가 이마에 아이섀도를 묻히고 말았다. 화장 전문가는 아무렇지 않
은 척했지만 열받은 듯했다. 내가 어리석고 멍청하고 바보 같다고 느
낀 이유는 그 일 때문이 아니었다.

벨벳처럼 부드러운 얇은 황갈색 하이힐을 신고 바람 잘 통하는 진홍
색 드레스를 입는 도중에 문득 의문이 들었다. 상당히 중요한 질문들
이었다. 여러 하객 사이에서 내가 에런을 찾을 수 있을까? 그는 괜찮
을까? 그가 결혼식장에 와서 자기 자리를 잘 찾을 수 있을까? 예식이
끝날 때까지 그가 안 보이면? 내가 그를 못 찾으면 어떻게 하지?

영광스러운 여름날, 신부 오른쪽의 내 자리로 향했다. 다양한 농도
의 베이비핑크색, 진주 화이트색 모란꽃에 둘러싸인 그곳은 어렸을
때부터 우리를 지켜봐 온 사람들을 마주 보는 자리였다. 나는 고개를
돌려 그를 찾았다.

바다처럼 푸른 두 개의 눈을 곧장 찾을 수 있었다. 머릿속을 맴돌던
온갖 의문이 순식간에 사라졌다. 이렇듯 내 눈이 몇 초 만에 에런 블랙

The Spanish Love Deception

퍼드에게 향하게 될 텐데, 그를 못 찾을까 봐 걱정했던 내가 정말 바보 같았다. 그를 찾는 게 어떻게 불가능할 수 있을까?

감청색 정장을 입고 태양 아래 서있는 에런은 그야말로 눈이 부셨다. 오직 나만을 위한 것 같은 환하면서도 은밀한 그의 미소를 보면서 눈이라도 깜박이지 않으면 그대로 눈이 멀어버릴 것 같았다. 미소… 에런의 미소와 잘생긴 얼굴, 완벽하고 온전한 그를 보니 무릎에 힘이 빠지면서 가슴이 조여들었다.

예식이 끝나고 곤살로는 모두가 지켜보는 자리에서 이사벨의 얼굴을 먹어버릴 듯 키스를 퍼부었다. 그때 나는 에런을 찾아 떨리는 다리로 돌아섰다. 신랑 신부가 행진을 시작하자 하객들은 그들에게 쌀과 색종이 조각을 뿌렸다. 이윽고 신랑 신부는 저녁 식사 전에 사진 촬영 장소로 이동하기 위해 노란 폭스바겐 비틀 자동차로 뛰어 들어갔고 하객들은 식사가 마련된 장소로 천천히 이동했다. 이윽고 결혼식장에 정적이 감돌았다. 당장이라도 목구멍 밖으로 뛰쳐나가려는 내 심장 소리만 들릴 뿐이었다.

에런은 감청색 바지의 주머니에 두 손을 찔러 넣고, 재킷을 약간 열어놓은 채 출구 옆에서 나를 기다리고 있었다. 크림색 의자들이 줄지어 놓인 곳 끄트머리였다. 그의 머리카락에 작은 색종이 조각 몇 개가 붙어있었다. 통로를 따라 걸어 내려오는 나를 그가 지그시 바라보았다. 꼭 모래 위를 걷는 듯, 다리가 무겁고 어설픈 느낌이었다.

내가 그에게 가고 있는데 그가 내 쪽으로 한 걸음 다가왔다. 빠르고 급한 걸음이었다. 나에게 달려오고 싶은 걸 줄곧 참고 있었는데 더는 못 참겠다는 듯이. 그의 목이 울컥거렸다. 그의 눈은 당장이라도 집어삼키고 싶은 것처럼 위아래로 샅샅이 나를 훑어보았다.

"당신은 꼭 꿈같아."

현실 같지 않은 모습을 한 에런이 내게 그렇게 말하니 어이가 없었다. 애초에 여기 함께 오게 될 줄도 몰랐다. 이해할 수 없는 온갖 감정이 가슴속에 차올랐다. 나는 정신을 차리고 대답하기 위해 고개를 흔들었다.

"당신도 멋져, 에런."

그는 내 표정을 잠시 살폈다. 무엇을 발견했는지 그는 싱긋 미소 지었다. 그 미소. 나만을 위한 미소. 난 정말 운 좋은 여자였다. 에런이 한쪽 팔을 내밀었다. 나는 그에게 당장 달려가지 않으려 꾹 참아야 했다. 그가 천천히 물었다.

"당신을 모실 수 있는 영광을 주시겠습니까?"

내 입에서 깔깔 웃음이 나왔다. 나는 그의 팔을 느긋하게 잡으며 대답했다.

"원한다면요."

그는 팔 안쪽에 올려놓은 내 손을 손바닥으로 누르며 물었다.

"무슨 뜻이야?"

"제인 오스틴의 소설에 나오는 로맨스 주인공들이 그런 식으로 말하잖아. 평범한 로맨스 소설 주인공들은 여자한테 그 정도로 기름진 멘트를 못 날려."

나는 그와 함께 결혼식장 근처의 레스토랑으로 걸어가며 설명했다. 레스토랑에 모인 사람들은 와인 잔을 한두 개씩 손에 들고 있었다.

"내가 읽은 책에서는 가장 아름다운 여자가 내 팔을 잡아주는 걸 영광스럽게 생각하거든."

화장 전문가가 내 얼굴에 파운데이션을 두 번이나 발라줬으니 지금 확 달아오른 내 뺨의 붉은기가 잘 감춰졌길 바랐다.

"언니가 당신 얘길 들었으면, 당신은 아주 곤란해질 뻔했어."

그는 큭큭 웃을 뿐 뱉은 말을 취소하지는 않았다.

"아마 당신을 레스토랑 밖으로 쫓아낼 수도 있을 거야. 나도 당신을 못 도와줘. 남들 몰래 들어오게 하기엔 당신 키랑 몸집이 너무 커."

게다가 너무 잘생겼지, 라고 나는 속으로 말했다. 그는 다시 킥킥 웃었다. 그 웃음소리가 내 등줄기를 따라 내려가자 전율이 일었다. 내 손가락 아래서 느껴지는 그의 팔이 얼마나 느낌이 좋은지, 그의 옆구리에 착 달라붙어 걸어가는 게 얼마나 편안한지 그 느낌을 절대 무시할 수 없었다. 하객들이 모두 모인 열린 공간으로 나가기 몇 걸음 전에 에런이 말했다.

"그만한 가치가 있을 거야."

고개를 돌려 그의 옆얼굴을 올려다보았다. 그는 앞을 바라보고 있었다.

"그 드레스를 입은 당신을 볼 수 있고, 당신이 내 팔을 잡고 레스토랑으로 들어가게 할 수 있으면 나는 어지간한 건 다 참을 수 있어."

입이 벌어졌다. 에런의 팔을 잡고 있지 않았다면 다리에 힘이 빠져 주저앉으면서 앞으로 쭉 굴러가 어느 의자나 테이블에 등이 부딪친 후에야 멈췄을 것이다.

"당신 언니의 분노도 참을 수 있어."

그때 우리 얼굴 앞에서 무언가 번쩍 한 바람에 나는 무아지경에서 깨어났다. 새하얀 빛을 피해 눈을 껌벅이다가 보니 카메라였다.

"¡Maravilloso(멋져)!"

너무나도 익숙한 높고 날카로운 목소리였다.

"정말 아름다운 커플이야."

입을 닫았다가 다시 열었다. 시야가 완전히 돌아오지 않은 상태라 눈을 계속 껌벅이다 보니 밝은 빨간색 갈기가 시야에 들어오기 시작했다. 차로.

"아, 너희 둘은 제일 귀여운 커플이 될 거야."

나는 소리 없이 욕하면서 굳은 얼굴에 애써 미소를 지었다. 에런은 놀랍게도 별로 개의치 않는 표정이었다. 그 순간 진짜 바보 같은 이미지가 갑자기 떠올랐다. 푸른 눈동자의 토실토실한 아기를 커다란 팔로 안고 있는 에런의 모습이었다. 차로의 궤도에서 벗어나 와인 쪽으로 걸어가면서 마음을 가다듬으려 애썼다.

"이제 시작이구나."

나지막하게 중얼거렸다. 몇 달 동안 걱정하고 두려워하던 그날이 바로 오늘이었다. 그래도 지금 내 손가락 밑에 에런의 팔이 있고 그가 나를 보며 미소 짓고 있으니, 그동안의 걱정은 어쩌면 아무것도 아닐 수도 있었다.

언니가 결혼 피로연 때 키스 캠 게임을 진행할 줄 알았으면 나는 아프다는 핑계를 대고 화장실에 숨어있었을 것이다. 역설적이게도 나는 그렇게 거짓말을 많이 할 필요도 없었다. 키스 캠 멜로디가 내 인생에서 제일 고통스러운 30초의 시작을 알릴 때마다 저녁으로 먹은 요리가 목구멍으로 기어 올라왔다. 그 시간은 지옥 같은 영원으로 쭉쭉 늘어났고, 레스토랑의 푸르른 정원 여기저기에 놓인 둥근 테이블에 둘러앉은 사람들을 카메라가 이리저리 비췄다. 그러다 편리하게 설치된 프로젝터를 통해 어느 커플을 딱 보여주면서 하트 모양 프레임 안에 그들의 모습을 담았다.

카메라가 내 가짜 남친과 내 앞을 지나갈 때마다 심장이 꽉 멈췄다가 맹렬한 속도로 다시 뛰기를 되풀이했다. 나와 에런의 첫 키스가 온 가족이 보는 대형 화면으로 송출될 것을 생각하면 심장 마비가 올 지경이었다. 그 생각이 불러오기라도 한 것처럼, 3온음으로 된 멜로디가 새로운 라운드의 시작을 알렸다. 리나는 오늘 밤에 신경이 곤두서고 기대감이 너무 커서 죽게 될까? 아니면 분노가 폭발해서 카메라를 때려 부수게 될까?

"아이고, 정말 재미있는 아이디어구나, 이사벨."

테이블 저쪽에서 엄마가 흥분해 환호성을 올렸다. 언니는 이미 자부심이 한가득했는데 엄마의 그 말 때문에 자부심이 더욱 커진 듯했다. 언니는 들뜬 얼굴로 미소 지었다.

"알아요. 그들이 모든 키스 장면을 녹화하고 편집해서 나한테 몽타주로 보내주기로 했어요."

언니는 무자비한 운명의 멜로디 너머로 목청 높여 설명했다. 나는 한쪽 눈으로 프로젝터 화면을 주시하면서 다른 쪽 눈으로는 테이블 바로 앞에서 지나가는 카메라를 쳐다보았다.

"추가 패키지를 예약해야 했지만 그만한 가치가 있네요."

카메라가 우리 테이블 앞을 휙 지나가면서 에런과 내 얼굴이 화면에 잠깐 담겼다. 내 얼굴은 핏기 하나 없었다. 손이 움찔하면서 포크를 떨어뜨리고 말았다. 포크를 주우려고 급히 몸을 굽히다가 술잔을 쓰러뜨릴 뻔했다. 조그맣게 욕하면서 테이블 밑에 떨어진 포크를 집어 올렸다. 고개를 드는데 카메라가 마침 앞으로 지나갔다.

아슬아슬했다. 아주 아슬아슬했다. 와인 잔으로 손을 뻗으며 여길 몰래 빠져나가는 게 낫겠다고 생각했다. 하지만 그건 도망이었다. 겁쟁이 짓이었다. 또 그래야 하나. 내가 수도 없이 해온 짓을 또 해야 할까.

카메라가 비추면 넌 에런과 입맞춤을 해야 해. 나는 잔에 남은 와인을 들이켜며 속으로 다짐했다. 입술에 살짝. 영화에 나오는 것 같은 입맞춤을 할 필요는 없어. 가벼운 키스면 돼.

하지만 그런 다짐은 별로 도움이 되지 않았다. 가슴이 더 조여들고 뱃속이 더 부글거릴 뿐이었다. 몇 초 후면 입을 맞춰야 할지도 모를 남자를 힐끗 쳐다보았다. 그의 턱 근육이 움찔거리는 게 보여 놀라웠다. 이렇게 가까이서 그를 관찰해 보니, 지금의 에런은… 내가 뉴욕에서 알던 에런으로 돌아가 있는 듯했다. 지난 며칠 동안 내가 함께해 온 느굿하고 재미있는 에런이 아니었다. 그의 눈빛은 키스 캠 화면에 고정되어 있었고 얼굴은 언뜻 보면 무표정했다. 에런의 표정을 읽는 데 있어서 나처럼 정통하지 않은 사람의 눈에는 그저 무표정으로 보였을 것이다. 하지만 내 눈에는 그가 괜찮아 보이질 않았다.

카메라가 앞으로 지나가면서 우리 얼굴을 화면에 1초 정도 비추다가 넘어갔다. 그제야 내 심장이 다시 뛰기 시작했다. 잠시 후 내가 안심할 새도 없이 카메라가 다시 돌아왔다. 카메라는 나를 위해 계획한 춤이라도 추는 것처럼 나를 괴롭혔다. 이러다 정말 심장 마비가 올 것 같았다. 목덜미에 땀방울이 맺혔다. 내 옆에서 에런은 화면만 뚫어져라 바라보면서 줄곧 말이 없었다. 너무 조용해서 걱정될 지경이었다. 카메라가 우리 테이블 앞을 유유히 지나가고 움직이는 속도가 줄어들자 사람들이 환호했다.

"와아!"

에런을 바라보았다. 내 눈에 들어오는 건 오직 그의 모습뿐이었다. 우리 테이블에 앉은 다른 사람들이 망할 키스 캠의 멜로디에 맞춰 박수를 치고 휘파람을 불어댔지만 내 귀에는 들어오지도 않았다. 내 눈은 오직 꽉 다문 에런의 입술만 바라보았다. 뱃속에 초조함과 기대감이 쌓여갔다. 강력하면서도 부드러운 기대감이었다. 내 옆에서 금욕적으로 앉아있는 그의 모습을 눈에 오롯이 담았다. 그래서인지 주변이 온통 시끌벅적했는데도 나는 그의 무릎이 움직거리는 것을 포착할 수 있었다. 그는 무릎을 위아래로 흔들고 있었다. 2초 남짓 내보인 움직임이지만 나는 분명히 보았다. 나는 그의 옆모습으로 시선을 돌렸다.

에런의… 신경이 곤두섰나? 나랑 키스하는 것 때문에? 설마.

내 애간장을 녹이고, 내가 제발 입을 맞춰달라고 애원해야 할지 갈등하게 했던 사람인데. 내가 지켜보는 것도 모르는지 그의 무릎이 다시 달달 떨리더니 박자에 맞춰 그의 턱 근육도 씰룩거렸다.

The Spanish Love Deception

맙소사. 이 사람 정말이네.

에런이 초조해하고 있었다. 그는 상당히 조마조마하고 예민한 상태였다. 나 때문에. 그가 나에게 입맞춤을 해야 할 가능성이 있어서. 바로 나에게.

갈비뼈 사이에서 무언가 날아오른 게 느껴졌다. 그토록 자신만만하고 침착한 남자가, 부드러운 접촉만으로도 내 몸을 온통 달아오르게 만든 이 남자가 고작 나에게 입맞춤하는 것 때문에 이렇게 안절부절 못하다니. 가슴이 떨려 진정되지 않았다… 주변에서 요란한 환호성이 폭발해 나는 에런한테서 시선을 뗐다. 사람들이 소리쳤다.

"¡Que se besen! ¡Que se besen(키스해! 키스해)!"

나는 다급히 주변을 돌아보았다. 심장이 입 밖으로 튀어나올 것 같았다. 다들 우리 쪽을 바라보고 있었다.

그래. 그에게 키스할 거야.

화면을 보다가 가슴 깊은 곳에서 울컥했다. 아빠가 엄마의 얼굴을 잡고 입술에 키스하고 있었다. 나는 안심한 게 아니었다. 내 온몸을 관통한 감정은 실망감이었다. 저 바보 같은 하트 프레임 안에 들어가지 못해서 당황스럽고 실망스러웠다. 키스 캠이 우리가 아니라 내 부모님을 화면에 담았기 때문이었다.

옆에서 에런의 움직임이 느껴졌다. 고개를 돌린 나는 속절없이 그의 입술에 다시 시선이 묶였다. 그의 입술. 실망감이 커지며 입술 외에 모든 것을 지워버렸다. 그리고 내 혀에 풍성한 맛을 약속하는 끈적하고 묵직한 무언가로 변했다. 심장이 빠르게 뛰었다.

나는 그를 원한다는 걸 깨달았다. 그를 필요로 했다. 나는 그를 원했고. 그가 약속대로 나를 품에 안고 입을 맞춰주길 바랐다.

'내가 당신 입술을 취하면 그때부터는 더 이상 쇼일 수가 없어.'

그가 했던 말이었다. 내 안에서 당장이라도 쏟아져 나와 내 인생을 뒤집어 버리겠다고 위협하는 이 감정은… 거짓과는 너무나도 거리가 멀지 않나? 이걸 쇼라고 할 수는 없지 않나?

그랬다. 엄청난 결과가 나와 버렸지만 사실이었다. 이미 한참 전에 사기극이 아니게 됐다. 이 깨달음과 함께 온갖 감정이 뭉친 덩어리가 가슴속에서 무너져 내리면서 내 몸의 나머지 부분도 주저앉고 말았다. 이건 진짜였다… 진짜임이 분명하다는 느낌이었다.

'내가 당신한테 입을 맞춘 순간부터 우리 사이가 진짜인 걸 당신은 의심할 수 없게 될 거야.'

나는 우리 사이가 진짜이길 바랐다. 진짜, 진짜, 진짜. 에런이 내 안의 흔들림을 알아챈 듯했다. 당연했다. 그는 세상에 하나뿐인 '리나 안내서'를 가진 것처럼 내 속을 들여다보는 유일한 사람이니까. 내가 그의 입술이 벌어지는 모습을 경외에 찬 눈으로 바라보는 동안, 그는 예리한 눈빛으로 내 얼굴을 살폈다.

바로 그 순간 무언가 딱 들어맞는 느낌이었다. 그동안 내가 억눌러 오던 모든 게 풀려난 느낌. 어떻게 그런지, 왜 그런지는 알 수 없었다. 전혀 감도 오지 않았다. 그런 게 바로 인생의 불가사의 아닐까? 인생이 기막히게 흥미진진한 것도 그래서가 아닐까? 난데없이 인생이 아름답게 느껴지니까? 우린 편리한 대로 감정을 제어하고 길들일 수 없었다. 내가 에런에게 느낀 감정은 야수처럼 내 안에서 날뛰었고 나는 속절없이 그 야수의 먹이가 되고 말았다.

에런이 조용히 내 손을 찾아 쥐고 일어섰을 때 내가 그를 따라 일어선 이유도 그래서였다. 지난 며칠 동안 나를 막아선 모든 요소가 우리를 에워싼 혼란 속에서 사라졌다. 우리는 활기차게 춤추는 사람들을 피해, 발그레해진 뺨에 헝클어진 머리카락으로 우리를 향해 휘청대는 친지들을 피해, 급조한 댄스 플로어로 사람들을 끌어모으는 야외 공간의 음악을 무시하며 그곳을 가로질러 갔다. 내가 다른 걸 신경 써야 할 이유가 있을까? 어딘가로 나를 데려가는 이 남자를 따라가는 것 말고는 아무것도 중요하지 않았다.

나는 마치 술잔처럼 한 방울 한 방울 채워졌다. 에런이 내게 준 모든 것… 세상에서 가장 부드러우면서도 매혹적인 손길, 나를 위한 소중한 미소들, 힘, 나에 대한 믿음…이 하나씩 모여 술잔 끝까지 채워졌고, 그것은 고스란히 내 감정이 되었다. 나는 무너지기 직전이었다. 이대로라면 가까스로 억눌러 온 모든 걸 쏟아내고 내보이게 될 것이다.

우리는 레스토랑 파티오 한옆의 한적한 곳으로 향했다. 파티장에서 흘러나오는 음악 소리가 점점 멀어지고 작아졌다. 건물 끄트머리에 홀로 매달린 램프의 빛이 정원의 이 공간을 밝히고 있었다. 덕분에 우리는 어둠 속에 머무를 수 있었다. 에런이 드디어 걸음을 멈추고 돌아서서 나를 바라보았다. 그의 턱은 다시 힘이 들어가 있었다. 얼굴의 나머지 부분은 어둠에 묻혀 어떤 표정인지 잘 보이지 않았다.

하지만 느껴졌다. 알 수 있었다.

내 발이 자갈 바닥을 딛고 미끄러졌다. 하이힐을 신은 발이 2초도 버티지 못하고 미끄러지는 걸 보면 여기가 손님들이 자주 오는 길은 아닌 듯했다. 아니면 똑바로 서기 힘들 만큼 내 몸이 너무 떨려서일 수도 있었다.

에런이 한 걸음 다가오며 내 쪽으로 몸을 기울였다. 그는 거친 벽면에 내 등이 닿을 때까지 달콤하게 나를 밀어붙였다.

"안녕."

나는 오랜만에 그를 만난 것처럼 쉰 목소리로 인사했다. 맙소사. 왜 그런 기분이 들었을까? 오랫동안 떨어져 있다가 드디어 여기 온 기분이었다. 마침내 집으로 돌아온 느낌.

에런의 목이 움직이더니 깊게 숨을 들이마시고는 입을 열었다.

"안녕."

그의 손바닥이 내 턱을 스치며 얼굴을 감쌌다.

"내가 무슨 생각하는지 물어봐 줘."

그가 어떤 그의 대답을 내놓을지 기대가 되면서도 지금껏 느껴본 적 없는 두려움이 밀려왔다. 심장이 빠르게 뛰었다. 그래도 그가 나에게 무슨 생각하냐는 질문을 던진 것보다는 나았다.

"무슨 생각해, 에런?"

그는 깊고 낮으며 약간 쉰 목소리로 흐음 하고 말했다. 그 소리가 곧장 내 가슴으로 날아왔다.

"내가 당신한테 입 맞추길 당신이 바라는 것 같다는 생각."

그의 말에 몸 안의 피가 소용돌이치면서 한층 더 끈적해졌다. 맞아. 바로 그거야.

"조만간 당신한테 입 맞추지 않으면 미쳐버릴 것 같다는 생각도 들어."

그는 내 얼굴을 감싸고 있던 손바닥을 내렸다. 그의 손가락이 내 팔을 스치며 아래로 내려갔다. 나는 아무 말도 하지 않았다. 할 수가 없었다. 그의 시선이 내 목 아래로 내려가자 그 시선을 따라 내 피부에 전율이 흘렀다.

"내가 당신한테 입을 맞추면 그게 어떤 의미인지 당신도 알게 될 거라는 말, 진심이었어."

그가 더 가까이 다가왔다. 그의 신발 끄트머리가 내 구두를 스쳤다. 우리의 몸이 서로에게 닿을 듯 말 듯 했다. 나는 손으로 그의 팔을 잡았다. 내 몸이 어찌나 흔들리고 떨리는지, 혼자 힘으로 서있을 자신이 없었다.

"이제 알겠어, 카탈리나?"

그의 코가 내 관자놀이를 스치자 숨이 멎을 것 같았다.

"이게 무슨 의미인지 알겠어?"

에런의 입술이 내 광대뼈를 가볍게 스치자 등이 활처럼 휘어졌다.

등 뒤의 벽에 닿아있던 내 어깨가 확 붉어졌다. 입을 열었는데 목구멍 안쪽 어딘가에 말이 걸려 나오지 않았다. 긴장으로 몸이 굳어진 그가 떨리는 숨을 내쉬었다.

"대답해, *제발*."

그는 내게 이마를 맞댔다. 그의 속눈썹에 가려 바다 같은 눈동자가 보이질 않았다. 그가 허락한다면 나는 그 바다에 빠져 죽어도 좋을 것이다. 그는 눈을 감고 조금씩 더 다가왔고 그의 입술이 내 입술에 거의 닿을 듯했다.

"나를 비참한 곳에서 끌어내 줘, 카탈리나."

그는 떨리는 손가락으로 내 머리 뒤쪽을 받치며 힘겹게 내뱉었다. 그의 목소리에 담긴 간절함에 내 심장은… 내 가여운 심장은… 더 버티지 못했다. 그의 목소리에는 여과되지 않은 욕구가 담겨있었다. 나는 마침내 그의 입술에 대고 말했다.

"*진짜야. 이건 진짜야*."

내 입에서 흘러나오는 단어를 듣고 싶고, 피부로 진실을 느끼고 싶어서 되풀이해 말했다.

"키스해 줘, 에런."

숨이 가빴다.

"이게 진짜라는 걸 증명해 줘."

에런의 목구멍에서 행복해 어쩔 줄 몰라 하는 낮은 으르렁거림이 흘러나왔다. 그 소리가 어떻게 내 안으로 깊숙이 깊숙이 골수까지 스며드는지 내가 파악하기도 전에 에런이 내게 입술을 포갰다. 그는 영원의 세월 동안 굶주린 것처럼 내게 입을 맞췄다. 그야말로 나를 집어삼키려는 짐승 같았다. 그의 단단한 몸이 내게 밀착해, 내게서 모든 것을 갈구했다.

우리는 입술을 열고 서로의 입안을 유린했다. 그의 커다란 손바닥이 내 옆구리를 천천히 쓰다듬었다. 아래로, 아래로 내려간 손바닥이 내 허리 밑에서 멈췄다. 내 손은 그의 가슴을 찾아갔다. 그 단단하고 따뜻한 감촉, 완벽하게 탄탄하며 오직 나를 위해 존재하는 그 느낌을 만끽했다.

내 심장이 가슴 안쪽 벽을 쾅쾅 쳤다. 강렬한 심장 박동이 목을 타고 올라와 신음으로 새어 나왔다. 에런의 심장도 마찬가지인 게 손가락 끝에 느껴졌다. 내 신음이 연료가 된 듯 에런은 내 몸을 자기 골반에 바짝 붙이더니 거친 신음으로 화답했다. 그의 손이 내 허리를 감싸 더 가까이 당겼다. 그의 단단한 그곳이 뜨겁게 달아올라 내 배에 닿자 나는 다시 신음을 흘렸다.

에런, 에런, 에런. 내 머릿속에서 그의 이름을 연호하는 동안 내 몸은 감각 과부하에 걸렸다. 드레스 위로 내 몸을 더듬던 그의 손이 등 아래로 내려가고 그의 혀가 내 혀 위에서 춤을 추었다. 그의 골반이 내 골반에 다시 밀착되자 내 몸은 걷잡을 수 없이 흥분해 허벅지 사이의 그곳이 더 뜨거워졌다.

에런이 잠시 입술을 떼었다. 그의 호흡은 나만큼이나 거칠었다. 그는 시간을 더 낭비하지 않고 그대로 내 턱과 목 사이의 부드러운 곳에 입술을 가져다 댔다. 어둑한 하늘을 올려다보며 나는 그에게 기꺼이 내 목을 내주었다. 내 입에서 흘러나온 흐느낌에 가까운 신음을 바닷바람이 휩쓸어 갔다. 에런이 내 피부에 대고 숨을 몰아쉬며 말했다.

"그 소리. 당신의 그 소리가 나를 완전히 미치게 만들어."

광기… 그랬다. 광기가 내 혈관을 펌프질하고 있었다. 그의 입맞춤은 내 목을 타고 올라가 귀로 향했다. 그의 입술이 닿는 곳마다 피가 끓어올랐다. 몸 전체에 천둥이 치는 듯했다. 내 두 손은 그의 널찍한 가슴팍을 더듬다가 그의 목덜미로 올라갔다. 손가락으로 그의 머리카락을 감아쥐고 부드럽게 당긴 순간 그가 내 귓불 아래 피부를 살짝 깨물

The Spanish Love Deception

었다. 그가 이로 더 깨물자 나는 그의 머리카락을 더 세게 당겼다.

"잠깐만, 자기야."

그는 이렇게 말하고는 나를 바닥에서 훌쩍 들어 올렸다. 나는 다리로 그를 감싸고 두 팔로 그의 목을 더 세게 감았다. 머릿속 어딘가에서 드레스의 옷감이 상할지도 모른다는 생각, 바람이 잘 통할 정도로 얇은 천이면 그를 좀 더 잘 느낄 수 있었으리라는 생각이 들었다. 에런. 내 머릿속은 온통 에런이었다.

그가 나를 다시 밀어붙이자 머릿속에 남아있던 의심이 전부 사라졌다. 등이 벽에 더 세게 밀착되면서, 내 다리 사이로 들어온 그의 길쭉한 그것이 확실히 느껴졌다. 뜨끈했다… 뜨끈하고 단단했다.

"충분하지 않아. 더 해줘."

나는 더, 더, 더 원했다. 필요하다면 이 드레스를 갈기갈기 찢어도 괜찮았다. 그가 강하게 엉덩이를 움직이자 눈앞에 별이 반짝였다. 그의 입술이 내 입술을 다시 찾았고, 내 입에서 또 한차례 신음이 흘러나왔다. 그가 내 입술에 대고 말했다.

"당신 때문에 죽을 것 같아, 카탈리나."

그의 목을 잡은 손에 힘을 주며 그를 더 가까이 당겼다.

"그래."

그는 이를 악물고 엉덩이를 더 움직여 내 성기에 자기 몸을 단단히 붙였다. 나를 거의 자빠뜨릴 듯한 기세였다. 그렇게 붙어있으니 그의 단단한 그곳의 열기가 우리 사이를 가로막은 몇 겹의 옷 너머로 맹렬하게 전해졌다.

"더."

나는 다시 요구했다. 이제 부끄럽지도 않았다. 다시, 다시, 또다시 요구할 것이다.

"원하는 게 많네."

약간 쉰 듯한 그의 웃음소리가 내 입술을 부드럽게 달랬다.

"당신 드레스 밑으로 손을 넣었을 때…"

그는 내 다리 사이로 파고들면서 입술 가까이에 대고 거친 목소리로 말했다.

"당신이 얼마나 젖어있을까?"

너무 많이 젖어있어서 그는 놀랄 것이다. 내가 이 정도로 자극받아 잔뜩 달아오르고 그 이상을 무모하게 요구하게 될 줄 몰랐다. 에런의 입술이 내 입술을 스쳐 지나갔다. 그 정도로는 나를 달래기에 역부족이었다.

"난 그렇게 하지 않을 거야. 아직은 안 돼."

그의 섹시하게 쉰 목소리를 듣는 것만으로도 온몸이 떨렸다.

"왜?"

"멈출 수 없을 것 같아."

그는 내 귀에 대고 으르렁거리듯 말했다. 나를 마주 본 자세로 엉덩이를 앞뒤로 움직이며 나를 거친 벽면으로 세게 밀어붙였다.

"내가 당신 안으로 들어가게 되면 빨리 끝나지 않을 거야. 지금 당신 등을 벽에 붙이고 하면 빠르게 끝낼 수밖에 없어."

나는 그의 말에 자극받아 신음을 흘렸다. 머릿속에 그 장면이 훤하게 그려지는데 지금 바로 할 수 없으니 애가 탔다. 그를 내 안 깊숙이 들어오게 할 수만 있다면 무슨 짓이라도 할 판이었다. 그가 내 안으로 들어오면 가슴 한가운데가 이렇게 공허하진 않을 것이다. 그는 다시 내게 이마를 맞댔다. 그는 고통스러운 듯 움직임을 멈추며 말했다.

"지금 당장 당신 안으로 들어가면 너무 행복할 것 같아."

에런의 속삭임에 몸이 떨렸다.

"하지만 지나가던 사람이 우릴 볼 수도 있어. 그런 특권이라면 나 혼자 누려야겠지."

나는 한숨을 쉬면서 그의 머리카락 안으로 손가락을 넣고 그의 목을 감싼 뒤 그의 턱을 손바닥으로 받쳐 들었다. 서서히 정신을 차리며 말했다.

"당신 말이 맞아."

하지만 입이 부루퉁하게 튀어나오는 건 어쩔 수 없었다. 어느 때보다도 환하게 반짝이는 푸른 눈이 미소와 함께 눈가에 주름을 잡았다.

"그렇다니까."

그는 내게 확고하게 입을 맞췄다. 만족과는 거리가 먼, 너무나 짧은 입맞춤이었다.

"당신이 동의해 주면 꼭 해보고 싶은 바보 같고 미친 아이디어가 있어."

그 말에 부루퉁하게 튀어나온 내 입이 약간 들어가고 배시시 미소가 흘러나왔다. 여전히 몸이 뜨겁고 화난 상태라 다시 입을 비죽 내밀까 고민하는데, 그가 고개를 약간 숙이더니 키스했다. 내 얼굴에 남아있는 불만을 모두 걷어간 키스였다.

"그만 가자. 당신 가족들이 우리가 어디 있는지 궁금해하겠어."

그는 나를 천천히 바닥에 내려놓고는 내 얼굴로 넘어온 흐트러진 머리 몇 가닥을 손가락으로 쓸어 넘겨주었다. 그의 손등이 내 뺨을 가볍게 스쳤다. 그는 뒤로 물러나 나를 위아래로 훑어보았다.

"완벽해."

그 말이 곧장 내 가슴으로 날아와 박혔다. 에런이 손을 내밀었다. 나는 곧바로 그 손을 잡았다. 나는 애정에 굶주린 여자였다. 다른 사람 눈에도 그렇게 보이겠지. 에런이 내게 주려는 애정을 나는 모조리 받아들이고, 더 달라고 애원할 것이다.

23 *Chapter*

불붙었다. 내가 느낀 감정은 바로 그것이었다.

에런이 그렇게 했다. 그가 내게 불을 붙였다. 오랫동안 내 피부 아래서 웅웅 울려온 감정의 실체는 바로 그것이었다.

내 안 깊숙한 곳에서 날뛰는 이 모든 감정은 방금 만들어진 것도, 요란한 신체 접촉으로 빚어진 것도 아니었다. 이미 한참 전에 내 안에 파묻혀 있던 감정을 흔들어 놓은 것일 뿐이었다. 그동안 나는 부정하고, 두려워하고, 의심하면서 그 감정을 짓눌러 놓았다. 고집스럽게 꾹꾹 눌러놓았다. 그 감정이 터져 나와 흘러넘쳤다. 내 필요와 바람, 그리고 짜릿하면서 무시무시한 무언가와 뒤섞였다. 이제 돌아올 수 없는 지점에 도달하고 말았다. 더는 내리누를 수도, 밀쳐낼 수도, 외면할 수도 없는 지경이었다. 그러고 싶지도 않았다.

손만 뻗으면 내 것이 될 수 있는 것을 이미 맛본 탓이었다. 단순히 에런의 입술 얘기를 하는 게 아니었다. 우리가 스페인에 도착하고 처음으로 그의 모든 접촉과 눈빛, 미소, 말이 진심임을 느낄 수 있었다. 그 입맞춤 이후로 에런이 손등으로 내 팔을 쓰다듬을 때마다 그가 나를 원한다는 걸 알 수 있었다. 그는 도저히 주체할 수 없어서 매번 내 어깨에 스치듯 입을 맞췄다. 그가 나를 가까이 끌어당기고 내 귀에 속삭인 것은 우리 가족이 지켜보고 있고 우리가 커플 역할을 해야 하기 때문이 아니었다. 자기가 나를 얼마나 아름답게 보고 있는지, 나를 품에 안고 있어서 자기가 얼마나 행운이라 생각하는지를 내게 말해주고 싶기 때문이었다.

우리는 몇 시간째 춤을 추었다. 이번에는 머릿속이 혼란스럽지 않았다. 나는 오직 나를 위한 그의 미소에 입을 맞췄다. 여러 번. 키스하지 않고는 견딜 수 없었다.

오늘 밤, 나는 우리의 거품 안에 머물기로 마음먹었다. 뉴욕에 가서는 어떻게든 감당하면 될 것이다. 오늘 밤은 우리의 시간이었다. 에런이 등 뒤로 방문을 닫았다. 나는 침대 끄트머리에 서서 그를 바라보았다. 우리는 이제 막 아파트로 돌아왔다. 그가 주방에서 물을 가져오는 동안 나는 후들거리는 다리와 아픈 발을 잠시 쉬었다.

그가 한 팔을 등 뒤로 감추고 있어서 나는 호기심에 고개를 기울였다. 그는 미소 짓더니 손에 들고 있던 걸 내밀었다. 나는 그에게 내 불쌍하고 약한 심장을 그만 자극하라고 소리치고 싶었다. 이러다가는 심장이 견뎌내지 못할 것 같았다.

그가 가져온 것은 초콜릿 크림을 채워 넣은 글레이즈 도넛이었다. 피로연장에서 밤늦은 시간에 간식으로 제공한 것이었다. 나는 벌써 적정량을 초과해 도넛을 먹어 치운 후였다.

"에런 블랙퍼드."

심장 근처에 이미 상당한 자극이 가해졌다.

"피로연장에서 도넛을 몰래 주머니에 담아 왔어?"

그의 미소가 빙그레 웃음으로 바뀌었다. 잘생김이 뿜어 나오는 수줍은 웃음이었다. 내 불쌍한 가슴은 이미 콱콱 조여들었다.

"당신이 배고플 것 같아서."

"맞아."

나는 괴상한 목소리를 내며 수긍했다.

"고마워."

방을 가로질러 온 그는 서랍장 위에 냅킨을 두고 도넛을 내려놓았다. 나는 그 틈을 타 너무 늦기 전에 제발 진정하라고, 이러다 둘 다 삐 겠다고 심장을 타일렀다. 그는 내가 잠시 진정할 시간이 필요한 걸 아 는 듯 뒤돌아섰다. 나는 마음을 가라앉히는 대신 입을 벌린 채 그의 등 짝을 바라보았다. 그는 정장 재킷을 벗어서 방 안의 유일한 의자 위에 조심스럽게 내려놓았다. 머릿속에 켜켜이 쌓인 위험한 생각들이 뱃속 깊은 곳으로 흘러 내려갔다. 마침내 그가 넥타이를 풀면서 나를 돌아 본 순간, 그 위험하고 무모한 생각들이 내 얼굴에 온통 드러난 듯했다.

우리는 눈을 마주 보았다. 제어 불가능한 홍조가 목을 타고 올라와 뺨으로 번졌다. 역설적이었다. 몇 시간 전 나는 그의 입술을 먹다시피 했는데, 지금은 그의 눈빛 하나에 완전히 흥분하고 말았다.

얼굴이 확 달아올라 어쩔 줄 모르다가 시선을 돌리고 허리를 굽혀 오른발로 손을 뻗었다. 아름답지만 고통을 유발하는 하이힐의 끈을 풀려는데 손가락이 영 어설펐다. 답답한 한숨을 내쉬면서 발목을 감 싼 가느다란 끈을 만지작거렸다. 당황스러울 정도로 시간이 오래 걸 렸다.

내가 앉아있는 침대 쪽으로 에런이 다가오는 게 느껴졌다. 나는 오 른발의 하이힐 끈을 풀려고 애썼지만 잘되지 않았다. 힘들어하는 내 모습이 우스꽝스럽고 어이없게 보일 수도 있을 텐데 그는 아무 말도 하지 않았다. 그냥 내 앞에 무릎을 굽히고 손바닥으로 내 두 손을 감싸 멈추게 했다.

"내가 할게. 제발 하게 해줘."

허락할 수밖에 없었다. 이제는 그가 부탁하면 거의 뭐든 허락하게 된 듯했다. 에런의 강한 손가락이 가느다란 끈을 풀고 천천히 신발을 벗겨냈다. 그 부드러움은 평생 맛본다고 해도 충분치 않을 정도로 엄청나게 매혹적이었다. 그의 손이 내 발을 잡아 그의 허벅지에 올려놓았다. 그 동작, 그의 다리에 놓인 내 발바닥의 감촉이 나를 마구 흔들었다.

그랬다. 에런의 손가락이 내 발목을 문질러 긴장을 풀어주자 입에서 탄식이 나오면서 내 안이 활짝 열렸다. 그의 손. 그 손은 단순하게 움직이고 있을 뿐인데 내 다리에 전기가 오르고 내 뱃속 은밀한 곳, 지금껏 방치돼 있던 곳까지 떨렸다.

제멋대로 굴곤 하는 내 머리가 내가 누군가와 잠을 자본 지 정말 오래됐음을 굳이 일깨워 주었다. 에런은… 누가 봐도 나보다 잠자리 경험이 많아 보였다. 누구든 그렇게 판단할 것이다. 나는 다니엘 이후로 데이트도 거의 하지 않았다…

"긴장 풀어."

깊고 낮은 목소리에 현실로 돌아왔다. 에런의 손가락은 내 오른 발목을 섬세하게 문질러 뻣뻣해진 근육을 풀어주고 있었다.

"오늘 밤엔 당신한테 기대하는 거 없어, 카탈리나."

그가 시선을 들었고 우리는 눈을 마주 보았다. 그의 푸른 눈은 그저 진지했다.

"아까, 내가 키스했을 때 너무 흥분했나 봐. 당신을 너무 세게 밀어붙인 것 같아. 사과할게."

나는 입을 벌린 채 아무 말도 할 수 없었다.

"뭐라고 말 좀 해봐, 자기야. 당신이 너무 조용하니까 두려워."

자기야. 자기야라는 말이 확 와닿았다. 마음에 들었다. 너무너무.

"사과할 필요 없어."

나는 멍청하게 떨리는 숨을 삼키려 무진 애를 썼다.

"그러니까 제발 사과하지 마."

나는 그의 눈을 들여다보며 말했다.

"당신은 완벽해. 정말… 이야."

마지막 말은 속삭임에 가까웠다. 에런의 푸른 눈이 부글부글 끓으면서 결심이 선 듯 어두워졌다. 그는 그 눈빛 그대로 1분가량 있다가 헛기침하며 하이힐로 시선을 내렸다.

그는 왼발의 하이힐도 마저 벗겨내 바닥에 놓아둔 오른발의 하이힐 옆에 두었다. 그리고 왼발을 주무르기 시작했다. 그의 손가락 끝이 발목으로 올라왔다. 근육과 힘줄을 다 풀어준 뒤 그가 입을 열었다.

"다 됐어. 가서 드레스 벗고 잘 준비해."

그의 담백한 말, 내 발에서 신발을 벗겨준 부드러운 손길, 여기서 그의 유일한 목적은 오로지 나를 돌보기 위함이라는 듯 바닥에 무릎을 굽힌 자세로 나를 올려다보는 그의 모습. 그 모든 게 내 안의 무언가를 깨뜨렸다. 빠각 소리가 방 안의 정적을 가르며 내 귀에 들린 것도 같았다.

"그러고 싶지 않아."

그가 허리를 세우며 나와 눈을 맞췄다.

"그럼 말해."

그의 턱에 힘이 들어갔다.

"당신이 원하는 게 뭔지."

나는 말 대신 손을 뻗어 그의 목덜미를 손으로 잡았다. 그리고 그를 가까이 끌어당기려 힘을 주었다. 에런은 내가 원하는 위치까지 다가와 주었다. 우리는 몇 센티미터 간격을 두고 얼굴을 마주 보았다. 그의 입술을 맛본 기억이 강렬하게 남아있어서 더 이상 저항할 수 없었다.

그는 여전히 무릎을 굽힌 상태에서 조금 더 가까이 다가왔다. 그의 상체가 내 허벅지 사이로 들어왔고 그의 두 손이 내 옆구리를 잡았다. 엉덩이 바로 옆이었다.

"또 어떻게 해줄까?"

그의 목소리에 강렬한 욕구가 담겨있었다. 혀로 그 맛이 느껴질 정도였다. 더는 참지 못하고 그의 목에 난 검은 머리카락 몇 가닥을 손가락 끝으로 잡아당겼다. 당신, 이라는 말 외에 다른 말을 할 수가 없었다.

"말해줘."

그가 내 입술 가까이에서 말했다. 그는 더 다가오지 않고 있었다. 나는 다른 쪽 손으로 그의 위팔을 잡았다. 그의 셔츠 아래로 탄탄한 근육이 곧장 긴장하고 뭉치는 게 느껴졌다. 내게 더 가까이 오고 싶은데 의지로 막는 것 같았다.

"원하는 걸 말해줘."

그는 격해진 목소리로 되풀이했다.

"당신."

감정의 둑이 무너지면서 나는 쉰 목소리로 말했다.

"당신이 나한테 주려는 모든 걸 원해."

나는 그가 더 가까이 다가오길, 우리 사이의 남은 공간을 아주 없애버리길 원했다. 우리의 몸의 윤곽이 흐릿해질 때까지 내 위에서 놀아주길 바랐다.

"내가 원하는 건 당신이야."

내가 숨 가쁘게 쏟아낸 말이 강력한 무언가를 봉인 해제할 열쇠가 될 줄은 상상도 못 했다. 에런의 몸에서 으르렁거리는 소리가 뿜어 나오고 그의 눈빛이 들짐승처럼 변했다. 지금껏 본 적 없는 강렬한 굶주림이었다. 우리가 입맞춤한 후에도 이 정도의 허기는 처음 보았다. 지금까지 에런의 얼굴에 파묻혀 있던 허기가 고통스런 표정으로 뿜어 나왔다. 그가 내 입에 대고 말했다.

"당신한테 세상을 다 줄 거야. 달도 주고, 별도 줄게. 뭐든 요청만 하면 다 줄 거야. 나도 당신 거야."

나의 세상이 폭발했다. 에런의 입술이 내 입술에 닿았다. 부드러움과는 거리가 먼, 낙인을 찍는 듯한 거친 입맞춤이었다. 그가 내 입술을 벌리더니 혀를 밀어 넣었다. 그의 손이 천천히 내 등으로 올라갔다.

그는 나를 가까이 끌어당겼다. 나는 엉덩이를 침대에 걸친 채 두 다리로 그의 허리를 감았다. 그의 키 때문에 내 다리 높이가 너무 높아져서 내가 지독히 갈망하는 접촉을 아직 이룰 수 없었지만, 그가 내게 약속한 별이 무엇인지 알 수 있었다.

머릿속이 통제를 벗어났다. 내 허벅지 사이에 들어온 그의 강인한 몸이 얼마나 압도적이고, 유혹적이고, 자극적인지 느껴졌다. 에런은 무릎을 굽히고 나는 두 다리로 그를 감싼 자세 그대로, 그의 입술이 내 입술을 비비고 그의 두 손이 내 머리카락 속으로 들어온 상태 그대로 영원히 머물고 싶었다.

아니. 그 이상을 원했다. 그러려면 우리가 입은 옷부터 벗어버려야 했다. 에런이 나를 가슴 쪽을 확 끌어당겼다. 몸이 일렁이면서 나는 그의 살에 닿기를 갈망했다.

입맞춤을 중단하거나 나를 안은 자세를 풀 필요도 없이 그는 나를 품에 안고 강력한 두 다리로 일어섰다. 내 다리를 허리에 감은 그가 내 허벅지 사이로 단단히 밀고 들어오자 희열의 소용돌이가 온몸의 세포로 퍼져나가 넋이 나갈 지경이었다. 내 엉덩이를 잡은 그의 손에서 전해진 열기가 드레스를 뚫고 스며들었다. 내 몸 한가운데를 향해 고동치는 그의 길쭉한 그것은 몹시도 뜨거웠다. 내 피부가 타버릴 정도였다.

에런은 두 걸음만에 나를 벽으로 밀어붙였다. 그가 내 몸 한가운데를 한 번 밀어붙이자 내 입에서 고통에 찬 신음이 흘러나왔다.

"멈추고 싶으면 말해."

그는 내 입술에 대고 이를 악물며 말했다. 내 손에 닿은 그의 몸은 탄탄하고 바위처럼 굳건했다.

"해도 되면, 괜찮다고 말해."

그는 엉덩이를 세차게 움직이며 나를 벽으로 밀어붙였다. 눈앞에

환희의 별빛이 총총한 하늘이 펼쳐졌다. 에런은 두 손으로 내 옆구리를 쓸어 올렸다. 내 가슴의 봉긋한 곳까지 손이 올라오더니 길쭉한 손가락으로 가슴을 덮은 얇은 천을 어루만졌다.

"이렇게 하면 기분이 좋아, 자기야?"

그가 쉰 목소리로 물었다. 나는 고개를 끄덕이며 그의 손길을 밀어내듯 등을 뒤로 젖혔다. 그의 손이 단 1초의 망설임도 없이 내 제안에 응했다. 내 젖꼭지를 덮은 천을 엄지로 문지르면서 내 가슴을 여유롭게 주물렀다. 지금껏 참고 있던 나 자신에게 앙갚음하듯, 이 몸에서 드레스를 찢어서라도 빨리 벗어버리고 싶은 충동이 다시 일었다. 내 손으로 얼른 피부를 내보여 그가 만지도록 하고 싶은 걸 꾹 눌러 참았다. 나는 그가 이 망할 드레스가 아니라 나를 만져주길 바랐다. 나. 오직 나를.

내 마음을 읽기라도 한 것처럼 에런의 두 손이 내 어깨로 향했다. 그리고 고운 옷감으로 된 내 드레스의 어깨끈을 조심스럽게 잡고 물었다.

"벗겨줄까?"

나를 신경 써주는 그의 마음, 나를 편안하게 해주려는 그의 끝없는 노력에 내 가슴속의 무언가가 풀려나는 느낌이었다. 한 번 무너지면 다시는 되돌릴 수 없을 것이다.

"응."

내 목소리에서 다급함이 느껴졌다. 그는 어깨끈을 풀어 내리는 대신, 허를 찌르듯 내 허리로 손을 내려 나를 자기 몸에서 떼어냈다. 그가 나를 바닥에 내려놓자 우리의 키 차이 때문에 그의 목에 두르고 있던 내 손이 그의 가슴에 닿았다.

상실감에 인상을 찌푸리며 그를 올려다보았다. 그의 부드러운 웃음소리와 밝은 미소가 보이는가 싶더니 내 엉덩이를 잡고 있던 그의 커다란 두 손이 나를 휙 돌려세웠다. 나는 손바닥으로 벽을 짚은 자세가 되었다.

그는 그 상태로 내 목덜미를 애무했다. 온몸으로 엄청난 전율이 퍼져 나갔다. 강인한 손가락이 내 등허리 바로 위의 드레스 지퍼로 향했다. 지퍼가 아래쪽 깊숙이까지 이어져 있어서, 그기 지퍼를 내리자 팬티가 드러났다. 에런이 목이 졸리는 듯한 신음을 흘리자 나는 숨을 삼켰다.

그의 손가락이 내 등줄기를 따라 천천히 위로 올라갔다. 얼얼한 느낌이 치솟았다. 그는 드레스 어깨끈으로 손을 올려 그대로 드레스를 당겨 내렸다. 아래로 흘러내린 드레스가 바닥에 웅덩이처럼 고이고 나는 팬티만 입은 모습이 됐다. 맙소사. 브래지어 내장형 드레스를 입고 있어서 다행이었다.

어깨 너머로 그를 돌아보니 그의 잘생긴 얼굴에 곤란해하는 표정이 역력했다. 무의식적으로 돌아서려는데 에런의 팔이 나를 다시 붙잡았다. 그의 한 손은 내 배로, 다른 손은 엉덩이로 향했다. 그가 나를 가까이 당기자 그의 온몸에서 나오는 열기가 내 맨 등으로 전해져 감각이 폭주했다. 그는 내 어깨로 턱을 내리며 귀에 대고 속삭였다.

"잠시만."

몇 초 동안 우리는 꼼짝 하지 않았다. 그의 입술이 내 목에 닿았다.

"천천히 하려고 애쓰고 있어, 리나. 진짜야."

그의 손이 내 배로 올라왔다. 그는 엄지로 내 가슴의 맨살을 쓰다듬었다.

"그런데 당신 때문에 미칠 것 같아."

그의 손가락 끝이 내 젖꼭지를 문지르자 내 입에서 깊은 신음이 터져 나왔다. 그 역시 신음을 흘렸다. 내 엉덩이를 잡고 있던 그의 손이 허벅지로 내려가 팬티 바로 옆에 다다랐다. 온몸을 휘감은 열기가 집중된 그곳까지 불과 몇 센티미터를 남겨두고 있었다.

"당신 몸을 이루는 피부 구석구석을 다 알고 싶어서 미치겠어."

그는 검지와 엄지로 젖꼭지를 잡고 부드럽게 당겼다. 무너지고 압도당한 나는 다시 신음을 흘리고 말았다.

"당신을 기억하고 싶어."

간절함이 담긴 그의 목소리가 내 배를 향해 춤추듯 다가왔다.

"당신도 원해?"

"응."

정신이 나갈 것 같고 목소리도 흔들렸다.

"당신이 날 만져주면 좋겠어."

에런이 그르릉대는 소리를 내자 그의 가슴이 덩달아 진동했다. 나는 두 손을 뒤로 뻗어 그의 어깨를 짚고 그가 잡을 수 있도록 몸을 젖혔다. 그의 팔이 나를 더 가까이 당기자 내 등이 그의 몸에 밀착했다. 그 상태로 그는 엉덩이를 움직였다. 그의 손이 내 허벅지를 위아래로 쓰다듬었다.

"나를 위해 몸을 열어줘."

그는 내 목에 대고 말하며 뒤에서 무릎으로 내 다리를 벌렸다. 더 쉽게 내 안으로 들어올 수 있는 자세였다.

"당신이 얼마나 젖었는지 확인할게."

그의 손가락이 내 팬티 안으로 들어와 음모와 피부를 어루만졌다. 강렬한 접촉의 기쁨에 다리가 와들거렸다. 에런은 내 엉덩이를 단단히 붙잡고 길쭉한 성기 쪽으로 끌어당겼다. 그가 바지를 입고 있는데도 내 피부에 닿은 그의 성기가 펄떡이는 진동이 고스란히 느껴졌다. 그는 내 젖은 그곳 사이로 손가락을 넣어 잠시 꾹 누르더니 서서히 밀고 들어왔다. 내 입이 열리고 신음이 몸 밖으로 터져 나왔다. 이토록 흥건해지고, 흥분한 게 처음이었다.

"젠장."

그는 거친 목소리로 욕을 뱉었다.

"나를 위해 이렇게까지 된 거야?"

나는 그렇다고 대답도 못 하고 그저 끙끙댈 뿐이었다. 내가 어떻게 대답했더라도 에런은 만족했을 것이다. 그의 손가락은 나의 그곳을 오르내리며 기쁨으로 도배를 했고, 내 피는 녹은 용암처럼 끈적하게 달궈졌다.

"당신 그곳에 손가락을 넣으면 난 더 이상 못 참을 거야."

그가 낮고 깊으며 취한 듯한 목소리로 말했다. 그것은 경고이자 약속이었다.

"준비됐어?"

그의 엄지가 원을 그리며 내 음핵을 쓰다듬자 무릎에 힘이 쭉 빠졌다. 나는 등을 활처럼 젖혔다.

"에런."

그가 한층 더 낮은 목소리로 말했다.

"그건 대답이 아니야, 자기야."

그의 손가락이 더욱 빠르게 원을 그리자 현기증이 났다.

"내가 이대로 당신을 떼어내서 잠들 때까지 안고만 있을까?"

그의 다른 쪽 손이 가슴으로 올라와 내 젖꼭지를 지분거렸다.

"아니면 내 그것을 넣어줄까?"

그는 당당하게 요구하면서도 나를 배려해 묻고 있었다. 나를 소중히 여기고 있음을 알 수 있어 더 황홀했다. 그는 내가 필요로 하는 모든 것이었다. 내 몸이 열망하고 내 심장이 그리워한 모든 것이기도 했다. 오늘 밤 마지막으로 나는 그가 듣고 싶어 한 말을 해주었다. 내 마음 깊숙한 곳에 넣어두었던 진실을 꺼내 보여준 것이다.

"난 준비됐어, 에런."

내 팬티 안에 일부 들어가 있는 그의 손을 잡았다.

"날 가져. 전부 다."

그의 손을 잡은 손에 힘을 주면서 내 그곳에 힘껏 가져다 댔다.

"날 당신 것으로 만들어 줘."

에런은 즉시 행동에 옮겼다. 그는 손가락 하나를 재빨리 내 안으로 밀어 넣었다. 더없이 기쁜 침입에 내 가슴 깊은 곳에서 신음이 올라왔다. 맙소사. 내 손가락이 아닌 다른 무언가가 그 안으로 들어간 게 정말 오랜만이었다.

"흠뻑 젖었어, 자기야. 오직 나를 위해서."

에런은 한 손가락으로 그 안을 쑤시다가 두 번째 손가락도 넣었다. 눈 안쪽에서 환한 빛이 팡팡 터졌다.

"당신의 모든 게 내 거야."

안에서 무언가가 풀려나 나를 활짝 열리게 했다. 내 몸이 절정을 향해 가고 있었다.

"에런. 이건… 너무 심해."

몸에 대한 통제력을 잃은 나는 숨을 마구 헐떡였다.

"전혀 안 심해. 진짜 연인끼리는 이런 느낌이야."

그는 내 목에 대고 이렇게 중얼거리며 다른 손으로 내 가슴을 만졌다. 이러다 곧 쓰러질 것 같았다. 에런이 건드리는 곳마다 백만 가지 감각들이 터져 나와 폭포처럼 흘러내렸다. 에런이 나를 만지고 있었다. 그의 손길이 내 피부에 문신처럼 새겨졌다. 그가 내 안에 손가락을 넣는 감촉. 젖꼭지를 가지고 노는 움직임. 그는 손놀림에 맞춰 내 등에 대고 엉덩이를 힘차게 움직였다. 이건 너무 심했다. 너무너무.

"그래. 당신의 그곳이 내 손가락을 꽉 잡는 게 느껴져."

그의 말에 나는 절정의 경계선에 조금 더 가까워졌다. 행복한 고문을 받으며 기쁨에 겨운 나머지 눈앞이 아득해졌다.

"느껴봐, 자기야. 해보자."

그랬다. 맙소사, 나는 경계선을 넘어가고 말았다. 머릿속이 빙빙 돌고 팔다리에서 힘이 쭉 빠졌다. 신음을 흘리면서 에런의 이름과 무의미한 말을 섞어 내뱉는 동안, 그의 손가락은 여전히 내 안에서 움직이고 있었다. 그의 손가락은 나를 점점 절정으로 데려갔고 마침내 속도를 늦추다가 여전히 진동하는 나의 한가운데 그곳에 잠시 머물렀다.

2초 어쩌면 몇 분 정도 지났을까. 에런이 손가락을 빼냈다. 고개를 약간 기울여서 뒤를 올려다보았다. 그의 얼굴이 보고 싶었다. 그의 잘생긴 얼굴과 바다처럼 푸른 눈동자를 보고 싶었다. 그는 새로운 미소를 머금고 나를 내려다보고 있었다. 지금까지 내가 한 번도 본 적 없는 미소였다. 굶주림과 욕구, 그리고 다른 무언가가 섞여 있는 미소. 세상 무엇보다 강력한 느낌이었다.

나는 기진맥진하면서도 행복에 겨운 표정으로 그를 바라보았다. 그는 조금 전까지 내 안에 들어가 있던 손가락을 들어 자기 입에 넣었다. 눈을 감더니 표정을 살짝 찡그렸다. 나는 그 표정을 아마 잊지 못할 것이다. 어쩌면 남은 평생 잊히지 않을 만큼, 내 머릿속에 강하게 새겨졌다. 요즘 시작한 몽정 중에 그 표정을 줄곧 보게 될 듯했다. 그는 끄응 소리를 내면서 눈을 뜨고 나를 바라보았다.

"드디어 당신 맛을 봤어. 이렇게 당신을 내 품에 안고서."

원시적이고 기본적인데 너무 섹시해.

무어라 대답해야 할지, 어떻게 움직여야 할지 알 수 없었다. 내 머릿속을 읽기라도 한 것처럼 그는 한쪽 팔을 내 다리 아래로 내리고, 다른 팔로 내 등을 감쌌다. 나를 바닥에서 들어 올려 침대로 데려가서는 벨벳처럼 부드러운 리넨 이불에 내려놓았다.

침대 한옆에 선 에런이 손가락으로 셔츠 단추를 끄르기 시작했다. 단추 하나가 풀리자 그의 가슴이 셔츠 밖으로 맨살을 드러냈다. 나는 손으로 그를 만지고 싶어 안달 났다. 내 몰입을 깨는 것은 그것뿐이었다. 그가 직접 하게 두고 싶지 않았다. 그의 옷을 벗기는 특권을 누리고 싶었다. 다음 단추에 시선을 고정하면서 그를 향해 침대를 가로질러 무릎으로 기어갔다. 그의 앞에 다다르자 무릎을 세웠다.

"내가 하고 싶어."

자그마한 단추를 손가락으로 잡고 무한한 기쁨을 느꼈다. 하나씩 끄르기 시작했다. 에런의 가슴이 들썩이고, 거친 호흡이 드나드는 게 느껴졌다. 단추를 다 풀고 그의 몸에서 셔츠를 벗겨 바닥에 던져놓았다.

처음 그의 맨 가슴을 본 날 나는 그의 가슴이 완벽하다고 생각했다. 몸 안에 강력한 감정이 휘몰아치는 지금 그의 가슴은 천국이나 다름없었다. 내 손바닥이 그의 팽팽한 피부에 닿자 곧장 천국으로 날아오른 기분이었다.

손가락 끝으로 그의 가슴 근육을 쓰다듬으며, 돌을 깎아 만든 것처럼 단단한 봉우리와 골짜기를 기억에 새겼다. 탄탄하고 매끄럽고 눈부시게 아름다웠다. 그의 모든 것은 나를 위해 준비돼 있었다.

그의 가슴에서부터 배까지 손톱으로 쓸어내렸다. 내 손길에 에런은 몸을 떨었다. 그 정도로는 만족할 수 없어 손가락을 더 내렸다. 검은 털이 가늘게 세로로 나 있는 부위까지. 완전히 몰입한 내 시선은 내 동작 하나하나를 씹어먹고 있었다. 맙소사. 살면서 이런 광경은 아무리 봐도 질리지 않을 것이다. 내 손으로 쓰다듬는 그의 몸이라니.

바지 단추에 손이 닿자 나는 눈을 들었다. 에런의 턱에 힘이 들어가고 그의 푸른 눈동자가 흐릿해졌다. 손가락 끝으로 더 아래쪽을 문지르자 짙은 색 정장 바지 아래 두툼하고 뜨끈한 부위가 느껴졌다. 그는 끄응 소리를 내며 내 손을 향해 그 부위를 들이밀었다.

그의 몸을 손바닥으로 쓸어내리는데, 순간적으로 내 몸무게를 감당 못 한 것처럼 무릎이 와들거리고 머리가 핑 돌았다. 에런이 고개를 살짝 숙여 내 관자놀이에 입술을 대고 키스했다. 그의 두 손이 위로 올라와 내 손을 잡았다. 우리는 함께 바지 단추를 더듬거리며 풀었다. 다음은 지퍼였다. 나는… 머뭇거리며 얼어붙었다.

지퍼를 내리지 않으면 속이 터져버릴 것 같은데도 망설였다. 머릿속 생각 때문에 손가락이 달달 떨렸다.

우리가 이걸 하고 있어. 젠장… 이건 섹스보다 더 진한 느낌이야. 더 대단한 무언가처럼 느껴져.

"왜 그래, 자기야?"

에런이 내 관자놀이에 대고 속삭였다. 고개를 들어 그의 얼굴을 바라보았다. 그동안의 내 허세가 다 죽어버렸다는 걸 그에게 어떻게 말해야 할까? 두 손이 욕망으로 떨리고 있지만, 내가 뭘 하는지 모르겠다는 생각이 드는 건 뭘까? 우리가 뭘 하는지도 알 수 없는 상태인데?

에런이 결심한 듯 턱에 힘을 주며 숨을 내쉬었다. 그의 눈 안쪽에서 딸깍 소리가 난 것도 같았다. 그는 내 두 손을 잡아 그의 가슴 위쪽에 붙였다.

"내 심장이 지금 시속 360만 킬로미터로 뛰고 있어. 느껴져?"

나는 고개를 끄덕였다. 두려움이 일부 녹아내렸다. 그는 내 두 손을 그의 단단한 물건에 가져다 댔다.

"이것도 느껴져, 리나? 지금 내 바지 속에서 이게 얼마나 단단해졌는지?"

그는 질문을 할 때마다 강조하듯 내 손바닥을 향해 아랫도리를 들이밀었다. 진동하는 그 감촉에 나는 코로 탄식의 숨을 내쉬었다.

"그래. 이게 다 당신 때문이야. 내 물건을 이렇게 단단하게 만든 건 당신이라고. 잠깐의 접촉, 단순한 눈빛만으로도 내 심장이 가슴 밖으로 뛰쳐나갈 정도로 거칠게 뛰게 만드는 것도 당신이야. 두려워할 필요 없어. 우리 둘이 함께인 거 기억하지?"

그의 말이 내 안의 무언가에 기름을 붓고, 갑작스레 불안해진 마음 아래 묻혀 있던 욕구를 끄집어냈다. 의심도. 두려움도. 고개를 숙여 그의 심장이 있는 가슴 부위에 입을 맞췄다.

"응."

그러고는 그의 바지로 손을 뻗어 그의 길쭉한 그곳이 있는 부분을 손바닥으로 천천히 문질렀다. 에런이 신음을 흘렸다. 그의 입술이 다시 내 관자놀이에 닿았고, 그는 부추기듯 관자놀이에 입을 맞췄다.

"꺼내줘."

그랬다. 나는 그의 말에 따랐다. 하란 대로 할 수밖에 없었다. 그의 바지 지퍼를 내리고 팬티 안에 가득 찬 그것을 바라보았다. 그의 요구에 따라 바지와 속옷을 아래로 약간 내렸다. 드디어 그의 그것이 자유로이 풀려났다. 나는 손가락으로 그것을 감싼 후 한 번 쓰다듬었다. 에런의 몸에서 목이 졸린 것 같은 소리가 흘러나왔다.

"맙소사. 기분이 너무 좋아."

그의 그곳을 한 번 더 쓰다듬었다. 손가락 사이로 부드러우면서도 단단한 그것의 감촉을 즐겼다. 그것은 내 손길에 떨리고 있었다. 혀를 가져다 대면 어떤 느낌일까. 성급한 충동에 이끌려 고개를 숙이자, 내 갑작스러운 자세 변화를 알아챈 에런의 놀란 숨소리가 들렸다. 그것에 입을 맞췄다. 입술로 한 바퀴 돌린 후 혀를 가져다 댔다.

세상에. 온몸의 피가 내 몸의 중심으로 쏠리고, 모든 감각을 뚫고 찢어놓을 듯 욕정이 요동쳤다. 에런이 내 머리카락을 잡고 부드럽게 당기며 말했다.

"자기야."

그는 내 머리카락을 한 번 더 쓰윽 당기고는 엉덩이를 뒤로 빼면서 내 움직임을 멈추게 했다.

"난 이걸… 몹시… 원하지만 오늘 밤엔 당신 입안으로 들어가고 싶지 않아."

그는 내 어깨를 잡아 나를 일으켜 세웠다. 어지러울 정도로 빠르게 나를 침대에 눕혔고, 곧 바지와 팬티를 마저 벗었다.

에런이 알몸이 됐어.

그는 모든 게 단단하면서도 매력적이었다. 크고, 강인하고, 완벽했다. *그의 모든 게 나를 위해 존재해.*

그 생각을 하자 숨이 막힐 지경이었다. 굶주린 푸른 눈동자 속으로 기꺼이 빠져들고 싶었다. 그 눈동자가 침대에 바로 누운 내 몸을 위아래로 훑어보았다. 그의 근육질 팔과 가슴을 이루는 모든 선, 입맛 돌게 만드는 그의 두툼한 중요 부위, 나를 언제나 미치게 만드는 강력한 허벅지를 모조리 기억하고 싶었다. 머릿속에 아예 문신으로 새기고 싶었다. 영원히 간직할 수 있도록.

세면도구 가방 쪽으로 걸어간 에런은 침대 앞 작은 서랍장 위에 놓인 그 가방에서 포일로 포장된 물건을 꺼냈다. 그는 침대로 돌아와 이불 위에 콘돔을 툭 떨어뜨렸다. 내가 누워있는 곳 바로 옆이었다. 나는 그의 동작 하나하나를 눈으로 따라갔다. 완전히 매혹되어 움직일 수조차 없었다. 그는 활활 타오르는 눈빛으로 나를 내려다보면서 자신의 그것을 손으로 잡고 강하게 한 번 펌프질했다.

"천천히 작동하게 만들어야 하는데 방법을 모르겠어."

그는 쉰 목소리로 말하며 그것을 움켜쥐고 한 번 더 세게 문질렀다.

"그러지 마."

나는 눈앞의 광경을 집어삼키듯 바라보며 애원했다. 당장 그에게 달려들고 싶은 걸 간신히 참았다.

"속도를 늦추지 마. 난 당신의 모든 걸 원해. 나를 안아줘. 내 안으로 들어와. 어디든 다 좋아."

내 말이 끝나기도 전에 에런은 내 몸에 올라타 내 입술을 삼켰다. 잡아먹을 듯한 강렬한 키스였다. 내 벌린 두 다리 사이로 그의 허리가 다가왔다. 나는 두 다리로 그의 허리를 감았다. 그의 두툼한 물건이 펄떡이며 내 몸에 닿았다.

"이걸 벗겨야겠어. 당장."

에런은 내 얇은 팬티를 손가락으로 더듬으며 내 귀에 대고 거친 목소리로 말했다. 내 팬티는 어느새 벗겨져 바닥에 떨어졌다. 에런은 다시 내 다리 사이로 들어왔다. 우리 사이에는 이제 아무것도 없었다. 나는 그를 원했다. 그가 속한 곳이 바로 그곳이었다. 그가 무릎을 꿇자 그의 거대하고 단단한 몸이 내 시야에 들어왔다. 숨이 가빠지고 피가 소용돌이쳤다. 그는 손을 뻗어 콘돔 포장지를 뜯고 그곳에 끼웠다. 그의 시선은 내게 고정돼 있었다.

"거기 누워있는 당신은 내가 본 중 가장 아름다운 존재야. 오직 나만의 것이야."

부드러워진 그의 눈빛이 내 심장으로 파고들어 무언가를 끄집어내고 작은 구멍을 남겼다. 아마 그 구멍은 다시는 메워지지 않을 것이다. 에런이 몸을 숙였다. 그의 입술이 내 엉덩이 옆을 애무하다가 다리 사이의 그곳으로 향했다. 그는 그곳에 한 번, 두 번, 세 번 입을 맞췄다. 신음을 흘리며 고개를 숙이더니 더는 못 참겠다는 듯 나의 그곳을 샅샅이 핥았다.

짧은 접촉인데 온몸의 감각이 날아오르면서 내 입에서 신음이 흘렀다. 그곳에서 환희가 터져 나왔다. 전기처럼 쫙 퍼져나가며 내 몸의 모든 신경 종말을 터뜨렸다. 에런도 즉각 반응했다. 그의 온몸이 힘차게 움직이며 살아났다. 그의 입술이 내 몸 곳곳에 뜨거운 키스를 퍼부으며 위로 올라왔다. 내 턱과 목, 어깨를 따라 부드럽게 입 맞췄다. 나를 내리누르는 그의 무게가 느껴져 나는 손을 뻗어 그의 얼굴을 잡았다. 그대로 끌어당겨 입을 맞췄다. 느리지만 강렬하게. 우리 둘 다 숨을 헐떡였다. 나는 크게 숨을 몰아쉬며 속삭였다.

"에런. 이거 진짜야?"

믿을 수가 없었다. 꿈처럼 느껴졌다. 언제라도 꿈에서 깰 것 같았다. 나를 바라보는 에런의 눈은 마치 내 안의 깊숙한 곳, 나조차도 볼 수 없는 곳까지 들여다보는 듯했다. 에런이 허락하자 나 역시 그의 내면을 볼 수 있었다. 우리가 느낀 모든 것, 깊숙이 묻혀 부정당하던 감정이 모조리 표면으로 올라왔다. 맨살을 드러낸 채로. 우리는 서로의 앞에서 모든 가식을 벗어던졌다. 자신을 완전히 드러냈다.

"진짜야. 그 무엇보다도 진심이야."

그는 내 입가에 가볍게 입을 맞췄다. 그의 말, 그의 푸른 눈에 담긴 날것의 솔직함, 그의 몸에서 뿜어 나오는 열기, 나를 감싼 손길… 이 모든 것이 내 심장을 터지게 했다. 몸을 이루는 모든 세포가 격하게 흔들리다 백만 개의 조각으로 폭발해 버렸다.

에런도 같은 감정인 게 분명했다. 우리의 몸은 안개를 벗어나 광란 속으로 빨려 들어갔다. 그의 손가락과 혀가 내 몸의 윤곽을 훑었다. 입술, 목, 쇄골, 가슴. 에런의 입술에 닿은 곳마다 뜨겁게 달궈졌다. 그의 아랫도리는 내 중심 부분을 세차게 치고 들어왔고, 그의 길쭉한 성기는 내 다리 사이를 공략했다. 그의 몸은 앞뒤로 움직이며 나라는 입구를 향해 미끄러지듯 다가왔다. 달궈진 피부에서 입술을 뗀 그는 내 눈을 바라보았다. 그가 말없이 허락을 구하고 있음을 알 수 있었다.

"응. 응."

나는 그에게 몸 아랫부분을 들이대며 대답했다.

"제발."

그에게 몸 아래를 밀어붙이며 가쁜 숨을 내쉬었다. 그의 성기가 내 안으로 미끄러져 들어오고 전율이 일었다. 아직 충분하지 않았다. 내 쇄골에 입을 맞춘 에런이 본격적으로 내 속으로 치고 들어왔다. 천천히 깊게 들어온 그의 성기가 나를 완전히 채우면서 내 머리와 몸, 영혼이 완전히 새로운 은하계로 날아올랐다. 행복하게 채워진 나는 탄식했다.

"세상에."

에런은 내 관자놀이에 신음 섞인 목소리로 말했다.

"아 젠장, 자기야."

그는 엉덩이를 움직이면서 물러났다가 더욱 강한 힘으로 밀어붙였다. 내 입에서 기쁨에 찬 교성이 터져 나왔다. 그가 내 목에 입술을 비볐다.

"바로 그 소리야, 카탈리나."

그는 다시 밀어붙였다.

"그 소리가 듣고 싶었어."

나는 다시 교성을 내질렀다. 두 손을 뻗어 그의 머리카락을 잡아당겼다. 에런한테서 남은 자제력을 앗아갈 수도 있는 몸짓이었다. 그는 결국 그렇게 됐다. 에런은 다시 신음하면서 더 세게 내 몸을 밀어붙이며 안으로 파고들었다. 내 입에서 신음이 흘렀다. 몸을 흔들어 대는 기쁨의 파도 속에서 빠져 죽을 것만 같았다.

"침대 머리판 잡아."

에런이 내 양손의 손목을 잡아 위로 들어 올리며 그르렁거렸다. 나는 그의 말대로 했다. 침대 머리판을 이루는 막대를 두 손으로 잡았다. 부디 이 막대가 우리의 공격을 버텨야 할 텐데. 나는 앓는 소리를 내며 말했다.

"난 이게 필요해. 더 해줘."

에런이 침대 머리판을 붙잡더니 내 안으로 더욱 세게 밀고 들어왔다. 리듬을 보니 그는 점점 자제력을 잃는 듯했다. 그는 더욱 빠르게 내 안으로 파고들었다.

"당신은 날 필요로 해."

내 등이 휘었다. 그는 점점 세게 나를 박고, 박고, 또 박았다.

"당신이 필요로 하는 게 바로 나야."

맙소사. 그렇게 뻔한 걸 이 남자는 여태 몰랐을까?

그는 다시 빠르게 밀어붙이며 말했다.

"그렇다고 말해줘."

"맞아."

나는 신음과 함께 대답했다. 희열의 파도 아래서 내 몸은 힘을 잃어가고 있었다.

"당신이야, 에런. 난 당신이 필요해."

내 마지막 말이 그가 붙잡고 있던 실낱같은 분별력을 끊어냈다. 그의 움직임은 이제 리듬을 잃었다. 더 세게, 더 빠르게, 더 깊게 파고들 뿐이었다. 마치 한꺼번에 밀어닥치듯이 그는 나를 마구 치고 들어왔다. 몸의 대화를 나누는 동안 나는 침대 머리판을 붙잡고, 내 위에서 움직이는 그를 올려다보았다. 그의 성기가 내 안에 들어왔다가 나갔다가를 되풀이하고 그의 복부 근육이 힘차게 꿈틀거렸다. 그의 강력한 어깨 근육이 불거졌다. 그 모든 게 나를 점점 더 절정의 벼랑 끝으로 몰고 갔다.

"당신이 내 진액을 뽑아내면 좋겠어, 자기야."

그는 이렇게 말하며 내 입술을 훔쳤다. 그의 손이 내 가슴으로 내려와 장밋빛 젖꼭지를 감쌌다.

"나를 받아줘."

그는 쉰 목소리로 요구했다.

"내 성기를 받아줘."

그가 내뱉는 단어, 야생적인 리듬, 나를 옴짝달싹 못 하게 만드는 그의 몸… 나는 눈꺼풀을 파르르 떨면서 눈을 감았다. 온몸이 뜨거웠다. 활활 타오르고 있었다. 결국 내 입술에서 간곡한 애원이 흘러나왔다.

"에런."

"나를 봐. 나를 바라봐."

그는 나를 안아 올려 가슴에 껴안았다. 그 상태로 나를 들어 올렸다가 내렸다가 하면서 밑에서부터 내 안으로 파고들어 왔다. 나는 두 팔로 그의 목을 껴안은 채 무아지경으로 나아갔다. 그의 머리카락을 세게 움켜잡았다. 그는 내 두 팔을 등 뒤로 모아 잡고 한 손으로 내 양 손목을 꽉 잡았다. 등이 휘었다.

"이제 당신은 내 통제하에 있어."

그가 빠르게 움직이자 그의 그곳에 올라앉은 내 엉덩이도 덩달아 리듬이 빨라졌다.

"나는 당신을 늘 거기 앉히고 싶었어."

그는 턱에 힘을 주면서 깊고 세게 치고 들어왔다. 동시에 다른 쪽 손을 우리가 연결된 부위에 가져다 대고 둥글게 문지르며 마찰시켰다. 뭘 어떻게 해보기도 전에 내 정신이 황홀경 속으로 날아올랐다. 동시에 에런이 내 몸 안에서 자신을 풀어냈음을 느낄 수 있었다.

그는 동물처럼 으르렁거리며 내 이름을 불렀다. 그가 엉덩이를 계속 움직이면서 천천히 치고 들어왔고 우리 둘은 절정을 향해 달려갔다. 아무것도 섞이지 않은 순수한 희열이 나를 강타했다. 그는 두 팔로 나를 끌어안고 내 목에 얼굴을 묻었다. 우리는 몸의 윤곽이 흐릿해질 정도로 빠르게 진동했다. 마침내 그의 엉덩이가 움직임을 그쳤다.

우리의 시간도 멈췄다. 몸을 밀착한 채 서로의 심장 박동을 느꼈다. 손 아래서 나를 달래듯 움직이는 그의 심장이 느껴졌다. 드디어 에런은 내 몸에서 빠져나갔고 우리는 모로 누웠다. 그는 두 팔로 여전히 나를 감싸 안은 채였다. 그는 내 등을 자기 가슴에 밀착했다. 다른 방식의 포옹이었으면 나는 무너졌을지도 모른다. 다른 무엇과도 비교할 수 없는 따스한 포옹이었다. 그는 내 목에 가볍게 입을 맞춘 뒤 관자놀이에 한참 입술을 대고 있다가 물었다.

"너무 심했어?"

그의 가슴을 향해 얼굴을 돌리고 그의 심장 바로 위에 입을 맞췄다.

"아니. 절대 아니야."

진심이었다.

"나는…"

말끝을 흐리며 속삭였다.

"당신이 자제력을 잃어서 좋았어. 아주 많이."

"조심해."

내 머리카락에 그의 손이 닿았다. 그는 내 헝클어진 머리카락을 손바닥으로 쓸어내렸다.

"당신이 지금보다 더 완벽해지면, 난 당신이 나를 위해 만들어진 사람이라고 생각할지도 몰라."

나는 입꼬리를 올리며 들뜬 미소를 지었다. 내 생각이 소리가 되어 나오지 못하도록 그의 가슴에 입술을 꽉 붙여야 했다. 날 가져. 당신이 할 수 있는 최소한이 바로 그거야.

몇 분 뒤 에런이 자세를 바꿨다. 나는 그의 목을 더 세게 감았다. 그가 말했다.

"콘돔 좀 처리하고 올게, 자기야."

그가 자리를 뜨려고 하자 나는 그를 붙잡았다. 그의 가볍고 햇살처럼 밝은 웃음소리가 내 가슴에 확 와닿았다. 그 웃음에 정신이 팔린 사이 그가 내 곁을 떠났다. 실망한 나머지 몸까지 식은 나는 끙끙거렸다. 포옹에 관해서 나는 정말이지 욕심 많은 여자였다. 어쩌면 포옹이 아니라 에런에 관해 그런 것일 수도 있었다.

"눈 한 번 깜박할 새에 돌아올게. 약속해."

다행히 그는 약속을 지켰다. 완벽한 알몸으로 방을 가로질러 걸어오는 그를 보며 나는 마음을 놓았다. 침대로 돌아온 그는 뒤에서 나를 팔로 감싸고 끌어당겨 안았다. 그리고 가벼운 이불을 끌어와 우리 몸 위에 덮으며 깊고 관능적인 숨소리로 만족감을 표했다.

그래. 나도 마찬가지야.

"어때?"

그가 내 머리카락에 대고 말했다.

"1분도 안 걸렸어."

나는 그의 가슴에 대고 한숨 쉬면서 부끄러운 줄도 모르고 인정했다.

"내가 애정에 좀 굶주려 있지? 난 어설픈 포옹이 아니라 거미원숭이처럼 바짝 안아주길 바라는 거야."

나는 내가 한 말을 강조하려 그의 다리 위에 내 다리를 걸치고, 그의 가슴으로 팔을 뻗었다. 그렇게 그를 껴안자 전혀 귀엽지 않은 모양새가 되고 말았다. 그의 가슴에 얼굴을 묻고 있는데도 그가 미소 짓고 있는 걸 알 수 있었다. 그의 가슴이 울리는 걸 보니, 미소 정도가 아니라 가슴이 웃음으로 꽉꽉 차오르는 듯했다.

"난 슬픈데 당신은 웃어?"

"그럴 리가. 당신이 나한테 욕심부리는 이 상황을 즐기고 있을 뿐이야, 거미원숭이 양."

그는 손바닥으로 내 등줄기를 쓸어내리다가 허리에서 멈추고 끌어안았다.

"당신이 얌전하게 굴지 않으면 우린 오늘 밤에 못 잘지도 몰라. 그런데 안타깝게도 콘돔은 아까 그거 하나뿐이었어."

그를 안은 손에 힘을 약간 풀었다.

"이렇게 될 줄… 예상했어?"

그가 짐가방에 콘돔 하나를 쓰윽 넣는 모습을 상상하며 물었다. 설마 하는 생각에 피부가 달아올랐다.

"아니."

그는 부드럽게 대답했다. 그의 손가락이 내 등을 타고 점점 위로 올라왔다.

"거짓말은 안 할게. 내심 그렇게 되길 바랐어. 그러니 가방에 콘돔을 넣어뒀지. 가방에 콘돔을 넣어둔 게 하도 오래전이라 별일 없을 줄 알았어."

"당신이 그걸 쓰게 돼서 다행이야."

진심이었다. 그의 손이 내 목덜미로 올라왔다. 그의 손가락이 머리카락 사이로 들어와 내 머리를 헝클어 놓았다.

"더 할 생각이 없는 것 같아서 유감이긴 하지만."

그의 목에서 나온 소리에 나는 흥분됐다.

"아, 그렇단 말이지?"

혼잣말 같은 그의 말에 대답하는 대신-엄청난 희열을 안겨준 섹스를 더 못 하게 돼서 아쉬워하는 건 너무 당연하니까-다른 질문을 하기로 했다.

"뭐 좀 물어봐도 돼?"

나는 몸을 약간 젖히고 그를 바라보았다. 에런도 고개를 젖히며 내 눈을 들여다보았다.

"뭐든 물어봐."

"스페인어를 어떻게 그렇게 잘해?"

그의 입꼬리가 수줍게 올라갔다.

"진지하게 묻는 거야."

나는 대답을 재촉했다.

"당신이 스페인어를 할 줄은 생각도 못 했어. 스페인어를 잘한단 얘기 한 적 없잖아."

칭찬을 들은 그의 눈이 반짝거렸다. 그 말을 잘한 듯했다. 그의 미소를 보니 기분이 좋아졌다.

"생각해 보니까, 내가 그동안 스페인어로 당신 욕을 한 것도 다 알아들었겠네."

그는 두 뺨이 약간 달아오른 채 한숨을 쉬었다.

"그렇지는 않아."

"무슨 뜻이야?"

"당신이 이번 일을 절대적으로 완벽하게 잘 해내야 한다고 했잖아."

나는 그 말의 의미를 알아내려 그의 표정을 살폈다.

"그래서… 뭐야? 여기 오기 전에 속성 강좌라도 들은 거야?"

난 농담한 거였는데, 에런은 진지하게 어깨를 축 내렸다. 서서히 그 뜻을 알아챈 나는 나지막하게 말했다.

"맙소사. 진짜 그랬구나."

나를 위해. 나를 위해 그렇게까지 하다니.

"스페인어를 배운 적이 없는 건 아니야. 학교 다닐 때 좀 배우긴 했어."

그는 다시 내 머리카락으로 손을 뻗어 검지로 머리카락을 돌돌 감았다.

"이번에는 앱으로 공부했어. 좋은 인상을 줄 수 있을 정도만 공부한 거라 아직 갈 길이 멀어."

내 얼굴에 감정이 확 드러났는지—그 순간 내가 그에게 느낀 감정이 흠모는 아니었기를—그는 나를 별나게 흥미로운 눈빛으로 바라보았다. 그러고는 나를 가슴으로 더 바짝 당겨 안고 어깨에 입을 맞췄다. 그의 부드러운 입술 감촉에 나는 햇볕 아래 놓인 버터처럼 녹아내렸다.

"재미난 어휘들이 많을 텐데 아직 다 몰라."

그는 생각에 잠긴 목소리로 말하고는 어깨에 다시 부드럽게 키스했다.

"최고로 멋진 어휘들 말이야."

"아."

나는 이 대화가 흘러가는 방향이 재미있어서 입꼬리를 올렸다.

"온갖 지저분한 단어를 내가 가르쳐 줄까?"

그를 올려다보며 눈썹을 움직거리자 그는 비딱한 미소를 지었다. 내가 엉덩이쯤에 팬티를 걸쳐 입고 있었으면 당장 바닥으로 팬티를 떨구고 말았을 정도로 매력적인 미소였다.

"운 좋은 줄 알아. 내가 정말 잘 가르치거든."

"열심히 잘 배울 자신 있어."

그가 윙크했다. 망할 윙크에 내 심장이 날뛰기 시작했다.

"가끔 다른 데 정신이 팔릴 수도 있지만."

"그래."

그의 가슴에 검지를 얹었다. 에런이 내 손가락을 쓱 내려다보더니 다시 내 얼굴을 바라보았다.

"당신이 대화 주제에 계속 집중하게 만들려면 적절한 동기 부여를 해줘야겠지."

나는 손가락을 위로 올렸다. 그의 흉근을 지나 목으로, 그리고 턱선을 따라 입술로. 그의 입술이 벌어지며 얕은 숨을 내뱉었다.

"이 여섯 글자로 된 단어는…"

나는 몸을 일으켜 그의 입술에 부드럽게 키스했다.

"스페인어로 당신의 입술이라는 뜻이야. *Labios. Tus labios.*"

그는 내 입술을 먹는 것으로 대답을 대신했다. 그 단어를 배우려면 맛을 보는 수밖에 없다는 듯이.

"이건…"

내가 입을 열자마자 그가 입술을 벌리더니 더 깊숙하게 입을 맞췄다. 우리의 혀가 서로 만나 춤을 추었다.

"혀를 뜻하는 여섯 글자로 된 단어야. *Lengua.*"

"그 단어 마음에 들어."

에런은 고개를 좀 더 숙였다. 그는 내 가슴에서 마음에 드는 단어를 찾아낸 듯했다.

"이건? 이건 뭐라고 해?"

그는 젖꼭지를 입술로 문질렀다. 나는 깔깔 웃다가 곧 신음을 흘리면서 대답했다.

"그건 다섯 글자로 된 단어야. *Pezón*. 젖꼭지."

에런은 으음 소리와 함께 내 가슴을 따라 위로 올라가면서 부드럽게 입을 맞췄다.

"이렇게 우리가 여섯 글자로 된 단어랑 다섯 글자로 된 단어를 배웠네."

그는 내게 몇 번 더 입을 맞추고 말했다.

"당신 방법대로 쭉 해보자. 이번엔 네 글자로 된 단어를 배울게. 하나 가르쳐 줄래?"

그러고는 다시 입을 맞췄다. 네 글자로 된 단어. 복잡할 게 없었다. 내 모국어에서 네 글자로 된 단어는 수천 개나 되니까. 하지만 내 머리는 말을 듣지 않고 멋대로 굴 때가 가끔 있었다. 지금 내 머릿속에 떠오르는 단어는 하나였다. 그렇게 긴 단어는 아니지만 분위기를 확 바꿔버릴 수 있는 강력한 단어. 사람들의 삶을 바꿔놓을 수 있는 단어. 산을 옮기고 전쟁을 시작하게 만들 수도 있는 단어.

내 몸을 이루는 모든 분자가 확신하기 전까지는, 내가 안전하다고 믿기 전까지는 아무에게도 내주지 않으리라 다짐했던 대단한 단어이기도 했다. 내가 침묵하는 동안 에런은 내 몸을 더 신나게 탐색했다. 덕분에 내 심장은 가슴을 쾅쾅 치며 거세게 뛰었다.

"몰라."

나는 정신이 혼미해질 지경이었다. 두려우면서도 흥분됐다. 그는 더 많은 입맞춤을 퍼부었고 나는 숨을 헐떡이지 않으려 안간힘을 썼다.

"괜찮아."

그는 진심이 담긴 목소리로 말했다.

"규칙을 깨버리자. 우리에게 깃들고, 우리 사이를 규정했던 마법을 깨면 돼."

그가 내 입술을 치열하게 탐하자 나는 너무 황홀해서 정신이 아득해졌다. 숨이 가빠왔다. 그는 고개를 숙이더니 내 심장이 위치한 곳에 입을 벌리고 키스하며 말했다.

"Corazón."

그가 부드럽게 말한 그 단어가 내 핏속으로 스며들어 내 피와 섞였다. 그 단어는 그대로 영원히 나를 떠나지 않을 것이다.

"심장. 일곱 글자로 된 이 단어는 바로 당신의 심장이야."

그의 눈을 한참 바라보면서, 나는 그가 말하지 않은 모든 걸 볼 수 있었다.

'당신 심장을 내 것으로 만들겠어.'

내가 용기가 없어 말로는 못 하지만 하고 싶은 말은 이것이었다.

'가져.'

에런은 마치 약속하듯 말했다.

"이제 네 단어로 된 단어를 내가 가질게."

그가 무엇을 가지려 하는지 나는 분명히 알 수 있었다. 하지만 과연 그 대가를 치를 준비가 됐을까?

24

다음 날 아침 에런 옆에서 눈을 떴다. 그 전에 이틀 동안 이 침대에서 눈을 떴고 옆에 누운 그를 봤는데 이번에는 완전히 다른 느낌이었다.

첫째, 우린 둘 다 알몸이었다. 어째서인지 나는 별 어려움 없이 그 상태에 적응했다.

오늘 아침과 그전 두 번의 아침은 소소하게 달랐다. 어쩌면 별것 아닌 차이였다. 바로 내 얼굴에 박혀있는 환한 미소였다. 바보 같을 정도로 밝은 미소. 내가 잠을 자는 내내 그렇게 웃었을까 봐 걱정될 정도였다. 터무니없게 들릴 것이다. 하지만 덩치 큰 에런 블랙퍼드가 이렇게 날 잡아 잡수라는 듯이 다 벗고 자고 있는데 누가 여유롭게 그걸 쳐다만 볼 수 있을까?

나는 물론 예외지만. 전혀 소소하지 않은 그의 물건이 내 허벅지에 묵직하게 닿아있는 지금 말이다. 에런은 끄응 소리를 내면서 몸을 움직이더니 그 펄떡이는 물건을 내게 문질렀다.

아, 안녕. 넌 그의 세 번째 다리로구나. 내가 널 좀 좋아해.

"좋은 아침이야."

잠에 취한 듯 잔뜩 가라앉은 목소리로 그는 내게 자기 품으로 들어오라고 애원했다.

"으으음."

나는 가까스로 대답했다. 제대로 대답하지 않았으니 무례하긴 했지만, 나는 중요한 일을 하느라 바빴다. 손으로 그의 가슴을 구석구석 탐색 중이었다. 그의 배를 이루는 복근, 그 위에 가늘고 길게 나있는 검은 털. 그랬디. 나는 그것에도 익숙해질 필요가 있었다. 그는 숨을 몰아쉬며 말했다.

"당신 부모님이 곧 우릴 데리러 오실 거야."

"응."

나도 알고 있었다.

"한 시간은 60분이야. 짐 싸는데 5분이고, 샤워하는 데… 3분이면 되겠지? 그럼 52분 남아."

나는 그동안 에런의 몸을 좀 더 알아볼 작정이었다.

"그 시간이면 많은 걸 할 수 있잖아. 시간 관리를 어떻게 하느냐에 달려있어."

나는 손가락을 아래로, 아래로, 아래로 내렸다. 마침내 그의 길쭉한 물건을 손에 쥐었다. 에런이 내 손바닥을 향해 아랫도리를 내밀었다.

"자기야."

그는 목 졸린 듯한 목소리로 말했다. 나는 그의 단단한 물건을 손바닥으로 감싸 위아래로 문질렀다.

"날 죽일 셈이야?"

그는 내가 답을 할 수 있을 것처럼 묻고 있었다.

"응?"

나는 눈에 초점을 잃은 채 쉰 목소리로 되물었다.

"아니?"

그는 내 손을 향해 다시 물건을 들이밀었다.

"질문이 뭐였지?"

에런은 신음을 흘리며 내 등허리를 손으로 잡아 자기 옆으로 강하게 당기면서 그의 아랫도리에 걸터앉게 했다. 나는 무의식적으로, 본능적으로 그의 몸에 올라타 흔들며 그가 자신을 방출하게 만들었다. 에런이 내 손에 대고 아랫도리를 흔드는 것과 같은 이치였다.

그 순간 이러다 내 여행 가방과 부모님, 미국으로 돌아가는 비행기, 직장, 인생, 그리고 이 침대 외의 모든 걸 잊을 가능성을 생각해 보기 시작했다. 에런 외의 모든 걸 고려해 보려 했는데, 문득 별로 상관없다는 생각이 들었다.

다음 순간 우리는 허공에 떠있었다. 적어도 나는 그랬다. 에런은 나를 품에 안은 채 성큼성큼 걸어서 방에 딸린 욕실로 향했다. 그는 나를 바닥에 내려놓지도 않고 샤워기를 틀었다.

"나쁜 소식을 전하고 싶지 않지만, 내가 당신한테 하고 싶은 걸 하려면 52분으로는 충분하지 않아. 그러니까 우린 멀티태스킹을 해야 해."

그는 나를 뜨끈한 물줄기 아래에 두었다. 내 몸을 위아래로 훑는 그의 푸른 눈동자가 굶주림으로 물들어 있었다.

"시간 관리 그리고 멀티태스킹이라."

나는 그가 샤워기의 물줄기 속으로 들어오는 모습을 바라보았다.

"인상적인 이력서네, 블랙퍼드 씨."

그가 두 손으로 내 엉덩이를 잡았다. 그의 손가락이 다급하게 요구하고 있었다.

"난 도전을 두려워하지 않아. 그것도 내 이력서에 추가해 줘."

차갑고 매끄러운 타일에 내 몸을 밀착시켰다.

"샤워하는 동안 내 혀로 당신을 핥아야겠어."

내가 좋아하는 새로운 단어인 '혀'가 그의 입에서 튀어나와 그의 아랫입술을 스쳤다.

미치게 섹시해.

"짐을 싸는 동안에도 계속해야겠어. 52분 안에 다 할 수 있다면 모르겠지만. 어떻게든 해봐야겠지."

아, 맙소사. 그가 과연 할 수 있을까.

결국 우리는 어려움을 이겨내고 시간을 맞췄다. 에런의 소프트 스킬(대인 관계와 관련된 스킬.—옮긴이)은 역시 대단히 인상적이었다.

부모님이 우리를 차에 태워 공항까지 데려다주셨는데, 탑승까지 시간이 넉넉하게 남아서 우리는 터미널에서 아침 식사까지 할 수 있었다.

비행기에 타자 에런이 한 팔로 내 어깨를 감쌌고, 나는 그에게 포근하게 기댔다. 그의 목과 어깨 사이에 머리를 기대자 그의 달콤한 향기가 나를 감쌌다. 내 입에서 행복한 한숨이 절로 나왔다. 새로워진 우리 사이가 이제 정상처럼 느껴졌다. 그에게 몸을 기대자 마음이 편안해지면서 이륙도 하기 전에 기절하듯 잠들었다.

미국 땅에 도착하기 전 내 머릿속에서 익숙한 경고가 울렸다. 대화. 내가 똑똑했으면, 우리가 한 공간에서 옴짝달싹 못 한 그 많은 시간을 잘 활용해 대화를 나눴을 것이다. 우리 사이에 선을 그어주고 우리 관계를 명확히 규정지어야 할 필요가 있었다. 즉… 우리 관계를 어떻게 하면 좋을지 결정해야 했다. 다른 때 같으면 이런 압박감을 느끼지는 않았을 테지만, 에런은 여느 남자가 아니었다. 그는 내가 부담 없이 데이트를 시작한 남자도 아니고 어쩌다 만나서 신나게 멋진 섹스를 한 남자도 아니었다. 그는 에런이었다. 나의 에런. 직장 동료이며 곧 내 상관이 될 사람. 그러니 접근법이 완전히 달라야 하는 것이다. 앞으로 이 남자가 어떤 존재가 되든, 우리가 어떤 관계가 되든 말이다.

그러려면 대화를 해야 했다. 그의 손이 내 등허리로 내려왔다. 그의 엄지가 내 티셔츠 위로 원을 그리며 나를 쓰다듬었다. 고개를 들어보니 그가 나를 바라보고 있었다. 젠장. 그의 눈동자는 삽시간에 내가 세상에서 정말 좋아하는 것이 되어버렸다. 트리플 초콜릿 브라우니보다 더 좋았다.

도착 출구를 지나자 바로 터미널 한가운데였다. 드디어 뉴욕 땅을 밟았다. 이제 몇 걸음만 더 가면 공항 바깥이었다. 이제 감당해야 한다. 그가 부드럽게 나를 불렀다.

"리나."

그가 내 이름을 부를 때의 말투, 무게감으로 판단컨대 중요한 얘기를 하려는 것임을 직감했다. 하지만 그 단순한 말—나를 카탈리나가 아니라 '리나'라고 부른 것—은 가슴과 머리를 울리며 내게 크게 와닿았다.

"당신이 내 이름을 불러주는 걸 듣는 게 너무 좋아."

나는 그냥 지나가는 말인 것처럼 조용히 고백했다.

"당신은 나를 리나라고 자주 부르지 않잖아."

에런은 말없이 내 눈을 한참 들여다보았다. 내 말의 의미를 곱씹지는 않는 것 같았다. 그가 아무 말 안 하겠구나, 조용히 공항을 나가서 각자의 길로 가자는 말도 안 하겠구나 싶었는데 그가 별안간 제안했다.

"나랑 같이 가자. 우리 집으로."

나는 놀라서 눈만 깜박거렸다. 내가 제일 원하는 게 바로 그와 좀 더 시간을 보내는 것이었다. 현실로 돌아가기 전에 그와 좀 더 함께 있고 싶었다. 대화를 나누면서, 달라진 우리 관계를 굳건히 하거나… 혹은 반대로 무너뜨리거나 하기 전에. 지금 내가 무엇보다 겁내는 게 바로 그런 대화였다.

그래도 과감히 도전하고 싶었다. 그런 마음이 간절하기도 했다. 하지만 내 경험은 나에게 같은 실수를 두 번 하지 말라고 경고하고 있었다. 에런을 잃으면, 수년간 쌓아온 경력을 망치고 추하고 불공평한 비난을 받게 되면, 상처에서 회복하는 게 정말 쉽지 않을 것임을 나는 뼛속 깊이 알고 있었다. 아마 내 인생에서 가장 어려운 일이 될 것임을 나는 잘 알았다. 머릿속으로 그런 생각을 하고 있는데 에런의 얼굴에서 걱정, 두려움이 휘몰아치는 게 보였다.

"가자, 리나."

나는 잠시 눈을 감았다.

"내가 당신한테 음식을 주고, 다음 주 내내 시차로 인한 피로감에 시달리지 않도록 오늘 밤까지 깨어있게 해줄게. 그리고 내일 아침 일찍 내 차를 타고 당신 아파트로 가자. 당신은 집에서 필요한 걸 챙기고 우리 둘이 함께 출근하는 거야."

꿈같은 얘기였다. 에런다웠다. 그는 자기랑 함께 가자고 나를 설득해야 하는 줄 아는 모양이었다. 나야말로 그와 함께 있고 싶었다. 간절한 바람이었다. 그가 청하기만 하면 어디든 그를 따라갈 마음이 있었다. 하지만… 하지만… 늘 이렇게 '하지만'이라는 말이 가로막잖아?

"에런. 솔직하게 말할게."

나는 그에게… 나에게 그리고 우리에게… 적어도 이 말을 해야 했다.

"걱정되고… 무서워. 당신은 승진할 거고 우리 부서장이 될 거야. 그렇게 되면 많은 게 달라져."

나는 그의 가슴으로 시선을 내렸다. 그의 눈에 너무 많은 감정이 담겨있어서, 그리로 마음을 빼앗겨 분별력을 유지하기가 쉽지 않았다.

"여긴 스페인이 아니야. 여긴 현실이야. 그러니까 우리 사이가 이렇게 되면…"

나는 우리 둘을 손으로 번갈아 가리켰다.

"일이 복잡하게 꼬여버려."

어쩌면 그 반대일 수도 있었다. 그가 내 상관으로 승진하기 때문에 우리 관계가 복잡해질 수도 있는 것이다. 그는 내 손을 잡아 자기 가슴에 가져다 댔다. 따뜻하고 단단한 그 가슴은 내가 몹시 원하면서도 두려워서 감히 손을 뻗지 못하는 것들로 가득했다.

"그 얘기는 일단 우리가 좀 씻고 나서, 당신이 편안하게 긴장을 풀고 나서 차차 하자."

에런의 다른 쪽 손이 내 턱을 잡아서 내 고개를 들게 했다. 그는 내 눈을 들여다보며 덧붙였다.

"내일 인사팀 샤론한테 가서 얘기하자. 당신 마음이 편해진다면 그렇게 해야지."

뭐야? 왜 이래? 이 남자 왜 이렇게 사려 깊은 거야? 젠장 너무 완벽하잖아!

"그 전에 당신이 우리한테 기회를 주면 좋겠어."

에런은 떨리는 숨을 내뱉으며 물었다.

"나 믿지?"

그의 가슴에, 심장이 있는 곳 바로 위에 대고 있던 내 손이 그의 셔츠를 움켜잡았다. 그를 믿고 의지하는 것 말고는 할 수 있는 게 없었다.

"당신 집으로 가자, 에런 블랙퍼드."

핸드폰 화면을 들여다보면서 문자에 진실하게 대답할지 말지를 백 번도 넘게 고민했다.

로지가 미쳐 날뛸 텐데. 나를 스페인으로 다시 날려 보낼 만큼 내 엉덩이를 세게 걷어찰지도 몰라.

핸드폰에서 시선을 들어 거울―에런의 집 욕실에 달린 거울―에 비친 내 모습을 바라보았다. 마음에 들지 않았다. 눈 밑의 다크 서클이나 대서양을 건너오는 동안 엉망이 되어버린 머리 때문이 아니었다. 뭐라 딱히 짚어낼 수 없는 것, 샤워나 몇 시간의 잠, 빗질로 수정할 수 없는 무언가가 마음에 걸렸다.

돌아선 나는 인상적이고 멋진 욕조 가장자리에 기대었다. 에런 같은 덩치가 두 명 들어가도 남을 정도로, 그의 아파트에 있는 다른 것들과 마찬가지로 큼직한 욕조였다. 널찍하고, 차분하면서도 감각적으로 고급스러웠다. 그에게 완벽하게 어울렸다. 나는 핸드폰 화면을 내려다보며 그녀의 문자를 다시 읽어보았다.

로지
> 돌아왔어? 상황이 얼마나 안 좋아? 커피 한 잔 마시면서 다 털어놔. 커피 두 잔이 필요할까? 아니면 세 잔? 할 얘기가 얼마나 많은 거니?

용기를 내서 답장하려는데, 화면에 점 세 개가 춤을 추었다. 로지가 또 뭐라고 쓰고 있는 모양이었다.

로지
> 너희 아파트로 카페인을 대령하러 갈게. 한 시간 안에 갈까? 30분? 지금 바로?

로지가 내게 속눈썹을 빠르게 깜박이는 모습이 눈에 그려졌다. 로지가 이렇게 나를 들볶은 적이 없었다.

리나
> 나 지금 집 아니야.

로지
> 아직 공항이야? 이따가 들를게. 조금만 기다려.

나는 심호흡을 하며 답장을 썼다.

리나
> 오늘 밤엔 집으로 안 돌아갈 것 같아.

화면에서 점 세 개가 또 깜박였다. 로지가 계속 타이핑하고 있었다.

한참 동안. 나는 인상을 쓰면서 각오를 다졌다.

로지

> 그럴 줄 알았지.

목이 졸리는 것 같은 끄응 소리가 목 위로 올라왔다. 한참 동안 찍은 게 겨우 이 세 단어야?

로지

> 그래서? 빨리 털어놔. 얼른. 그래야 내 예상을 말해줄 거 아냐.

나는 소리 죽여 웃었다. 내가 그렇게 바보냐?

리나

> ...

로지

> 말해. 말해. 빨리. 얼른.

리나

> 진정해, 에드워드 컬렌(스테프니 메이어 작가의 소설 《트와일라잇 시리즈》의 남자 주인공.-옮긴이).

로지

> 카탈리나. 얘기 안 해주면, 나 삐질 거야. 지금까지 내가 삐진 적 한 번도 없잖아. 넌 삐진 로지가 어떤 모습인지 모를 걸.

리나

> 에런의 집. 나 지금 에런의 아파트에 있어.

로지

> 물론 그렇겠지. 더 자세히 말해줘.

로지

일단은 요약본으로.

리나

우린 키스했어. 같이 자기도 했고.

로지

자기도 했다고? 같이? 정확히 무슨 뜻이야?

리나

🫣 말 그대로야. 키스했고. 섹스도 했어.

로지

그리고?

그리고 많은 걸 했지, 라고 쓰려다가 화면 위에서 엄지가 잠시 멈췄다. 그리고 엄청난 속도로 타이핑을 했다.

리나

…지금 나 엉망이야. 겁도 나고 들떠있기도 해. 바보처럼 행복하기도 하고. 에런이 나한테 엄청 잘해줘. 너무 잘해주니까 꼭 꿈을 꾸는 것 같아. 이러다 식은땀을 흘리면서 꿈에서 깨어나면 어떻게 하지. 그런 일이 일어나는 걸 내가 얼마나 싫어하는지 잘 알잖아. 내가 전에 조 맨가니엘로(미국의 섹시한 남자 영화배우.-옮긴이)가 나오는 꿈을 꾼 적 있는 거 너도 알지? 꿈에서 조가 허리띠 버클을 풀려는데 우리 아파트 건물의 화재경보기가 울린 바람에 잠에서 깨서 한 달 내내 짜증이 났잖아.

리나

이건 그 꿈보다 훨씬 좋아. 온 우주만큼 좋아.

그랬다. 에런의 손길에 내 몸이 살아난 것 같은 느낌 때문만이 아니었다. 그 느낌은 내가 경험한 것의 극히 작은 일부일 뿐이었다.

이 꿈에서 깨어나고 싶지 않아, 로지.

아이고, 이것아.

내일 다 얘기해 줄게.

이렇게 문자로 주고받는 건 대화라고 할 수 없었다.

당연히 그래야지. 안 그러면 네 엉덩이를 걷어차 버릴 거야.

욕실 문을 두드리는 소리가 들렸다.

"자기야?"

문 너머에서 굵고 낮은 그의 목소리가 들렸다. 나를 부르는 그 소리에 심장이 빠르게 뛰었다.

"당신이 나를 피해 숨어있는 것 같다는 생각이 들기 시작하는데."

맙소사. 여기 너무 오래 있었다.

"그만 나와. 먹을 거 사러 가자. 뭘 살지 당신이 골라."

음식을 떠올리자 시차 때문에 피곤한 내 위장이 꼬르륵거렸다.

"생선 타코 살까?"

"생선 타코는 꼭 사야지."

젠장. 그는 내 마음을 너무 잘 알았다.

"알았어. 1분만!"

나는 로지에게 얼른 문자를 찍어 보냈다.

그만 가야겠다. 우리 포장 음식 사러 나갈 거야.

알았어. 내일 우리 둘이 꼭 얘기하자.

Sí, señorita(그럼요, 마님).

있잖아, 리나.

넌 그 꿈에서 꼭 깨어날 필요는 없어.

그 생각을 하면서─아니, 그 희망을 갖고서─나는 타일로 둘러싸인 멋진 은신처를 떠나 에런에게 갔다. 친구 로지의 문자를 읽는 동안 내가 느낀 것이 바로 희망, 그것도 어리석은 희망이었다. 에런은 강을 향해 나 있는 인더스트리얼 스타일 창문을 내다보며 거실에 서 있었다.

에런의 아파트는 브루클린의 덤보 지역에 있었다. 내가 잘 아는 곳은 아니지만 어쩐지 점점 마음에 들기 시작했다. 이 집은 꽤 멋진 곳이었다. 넓고 삭막한데 우아하면서도 간소한 맛이 있었다. 그에게 다가가 나도 널찍한 창밖을 내다보며 말했다.

"이스트 강 풍경이 끝내주네."

"그러게. 내가 운 좋게 이런 호사를 누리면서 살고 있어."

그는 평소보다 더 생각에 잠긴 말투였다. 에런 쪽으로 몸을 돌리면서 창문에 등을 대고 그를 마주 보았다. 이 풍경은 물론… 그의 모습이… 너무나 아름답다는 걸 그에게 어떻게 말해야 할까? 무턱대고 그런 말을 하는 것은 이상할 것이다. 그래서 나는 그 말을 속으로 삼키고 조용히 바라보기만 했다.

에런은 창밖의 어느 먼 곳을 바라보고 있었다. 유리창으로 흘러들어온 햇빛이 그의 피부에 입을 맞췄다. 그의 푸른 눈동자가 햇빛을 받아 반짝였다. 그는 확실히 생각에 잠긴 표정이었다. 나는 그의 팔에 손을 얹으며 물었다.

"무슨 일 있어?"

그제야 그는 나를 바라보았다.

"이리 와."

그러고는 나를 끌어당겨 안았다. 그대로 나를 안고 몸을 조금씩 흔들며 말했다.

"이렇게 하니까 낫네. 모든 게 훨씬 나아."

나도 같은 생각이었다. 에런의 품에 안겨있는 게 그렇지 않을 때보다 모든 면에서 훨씬 좋았다. 나는 행복한 숨을 내쉬면서 그를 마주 꼭 껴안고 그의 콧소리에 장단을 맞췄다. 마침내 그는 나를 풀어주었고 다시 창밖으로 망연히 시선을 돌렸다. 이제 그의 얼굴에는 약간이지만 미소가 피어나 있었다.

천천히 한 걸음씩 하자.

인더스트리얼 스타일의 콘솔 테이블에 시선이 갔다. 그 테이블이 창문을 비롯해 이 공간의 느낌을 완벽하게 보완해 주고 있었다. 콘솔 위에는 사진이 담긴 액자 하나, 그리고 교과서처럼 생긴 책 한 권이 놓여 있었다.

사진 속 인물에게 관심이 생겨, 나는 콘솔 앞으로 다가가 액자를 집어 들었다. 여자였다. 검은 머리카락, 푸른 눈동자를 가진 아름다운 여자. 그 여자의 미소를 보니 누구인지 알 것 같아 심장이 따뜻해졌다. 그가 한쪽 팔로 내 어깨를 감싸며 머리카락에 가볍게 입을 맞췄다. 나는 그에게 기대며 물었다.

"어머니 이름이 뭐야?"

"도러시아."

그의 목소리가 그의 가슴속에서 우르르 울렸고, 그 진동이 내 등으로 고스란히 전해졌다.

"어머니는 그 이름을 마음에 안 들어 하셨어. 그래서 사람들한테 자기를 '시아'라고 불러달라고 하셨지."

"어머니 얘기 더 해줘. 당신 가족 얘기도."

그는 숨을 내쉬자 그의 숨결이 내 머리카락에 가볍게 와 닿았다.

"원래 어머니의 할머니의 이름이었어. 어머니는 그 이름이 '가식적인 노부인 이름' 같다고 하셨어. 우리 외가는 부유했지만 다들 건강이 좋지 않은 편이었어. 거의 저주라고 할 정도로."

그는 잠시 기억에 파묻힌 듯한 목소리였다.

"내가 어렸을 때 어머니의 집안사람들은 모두 세상을 떠난 상태여서 난 외조부모님을 뵌 적이 없어. 어머니마저 돌아가시자 나는 애버츠 가문의 마지막 후손이 되었고 가문의 재산을 모두 물려받았어. 내가 이런 곳에서 사는 호사를 누리는 것도 그래서야."

"이제 이해가 되네."

나는 인테크 같은 회사에 다니게 되어 운이 좋다고 생각했다. 매달 넉넉한 월급을 받을 수 있으니까. 하지만 이런 집에서 사는 건 완전히 다른 수준의 삶이었다. 이 집 화장실이 어지간한 원룸 아파트 크기였다.

"사실 당신은 정시에 출퇴근하는 직업을 가질 필요도 없잖아."

"그렇긴 하지. 그런데 난 내 일이 좋아. 누구는 그런 나를 일 중독자 사이보그라고 불렀지만."

나는 킥킥 웃었다.

"어머. 그게 바로 나네."

사무실에서 그 사실을 아는 사람은 아마 없을 것이다. 에런은… 사생활을 거의 드러내지 않는 편이었다. 그는 일할 필요가 없을 정도로 경제적으로 여유로운데도 불구하고 나머지 우리보다 더 열심히 일하고 있으니, 확실히 칭찬할 만했다. 역시 사랑스러웠다…

아이고. 나는 고개를 절레절레 흔들었다.

"난 늘 당신을 존경했어. 너무 독단적이고 고집불통이라고 욕을 하긴 했지만, 한편으로는 당신을 우러러봤어."

"그런…"

그는 잠시 당황한 듯 말끝을 흐렸다.

"고마워, 자기야."

나는 콘솔 테이블에 액자를 내려놓으며 미소 지었다.

"당신 어머니는 무척 아름다워. 당신이 누굴 닮았는지 알겠어."

에런은 부드럽게 웃었다.

"내가 아름답다고 생각해?"

"당연하지. 아름답다는 말로는 부족해. 놀랍다는 듯이 굴 필요 없어. 알잖아."

"알긴 하지. 그런데 당신이 나한테 그 정도로 매력을 느꼈을 줄은 전혀 몰랐어. 적어도 처음 몇 달 동안은 눈치를 못 챘어."

나는 콧방귀를 뀌었다. 만약 그가 알았으면, 과연 뭐라고 했을까?

"어떻게 알았지? 눈치 없는 당신이 알아챘을 정도면, 내가 강철로 만들어진 여자가 아니란 걸 깨달은 후에 어떤 변화라도 있었어?"

그는 나를 더 꽉 끌어안으며 숨을 길게 내쉬었다.

"내가 인테크에서 일을 시작하고 몇 달 후에 우리 회사가 고등학생들을 위해 세미나를 열었던 거 기억나? 학생들이 세미나실에 들어오기 시작하고 보니까 의자가 부족했잖아. 난 당신이 슬쩍 나가는 걸 봤어. 당신이 어디로 가는지 알 것 같더라고."

그날 일이 기억났다. 멍청한 제럴드가 참석자 수를 잘못 파악한 탓이었다.

"맞아. 접이식 의자를 가지러 갔었어."

"그래. 당신은 우리가 보관해 둔 접이식 의자를 가져오려고 세미나실을 서둘러 나간 거였어."

그날도 에런은 다른 때와 마찬가지로 갑자기 내 앞에 나타났다. 그는 나 혼자 의자를 옮기려고 한 것에 대해 타박하면서, 그건 내 업무가 아니라고 잔소리했다.

"그래서 어떻게 알았는데? 내가 당신을 권위적인 멍청이라고 생각하다가 의자로 당신을 칠 뻔한 걸 보고 알았을까?"

"선반에 꽉 끼어있는 의자를 빼내는 걸 도와주려고 당신 뒤로 갔더니 당신이 몸을 막 떨었잖아. 당신이 다시 의자를 빼내다가 바닥에 나동그라지기 직전에 말이야."

아, 아, 맞다.

그 순간이 정확히 기억났다. 당시 뒤에서 그의 몸이 느껴졌다. 그는 나를 접촉하지 않고 두 팔을 벌리며 다가왔을 뿐인데 나는… 그런 그를 보면서 몸을 떨고 얼굴을 붉히면서 흥분했었다. 그가 그 망할 의자를 빼내려 할 때 그의 와이셔츠 아래서 울끈불끈하는 팔근육 때문이었다. 그때 나는 뺨이라도 맞은 것처럼 정신이 없었고 온몸이 달아올랐다.

"그때 눈치챘어. 그날 당신 목과 뺨이 붉어진 건, 당신이 평소에 날 고집불통에 무정한 로봇이라고 부른 것과는 무관했으니까."

"내가…"

속에서 불안감이 커져 나는 말끝을 흐렸다.

"당신 욕을 하는 걸 듣고 기분 나빴겠네? 우리가 충돌할 때마다 내가 했던 말들 있잖아."

그의 대답을 듣기가 겁이 나서 심장이 빠르게 뛰었다. 그는 아무렇지 않게 말했다.

"아니. 그때부터 난 당신이 나한테 하는 모든 걸 그냥 받아들이고 있었어, 카탈리나."

심장이 살짝 쿵 떨어졌다.

"우리가 만난 과정에 대해 내가 당신 언니한테 얘기했었잖아. 사실 그대로 얘기한 거야."

나는 떨리는 눈꺼풀을 감았다. 에런에게 기대고 있어서, 그가 나를 가슴에 딱 붙여 안고 있어서 다행이었다. 안 그랬으면 바닥에 쓰러지고 말았을 것이다.

"당신을 밀쳐낸 게 얼마나 바보 같은 짓인지 깨달았을 때, 당신은 이미 날 미워하고 있었어."

나는 울컥하면서 목구멍 안에 덩어리가 맺혀 그것을 삼키려 애썼다.

"당신이 제프한테 한 얘길 우연히 들었어."

목 안의 덩어리가 내려가질 않고 목구멍을 조였다.

"나 말고 다른 사람이랑 일하고 싶다고 했잖아. 그래서 난 당신이 나를 밀어낸다고 생각했어. 내가 마음에 안 들어서 프로로서도 나를 인정하지 않는 것 같다는 생각이 들더라. 있는 줄도 몰랐던 선을 내가 넘었기 때문인가 했어. 그 후로… 당신을 볼 때마다 어떻게 그 일을 안 떠올리겠어? 당신을 내 블랙리스트에 올렸지."

"그래도 싸."

에런은 나를 부드럽게 돌려 안았다. 우리의 몸이 서서히 달아올랐다. 그는 나를 내려다보며 말했다.

"진심이야. 당신이 내 사무실로 환영 선물을 가지고 들어왔을 때 내 내면에 균열이 갔어. 당신 때문에… 정신이 확 흐트러지더라고. 정신을 차릴 수가 없었어, 리나. 한 번도 경험한 적 없는 느낌이라 너무 당황스럽더라. 그런 일이 또 일어나게 하면 안 되겠다고 생각했어. 그래서 제프 부서장이 나더러 당신이랑 긴밀하게 업무를 진행하라고 했을 때, 나는 그게 별로 좋은 생각이 아닌 것 같다고 말한 거야. 나는 그렇게 믿었어. 그러다 당신에 대해 점점 알게 됐지."

그는 나를 골똘히 내려다보았다. 그의 눈 너머에서 묵직한 무언가가 느껴졌다. 그 감정은 나를, 우리를 점점 밀어붙였다. 그의 눈을 바라보는 동안 내 가슴속에 점점 더 많은 공간이 그 감정으로 들어찼다.

"당신이 일하고 웃는 모습을 보면서 당신이 참 밝고 다정한 사람인 걸 알게 됐어. 당신을 처음 만난 날 생겨난 균열이 점점 커지더라. 그 균열은 줄어들기는커녕 계속 커졌어. 내가 얼마나 바보짓을 했는지 깨달았지. 당신을 더 이상 밀어내고 싶지 않다는 걸 알게 됐을 때, 그게 더 이상 내 뜻대로 되지 않았고, 너무 늦었다는 걸 깨달았어. 그래서 당신이 나한테 내뿜는 걸 뭐든 받아들이기로 했어. 그게 증오든 적대감이든 혐오든. 매일 몇 분이라도 당신이 나한테 관심을 주는 게 좋더라고. 그렇게 당신 마음에 잠깐이라도 들어갈 수 있으면 된다고 생각했어."

"에런…"

내 가슴과 머리, 기억에 담긴 모든 게 요란하고 격렬한 뇌우가 되어 소용돌이쳤다.

"지금껏 내내 그래온 거네."

"맞아."

그의 얼굴이 굳어지고 그의 턱이 움찔하는 게 보였다.

"당신은 내가 당신을 적대시하게 내버려 뒀어. 지금까지 내내 가만히 앉아서 내가 그렇게 하도록 둔 거야."

감정이 격해져 목소리가 떨렸다. 우리가 함께할 수도 있었던 시간을 놓친 게 아쉽기도 했고, 내 말속에 감춰진 거짓 때문이기도 했다. 내가 그를 진심으로 증오했을까? 생각해 보면 그건 가능하지 않았다. 그가 내게 상처를 줬기 때문에 나도 그에게 상처를 줬을 뿐인데, 지금껏 내가 증오라는 명분으로 그런 행동을 정당화한 게 아닐까?

"왜 그랬어?"

나는 속삭이듯 낮은 목소리로 그에게, 그리고 나에게 물었다.

"당신이 나한테 내준 게 그게 전부였으니까. 당신한테 아무 관심도 못 받으니 차라리 날 미워하게 두는 게 낫다고 생각했어."

몸이 떨렸다. 그의 말이 주는 무게가 버거워 덜덜 떨렸다. 이 감정의 진실이 드디어 내 입술로 올라왔다.

사랑. 내 가슴속에 커다란 혼란을 불러일으킨 감정은 사랑이었다. 번개가 지상에 떨어지듯 순식간에 깨달았다.

"난 당신을 증오한 게 아니야. 증오하고 싶었지만 그럴 수가 없었어. 난 그냥… 상처받았던 거야. 당신이 날 좋아하길 늘 바랐는데, 안 좋아하는 것 같아서."

에런의 얼굴에 어떤 감정이 빠르게 스치고 지나갔다. 우리의 입술 사이의 공간에 전기가 튀고 지금껏 느껴본 적 없는 감정이 흘러들었다.

"난 당신의 심장을 원해, 카탈리나."

그가 내 어깨에 두 손을 올렸다. 그 손은 내 목을 지나 얼굴을 떠받쳤다.

"내가 당신에게 심장을 줬듯이, 당신도 나에게 심장을 줘."

내 심장은 당신 거야. 이 아름답고 눈먼 남자야. 나는 그에게 말하고 싶었다. *가져가. 더는 내가 갖고 있고 싶지 않아.*

그에게, 그리고 듣고 있는 모든 사람에게 외치고 싶었다. 하지만 나는 외치지 않았다. 순수하고 단순한 기쁨이 느껴진다는 이유로 두려워할 사람은 없을 것이다. 그건 가능하지 않았다. 하지만 내가 지금 그러고 있었다. 그는 내 손에 자기 심장을 담아주었는데, 나는 혀끝에 천 개의 단어를 담아두고 아무 말도 못 한 채 그를 바라만 보고 서있었다.

나는 그에게 보여주기로 마음먹었다. 두 손을 그의 얼굴로 뻗었다. 그가 했던 것처럼, 나는 그의 얼굴을 내 입술 쪽으로 끌어당겼다. 내가 그의 것이라는 뜻으로 입을 맞췄다. 나를 그에게 주겠다는 의미의 키스였다. 이는 어떤 말로도 대신 할 수 없을 것이다.

에런은 나를 바닥에서 들어 올려 부드럽게 품에 안았다. 그는 내 심장을 다루듯 나를 소중히 숭배하고 있어 너무나 기뻤다. 나는 두 다리로 그의 허리를 감았다. 그의 입술이 내 입술을 벌리고 그의 혀가 내 혀를 감으며 지배했다.

그는 나를 품에 안은 채 집 안의 너른 공간을 성큼성큼 걸어 가로질렀다. 우린 둘 다 숨 쉴 틈도 없었다. 그는 나를 주방 카운터에 앉혔다. 반바지 가장자리 아래로 시원한 화강암이 허벅지 아래쪽에 닿았다.

에런의 입술이 내 목을 따라 내려갔다. 그의 치아가 내 피부를 살살 긁었다. 내 민소매 티셔츠의 목선에 다다르자 그는 이로 셔츠를 물어내려 브래지어를 드러나게 했다. 그가 흘리는 신음이 내 피부에 고스란히 와 닿았다.

그가 내 엉덩이를 잡고 거칠게 당기자 나는 주방 카운터 끄트머리에 걸터앉은 모양새가 됐다. 맙소사. 그는 거침이 없었다. 내 민소매 티셔츠를 허리까지 게걸스럽게 끌어내리더니 반바지 지퍼를 찢어버릴 듯 풀었다. 지퍼가 내려갔는데도 그는 잘 인식을 못 한 듯했다.

내가 이렇게 만들었어. 내가 그를 이렇게 터지게 했어.

에런을 만지며 그의 티셔츠를 잡아당기는데 내 손끝으로 그의 다급함이 전해져왔다. 그의 티셔츠가 순식간에 벗겨져 바닥에 떨어졌다. 지글지글 끓는 듯 뜨끈한 그의 맨 가슴이 내 가슴에 닿고, 그의 허리가 내 다리 사이로 들어왔다. 그의 강인한 두 팔은 나를 바짝 끌어당기며 나와 하나가 되려 했다. 입에서 끄응 소리가 절로 나왔다. 귀로 그 소리를 듣고 있으니 남은 이성이 마비될 것만 같았다.

그가 입고 있는 나머지 옷도 벗기고 싶어서 그의 청바지를 잡아당겼다. 마음이 급했다. 나는 등을 젖히며 그와의 접촉을 간절히 바랐다… 그렇게 못 하면 죽을 것 같았다. 에런이 단단한 그곳을 내게 들이밀자, 아직 우리가 바지와 속옷을 입고 있는 상태인데도 불구하고 온몸으로 기쁨이 쭉 펴져나갔다.

　내 몸의 중심을 향해 치고 들어오는 그는 뜨겁고 두툼했다. 그 정도의 움직임만으로도 나는 눈꺼풀이 떨리고 발가락이 오므라지고 세상이 폭발하는 듯했다. 그는 다시 우리 사이의 마찰에 박차를 가하며 움직이기 시작했다. 그가 한 번 더 그렇게 움직이자 나도 빠르게 반응을 시작했다. 나는 그에게 애원했다.

　"다시 해줘."

　에런이 내 엉덩이를 두 손으로 잡고 자신에게 쑥 잡아당겼다. 그러고는 내게 몸을 밀착해 연달아 신음을 끌어냈다. 그는 이대로 나를 절정으로 보내버릴 작정인 걸까.

　"맙소사. 난 아직 당신을 제대로 건드리지도 않았어, 자기야."

　그는 내 귀에 대고 쉰 목소리로 말했다. 그러고는 내 아랫입술을 이로 살짝 물면서 나를 계속 밀어붙였다.

　"난 아직 당신 안에 들어가지도 않았다고."

　그는 내 힘 빠진 몸을 두 손으로 붙잡고 무자비하게 밀어붙였다. 나는 고개를 젖히고 기도할 뿐이었다.

　"이리 와."

　그는 내 귀에 대고 그르렁거렸다. 우리는 청바지를 입은 상태로 서로에게 그곳을 맞댄 채 움직이고 있었다.

　"그래야 내가 더 잘 들어갈 수 있지."

　드디어… 그의 물건이… 나를 쓰러뜨릴 듯 불도저처럼 밀고 들어왔다. 내 정신은 몸을 떠났다. 내 몸은 순수하고 무한한 감각을 느끼며 폭발하고 있었다. 목이 다 쉬기 전에 그의 이름을 부르고 싶었는데 그렇게 할 수가 없었다. 나는 기진맥진하고 텅 비어버렸다. 무게감도 없었다.

　그가 두 팔로 내 등을 감싸 돌렸다. 나는 후들거리는 다리로 순식간에 일어선 자세가 됐다. 내 등이 그의 가슴팍에 맞닿았다. 그의 몸이 얼마나 뜨겁고 욕구로 진동하는지 느낄 수 있었다. 그를 이렇게 반응하게 만들 힘이 나에게 있다는 걸 알자… 기운이 났다.

다음 순간, 그는 내 반바지와 속옷을 다리 아래로 내렸고, 내가 직접 완전히 벗어 옆으로 밀쳐두게 해줬다. 등에 닿은 그의 가슴이 뜨끈했다. 이어서 내 손목을 잡아 쥔 그의 손가락이 느껴졌다.

"카운터에 두 손 올려."

그는 내 손바닥을 카운터 표면으로 이끌었다. 그리고 무릎으로 내 다리를 밀어 두 다리를 벌리고 서게 했다. 그러고는 입을 벌린 채 내 등줄기를 따라 부드럽게 키스했다. 두 손으로 내 엉덩이를 붙잡은 후, 한 손으로 내 등을 쓸어내렸다.

"당신을 침대로 데려가야겠어."

그는 내 엉덩이를 주무르다가 손바닥을 허벅지로 옮겼다.

"침대에 눕힌 후 깊고 천천히 넣어줄게."

나는 끄응 소리를 내며 그의 허리 쪽으로 몸을 들이밀었다. 그는 신음을 흘리며 몸을 약간 젖혔다. 그가 바지 지퍼를 내리는 소리가 들렸다. 이윽고 그의 단단하고 긴 물건이 내 엉덩이에 닿았다. 그는 몸을 위아래로 움직였다. 그는 지퍼만 열었을 뿐 아직 바지를 다 내리거나 완전히 벗은 게 아니었다. 광기였다. 그 광기가 나까지 미치게 했다.

"당신이 이렇게 엎드린 자세로 있는 상상을 몇 번이나 했는지 알아? 팔꿈치를 바닥에 대고 엎드린 당신 모습 말이야."

그의 길쭉한 물건이 엉덩이를 스치자 욕구가 치솟은 나는 신음을 흘렸다.

"당신을 앞에 두고 흥분해서 무릎을 굽힌 내 모습도 상상했어."

이번에는 내 입에서 고통에 찬 신음이 흘러나왔다. 내 머리는 그가 한 말을 눈앞에 생생히 그리듯 보여주고 있었다.

"아."

그는 목소리를 한층 더 낮췄다.

"당신도 나만큼이나 그걸 좋아할 것 같아."

주방 카운터의 서랍 하나가 열렸다가 닫혔다. 포일 포장지 뜯는 소리가 들렸다.

"이번에는 잘 준비했어. 여기 콘돔 한 박스가 있거든. 몇 달째 여기 있던 거야."

"에런."

그에게 애원했다. 당장 그를 원했다. 그렇지 않으면 이대로 내가 먼 지구름처럼 터질 듯했다.

"당신이 필요해."

나는 잔뜩 달궈진 눈으로 어깨 너머를 돌아보았다. 그의 표정은 거의 짐승에 가까웠다. 나는 신음하며 말했다.

"당장."

그가 손등으로 내 턱을 부드럽게 쓰다듬었다. 그의 손바닥이 내 등으로 내려왔다. 그는 나를 카운터에 대고 꾹 누르며 으르렁거렸다.

"카운터 가장자리를 잡아. 이제 당신을 빠르고 강하게 가질 테니까."

그는 세게 밀어붙이며 내 안으로 들어왔다. 한껏 채워진 나는 천국 같은 기쁨을 느끼며 신음을 흘렸다. 내가 약속대로 더 해달라고 요구하기도 전에, 그는 잠시 나갔다가 다시 안으로 들어왔다. 우리는 동시에 신음을 흘렸다.

그의 손 하나가 카운터를 짚고 다른 손은 내 머리카락을 움켜쥐었다. 이대로 녹아내릴 것 같았다. 정신 차리지 않으면 그의 무게에 눌려, 뱃속 저 아래에 고여 물결치는 희열에 파묻혀 사라질 수도 있었다. 나는 가까스로 입을 열었다.

"디."

나를 화강암 카운터로 밀치며 들어오는 그의 리듬이 점점 빨라졌다. 그가 내 목에 대고 숨을 몰아쉬었다. 그의 손가락이 내 엉덩이를 붙잡았다.

"당신한테 더 줄 수 있어."

엉덩이를 잡고 있던 손이 잠시 멀어졌다가 탁 소리가 나게 내 엉덩이를 내리쳤다. 지금까지 내 입에서 나온 적 없는 새로운 신음이 터져 나왔다.

"당신한테 내 모든 걸 줄 수 있어."

다시 부드럽게 엉덩이를 치더니 나를 아래로, 아래로, 아래로 내리눌렀다.

"으응."

나는 끙끙대며 대답했다. 그는 말한 것처럼 내게 모든 걸 주었다. 그가 걷잡을 수 없는 속도로 아랫도리를 놀리자 우리의 그곳이 부대끼는 소리가 저쪽에 떨어져 있는 바지까지 닿을 지경이었다.

"같이 가자."

그는 내 등에 가슴을 밀착하며 나를 부드럽게 감쌌다. 나는 그의 몸에 완전히 묻혀버렸다. 그는 계속해서 밀어붙이면서 손가락으로 내 음핵을 문질렀다.

"내가 사정할 때 내 그곳을 당신이 제대로 느끼면 좋겠어."

그는 한 번 더 미친 듯이 절박하게 움직였다. 우리 둘은 지극한 행복을 향해 나아갔다. 우리 입에서 똑같이 거센 신음이 흘러나오고 기쁨에 겨워 서로의 이름을 불러댔다.

내가 그에게 매달린다기보다는 에런이 내 허리를 잡고 나에게 매달리는 느낌이었다. 그는 나를 붙잡고 위로 몸을 치켜올리더니 이윽고 내 몸에서 빠져나갔다. 나는 그의 품에 안긴 채 몸을 돌려 그의 가슴에 턱을 기댔다. 그는 내 이마에, 입술에, 코에 차례로 입을 맞췄다.

"당신이 내 것이 된 느낌이야. 딱 그런 맛이 나."

그의 말에 나는 그의 눈을 올려다보며 대답했다.

"당신 거야."

간단한 두 단어였다. 일상 대화에서 별다른 의미 없이 자주 쓰이는 말이기도 했다. 하지만 지금은 완전히 달랐다. 지금 그 말은 아주 중요한 의미였다. 에런의 얼굴이 확 밝아지더니, 지금까지 본 중에 가장 아름다운 미소를 지었다. 그 미소는 내 마지막 방어선을 태워 없앴다. 그의 푸른 눈동자를 들여다보는 동안, 내가 언제 쌓아 올렸는지도 모를 방어벽도 무너졌다.

"당신 거야."

나는 이렇게 말하며 방어벽의 잔해를 내 손으로 마저 부쉈다. 그는 이 두 단어에 도장을 찍듯 내게 입을 맞추며 말했다.

"정말 그렇다는 걸 내가 증명할게."

이번에 우리는 타코를 포장해서 사 오는 대신 그 자리에서 먹어 치웠다. 섹스 후에 밀려온 격한 허기 때문이었다.

"진지하게 말하는 거야."

나는 손가락을 입에 넣고 소스를 쪽 빨아먹었다.

"뱀파이어가 돌아온다면 몸에서 빛을 발하는 건 하지 말아야 한다고 생각해."

고개를 들고 보니 에런은 내 입을 바라보고 있었다. 손을 허공에 들고 있던 나는 두 뺨이 살짝 달아올랐다.

"듣고 있어, 블랙퍼드?"

그의 눈이 잠시 흔들렸다.

"어. 뱀파이어 얘기하고 있었잖아. 빛을 발하는 거."

나는 손에 묻은 끈적한 소스를 냅킨으로 마저 닦아내며 말했다.

"당신이 늑대 인간보다 뱀파이어가 되고 싶어 하는 게 믿기지 않아."

지금 내가 믿기지 않는 게 어디 한두 가지일까? 그는 소설《트와일라잇》시리즈 얘기를 하는 나를 쳐다보면서 어이없어하는 대신, 나와 그 주제로 대화하고 있었다. 게다가 그는 초자연 생물들에 관해 꽤 많이 아는 눈치라서 나는 그에게 물어보고 싶은 게 많았다. 에릭은 내가 쥐고 있던 포장지를 가져가 푸드 트럭 옆에 서있는 쓰레기통에 던져넣었다. 그는 반박의 여지가 없다는 듯 단언했다.

"뱀파이어는 불멸의 존재니까."

"하지만 당신은 딱… 늑대 인간처럼 생겼어."

방금 내 말을 증명하듯 그의 푸른 눈이 허기를 드러내며 번득였다.

"그래?"

"응. 첫째 당신은 덩치가 크고 핫하고…"

"아, 이런 얘기 너무 좋아."

그는 한 팔로 내 몸을 감싸 자기 옆으로 끌어당겼다.

"계속해 줘."

"야한 생각 좀 그만해."

나는 그의 손을 잡아서 우리 앞의 허공으로 들어 올렸다.

"봐봐. 꼭 늑대 인간의 앞발처럼 생겼잖아. 그리고 내가 조금 전에 핫하다고 한 말은 체온이 높단 얘기였어…"

섹시하게 생긴 그의 성기가 생각나 나는 말끝을 흐리고 말았다. *Dios*(맙소사). 섹스를 너무 심하게 해서 내 뇌세포가 엄청 죽었나?

"당신 피부는 만져보면 꽤 뜨끈한 편이야. 마치 뜨뜻하고… 묵직한 담요 같아."

고개를 돌리고 보니 그가 인상을 쓰고 있었다.

"칭찬이야. 당신 밑으로 들어가서 웅크리고 눕고 싶다는 뜻이니까."

그는 인상을 풀었다.

"그렇다면 좋네."

그는 고개를 약간 숙여 내 코끝에 입을 맞췄다.

"또 있어?"

"당신은 충성스러워."

그는 동의한다는 듯 콧소리를 냈다.

"사생활을 중시하고 혼자 있는 걸 좋아하는 것 같아. 사람들이 당신을 차갑고 쌀쌀맞다고 생각하는데, 당신이 거의 모든 면에서 금욕적인 접근 방식을 갖고 있어서 그런 거야. 당신은 모든 걸 관찰하고 나서 앞으로 일어날 모든 걸 예측하려고 하지. 솔직히 그런 접근 방식이 인상적이긴 한데 엄청 짜증 나기도 해."

나는 어깨 너머로 그를 힐끗 돌아보았다. 그는 묘한 눈빛으로 나를 바라보고 있었다.

"왜?"

"아무것도 아니야."

그는 고개를 저었다. 조금 전까지 멍한 표정이던 그의 얼굴이 차츰 침착하게 변해갔다.

"당신이 잊은 게 있어."

내가 눈썹을 치켜떴다.

"뭔데?"

"내가 문다는 거."

그는 내 어깨를 이로 쓱 문지르더니 어깨와 목이 만나는 민감한 부위를 살짝 물었다. 나는 미친 여자처럼 깔깔 웃으면서 그의 품 안으로 파고 들어갔다. 그 순간 시야 가장자리에 있는 누군가가 시선을 사로잡았다. 확실하진 않은데 같은 직장 사람인 것 같았다. 금발에 좁은 어깨로 판단컨대 제럴드의 팀원인 것 같기도 했다.

뱃속으로 현실 자각의 기운이 흘러들면서, 아무 생각 없이 웃던 웃음이 잦아들었다. 에런은 내 변화를 알아챘을 수도 있고, 알아채고도 아무 말 않는 것일 수도 있었다. 잠시 후 그가 말했다.

"집으로 가자. 내가 묵직한 담요로서 평판을 지켜야 하니까."

집으로 돌아온 에런은 집 한가운데 놓인 거대하고 꿈같은 소파에서 나를 담요처럼 포근하게 감싸 안았다. 지치기도 했고 시차 때문에 피곤한 상태라서 그의 따뜻한 품에 안기자 노곤해졌다. 어떻게든 버텨보려 했지만, 그의 집으로 돌아온 지 2분도 채 안 되어 곯아떨어지고 말았다.

얼핏 내려다보니 내 배에 크고 튼튼한 손이 올려져 있었다. 우리는 모로 누워있었고 주변이 조용한 걸 보니 텔레비전도 꺼져있는 듯했다. 내가 잠들자마자 에런이 끈 모양이었다. 내 배에 놓인 기다란 손가락이 내 가슴 바로 아래에 닿아있었다. 온몸을 타고 흐르는 관능적인 감각에 몸을 움찔거리며 그에게 좀 더 깊게 파고들었다. 그는 내 목덜미에 대고 끄응 소리를 내며 말했다.

"밖이 어두워졌어."

정말 밤이 되었는지 확인하려는 것처럼 나는 물가 쪽으로 난 거대한 창문을 바라보았다.

"우리가 잠들었었네."

기대감으로 발가락을 구부린 나는 내 배를 덮은 다섯 개의 손가락으로 눈을 돌렸다.

"우리가 함께 시차를 이겨보자고 했던 것 같은데."

"맞아. 어느 정도는 해봤어."

에런은 큭큭 웃었다. 등 뒤에서 그의 웃음이 고스란히 느껴졌다. 미소 짓는 그의 아름다운 얼굴이 머릿속에 그려지자 내 입꼬리가 올라갔다.

"하지만 나한테 안겨 웅크리고 잠든 당신이 너무 부드러웠어."

그는 손으로 내 배를 위아래로 쓰다듬은 후 나를 끌어당겨 안았다.

"도저히 못 견디겠더라고. 당신 때문에 진 거야."

나는 몸을 돌려 그를 똑바로 마주 보며 누웠다. 이제 그의 손이 내 등허리에 놓였다. 자세가 바뀌자 내 입술이 그의 목에 거의 닿을 지경이 됐다. 나는 그의 눈을 바라보며 물었다.

"혹시 지금 나를 흥분시키려고 그래?"

"절대 아니거든."

그는 나를 더 당겨 안았다. 우리는 몸 앞부분을 서로 마주 대며 누웠다. 나는 눈을 몇 번 깜박이다가 감으면서 흡족한 한숨을 쉬었다.

"나를 침대로 데려갈 거야, 에런 블랙퍼드?"

그는 대답하지 않았다. 대신 소파에 있던 나를 품에 안고 그대로 일어섰다. 다리로 그의 허리를 감은 나는 그가 갑작스레 열정적으로 나오자 웃음이 터졌다. 그는 긴 다리로 빠르게 집을 가로질러 걸어갔다. 대리석 소재의 아일랜드 키친 옆을 지나 널찍하고 깔끔한 복도를 통과해 곧장 큰 침실로 들어갔다. 바로 그의 침실이었다. 관능적인 기운이 내 온몸을 감쌌다. 이제 나는 에런의 옆자리, 그의 침대에서, 부드럽고 멋진 리넨 이불을 덮고, 그가 무수히 머리를 대고 누웠던 고급스런 베개를 베고 자게 될 것이다.

꿈처럼 보이는 킹사이즈 매트리스에 떨어져 누울 준비를 하는데 그가 나를 침실에 딸린 욕실로 데려갔다. 나는 거울에 비친 우리 모습을 보았다. 눈에 보이는 풍경이 이토록 마음에 들 줄 몰랐다. 에런의 목을 두 손으로 감고 그의 품에 안겨있는 나. 나를 안고 있는 게 에런이라서 두 뺨이 달아오르고 넋이 나간 나. 행복한 나. 에런은 검은색과 흰색 타일 바닥에 나를 내려놓으려 했다.

"싫어."

나는 고개를 저으며 그의 목에 더 바짝 매달려 다리로 그의 허리를 감았다.

"난 이 위에 있는 게 좋아."

"그래?"

그는 재미있어했는데 그 와중에도 목소리가 낮고 고급스러웠다. 나는 그를 더욱 바짝 붙들었다.

"그렇게 좋아?"

"응."

나는 그의 목에 대고 대답했다.

"이제부터는 날 어디든 이렇게 안고 다녀. 혼자 걸을 수도 있지만 그러지 않을 거야."

그가 손바닥으로 내 몸을 돌려 옆구리 쪽으로 나를 옮겼다. 그리고 내 관자놀이에 입을 맞추며 말했다.

"나도 이런 거에 아주 빨리 익숙해질 것 같아."

그는 내 세면도구 가방을 집어 들더니 뚜껑을 열고 칫솔을 꺼냈다. 살짝 미소 띤 얼굴로 내게 칫솔을 건네고 자기 칫솔을 꺼내 들며 말했다.

"양치부터 하고 침대로 가자."

우리는 고개를 끄덕이고는 양치를 시작했다. 거울에 비친 서로의 모습을 바라보면서 이를 닦았다. 나는 끈질기고 애정에 굶주린 거미원숭이처럼 그의 옆구리에 줄곧 붙어있었다. 아무려면 어때. 앞으로 밤마다 이렇게 할 수 있을 것 같았다. 양치를 마치자 그는 나를 안고 침대로 향했다. 그는 나를 침대에 눕히고 가벼운 이불을 덮어주었다. 나는 그를 속삭이듯 불렀다.

"에런."

우리는 서로를 마주 보았다. 나는 두 손을 한쪽 뺨 아래에 깔고 모로 누운 자세였다. 지금 우리는 발만 서로 닿아있었다.

"당신이 나랑 같이 스페인에 가줘서 정말 다행이야."

그는 조용히 내 말에 귀를 기울이면서 떨리는 숨을 내쉬었다. 이 정도 말로는 내가 실제 느끼는 감정을 다 표현할 수 없었다.

"우리 계획대로 잘 됐기 때문이 아니야. 당신이 나랑 스페인에 가줘서 정말 좋았어. 행복한 것… 이상의 감정이야. 이런 얘길 당신한테 한 적 없잖아. 당신이 알아야 할 것 같아서."

그는 한 손을 내 볼에 대고 엄지로 턱과 입술을 쓰다듬었다.

"당신도 기뻐, 에런?"

나는 내 손으로 그의 손을 감싸며 물었다.

"말로 얼마나 표현할 수 있을지 모르겠어."

그는 내 손을 입으로 가져가 손등을 입술로 비볐다.

"당신을 당연히 있어야 할 곳으로 데려왔기 때문만은 아니야."

"당신의 침대로?"

나는 그에게 더 다가가 허벅지로 그의 허벅지를 가볍게 비볐다. 그는 내 손을 당겨 더 가까이 오게 했다.

"어. 내 곁으로, 라는 말이 더 맞겠지. 내가 늘 바랐던 당신 자리로."

가슴속에 행복의 불꽃이 타올라 입으로 탄식이 흘렀다.

"우리 부모님이 당신을 무척 좋아하셔."

나는 그의 턱 아래와 쇄골 사이에 머리를 묻었다.

"내가 이런 말을 하게 될 줄 몰랐는데, 안 할 수가 없네."

그의 피부에 입을 맞췄다. 툭하면 인상을 쓰고 찡그리는 이 남자의 내면이 이토록 충실하고 배려심 많고 부드럽다는 걸… 어떻게 오랫동안 모를 수 있었을까. 아니, 어쩌면 알았을 수도 있었다. 그랬으니 나를 밀쳐낸 그에게, 나와 아무것도 함께하지 않으려는 그에게, 나를 받아주지 않는 그에게 큰 상처를 받았겠지. 나는 고개를 저었다. 이제 그런 건 중요하지 않았다.

"우리 엄마가 누굴 그렇게 칭찬하는 건 처음 들어봤어. 이사벨 언니 얘기로는 엄마가 당신 얘기를 계속한다는 거야. 에런이 스페인어를 너무너무 잘한다. 에런은 키가 크고 잘생겼다. 에런의 눈처럼 진한 푸른색 눈은 처음 봤다. 우리 리나한테 미소 짓는 에런의 모습을 봤냐? 미국에서 여기까지 우릴 만나러 왔다. 뭐 이런 얘기래. 엄마만 그러는 게 아니야. 이러다가는 우리 할머니가 나한테서 당신을 훔쳐 가는 게 아닌가 걱정스러울 정도였어. 할머니가⋯ 당신한테 완전히 빠지셨거든. 좀 심한 거 아닌가 싶을 정도로."

나는 그 기억을 떠올리며 가볍게 웃었다.

"당신을 두고 내가 할머니랑 싸워야 하는 건가?"

난 그가 웃을 줄 알았다. 놀랍게도 그는 웃음 대신 깊은 한숨을 쉬었다. 그를 올려다봤지만 어두워서 표정이 잘 보이지 않았다.

"왜, 무슨 일이야?"

"아무 일 없어, 자기야."

그의 목소리에는 내가 정확히 이해할 수 없는 감정이 담겨있었다. 나는 대답이 듣고 싶어서 그의 셔츠 자락을 잡아당겼다. 그는 다시 한숨을 쉬며 말했다.

"내가⋯ 그런 대접을 받아본 적이 없어서 그래. 한 번도. 당신 가족은⋯"

"너무 정신 사납지? 시끄럽고? 항상 오지랖이 대단하지?"

"다들 너무 좋은 분들이야."

그는 내 뒤통수로 손을 가져가 긴 손가락으로 머리카락을 쓸어내렸다.

"내 부모님과 셋이 함께였을 때 제일 비슷한 감정을 느껴본 것도 같아. 오래돼서 거의 잊어버렸지만."

그 말을 듣자 가슴이 아팠다. 그에게서 모든 고통을 없애주고 싶은 마음에 그에게 다가갔다. 그에게 조금이라도 온기를 불어넣어 주고 싶었다.

"당신 가족은 당신을 사랑하잖아. 그런 유대감은 억지로 만들 수 있

는 게 아니야. 어디에서도 찾기 힘든 사랑이지. 압도적이라 숨 막힐 수
도 있겠지만 그게 솔직한 감정인 거야. 나는 그중 일부를, 겨우 며칠
경험했지만… 정말 대단했어. 당신은 아마 모를 거야."

그는 전에 없이 격하게 내 머리카락에 입을 맞췄다.

"나는 당신 가족 앞에서 연극을 한 적 없어, 카탈리나. 한순간도. 오
로지 진심이었어. 그래서 더 의미가 커."

"에런."

나지막하게 그의 이름을 불렀다. 뭐라고 말해야 할지 판단이 서지
않았다. 내 속에서 끓어오르는 이 감정을 어떻게 설명해야 할까.

"정말 기뻤어. 당신이 다른 사람이 아니라 나를 고향으로 데려가 줘
서 정말 다행이었어. 나야말로 고마워."

숨을 삼켰다. 날것 그대로의 기쁨이 솟구쳐 올라 온몸에 넘쳐났다.
다음 숨을 못 쉬게 될 것만 같아 이 감정을 애써 내리눌렀다.

"그런 걸로 나한테 고마워할 필요 없어, 에런. 전혀."

그가 내 정수리에 턱을 가져다 댔다. 내 머리에 와 닿는 그의 숨결이
느껴졌다.

"고마워, 자기야. 정말 고마워."

25

"뭐야. 섹스 마라톤을 뛰고 온 사람 같은 몰골이네."

"로지."

나는 그녀의 팔을 툭 치며 나지막하게 말했다. 로지는 볼이 확 달아오르더니 두 손으로 얼른 입을 가렸다. 우리는 점심시간에 회사 건물의 협업 공간에 앉아있었다. 몇 개 없는 테이블을 몇 사람이 차지하고 앉아 휴식을 취하는 중이었다. 운 좋게도 우리는 바닥부터 천장까지 통으로 된 큰 창문 옆자리를 차지했다. 로지는 주변을 두리번거리며 소곤거렸다.

"젠장. 미안해."

"괜찮아."

나는 히죽 웃었다. 당황한 로지의 모습이 귀여웠다.

"사과 안 해도 돼."

로지가 목소리를 잔뜩 낮췄다.

"두 뺨이 상기돼 있고 머리도 헝클어져 있어서 한 얘기야."

"그만 속삭여, 로지."

"알았어."

로지는 여전히 속삭이고 있었다. 내가 눈을 위로 굴리자 로지는 헛기침했다.

"그래서 두 사람은 그걸 비밀로 하지 않기로 한 거야 뭐야?"

"그게… 아직 어떻게 할지 못 정했어."

나는 고개를 흔들었다.

"하지만 비밀로 하지 않는 거랑 내가 그걸 했다고 모두에게 공표하는 건 완전히 다른 문제잖아."

"그렇지. 미안."

로지의 뺨이 다시 분홍빛으로 물들었다.

"그런데 네 머리가 좀…"

로지는 허공에 대고 과장되게 손을 휘저었다.

"오늘 바람이 많이 불었잖아."

나는 어떻게든 정돈해 보려고 밤색 머리카락을 손으로 쓸어내리며 조용히 말했다.

"우리가 짐승처럼 그것만 계속한 건 아니야."

물론 거의 그러긴 했다. 오늘 새벽에도 그걸 했으니까. 알람이 울리자마자, 아침에 눈을 뜨자마자 서로에게 팔다리를 엮으며 게걸스럽게 서로를 탐했다. 그의 손과 그것을 생각하면…

"맙소사."

로지가 약간 큰 소리로 속삭였다. 로지를 보니 그녀의 초록색 눈이 휘둥그레져 있었다.

"너 방금 그거 생각했지?"

난 부정할 수 없었다. 로지는 나를 너무 잘 알아서 거짓말을 했다가는 단박에 알아챌 것이다.

"사무실에서?"

로지는 놀란 목소리였다.

"아직 정오밖에 안 됐어."

"그런 거 아니야."

순간적으로 사무실 섹스를 떠올려서인지 배 아래에 불꽃이 일었지만 얼른 부정했다. *젠장. 내가 섹스에 미친 건가?*

"나중에 그의 집에서 할 생각이야."

어깨를 으쓱하며 출근하는 길에 사온 베이글 포장을 열었다. 에런과 나를, 점심 사 들고 함께 출근한 '우리'의 모습으로 떠올리자 기분이 묘했다. 아니, 단순히 '묘한' 기분이 들어서 뱃속이 떨린 게 아니었다. 이건 '다른' 느낌이었다. 머리가 어질어질하고 뱃속에 나비가 날아다니는 것 같은 확실히 '다른' 기분이었다. 로지가 한참 내 표정을 살피자 나는 미간을 찌푸렸다. 로지는 햇살처럼 환하게 웃으며 말했다.

"어휴. 아주 맛 들었네."

어쩌면, 이라고 생각하며 베이글을 한입 물었다.

"그동안 무슨 일 없었어, 로절린?"

"일은 무슨."

로지는 금속 용기 뚜껑을 열었다. 채소를 얹은 밥 샐러드였다.

"내 지루한 삶이나 일 얘기를 할 시간 따윈 없어. 매일 똑같은데 뭐. 지금 당장 네 얘기 들려줘, 친구야."

로지는 포크로 음식을 쿡 찍었는데 힘이 좀 과하게 들어갔다.

"상세한 부분까지 다 알아야겠어. 황홀하고 기절할 것 같은 부분도 빼놓지 말고 다 말해줘."

나는 항의하려고 입을 벌렸지만 말할 틈이 없었다.

"다시 말하는데, 거절을 거절한다. 영화 같은 순간들이 없었단 말은 하지도 마. 그러면 널 내 친구 목록에서 삭제해 버릴 거야."

나는 먹던 베이글을 테이블에 내려놓고 과장되게 한숨을 쉬었다.

"얼른 다 말하지 못할까, 카탈리나 마르틴."

"뭐야. 너 언제부터 이렇게 두목처럼 굴었냐?"

내가 묻자마자 로지는 포크로 나를 가리키면서 눈빛으로 레이저를

쏴댔다.

"알았어. 알았다고."

나는 두 손을 들어 올리며 깊게 숨을 들이마셨다. 그리고 에런과 나 사이에 있었던 일을 전부 얘기하기 시작했다. 물론 만일의 경우에 대비해, 곧 우리의 상관이 될 그의 이름은 언급하지 않았다. 얘기를 다 듣고… 히죽거리며 웃는 걸 보니 꽤 만족스러운 듯했다. 나는 베이글을 다시 집어 들고 먹기 시작했다. 로지는 입이 찢어지게 환한 미소를 지었다.

"젠장, 리나."

나는 움찔했다.

"로절린, 너 방금 욕했냐?"

나는 눈을 깜박거렸다.

"그것도 체셔 고양이(동화 《이상한 나라의 앨리스》에 등장하는 고양이 캐릭터. 항상 입이 귀에 걸리도록 씨익 웃고 있는 기이한 캐릭터.—옮긴이)처럼 웃으면서?"

"그래, 욕했다. 넌 진짜 바보 같은 년이야."

나는 입을 딱 벌린 채 로지를 바라보았다. 로지는 우리가 테이블에 늘어놓은 몇 가지 물건들을 주섬주섬 집다가 그 자리에 도로 놔두며 주변을 둘러보았다. 내 얘기를 듣고도 믿기지 않는다는 표정이었다.

"뭐 하냐?"

나는 베이글을 삼키며 물었다.

"네 머리통에 집어 던질만한 게 없나 찾고 있어."

로지는 여전히 웃으면서 태연히 말했다.

이게 화난 로지의 모습인가? 불안해졌다.

"할 수만 있으면 네 딱딱한 머리통에 센스라는 걸 쑤셔 넣고 싶거든. 얘기를 쭉 들어보니까 넌 고집이 더럽게 셀 뿐 아니라 눈까지 먼 것 같

아. 어쩌면 좋지. 너를 한 대 치면 어떻게 될까 궁금하네."

나는 벌린 입을 닫았다.

"날 치겠다고? 친구라는 게 의리도 없이?"

로지가 나를 빤히 쳐다보았다. 그 눈빛에 나는 정신이 확 들었다.

"리나."

나는 숨을 내쉬며 패배를 인정하고 어깨를 축 늘어뜨렸다.

"그래. 알아. 내가 몇 대 맞아도 싸지."

내가 얼마나 멍청하게 굴었는지는 잘 알고 있었다. 제대로 보지도 못하고 고집만 부렸으니까. 로지 말이 옳았다. 하지만 에런에 대한 내 감정이 무엇인지, 그 감정이 얼마나 크고 무서울 지경인지를 이제 막 알기 시작한 터였다.

"로지, 내 생각엔… 아니다. 어쨌든 나도 아는데…"

"쉿."

로지가 내 말을 잘랐다. 동시에 내 시야에 머리통 하나가 들어와 말을 걸었다.

"여어, 로지, 리나. 우리 숙녀분들 잘 지내고 계십니까?"

타이밍도 더럽게 골라 들어오네, 라고 나는 그에게 말하고 싶었지만, 입으로 다른 말을 웅얼거렸다.

"안녕하세요, 제럴드."

우린 둘 다 그의 질문에 대답하지 않았다. 머쓱해하지도 않고 그 자리에 서있는 걸 보니 제럴드도 딱히 신경 쓰지 않는 듯했다.

"길게 휴가를 썼던데 어땠어요, 리나?"

긴 휴가라니. 물론 공휴일은 아니었고… 나는 겨우 사흘 쉬고 돌아왔지만… 굳이 그의 말을 정정하고 싶지도 않았다. 내 얼굴이 찡그리고 있지 않길 바라며, 의자에 앉은 채 고개를 돌려 그를 쳐다보았다. 앞으로 몇 분 동안 이 남자와 잡담하며 짜증 나는 시간을 보낼 각오를 했다.

"좋았어요, 고마워요."

그가 다 안다는 듯 고개를 끄덕거리면서 능글맞게 웃자 나는 인상이 구겨졌다.

"내일은 직장 공개일이네, 그렇죠?"

그는 우리 테이블에 한 손을 얹으며 우리 쪽으로 몸을 기울였다. 그 바람에 그의 셔츠가 팽팽하게 당겨지면서 단추들이 곧 떨어질 듯했다.

이 남자는 왜 두 사이즈나 작은 옷을 입은 거야? 누가 이 남자한테 말 좀 해주면 좋겠어. 물론 그는 그런 조언을 받을 자격이 없지만, 세상 사람들도 이런 안구 테러를 당할 이유가 없었다.

"그날 입을 의상은 다 골라놨죠? 여자들은 그런 결정을 내리느라 시간이 걸리잖아."

당장 테이블을 둘러엎고 벌컥 화를 내지 않으려고 나는 이를 악물고 참았다.

"네. 그럼 이만 우린 점심을 먹는 중이라서…"

내가 그만 성가시게 하라고 눈치를 주는데도 제럴드는 싹 무시하고 물었다.

"업무 진행에 어려움이라도 있나요?"

로지가 나지막하게 멍청이라고 중얼거리는 소리가 내 귀에 들린 것도 같았다.

이런, 로지가 오늘 아주 독이 올랐네.

"조금요. 다 해결됐어요."

나는 무표정하게 대답했다.

"어디서 도움을 받았나 보네."

그는 '도움'이라고 말하면서 눈썹을 위아래로 움직거렸다. 마치 대단한 의미라도 내포한 것처럼. 내 얼굴에서 피가 싹 빠지고 싸늘한 기운이 그 자리로 밀고 올라왔다.

"네. 맞아요."

에런에게 도움을 받은 걸 숨길 생각은 없었다. 그럴 필요도 없었다. 그에게 도움을 받은 건 스페인으로 가기 전이었으니까. 어쨌든 지금 우리 사이가 달라진 건 사실이었다. 새롭고 경이로우며 부서지기 쉬운 관계가 만들어졌다.

"그럴 줄 알았지."

제럴드가 태연하게 지껄였다.

"눈을 귀엽게 깜박거리면서 애교스럽게 부탁하면 쉽게 할 수 있는 일이잖아요. 맞죠?"

빙하처럼 차가운 기운이 온몸으로 퍼져나가 나는 몸을 떨었다.

"여자들이 애교로 부탁하면 다 할만한 일이라니까."

나는 등뼈가 확 굳는 기분이었다. 애교라니.

"지금 뭐라고 했어요?"

제럴드는 웃으며 손사래를 쳤다.

"아, 그냥 말한 거예요, 자기야."

"리나예요."

나는 싸늘하게 받아쳤다. 안 그럴 수가 없었다. 몸 안에 퍼진 냉기는 이미 뼛속까지 스며들었다. 이런 사람이 함부로 말하게 내버려 두지 마, 라고 속으로 말했다.

"자기야가 아니라 리나라고요."

제럴드가 어이없다는 듯 눈을 위로 굴리자 기분이 더러워졌다. 전에 없이 분노가 치밀었다.

"난 항상 당신한테 예의 바르게 대했어요, 제럴드."

나는 충분히 분노한 목소리로 말했다. 그 목소리 아래에 두려움이 깔려있었지만 분노가 커서 내 귀에는 잘 포착되지 않았다. 당장이라도 분노가 폭발할 것 같았다.

"그러니 이만 우리 테이블을 떠나주면 좋겠어요."

이 남자가 무슨 말을 하든 듣고 싶지 않았다. 더 들었다가는 모든 게 격하게 진동하고 떨리다가 박살 날 것 같았다.

"당신이 하는 성차별적 헛소리를 더 들어줄 시간 없어요."

그가 방 전체에 들리도록 키득거리자 사람들이 우리 쪽을 쳐다보았다.

"아이고, *자기야*."

"제럴드, 그만 가세요."

로지가 의자에서 일어나 말했지만 제럴드는 들은 척도 하지 않았다. 저런 얼굴, 당장이라도 채찍을 휘두르고 싶어 안달 난 저런 얼굴을 한 사람은 남의 말에 귀를 기울이지 않는 법이었다.

"그래, 그래, 그래."

제럴드는 대놓고 비웃으며 목소리를 높였다.

"이 꼬라지 좀 보라지. 직장 상사한테 꼬리나 치는 주제에 누구더러 꺼지라는 거야. 나한테 욕까지 하면서 말이야."

나의 세상이 멈췄다. 자전을 뚝 멈춰버렸다. 얼음처럼 싸늘한 분노가 바닥으로 녹아내리고, 오랜 시간 우리에 갇혀있던 두려움이 짐승처럼 포효하며 뛰쳐나왔다. 귀에서 날카로운 이명이 울려 퍼지고 시야가 흐려졌다. 과거에 묻어둔 기억이 돌아와 나를 트럭처럼 거세게 들이받았다.

창녀. 더러운 년. 대학 졸업할 때까지 교수랑 자고 다닐걸. 점수를 잘 받으려고 교수 거기도 빨아준대.

또 이렇게 된 건가? 망할 똑같은 돌부리에 또 걸려 넘어지고 말았다. 이번에는 무릎이 까진 정도로 끝나지 않을 것이다. 아마 내가 가진 모든 걸 잃겠지. 일어나서 흙을 툭툭 털고 다시 나아갈 수는 없을 것이다.

이번에는 그게 불가능할 테니까.

내 경력. 여자한테 쉽지 않은 분야에서 뼈 빠지게 고생해 온 세월. 내가 이룬 모든 것. 그게 전부 불에 타버리게 생겼다. 저 비열한 놈은 내가 겨우 찾아낸 아름다운 보물을 더러운 오물 덩어리로 만들어 나에게 던졌다.

그때 따뜻한 손이 내 팔을 잡았다. 섬세하고 부드러웠다. 익숙하지만, 내가 오랫동안 충분히 경험했기 때문에 익숙하다고 여기는 감촉이 아니라서 모순적이기도 했다. 피부에 문신처럼 새겨져 잊히지 않는 느낌이었다.

"무슨 일이에요, 리나?"

내 심장으로 곧장 들어온 굵고 낮은 목소리가 혼란스러운 머릿속으로 향했다. 고개를 돌리고 보니 그의 눈이 우리를 쳐다보는 여럿의 눈을 둘러보고 있었다. 그는 마치 열차 사고 현장을 보는 듯한 눈빛이었다. *너무 끔찍해. 너무 비참해.*

"카탈리나?"

에런이 아까보다 더 다급하게 나를 불렀다. 그제야 나는 그를 돌아보았다. 미소가 나오려고 발버둥을 치다가 그대로 잦아 붙었다.

"아무것도 아니에요."

나는 고개를 저으며 나지막하게 말했다. 그를 이 현장에서 내보내고 싶었다. 그를 이런 곳에 있게 하고 싶지 않았다. 제럴드의 독이 그에게 닿는 것, 그에게 튀는 것을 막고 싶었다.

"별일 아닙니다."

그의 얼굴을 보자 그를 만지고 싶은 마음부터 들었다. 그의 턱을 잡아 부드럽게 입 맞추며 그를 위로하고 싶어졌다. 하지만 지금은 아무것도 할 수 없었다. 그가 내 친구를 돌아보는 모습을 바라볼 뿐이었다.

"로지."

에런의 목소리가… 이상했다. 평소의 그 같지 않았다.

"무슨 일인지 말해봐요."

나는 로지에게 아무 말도 하지 말라는 눈빛을 보냈다. 얘기를 들으면 에런은 분노할 것이다. 가만히 있을 사람이 아니었다. *아마 무슨 짓이든 할 것이다.*

로지가 고개를 저으며 말했다.

"제럴드가 알아요."

에런은 방금 이 자리에서 무슨 일이 있었는지 단박에 알아챈 듯 옆얼굴이 화강암처럼 굳었다.

"둘이 아주 숨길 생각도 없나 보네."

제럴드는 재미난 농담거리라도 되는 줄 아는지 다시 웃어댔다.

"어제 폴이 두 사람을 봤다고 합디다. 뭐, 이해합니다. 그까짓 게 무슨 대수라고."

다들 재미난 구경을 하게 됐다 싶은지 흥미롭게 지켜보았다. 맙소사. 나는 너무나… 지치고 괴로웠다. 인생을 되감아 이런 일이 일어나기 전으로 돌아가고 싶었다.

"충고 하나 할까요? 먹는 자리에서 뒷일 보지 말라는 말이 있어요, 블랙퍼드. 말이 다 새어나가게 마련이거든. 직원이랑 자고 돌아다니면 특히 더 그래. 당신한테는 잘된 일이고, 나도 저 여자를 비난할 생각 없어요. 저 정도 매력이면 상관을 후리고도 남으니까."

정적이 감돌았다. 끈적하고 무거운 침묵이 우리를 감쌌다. 잠시 후 면도날처럼 날카로운 에런의 목소리가 침묵을 갈랐다.

"일자리를 유지하고 싶어요?"

아, 안 돼. 에런이 제럴드에게 한 말인데, 내 가슴에 작살처럼 날아와 박혔다.

"에런, 그러지 말아요."

나는 앞으로 걸어가 에런의 팔을 잡았다.

"아, 이거 내가 우리 상관이 되실 분한테 실수했군요, 블랙퍼드."

제럴드는 손가락으로 자기 머리를 톡톡 치며 이죽거렸다.

"아직은 아니지만. 아직 당신한테는 직원을 해고할 권한이 없잖아요."

에런은 내 손을 뿌리치고 제럴드 쪽으로 다가가며 말했다.

"내가 물었잖아요."

그는 천천히 묵직하게 다가가 제럴드를 똑바로 쳐다보았다.

"일자리를 유지하고 싶어요, 제럴드? 왜냐하면 내가 당신을 끝장낼 수 있거든. 당신이랑 골프 같이 치는 저 윗분들도 그렇고 당신이랑 잘 아는 인사팀 친구들도 당신을 도와주지 못할 거야."

제럴드는 아무 말도 못 하고 그제야 비웃음을 거둬들였다. 아무것도 할 수 없는 좌절감, 모든 게 통제를 벗어나 걷잡을 수 없이 꼬여버린 데서 오는 무력감이 내 눈 안쪽을 익숙하게 짓물렀다.

정말 싫어. 너무너무 끔찍해. 사람들은 왜 다른 사람을 짓밟는 걸 즐거워할까? 우리한테 왜 이래? 왜 이렇게 빨리 망치려 드는 건데?

에런은 몸이 뻣뻣해지도록 신경이 곤두선 상태에서 제럴드를 비웃고 있었다. 내 눈에는 자제력을 잃기 직전으로 보였다.

"에런, 그만해요."

나는 떨리는 목소리로 말렸다. 울 수는 없었다. 절대. 회사 사람들 절반이 우리를 쳐다보고 있는 이 자리에서 우는 건 있을 수 없는 일이었다. 에런은 꿈쩍도 하지 않았다. 그는 평생이라도 기다리겠다는 듯 대리석상처럼 가만히 서서 제럴드의 대답을 기다렸다.

"에런, 제발요."

내가 목소리에 힘을 주었지만 그는 요지부동이었다.

"상황이 더 안 좋아질 뿐이에요."

그게 진실일까? 확실히는 알 수 없었다. 어쨌든 내 입에서 그 말이

나가자 에런은 주먹으로 맞기라도 한 것처럼 움찔했다. 에런—내가 평생 원하고 바라온 남자—은 천천히 고개를 돌려 나를 바라보았다. 분명 상처받은 눈빛이었다. 가슴이 아팠다. 하지만 이 상황에서 뭘 어떻게 할 수 있을까? 이렇게 될 줄 알았어야 했다. 어쩌면 예상할 수도 있었는데, 결국 우리 둘을 이런 상황에 놓이게 만든 내가 정말 싫었다.

이 상황을 1초도 더 견딜 수 없었다. 나 자신도 싫고, 에런의 상처받은 눈빛도 견딜 수 없었다. 모든 게 감당 불가능이었다. 나는 돌아서서 걸어갔다. 그 방을 떠나 긴 복도를 가로질러 계속 걸었다. 모퉁이를 돌고 계단을 내려갔다. 방향도 인지 못 한 채 무작정 걸었다. 예전처럼 겁먹고 도망치고 있었다.

"카탈리나, 그만 도망쳐."

에런의 목소리에 담긴, 불순물 하나 없는 순수한 다급함에 속이 메스거렸다. 그를 이렇게 추악한 상황에 놓이게 만든 내가 너무너무 싫었다.

"얘기 좀 해."

나는 계속 걸어갔다. 뒤돌아보고 싶지 않았다. 우리가 이 건물 어디쯤 있는지도 알 수 없었다. 정신을 차리고 보니 텅 빈 복도였다.

"카탈리나, 그만 좀 도망쳐. 제발."

나는 눈을 질끈 감고 멈춰 섰다. 그제야 그가 들리고 느껴졌다. 그의 몸에서 나오는 온기가 느껴져 다가가고 싶었다. 에런이 내 앞으로 돌아왔다. 눈을 뜨자 분노하고 비참해하는 남자의 얼굴이 보였다.

"이러지 마. 내 말 들려?"

그의 목소리는 갈라지거나 떨리지 않았다.

"도망치는 건 생각도 하지 마. 난 당신이 포기하게 두지 않을 거야."

맙소사. 그는 나를 너무 잘 알았다. 나보다 나를 더 잘 아는 듯했다. 지난 몇 분 동안 내 머릿속에서 부글부글 올라온 생각을 그가 말로 뱉어놓은 걸 보면. 하지만 나는 세상과 나 자신에게 지독하게 분노하고 있었다.

"말하긴 쉬워."

나는 날카롭게 내뱉었다. 에런에게 그런 식으로 말할 필요는 없었다. 하지만 제럴드의 독이 이미 나를 갉아먹고 있었다. 그 독이 뿌려진 곳이 온통 시커멓게 타버리고 있었다.

"창녀 노릇한다는 소리를 듣는 건 나뿐이야. 당신은 툭툭 털고 계속 잘 살면 돼."

그는 눈을 껌벅였다. 그의 얼굴은 분노와 고통으로 일그러져 있었다.

"말하기는 쉽다고? 툭툭 털고 계속 잘 살 거라고? 아까 그 자리에서 그놈 얼굴을 뭉개놓지 않으려고 참는 게 쉬웠겠어? 몇 주일 동안 말 한마디 못 하게 주둥이를 짓이기고 싶었는데? 아무 쓸모도 없는 그 돼지 같은 자식을?"

에런이라면 그렇게 할 수 있었을 것이다. 내가 아는 에런이라면. 그 생각을 하자… 분노가 가라앉으면서 그 자리로 고통이 치고 들어왔다. 내가 이 남자에게 사모하는 마음 말고 어떻게 다른 걸 줄 수 있을까? 나는 속삭이듯 말했다.

"그럴 필요 없어. 당신이 손댈 가치도 없는 놈이야."

"당신이니까. 당신은 그만한 가치가 있어. 당신 일이라면 불구덩이라도 뛰어들고 싶을 정도로 당신은 가치 있는 사람이야. 모르겠어?"

그는 코로 거칠게 숨을 내쉬었다. 그가 내 뺨에 손바닥을 대자 나는 본능적으로 그의 손에 기대었다.

"다니엘은 당신을 싸워서 지킬 가치가 있는 사람이 아니라고 판단했는지 몰라도 그건 틀렸어. 사랑은 싸워서라도 지켜야 해. 난 다니엘이 아니야, 리나. 지금은 과거가 아니야."

나는 고개를 저었다. 그의 손바닥이 내 손에 더 바짝 다가왔다.

The Spanish Love Deception

"우리가 가는 길에 돌부리가 있어서 당신이 넘어지면, 나도 함께 넘어질 거야. 우리는 함께 싸우면서 나아가면 돼."

"그렇게 쉽지 않아, 에런."

말처럼 쉬우면 얼마나 좋을까. 세상살이가 그렇게 만만하길 간절히 바라는 사람이 바로 나였다.

"이상적이고 아름다운 말에 불과해. 결국 당신은 날 보호하지 못할 거야. 내 손을 끝까지 잡지도, 나를 짓밟는 사람을 모두 물리칠 수도 없어."

"그럴지도 모르지. 그렇다고 시도조차 안 할 생각은 없어. 누가 당신을 함부로 대하는데 내가 그걸 막을 힘이 있다면 어떻게든 나설 거야. 옆으로 물러나 구경이나 하면서 당신 혼자 당하게 내버려 두지 않아."

그의 가슴이 격하게 오르내렸다.

"만약 누가 나를 다치게 만들려고 하면 당신도 필사적으로 나서서 싸워줄 거잖아. 우린 서로를 보호하고 치유해 줄 거야. 당연히 그래야 해."

"우린 삶이 어떻다는 얘길 하는 게 아니야. 이건 내 경력의 문제야. 당신 경력도 달려있어, 에런."

"그래. 난 우리 경력에 금이 갈만한 짓 안 해."

"다른 사람들은 어떨 것 같아? 그들은 그런 짓을 하고도 남아. 제럴드가 한 짓 좀 봐."

별안간 그의 가슴에 기대어 울고 싶은 걸 애써 참았다.

"앞으로는 어떨까? 난 성과를 올릴 때마다 누가 손가락질하면서 상관이랑 잠을 자서 얻어낸 성과라고 할까 봐 걱정할 거야."

그의 턱에 힘이 들어가고 얼굴에 분노가 스며들었다.

"꼭 그렇게 되라는 법은 없어. 사람들이 다 제럴드 같지는 않아, 리나."

나는 눈을 질끈 감았다. 덩어리가 목 안에 꽉 걸려 옴짝달싹 안 했다. 에런이 계속해서 말했다.

"당신의 두려움을 과소평가하는 게 아니야, 자기야. 난 절대 그렇지 않아. 다만 우리가 처음 맞닥뜨린 역경인데 여기서 바로 포기하지는 말자는 거야. 다른 사람들의 생각을 우리 생각보다 우선시할 필요 없어. 그건 우리에게 정말 너무한 짓이야."

도저히 해결할 방법이 없으면 어떻게 할 건데? 라고 나는 소리치고 싶었다.

"당신이 우리를, 나를 믿어주면 좋겠어. 할 수 있지?"

"난 당신을 믿어, 에런."

나는 고개를 절레절레 흔들며 그의 손이 닿지 않는 곳으로 물러섰다.

"하지만 이건… 너무 복잡해. 난 못 할 것 같아. 그 일을 다시 겪는 건 생각도 하기 싫어."

그 일을 다시 겪었다간 내 심장은 절대 회복되지 못할 것이다. 에런이 다니엘처럼 가라앉는 배를 버리고 떠나버린다면 더더욱. 그의 푸른 눈에 더욱 큰 상처가 새겨졌다.

"그렇구나. 못 하는구나."

그는 갈라진 목소리로 말했다.

"나를 못 믿는 거네."

침묵이 우리를 무겁게 짓눌렀다. 에런의 어깨가 축 처졌다.

"사랑해, 리나."

그 말이 너무 이상하게 들렸다. 상처받은 내 가여운 심장에 균열이 가는 듯했다. 지금은 그저 행복하기만 해도 모자랄 때인데, 행복이 사라지고 슬픔이 차올랐다.

"난 아직 당신을 온전히 갖지도 못했는데 당신이 내 마음을 찢어놓고 있어. 이게 어떻게 가능하지?"

그 말에 내 영혼이 부서졌다. 내가 무수한 조각으로 갈기갈기 찢기는 기분이었다.

"내가 당신한테 충분히 믿음을 못 줬나 봐. 당신이 온 마음으로 나를 믿길 바랐는데."

내 얼굴을 살피는 그의 푸른 눈동자는 평소와 달리 빛을 잃었다. 그저 상처받은 눈빛이었다.

"당신이 내 품으로 달려오길 원하는데, 당신은 반대 방향으로 가고 있어. 난 당신이… 나를 많이 사랑해서 우리 관계에 다시 기회를 주면 좋겠는데 내가 역부족인가 봐."

가슴에 구멍이 뚫리는 듯했다. 바닥이 기울면서 몸이 휘청하고 무릎에 힘이 빠지는 기분이었다. 어질어질했다. 우리는 한참 서로의 눈을 바라보았다. 우리는 서로의 심장을 손에 쥐고 있는데, 우리 관계는 완전히 꼬이고 말았다. 모든 게 비현실적으로 느껴졌다. 지독한 악몽을 꾸다가 곧 깨어날 것 같았다.

하지만 그렇게 되진 않을 것이다. 어느 순간 그의 핸드폰 벨소리가 들린 것 같았다. 그는 그 소리를 무시했고 잠시 후 벨소리가 다시, 그리고 또다시 울렸다. 그는 주머니에서 핸드폰을 꺼내 화면을 들여다보았다. 그때까지도 나는 이게 현실인지 아닌지 확신할 수 없었다.

내 머리는 계속 외쳐대고 있었다. *그를 믿어, 그를 믿어, 그를 믿어.* 이것 말고는 다른 생각을 할 겨를이 없었다.

나는 내 머릿속에 갇혀버렸다. 시간과 공간을 가늠할 수 없는 진공 속으로 빨려 들어갔다. 그 순간 딱 하나 기억에 남았다. 나한테서 멀어져 가는 에런의 등. 그는 텅 빈 복도를 따라 걸어갔고 뒤돌아보지 않았다.

단 한 번도.

26

그날 밤, 나는 로지와 함께 집으로 갔다.

우리는 내 침대에 나란히 앉아 담요를 덮고 내 노트북으로 영화 〈물 랑 루즈(Moulin Rouge)〉를 다시 봤다. 사랑을 찾았는데 그 사랑이 눈앞 에서 사라지는 걸 본다는 게 얼마나 비극적인가. 인생의 사랑을 찾은 순간, 그들의 이야기가 130분 남짓 남아있다는 걸 알았으면 이완 맥그 리거가 어떻게 했을지 난 늘 궁금했다. 그래도 여전히 그녀의 손을 잡 고 뛰어내릴까? 남은 삶이 겨우 몇 분이라도 마지막까지 그 사랑을 지 키려 할까? 그녀가 죽은 후 그녀가 있던 빈자리를 다시는 채울 수 없 다는 걸 알고도 그녀의 곁에 누우려 할까?

로지는 길게 생각할 것도 없이 바로 조용히 대답을 내놓았다.

"물론이지. 그런 사랑을 찾으면 시간은 더 이상 중요하지 않아. 시 간이 얼마나 남아있든, 어떤 어려움이 닥쳐도 그는 그녀를 사랑했을 거야."

그리고 우리는 펑펑 울었다. 로지는 '무슨 일이 있어도(Come What May)'라는 노래가 나오자 더 이상 울음을 참지 못했고, 나는… 흠, 어 차피 울고 싶었던 터라 그 노래를 핑계 삼아 울어버렸다.

손으로 핸드폰을 꼭 쥐고 눈물을 흘렸다. 받을 자격도 없는 전화, 문 자, 어떤 징조를 기다리면서. 나 같은 바보들이 으레 하는 짓이었다.

잔뜩 졸아서 담요를 덮고 앉아 '록산느의 탱고(El Tango de Roxanne)'를 들으며 우는 짓 말이다.

휴우. 나도 그런 내가 정말 싫었다. 하지만 어떤 빌어먹을 일이 있어도, 나는 남은 평생 이런 나를 감당하며 살아야 했다. 에런과 함께했던 얼마 안 되는 시간을 반추하고 위안 삼으면서. 이미 끝난 일이었다. 그는 내게 반대 방향으로 가지 말고 자기 품으로 달려오라고 했는데, 난 그러지 못했으니까. 그가 자기를… 우리 관계를… 온전히 믿어달라고 했는데 나는 그러지 못했으니까. 믿음을 가졌어야 했는데 그러질 못했고, 그렇게 그를 떠나보내고 말았다. 나는 그를 밀쳐냈다. 우리 관계를 그렇게 만든 건 바로 나였다.

젠장. 그가 여기 같이 있으면 얼마나 좋을까. 이 난장판의 파편을 함께 복구하면 좋을 텐데. 우리가 아직 관계를 잘 회복시킬 수 있다고 그가 내게 말해주길 바랐다. 새것처럼 멀쩡하게 접착제로 다시 붙여주면 좋을 텐데.

하지만 그건 너무나 이기적이고 모자란 생각이었다. 어리석기 짝이 없었다. 가끔 우리는 무언가를 간절히 원하면서도 가지려고, 손에 넣으려고 하면 안 될 때가 있다. 내가 그걸 손에 넣었을 때 모든 게 꼬여버릴 수 있기 때문이다. 우리 사이의 이 감정―정확히 말하자면 사랑―이 바로 그랬다. 사랑은 우리의 삶을 복잡하게 만들고 우리 둘의 경력을 위태롭게 했다.

오래전 다니엘이 했던 말처럼, 지금 우리는 서로의 발을 걸어 넘어뜨리고 있었다. 그리고 우리는 서로를 원망하게 될 것이다. 악의를 품은 입이 내뿜는 독은 원래 그렇게 작용하게 마련이었다. 그 독은 모든 것을 오염시켰다. 얼마만큼 오염시키는지 나는 잘 알고 있었다.

〈물랑 루즈〉를 보면서 실컷 울고 난 다음 날, 정말 힘들었다. 내가 기억하는 최악의 날이며 가장 비참한 날 중 하나였다. 나는 이런 종류의 괴로움을 정말 잘 알았다. 종일 기운 없이 빌빌대다가, 아침 여덟 시부터 자정까지 잘 차려입은 사람들을 모시고 직장 공개일 행사를 겨우 마쳤다. 이름이며 얼굴은 하나도 기억나지 않았다. 이 주제, 저 주제를 입에 올리며 주절거리는데, 마치 입에서 단어를 강제로 뽑아내는 기분이었다. 내가 어설프게 손님들을 맞이하고 접대하고 응대하는 모습을 제프 부서장이 봤으면 아마 그 자리에서 나를 해고했을 것이다.

사실 그렇게 됐어도 나는 상관없다고 생각했을 것이다. 인생이라는 게 가끔은 그렇게 역설적이었다. 제럴드가 공공연하게 비난한 만큼, 에런이 없는 두 번째 날을 보내기 위해―나는 이제 이런 방식으로 하루하루를 헤아렸다―회사 건물로 들어가면서 나는 동료들의 웅성거림과 손가락질을 각오했다. 시계가 오후 다섯 시 정각을 알릴 때까지―에런을 잠깐이라도 보고 싶은데 동시에 그를 보는 게 두렵기도 한 하루를 보냈다―아무 일도 일어나지 않았다. 나를 못마땅한 눈으로 쳐다보는 동료도 없었고, 구역질 나는 소문이나 더러운 비난도 내 귀에 들려오지 않았다. 그리고 어디에서도 에런의 모습이 보이지 않았다.

에런을 못 본 지 사흘째 되는 날, 묘한 불안감이 내 안으로 파고들었다. 에런이 보고 싶었다. 우리 사이에서 나날이 커지며 모든 것을 압도하기 시작한 감정도 그리웠다. 제럴드와의 일이 있고도 나를 달리 대하는 사람이 없었는데, 이젠 그것도 별로 중요하지 않았다. 마음이 딱히 편안해진 것도 아니었다. 에런을 잃고 가슴에 구멍이 났는데 남들 시선 따위야 아무려면 어떤가?

에런의 얼굴, 바다처럼 푸르른 그의 눈동자, 고집을 드러내는 미간 주름, 생각에 잠겨있을 때 비죽 내밀던 입술, 널찍한 어깨선, 어딜 가든 눈에 띄게 키 크고 덩치 좋던 그의 모습, 그리고 오직 나를 위해 웃어주던… 그의 미소가 그리웠다.

나는 사무실에 진을 치고 앉아 문도 열어두고 그가 어느 순간 복도를 지나 걸어 들어오길 기다렸다. 아니면 멀리서라도 그의 목소리가 들리길 바랐다. 그랬으면 내 안에서 타오르는 갈증을 그나마 달래줄 수 있었을 것이다. 하지만 그는 흔적조차 보이질 않았다.

나흘째 되던 날, 나는 도저히 못 참겠어서 그의 사무실 문을 두드렸는데 대답이 없었다. 로지에게 요 며칠 에런을 봤느냐고 물었다. 로지는 나를 포옹해 주며 못 봤다고 말했다. 헥터를 비롯해 몇몇 사람들에게도 어떻게든 핑계를 만들어 에런을 본 적 있는지 물었지만 본 사람이 없었다.

샤론의 사무실로 호출받아 그 앞에서 기다리는 동안, 복도 이쪽 구석에서 저쪽 구석으로 줄곧 서성인 이유도 그래서였다. 어젯밤 집에서도 그랬고, 그날 아침 내 사무실에서도 그랬다. 그게 다 에런이 사라졌기 때문이었다. 이유를 모르니까, 그를 볼 수 없으니까, 그가 근처에 없으니까, 그에게 전화를 걸어서 무슨 일이냐고 물어볼 수가 없으니까 미칠 것 같았다. 내가 그를 밀쳐냈으니, 그는 아마 나랑 말도 섞고 싶지 않을 것이다.

"리나."

샤론이 사무실 밖으로 고개를 내밀고 나를 부르자 나는 퍼뜩 정신이 들었다.

"들어와서 앉아요."

샤론을 따라 사무실로 들어가 의자에 앉았다. 금발의 샤론도 자리에 가서 앉더니 비밀스러운 미소를 머금으며 책상 너머 내 쪽으로 몸을 기울였다.

"기다리게 해서 미안해요. 어떤 사람들은 인사팀이 모든 문제에 대한 답을 갖고 있을 줄 아나 봐요."

샤론은 씁쓸하게 웃었다.

"이 건물 창밖으로 보이는 도로 일부를 뉴욕 시의회가 재포장하기로 한 것 같은 일까지 인사팀에 묻는다니까요."

다른 날 같았으면 나도 따라 웃었을 것이다. 그리고 잠들지 않는 이 도시, 사람들을 항상 깨어있게 만들려고 도로 일부를 늘 폐쇄해 골탕 먹이는 이 도시에서 살아남으려면 어떻게 해야 하는지 같은 농담을 던 졌을 것이다. 하지만 지금은 그럴 기운도 없었다.

"어색한 대화 분위기를 풀어줄 수 있으니 그런 질문을 하는 거겠죠."

내 표정을 빠르게 살핀 샤론의 눈은 나를 이해하는 듯했다. 그녀가 정확히 무엇을 봤고, 이해했는지는 알 수 없었다.

"그래요. 바로 본론으로 들어갈게요."

잘됐다. 나도 그게 좋았다. 내가 샤론을 늘 좋아한 것도 이래서였다.

"당신에 관해 심각한 주장들이 제기되고 있어서 불렀어요."

뱃속이 철렁하면서 내 얼굴에서 핏기가 가셨다.

"아… 네."

나는 헛기침을 했다.

"어떤 부분이 궁금하세요?"

샤론은 말하기 전에 마음의 준비라도 하는 것처럼 숨을 깊게 들이 마셨다.

"리나."

우리 엄마가 나를 달랠 때나 꾸짖을 때 주로 쓰는 말투였다.

"제럴드가 괜찮은 인맥을 가진 걸 우린 둘 다 알고 있어요. 제럴드처럼 끔찍한 사람이 어떻게 그렇게 괜찮은 '지인'을 많이 만들었는지 나도 이해가 안 가요."

샤론은 '지인'이라는 말을 하면서 손가락으로 따옴표 모양을 만들어 보였다.

"그래서 지금까지 누구도 제럴드를 건드릴 수 없었어요. 하지만 그 사람이 난공불락은 아니에요. 그를 무너뜨리려면 우리가 뭔가를 해야겠죠. 시도라도 해보자는 거예요."

샤론의 말을 소화하려 애쓰면서 고개를 끄덕거렸다. 샤론은 내 편이 되어주겠다고 말하고 있었다. 적어도 입 닫고 구경만 하지는 않겠다는 뜻으로 들렸다.

"당신이 원하면, 우린 특정 직원에 대해 공식적으로 불만을 제기할 수 있어요. 내가 도와줄게요. 당신은 서류에 서명해서 우리한테 주기만 하면 돼요. 내가 회사 측에 철저히 조사해 달라고 요청할 거예요. 우리가 회사에 이런저런 불만을 제기해도 무시하는 경우가 많긴 하지만, 이번에는 당신을 지지하는 사람들이 꽤 있어서 상황이 다를 거예요."

나를 지지하는 사람들이 꽤 있다고?

"어떤…"

나는 고개를 저으며 말끝을 흐렸다.

"어떤 사람들이요? 이해가 안 돼요."

샤론은 고개를 옆으로 기울이며 탁자를 손톱으로 타닥타닥 두드렸다.

"협업 공간에서 실랑이가 벌어지고 나서, 나를 찾아와 그 일에 대해 알려준 사람들이 많았어요. 그중 절반은 직접 제럴드에 대한 불만을 제기하고 싶어 했어요. 그런데 말했다시피 이런 경우는 당신 결정에 달려 있어요."

"저… 저는…"

나는 무릎에 올려놓은 손으로 시선을 내렸다. 심장 속에 고마운 마음이 가득 들어찼다. 그리고 깨달은 게 있었다.

"그 사람들이 제 편을 들었다고요? 제럴드가 아니라 제 편이요?"

"네, 리나."

샤론은 미소 지었다.

"맞아요. 제럴드 같은 사람들이 아무 처벌도 안 받는 경우가 자주 있긴 하죠. 세상이 종종 그렇게 돌아가기도 하니까요. 그렇다고 우리가 세상을 바꾸는 노력조차 안 할 필요는 없잖아요? 우리가 싸움을 그만 둘 필요도 없고요."

샤론의 말을 듣고 있으니 에런이 내게 했던 말이 떠올랐다. 불과 며칠 전에 그는 자기를 믿어달라고 애원했었다. 내가 끝내 외면했지만.

"내가 한 얘기를 잘 생각해 봐요. 알았죠? 어떻게 하고 싶은지 천천히 생각해서 결정해요."

"네. 알겠습니다."

생각해 볼 게 많았다. 처리해야 할 일도 한두 개가 아니었다. 누군 가에겐 그저 관료적 절차에 불과할지도 모르지만, 과연 나에게도 그럴 까? 모든 걸 목격한 내 동료들이 적극적으로 내 편을 들어주고 있다는 사실은 의미하는 바가 상당했다. 그렇다고 내가 이미 저지른 일을 되돌릴 수는 없었다. 나는 에런과 함께할 수 있었지만 포기하고 말았다. 그가 내게 요구한 단 한 가지를 그에게 내주지 않았다. 바로 그에 대한 내 온전한 믿음, 우리 관계에 대한 신뢰였다. 무엇을 위해서였을까? 그는 내게 그만큼의 마음을 주려 했는데, 나는 지레 싸움을 포기해 버렸다.

"에런이 돌아오면 나 좀 보자고 전해줘요. 연락이 안 되네요."

에런이 돌아오면?

"아, 음, 저는… 잘…"

머릿속에서 온갖 의문이 뒤섞여 말이 제대로 나오지 않았다.

"괜찮아요, 리나. 에런이 두 사람 사이에 관해 말했어요. 이번 주가 시작되자마자 바로 여기로 찾아와서 두 사람 사이를 꼬이게 할만한 회사 정책이나 계약 조항이 있는지 묻더라고요."

에런을 못 본 요 며칠 동안 잔뜩 풀 죽어있던 심장이 슬쩍 눈치를 보며 되살아났다. 에런은 싸움에 승산이 있는지 확인하러 인사팀에 들른 것이다. 나를 안심시키려 그랬을 것이다. 나라는 사람이 바로 그런 걸 필요로 한다는 걸 그는 알고 있었다. 그는 내가 안전하다고 느끼게 해 주고 싶었을 것이다. 조금 전까지 메말라 있던 두 눈에 갑자기 눈물이 차올랐다.

"아, 괜찮아요, 리나. 아무 문제 없어요. 당신들이 걱정할 이유도 없고요. 방해될 만한 요소는 전혀 없어요."

아니, 없지 않았다. 우리 사이를 방해하는 유일한 요소, 별일 아닌 걸 끝내 장애물로 만들어 버린 것은 바로 나였다.

"네."

나는 눈물을 참느라 눈에 힘을 주었다.

"괜찮아요."

전혀 괜찮지 않았다. 내가 모든 걸 망쳤는데 어떻게 괜찮을 수 있을까.

"그래요."

샤론이 금발 머리를 끄덕거리며 어머니처럼 다정한 눈빛으로 말했다.

"어쨌든 나한테 연락 좀 달라고 그에게 전해줘요. 지금이 힘든 시기인 건 알지만 그의 승진에 관한 거라서요."

힘든 시기. 두 단어가 내 머릿속에 울려 퍼졌다.

샤론이 조금 전에 한 부탁이 떠올랐다. '에런이 돌아오면 나 좀 보자고 전해줘요.'

"에런이… 회사를 그만뒀나요? 무슨 일 있어요?"

내 물음에 샤론은 눈이 확 커졌다. 충격과 혼란이 뒤섞인 눈빛이었다.

"몰랐어요?"

나는 얼굴에서 핏기가 가시는 것을 느꼈다.

"네."

샤론은 고개를 절레절레 흔들었다.

"리나, 나는 그 얘기를 해줄 입장이 아니라서…"

"제발."

어떻게 된 일인지 반드시 알아야 할 것 같아 그녀에게 매달렸다.

"부탁드려요, 샤론. 우리가 싸웠거든요… 제 잘못이었어요. 어쨌든, 안 좋은 일이 일어났거나, 그에게 무슨 일이 일어났으면 제가 꼭 알아야 해서 그래요. *제발요.*"

샤론은 나를 한참 바라보다가 입을 열었다.

"그래요."

이 말 한마디에 내 머릿속은 완전히 뒤집어졌다.

"에런은 집으로 날아갔어요. 부친이… 암이라고 하더군요. 지난 몇 주일 동안 위독한 상태셨나 봐요."

Chapter 27

　청소년 시절에 즐겨 본 드라마가 있었다. 스페인 국영 채널 중 한 곳에서 방영한 미국 드라마였는데… 당연히 더빙판이었다. 나는 그 드라마를 엄청 좋아했다. 대단한 꿈… 그리고 각 인물에 따라 한층 더 비대한 자아… 혹은 마음을 가진 고등학생들이 주인공이었고, 반전에 반전을 거듭하는 줄거리였다. 열여섯 살짜리가 노스캐롤라이나주의 작은 마을에서, 하물며 스페인 북부의 작은 마을에서는 더더욱 경험할 가능성이 거의 없는 대단한 이야기가 펼쳐졌다. 아마 그래서 당시 내 안에 깊은 공명을 불러일으켰을 것이다.

　내 마음에 유독 콱 박힌 에피소드가 있었는데, '당신의 인생을 바꾸는데 필요한 최소한의 시간은 얼마일까? 1년? 하루? 몇 분?' 대략 이런 더빙 내레이션으로 시작됐다.

　드라마에서는 그 질문에 대해, 어린 나이라면 한 시간 정도라고 답했다. 한 시간이면 모든 걸 바꿀 수도 있다면서.

　하지만 나는… 절대 그렇게 생각하지 않았다.

　나이가 어리지 않아도 한 시간이나 몇 분 혹은 몇 초 만에 인생이 바뀔 수도 있으니까. 삶은 끊임없이 변한다. 변화의 속도는 예측 불가능이다. 사악할 정도로 빠를 수도 있고 끔찍할 정도로 느릴 수도 있다. 변화를 추구하는 것에만 오랜 시일이 걸릴 수도 있는 노릇이다. 인생이 완전히 변할 수 있다. 안팎이 뒤집히거나, 앞뒤가 바뀌거나, 완전히 다른 이야기로 넘어갈 수도 있는 것이다. 그런 변화는 나이와 관계가 없으며, 명확하게 정해진 시간도 없다.

인생이 바뀌는 순간은 몇 초일 수도 있고, 몇십 년일 수도 있다. 그게 바로 인생의 마법일 것이다.

28년을 살아오면서 나는 몇 번 안 되지만 인생이 크게 바뀌는 순간을 경험했다. 몇 초 혹은 눈 몇 번 깜박이는 동안 인생의 방향이 바뀌는 깨달음을 얻기도 했다. 몇 분이나, 몇 시간, 몇 주가 소요된 적도 있었다. 어느 쪽이든 그런 경험은 양손으로 꼽을 수 있을 정도라서 분명히 기억할 수 있다. 처음으로 바다에 발을 담갔을 때. 처음으로 수학 방정식을 풀었을 때. 첫 키스. 다니엘과 사랑에 빠졌다가 실연당했을 때. 그 후 몇 달간 이어진 끔찍한 경험들. 인생을 새로 시작하려고 뉴욕으로 날아간 일. 이사벨 언니가 내가 처음 보는 너무나 환하고 행복한 미소를 지으며 신부 입장하는 모습을 봤을 때.

그리고 에런.

에런에 관해서는 정확히 어떤 순간을 꼽을 수가 없었다. 에런 덕분에 그 시간이 소중해졌고 내 인생이 바뀌었다.

그의 품에 안겨 잠들었던 것. 오직 나만을 위한 미소였음을 이제야 알게 됐지만, 어쨌든 미소 짓는 그의 입술을 바라본 것. 그의 목소리에, 내 몸에 닿는 그의 몸의 온기에 잠을 깬 것. 일그러지는 그의 얼굴. 떠나는 그의 뒷모습. 그리고 그의 부재.

그 모든 것이 내 심장에, 나의 자아에 상흔을 남겼다. 그 모든 것이 나를 바꿔놓았다. 마음을 열고, 사랑하고, 그를 필요로 하고, 오로지 그에게 나를 주고 싶게 만들어 놓았다.

내가 그에게 속절없이 빠져들어 사랑하게 만든 그 모든 순간은 내게 결코 지울 수 없는 표식을 남겼다. 그 표식은 시간이 흘러도 바래지지 않을 것이다. 그리고 그 순간 깨달음이 왔다. 당장 비행기를 타고 시애틀로 날아가 그를 만나야 한다는 *생각*이었다. 그것은… 시간을 초월한 깨달음이었다. 내가 그를 너무 빨리, 소홀히 떠나보냈다는 깨달음이었다. 그를 만나러 가는 것 외에는 아무것도 중요하지 않게 됐다. 어떤 것에도 구애받지 않고 달려가 그의 품에 안기고 말 것이다. 가장 절실히 누군가를 필요로 하는 순간에 그의 곁에 있어 줄 것이다.

너무 늦은 걸까? 내 인생을 바꾸는 순간이 여전히 진행 중이어서 내가 방향을 돌릴 수 있을까? 아니면 영영 기회를 잃고 만 걸까?

뉴욕에서 출발해 시애틀로 날아가는 여섯 시간 내내 그 질문이 머릿속을 맴돌았다. 내 마음은 맹목적인 희망과 결국 그를 잃고 말 거라는 두려움을 끝없이 오갔다. 마침내 비행기가 시애틀에 착륙했을 때, 그가 있는 곳에 가까이 왔다는 희망을 품어도 될지 아니면 너무 늦었으니 돌아가 달라는 말을 들을 각오를 해야 하는지 여전히 알 수 없었다.

택시를 기다리고 병원으로 가는 동안에도 그 질문은 머릿속을 떠나지 않았다. 시애틀에서 암 전문의가 있는 종합병원 목록을 미리 뽑아 일단 그중 첫 번째 병원으로 향했다. 접수처에 리처드 블랙퍼드라는 환자가 입원해 있는지 물어보았다. 나는 예전에 에런에게 들은 그의 삶, 그의 과거 얘기를 떠올리면서 인터넷에서 검색한 결과 그의 아버지 이름을 알아냈다.

휘몰아치는 질문을 머릿속에 담은 채 그 병원을 나와서 다른 택시에 올라탔고, 두 번째 병원 그리고 세 번째 병원으로 가 같은 과정을 되풀이했다.

드디어 세 번째 병원 접수처에서 간호사가 나더러 그 환자의 *가족이나 친구*냐고 물었다. 나는 안심되면서 겁도 나서 무릎에 힘이 쭉 빠져 주저앉을 뻔했다. 그 와중에 머릿속에 콕 박힌 그 질문은 여전히 내게 악을 쓰며 대답을 요구했다. 인생에서 가장 길게 느껴지는 승강기를 타고 대기실로 향하는 동안에도 마찬가지였다.

내가 두렵고 어리석어서 완전히 망쳐버린 걸까? 너무 늦은 걸까?

윤기 나는 금속 문이 열리자 나는 장거리 자동차 여행을 마친 사람처럼 비틀거리며 승강기에서 내렸다. 팔다리에 감각이 없고, 피부는 땀이 말라붙어 끈적거렸으며, 여기가 어디인지 알 수 없을 정도로 몽롱했다. 복도를 따라 걸어가 대기실로 들어가면서 초조한 눈으로 주변을 둘러보았다. 간호사는 에런이 대기실에 있을 거라고 했다. 내가 만나러 왔고 내가 돌아가야 할 남자, 나의 에런. 그는 큰 체구에 비해 작아 보이는 대기실 의자에 앉아있었다. 그가 바로 내 답이었다.

두 팔을 무릎에 대고 고개를 어깨 사이로 푹 숙인 그를 바라보면서, 내 인생을 바꾸는 순간이 왔음을 알았다.

망연히 그를 바라보고 있는데 텅 빈 심장이 무중력 상태로 둥실 뜨는 기분이었다. 그는 나 없이 홀로 그 자리에 앉아있었다. 내 인생은 에런을 본 순간 바뀌었고, 그 변화의 시간이 어느 정도인지는 측정할 수 없었다. 워낙 초월적인 순간이라, 내 인생의 시간대에서 어느 지점이라고 콕 찍어 말할 수 있을 만큼 단순하지 않았다. 바로 그 사람, 에런이기 때문이었다. 그가 바로 내 인생을 바꾼 '그 순간'이었다. 에런과 함께라면 내 인생은 늘 변화하고 달라질 것이다. 도전하고, 꿈을 품고, 사랑받으면서. 그와 함께라면 나는 정말 살아갈 수 있을 것이다.

그러려면 싸워야 했다. 그가 나더러 같이 싸우자고 요청했을 때는 감히 하지 못했지만, 이제 그를 위해 싸울 것이다. 그가 싫다고 해도 받아들이지 않을 것이다. 그는 내 곁에 있어야 한다. 그가 스페인에서, 이 세상에서 내가 제일 사랑하는 사람들 앞에서 내게 약속했던 것처럼. 나는 그에게 증명해 보일 것이다.

"에런."

나는 그를 부르고는, 들릴 듯 말 듯 한 목소리로 덧붙였다. *내가 당*

신의 바위가 되어줄게. 당신 손을 잡아줄게. 당신의 집이 되어줄게.

목소리가 너무 낮고 작아서 속삭임이나 다름없었다. 그가 앉아있는 곳까지 가닿을 것 같지 않았다. 그런데 에런이 고개를 휙 든 걸 보면 그에게 전해진 모양이었다. 단단한 플라스틱 의자에 앉아있던 그가 등을 세우고는 내 쪽으로 시선을 절반쯤 돌렸다. 자기 이름을 부르는 내 목소리를 실제가 아닌 착각이라 여겼는지, 그의 옆얼굴에 믿기지 않는다는 표정이 번져나갔다.

나는 착각이 아니라 실제로 그 자리에 있었다. 그가 허락한다면 그를 돌봐줄 수 있을 것이다. 칙칙하고 차가운 대기실에 앉아있는 그의 등을 쓰다듬고, 손가락으로 그의 머리카락을 쓸어 올려 마음을 달래주고, 그가 음식을 먹고 잠을 잘 수 있게 해줄 것이다. 포옹으로 그를 위로하고, 그가 내 어깨에 이마를 대고 기댈 수 있게 해줄 것이다. 그는 부친과의 이별을 앞두고 비통해하고 있었다. 그의 부친은 아들을 몹시 그리워했을 것이다. 에런은 어쩌면 부친이 이미 세상을 떠났다고 여길 수도 있었다.

에런은 우리 둘 사이의 공간을 빠르게 둘러보았다. 그의 눈빛에서 오직 그만이 품을 수 있는 순전한 결단력이 보였다. 이유는 알 수 없지만 기다리기로 했다. 그가 주변을 둘러보는 동안 나는 가만히 서있었다. 그리고 영원 같은 시간이 흐른 후, 마음을 준비하기에 넉넉한 시간은 아니지만 그의 눈을 바라보았다. 그의 푸른 눈이 내 시선을 붙들었다. 심장이 쿵 떨어지면서 심장이 미친 듯이 뛰었다.

그가 벌떡 일어섰다. 그리고 입을 벌려 나를 불렀다.

"리나."

단순히 카탈리나 대신 *리나*라고 부른 게 아니었다. 그의 목소리에는 비통한 기운이 담겨있었다. 정돈되지 않은 매무새, 헝클어진 머리카락, 시커멓게 변한 눈 밑, 이틀 동안 못 갈아입었음을 여실히 드러내는 옷의 주름. 그 모습을 보며 나는 그에게 다가갈 수밖에 없었다. 우리 둘 사이에 자리한 복도를 달리듯 가로질렀다. 이렇게 빨리 뛰어보는 건 처음이었다. 그가 내게 요청했던 것처럼, 그에게로, 그의 품으로 달려갔다. 그의 앞에 다다른 나는 그에게 무작정 안겼다. 그를 품에 꼭 안았다.

때와 장소에 어울리는 적절한 행동은 아니었을 것이다. 에런은 이미 어깨가 무거울 대로 무거운 상태였다. 우리끼리 해야 할 얘기도 많았다. 하지만 괜찮았다. 그의 두 팔이 나를 껴안는 순간 나는 그걸 뼛속 깊이 느꼈다. 그는 나를 안아 올려 품에 안고 두 팔로 꼭 붙들었다. 나는 그의 목에 얼굴을 묻고 계속 말했다.

"내가 왔어. 내가 왔어. 당신한테 달려왔어. 당신을 믿어. 사랑해."

너무 늦지 않았기를 바랄 뿐이었다. 그도 내 이름을 계속 불렀다.

"리나, 자기야. 리나, 정말 여기 온 거 맞지?"

자기 품 안에 안긴 게 내가 맞는지 여전히 믿지 않는 듯 떨리고 쉰 목소리였다. 나는 드디어 그의 품으로 들어갔다. 물론 며칠 전에 그랬어야 했다.

아니, 며칠이 아니라 아주 오래전에 그랬어야지.

에런은 나를 품에 안은 채 뒷걸음질로 다시 의자에 앉았다. 나 역시 그를 놓지 않았다. 나는 그의 무릎에 앉았고 그는 내 목덜미를 손바닥으로 감쌌다.

"미안해, 에런."

나는 그의 어깨와 턱 아래 사이에 대고 나지막하게 말했다.

"전부 다 미안해. 당신 아버지 일도 그렇고, 진즉에 여기 같이 와서 당신 옆에 있었어야 했는데. 아버님은 어떠셔? 만났어?"

내 관자놀이에 닿은 그의 목이 울컥하는 게 느껴졌다.

"아버지를…"

그는 고개를 저었다.

"만나긴 했는데 의식이 없으셔. 나는…"

그는 지치고 좌절한 목소리로 말끝을 흐렸다.

"정말 여기 온 거 맞지, 자기야?"

그는 나를 더 꽉 부둥켜안고 다시 물었다.

"아니면 내 머리가 다시 상상력을 발휘해서 나한테 농간을 부리는 건가? 내가 요즘 거의 잠을 못 자서… 며칠이나 됐는지 모르겠어. 이틀? 사흘인가?"

"나 여기 온 거 맞아. 정말이야."

나는 고개를 들고 팔을 움직여 그의 얼굴을 손으로 잡았다. 한때는 경멸하려고 안간힘 썼지만, 지금은 너무나 사랑하는 그의 얼굴을 자세히 보고 싶었다.

"이제 내가 당신을 돌봐줄게."

그의 눈꺼풀이 바르르 떨리다 감겼다. 그는 목이 졸리는 듯한 끅끅 소리를 냈다.

"사랑해, 에런. 당신을 혼자 두는 게… 아니었는데. 이제 내가 당신 곁에 있을게. 당신 손을 꼭 잡고 여기 있을 거야."

그는 눈을 감은 채 이를 악물었다.

"그럴 거야. 내가 당신을 믿는다는 걸 증명할게. 당신 믿음을 다시 얻을 거야. 당신이 허락하면 지금 이대로 당신 곁에 있고 싶어."

"정말 그러고 싶어?"

"응."

나는 곧바로 대답했다.

"맞아, 그래. 그러고 싶어. 그래야 해."

내 목소리가 그에게 잘 들리는지 알 수 없었지만 나는 계속 속삭였다.

"곁에 있게 해줘. 내가 당신을 돌봐줄게."

그가 눈을 뜨자 우리는 서로 눈을 마주 보았다. 한참 후 그는 힘겹게 미소 지었다.

"당신 때문에 진짜 미치겠어, 리나. 당신은 아마 모를 거야."

내가 손으로 그의 얼굴을 잡고 있는데 그의 손이 내 허리로 내려왔다. 나는 우리 둘을 위해 싸울 준비가 됐다. 필요하다면 애원이라도 할 생각이었다.

"어떻게 여기까지 찾아올 생각을 한 거야. 당신…"

그는 믿기지 않는 듯 미간을 찌푸리며 말끝을 흐렸다.

"나를 어떻게 찾았어?"

"당신을 만나야 했어."

나는 손가락으로 그의 목선을 쓸어내렸다. 손바닥에 그의 따뜻한 피부가 느껴졌다.

"당신이 해준 얘기를 기억하고 있었어. 시애틀에 관한 얘기랑 당신 아버지가 여기서 꽤 알려진 사람이란 얘기도. 그래서 당신 성이랑 대학 미식축구팀, 코치진으로 인터넷에 검색해 봤어. 그리고 아버님이 입원했을 만한 병원 목록을 확인했어. 샤론 씨한테 듣기로는 아버님이 위독한 상태라는데 그렇다면 당신이 아버님 곁을 지키고 있을 것 같더라고. 내 예상대로 당신은 여기 있었네. 몇 군데 들렀다가 여기로 온 거야. 이 도시를 뒤집어엎어서라도 당신을 찾아냈을 거야. 당신을 찾아낼 때까지 멈추지 않았을 테니까."

숨 한 번 안 들이마시고 단번에 말을 쏟아냈다. 에런의 눈이 빛나는 걸 보면서 가슴이 따뜻해졌다. 경이로운 감정에 휩싸이는 동시에 속이 아리기도 했다.

"당신한테 전화했는데 바로 음성 사서함으로 넘어가더라. 안 그래도 머릿속이 복잡할 텐데… 다른 고민거리를 안겨주고 싶지 않았어. 그리고…"

내 목소리가 속삭임 수준으로 작아졌다.

"혹시 전화 연결이 됐을 때 당신이 오지 말라고 할까 봐, 당신한테 그런 말 할 기회를 주고 싶지 않았어. 당신이 나를 원치 않을까 봐 두려웠어. 그래서 다시 전화 안 하고 그냥 직접 만나러 온 거야."

에런은 몸을 떨며 조용히 말했다.

"당신은 내 머리와 규칙, 세상을 완전히 뒤흔들어 놨어."

그의 바다처럼 푸른 눈이 전에 없던 눈빛으로 내 눈을 바라보았다.

"전혀 예상 못 한 때에 당신은 다이너마이트로 길을 내고 내 심장속으로 뛰어 들어온 거야. 그러고는 시치미를 뚝 떼네."

내 허리를 잡은 그의 손에 힘이 들어가면서 나를 더 가까이 끌어당겼다. 그의 입에서 나오는 부드러운 숨결이 내 입술에 닿았다.

"이미 나를 완전히 장악해 놓고 그런 적 없는 것처럼, 나를 살리고 죽이는 게 당신한테 달렸는데 그게 아닌 것처럼 굴잖아."

희망. 따뜻하고 부드러운 희망이 내 양어깨에 내려앉았다.

"내가 그랬다고?"

"맞아, 리나."

에런이 내 이마에 자기 이마를 가져다 댔다. 나는 눈을 감을 수밖에 없었다. 나를 온통 뒤집어 놓을 것처럼 빠르게 몰아치는 감정을 소화하고 제어하려면 그래야 했다.

"당신은 미소 지을 때마다 분명히 그렇게 했어."

그의 입술이 내 입술을 짧게 스쳤다. 등줄기를 따라 전율이 흘러내렸다.

"당신은 짜증 날 정도로 고집 세고 말도 안 되게 예쁘니까."

그는 내 눈가에 입을 맞췄다.

"당신이 얼마나 놀라울 정도로 강한 사람인지를 세상에 매번 보여주면서도 당신이 그렇다는 걸 스스로 못 믿는 것 같아."

그는 내 코끝에도 입을 맞췄다.

"당신은 내가 이해도 못 하고 진력도 안 나는 온갖 방법으로 나를 놀라게 하고 내 마음을 온통 뒤흔들어 놔."

그의 입술이 내 피부를 타고 빠르게 이동해 광대뼈에 다다랐다.

"당신이 소리 내서 웃을 때마다, 당신을 어깨에 둘러메고 그 웃음소리를 나만 들을 수 있는 곳으로 달려가고 싶어져."

그는 내 턱에 입을 맞추더니 빠르게 이동해 내 귀로 입술을 가져갔다.

"당신은 온갖 기상천외한 방법으로 나를 완전히 당신 것으로 만들었어."

"당신 것."

나는 그의 말을 그대로 되풀이했다. 가슴속에서 심장이 커지고 있었다. 커진 심장이 쿵쾅쿵쾅 뛰면서 흉곽에 마구 부딪혔다. 심장이 뛰쳐나가 에런의 품에 안기고 싶은 듯했다.

"나도 당신 거야, 에런. 완전히 당신 거. 난… 당신을 사랑하게 됐어. 어쩌다 그렇게 됐는지 모르겠지만 그렇게 되고 말았어. 사랑해."

심장 뛰는 소리가 귓속에서 하도 요란하게 울려서 내 목소리가 잘 들리지 않을 지경이었다.

"당신을 떠나게 만든 건 너무 어리석은 짓이었어. 진짜 멍청했어. 그때는 내 생각에 너무 빠져있었고 두려웠어, 에런. 힘들게 일하면서 이뤄낸 모든 걸 잃고 싶지 않았어. 몇 년 전에 이런 일을 겪었을 때처럼, 사람들이 또 그런 눈빛으로 나를 볼까 봐 무서웠어. 당신이 날 골칫거리라고 생각해서 버릴까 봐 겁나기도 했어."

"당신이 나한테 골칫거리가 될 일은 절대 없어."

"지금은 그걸 알아. 그런데 그때는 과거의 일을 다시 겪지 않도록 나를 보호하려면 당신을 보내주는 게 최선이라는 생각만 들었어."

나는 끔찍한 감정을 가슴에서 내보내려고 고개를 절레절레 흔들었다. 샤론 얘기, 그리고 제럴드를 조사하기로 한 얘기도 하고 싶었지만 지금은 적당한 때가 아니었다.

"진즉에 당신 곁에 있어야 했는데 그렇게 못 해줘서 미안해."

그는 사과 받고 싶지 않다는 표정이었다. 나는 떨리는 목소리로 말을 이어갔다.

"미안해. 당신 아버지가 편찮으신 것도, 당신이 혼자 여기 와있는 것도 다 미안해. 의지할 사람 없이 혼자 감당하게 만든 것도 가슴 아파. 아버님이 몇 주일 동안 상태가 안 좋으셨다는데 당신은 나랑 같이 스페인에 가줬잖아. 당신은…"

목소리가 떨려서 잠시 숨을 고르고 말을 이었다.

"당신은 나한테 그렇게 많은 걸 해주고도 보상을 요구하지 않았어. 그래서 더 미칠 것 같아. 어쨌든 난 이제 여기 왔어."

나는 그의 눈을 들여다보며 속삭였다.

"내가 왔어. 이제 아무 데도 가지 않을 거야. 우리가 함께해도 된다는 걸 알아서가 아니라, 당신 곁 말고는 어디에도 있고 싶지 않기 때문이야."

나는 북받치는 온갖 감정을 억누르려 안간힘 쓰면서 힘겹게 숨을 삼켰다.

"내 마음 알지?"

나는 그에게 몸을 기울이며 그의 입술에 내 입술을 가볍게 갖다 댔다. 아주 부드럽고 머뭇거리는 입맞춤, 그의 대답을 기다리는 입맞춤이었다.

"알아."

그는 낮게 그르렁거리는 목소리로 대답했다. 그의 손가락이 내 손목을 다시 꽉 잡았다. 내 허리에 두른 그의 팔이 나를 그의 가슴 쪽으로 끌어당겼다.

"알아, 리나. 앞으로도 쭉 당신이 그걸 잊지 않게 할 거야."

내 손목을 잡고 있던 그의 손이 팔뚝으로 올라오고, 그의 손바닥이 내 얼굴을 감쌌다. 그의 손길에 고개를 기울여 응하면서, 앞으로 에런의 애무와 키스 없이는 못 살겠다는 생각이 들었다.

"당신한테 돌아가려고 했어. 난 당신이 우리 관계를 포기하지 않게 하겠다고 말했어. 그러니 당신은 나를 사랑해야만 해."

그가 사랑이라고 말했다. 그 말에 나는 심장이 쿵 떨어지는 기분이었다. 나는 너무나 어리석었다. 에런은 우리 관계를 포기한 적이 없었다. 나만 우리 관계를 포기했던 거였다. 잠시 동안이었지만. 에런은 우리 사랑을, 우리를 끝까지 붙들고 있었다. 지금까지 쭉⋯ 가슴속에서 심장이 펑 터져 자잘한 조각으로 찢겼다가 다시 모여 새로운 무언가가 된 것 같았다. 어디에도 속하지 않는 새로운 무언가. 그것은 바로 '우리'의 심장이었다.

"이 사랑은 당신 거야. 난 당신한테 사랑을 주겠어, 그리고 사랑과 관련된 모든 걸 줄 거야."

나는 그의 입술에 키스한 후에도 몸을 뒤로 젖히지 않았다. 이 입술도 내 것이고 그도 내 것이라고 도장 찍듯 그의 입술을 오랫동안 내 입술로 붙잡아 두었다. 그가 낮고 깊은 소리로 흐음 소리를 내며 말했다.

"지금 당신 나한테 아주 딱 붙어있어, 카탈리나."

그는 무릎에 걸터앉은 나를 두 팔로 안아 가슴 쪽으로 더 가까이 당겼다. 나는 그의 쿵쿵 울리는 심장에 머리 옆을 기대었다. 그의 턱이 내 정수리에 닿아있었다. 지금껏 들어본 적도 경험해 본 적도 없는 압도적인 평안이 내 두 어깨에 내려앉았다. 그와 함께라면 뭐든 할 수 있을 것 같았다. 우린 한 팀이었다. 서로의 길을 밝히면서 서로 손을 잡고 나아갈 것이다. 비틀거릴 때 서로를 챙겨주고 앞으로 끌어줄 것이다. 이제 뭐든 함께였다. 우리는 이 일도 함께 극복할 것이다. 그러려면 내가 에런에게 힘이 되어줘야 했다.

"에런?"

나는 고개를 들어 그의 눈을 바라보았다.

"난 지금 당신을 위해 여기 와있어. 이제 내가 당신을 돌봐줄 거야."

그는 한숨을 쉬었다. 온 세상의 무게를 어깨에 지고 있는 듯 낮고 무거우며 느릿한 숨소리였다.

"당신 아버지가 아픈 걸 알았으면 당신이 나랑 같이 스페인에 가겠다고 해도 말렸을 거야. 왜 아버지가 아프시단 얘기를 안 했어, 에런? 당신이 나한테 설명할 의무는 없지만 나도 알았어야 했잖아. 당신을 더 잘 이해하려면."

"모든 게… 달라져서."

그는 먼 곳을 바라보는 듯 황망한 눈빛이었다.

"아버지는 작년에 줄곧 암과 싸우셨어. 역설적이지? 어머니도 아프다가 돌아가셨는데 이제 아버지까지…"

에런은 말끝을 흐리더니 잠시 마음을 추스르고 말을 이었다.

"며칠 전까지만 해도 여기 올 생각이 없었어. 아버지와 사이가 워낙 냉랭했으니까 그냥 그대로 둘 생각이었어. 몇 주 전에 고향에 날아갔을 때도 마찬가지였고."

"고향에 갔었어?"

"어. 내 승진 발표가 난 후에. 그래서 당신한테 우리 계약에 관해 제대로 말 못 했던 거야."

그때 나는 에런이 며칠 휴가를 낸 줄도 몰랐다. 일 때문에 정신이 하나도 없었던 탓이었다. 지금 생각해 보니 앞뒤가 맞았다.

"고향에 안 갔으면 당신한테 제대로 말해줬을 거야. 어떻게든."

"지금 그런 건 아무래도 상관없어, 자기야."

내 말은 모두 진심이었다. 그는 깊게 숨을 내쉬었다.

"시애틀로 날아오긴 했는데, 아버지랑 무슨 얘길 해야 할지 모르겠더라고. 수년 동안 아버지가 날 밀어냈는데 난 여전히 아버지를 신경쓰고 있었다는 걸 나 자신에게도, 아버지에게도 인정하는 꼴이 되니까. 사실 난 아버지를 이미 잃었다고 생각했거든."

나는 그의 심장 바로 위, 그의 가슴에 손가락으로 동그라미를 계속 그리며 물었다.

"어째서 생각이 바뀐 거야?"

"모든 게 달라졌거든."

그는 고통스럽게 떨리는 숨을 내뱉었다.

"난… 당신을 가졌다고 생각했는데 별안간 그게 아니란 걸 알게 됐어. 당신이 날 포기하지 않길 바랐지만 당신 눈을 보니까 이미 포기한 것 같더라고. 아무리 봐도 당신은 결심을 바꿀 것 같지 않았어."

그의 얼굴에 그림자가 드리워졌다. 나는 본능적으로 그에게 몸을 기울여 그의 입가에 입을 맞췄다. 잠깐의 어둠마저도 걷어내고 싶었다.

"당신을 진짜 잃을지도 모른다는 생각이 들더라…"

그는 고개를 가로저었다.

"이게 완전히 같은 상황은 아니지만 아버지의 마음이 이해됐어. 어머니를 잃고 나서 아버지가 얼마나 힘들었을까 싶더라. 어머니를 다시는 볼 수 없게 된 현실에 아버지는 얼마나 상실감이 컸을까. 판단력을 잃고 얼마나 바보 같은 결정을 내렸을까. 아버지가 나를 밀어낸 걸 정당화해 드리고 싶진 않지만, 내 잘못도 있었어. 나도 내 생각만 하느라 아버지가 날 밀어낼 때 그냥 받아들였어. 그렇게 수년을 소원하게 지냈지."

"두 사람 다 잘못 없어, 에런. 우린 사랑하는 사람을 잃는 것에 익숙해질 수가 없어. 그리고 애도 방법은 사람마다 달라."

나는 그의 가슴에 손을 올리고 그의 쇄골을 손바닥으로 문질렀다.

"우린 최선을 다하는 것으로 부족할 때도 그냥 최선을 다하면서 살아갈 뿐이야. 지금 와서 자책한다고 해서 과거를 바꿀 수는 없어. 그래 봤자 힘만 빠져서 현재를 충실히 살지 못하게 돼. 지금 당신이 있는 곳을 봐. 당신은 여기 있어. 아직 늦지 않았어."

그는 내 머리에 가볍게 입을 맞췄다.

"제럴드가 그따위 짓을 한 날, 병원에서 전화가 왔어. 아버지 상태가 심상치 않다고 하더라고. 아버지는 몇 번이나 간호사한테 나를 불러달라고 요청했어. 나랑 연락하려고 하신 거야."

그는 말끝을 흐렸다. 나는 그의 목덜미로 내려온 그의 머리카락을 손가락으로 감아 이리저리 돌렸다. 내가 함께 있다는 것, 내가 그의 얘기를 듣고 있다는 것, 그를 내 품에 다시 안고 있다는 것을 알려주고 싶어서였다.

"이런 것도 정해진 과정이 있는 거겠지. 나는 예전과 다르게 아버지를 이해하게 됐을 뿐 아니라 아버지를 보고 싶다는 생각까지 들었어. 아버지한테 사과한다거나 부자 관계를 회복시키고 싶어서가 아니라, 최소한 작별 인사라도 하고 싶더라고. 이번이 마지막 기회일 것 같았어."

"그래서 했어? 작별 인사?"

"그러려고 병원에 도착해서 병실로 들어갔어. 작별 인사를 하고 밖으로 나와서 그냥 기다릴 생각이었어. 그런데… 결국 아버지한테 이런저런 얘기까지 하게 됐어. 우리가 떨어져 있는 동안 못 한 얘기를 전부 했지. 아버지는 의식이 없었어. 어쩌면 내 얘기를 못 들으실 텐데도 나는 얘기를 계속했어. 멈출 수가 없었어. 얘기를 하고 또 했어, 리나. 하고 싶었던 얘기를 다 했어. 얼마나 오래 병실에 있었는지 모르겠어. 어쩌면 아버지의 귀에 한마디도 안 들어갔을지 몰라. 아무 소용 없는 짓이었는지도 모르지. 그런데 그냥 했어."

"잘했어, *amor*(내 사랑)."

나는 그의 목에 스치듯 입술을 가져다 댔다.

"정말 잘했어."

에런은 내 입맞춤에 한층 더 녹아내리는 듯했다.

"몇 시간 전에 의료진이 아버지 상태가 오늘은 좀 괜찮아졌다고 하더라고. 아버지한테 시간이 좀 더 생긴 것 같아. 그게 며칠이 될지, 넷주가 될지, 몇 달이 될지는 모른데. 그래도 희망적으로 보는 것 같아."

그는 가슴이 움츠러들도록 깊게 숨을 내쉬었다. 조금 전까지 나를 간절히 붙잡고 있던 그의 팔에서 힘이 약간 빠진 듯했다.

"나도 희망을 좀 갖게 됐어."

대기실 저쪽에서 누군가 우리에게 말했다. 그 소리에 우리 둘이 들어가 있던 거품이 톡 터졌다.

"블랙퍼드 씨?"

우리는 둘 다 그쪽으로 고개를 돌렸다. 몇 걸음 떨어진 곳에서 남자 간호사가 훈련받은 정중하고 차분한 미소를 지으며 서있었다.

"예."

에런은 의자에 앉은 채 허리를 폈다.

"아버님이 깨어나셨습니다. 지금 만나실 수 있어요."

간호사는 간호사복 주머니에 두 손을 찔러 넣으며 말했다.

"몇 분 정도만 면회 가능하세요. 쉬셔야 해서요."

그가 간호사에게 걸어갈 수 있도록, 나는 포옹을 풀고 바닥에 발을 딛으며 에런 앞에 섰다. 에런도 일어서서 대기실 입구 쪽으로 고개를 돌렸다.

"예, 알겠습니다."

에런은 멍하게 대답하더니 걸어가기 전 나를 바라보며 물었다.

"같이 갈래?"

그 순간 심장이 쿵 떨어지면서 머릿속에서 크고 명확한 목소리가 대답했다. 당신이 부탁하기만 하면 난 어디든 당신이랑 같이 갈 거야.

"응. 같이 가."

나는 그가 손을 뻗어 내 손을 잡아주길 기다리지 않았다. 내가 먼저 그의 손을 잡았다. 에런의 아버지가 기다리는 병실로 간호사를 따라 걸어가면서 나는 최대한 위로가 되도록 그의 손을 꼭 잡아주었다. 우리는 함께 병실로 들어갔다. 무엇을 예상했어야 했을까. 병실로 가면서 마음의 준비를 했어야 되는지도 모르겠다. 그의 앞에서 큰소리쳤는데 현실이 훅 밀려드니 허세가 일부 날아가는 게 느껴졌다. 이 사람은 에런에게 남아있는 유일한 가족이고, 나는 그 사람을 만나게 된 거였다. 중압감이 밀려들어… 별안간 가슴이 떨렸다. 다른 상황이었으면, 좀 더 시간이 있었으면 좋았을 것이다. 무슨 말을 해야 할지 알고, 모든 게 매끄럽게 흘러가도록 상황을 잘 이끌어갈 수 있으면 얼마나 좋을까.

하지만 우리에겐 남은 시간이 없었다. 우리가 가진 건 이게 전부였다. 에런과 그의 아버지에게는 딱 이만큼의 시간이 남아있었다. 두렵고 불안할 텐데도 에런은 고맙게도 이 시간을 나와 나누려 했다.

"누가 찾아오셨어요, 리처드."

간호사가 병실로 들어가면서 이렇게 말하고는 우리를 돌아보았다. 그는 좀 더 환하게 웃으며 말했다.

"몇 분 있다가 오겠습니다."

에런은 한 걸음 앞으로 나아갔고, 나는 그의 뒤에 가만히 서있었다. 에런에게 아버지와 단둘이 얘기할 시간을 주고 싶었다. 병상에 누운 남자가 탁한 목소리로 말했다.

"아들아."

그 남자의 이목구비에는 내 눈에 익숙한 특징이 희미하게 남아있었다. 강인한 턱, 단호함과 자신감을 드러내는 듯한 살짝 찌푸린 미간.

늙고 지친 몸뚱이지만 여전히 얼굴에서 그 특징이 보였다.

"너 아직 여기 있었구나."

에런의 아버지는 놀라워하는 목소리였다.

"아버지."

에런은 내 손을 잡은 손에 힘을 주며 말했다.

"당연히 아직 여기 있죠. 보여드릴 사람이 있어요."

병상에 누워 우리 쪽을 향한 푸른 눈동자가 에런 뒤에 있는 나를 궁금해하며 바라보았다.

"안녕하세요, 아버님."

나는 그에게 미소 지었다. 에런이 내 손을 놓더니 내 어깨에 그 손을 올렸다.

"카탈리나라고 해요. 이렇게 만나 뵙네요."

에런의 아버지는 완전히 마주 웃어주지는 않았다. 다만 그의 눈동자는 다른 이야기를 하고 있었다. 그의 아들이 내게 무수히 보여줬던 것처럼. 잠겨있지만 열쇠가 있으면 언제든 열 수 있는 자물쇠 같은 얼굴이었다.

"리처드라고 편하게 불러요."

나를 찬찬히 바라보던 아버지의 눈에 서서히 놀라움이 스며들었다.

"네가 말한 그 여자냐, 아들?"

그 질문에 나는 깜짝 놀라 에런을 힐끗 돌아보았다. 에런도 나 같은 표정으로 아버지를 보다가 서서히 표정을 풀었다. 에런의 옆얼굴이 한결 부드러워졌다.

"아버지가 듣고 계실 줄 몰랐어요."

에런은 멍하게 말했다. 그러다가 마치 반사작용처럼 나를 자기 쪽으로 끌어당기며 조금 더 큰 목소리로 덧붙였다.

"예. 그 여자예요."

The Spanish Love Deception

나는 놀라서 숨이 쉬어지지 않았다.

"아버지한테 쭉 얘기했던 그 여자요."

나를 내려다보는 에런의 눈동자가 병실의 형광등 불빛 아래서 반짝거렸다.

"너만의 시어를 찾았구나."

그의 아버지가 감개무량한 목소리로 말했다.

시어. 리처드의 아내이자 에런의 모친 이름이었다.

아버지 쪽을 바라보았다. 조금 전까지 감추고 있던 미소가 보였다. 작고 미약한 그 미소를 보면서 나도 마주 웃었다.

"시간이 허락하는 마지막 순간까지, 이 여자를 꼭 붙잡아, 아들아."

"그럴게요."

에런의 숨결이 내 관자놀이를 부드럽게 스쳤다. 그를 올려다보았다. 마음을 가득 담은 파란 눈이 나를 내려다보며 미소 짓고 있었다. 내가 경험한 적도, 받게 될 줄 상상도 못 했던 마음이었다. 가슴 한가운데에 온기가 차올랐다. 에런의 눈빛을 받으며 그의 곁에 있는 매 순간 가슴이 벅차고 두근거렸다. 나를 바라보는 에런의 반짝이는 눈동자 속에는 인생에서 무엇이든 가능하리라는 장담이 담겨있었다. 그것은 미래에 대한 약속이었다.

"평생을 함께 하고 싶은 여자예요. 가까운 시일 내에 이 여자를 떠나보낼 일은 없을 거예요."

에필로그

1년 후

"카탈리나."

그의 낮고 깊은 목소리가 내 귀에 와 닿았다. 지난 12개월 동안 무수히 나를 유혹해 잠들게 하고 내 몸의 세포 하나하나를 일깨운 목소리였다.

내 입에 물려있던 펜이 반질반질한 오크나무로 된 회의용 책상 표면에 툭 떨어졌다.

"카탈리나, 대답을 해주세요."

나는 의자에 앉은 채 허리를 펴고 목청을 가다듬으며 파란 눈을 바라보았다. 젠장. *나 완전히 멍때렸네.*

"네, 그렇죠… 흠. 대답이, 바로 나오면 좋겠지만요, 블랙퍼드 씨."

나는 허둥대며 말했다.

"잠시 생각 좀 해보겠습니다."

그의 입꼬리가 슬쩍 올라가고 두 눈에 감정이 확 끓어오르는 게 보였다. 내게는 몹시 익숙한 감정인데 여전히 심장이 멎을 것만 같았다. 아무리 살짝이어도 그가 미소를 지으면 반응하지 않을 수 없었다.

"로지, 카탈리나가 잠시 생각해 본다는데, 좀 도와주는 게 좋겠어요."

그는 한쪽 눈썹을 치켜뜨며 덧붙였다.

"다들 자리가 정해졌고, 앞으로 5분 안에 이 회의를 끝낼 생각이라서요."

"그럼요."

내 절친이자 우리 부서의 새 팀장이 된 로지가 내 오른쪽에서 대답했다.

"리나가 메모를 아주 꼼꼼하게 잘하고 있는 것 같아요."

"네. 맞아요."

나는 얼른 대답하며 로지를 힐끗 쳐다보았다. 로지의 뺨이 달아오르고 있었다. 우리 둘 다 여전히 거짓말엔 젬병이었다. 나는 로지에게 떨리는 미소를 지으며 입 모양으로 고맙다고 말했다. 에런이 숨을 크게 내쉬는 소리가 들렸다.

성급하고 섹시한 푸른 눈의 투덜이 같으니라고. 내가 정신 못 차릴 정도로 그를 사랑하는 게 그에게는 정말 다행한 일이었다.

"린다랑 패트리샤가 출산 휴가를 마치고 복귀하게 됐으니까 너희 팀원 중 누군가를 헥터의 팀으로 보내는 게 어떠냐고 에런이 말하고 있었어."

로지는 펼쳐놓은 플래너 윗부분을 만지작거리면서 소리 죽여 설명했다.

"제럴드가 떠나고… 내가 제럴드의 팀을 맡게 돼서 임시로 공석을 메워야 하니까."

샤론이 강력하게 밀어붙여 인사팀이 오랫동안 지루한 조사를 거듭한 끝에, 제럴드가 범한 적지 않은 성적 위법행위가 드러났고 결국 제럴드는 해고 처리됐다. 우리 부서장이자 내 마음을 소유한 에런은 제럴드가 인테크를 떠나자마자 주저 없이 그 자리에 로지의 이름을 올렸다. 우리는 공식 발표가 나기 전에 이미 로지의 승진을 축하하고 있었다.

"우리가 그렇게 해도 괜찮을 거라고 생각해요, 카탈리나?"

내 미래의 남편이 물었다. 물론 그는 아직 프러포즈하지 않았다. 조만간 프러포즈할 것 같긴 하지만, 이러다가는 내가 먼저 그의 손에 반지를 끼워줄 판이었다. 나는 속으로 잔뜩 안달이 나있었다.

"100퍼센트 괜찮을 거라고 봅니다."

나는 수첩에 메모를 끄적거리며 대답했다. 이번에는 진짜로 메모하고 있었다.

"몇 사람을 이동시켜서 누가 헥터의 팀을 잘 지원할 수 있는지 확인할게요."

헥터가 한숨을 쉬며 말했다.

"고마워, 리나. 로지의 자리를 완전히 잘 메울 수 있는 사람은 아마 없을 거야."

헥터는 아쉬운 미소를 지으며 어깨를 축 늘어뜨렸다.

"로지를 다른 팀에 뺏기게 됐으니 하는 수 없지."

그는 어깨를 으쓱했다. 내 친구이자 이전 팀원인 로지를 바라보면서 헥터는 좀 더 밝은 미소를 지었다.

"자네가 정말 자랑스러워, 로지."

"고마워요."

로지는 감정이 북받치는 듯 목소리를 가다듬었다.

"자, 그만들 해요. 내가 처음 팀장을 달고 부서 회의를 하고 있는데 울어버리면 프로답지 않잖아요."

에런은 수첩을 탁 소리가 나게 닫으며 말했다.

"좋습니다. 그럼 이 건은 이렇게 마무리하죠."

나는 그를 힐끗 쳐다보았다. 그는 내 등 뒤의 시계를 보며 시간을 확인하고 있었다.

"회의는 여기까지 하겠습니다. 그럼…"

"저기요, 에런."

카비어가 춤추듯 떨리는 목소리로 말했다.

"제가…"

"미안합니다만, 이제 나는 공식적으로 휴가 상태라서요."

에런은 허공에 대고 손을 휘저었다.

그랬다. 우리는 둘 다 이제 휴가였다. 반차이긴 하지만. 오후 휴가를 내는 게 쉽지 않아 상당한 설득력을 동원해야 했는데, 결과적으로 성공했다.

"월요일에 추가로 얘기합시다. 다들 주말 잘 보내세요."

에런이 의자를 뒤로 밀며 일어섰다. 이제 나는 그의 상체를 온전히 다 볼 수 있었다. 속으로 기쁨의 한숨이 나왔다. 저 남자는 온전히 내 것이었다. 나를 위해 존재하며 온통 내 차지였다. 더 좋은 것은, 저 탄탄한 가슴속에서 충성스럽고 이타적이며 진실하게 뛰고 있는 강인하고 활기찬 심장도 내 것이라는 점이었다.

"카탈리나?"

잠시 무아지경에 빠졌다가 정신을 차린 나는 소지품을 모아 챙기며 일어섰다.

"갑니다, 가요."

나는 문 옆에서 기다리고 있는 에런 쪽으로 걸어갔다. 그가 목소리를 낮추고 말했다.

"당신 오늘 정신을 못 차리네."

곧장 받아치려다가 말았다. 그가 나를 바라보는 눈빛에 깊은 걱정이 담겨있어서 내 마음이 사르르 녹아버린 탓이었다. 결국 받아치려던 말은 입 밖으로 나오기도 전에 녹아 없어졌다.

"당신 때문에 집중이 안 돼서 그래."

나는 그에게만 들리도록 말했다.

에런의 눈빛이 잠시 흐려졌다. 당장 나를 안고 싶은 걸 애써 참는 표정이었다. 지금 우린 일터에 있었고 우린 늘 주도면밀한 프로였다. 다들 우리 관계를 알고 존중하고 있지만, 우린 프로답게 일하기로 했다. 나는 안전한 화젯거리로 넘어갔다.

"좀 초조해서 그런 것 같아."

"알아."

회의실에 가져왔던 노트북 가방을 들고 함께 복도를 걸어가면서 그가 말했다.

"우리 짐은 차에 실어놨어. 바로 공항으로 가서 그분들을 마중하면 돼."

빈 승강기에 올라타자마자 에런은 내 옆으로 바짝 다가왔다. 우리의 팔이 서로에게 가볍게 스쳤다. 금속 문이 닫히자 그가 말했다.

"아까 확인했는데, 그분들이 탄 비행편이 일정대로 착륙할 것 같아."

"고마워."

나는 이렇게 말하며 무심코 그에게 조금 더 다가갔다.

"그래도 여전히 걱정돼. 그들이 미국에 처음 오는 거라서. 다 같이 오는 거잖아. 그 많은 마르틴 집안사람들이 한 비행기를 타고 오는데 정말 아무 일이 없을까 싶어. 미국까지 날아오는 게 할머니한테 무리가 되면 어떻게 하지? 아빠가 긴장을 풀어주는 약을 잊어버리고 안 챙겼으면? 약 챙기는 것 때문에 핸드폰에 알림 설정하는 방법을 페이스타임 영상통화로 설명해 드렸거든. 그래도 결국 알림을 꺼버리고 잊어버리실 것 같아. 엄마가 짐가방에 희한한 걸 담아 가지고 올까 봐 걱정돼. 전에 엄마가 나더러 기내용 가방에 *pata de jamón*(돼지 뒷다리로 만든 하몬.—옮긴이)을 담아서 가져오라고 했었거든. 내가 그 얘기 했던 거 기억하지? 그게 뭐냐면 돼지 뒷다리 고기란 말이야, 에런. 엄마가 이번에 불법 농산물을 미국으로 가져오면 세관 직원은 우리 엄마가 밀수라도 하는 줄 알 거야…"

승강기가 우뚝 멈췄다. 그리고 에런의 입술이 내 입술에 와 닿았다. 갑작스러운 키스에 나는 할 말을 잊었다. 무방비 상태로 허공에 둥실 뜬 기분이었다. 나는 그에게 녹아들었다. 다리가 버터처럼 녹아 흐물거렸다. 어쩔 수 없었다. 에런은 나에게 늘 그 정도의 효과를 발휘했고, 나도 그 점을 잘 알고 있었다.

"자기야."

그는 내 입에 대고 말했다.

"지나친 생각은 그만해."

그러고는 다시 내 입술을 먹고 두 팔로 나를 감싸 안았다. 그가 나를 부드럽게 밀어붙이자, 내 등이 서늘한 금속 표면에 닿았다.

"당신이 승강기 멈춰 세웠어, 블랙퍼드?"

나는 숨찬 목소리로 물었다. 목소리가 이상했지만 상관없었다. 에런은 자기가 나한테 엄청난 영향을 미친다는 걸 잘 알고 있었고, 나는 그 힘을 원했다. 우리 사이에는 굳이 많은 말이 필요하지 않았다. 이미 과거에 온갖 말을 다 주고받았으니까.

"응."

그는 내 턱에 대고 입술을 문질렀다.

"이제 3분 동안 당신 머리에서 온갖 근심을 다 내보내도록 해. 3분 후에는 안내 데스크에서 승강기로 호출이 올 거야."

그의 입술이 내 목으로 내려가고 따뜻한 손바닥이 내 허리를 감쌌다. 내 입술이 절로 벌어졌다.

"아. 알았어."

그는 내 민감한 부위를 살짝 깨물었다. 피가 소용돌이치면서 내 몸의 일부분이 자기한테 관심을 달라고 아우성쳤다.

"그 말 마음에 들어."

"당신 가족이 집을 나서기 전에 내가 아버님께 전화해서 약을 꼭 챙기시라 했어."

그의 손이 위로 올라가 내 가슴을 더듬었다.

"어머님은 절인 고기 몇 개만 가져오실 거야."

그는 내 다리에 자기 다리를 바짝 붙였다.

"쉽지 않았어. 해서는 안 될 약속까지 할 뻔했는데 다행히 어머님이 타협해 주셨어."

조그맣게 웃다가 이내 웃음이 싹 가라앉았다. 그의 아랫도리가 내 그곳에 닿으며 짧게 진동한 탓이었다.

"할머님도 문제없어. 강골이시잖아. 지난 크리스마스 때 할머님이 댄스 플로어에서 나올 생각을 안 하셔서 내가 할머님을 억지로 내보내야 했던 거 기억하지?"

그는 이빨로 내 귓불을 살짝 물었다.

"당신 언니가 임신을 하긴 했지만 위험할 건 없어. 곤살로가 항공사에 두 번이나 전화해서 물어봤대."

나는 온몸으로 에런을 느끼며 그 감각에 취해 신음을 흘렸다. 그의 몸에서 나오는 온기와 힘, 내 피부에 닿는 그의 숨결과 목소리뿐만 아니라… 그의 말과 행동까지 너무나 깊고 그윽했다. 그의 말과 행동에서, 그에게서 충만한 사랑과 배려가 느껴졌다.

"내 가족이 당신을 너무 좋아해서 탈이지."

그의 팔을 손으로 붙잡는데 잠시 잊고 있던 욕구가 온몸에 흘렀다.

"당신은 마르틴 가문 사람들을 완전히 홀리고 있어. 어떻게 그렇게 할 수 있어?"

"우리가 거래했다는 사실을 가족들에게 고백하면서, 난 당신에 대한 내 마음이 얼마나 진지한지 털어놨어. 마르틴 가족이 납득을 한 건 우리가 운이 좋아서이기도 했지만 내 말솜씨가 워낙 뛰어나기 때문이기도 해."

그는 대단한 비밀이라도 되는 듯 속삭였다.

"마르틴 가문의 여자 한 명을 설득했더니, 그 방면으로 도가 텄나 봐."

나는 그의 튼실한 팔을 지나 어깨를 쓰다듬다가 목덜미를 감쌌다.

"맞아."

나는 나지막하게 말했다.

"난 당신을 숭배해. 당신은 내 보물이야. 사랑해. 당신을 원해. 당신이 필요해."

나는 그를 더 바짝 당겼다.

"지금 지독하게 정신이 흐트러지는 사람이 누구지?"

그가 거친 목소리로 물었다. 나는 그의 탄탄한 몸에 내 몸을 짧지만 강력하게 문질렀다. 그의 입술에서 탄식이 흘러나왔다.

"이것 좀 봐. 당신은 이렇게 나를 괴롭힌다니까. 너무 사랑스러워서 내 정신을 쏙 빼놓는 여자야."

"우리한테 시간이 얼마나 남았어?"

나는 그에게 가슴을 바짝 붙이면서 뒤로 몸을 기울였다. 그가 거친 숨을 토해냈다.

"생각보다 시간이 모자랄 것 같은데."

그는 더 못 참겠다는 듯 손바닥으로 내 엉덩이를 문지르더니 원하는 바를 말하듯 내 엉덩이를 꽉 움켜잡았다. 그러고는 나지막하게 말했다.

"나중에 계속하자. 우리 방에 단둘이 있을 때."

에런은 내게 깊숙이 입을 맞추고는 나중에 내게 하고픈 일들에 대해 조용히 늘어놓았다. 앞으로 몇 시간 후, 우리가 주말을 보내기 위해 빌린 몬탁의 집에 들어갔을 때, 우리 가족과 함께 편안하게 그 집에 자리를 잡은 후에 우리는 그 일을 할 것이다.

"알았어."

두 손바닥으로 그의 얼굴을 감싸며 그의 입술에 마지막으로 살짝 입을 맞췄다.

"아버님이랑은 얘기했어?"

에런은 마지못해 나한테서 몸을 떼고 승강기 패널의 노란 버튼을 눌렀다. 승강기가 다시 내려가기 시작했다.

"어. 오늘 아침에."

리처드에 관한 얘기를 할 때면 늘 그렇듯 그는 조심스럽게 대답했다. 에런은 아버지에 대한 죄책감을 아직 완전히 떨치지 못한 것 같았다. 그들 부자는 오랜 세월을 함께했으니 그럴 만도 했다. 그들은 리처드에게 남은 시간이 얼마 없다는 걸 알고 있었다. 지난 1년은 그 자체로 선물이나 다름없었다.

"아버지랑 마사가 몇 시간 안에 그 집에 도착할 거야."

리처드의 간병인 마사는 하늘이 보내준 선물 같은 사람이었다. 그녀는 리처드를 잘 챙겨주었고 우리에게 계속 상황을 알려주었다. 우리는 마사를 전적으로 신뢰하고 있었다. 마사가 리처드 곁에서 많은 도움을 주고 있어서 에런과 나는 안심이 됐고, 리처드도 많은 위로를 받고 있었다.

"공항에서 당신 가족을 기다리면서 아버지랑 마사 쪽을 다시 확인해 볼게."

승강기 문이 열리고 우리는 동시에 문을 나섰다.

"모든 게 다 잘될 거야, *amor*(내 사랑)."

나는 규칙을 깨고 로비 한가운데서 그의 손을 잡았다.

"아버님은 무사히 몬탁까지 오실 거고, 모두를 사랑하실 거야. 그리고 모두가 아버님을 사랑하게 될 거야."

에런도 규칙을 깨고 내 손을 입술에 가져다 댔다. 내 손가락 바깥쪽에 그의 입술이 부드럽게 닿았다. 그는 나만 들을 수 있도록 속삭였다.

"나도 알아, 자기야. 무슨 일이 일어나든, 모든 게 다 잘될 거야. 왜 그런지 알아?"

건물을 나선 우리는 뉴욕의 화끈한 여름 날씨 속으로 발을 내디뎠다.

"왜 그런데?"

"당신이랑 나니까."

그는 확신에 찬 눈빛으로 나를 내려다보며 미소 지었다. 그는 내 심장을 두 손에 쥔 남자였다. 내 사랑. 내 세상. 나는 자신 있게 완벽하게 말할 수 있었다.

"우리에게 어떤 일이 닥쳐도 우린 함께니까 괜찮아."

에런이 환하게 미소 지었다. 나를 위한 그 미소는 언제나 내 심장을 두근거리게 했다.

"우리 오랫동안 이렇게 함께 살자."

감사의 말

여러분이 지금 《스패니시 러브 디셉션》을 손에 들고 있게 된 건, 특별한 누군가가 내게 이 말을 한 덕분입니다.

"엘레나, 이 원고를 출판하는 게 어때? 꼭 그렇게 해봐."

솔직히 난 그 사람이 미친 소리를 한다고 생각했습니다(지금도 가끔 그런 생각을 해요). 그래도 누가 나를 믿고 격려해 준다면 꿈을 향해 도약할 수 있지 않을까 싶긴 합니다.

엘라, 당신이 없었으면 이 책은 존재하지 않았을 거예요. 할 수만 있다면 당신이 내 인생이라는 퍼즐의 중요하고 커다란 조각이 된 이유를 몇 페이지에 걸쳐 쓸 수도 있을 것 같아요. 하지만 그랬다간 당신은 어이없다며 눈을 위로 심하게 굴리다가 병원으로 직행할 테고, 난 비행기를 타고 당신이 입원해 있는 응급실을 방문해야겠죠. 그러니 그냥 여기서 고맙다는 인사를 하는 걸로 대신할게요. 내 마음 깊숙한 곳에서부터 우러나오는 감사입니다. 당신이 내게 해준 모든 격려와 조언, 지도 편달, 한 시간씩이나 되는 음성 메시지, 굳이 알려주지 않아도 되는 온갖 정보, "닥쳐"라고 외치던 당신의 말 하나하나, 그리고 무엇보다 소중한 당신의 우정에 감사드립니다.

The Spanish Love Deception

크리스와 아나에게… 내가 드디어 해냈어. 우리가 초능력자라고 생각했던 꼬마 시절부터 늘 나와 함께해 줘서 고마워. 너희의 격려(엄밀히 말하면 정신 분석) 덕분에 나는 내 꿈을 따라갈 수 있었어. 그런 의미에서 너희는 언제나 내 꿈의 일부일 거야. 너희의 우정만큼 소중한 건 없어.

에린, 고백할 게 있어요. 이 책의 베타 독자가 되어줄 수 있냐고 당신한테 물었던 날, 난 태연한 척했지만 속으로 엄청 떨렸어요. 다행히 당신이 제안을 받아들였고, 당신이 얼마 전에 말한 것처럼 우린 꽤 멋진 팀인 걸 알게 됐네요. 당신이 원고를 읽어주지 않았다면 이 책은 지금 같은 모습이 되지 못했을 겁니다(사람들이 곤살로를 얼마나 싫어하게 됐을지를 상상해 봐요). 고마워요, 에린. 앞으로도 쭉 내 원고를 읽어주면 좋겠어요.

크리스티나, 당신은 나한테 정말 잘해줬어요. 당신의 친절과 무조건적인 지지에 감사드려요. 로맨스 책을 빌리러 당신을 찾아가곤 했던 게 엊그제 같은데, 이번에 당신이 이 책의 리뷰를 아름답고 멋지게 써줘서 감격하는 중입니다. 정말 고마워요. 당신은 나를 구원한 빛나는 별입니다. 당신의 도움 덕분에 모든 게 달라졌어요. 당신의 꿈인 헨리 카빌 스타일 남자를 주인공으로 해서 화끈한 소설을 써드릴게요. 약속합니다.

B 씨, 이 책이 출간되는 날 당신이 내게 꽃을 주면 좋겠어. 우리 집 바로 맞은편에 꽃집이 있으니까 그렇게 어려운 일도 아니잖아. 내가 스트레스를 받으면 대하기 쉽지 않은 사람인 걸 나도 알아. 지난 몇 주일 동안 내가 좀 날카롭게 굴긴 했지. 그러니까 당신이 꽃이라도 사주면 좋겠는데, 해줄 거지? 그럼 내가 케이크를 구워줄게. 응?

조바나, 당신한테 너무 많은 일거리를 준 게 아닌가 걱정스러워요. 당신이 마법을 부려주지 않았다면 이 책은 지금처럼 멋지게 나오지 못했을 거예요. 고마워요.

그동안 저를 응원해 주시고 메시지를 보내주시고 믿고 지지해 주신 모든 북토커, 북스타그래머, 북튜버, 북트위터 가족 여러분께 감사드립니다. 여러분은 제 세계를 온통 흔들어 놓으셨으니 꽃과 케이크를 받을 자격이 충분하십니다. 정말이지, 여러분이 없었다면 이 일은 가능하지 않았을 거예요. 진심으로 고맙습니다.

독자 여러분, 기회를 주셔서 감사드립니다. 저는 이제 발을 뗀 신출내기 작가이고, 이 책은 제가 처음으로 써본 불완전한 결과물입니다. 그래도 마음을 다해 썼으니 부디 사랑해 주시면 좋겠습니다. 이 책을 늘 곁에 두시길 바랄게요. 조이가 즐겨 하는 말처럼, 여러분이 없으면 제가 책을 써봤자 아무 소용 없기 때문입니다.

옮긴이 공보경

고려대 영문과를 졸업했다. 현재 전문 번역가로 활동 중이다. 옮긴 책으로는《로즈메리의 아기》,《셜록 홈즈 이탈리아인 비서관》,《벤자민 버튼의 시간은 거꾸로 간다》,《페트톡의 귀환》,《기튼》,《앙들의 침묵》,《완벽한 여자》,《멕시칸 고딕》,《노바》,《제5도살장》,《작은 아씨들》,《해리 포터 마법 연감》등이 있다.

스패니시 러브 디셉션

초판 1쇄 인쇄 2024년 11월 18일
초판 1쇄 발행 2024년 12월 2일

지은이 | 엘레나 아르마스
옮긴이 | 공보경
발행인 | 강봉자, 김은경

펴낸곳 | (주)문학수첩
주소 | 경기도 파주시 회동길 503-1 (문발동 633-4) 출판문화단지
전화 | 031-955-9088(마케팅부) 031-955-9530(편집부)
팩스 | 031-955-9066
등록 | 1991년 11월 27일 제16-482호

홈페이지 | www.moonhak.co.kr
블로그 | blog.naver.com/moonhak91
이메일 | moonhak@moonhak.co.kr

ISBN 979-11-93790-80-9 03840

* 파본은 구매처에서 바꾸어 드립니다.